地平線に―日中戦争の現実―

前田隆平

幻冬舎MC

◆目次

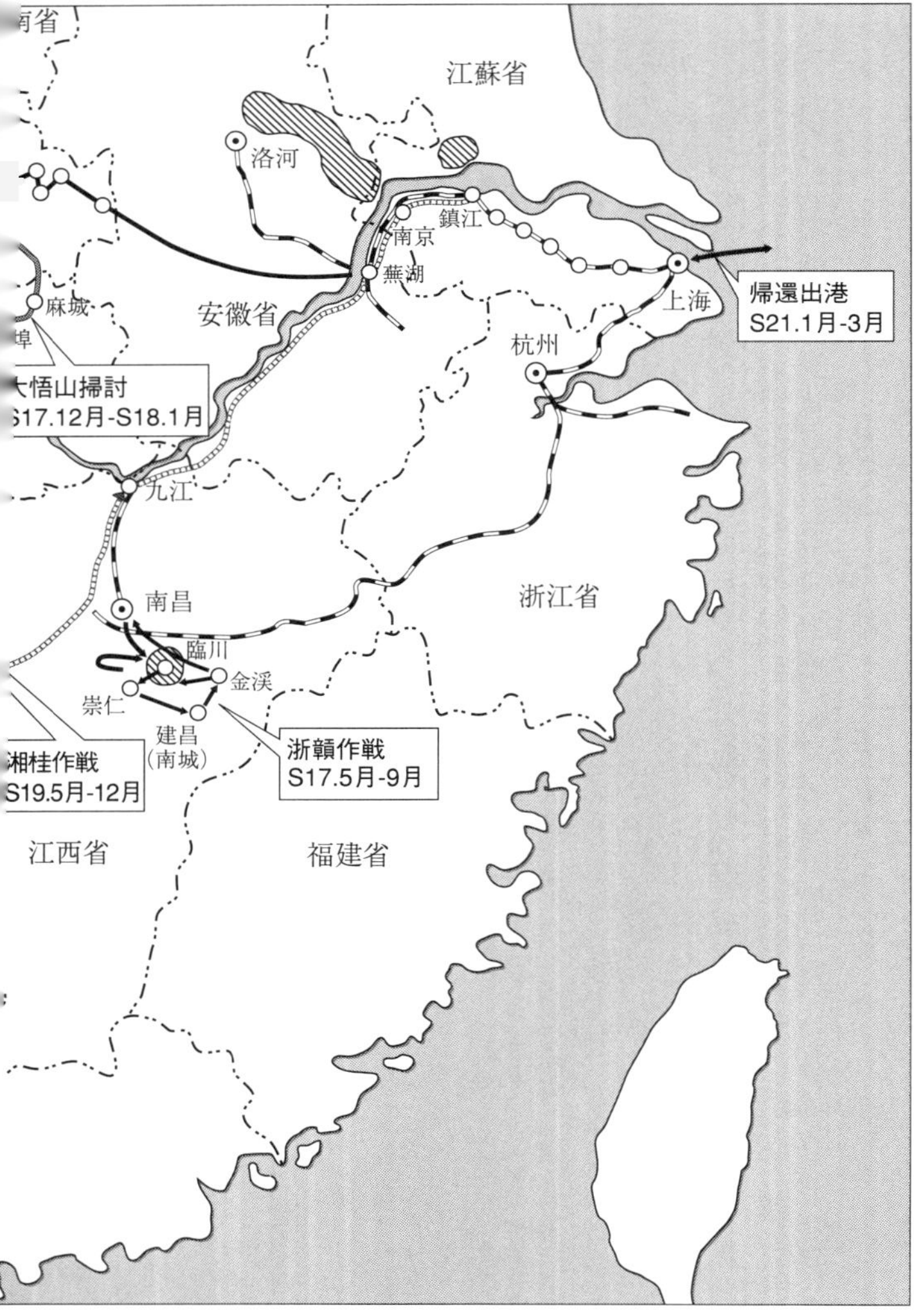

作戦参加の時期、行軍経路は一致しないこともある。

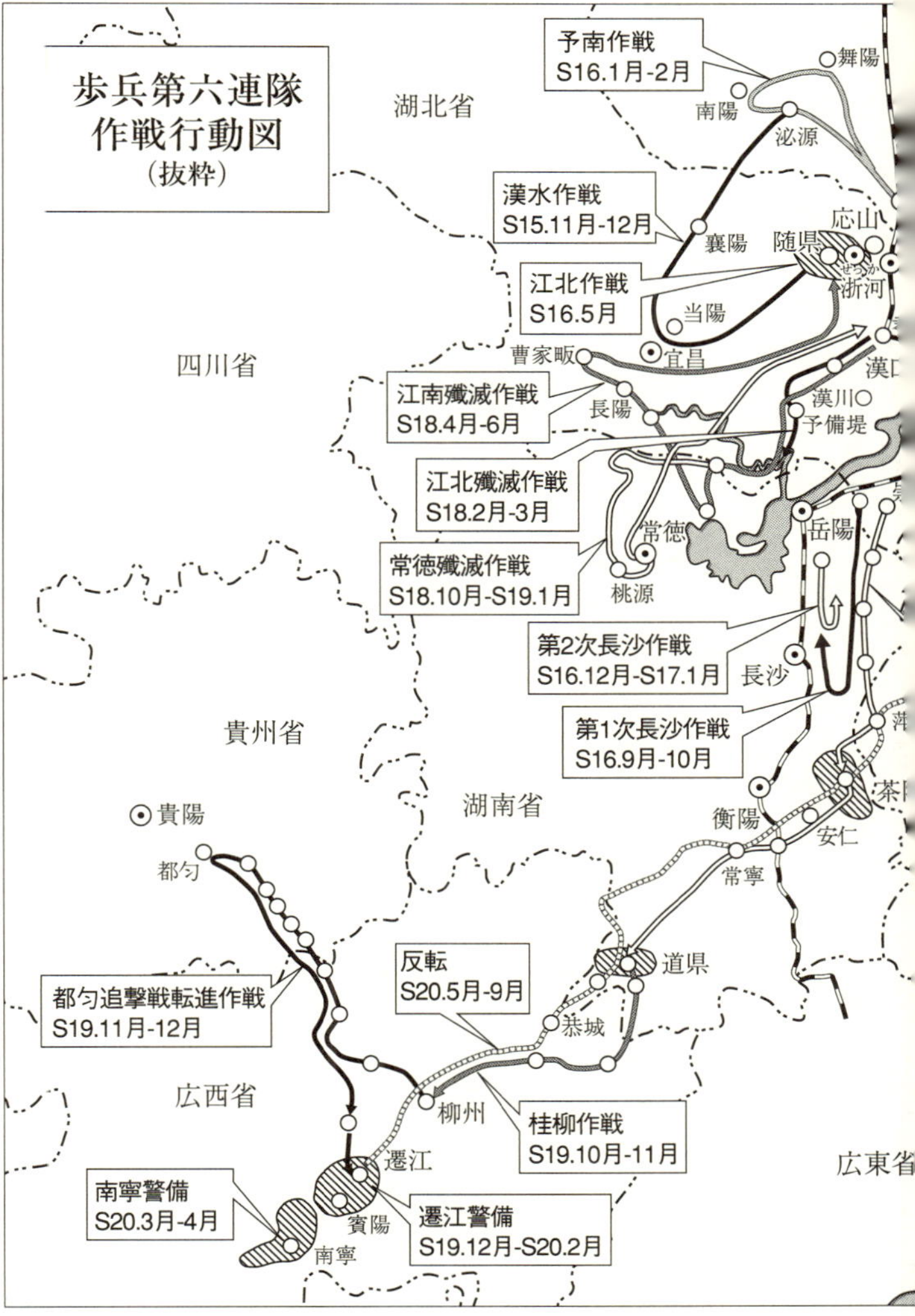

※野砲兵第三連隊第一大隊は、歩兵第六連隊に配属となることが多いが、

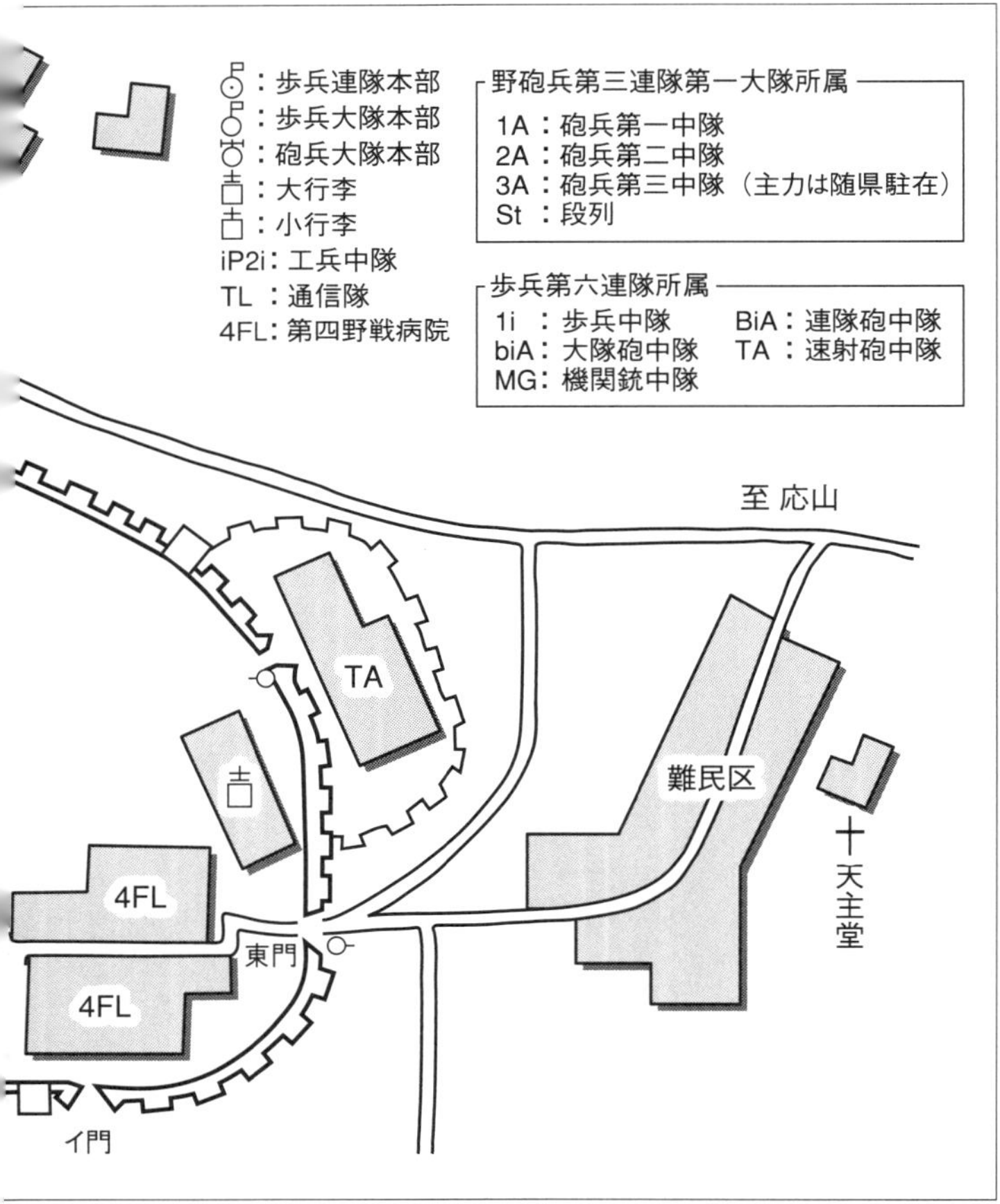
：歩兵連隊本部
：歩兵大隊本部
：砲兵大隊本部
：大行李
：小行李
iP2i：工兵中隊
TL ：通信隊
4FL：第四野戦病院
野砲兵第三連隊第一大隊所属
1A ：砲兵第一中隊
2A ：砲兵第二中隊
3A ：砲兵第三中隊（主力は随県駐在）
St ：段列
歩兵第六連隊所属
1i ：歩兵中隊
BiA：連隊砲中隊
biA：大隊砲中隊
TA ：速射砲中隊
MG：機関銃中隊
至 応山
TA
難民区
天主堂
4FL
4FL
東門
イ門

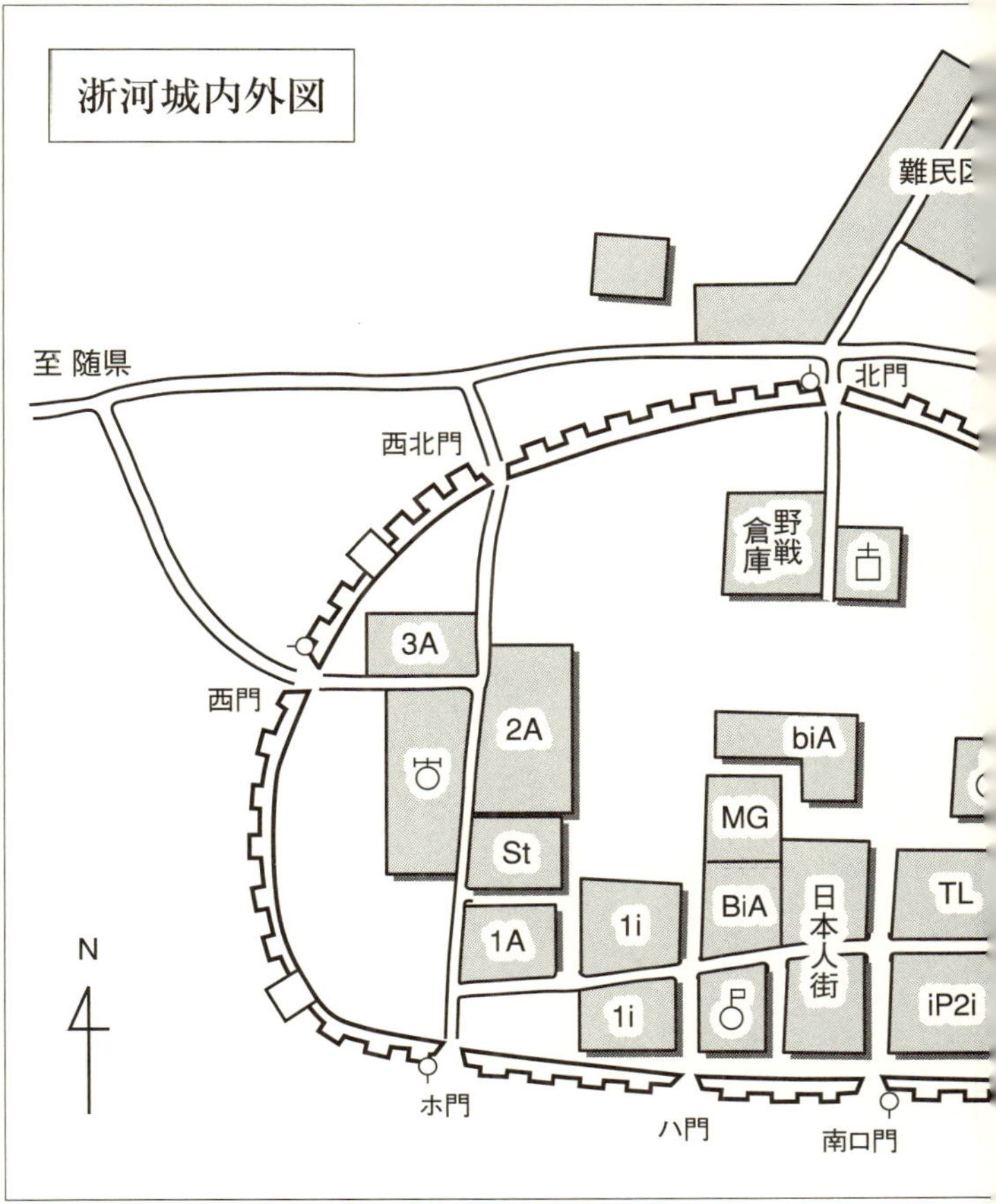
浙河城内外図
難民
至 随県
北門
西北門
野戦倉庫
3A
西門
2A
biA
MG
St
BiA
日本人街
TL
1A
1i
1i
iP2i
N
ホ門
ハ門
南口門

イラスト　水上　悦

本作品中には、人権に関する表現が一部含まれていますが、作者の意図が差別を助長するものでないこと、また、作品の背景をなす状況を表すための必要性、作品自体の文学性を考慮し、表記の訂正は創作意図を損なわない範囲にとどめました。読者各位のご賢察をお願いいたします。

地平線に

―日中戦争の現実―

第一章 新兵

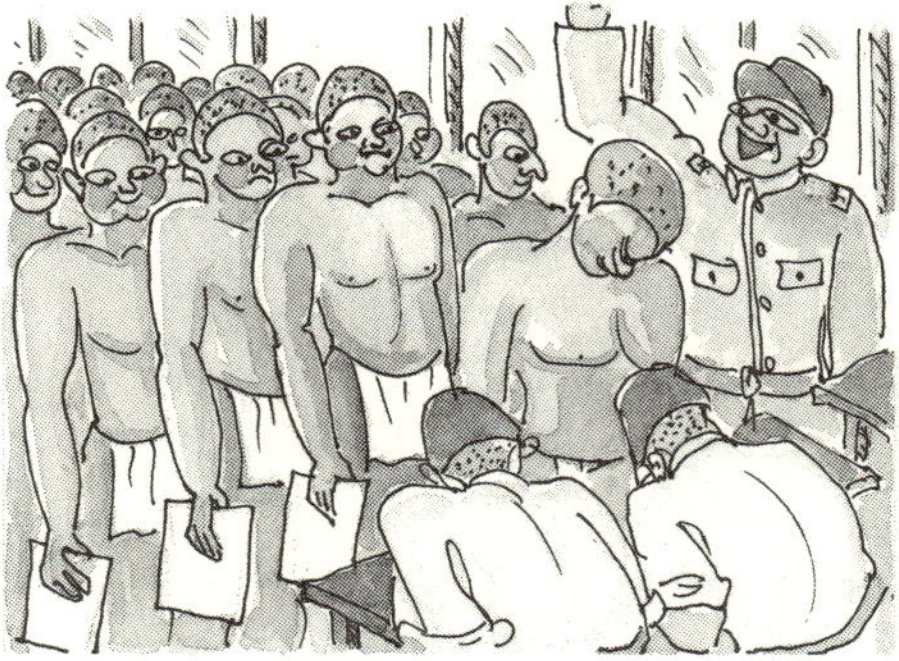

徴兵

「人間が周囲から祝福される瞬間というのは、存外その人間が幸福とは言えない瞬間なのかも知れない」

晩秋の微妙な冷気を帯びた風を受けてやさしくはためきながら、それでいて妙に誇らしげに青空に林立する「のぼり」を見ながら、杉井謙一はそう考えた。


昭和十三年六月、その年に二十歳を迎えることになっていた杉井のもとに徴兵検査の通知が届いた。検査場は、城内地区の静岡連隊区司令部で、いままで何度も前を通ってその存在は知っているものの、いざあの無言の威圧感を感じさせる茶灰色の門をくぐることになってみると、やはりそこには今までにあまり経験したことのない緊張感があった。

当日は陽射しの強い汗ばむ日で、司令部に向かう途中、右手の駿府城内堀の堤の上の木々の葉がその陽射しをさえぎって、堀の水面に鮮やかな斑模様を形成していた。司令部の門の中では、既に百名近い若者たちが玄関前に集まっていた。商業学校の同級だった岩井、片桐、高崎もこの日に呼ばれていた。皆揃って新調と思われる開襟シャツを着て、その白さが眩しかった。誘導されて入った検査場は椅子を並べれば三百は入ると思われる大会議場だった。同胸のぶケットに鉛筆を二本ずつ差した三十二、三歳の担当官が大声で検査の手順を説明していた。

「裸になって二列に並べ」

指示のとおり、杉井もふんどし一つになって、列の中程に並んだ。

戦地に赴いても耐え得るかどうかのチェックのわりに検査は簡易なものだった。視力検査、身長体重の測定が終わると、あとは聴診器を胸と背中に当てながらの問診だけだった。両あごの張ったゴマ塩頭の軍医は、杉井の胸を調べながら言った。

「丈夫そうな心臓だな。何か病気をしたことはあるか」

「ありません」

「そうか。立って尻を見せろ」

「はっ？」

「いいから後ろを向け」

言われたとおりにすると、軍医は杉井のふんどしを引っ張って尻の穴を覗き、

「よろしい」

と、ピシッと尻をたたいた。

服を着ると、手順の指示をしていた声の大きな担当官が杉井を含む五名の名を呼び、連隊区司令官の部屋の前に集合するようにと言った。再度一名ずつ名を呼ばれ、杉井が部屋に入ると、陸軍大佐の階級章を誇らしげにつけた軍服で正装した司令官が能面のような表情で杉井を迎えた。司令官の前に直立不動で立つと、司令官は低いがよくとおる声で、

「甲種合格。兵種は砲兵」

と申し渡した。

意外と簡単にすべてが終わったな、と杉井は思った。これで軍隊に入るのかという漠然とした感慨はあったが、それは喜びにも不安にも直結するものではなかった。更に杉井が奇異に感じたのは自分の耳に強烈に残った「合格」という言葉だった。これまで珠算の検定に合格した時も、剣道の昇段試験に合格した時もそれは常に大きな喜びを伴うものだった。自分で目標を設定し、その目標に向かって努力し、それを達成することによって限りない満足感を得ること、それが即ち合格することであったはずだった。然るに今回の合格は一体何だろう。人生にはいろいろなことがあると周囲からよく言われるが、合格にもいろいろな合格があるものだと杉井は無責任な感想を持った。この合格が自分の青春を大きく左右することになるとはこの時の杉井は知る由もなかった。


杉井謙一は、静岡の茶業を営む商家に生まれた。父謙造は旧姓を八田といい、杉井物産という緑茶としいたけを扱う問屋の番頭をしていたが、その手腕を見込まれて三女たえを娶り、分家して製茶再製問屋杉井謙造商店を開いた。間もなく生まれた謙一は、小さい頃から勉強好きで特に算数は学級で一番を他に譲ることはなかった。商売の鬼である謙造から常々立派な後継ぎとなるよう言われて育ったが、不思議と父親の職業への関心は湧かなかった。小学校を出る時もできれば静岡中学に進みたいと思ったが、当然自分の後を継ぐものと確信している謙造のことを思うと言い出すこともできず、静岡商業学校へ進学した。静岡商業時代も、卒業すればお茶屋になるだけとの認識でもっぱら剣道部で腕を磨くことを第一にしていたが、それでも学校の成績は学年で一けたを維持していた。五年生の夏になると、このまま家を継ぐだけではもったいないと感じたのか、担任の先生が大学への進学を勧めてくれた。かなわぬこととは知りつつ、潜在的には常に強い進学の希望を持っていた謙一は、思い切って謙造にもちかけてみた。

「大学へ進んで勉強がしたいと思います」

謙造は、謙一にとっては恐ろしいほどに無表情で答えた。

「大学へ行って何の勉強がしたいんだ」

「商科の大学へ行って、今の勉強の継続をしたいと思います」

「お前は長男として家を継ぐことに決まっている。大学など行く必要はなかろう」

「大学へ行ったからといって他の仕事に就きたいなどと言いません。家は継ぎます。担任の大橋先生も勉強をしたい者は若いうちに大いに勉強するべきだと言っていたし、大学に行ったあとで家をやっても遅くはないと思います」

「…………」

「先生も、杉井なら今から一所懸命勉強すれば横浜高商か神戸高商に合格できると言ってくれました。お父さんは立派に仕事をしているし、今私が家に入らなくても商売は絶対にうまくいくと思います。それに大学で商科の勉強をすれば、きっと家の商売にも役に立つし……」

「お前は今俺が立派に仕事をしていると言ったな。家の仕事を立派にやるのに大学での勉強など必要ないことは俺が証明している。お前だって四人の弟、二人の妹がいて、家が楽でないことぐらい分かっているだろう。お前は一刻も早く家に入って、商売を広げて家族皆の暮らしを支える立場だ。俺はお前を自分のことしか考えない人間に育てた覚えはない」

謙造は最初の無表情とは打って変わり、眉をつり上げて、厳しい眼差しで謙一を見つめながら断定的に言った。

「大学へ行くことなど絶対に許さん」

結局、杉井は静岡商業を卒業した昭和十一年四月、杉井謙造商店の社員となった。半年の間、謙造の厳しい指導の下で、緑茶の品定めに始まって、経理から使用人の扱いに至るまで、商人たるためのノウハウをたたき込まれた。もともと何についても飲み込みは早い方であり、また幼少から謙造の仕事ぶりを見ながら育ったこともあって、一人前の茶商人となるのに左程の困難はなかった。夏が過ぎた頃からは、外に出かけて行っての茶の買いつけも任されるようになり、東京及び関東一円の小売商に対するセールスにも出かけるようになった。そんな杉井の働きぶりは、謙造の気持ちを充足させるには十分なものだった。しかしながら、家業への従事は謙造がはたで見ているほど、杉井自身に幸福感をもたらしてくれるものではなかった。杉井は大学進学への未練を明確に感じたことはなかった。一方で、父親には大学を出ても家は継ぐと明言したものの、大学進学も含めた自身の歩み方次第で、より自分に幸福を与えてくれる世界が広がっていく可能性があったのではないかという漠然とした思いが心の底に存在していたのも事実だった。それは今後どのような方向に向かっていくか必ずしも明確でない日本という国家の姿に、杉井自身が自己の人生を無意識のうちに投影させていたからかも知れなかった。

杉井が家業に就いて一年三ヶ月が過ぎた昭和十二年七月、盧溝橋事件が起こった。和平のための条件闘争が日中両国間で進められる中、翌月に上海虹橋飛行場周辺で日本兵殺害事件が起こると、機を見ていた近衛内閣は、上海への陸軍派遣を閣議決定した。上海派遣軍は静岡の連隊を含む第三師団と第十一師団によって構成されていた。昭和六年の満州事変以来の日本の一連の武力による中国侵略は、大日本帝国はアジアにおいて指導的役割を果たす使命ありとの大義名分のもとにすべてが正当化されており、この上海事変も杉井には、日本の崇高な理想を理解しない中国に対しての制裁的措置としか映らなかった。陸軍派兵の命が下ると直ちに、田上連隊長率いる歩兵第三十四連隊が凛々しい軍装に身を固め、市民の歓呼の声と日の丸の小旗に送られて出征していった。しかしながら、この上海攻略は中国軍の抵抗の前に大苦戦となり、九月末までに、第三、第十一両師団の戦死者は二千五百を超え、戦傷者も一万近くにのぼった。その結果、十月に入ると、難攻を極めた上海上陸の際に命を落とした兵たちが、白木の箱となって静岡の町へ戻って来た。数百の英霊は、銃を逆さに背負った連隊の兵に護衛され、葬送曲「吹きなす笛」のラッパに合わせて、静岡駅より国道を西へ、そしてロータリー道路を北上し、七間町を右折して繁華街を東進し、連隊まで無言の凱旋をした。あらかじめ兵たちの帰還を知らされていた市民は沿道に参集して静かに手を合わせてこれを出迎えた。群集の中で杉井も緊張の眼差しで行進を見守った。戦争というものがやがて自分にとって身近なものになっていくという実感もなく、ただ、白い布に包まれた棺の列を見ながら、世に荘厳な死というものがあるとすれば、このようなものかも知れないと思った。

徴兵検査を終えた杉井は、一緒に検査を受けた岩井、片桐、高崎と帰宅前に浅間神社に詣でることにした。外堀を出て、西草深を通り、神社の門前の宮ヶ崎通りを四人でとぼとぼと歩いた。赤鳥居の手前に磯辺巻きを売っている屋台があり、空腹を感じた杉井らは各自二つずつ買って、それを片手に鳥居をくぐり、神前に進んで、あいている方の手で賽銭を投げ、ご神体を拝んだ。他の三人は何を祈願しているのだろうと思いつつ、杉井は取り敢えず自分の軍隊生活における任務遂行の無事を祈ることにした。

おまいりを終えた四人は、神社の池の端の大きな石の長椅子に腰を下ろして、磯辺巻きを頬ばった。大きな伸びをしながら、岩井が言った。

「あ〜あ。徴兵検査に合格してようやく一人前になれたような気がするなあ」

それを聞いた片桐が半ばあきれ顔で言った。

「あんなものは、余程体に大きな欠陥がない限りは甲種合格だ。単に軍隊がただ働きさせるために体よく合格と申し渡すだけさ。もっとも、体が生来弱くて合格できない可哀相な者たちもいるから、あまりこんなことおおっぴらには言えんが」

「でもやっぱり俺は嬉しいなあ。片桐や杉井のように勉強もできて人望もある奴は良いが、俺のように学校の成績も悪いし、卒業してからも毎日親父に怒られてばかりで半人前扱いされているような人間は、今日ようやく人並みにしてもらえたという気持ちになるんだよ」

「岩井の言いたいことは俺も分かる。誰だって何のために生きている、誰のために頑張っているというものは必要だし、それが明確でない人間は不幸さ。しかし、それを軍隊への採用に求めるのはあまりにも代償が大きくはないか。お国のために、天皇陛下のために、それはそれで良いだろう。でもそのために命をとられても文句を言いませんと契約させられるのはかなわんと思う」

　杉井は片桐のような感じ方をする人間も中にはいるだろうと思っていたし、片桐が時々見せる非常にさめた態度を思い出すと、むしろ片桐らしい意見だとも思った。片桐の発言に岩井は直ちに反応した。

「今日本にとって一番大切なことは、一人一人がお国のためにと思う気持ちだ。俺は片桐は間違っていると思う。天皇陛下も本当に国民のことを良く考えておられるし」

「おいおい。人を非国民みたいに言うな。俺だってお国のために頑張るさ。でもな、岩井。お前も去年の田上部隊の出陣を覚えているだろう。勇ましく出て行ったが、二ヶ月もしたら何人もが英霊となって帰ってきた。それぞれがお国のためにと必死の気持ちで出かけて行ったと思う。しかしなあ。中国軍の抵抗もすごかったのだろうが、上海に満足に上陸もできずに命を落としたとあっては、客観的に見れば犬死にだ。あれを名誉の戦死と呼んでもらって喜ぶ家族がどこにいるんだ」

片桐はさすがに言い過ぎだと杉井は思った。反論しようとする岩井を遮って、片桐は言った。

「なあ、杉井。お前はどう思う」

徴兵検査の合格には何の喜びも感じなかった一方で、片桐のように現状に対する明確な問題意識も特に有していない杉井は、あまり意見を求められたくなかったが、

「俺はどうすれば自分の人生を美しく送れるかということを考えている。そういう意味では、若き命を国に捧げるというのは、いたずらに何もせずに生き永らえるよりも、人生としては好ましいように思う」

と、取り敢えず、すれ違いの答弁をした。それを聞いた岩井は嬉しそうに、

「杉井もそう思うよな。やっぱり、この時代、お国のためにという気持ちがあって、本当に生きがいが感じられるんだ」

と、杉井の肩をたたいた。片桐が言った。

「杉井の言っているのは白虎隊の死が何故美しいかというのと同じだ。軍隊のためにとか、お国のためにとかいう話とは次元の違う問題さ。杉井の表情を見たって、軍隊に入ることに何の喜びも感じていないようじゃないか」

それまでずっと黙っていた高崎がポツリと言った。

「誰も皆、お国のために尽くさなくてはいけないのはそのとおりだと思うし、自分が軍隊に入ることについて俺自身は何も感じないけど、おふくろはあまり喜ばないような気がするなあ」

家に戻った杉井を謙造は満面の笑みで迎えた。

「そうか。そうか。謙一が合格しなければ合格する奴はいないものなあ」

あれだけ家業に励んで家を支えろと言っておきながら、息子が軍隊にとられて商売の戦力ダウンになることが何故そんなに嬉しいのだろうという疑問が頭をもたげたが、これも父親として一人前に育て上げたという満足を実感してのことかな、と杉井は善意に解釈することにした。

母たえは、杉井の報告を受けると、

「そう。今日はお赤飯を炊いてお祝いしましょうね」

とだけ言った。下唇をちょっと引いた母の表情は心なしか淋しそうに杉井には映った。その表情は無邪気に喜ぶ謙造のそれとは対照的で、杉井はふと「おふくろはあまり喜ばない気がする」と言った高崎の言葉を思い出した。


翌日から杉井は謙造に言われて親戚や知人の家を挨拶して回った。どの家に行っても対応は極めて近似していて、まず、

「もうそんな年になったんだねえ」

と大仰に驚いたような顔をし、

「それにしても立派になったものだ」

と、特にどの部分が立派になったのかの裏づけのない形式的な賞賛の言葉で締めくくるのだった。これが徴兵検査の合格者に対する社交辞令なのかなと杉井は思った。

挨拶回りが一段落したある日、杉井は谷川佐知子の家へ向かった。佐知子は小学校の同級生だった。家が近所であり、たえと佐知子の母みつが女学校時代以来の仲良しだったこともあって、小学校にあがる前から面識はあった。杉井はクラスの女の子と積極的に話をする方ではなかったが、佐知子の方がかけっこを始めとして運動も万能な活発な子で、男女を問わず誰とでも付き合うタイプだったため、杉井も佐知子とはよく遊んだ。クラス替えがあっても何故か佐知子とはいつも同じクラスで、にわとり当番が同じだったり、運動会の委員を一緒にやったりといろいろ縁もあって、杉井にとっては唯一の女性の親友だった。切れ長の目が美しく、たえも「佐っちゃんの目は本当にきれいね」と常日頃言っていたが、杉井はむしろ両方の目元からゆるやかに唇に至る頰の曲線が好きだった。杉井が静岡商業に進むと、佐知子は女学校の城北中学に進学し、毎日顔を合わせることはなくなったが、杉井は時々佐知子に会いに行った。佐知子の家は谷川紙業という紙問屋で、会社の脇に倉庫があっていつも紙の搬入搬出が行われており、佐知子はそれを手伝っていることが多かった。倉庫の戸は開放されていて、杉井が通りかかると佐知子はそれを見つけて「謙ちゃん」と声をかけ、倉庫から出て来るのだった。佐知子の家は静岡商業への通学路上にはなかったし、呉服町などの繁華街へ行く際の通り道でもなかったので、頻繁に佐知子の家の前を通ることはあまりにも意図が明確であり、杉井は照れくささに基づく抵抗感を覚えることもあったが、佐知子の方は全くお構いなしでいつも明るく声をかけてきた。杉井にはそれが嬉しく、家業に就いてからも、茶の買いつけなど外へ用事があった帰りには、いつも遠回りを承知で佐知子の家の前を通って行くことにしていた。

この日も杉井は、佐知子が倉庫で手伝いをしていてくれることを期待しつつ、谷川の家の前を通った。大体二度に一度の確率だったが、幸いこの日はそこに佐知子の姿があった。いつもどおり、佐知子の家の前でわざと歩みを緩めると、佐知子はすぐに杉井を認めた。

「謙ちゃん、久しぶりね。元気にしてた？」

左手の甲で額の汗を拭いながら、佐知子は切れ長の目を細めながら、声をかけてきた。

「ああ。佐っちの方は？」

「私は相変わらずなんだけど、この間おばあちゃんが夏風邪をこじらせて大変だったの。咳き込むし、熱は下がらないし、お父さんも万一のことになるんじゃないかって本当に心配してた」

「それで、もう良くなったの？」

「西先生からもらったお薬が効いて、一昨日くらいからようやく落ち着いてきたの。食欲も出てきたし、もう大丈夫だと思うけど」

「年が年だから気をつけないとね。お祖母さんは働き者だからすぐに動きたがるかも知れないけど、無理させない方がいいよ」

長身の杉井を見上げながら笑顔で話す佐知子に対して、杉井は小学校の時おてんばだった佐知子が最近日に日に女らしさを増していくのを感じていた。

「先週徴兵検査があってね。砲兵になったよ」

「ふぅ〜ん。謙ちゃんもいよいよ兵隊さんなんだ。嬉しい？」

「実感が全然湧かないけど、特に嬉しいとも思わないね。一緒に合格した連中の中でも岩井のように素直に喜んでいる奴もいれば、片桐のように年がくれば誰でもなるんだとさめたことを言う奴もいるし。家でも親父はすごく嬉しそうだったけど、おふくろはそうでもなさそうでね」

「でもお国のために尽くす人になったってことは、それはそれで良いことよ。それに謙ちゃんはきっと良い兵隊さんになると思うな」

「どういうこと？」

「だって謙ちゃんは、学校の勉強でも剣道の練習でも、自分がやらなくちゃいけないことを何でも一所懸命やるじゃない。兵隊さんになっても、きっと兵隊さんとして頑張るでしょ。そう思わない？」

こういう形でいつも自分のことを前向きに評価してくれる佐知子の言葉は、杉井には嬉しいものだった。

「軍隊にはいつ行くの？」

「入営はいつか分からないけど、年末くらいかなあ」

「そう。楽しみね」

佐知子は無邪気なものだった。無邪気過ぎて杉井は物足りなさを覚えた。杉井の心の中に、佐知子が少しでも淋しそうな顔をしてくれることに対する期待があったのは否めないところだった。杉井は既に佐知子に対して単なる幼なじみ以上の感情を抱いていることを自覚していた。佐知子の方はと言えば、いつも杉井と楽しそうに話はするものの、それが幼い頃からの仲良しの会話の延長線から逸脱する部分にないように杉井は感じてきた。入営することのメリットとディメリットがあるとすれば、佐知子と会えなくなることは明白なディメリットであり、一方で佐知子に入営の事実を告げることによって佐知子の淋しそうな表情を見ることができれば、それはささやかなメリットたり得るはずだったが、残念ながらその表情はそこには存在しなかった。いつもどおり、

「じゃあ、またね」

と言い残して、杉井は佐知子の家の門前を去った。

壮行

杉井は、家業を離れても手掛けた仕事がうまくいくよう、自分が開拓した関東一円の取引先に従業員の下川を伴って回るなど着々と準備を進めた。真面目に仕事は続けてきたものの、自分に合っていると思って就いた職業ではなかったため、間もなくこの仕事ともしばらく離れるとなると、そうあってはいけないと思いつつ、勤労意欲が萎《な》えていくのを杉井は感じていた。

十月になると、連隊区司令部から「所属は名古屋野砲兵第三連隊、入営日は昭和十四年一月十日」との通知があった。自分の帰属する組織が決まって、杉井は身の引き締まる思いがしたが、連隊とはどのようなものかについては、全く想像がつかなかった。学校の修学旅行以外旅行らしい旅行もしたことがなかった杉井は、名古屋が如何なるところかを知らなかったし、初

めて親もとを離れる生活にも期待と不安の混在するものを感じた。

一ヶ月ほど経つと、親戚知人から「祝　入営　杉井謙一君」と書かれた約八メートルの「のぼり」が送られてきた。その数も全部で二十三本となり、杉井家は家の前に十メートルの柵を作り、柵に竹竿を縛りつけて「のぼり」を立てた。毎朝この「のぼり」を上げ、夕方になって下ろすのは杉井と弟たちの日課となった。数が数だけに、突然雨が降って急いで下ろすのは大仕事だった。二十三本の「のぼり」が並ぶ様は壮観であり、謙造は毎朝機嫌良くこれを見上げていた。杉井はどうかといえば、まずこれだけ大仰に祝われることが照れくさかった。謙造から、

「これだけお祝いをしてもらえるお前は本当に幸せ者だ」

と言われても、何もしていないのに祝福されるのは何故かという疑問がまず先に立った。学校の入学にしても、第一志望を失敗して第二志望に進む時でも周囲はおめでとうと言うし、就職もとにかくどこかに決まりさえすれば、周囲はお祝いを持ってくることを考えれば、この入営祝いもある種、ルール化された祝福かも知れないと杉井は思った。更に、このルール化された祝福というのは、むしろ本人が幸福でない場合に行われることの方が多いのではないかとも考えた。

十二月に入ると母方の杉井家と父方の八田家がそれぞれ親戚一同で盛大に送別会を催してくれた。杉井家の送別会は伯父の杉井辰之助の主催で、「佐の梅」で開かれた。たえの兄弟が多

いせいもあって二十六名参加の大宴会で、芸者も七、八名侍った。この種の宴会で杉井は常に自分の持つ問題点の一つに直面する。それは酒が飲めないことである。小さな盃でまず一杯飲むとそれだけで背中にゾクッと悪寒が走る。概ね四、五杯が限界で、それだけ飲むともう食べられない。それを超えるとまず百パーセントの確率で嘔吐した。親戚も杉井が飲めないことは承知しているので無理強いはしないと思ったが、さすがに自分の送別会となれば勧められた盃をそう無下に断ることもできないだろうと、杉井も覚悟を決めて臨んだ。

主賓席に座る杉井に、志郎という男名の源氏名の芸者が侍った。細面の美しい芸者で、薄く塗った白粉に深紅の口紅が鮮やかだった。化粧を施した女性の年齢は杉井にはほとんど推測不能だったが、ひょっとしたら同い年ぐらいかなと思いつつ、杉井はその白いうなじをながめていた。志郎が、

「おひとつ」

と、とっくりを傾けるので、杉井は正直に、

「すみません。自分は飲めないので」

と答えた。志郎はとっくりを持った手を少し引き、目を大きく見開いて、首をちょっと傾けながら、

「まあ……。それではお料理を召し上がって下さい。お酒の方は形だけ」

と言って、小さな盃に三分ほど注いだ。

宴が進むと、案の定、親戚が一人一人杉井のところへ来ては酒を勧めた。杉井は口だけつけ

て膳の上に盃を置いたが、志郎は、人の目が離れたと思うと、杉井の盃の中の酒をそっと膳の下の灰皿に移してくれた。人の気遣いにはいろいろあるが、今日この瞬間において自分にとってこれほど有難い気遣いはないと、杉井は素直に感謝した。

やがて母たえの兄弟の末っ子の安治叔父が杉井の席の前にどっかと座った。志郎がこぼしてくれたおかげで空になっている盃を見て、

「謙一、今日は頑張って飲んでいるじゃないか」

と、酒を勧めた。

「ええ、まあ」

と酌を受けながら、安治が最も歳も近く、日頃から気楽に話せる叔父だったこともあり、杉井は、配属決定以来感じてきた疑問を吐露した。

「本当に身に余る送別会ですが、これほどのことをしていただくようなことでしょうか」

「そんなことを言うものではない。お前の一世一代の晴れ舞台じゃないか」

安治叔父の認識も他の親戚と異なるところはないなと杉井は思ったが、なお言葉を継いだ。

「しかし、私はまだ何をした訳でもありませんし、おめでとうと祝福されても、そんなに名誉なことかなと……」

「これはお前がこれから打ち立ててくる数多くの名誉の前祝いだ。せいぜい頑張ってお国のためにすべてを捧げてくるんだぞ」

安治はそう言って、どんと杉井の肩をたたいた。

八田家の送別会は謙造の長兄の喜一の主催で「旧交亭」で開かれた。前回同様、杉井は主賓席にちょこんと座らされ、周りで伯父たちがご機嫌で盃を上げているのを、努めて明るい表情を作りながら、眺めていた。酒の飲めない杉井は、当然のことながら宴が進んだからといって酔う訳でもなく、学生の頃勉強が一段落した時によくやっていたように、雑然とした思考を繰り返していた。もとよりこの種の宴会には名目が必要だ。年の瀬になれば忘年会と称して皆で飲むが、忘年会の最中にその年のことを忘れようと必死で試みている者などいない。盛夏になれば今度は暑気払いと称して飲むが、暑気を払うどころか、皆飲み過ぎて真っ赤な顔をしてフーフー言いながら帰って行く。元来人間というものは何の名目もなしに飲むことに若干の躊躇を感じる動物なのかも知れない。その意味で「入営祝い」という格好の名目を提供し得た自分は、その限りで、今こうして飲んでいる面々には大いなる存在価値となり得ているのかも知れない。退屈しのぎにそんなことを考えていると、謙造の弟の幸作叔父が酌に来た。幸作は、幼い頃杉井をよく映画に連れていった思い出などをひとしきり語った後、急に真顔になって言った。

「謙一、決して死ぬなよ。自分から危険を買ってでるな。お前は長男だから必ず生きて帰って来るのだぞ」

幸作の発言はこれまでどの親戚からもなかったものだった。血のつながった甥に対する有難い言葉であると、杉井は、積極的に感謝の念を持たなくてはいけないと思った。同時に、杉井は自分の死の可能性の存在を初めて認識した。徴兵検査から入営に至るまで、誰にも同じように適用される一連の手続きに漠然と乗ってきた杉井だったが、幸作の言葉を聞いて、自分にとっての修羅場が確実に近づいて来ているという、何故か苦痛を伴わない恐怖感を覚えた。

十二月三十日、杉井の家は、新年に備えての事務所と工場の大掃除だった。朝から従業員総出で取り組んだ結果、夕方には大体の目鼻がついたため、杉井は佐知子に会いに行った。この日、佐知子の姿は倉庫になかったが、谷川の従業員の浜名が、

「謙一さん、佐知子さんなら二階にいますよ。今呼んできましょう」

と、佐知子を連れてきてくれた。

「今年のお仕事はもうおしまい？」

いつもの元気な佐知子だった。

「今日は朝早くから大掃除だったんだけど、今さっき大体片づいてね。明日は帳簿の整理があるけど午前中には終わるだろうから、午後はおふくろの買い出しの手伝いかな」

「うちも今日で仕事は終わり。お正月の準備が全然できてないから、明日はお母さんとおせち作り」

「佐っちの作るおせち料理なんてぞっとしないな」

「失礼しちゃう。見たこともないくせに。でも本当を言うと、おなますや黒豆やきんとんはやっぱりお母さんの方が上手。私はお野菜を炊いたり、お魚を煮しめたりが役目」

「そんなの特におせち料理じゃないじゃないか」

「おせち料理って何もだし巻きとかごまめとか決まったものでなくっちゃいけないってことな

いのよ。日持ちのするものでお正月三が日食べられるものなら何だっておせち。それにお料理だっていろいろ種類があっていろどりが良い方がいいでしょ」

「そう言われてみればそのとおりだけど」

「謙ちゃんの家はお雑煮は何を入れるの？」

「里芋に大根にあとは葉っぱものかなあ」

「おすまし？」

「そうだよ」

「うちもずっと同じお雑煮だったんだけど、住み込みの平岩さんの実家が京都で、お雑煮は鳥肉をいれて白味噌で作るって言うの。試しに今年のお正月に作ってみたけど、とっても美味しくて、今度のお正月も一回は白味噌雑煮にしようって皆言ってるの。お雑煮だっていろんなのあるんだし、お料理に決まりなんてないのよ」

　佐知子はよく話した。年が明ければ十日で入営となってしまうのに、そのことには触れようとしない。淋しくならないように、敢えてその話題を避けているのだろうかと、杉井は希望的観測を一瞬したが、あっけらかんとした佐知子の表情を見ると、明らかにその可能性はないと認識した。これは自分から話題の方向を変えるしかないと思った杉井は、本題を切り出した。

「新年になったら、また本年もよろしくお願いしますって挨拶に回るけど、来年は十日しか静岡にはいないんだよね」

「そう。いよいよね。わくわくするでしょ」

またしても佐知子の反応は杉井の期待に反している。

「あまりわくわくはしないね。全く初めての生活だからちょっと緊張するけど。それと、これから一体自分はどうなるんだろうという期待と不安の混じった、と言うより、不安の方が多いように思うけど、とにかく複雑な心境だね。この間親戚で送別会をやってくれて、皆お国のためにすべてを捧げて頑張って来いって激励してくれる中で幸作叔父さんだけは、家の長男なんだから死ぬな、生きて帰って来いって言うんだ。そう言われると、とにかく自分のすべてを捧げて戦ってくるにしても、命まで捧げなくても良いのかなとも思ったりしてね」

それまでの屈託のない笑みが佐知子の顔から消えた。切れ長の目を少し細めながら、佐知子は言った。

「難しいことね。謙ちゃんがお国のために死んで来た方が良いなんて誰も思っていないと思うけど、命まで捧げなくてもってのは、謙ちゃんが自分で言っちゃいけないことなのよ、きっと。私は戦争のことはよく分からないけれど、戦争に行く人たちは、死にたくないという気持ちと、命を賭けて頑張って来るという気持ちの両方を持っていて、多分死にたくないという気持ちの方がずっと大きいと思うの。でも行く時に、その人は自分は死にたくないなんて言ってはいけないし、周りも、その人はお国のためにすべてを捧げて来る人で、死にたくないなんて全く考えていない立派な人だということにしておくのよ。本当のことを言ったらうまくいかないことって世の中たくさんあるでしょ。だから戦争に行く人も、内心どう思っていても、勝って来るぞと勇ましくで行かないといけないんじゃないかな」

ここまで言って佐知子はにっこりと笑った。

「でも謙ちゃんは絶対に死んだりしない。一所懸命やる人は神様が絶対に不幸にしないはずだもの。もし心配だったら、初詣での願掛けは、謙ちゃんが無事に帰って来れますようにってことにしてあげる。来年はお願いすることたくさんあるけど、一番目のお願いにしてあげようかな。特別扱いっ。だから、謙ちゃんもいろいろ考えないで、今までどおりやらなくちゃいけないことに一所懸命取り組むようにして。これからの謙ちゃんの役目は、軍のお仕事をこなしていくことなんだから。ところで、静岡には時々戻って来れるの？」

佐知子に慰められたり、励まされたりすることは、幼い頃から何度かあった。その際の佐知子の発言は、いつも、謙ちゃんは強いんだから、謙ちゃんは立派なんだから、というのが前置きになっており、杉井は、自分が必ずしもそんなに立派ではないと自覚しつつ、佐知子にそこまで言われたら、と思ってそれを励みとするところがあった。あるいは、佐知子は、男たるもの女から慰められたり、励まされたりするのを潔しとしないだろうと気遣ってわざとそんな言い方をしているのかも知れないと思ったこともあったが、それならそれでも良いと思った。それほどに佐知子の激励は常に効果的であり、今回も杉井は、佐知子との会話に、無意識のうちに、自己を鼓舞してくれる部分があることを望んでいた。そんな佐知子との会話とも、また今まさに目の前にある佐知子の笑顔とも、しばらくお別れかと思うと「人は別れを意識した時に相手を本当に愛しく感じるもの」という、かつて小説で読んだ言葉が、今や杉井の実感となった。静岡に帰ることがあったら必ず佐っちに会いに来るよと言いたいところだったが、今日もまたいつもの杉井の照れが先行した。

「せいぜい年末年始くらいかな。それもあまり長い休みはもらえないだろうから、そうゆっくりできないと思うね。もっとも、三ヶ月経ったところで幹部候補生の試験があって、その結果次第ではすぐに出征ということになるみたいだし」

「そう。さすがに大変ね」

「それに出征してしまったら、任地にもよるけど、いつ帰って来れるか全く分からないしね。帰って来る頃には、佐っちもお嫁にいって子供も何人かいるんだろうな」

望んでもいないことを敢えて口にする、つくづく人間とは不思議な生き物だと杉井は思った。

「何故そんなこと言うの？」

佐知子は杉井の目を見た。時に正面からじっと相手の目を見つめる、これも佐知子の癖だった。思わず杉井は視線を落とした。薄紅色のセーターに柔らかくふくらんだ佐知子の胸の線が鮮やかだった。杉井は一度だけ佐知子の裸の胸を見たことがあった。と言っても、小学校六年生の時である。水泳の授業が終わって着替えの時だった。そろそろ気にして胸を隠しながら着替える女の子もいる中にあって、おてんばだった佐知子は、お構いなしに水着を肩から外して腰まで下ろし、体を拭きだした。小学生の杉井は、他の男子生徒同様、何の関心の持ちようもなかったが、隣の席にいて、佐知子の裸の上半身が目に入った。心もちふくらんだ胸に、これも少し大きくなりかけた乳首を見て、杉井は美しいと思った。何故かこの瞬間は印象的で、何年経ってもなお、杉井はこの時の光景を鮮明に覚えていた。今セーターの下に隠れた胸は、当時とは比較にならないほど豊かになっているはずだった。静岡を発つ前に一度佐知子の胸を見ることができればと、杉井はあり得ない願望を抱いた。と同時に、今まで好んで猥談をする連中を蔑んできたが、所詮自分も同類かな、こんなことを思っていることが分かったら、佐知子は口もきいてくれないだろう、いくら見つめても人の心の中は見えないというのは、本当に有難いことだ、と杉井は意味のない反省をした。

「どうしたの？」

必然のない間を感じたのか、佐知子が訊いた。

「いや。同級生の女の子でも、そろそろお嫁に行く相手が決まっている子もいるだろ。可能性の話だよ。可能性の話。もっとも佐っちのようにもらい手がちっとも見つかりそうにない奴は関係ないかな」

「またそんなこと言って。でも本当に結婚が早い子は早いものね」

無理矢理一般論に置き換えたが、佐知子は何も気にしていない。

「でもお母さんには、最近は、年頃なんだからもっと女らしくしなさいって始終言われるの。自分ではちゃんとしたお嫁さんになれると思うんだけどなあ」

佐知子は口をとがらせた。表情や仕種は幼い頃のおてんばの佐知子と変わらなかったが、全体の雰囲気はもう十分女らしかった。

「おばさんがそう言うのも無理ないよ。俺が佐っちの父親だったら、やっぱり心配で仕方ないものなあ」

自分が父親だったら、というのも、関心を寄せた女性を前にしてのわざとらしい仮定だなと杉井は思った。

「どおーしてーっ。あっ、分かった。謙ちゃんはおば様のこと一番好きなんでしょ。謙ちゃんとこのおば様、とっても素敵だもの。だから同じくらい素敵な人でないとお嫁さんとして失格だと思っているんだ。でもそういう風に自分のお母さんのことが一番好きな人ってどんなお嫁さんもらってもうまくいかないんだって。困った、困った」

「何言っているんだ。そんなことないよ」

「寒くなってきちゃった。そろそろ晩ご飯の支度しなくっちゃ。明後日の初詣では浅間さん?」

「そのつもりだけど」

「また会うかも知れないね。ちゃんと約束どおり、謙ちゃんの無事お祈りしてあげるから」

「うん」

「それじゃ良いお年をね」

「うん。佐っちも」

濃紺のスカートを揺らしながら、佐知子は家の中に消えた。

昭和十四年の元旦は穏やかな晴天だった。年始回りは午後から行こうと謙造が言うので、杉井は昼前に神社に詣でることにした。安西通りは車の数も少なく、各商店が閉まっていることもあって、ひっそり閑としていた。例年の正月と同様のはずなのに、杉井はいつもより静かな正月のように感じた。通りの各家の軒も沈黙を守りながら、入営前の杉井に今年は特別の挨拶をしているように感じられた。

　神社に着くと、そこはさすがにかなりの人出だった。祈願を済ませてから境内を散策したが、佐知子と会うことはなかった。本殿の前で破魔矢を買って、石鳥居側の門を出ると、片桐とすれ違った。

「杉井。久しぶりだな。入営は決まったか」

「十日に名古屋へ行く」

「そうか。大変だな。俺の場合は静岡の連隊入りだから気楽なものだ」

「場所は静岡でも、連隊に缶詰めにされることに変わりはないから、大変なのは同じだろう」

「そうだな。まあ、一度徴兵されたら、いつ入営する、どこの任地に赴く、すべてお国の意のままさ。さしずめ風にそよぐ葦ってところだ。人生、何事も諦めと割り切りが大切だな」

「いつまでもそんなさめたことを言っていてどうするんだ。どんなことだって、やる気を出してやらなきゃ同じことやってもつまらないだろう」

「だからもう割り切ったと言っているだろ。俺だって馬鹿じゃない。軍隊という組織に入ったら、俺なりにちゃんとやるさ。言いたいことを言うのは生まれながらの性分ってやつだが、実際に何かする時には自分のことだけ考えて行動するような人間ではないと自分では思っている。それにしても杉井や岩井のように何も悩まずにやれる奴らはうらやましいなあ。でも、杉井は、本当のことを言えば、軍隊なんか行きたくないだろ」

「いや。俺は軍隊のような目的が明確な組織に入ることは望むところだ。静商を出てすぐに家に入ることに多少のやり切れなさもあったし、そのせいもあって今までの俺は、仕事をしていても、はっきりとした目標を持ってそれに情熱を傾けることができていなかったように思うしな」

これは明らかに杉井の本音ではない。佐知子に軍隊に行くのが嬉しいかと訊かれれば特に嬉しくないと言い、今片桐に軍隊なんか行きたくないだろうと言われれば、行きたいと答える、人間の対話には作用、反作用のようなものがあると杉井は感じた。

「分かったような分からんような話だが、とにかく杉井の場合は立派な軍人になれるよ。お前のように誰からも好かれる奴は、環境が変わっても周囲とはうまくやれるだろうし、軍のような大きな組織では特に実力を発揮できるだろう。ところで、今日は何を祈った？」

「俺の願はいつも同じだ。家族と自分の一年の無事を祈るだけで、特にそれ以上具体的なお願いはしない」

「そうか。俺がこうしてここに来たのは、軍でまともにやっていけることを祈るためだ。俺だって良い意味での緊張感を持っている。心配するな。俺も杉井以上に立派にやるかも知れんぞ」

杉井は救われた気がした。片桐は優秀な男だった。学校にいる間も若いわりに多少ニヒルなところもあったが、それはいろいろなことを良く理解していることの裏返しだと杉井は思っていた。この半年、杉井が感じてきたモヤモヤを、片桐は間違いなくより強く感じてきたであろう。その片桐も今やこれほどに気持ちの整理をつけている。あらためて片桐から学ぶ思いがした。

「片桐はいつだって俺なんか足元にも及ばないほど立派さ。今日は静岡を出る前に会えて良かった。お互いに頑張ろうな」

「ああ。杉井も体には気をつけろよ」

片桐は杉井の肩を軽くたたいて、境内の人混みに紛れて行った。


四日から杉井謙造商店は、またいつもどおりの営みを始めた。入営が一週間に迫った杉井は、もう特に仕事を任される訳でもなく、手持ち無沙汰だった。入営に必要な衣類などは、たえがすべて準備してくれていた。若い頃台湾の連隊に入営した経験のある謙造が、

「何の準備も要らん。体一つで行けば良いのだ。ただ軍人勅諭五ヶ条だけはしっかり暗記しておけ」

と言うので、杉井は忠実に従った。
一、軍人は忠節を尽くすを本分とすべし
二、軍人は礼儀を正しくすべし
三、軍人は武勇を尚ぶべし
四、軍人は信義を重んずべし
五、軍人は質素を旨とすべし
軍人勅諭は、明治十五年に哲学者西周により起案され、当時日本陸軍の憲法とされていた。

冒頭、「我が国の軍隊は世々天皇の統率し給うところにぞある」とあり、その後、長い武家政治から解放され、統帥権を掌握した天皇親政の歴史の概要が記されていた。儒教的思想が随所に盛り込まれた勅諭を読みながら、なかなか崇高な内容であると杉井は思った。歴史の年号を丸暗記する要領で五ヶ条を覚えつつ、杉井はふと片桐のことを思い出した。片桐は、静商時代も学力優秀ではあったが、全く予習というものをしない男だった。前もって勉強などしたら、授業で同じ内容を教師が話す際退屈極まりないだろうというのが口癖だった。杉井が五ヶ条を覚えているのを見たら、相変わらずつまらん準備をする奴だ、と非難するに決まっていると思い、杉井は苦笑した。一方で、五ヶ条の内容について、片桐はどう思うだろう、とふと考えた。これを見る限り、まず個人というものは否定されている。当然であろう。しかし、片桐のことだから、国への忠誠と個人の尊厳というものは両立し得ないものではない、その両立に支障をきたす部分があるとすれば、それは修正を加えるべきである、と言うのではなかろうか。でも片桐はもうすっかり割り切っていると言っていたし、五ヶ条を述べよと言われれば、例によってスラスラと答えるに違いない。何をやらせてもサマになるだろう、とでも言いたげに。

十日早朝、新調の軍服に身を固めた杉井は、家の近くの八雲神社へ行った。杉井の家のある北番町からの入営は杉井と岩瀬辰彦の二人だった。壮行のため、境内には二人の親戚、町内の知人約二百人が集まった。町内会長の矢崎六郎が、二人の間に立ち、太い眉をなで、背筋を伸ばして、よくとおる声で挨拶をした。

「我が国は、東亜新秩序建設のため、国際的にも大変に重大な時代を迎えております。このような非常時に、北番町から二人の優秀な若者を兵隊として送り出すことは、町の名誉であります。お二人はどうかみ国のために立派な軍人になって下さい」

杉井は二人を代表して、

「本日は、私どものために、これほどのたくさんの方にお集まりいただき、大変に恐縮しております。み国のために立派にお勤めをしてまいります」

と入営者としてのマニュアルどおりの挨拶をした。

社前で祈願を済ませ、人々の万歳に送られて、杉井は先頭に「祝　入営　杉井謙一君」の「のぼり」を立て、徒歩で静岡駅に向かった。茶町通りから呉服町通りを抜け、駅までは三十分ほどだった。途中すれ違う人たちは、歩みを止めて、拍手で杉井を見送った。駅に着くと、既に他の入営者たちも集まってきており、そこかしこに黒山の人だかりができて、それぞれ万歳三唱を繰り返していた。駅で杉井を待ち受けていた人々は直ちに杉井の周りに輪を作った。静商で担任だった大橋先生を始めとする恩師、親しかった友人とその父兄、茶の商売仲間などなど、自分のこれまでの人生はこれほどの人たちに囲まれてのものであったのかと杉井自身が驚くほどの人数であった。順番にお礼の挨拶をしていきながら、杉井は佐知子の姿を探した。佐知子は何重にもなった輪の一番外の方で、左手に日の丸の小旗を握り締めながら、右手を大きく振っていた。杉井と目が合うと、振っている手を止めて、心持ち目を細めた。杉井は、佐知子も自分が佐知子の姿を認めたことに気づいたであろうと感じると、視線を直ちに別に向けた。これだけ多数の人々に囲まれた中での佐知子に対するそれ以上のこだわりは、許されるものではないように思われたのである。

杉井たちがひととおりの挨拶を終了すると、矢崎町内会長の発声で、岩瀬と杉井のための万歳三唱が行われた。壮行もこれにて終了ということで、二人は改札口へ向かった。見送りの親戚、知人たちもあとをついてきた。改札口を通ったところで、二人はもう一度振り返り、敬礼して感謝の意を表した。うす暗い通路を、見送ってくれている人々の視線を意識して、二人は胸を張って歩いた。上りホームへの階段にさしかかったところで、岩瀬は杉井に向かって、

「それでは元気で」

と握手を求め、階段を上って行った。岩瀬の配属は、三島野戦重砲兵第三連隊であった。

入営の際には父親が付き添うのが通例であり、謙造も意気揚々と杉井に同行した。下りホームに立って汽車を待っていると、謙造は二十五年前に台湾の連隊に入営した時の思い出を懐かしそうに話しだした。謙造の青春時代は、日清、日露の戦争を経て、日本が領土を拡張し、海外にその勢力を拡大していく最中であった。謙造にとって戦争で日本国の勝利と結びつかないものは考えられなかった。日本国の政策とは、日本国のそして日本国民の豊かさを実現するためのものであり、戦争はその最も有効な手段であるとも考えていた。従って、自己の入営も謙造自身が初めて国家に直接的な貢献をする大イベントであったし、今また息子謙一を軍に提供することも、謙造に最大限の満足をもたらしてくれる出来事であった。妻たえが息子を送り出す時に浮かべた淋しそうな表情など感知の外にあったし、この半年の杉井の揺れる気持ちなど

更に知る由もなかった。

汽車が着いて席に座ったあとも、謙造はご機嫌で話を続けた。汽車はゴトンと揺れたと思うと、名古屋に向けて走りだした。安倍川の鉄橋にさしかかると、杉井の心の中は、いよいよ生まれ育った静岡の町を離れて新たな生活に入っていくという感傷が支配的となり、謙造の思い出話は、杉井の耳には、移り変わる車窓の背景の旋律となっていった。

入営

汽車は午前十時に名古屋駅に着いた。静岡の駅とは比較にならない東海地方随一の名古屋駅の大ホールを通って、出口の前の食堂に入り、杉井と謙造はコーヒーを飲んだ。駅前から市電に乗ると、程なく名古屋城前に着いた。市電を降りてすぐ目の前が、杉井が所属することとなっている野砲兵第三連隊だった。向かいには輜重《しちょう》兵第三連隊、筋向かいには護国神社があり、西北には名古屋城の天守閣がその威容を誇示するかのようにそびえていた。杉井は、連隊といえば、静岡歩兵第三十四連隊しか知らなかったが、何でも静岡より大きい名古屋にあって、名古屋の連隊は妙に狭く感じられた。連隊の周囲は低い塀で囲まれていたが、これも堀で囲まれた静岡の連隊とは大分趣を異にしていた。正門を入ると、左に衛兵所があり、衛兵六人が整然と並んでいた。その裏が面会所となっており、その隣が炊事場と浴場、更に第一中隊の兵舎があり、その隅に裏門があった。酒保と将校集会所はその裏門の横にあった。正門の正面左が第二中隊の兵舎、その隣が砲廠《ほうしょう》、砲廠の裏が五棟の厩舎、厩舎の右隣北向きに第三中隊と第四中隊の兵舎があった。杉井の配属はこの第四中隊の第五班だった。

中隊兵舎前に第五班四十名の初年兵が集合すると、第五班の班長である神尾軍曹が兵舎から出てきて、二列になって自分に従うよう指示した。内務班は中央に廊下があり、両側に寝室が並んでいた。第五班は左側一番奥の寝室だった。中に入ると、部屋の真中に黒光りのする頑丈そうな木製テーブルがあり、その両側に十個ずつの寝台が向き合う形で置かれていた。誘導してきた兵たちは、一人一人の名前を確認し、これがお前の場所であるとそれぞれの寝台を指定して、各自その前に立つように命じた。それぞれの寝台の上には、毛布二枚、敷布一枚、一装と呼ばれる外出用軍服一着、三装と呼ばれる普段用軍服一着、襦袢二枚、股下二枚、編上靴一足、長靴一足、営内靴一足、白い作業衣一枚、帽子一個、巻脚絆一枚、銃剣一個、拍車一対、それに食器等を入れる高さ四十センチくらいの手箱が整然と並んでいた。

寝台の端には、四人の古参兵が陣取って初年兵を監督していた。杉井の隣が藤村上等兵、反対の端に西田一等兵、向かい側の両端には、大宮上等兵と野崎上等兵が立ち、厳しい目つきで新参者を見回した。この四人が第五班の担当であり、このうち野崎が班の先任上等兵であった。四十人が直立不動の姿勢で立っていると、まず野崎が初年兵に対する初めての命令を下した。

「全員、三装を着用し、編上靴をはいて営庭に集合せよ。その際、今まで着てきたものはすべて風呂敷に入れて持って出よ」

もともと厳《いか》つい顔をした野崎が大声で発した命令に、モタモタしていたら何をされるか分からないと、全員急いで着替えを始めた。ここで杉井は困った。どれが一装でどれが三装かも不明であり、靴もどれが編上靴なのか俄かには分からなかった。やむを得ず目の前のものをあれこれ物色していると、隣にいた藤村が、

「これとこれだ」

と、およそ親切という概念とは対極にあるなげやりな言い方で教えてくれた。このような窮状に陥ったのはもちろん杉井だけではなく、ほぼ全員がこの一切の解説を省略した指示に動揺していた。しかもこの命令にはもともと無理があった。各初年兵の身長、体重などを勘案して配布されている訳ではないため、仮に三装と編上靴を正しく選択しても、実際の着用が可能とは限らなかった。

「靴が小さすぎて入りません」

「周囲の足の小さい者と交換しろ」

「上着のボタンがはまりません」

「服に体を合わせろ」

そんなやりとりがそこかしこで展開された。しかし、営庭へ集合しろとの命令だけはすべてに優先させねばならず、取り敢えず四十人は兵舎の外へ出た。諸調整に要する時間の不足は否めないところであり、入らない靴を引きずる者、上着のボタンが二つしかはまらない者、逆にダブダブのズボンが下がらないよう押さえている者、帽子をあみだに被っている者など、その

出で立ちに欠陥を伴っていない者は皆無に近かった。杉井は、烏合の衆とはこのような集団を指すための言葉ではないかと思った。杉井はと言えば、幸い軍服はややきつい程度で何とかなったが、問題は帽子だった。もともと、杉井は頭の回りが標準より大きく、学帽も市販の大きなサイズでも十分でなかったため、特注してもらっていた。当てがってもらった帽子はとりわけ小さく、やむを得ず頭にのせるだけで営庭へ向かった。見兼ねた藤村が大きめのものを被っている者と取り替えてくれたが、それでも小さく、結局被服庫へ行って特大の帽子を持ってきた。配布されたものはすべて中古であったが、この特大の帽子だけは明らかに新品であると思われた。軍服を着て全員整列したが、どの服にも汗と油と馬糞と煙草の香りが複合的に染み込んでおり、異様な匂いを放っていた。

各班長に引率されて、中隊全員が営庭に集合し、整列が完了すると、中隊長が登場した。第四中隊の隊長は、福富大尉といい、立派な口髭を蓄え、恰幅も良く、威風堂々としていた。第一班の班長が、

「中隊長殿、訓示」

と言うと、福富はおもむろに壇上に上がり、軍人となることの意義、軍人としての心構えを滔々と述べた後、

「これからは、中隊長を父と思い、班長を母と思い、戦友を兄と思い、困ったことは相談して、お国のために立派な兵隊になるよう、精進努力せよ。それから引率して来られた父兄の方々に申し上げます。大切なご子弟は、本日より、この福富がお預かり致します。ご心配なきように」

と、訓示を結んだ。

再び、第一班の班長から、

「これより二十分間の休憩。この間にわざわざ見送りに来られた父兄の方々にお別れとお礼を言え。またその際、私物を渡すべし。それでは、解散」

との指示があった。多数の父兄の中から謙造を探し出すと、杉井は着てきた服などが入った風呂敷包みを渡した。謙造は杉井の姿を一度じっと見た上で、

「入営の風景というのは、今も昔も変わらんなあ。それにしても、福富大尉は立派で優しそうな中隊長だ」

と、笑顔で満足そうに言った。明らかに、自分の若き日の思いを回顧している風情だった。五分ほどの面会が終わると、謙造も他の父兄も正門に向かって帰って行った。

杉井たちは班内に戻り、寝台の上の手箱を棚に乗せ、衣類を丁寧に畳んで棚の上に整理し、毛布を寝台に敷くと、各自の前にある二メートルくらいの分厚い机に向かい、長椅子に腰をかけた。この机が食卓となり、勉強机となり、小銃、銃剣の手入れを行うこととなる台であった。食卓には、傷だらけのアルマイトの器に赤飯が盛られており、その横に紅白の蒲鉾が添えられ、更に脂ぎった赤みその味噌汁が並べられていた。これらは、初日に限り、特別に古参兵が用意してくれたものであった。食事が終わり、全員白の作業衣に着替えて営庭に集合すると、神尾の先導で営内の案内が始まった。砲兵隊らしく、杉井たちはまず、砲廠に連れていかれた。神尾は、厳《おごそ》かにかつやや大仰に、砲兵たるもの今後は大砲は命より大切なものと思えと告げた。

砲廠には厳めしい十センチ榴弾砲《りゅうだんほう》が四門光り輝いていた。砲廠の次は厩舎だった。厩舎は一棟百メートルで、中には数十頭の馬が寝藁の上に大きな尻を外に向けて並んでいた。随行していた野崎が、

「今から担当の馬の名前を言う。この馬はこれからお前たちの戦友だ」

と、それぞれの兵と馬の名前を読み上げた。

「杉井二等兵、神風」

随分勇ましい名前の馬が当たったものだと杉井は思った。

「各自、自分の馬を確認せよ」

との命に、杉井は神風を探した。神風は右端から二番目におり、青毛のつやつやとした尻を通路に向けて、馬糧を食べていた。左の柱に「神風」という名札が下がり、名札の上に赤色の二重丸がついていた。周囲を見ると、他の馬の名札には丸がない。

「上等兵殿、この赤丸は何でありますか」

杉井が訊くと、野崎は全員に届く大声で、

「名前の上の赤丸は嚙みつく馬、下の赤丸は蹴る馬」

と答えた。馬の口の大きさは犬の比ではない。昔からくじ運は特に良い方ではないが、軍隊に来ても相変わらずのようだと杉井は半ばあきれながら厩舎をあとにした。

営内の見学をひととおり終えて部屋に戻ると、整理棚に整理しておいた衣服が全部床の上に散乱していた。周りを見ると二、三人の分を除いて全部床に落ちている。野崎が大声で怒鳴っ

た。

「お前たちはだらしがない。衣服の畳み方も知らんのか。床に落ちているものはすべてやり直しだ」

杉井もあわてて、これ以上できないと思われるくらい丁寧に畳み直して棚に上げたが、班の中の四、五人は、七回も八回も棚から衣服を引きずり下ろされ、三十分以上かかってようやく許してもらった。

夕食の時間になり、杉井たちは寝台の前の大きな机に向かい、炊事当番の用意した食事に箸をつけた。杉井の隣の宮谷二等兵は食事が早く、杉井が七分程度食べた時には、既にすべて平らげていた。食事が終わると食器を持って外の洗い場に行って食器を洗い、手箱の中に収めることになっていたが、宮谷は、向かいに座っていた藤村に、

「上等兵殿、食器をいただきます」

と言って、自分のものと二人分手早く洗ってそれぞれの箱に収めた。杉井は、学生時代、異常なまでに教師にへつらう生徒が学級に二、三人はいたのを思い出し、どこにでもこういう奴はいるなと思ったが、上官たちの顔を見ると、この種の扱いをこの上なく評価する人種のように感じられ、これは他人と競ってでもとるべき対応であるかも知れないと自分に言い聞かせた。

食後は帯剣と靴の手入れを命じられた。ぼろ布で一所懸命靴を磨いていると、藤村が、

「手入れが済んだら、お前たちを温かく送り出してくれた家族に手紙を書け。切手葉書は酒保で売っているから、持っていない者は買って来い。それから部屋を出る時は必ずどこへ行くと

言ってから出よ」

と言った。先ほどの食器片づけに学んだ杉井は、いち早く手入れを済ませ、

「杉井二等兵、酒保に行ってきます」

と、部屋を出ようとした。途端に、藤村の怒鳴り声がした。

「声が小さいっ」

これはかなわないと杉井は思った。部屋中に聞こえるような声で言ったはずなのにと思いつつ、学校の応援団長並みの大声で、

「杉井二等兵、酒保に行ってきます」

と繰り返して出て行った。戻ったら戻ったで、「杉井二等兵、酒保から帰りました」と怒鳴らないと部屋には入れてもらえない。杉井の部屋は、「酒保へ行ってきます」、「厠から帰りました」、「洗い場へ行ってきます」などの初年兵の怒鳴り声だらけとなり、喧騒を極めた。

皆が家族への手紙を書き終えたのを見計らって、また藤村が言った。

「これより靴の検査を行う。全員靴の裏を自分に向け、顔の高さまで上げよ」

杉井も言われたとおりにすると、営内のそこかしこにある馬糞を踏んづけたせいか、目の前にある靴の裏の匂いは強烈だった。

「舌を出せ」

意味するところは分からなかったが、指示に従うと、藤村は初年兵の後側に回り、一人一人の顔を靴に押しつけていった。杉井は生まれて初めて動物の糞というものをなめた。その場で

吐き出したら、またどんな新たな体罰がくるか不明であり、結局その味は自分の寝台に戻って手ぬぐいに吐くまで口の中に残った。靴の裏側まで磨くべきことは口頭で言ってもらっても十分改めるのに、これが軍隊式の教育かと杉井はその厳しさが身にしみた。本来、この靴の裏側の手入れは、特に戦地に行ってからは極めて大切なことだった。靴の裏側が磨かれていないと靴の底が固くなって破損し、また鋲の根元が汚れていると腐って鋲が抜け、この結果、豆ができたり靴ずれができたりして破傷風を誘発し、行軍落伍者となる。これを防止するために、靴の裏を磨くことを徹底するべくこの一種の体罰を加えるのであるが、そんなことは全く分からない杉井には、単なるいじめとしか感じようがなかった。

夜の九時になり、点呼が始まった。襷《たすき》を掛けた週番士官が第一班から順番に回ってきた。杉井たちは各自寝台の前に立ち、神尾班長の「気をつけ」の号令のもとに全員直立不動の姿勢を取った。

「第四中隊第五班、神尾軍曹以下総員四十名、衛兵一名、厩当番一名、現在員三十八名、番号っ」

初年兵たちは端から番号を唱えた。

「イチ」「ニ」「サン」「シ」

「もとへ、番号。シではない、ヨンである」

「イチ」「ニ」「サン」「ヨン」「ゴ」「ロク」「シチ」「ハチ」「ク」

「もとへ、番号。クではない、キュウである」

「ヨン」、「キュウ」は砲兵科に特有な言い方であったが、とにかくこの点呼において、末尾ヨンの者、末尾キュウの者が間違うとまた番号もとへ、である。杉井も多少疲れてきており、こんな簡単なことを間違えないでくれと言いたくなったが、間違える者も相当疲れているのだろう、今日のことを思えば無理もないと思い直した。

五回目でようやく間違いのない点呼ができ、最後の者の「異常なし」の声で点呼完了となると、直ちに消灯就寝となった。きちっと藁布団の中に巻き込んだ窮屈な毛布の中に潜り込むと、杉井はさすがにやれやれという気分だった。目を閉じると、やがて営内に消灯ラッパが響いてきた。初めて誰も相談する人もいない孤独な生活が始まったという実感からか、あるいはまだ初日とはいえ、軍隊の生活というものは決して楽しそうではないという漠然とした不安からか、そのラッパの音は異様に寂しく感じられた。

初年兵教育

二日目からは、分刻みと言っても過言でないほどの確立された日課での生活が始まった。起床ラッパで目を覚ますと、直ちに作業衣を着て掃除を始める。まずここで杉井たちは困難に直面する。初年兵四十名がいながら、箒が四本、雑巾が五枚しかない。素早い兵がこれらの道具を占領してしまうと、残りの者たちはうろうろするだけである。古参兵の食器の片づけにしても、この掃除にしても、とにかく早い者勝ちである。極めて内容の乏しい仕事でありながら、こういうことをうまくこなすかどうかで古参兵の評価が変わってくる。要領良くやれば、「あの兵隊は積極的で真面目である」となるし、やる気はあっても、仕事を逃せば「たるんでいる」ということになる。古参兵の評価というのは、概ねこの二種類しかないし、後者の評価を受ければ、何かにつけて意地悪をされるのは目に見えている。更に困るのは、この種の評価は一度決まるとなかなか変更というものが期待できないことである。古参兵に気に入られれば、多少のことは大目に見てもらえるが、一度嫌われたら、その後は良いことをしてもリカバリーがきかない。杉井たち初年兵の最初の取り組みは、日々この古参兵の評価を上げるという情けない目標に向かっての競争であった。

掃除が終わると、営庭に出て点呼、点呼が終わると駆け足で厩舎へ向かう。厩舎では、まず自分の担当の馬を外に出して、繋馬場に繋ぐ。馬が驚かないように、

「オーラ、オーラ」

と声をかけて厩舎内に入り、馬の轡《くつわ》を取って外へ連れ出すのであるが、杉井の担当の神風はこの段階でもう杉井を困らせた。神風は入っていこうとすると、必ず杉井の入っていく側に尻を寄せて入りにくいようにした。杉井が躊躇していると、

「何をしているか」

と古参兵から怒鳴られる。必死になって蟹歩きでそろそろと突入していくと、神風は喜んで前掻きをするのであるが、これも足を踏まれそうで、杉井には恐怖だった。何とか試練を克服して外へ連れ出し、今度は神風に水を飲ませる。神風が水槽に口をつけて水を飲む際、杉井は

ドクドクと喉を水が通る回数を数え、馬匹名簿にそれを記入しなくてはならない。この回数は馬の健康のバロメーターであり、少ない場合はかなりの確度で仙痛（腹痛）を起こすのだった。水を飲み終わると繋馬場に繋ぎ、バケツで水槽から水を汲み、四脚の蹄《ひづめ》を洗って油を塗り、刷毛で大きな馬の体全体の毛をとかしフケを取る。終わると、古参兵から「寝藁を出せ」と号令され、厩舎から寝藁を外に出して日干しをする。熊手はあるが、馬の糞と小便で堅くなった寝藁は重すぎて熊手は役に立たず、結局、湯気の立つような寝藁を両手で胸に抱え、五、六回往復して外に出し、広げることになる。その後、厩舎内を清掃し、馬糧と干草を入れ、神風を厩舎に返してようやく早朝の日課が終わる。この馬の世話だけで約四十分を要する。しかも杉井の場合、神風のおかげで他の初年兵に比べて苦労が多かった。杉井が自分は不運にも嚙みつく馬が当たってしまった旨を大宮上等兵に告げた際、大宮は、

「それは大変だな。しかし、嚙む嚙まないもさることながら、利発な馬に当たると苦労するぞ。初年兵だと思うと馬鹿にするからな」

と言っていたが、神風はまさに利発な馬だった。厩舎に入ろうとすれば、じゃまをするし、蹄を洗うため片方の脚を膝の上に乗せると、わざとそちらの脚に体重をかけてきた。馬の体重は並ではなく、杉井は膝から下がつぶれるのではないかと思った。古参兵の場合、厩舎に入る際に声をかければ馬はどうぞと言わんばかりに道を開け、脚を洗う時も軽く手を当てれば馬はすぐに軽く脚を上げる。神風を何とか早く仕込まないといつまでもこの苦労から脱却できないと、杉井は強く認識した。

厩舎の清掃が終わり、兵舎に帰ると、食事当番が食事を用意してある。手を洗う暇もなく、「いただきます」と大きな声を上げて一斉に食事を開始する。食事を終えたあとの古参兵の食器の片づけという仕事を獲得するために、必然的に皆早食いになる。杉井は入営前と比較して自分の食べる速度がほぼ倍になっているのを感じていた。朝食が終われば午前の訓練、昼食を挟んで午後の訓練、訓練が終了すると厩舎の片づけ、夕食をとって、その後は小銃帯剣の手入れ、靴の手入れと衣服の洗濯、九時の点呼、消灯、就寝という型にはまった生活が連日繰り返されることになった。

生活の大半を占める訓練は、まず徒歩訓練から始まる。最初は姿勢である。

「不動の姿勢を取れ」

「あごが出ている」

「背筋を伸ばせ」

「手の指先が伸びていない」

「両膝がついていない」

次々と注文が出され、足の爪先の開き方まで指導される。中には猫背の者、蟹股《がにまた》の者などがいて、列から引っ張り出されて個別の特訓を受けることになるが、もともと本人の責任に帰すべき要素でもなく、これは杉井も見ていて可哀相に思った。次は歩行であるが、これも、

「足を上げるのに、膝が水平になるまで上げよ」

「歩幅は八十五センチだ」

「手の振り方が小さい」

また敬礼も、

「肘が下がっている」

「中指と人差し指の間を帽子の庇《ひさし》へ」

など細かい注文をつけられながら、毎日同じことを反復させられる。小学生の「足並み揃えて行進」ではあるまいし、と馬鹿馬鹿しくなってくるが、五日もすると、指示どおりの歩行を身につけた結果、全員の動きが段々兵隊らしくなってきて、杉井は、これはこれで良くできた訓練なのかも知れないと思った。

徒歩訓練が一段落すると、砲手訓練が始まる。大砲の眼鏡（今で言う望遠鏡）が十個ついた机が営庭に出され、各人がその眼鏡の前に立ち、眼鏡の転把《てんぱ》に右手をかけ、下士官の号令に従って転把を動かし、数字を入れていく。この際、転把に遊びがあるため、必ず右止めにするように言われる。下士官に「方向千」と号令され、まず指針を千に合わせる。それから「十右へ」、「四右へ」、「二左へ」、「五右へ」など言われるままに指針を動かしていくと、途中で答えを訊かれる。うまくできなかった場合でも、簡単な数字なので暗算で答えが出るが、それをやっていては訓練にならない。初年兵のあとを四人の古参兵が巡視して号令どおり手を動かしているか、右止めにしているかなどを監視する。暗算で答えを出しているのが分かってしまったり、右止めを忘れたりすると、必ず標桿《ひょうかん》という一メートルくらいの鉄の棒で頭をたたかれた。

砲手は一番砲手が柳絮《りゅうじょ》という引き金を引く者、二番砲手が照準を定める者、三番砲手が弾丸を込める者、四番砲手が火薬の入った薬を込める者、五番砲手が導昆《どうこん》という棍棒で弾丸薬莢を突っ込む者、六、七、八番砲手が砲側で弾丸、薬莢、信管を整備する者と役割分担が決まっていて、一番砲手から八番砲手を交替で訓練する。二番砲手は照準手として最も重要な役割を果たすことから、最終的には成績優秀な者が二番砲手に任命される。このため照準を合わせる訓練には必然的に気合いが入った。

入営して十日目から砲手訓練と並行して乗馬訓練が始まった。まず厩舎から自分の担当の馬を出し、外の馬繋場に繋ぎ、馬具倉庫から毛布と鞍を出してくる。自分の家で毎日のように重い茶箱を担いでいた杉井だったが、馬の鞍はそれだけで三十キロもあり、これを駆け足で運ぶのは杉井にとってもかなりの重労働だった。持ってきた毛布を四つに畳んで馬の背にかけ、その上に鞍を乗せるのであるが、馬は左右に動くし、その上自分の背丈近くまで持ち上げなくてはならないため、この作業も相当な腕力を要する。毛布を敷く際に皺があると馬に鞍傷がつくため、しっかりと伸ばして敷く必要があるが、これも至難だった。ようやく鞍を乗せると次は腹帯を締めるのであるが、ここでも神風は杉井に意地悪をした。締めようとすると、わざと腹を膨らませるので、すぐ腹帯が緩み、鞍がずれてしまう。古参兵のやり方を見ると、馬が少しでも腹を膨らませようとすると、「このクソたわけ」と腹をピシッとたたき、言うことを聞かせて力いっぱい締めているが、杉井が同じことをしてもすぐに従うような神風ではなかった。

ようやくひととおりの準備を終えると、いよいよ乗馬である。鐙《あぶみ》に足をかけ、力いっぱい蹴り上げて勢い良く乗るのだが、十人中二人くらいはこれができず、古参兵に尻をたたかれながら、何とか這い上がって乗る。杉井は生まれて初めて馬の背に乗ったが、予想以上に高く、二階から見下ろすような感があった。次に手綱を持つのであるが、これが固定物でないため拠り所がなく、腰でうまくバランスを取らないと、すぐに落馬しそうな気がした。初日は営内をゆっくりと歩くだけだが、それでも相当の恐怖感が伴い、杉井は、形だけは馬に乗ったものの、一体自分は本当に馬をコントロールできるようになるのだろうかと不安を覚えた。

翌日は城内の練兵場へ出かけての乗馬訓練となる。鐙を鞍の前に上げて、鐙なしで歩行訓練をする。並足のうちは良いが、早足になると腰が浮いてどうにも不安定になってくる。こうなると、馬によっては面白がって尻を振ったり、脚を跳ね上げたりするので、何人か落馬者が出る。神風の意地悪は、今回も尋常ではなかった。わざと左右に体を揺すりながら走り、かつ、前脚と後脚を交互に大きく跳ね上げた。落馬者が続出する中、杉井は何とか持ちこたえていたが、神風が右の後脚を大きく跳ね上げた瞬間、つんのめって左前方に落馬した。杉井が落ちるのを見ると、神風は喜んで尻を左右に振り、放屁して兵舎内の厩舎に向かって走りだした。

「杉井二等兵、何をしとるか。しっかりせい」

野崎に怒鳴られ、杉井は、すぐに起き上がって神風を追いかけた。神風は二百メートルほど先でこちらを見ている。杉井がようやく神風の近くにたどり着くと、神風はまた走りだしてしまう。この繰り返しで、結局杉井は、練兵場から厩舎までの千メートルを全力疾走する羽目になった。古参兵には怒鳴られ、馬には馬鹿にされ、重い長靴で汗まみれになって走りながら、杉井は情けなくて涙が出る思いだった。

この乗馬訓練の弊害は、神風に意地悪されて屈辱的な思いをすることだけではなかった。連日馬に乗っていると、太腿の内側から臀部にかけての部分が擦れて粘液が出てくる。その結果、股下が密着して脱ごうとすると痛くて脱げず、杉井は仕方なく水槽に尻をつけて濡らして脱いだ。いつになったらまともな乗馬ができるようになるのだろうと思いつつ、一月の寒い朝、凍てつく水で神風の手入れをしていると、濃い朝霧の中に市庁舎の時計台がぼんやりと見えた。針は六時を指していた。杉井は、流行歌「裏町人生」の「霧の深さに隠れて泣いた……」という歌詞を思い出しながら、神風に語りかけた。

「頼むから俺の言うことを聞いてくれよ」

「馬のお前にも、人間の気持ちは分かるだろ」

「俺と一緒に上手に走った方がお前も気持ちが良いだろ」

神風はきょとんとした目で杉井を見ていた。こんなことを言っても分かる訳はないなと諦観しつつ、一方で、相当ないたずらっ子だが可愛い奴だとふと情が湧いた。噛みつく馬と言われているが、俺を噛んだことは一度も無いし、ひょっとするとこいつは俺のことを好きなのかも知れないとも思った。

乗馬訓練が始まって二週間ほど経つと、事態は急速に好転した。まず神風の対応である。杉井の世話に慣れてきたせいか、厩舎に入って行くと、喜んで鼻をすりつけてくる。蹄を洗う時も、杉井がやりやすいように軽く脚を上げるようになり、体重をかけてくることもしなくなった。走り方は相変わらず他の馬より多少荒っぽかったが、当初のようにわざと尻を振るというようなこともなくなった。加えて、杉井の太腿の内側もかさぶたになり、鞍に乗った時の痛みが大幅に緩和されて、乗馬が大分快適になった。その結果、乗馬の技術の上達も加速度的に早くなり、訓練一ヶ月で落馬の不安は全く解消した。こうなると乗馬訓練は楽しくなる。馬場で行う早足、輪乗り、手前の交換（左前足走行と右前足走行を交換させること）等、訓練内容は段々高度になっていったが、すべて無難にこなした。更に、一週間に一度、馬運動という訓練があり、早春の名古屋市郊外から繁華街までを馬上豊かに走るのであるが、これは爽快そのものだった。大宮上等兵の引率の時は、粋なはからいで、中村遊廓の中まで出かけたが、大きな楼閣の二階から、可愛い遊女たちが手を振っていた。

入営から一ヶ月あまり経つと、寝台が両隣の石山、山口、斜め向かいの大道など仲良しの初年兵もでき、また別の班に静商時代の同級生の下柳がいたので、時々会いに行ったりした。この結果、入営当初の孤独感はなくなり、気持ちの上では多少のゆとりも出てきた。しかしながら、日々の生活の厳しさは相変わらずで、特に古参兵たちの初年兵に対する指導は、手を緩めるところがなかった。班長の神尾は温厚で、要所要所で叱る程度であり、また大宮上等兵も四人の担当古参兵の中では極めて淡々としていて、体罰も必要最小限のものしか加えなかったが、野崎、藤村の両上等兵と西田一等兵の指導は苛烈だった。毛布衣類の畳み方が悪ければ全部目茶苦茶に投げ出される。命じられたことの復唱を忘れれば殴られる。掃除が悪いとバケツと箒を持って一時間不動の姿勢で立たされる。まさに一挙手一投足緊張の連続である。就寝前に小銃の手入れをし、寝床に入ってやれやれと思うのだが、これが必ずしも一日の終わりとは限らない。小銃は手入れをした後、必ず引き金を引いておかねばならないが、往々にしてこれを忘れる者がいる。就寝後、古参兵の不寝番が回ってきて、各小銃の引き金を引いて点検し、一つでもカチンと音がすると班全員がたたき起こされる。

「この銃の手入れをしたのは誰か」

恐る恐る手を上げると、その者は、銃を持って捧げ銃の姿勢を取らされ、

「三八式歩兵銃殿、あなたより先に就寝して申し訳ありません。今後このようなことは絶対致しません。お許し下さい」

と言わされる。声が小さいと、

「声が小さい。もう一度」

と何度でも同じことをやらされる。大の大人が小銃に向かってペコペコしながら謝っている姿は惨めそのものであり、杉井は見ていて嫌悪感を催した。

この種の屈辱的な罰則は数限りなくある。例えば「鶯の谷渡り」であるが、これは十並んだ寝台の一つ目の下を潜り、次の寝台を飛び越して、ここでホーホケキョと声を出し、また次の寝台へ、とこれを五回繰り返させられる。「蟬」というのは、寝室の五寸角の柱に登らされ、柱の上部にしがみつき、ミンミンと鳴き声を出させられる。声が小さいと「次は油蟬」と命令され、シャンシャンと鳴かされる。また「伝令」という罰の場合は、寝台の間に立ち、両手を両側の寝台について足を浮かせ、自転車に乗ったように両足を交互に動かすように言われる。しばらくすると古参兵が「坂に来た、もっと早く」とスピードをあげさせ、最後には「上官が

来た、敬礼」と片手をあげさせてドスンと床にしりもちをつかせる。どれもこれもナンセンス極まりない罰則であり、杉井はこの鍛え方には甚だ疑問を感じ、腹も立ったが、これも人間のプライドを地に落とすためには何が効果的かをいろいろな人間が工夫した結果なのだろう、組織に属する限り、こういったことに従うことも訓練の一部かも知れないと、義憤を腹にしまった。

失敗をした時の罰則で、最も一般的なのは、言わずと知れた「ビンタ」である。頬を平手打ちされるのだが、これが並の痛さではない。この「ビンタ」にも、両手で左右交互にたたかれる往復ビンタ、一列に並んで右から順番にたたかれる集団ビンタ、初年兵同士が二列になって向き合い、相対した者をたたきあう相対ビンタなど態様はいろいろある。集団ビンタになると、あまりに数が多く、たたいている古参兵の手が痛くなってくるため、途中から帯皮やスリッパでたたくようになる。そうまでしてビンタを張る必要性がどこにあるのかと思うのだが、古参兵が集団ビンタを途中でやめたことは一度もなかった。杉井の班が初めて相対ビンタを命じられた時、杉井の相手は山口だった。山口は明らかに力を抜き、それでいて音だけは大きい上手なビンタを張ってくれた。杉井もお返しに、加減しながら山口の頬をたたいたが、これが野崎上等兵の目にとまった。

「杉井二等兵、今何をした」

「杉井二等兵、山口二等兵にビンタを加えました」

「嘘をつけ。やり直しだ」

やむを得ず、杉井は、力を込めて山口の頬を張り直した。山口の頭がぐらっと揺らいだ。「山口、許せ」と心の中で思うや否や、野崎が杉井の腕をぐっとつかみ、

「違う。こうやってやるんだ」

と、これ以上できないと思うくらいの力を込めて杉井の手で山口をひっぱたいた。山口は床に落ちた。

「山口二等兵、姿勢が悪い」

野崎の声に山口は起き上がって不動の姿勢をとった。唇が切れて血がにじんでいる。

「ビンタというのはこうやってやるんだ。山口二等兵、杉井二等兵の教育に感謝するように」

こう言い残して、野崎は次の相対ビンタの点検に移った。

杉井は、他の初年兵に比べれば少ない方ではあったが、それでも受けた洗礼は相当な数にのぼった。杉井が最初に受けたビンタは入営二日目だった。藤村上等兵から、

「杉井二等兵、この日誌を班長殿に届けて来い」

「はい。了解しました」

と言って、「まずい」と思った瞬間、藤村の平手がとんだ。

「杉井二等兵、班長殿に日誌を届けてまいります、だろう。言われたことの復唱もできん奴は廊下に立っとれ」

絶対服従の軍隊では、抵抗などできないことは百も承知であり、この時も杉井は直ちに不動の姿勢を取った。しかし内心は、この程度のことで殴らなくても、という気持ちがあり、それ

が多少表情に出た。途端に、

「何だ。そのツラは」

藤村から追加のビンタがきた。杉井は無言で廊下に立った。


この初年兵教育における体罰は、毎日のように繰り返されると徐々に感覚が麻痺して、軍隊においては当然必要なものと思い始める者も出てくる。しかし杉井はいつまでたっても、このような形での訓練のやり方に合理性を見出すことができなかった。古参兵の中では、唯一いろいろな話のできる大宮上等兵に、杉井は、偶々《たまたま》夕食で隣り合った際に、軍隊生活において日頃疑問に感じていることを話してみることにした。

「上等兵殿。軍隊では、命令はどんな簡単なものでも必ず復唱させられます。しかし、分かりきったことは復唱を省略しても良いように思います。歩行訓練に始まる各種訓練も、もうすべての者が習得し、これ以上やっても意味がないのではないかと思われても、なお何度も何度も同じことを繰り返し行います。兵隊の教育というのは、このようなやり方が最善なのでしょうか」

大宮は、柔和な目で杉井をちらっと見てから言った。

「お前は随分厳しい教育だと思っているかも知れないが、なんのかんの言ってもここは戦地ではない。だから、ここで戦地にいるのと同じような切迫感を感じさせようとしても、それは難しい。一方で、ここで覚えたことを戦地で使えないのでは何の意味もない。戦地でもないところで学習したことを戦地で実践させようと思ったら、一つ一つのことを頭で考えさせていては駄目だ。体で覚えさせること、肌に染み込ませることが大事だ。俺の学校の同級に中学野球で全国大会に出た奴がいる。遊撃を守って見事な守備をしていた。ところがあとで聞いたら、いままで経験のないような大観衆の前であがってしまって、三回くらいまでは自分が何をしていたか覚えていないと言うんだ。それでも試合開始直後から、自分のところに球が来れば無意識のうちに正面で捕球し、一塁に正確に送球している。あれは、毎日毎日放課後から暗くなるまで、弛《たゆ》まぬ訓練をしているからこそできることだ。いざという時に緊張してやるべきこともできんような奴を戦地に送ったら、すぐに死んじまうものなあ。それから、お前の言った命令の復唱だが、部屋を出る時、部屋に入る時も含め、全員が大声を出すことによって、ひそひそ話も内緒話もなくなり、部屋に陰湿さのかけらもなくなる。それに、自分のやることを人前で大声で発言すれば、各自が自分の行動に責任を持つようになるし、集団の中で自分の存在もはっきりしてくる。やらせていることにはそれなりの意味があるのだ」

大宮の説明は説得力があった。杉井はなおも訊いた。

「ビンタはあそこまでやる必要があるのでしょうか」

「杉井なあ。お前のその質問こそビンタものだぞ。ビンタも戦地に行ったら必要欠くべからざるものだ。戦場で恐怖のあまり夢遊病者のようになってしまう者もいるが、そんな奴を正気に戻すためにも、また疲労困憊の極に達した者に気合いを入れるためにもビンタは必要だ。もっともここでのビンタは、さっきも言ったように、物事を体で覚えさせるために、訓練どおりにやらなければビンタがとんでくることを徹底し、反射的にそれを避けようとして、自然と正確な挙動をとれるようにすることを狙ってのものだ。誰も好き好んでビンタを張っている訳ではない」

杉井は「上等兵殿はそうですが、他の方は好き好んでやっておられると思います」と喉まで出かかったがぐっと抑えた。

「しかし、ホーホケキョや蟬まで必要でしょうか」

大宮は、一瞬沈黙したが、すぐにニヤッと笑って言った。

「あれか。あれは確かに要らんかも知れんな」

あのような、無抵抗の弱者を苛めるだけが目的で、誰にとっても何の益もない罰則に合理性がないことは、良識派の大宮は認識しているのだろうと、杉井は思った。

第一次選別

昭和十四年当時の陸軍において、連隊の本隊はすべて外地に出征しており、杉井が入営した野砲兵第三連隊は補充隊であった。補充隊の任務は、入営した兵を、三ヶ月後に第一期の検閲を行った上で、一人前の兵隊として戦地に送り込むことであった。補充隊には、守備隊長陸軍中佐である連隊長が一名、少佐である大隊長が二名、中尉である中隊長が四名、少尉又は准尉である教育係将校が各中隊に四名、下士官である教育係助教が各中隊に十名、上等兵である助手が各中隊に二十五名いた。このうち准尉以上は営外居住で連隊に通勤していたが、下士官は連隊内の個室で生活し、兵は古参兵として新入兵と同じ部屋で起居を共にしていた。

第一期の検閲が終わると、幹部候補生以外の兵はほとんどが外地に出征し、一部の者だけが次に入って来る兵の教育係として残留した。教育係となる者は、幹部候補生にはなれなかったものの成績が比較的優秀であった者か上官と特殊なコネのある者のいずれかであった。彼らは初年兵教育のほかに、正門裏門の警備を行う営兵勤務、馬匹の見回りを行う厩舎当番、夜間内務班の警備を担当する不寝番などの勤務に就いた。

野砲兵第三連隊の昭和十三年徴集兵は、一月入隊の前期八百名、六月入隊の後期八百名の合計千六百名だった。杉井たち前期八百名のうち、幹部候補生有資格者は五百名だった。有資格者の要件は中学校以上卒業という形式要件だった。幹部候補生になるならないは個人の希望に委ねられており、従って志願制という形を取っていたが、実際は半強制的であった。志願しない者はその理由を厳しく聞かれ、理由の如何を問わず非国民と罵倒されるため、希望しない者も結局渋々志願するというのが実態だった。

この頃の日本陸軍には三種類の将校がいた。第一グループは一兵卒からのたたき上げである。プロを目指して一等兵、上等兵と一段ずつ階級を上げていき、次に兵長となるが、ここまでで最低二年かかる。その後、伍長、軍曹、曹長と下士官を五年歴任して准尉となる。この段階で少尉候補者となる試験を受け、合格すると陸軍教導学校の教育を受け、卒業して少尉となる。

少尉となる試験は難関で、合格するには相当な努力が必要であり、またこのたたき上げグループは昇進に必要な期間も長く、順調にいっても、少尉になるには十年はかかる。

第二グループは幹候と呼ばれる幹部候補生の将校である。中学校以上の卒業者で一般兵とともに入隊し、三ヶ月後の検閲の際、試験を受けて合格すれば幹部候補生となる。その後六ヶ月の特別訓練があり、再度試験を受けて甲種と乙種に分けられる。甲種は将校候補となり、予備士官学校に入学し、乙種は下士官として引き続きその連隊に残ることとなる。甲種は予備士官学校で九ヶ月の特訓を受け、卒業と同時に陸軍曹長、見習士官となり、三ヶ月後には少尉となる。平時の場合はここで退役して自分の職業に就くなりして予備役編入となる。戦時の場合は、予備役編入即召集で引き続き兵役に就くが、この場合は二年後に中尉となる。その後大尉に昇進し、召集解除、退役となって少佐に進む者もある。杉井はまさにこのグループであり、今後の試験等の結果次第では、将校としての昇進を目指していける可能性のある立場にあった。

第三グループは完全なエリートプロ軍人である。小学校を終わって幼年学校に入り、中学校四年生に該当する年齢で士官学校に入り、卒業すると士官候補生となり、各連隊に配属されて、この段階で少尉となる。この後は年功序列で逐次進級していき、末は大佐、少将まで昇進する。また大尉になった時点で陸軍大学入試の資格が得られるが、これに合格して二年間の大学を修了すると、超エリートの道が保証され、参謀を歴任した後、参謀長、師団長、軍司令官と出世していき、将来は大将の椅子も夢ではなくなってくる。

この三種類のグループの人間は、将校になるまでの経緯が異なるだけに、それぞれ特性を持っている。第一グループは昇進が遅い反面、兵としての経験が豊富であるため、実務には極めて精通している。しかし、年齢は高く、戦術、射撃技術など学術は概して未熟であり、覇気は乏しく、スケールも小さく、奔放さに欠けている。第二グループは将校の中での圧倒的なパーセンテージを占めるが、タイプは大きく二つに分かれる。概ね半数の者は皆兵制のもとでやむなく入隊しているだけであって、本来自分の職業は他にあると考え、服務は適当にやっておけば良いと考えている。特に妻子ある者たちは望郷の念が強く、家庭のことを考えて常に帰還を願い、戦闘意欲は乏しい。残りの半分は、軍に入ったからにはと真面目に軍務に服し、昇進の意欲もあり、現場での実務では中心的な役割を果たす。第三グループと比較すると、社会の経験が豊富であり、一般の兵の立場や気持ちも理解する。ただ第三グループとは知性も能力も違うと割り切れる場合は良いが、その裏返しでコンプレックスを持ったり、不満を持ったりした場合は覇気を失っていく場合が多い。第三グループはもともとそれなりの素質を持った人間たちであり、更に学習にも並外れた努力を傾注するため、知性、能力、技術、更に意欲などどの面から眺めても問題のない優秀な者の集団である。もともと裕福な家に育った者などが多く、また軍人勅諭に基づく軍隊教育を徹底してたたき込まれているせいもあって、少尉、中尉時代などは、清廉潔白で混濁の世を知らず、軍人勅諭五ヶ条をそのまま体現したような武人である。ところが、大尉になり、陸軍大学校受験のチャンスがめぐってくると、末は大将という夢を描くようになる。無欲だった者は野心家に変わり、名誉欲、地位欲が旺盛になってくる。生来その性格が直情なだけに、貪欲になると止まるところを知らない。その結果、多くの者が陸軍大学卒業後エリートの道を歩み出した段階で、独断専行に陥っていく。

この超エリート将校、幹候及びたたき上げの成り上がり将校、そして一般兵からなる日本陸軍の軍隊組織は、このような組織であるが故の矛盾を内包し、特に戦地においてその矛盾を露呈してくるのであるが、この時点で自分の進路も確定していない杉井は、そんなことは夢想だにしていなかった。


入隊十日後に、幹部候補生有資格者は皆志願をし、この後は毎晩点呼前一時間学科の勉強の時間が設けられた。軍隊での学科の内容について杉井は中学校の軍事教練でほんの基礎的なことを習得しているだけであったが、周りの者も、入営前に地方の青年団で多少の教育を受けてきている程度と思われた。最初の学科の時間には、神尾班長自らがやってきた。神尾が、

「軍人勅諭が言える者は挙手しろ」

と言うと、ほとんどの者が手を上げた。杉井も五ヶ条だけは言えるので、同時に手を上げた。神尾が杉井の隣の石山を指名すると、石山は、「我が国の軍隊は世々天皇の統率し給うところにぞある……」と勅諭の前文を最後までよどみなく答えた。他にも前文を暗記している者は十人ほどいた。彼らは勅諭だけでなく、砲兵操典や軍隊内務令の主なところも暗記していた。これを見て杉井は焦った。静商の同級生の片桐が予習など意味がないと言っているのを聞いて、確かに学習は学校においてのみすれば良いのかも知れないと思ったこともあったが、今回は、予習をしなかったおかげで多大なハンディを負ったことを後悔した。杉井謙造商店とは異なる

競争社会に折角身を置いたのに、こんな初期の段階で競争に負けるようなことがあってはならないという意識が、杉井の中で強く芽生えた。その後、寝る前の学科の時間は、杉井にとって最も気合いの入る時間になった。しかし、勉強する時間は一時間だけで、皆同じように勉強しているのであるから、これでは差が縮まらない。いろいろ考えた結果、杉井は、消灯後便所に行くことにした。人目につかずにこっそり勉強するためには、自分の行動範囲でここが唯一の安全地帯であると思われた。以後、杉井は毎夜睡眠時間を一時間削り、寒くて臭くて薄暗い便所の中で過ごすことになった。

入営して二週間が経過したある日、初年兵が全員厩舎で掃除と馬の手入れをしていると、馬の飼料の乾草を積んだ馬車が一台到着した。荷台には、縦横八十センチくらいの真四角に針金のバンドで締められた乾草が山と積まれていた。馬車から降りた兵が乾草を厩舎の倉庫まで運んで積み上げる作業を始めると、藤村から、

「手のすいている者は手伝え」

との指示があった。初年兵たちは我先にと争って乾草の運搬に取り掛かったが、乾草の束は一つが四十キロもあり、更に手をかけるところもない。皆一つの束を二人がかりで抱きかかえるようにして運んでいる。これを見た杉井は、この作業に関しては自分は他の人間の五倍以上の効率で処理できることを確信した。杉井は荷台に歩み寄ると、家で茶箱を担ぎ上げていた時の要領で乾草を軽々と肩に載せ、倉庫まで運んで行って、やはり茶箱を重ねる要領で乾草をき

ちっと積み上げた。二人がかりで、しかも片方があとずさりしながら運ぶのに比べれば、杉井の作業は極めてスピーディーであり、結果として、杉井は全体の三分の一の乾草の束を一人で処理してしまった。何をやっても初年兵を叱りとばす野崎や藤村も、この時だけは驚嘆の表情で杉井を見ていた。

この功績が認められたせいか、次の週から杉井は班長当番を命ぜられた。当番になると、まず食事の際、炊事係が盛りつけた神尾軍曹の食事を目八分にささげて下士官室に行き、扉をノックして、

「杉井二等兵、神尾軍曹殿の食事を持ってまいりました」

と言う。

「よし」

と許可されると、部屋に入って班長の机の上に食事を置き、

「杉井二等兵、帰ります」

と一旦帰ってから、食事が終わった頃を見計らってまた班長室に行く。

「杉井二等兵、神尾軍曹殿の食器をいただきにまいりました」

と了解を求め、

「よし、ご苦労」

の声を聞いて部屋を退出する。

当番兵の任務は、この食事の世話の他は班長の机の上の整理、周辺の掃除などであった。当

番兵となった結果、他の初年兵よりも仕事は増えたが、反面、メリットもあった。内務班の掃除道具、古参兵の食器の争奪に敢えて参加する必要はなくなったし、一ヶ月もすると班長との間に親近感が培われ、点呼後班内で集団ビンタの気配があると、班長がわざと杉井を呼び出し、その難を逃れさせてくれるようなこともあった。しかし、杉井が当番兵であることの最大のメリットと感じた点は、この役目を担うことが第一次検閲の合否に大きな影響を与えるであろうことであった。乾草運びという他愛のないことであっても、集団の中で何らかの特技を示すことが、事態を加速好転させることがあるということを杉井は学習した。

しかし、好事魔多しというのもまた真理である。当番兵となって十日後、杉井が班長の襦袢袴下靴下を洗濯し、夕方それを取り込みに乾燥場に行くと、すべてなくなっている。周辺を探したが、どこにも見当たらない。杉井が当番兵になったことをやっかんだ何者かが盗んだことは明白だった。杉井は頭から血が引いていく思いだった。

夜になるのを待って、杉井は便所に行くふりをして乾燥場に行った。そこには他人の襦袢袴下がそれぞれ五、六枚干してあった。盗まれた枚数分失敬して部屋に戻り、寝台に潜り込んだが、なかなか寝つけない。盗んできた下着は若干黄ばんだ中古品で班長の代用品にはならない、こんなことでは当番兵として失格の烙印を押されることは必至であり、そうなれば二ヶ月後の検閲で落とされてもう出征だ。そんなことを繰り返し考えているうちに朝となった。問題というものは自分一人で抱え込んでいてもろくなことはないと常々考えている杉井は、勇を鼓して隣に寝ていた大宮に相談した。

「上等兵殿。班長殿の下着を盗まれました」

大宮は眠そうに目をこすりながら、

「やられたか。それでどうするつもりだ」

と言った。大宮の口調から、この種の出来事は珍しいことではないのかも知れないと杉井は思った。

「代わりにこれを盗んできたのですが、班長殿のものとは程度が違って代品になりません」

大宮は、杉井の持っている襦袢袴下を一瞥すると、

「これは俺のだが、構わんから代品に使え」

と言って、自分の下着をポンと杉井に投げた。

「これをいただいたら、上等兵殿が困るのではないですか」

「俺は立場上この種のものはどうにでもなる。午後にでも被服庫に行って員数はつけてくる」

大宮はそう言って、また寝床に横になった。

翌々日の月曜日の夕方、杉井が部屋に戻ってくると、寝台の上に新聞紙に包んだ小さな包みが置いてある。中には小さな錠前が五個入っていた。誰が何のために置いていったのだろうと、杉井が不思議そうにながめていると、脇を通りかかった大宮が言った。

「昨日城外の員数屋で買ってきた豆錠だ。これからは洗濯物を干したところには錠をかけておけ」

「ありがとうございます。代金の方は」

「そんなもの、いらんよ」

そう答えて、涼しい顔で部屋を出ていく大宮の後ろ姿を見ながら、杉井は本当に頭が下がる思いだった。同時に、もしかしたら自分を当番に推挙してくれたのも大宮かも知れないと杉井は思った。いずれにしても、辛いことだらけの初年兵生活において、大宮の存在はまさに地獄に仏だった。


一月の最後の日曜日、藤村上等兵が部屋に入ってきて、

「杉井二等兵、面会人だ」

と言うので、急ぎ面会所に行くと、思いもよらず、謙造と安治叔父と謙造の商売仲間の和島新平が来ていた。謙造は謙一の姿を見てにっこり笑った。安治は、

「入隊間もないのにすっかり兵隊らしくなったな。連隊での生活は慣れてきたか」

と訊いた。

「朝から晩までビッシリ詰まった日程でやっているので、慣れるとか慣れないとか言っている余裕もありませんが、何とかついていってはいます」

「食事はどうだ。うまいものは食わせてもらっているか」

「そう豪勢なものという訳にはいきませんが、満足のいくものはいただいています」

連隊の食事は決して美味しいものではなかったが、軍人勅諭五ヶ条の「軍人は質素を旨とすべし」を思い出し、そう答えた。今度は謙造が訊いた。

「訓練はどんなことをやっている」

「徒歩訓練に始まって、砲手訓練、それに乗馬訓練もやっています。寝る前には学科の勉強もしています」

「うむ。そのあたりは昔と変わらんなあ。馬はうまく仕込めているか」

「なかなか古参兵の方たちのようにはいきませんが、それでも馬というのは可愛いものだとつくづく思います」

まだこの時点では神風は十分なついていない状態だったが、杉井は強がりを言った。

「そうか。馬は大切だからなあ。しっかり面倒をみてやらんといかん」

杉井は、野崎上等兵が「お前ら兵隊は五銭で補充はつくが、馬は五十円かかる。まして火砲は何十万の金がかかる」と毎日のように言っているのを思い出した。五銭は徴兵状を送る切手代だった。

「上官たちは良くしてくれているか」

「班長の神尾軍曹は非常に優しい方です。他の方たちも手数のかかる初年兵をよくしつけてくれています」

母たえであれば多少の泣きごとを言いたいところだったが、謙造の場合は弱音を吐けば機嫌を損ねるだけだと思い、杉井は淡々とそう言った。

「そうか。良い上官に担当してもらって良かったな。何か要るものはないか」

「特に不満は感じていませんが、洗濯が水洗いなので十分に汚れが落ちません。できたら下着を差し入れてもらえると有難いのですが」

「そうか。分かった。用意するようにしよう」

その後も三人は、生活面のこと、同期の初年兵たちのことなど矢継ぎ早に質問をし、それに答えているうちに、あっという間に一時間が過ぎた。最後に和島が、

「謙一君は本当に立派にやっているな。謙造さん。何の心配も要らないよ」

と言い、謙造はうなずきながら、

「それじゃ、謙一、元気でな。これは戦友たちと一緒に食べるように」

と十個入りの赤福餅を置いていった。謙造たちは、伊勢神宮への初詣での帰りだった。


二月の第一日曜日、初めて外出の許可がおりた。あらかじめその日外出ができる旨静岡に手紙で連絡しておいたこともあり、午前九時に営門を出ると、たえが一人で、大きな風呂敷包みを抱えて不安そうな面持ちで立っていた。

「お母様、ご苦労様です」

杉井が敬礼をすると、たえは思わず涙ぐんだ。杉井は、市街のほうへ向かってたえと肩を並べて歩きだした。名古屋城内には第三師団司令部、歩兵第六連隊、輜重兵第三連隊、野砲兵第三連隊が常駐しているため、軍関係者の人数は膨大であり、この日もすれ違う人間はほとんどが上官で、杉井は敬礼の手を下ろす間もなく、たえと満足に言葉を交わすこともできなかった。一刻も早く積もる話がしたいと思い、通りかかった天ぷら屋の「八重幸」に入り、二階の座敷

に上がった。万感胸に迫ったのか、たえはいつになく口が重かった。杉井と向かい合って座ってからも、しばらく無言で、杉井を優しく見つめていたが、やがてポツリと、

「元気にしていましたか」

と言った。

「お母様、まだ一ヶ月ですし、新しいことを学んでいるうちに、あっという間に時が過ぎてしまいました。それに家にいる時よりずっと規則正しい生活をしていますから、体調は万全です。安心して下さい」

「そう。それは何より。でも……」

と、たえが何か言いかけると、廊下から、

「失礼します」

という声が聞こえ、仲居が襖を開けて入ってきた。たえは、

「何にしましょうか」

と問われて、

「折角だから、一番美味しいものを食べましょう」

と、天ぷらの特上を三人前注文した。そして、

「忘れないうちに渡しておかないとね」

と言って風呂敷包みを開け、杉井が頼んでおいた着替えの下着を出した。杉井はその一つを手に取って早速着替えた。久々に嗅ぐ石鹸の香り、爽やかな肌ざわり、家庭の温かさはこれだ

と杉井は痛感した。一ヶ月間着古した汗と埃と馬糞の臭いの染み込んだ下着を渡すと、たえはそれを無言で丁寧に畳んで風呂敷にしまった。たえの瞳にはチラッと光るものがあった。

やがて天ぷらが運ばれてきた。たえは、それに一、二度箸をつけると、

「残してももったいないから、全部お食べ」

と杉井に勧めた。上等な油で揚げた天ぷら、純白で温かな米、杉井は三人前を一気に平らげた。連隊の中では望むべくもない味だった。食欲も十分過ぎるほどあった。しかし、たえを前にしての食事は、腹がいっぱいになるという物理的な幸福感を超越した至福を杉井にもたらすものだった。食事を終えた後、杉井は連隊での生活のことを次々とたえに話した。たえは、ただ懐かしそうに杉井を見つめながら、黙ってそれを聞いていた。たえには泣き言でも何でも言えると思っていたが、いざとなると、むしろ無用な心配をさせるべきでないという気持ちが強くなり、結局連隊での辛い話は一切しなかった。

気がつくと、三時間が過ぎていた。杉井は、

「お母様、もう馬の手入れの時間がきますから、自分は帰ります」

と言い、二人は店を出た。たえを市電の停留所まで送り、停車している電車を指して、

「これに乗って、名古屋駅で降りて下さい」

と言うと、たえは、

「分かりました。この次の電車にしますから、お前はお帰り。元気でね。さようなら」

と言った。杉井はたえと別れ、営門に向かった。途中振り返ると、たえは風呂敷包みを大切

に抱えながら見送っていた。徴兵以来、時に淋しそうな目をするのを見て、たえがあまり喜んではいないのではないかと感じてきたが、この瞬間、生命をも保証されない戦地に息子を送りたくないという母親としての自然な情愛は、国民は皆お国のためにすべてを捧ぐべしとする国家の理念にはるかに優越するものであると、杉井は確信した。

二月半ば、杉井は照準を担当する二番砲手に選ばれた。石山、山口などにも二番砲手の任が与えられた。これ以後、まず、

「照準点、後方、右金の鯱の頂上、方向二千六百」

の号令に、眼鏡の焦点を金の鯱の尾の頂上に合わせる訓練が課された。これが上手にできるようになってくると、次は応用動作で、

「照準点、後方一本松の頂上、方向二千九百、榴弾瞬発信管、装薬四号、高低百六、三千、第一発射、続いて込め、各個に射て」

というような号令に合わせて八人の砲手がそれぞれ持ち場の操作を行うことになった。幹部候補生志願者はすべて連日この大砲の操作の訓練に明け暮れた。

三月の末になると第一期の検閲が千種ヶ原で行われた。それまでの訓練とは異なり、検閲では実弾が用いられた。内容は、中隊の大砲四門を馬に引かせて陣地に侵入し、照準を合わせて実際に大砲を発射するというものであった。四門の大砲を四十八頭の馬に引かせ、砂塵を上げながら行う陣地進入は実戦さながらの迫力であり、四門一斉の初めての実弾射撃のズガーンと

いう音も、耳をつん裂くと同時に腹の底まで響くもので、杉井は自然に身が引き締まる思いがした。それぞれの兵の動きは一糸乱れず、杉井は、三ヶ月という期間を考えれば、出来栄えは上々であり、猛訓練というものは、それなりの成果をもたらすものであると、つくづく思った。

第一期の検閲も終了した四月一日、初年兵は全員肩章が一つ星の二等兵から二つ星の一等兵に昇進した。同時に神尾班長から幹部候補生合格者が発表された。連隊全体の志願者約五百名のうち、合格者は百名だった。班の中では、石山、沢村と杉井の三名のみが合格となった。宮谷、山口、大道など合格できなかった者は、四月末から中国中部の戦線へ出征することになり、杉井ら合格者は更に六ヶ月間、連隊で訓練を続けることとなった。杉井は、自分の合格を信じて疑うことはなかったが、いざ結果が発表されてみると、これは予想以上に大きな運命の分かれ目であったと思った。

不合格となった者たちの受け止め方は様々だった。寝台が斜め向かいの大道は、もとから幹部候補生になりたいとの意欲も全くなく、結果が発表されたあともサバサバしたものだった。夕食が終わって部屋に戻ると、大道は笑顔で杉井のところへやってきた。

「杉井、おめでとう。偉くなれよ」

「大道は残念だったな」

「俺は、もともと自分が合格することなど考えたこともない。言われたとおりに訓練には真面目に取り組んできたが、周りを見て、自分より皆が優秀だってことは自分が一番よく分かる。

立派な者たちが幹部になって組織を動かし、俺みたいなのが下からそれを支える。それで全体がうまくいくようになっているんだと思う。それにここでの生活が特に気に入っている訳でもないし」

「でも今月末にもう出征させられることに抵抗はないのか」

大道は、口元にかすかな笑みを浮かべて言った。

「それは嫌さ。軍の中で偉くなりたいという気持ちがあれば別かも知れないが、そうでもないのに早く戦地に行きたいと思う奴などいないだろう。でも早く出征して、早く御役御免になって、郷里に帰してもらえれば、俺はそれが一番良いと思っている。日本国民として最低限の義務は果たさなくてはいけないけれど、それ以上のことはお国も俺みたいな奴には期待していないだろうし」

「そんなことはないと思うが……。いずれにしても出征の準備はあわただしいな」

「心の準備はとっくにできているから、あとはお国の命のまま、淡々とやるさ。それより、杉井こそ頑張って予備士官学校へ進めよ」

「うん。俺もただ目の前のことをこなしていくだけの人間だが、折角合格させてもらったんだから、もう一つ上にいけるように頑張るつもりだ」

「杉井なら何でもこなせるさ。いずれはお前も出征するだろうが、体には気をつけるんだぞ」

うなずきながら、杉井が後ろを振り向くと、山口が座っていた。二番砲手にも選ばれ、おそらくは幹部候補生になると自分では思っていた山口は、やはり悄然としていた。変に気を使うことはかえって逆効果とは思ったが、杉井は敢えて声をかけた。

「山口。運良く合格した俺が言うのもどうかと思うが、元気を出せよ」

山口は、寝台に座ったまま杉井を見上げ、努めていつもと変わらぬ表情を作るようにしながら言った。

「結果は結果として受け止めなくてはいけないのは分かっていても、やはり何がいけなかったのだろうとか、くよくよ考えてしまうんだよね。今まで何故合格したいかともし訊かれたら、なるべく上位の立場で軍に貢献したいからときっと答えていたと思うんだ。けれど、本当のことを言えば、あまり下っぱでこき使われるのは嫌だとか、出征もなるべく遅いほうが良いとか、そういう気持ちが強かったように思う。今度落ちたのも、そういう気持ちでいる自分に、そんな根性でどうすると神が戒めてくれた結果のような気もするんだ」

「そういう気持ちはごく自然で、そう思ったからと言って誰も責めるようなことではないだろう」

「ここで上官のシゴキにあっていると、この階級社会で下っぱにいたら大変だと思うよね。それから、出征もいずれはすると分かっていても、いざ目の前の現実になると、情けない話だけれど、やっぱり怖いね」

「それも情けないことではない。何の恐怖感もなく、意気揚々と前線に出かける人間なんかいやしない。俺だって戦地に行かなくて済むならその方が良いと思っている」

実際には、杉井は、入隊以来、戦地に行きたい、行きたくないというようなことを口に出すことは意味がないし、少なくともメリットは何もないと思っていた。しかし、明らかにしょんぼりとしている山口を目の前にすると、自分と山口は気持ちの整理の仕方に若干の相違があるとは思いつつ、生産性のない慰めが自然と口をついて出た。

「そう。杉井でもそんな風に考えるんだね。杉井などは、何の迷いもなくやっているように見えたけどなあ。でもやっぱり俺は軟弱だね。もっと堂々と前を向いて歩くようにしよう」

そう言って、山口は、寝台の整頓を始めた。

他の中隊にいた、静商の剣道部で一緒だった下柳も不合格だった。学校時代に文武ともに立派だった下柳は、山口以上にショックを受けているのではないかと思い、発表直後は話をしに行くのもはばかられたが、出征の前日になって、さすがに、杉井も一言お別れを言いに行った。

下柳は、杉井を見て表情を固くした。

「下柳、いよいよ出発だな」

「……」

「中支は気候もここや静岡より厳しいという。体に気をつけて」

「……」

杉井は、これ以上言葉をかけるべきでないと判断した。

「それじゃ」

と言って立ち去ろうとすると、背後から下柳の声がした。

「三ヶ月間大猫の飼育同然の訓練を受けただけで戦地に放り出される人間の気持ちは今のお前

には分からないだろうなあ」

これが明日出て行く者たちの本音なのかも知れないと杉井は思った。杉井は、もう一度振り返り、下柳に黙礼をして、自分の中隊に戻った。

幹部候補生

四月から、幹部候補生百名は一つの班に組織され、徹底した幹部教育が始まった。候補生は、合格と同時に、両襟の砲兵を表す山吹色の襟章の左には固有の三の数字、右には座金の上に星の記章をつけることとなった。新たな班の教官は、浅川中尉、河野中尉の二人だったが、二人とも幹部教育担当の士官だけあって身だしなみから立ち居振る舞いに至るまで洗練されていた。助教、助手も各中隊から選抜されてきた下士官や兵であり、幹部候補生教育担当のレベルは、三月までの各班担当の者たちとは雲泥の差があるように感じられた。

幹部教育のプログラムには、従来の砲手訓練、乗馬訓練に、観測手及び通信手としての教育が加わった。観測手の訓練はまず目測から始まる。自分と目標物との間を目分量で推測するのである。次に方眼紙に写景図を書く。大砲の眼鏡は周囲を六千四百ミリに刻んである。自分の正面はゼロミリ、真後ろは三千二百ミリ、左手直角方向は千六百ミリである。正確な観測を行うためには、この間隔を指で測る技術を習得しなくてはならない。眼鏡の先に手をかざして、人差し指と中指の間隔を百ミリ、人差し指と小指の間隔を二百ミリ、親指と小指の間隔を三百ミリと決めて常にこれによって正確な間隔を把握できるように練習する。次に把握した間隔を、方眼紙一枡を百ミリとして写景に載せる。これが観測の基本となる。

これと並行して、観測のための大砲の各機材の設置の練習をする。まず砲対鏡である。「砲対鏡、設置」と復唱し、右膝を立てて折れ敷きをし、左側に背負った機材を置いて、中から三脚を出し、三本の足の前方の一本を体の中央に決め、あとの二本を開いて砲対鏡の位置を確定する。次に機体を出して三脚の上に据え、捩子《ねじ》を締め、水泡の動きで前後左右の水平を確認した後、「砲対鏡、設置終わり」と報告して作業を完了する。撤収も逆の順番で、同様に行う。

幹部候補生百名は、五名ずつ二十組に分かれ、この設置撤収を連日競争で行わされるが、続けてビリになったりすると、営庭一周駆け足の罰則が待っている。この砲対鏡に始まって、測遠機、水平機など種々の機材について順番にその使用に関する訓練を続ける。またこれらの機材を背負っての乗馬訓練も行うが、測遠機など背丈より長いものを背負っての乗馬はひどく難しかった。このような訓練には自分の馬の協力が極めて重要であるが、この頃には神風はすっかりなつき、杉井との呼吸もピッタリになっていた。指示どおりに上手にやった時は、杉井は神風の首筋を優しくなでてやり、神風も喜んで頭を二、三回縦に振った。幹部候補生訓練において、神風は、杉井の最良のパートナーとなっていた。

体力的にも恵まれていた杉井は、この種の訓練は基本的にはすべて無難にこなしたが、一つだけ難題に直面した。それは、砲兵として早く射撃が上達するためには、三角関数の知識が必須なことである。角度と距離を測定し、これに基づいて諸元を算出するために用いるだけであるので、三角関数と言っても、大学、特に理工系出身者には、初歩的かつ常識的な知識であったが、ｓｉｎ、ｃｏｓ、ｔａｎなど見たことも聞いたこともなかった杉井はさすがに動揺した。途方に暮れていても仕方がないので、早速日曜日に営外に出て三角関数の基礎の本を買い、勉強を始めた。もともと学校でも数学は得意であったため、関心も湧き、勉強することに苦痛は感じなかったが、何といっても時間がない。早く習得するために、他人に教えてもらおうと思っても、周りは皆ライバルで、他人の面倒を見る余裕も意思もなかった。助教、助手は候補生から聞かれれば何でも教える立場にあったが、射撃に関しては、彼らは習慣で技術を会得しているため、その原理の説明はできなかった。やむなく杉井は、またしても睡眠時間を一時間削っての便所の中での独学で、何とか他の者に追随していくことになった。

一方、通信手の訓練は手旗信号から始まる。アイウエオの四十八文字の発信と受信を営内で練習し、その後これを野外で行い、更には、遠隔地との送受信を眼鏡を通して訓練するのである。これと並行してモールス信号も習得する。イはイトー（・—）、ロはロジョーホショー（・—・—）、ハはハーモニカ（—・・・）といった要領で、それぞれに単語をあてて暗唱し、それを手旗で行い、その後、電信音での受発信を覚える。手旗、モールスの次は有線電話の訓練で、砲列と観測所の間、観測所と歩兵第一線との間に必要となる架線作業を練習する。電線を巻いた線巻四巻を入れた雑嚢を振り分けにして肩に背負い、更に電話機も肩にして、二千メートルを駆け足したり、匍匐前進したりしながら電話線を敷いていくのであるが、これは重労働というような単純な言葉で片づけられる代物ではなかった。

夕食後は、毎日、号令調整がある。百名が一列に並び、足を開いて立ち、夕闇に向かって全員力いっぱい大声で怒鳴る。砲兵の場合、歩兵と異なり、馬部隊であるため瞬時の動作が難しいことから、号令も「前へ……進めーーーー」、「中隊……止まれーーーーー」と、ゆっくりとしたやや間延びしたものとなる。射撃号令も、重い大砲を操作する砲手の動作に合わせるため、「照……準点、後……方……左金の鯱の頂上、方……向三千百、榴……弾、瞬発信管、装……薬四号、高……低百六、二……千六百、第一発射、続いて込め、各個に射て」と、行進の号令同様テンポののろいユーモラスなものとなる。この号令も訓練として行う場合は、決して優雅なものではない。砲声に負けないようにと、あらん限りの声で怒鳴ることを強要されるため、ほとんどの者が喉をやられる。杉井も一度喉から出血し、声が枯れて出なくなった。河野中尉から腹から出さないから喉を痛めると言われ、徹底的に腹式呼吸を練習した結果、喉が回復した時には、これが自分の声かと思うほどに、澄んだよくとおる声が出せるようになった。

幹部候補生訓練が始まって二週間後、郵便受けに杉井宛ての一通の手紙があった。頻繁に便りをくれる母からかなと思って封筒の裏を見ると、佐知子からだった。入隊以来三ヶ月の間に親戚、友人から何通もの丁寧な手紙を貰い、これならば佐知子から来てもおかしくないと杉井は思っていた。しかし一方で、杉井の期待を裏切っていつも淡泊な佐知子のことだから、自分のところへ便りをするなど佐知子の発想の外なのかも知れないとも思った。ただ「云る者日々に疎し」との諺に常に一抹の懸念を感じていた杉井は、佐知子の名前を見て、勇んで封を切った。

前略

謙ちゃん、お元気ですか。お手紙を出そう、出そうと思いながら、結局今日までご無沙汰してしまいました。

この度は、幹部候補生合格おめでとうございます。母が謙ちゃんのおば様から聞いてきて私も知りました。おば様とっても喜んでいたそうです。どんなお試験だったか分かりませんが、謙ちゃんのことだからきっと上位の方で合格したのでしょうね。学科だったら誰にも負けないし、運動も何でも上手だったから、きっと何でも来いという感じだったと思います。

これからも名古屋の連隊で訓練が続くのでしょうが、大変ですね。おば様からかなり厳しい訓練を受けていると聞いていましたが、幹部候補生になったらもっと厳しいものになるのですか。お体には十分気をつけて下さいね。

昨日は、駿府城に皆でお花見に行きました。今年は冬が寒かったせいか、桜も遅くて今ちょうど満開です。連隊にいるとゆっくり桜を見たりする暇もないかも知れませんね。謙ちゃんたちが軍隊で一生懸命頑張っているのに、私たちはこんなにのんびりしていて良いのかなと思ったりします。

謙ちゃんの家も新茶時期が間近になって忙しそうです。謙ちゃんがいなくなっておじ様の負担が相当重くなったのではないかと思い、訊いてみたら、「二年前までは、謙一なしでやってきたんだから、どうということはない」と言っていました。おじ様は、お国のために立派な息子を送り出したのだから、その分も頑張らなくてはいけないと、張り切っているようです。おじ様は本当に仕事好きですね。

我が家では、この春に妹が城北を卒業し、時田さんの紹介で田中屋さんに勤めることになりました。四月一日から食器売場で働いています。だらしのない妹なのでちゃんとできるか心配ですが、今のところは緊張した顔つきで毎日出かけています。やはり人間が成長するためには、環境が変わるということは大切なのかも知れません。もっとも妹の場合は環境が変わるといっても、謙ちゃんの場合とは比べものになりませんけれど。

これから偉い兵隊さんになるための勉強や訓練、大変だと思いますが、頑張って下さい。皆応援しています。

またお便りします。

草々

昭和十四年四月十日

谷川佐知子

杉井謙一様

屈託のない佐知子らしい便りだと杉井は思った。入隊以来音沙汰なしであったが、佐知子の方に一応手紙を書く意思はあったこと、またこれからも手紙をくれる考えであることは杉井にとっては救いだった。

幹部候補生を対象とした基礎教育は四月から六月までの三ヶ月で終了し、七月からは総合訓練に移った。砲手、馭者、観測手、通信手、分隊長、段列長という役割分担が毎日発表になり、各人が順番にそれぞれの役目を担当した。演習場も郊外に移り、庄内川河川敷、東山、覚王山、千種ヶ原等で、名古屋特有の猛暑の中、重い通信具や観測具を背負って走り回る日々となった。郊外への往復は広小路栄町の繁華街を通って行くのであるが、部隊の二百メートル先を二騎が先導し、「右に寄れ」と道を開けさせ、そこを大砲四門が通過していく。この際の大砲の牽引音と馬の蹄の音の複合は喧騒そのものであり、また部隊という固まりが市中の道路の中央を疾走する様が市街地の風景と不調和であることがかえって異様な迫力を感じさせた。杉井は、初めて実弾で射撃をした時と同様、毎日のように市街地を疾走する時も、戦線というものが徐々に自分に近づいてきているのを実感した。夜は、従来どおり、銃剣の手入れ、衣服の整理を行い、その後は談話室で全員一時間の自習となる。杉井は、予備士官学校に進みたい一心で、砲兵操典、作戦要務令、軍務内務令を必死になって丸暗記した。学校を出て家業に入って以来、明確な目標というものを見出せなかった杉井にとって、節目節目にやってくるこの昇進試験は、極めて分かりやすい目標となっていた。そして自己の目標を軍の方で用意してくれることが、種々疑問点も多い軍隊生活に左程の苦痛も感じさせない最大の要因となっていた。

幹部候補生グループは、三月以前の有象無象の集団とは異なって、ある程度能力的レベルが揃っていることもあり、相互に話も合いやすく、杉井も親しい戦友が増えてきた。同じ班から幹候になった石山、沢村のほか、静岡興津の中崎誠治、同じく磐田の梅木孝一、豊橋の鈴村一夫、岐阜の勝俣昭一らは年齢も近く、特に仲良しとなった。梅木は杉井と同様、家業の家具屋を継いでいたが、中崎は電気会社、鈴村は市役所、勝俣は銀行に勤務しており、自分の家の従業員や製茶の同業者という狭い範囲の交際しかしてこなかった杉井には、組織の中でもまれている彼らは皆社会人として先輩に映った。特に中崎は、早生まれであるために杉井と同年兵になったが、もともと杉井の静岡商業の一年先輩であり、実家は興津の中崎商店という茶問屋であるにもかかわらず、自らの意思で大企業に勤め、宮仕えも経験していて、杉井も教えられるところが多かった。

個々人の能力は訓練を通じてある程度レベルアップしてきたものの、連隊での生活は四月以降も三月以前と基本的に異なることはなかった。時間の管理は相変わらず厳しく、失敗が少なくなった分頻度は減ったものの体罰も横行していた。また日頃の待遇改善の意味からも、更には予備士官学校へ進むために日頃の上官の評価を上げておく意味からも、上官の世話には、相変わらず全員細心の注意を払った。ある時、梅木が、

「助手の森高上等兵を抱き込もうと思うのだが、仲間にならないか」

と言ってきた。特に必要性も感じない一方、マイナスになる話でもないと思い、杉井は誘いに応じた。梅木に言われて、勝俣も参加することになった。日曜日は、馬の手入れのあとは、衛兵や厩舎当番にならない限りは外出は可能であったため、三人は次の日曜日、早返森高を逗

れ出した。森高は、観測担当の助手で、伊豆の農家出身の無口で陰気な男だった。一緒に話をしていても決して楽しくなる人間ではなかったが、森高の方にしてみれば、昼食代から喫茶代まですべて杉井ら三人が負担するのであるから、誘いを断る理由はなかった。また、部下から誘いを受けるとそれだけで自分は人望があるという錯覚に陥るのは人間の一般的な傾向ではあるが、森高も例外ではなかった。四人で外出する際、昼食はその時々でいろいろな食堂に行ったが、喫茶店は必ず広小路裏の小さな店に行くことに決まっていた。ここに弘子という顔立ちの整ったポッチャリ系のウエイトレスがいて、森高のお気に入りだったからである。この店に行くと、梅木と勝俣は、わざと周囲に聞こえるような声で、

「上等兵殿の指示は本当に分かりやすいですね」

「上等兵殿のような方がいらしてくれたので、自分たちは本当に毎日が楽しいです」

などと、露骨に森高を持ち上げた。歯が浮くようなお世辞というが、杉井はそれを聞いていて実際に自分の奥歯が浮いてくるような感覚を覚えた。同時に、折角同席しているのだから自分も同じことをしなくてはという一種の義務感が芽生えたが、どう考えても、梅木や勝俣に比べると、この種のことについては技術的に劣位にあると自覚し、二人が何か言うと、

「本当にそのとおりですね」

「自分もそう思います」

などと調子だけ合わせておいた。三人のこの努力が功を奏したのか、ある時、弘子が、水のお代わりを持ってきた際に、

「森高上等兵は、立派な先輩なのですね」

と言った。何の根回しもしていないのに、弘子がこう言ったのには三人とも驚いたが、いずれにしてもこの発言は決定打となった。以後、森高は、三人に対しては、明らかに他の者とは異なった態度で接するようになり、多少のミスも見逃すようになった。


五月末のある日、杉井が中崎、鈴村と三人で洗濯場で作業服を洗っていると、和服姿の娘三人が通りかかった。一人が塀越しに、

「兵隊さん、ご苦労様ね」

と声をかけてきた。鈴村がこれぞ好機とばかり返答した。

「ご苦労と思うなら、慰問の面会に来いよ」

「面会に行ってもいいの」

「いいとも。日曜日の九時だよ。幹部候補生班の鈴村一夫に会いにきたと言ってくれ」

面会など来る訳もないと思いつつ、杉井は、見ず知らずの女性と気軽に話ができる鈴村に敬意を表した。

次の日曜日、馬の手入れを終えて部屋でくつろいでいると、鈴村が勇んで入ってきた。

「杉井、中崎、この間の洗濯の時の娘三人が来たよ。ちょっと面会所まで来い」

鈴村がからかっているだけではないかと疑心暗鬼になりつつ、面会所へ行ってみると、確かに先日通りかかった三人の娘が来ていた。三人ともそれぞれ大福やチョコレート菓子などを慰

問に持参していた。杉井たちと三人の娘は向き合って座り、まず双方簡単に自己紹介をした。杉井の向かいは姓を横内といい、撫で肩で細身の小柄な女性だった。少し首を傾けて恥ずかしそうに話をするのが特徴で、杉井はその仕種に女性らしい可愛らしさを感じた。娘たちが連隊の生活のことを訊くと、中崎と鈴村は我先にとばかり連隊の中でのことを説明しだした。このテーマであれば杉井にも話のネタはいくらでもあったが、何か質問されると中崎と鈴村がしゃべりだして止まらないため、杉井の出番はほとんどなかった。一時間ほどすると、娘たちは帰って行った。会話への参加の機会は少なかったものの、杉井にとっても楽しい一時間だった。男だけの殺伐とした連隊での生活の中で、時にはこんなこともあって良いのだろうと杉井は思った。


次の日曜日、部屋でたえへの手紙を書いていると、廊下から助手の水原上等兵の、

「杉井、面会人だ」

という声がした。誰だろうと思いながら面会所をのぞくと、三人娘のうち杉井の向かいにいた女性が一人で慎ましく座っていた。意外な来訪者に驚くと同時に、杉井は素直な喜びを感じた。

「今日は一人で来ました。ご迷惑だったでしょうか」

相手が立ち上がろうとするのを制して、杉井は、

「いえ。そんなことはありません。日曜日はいつも退屈にしていますから」

と言いながら、向かい側の椅子に腰を下ろした。その瞬間、自分の発言は相手の訪問が良い

退屈凌ぎになるという意味に取られたのではないかと思い、杉井は、つくづく自分はこの種の咄嗟の対応が不得手であると痛感した。

「ところで、先日聞き忘れましたが、横内さんは下のお名前は何というのですか」

「多恵子といいます」

「そうですか。偶然ですが、私の母はたえといいます。ひらがなのたえですが、横内さんはどのような字を書くのですか」

「多くの恵みの多恵子です。父は、私が生まれて家にたくさんのお恵みがあればと思ってつけたそうです。どうも期待はずれだったようですが。杉井さんは？」

「私は謙一といいます。謙譲の美徳の謙という字をあてます。私の場合は父が謙造でその長男というだけで、それ以上何の意味もないと思いますが」

「うふふ。でもとっても良いお名前ですね」

そう言って、多恵子はにっこり笑った。多恵子は、前回同様、折り目のついた着物をきちんと着ていた。肌は小麦色で健康的であり、長い黒髪を後ろに束ねて美しく結い上げていた。女性と二人きりで話をする局面など幼なじみの佐知子以外経験のなかった杉井は、抗し難い緊張感を覚えながら、苦し紛れに極めて基本的な質問をした。

「お住まいはどちらなのですか」

「東春日井郡の新川町というところです。ここからは少しありますが、日曜日はこちらでお花の稽古があるので、そこから回ってまいりました」

「お家は、どのようなお仕事なのですか」

「家は農家です。お茄子、里芋、かぼちゃ、いろいろなものを作っています。杉井さんのお家は？」

「私の家は静岡市で茶業をやっています」

「まあ。それでは、やはりお茶の畑を……」

「いいえ。茶畑は持っていません。お茶の葉っぱというのは摘んでもそのままでは飲めません。揉んで乾燥させて初めて飲めるお茶になります。私の家は農家からきた葉っぱを飲めるお茶にして小売りに卸すまでをやっています」

話題が軽いせいか、杉井の緊張も大分ほぐれてきた。

「家がお茶のお仕事だと、毎日美味しいお茶が飲めて良いですね」

「お茶だけは小さい頃から贅沢をしてきました。連隊のお茶は正直言ってまずくて飲めません」

杉井の言い方が面白かったのか、多恵子はくすくす笑った。

「それでは、お家ではきっと玉露のような上等なお茶ばかり召し上がっていたのですね」

「いいえ。玉露は特に好みません。玉露というのは、他の煎茶とお茶の木が違う訳ではなく、育て方が違うのです。木に袋をかぶせて大切に育て、まろやかな味に仕上げるのですが、その分手間がかかるので、値段も高くなります。高いお茶なので、玉露と聞くだけで上等だと思っている人が多いのですが、私は、やはり煎茶で味わいのあるものの方がうまいと思います」

「まあ。知りませんでした。お茶もいろいろ勉強して飲まなくてはいけませんね」

その後、多恵子は、杉井の両親のこと、兄弟のこと、郷里静岡の様子など熱心に質問してきた。杉井も訊かれるままに、詳細な説明をした。杉井は話をしながら、人間というものは関心もないのに質問したりしない、それにこれほどいろいろなことを訊くからには一般的な関心を超えるものがあるのではないか、と勝手に考えた。同時に、自分の気持ちが必要以上に高揚しているのを自覚し、それが外に出ないように抑える努力をした。多恵子は終始じっと杉井の目を見ながら話を聞いていた。二時間ほど経つと、

「あら。すっかり長居をしてしまいました。折角の日曜日なのに、これではお休みになりませんね。すみませんでした。明日からの訓練、頑張って下さいね」

と言って立ち上がった。杉井も起立して、

「私も大変に楽しかったです。同じことの繰り返しの毎日で、横内さんに来ていただいたことは、まさに一服の清涼剤のようで有難かったです」

と不必要な前置きつきの礼を言った。多恵子は微笑みながら、いつもの恥ずかしそうな表情で、

「また来ても良いかしら」

と言った。

「もちろんです。お待ちしています」

杉井は、営門まで多恵子を送っていった。多恵子は、別れを言って市電の駅の方へと歩きだした。小柄だが、姿勢も良く、杉井は、角を曲がるまで見送りながら、美しい後ろ姿だと思っ

た。

その後、多恵子は隔週で面会に来た。来ない週は必ず手紙をよこした。面会に来る際には、「杉井さんは、チェリーの煙草をお喫《の》みだから」

と、チェリーを二十箱持ってきてくれた。酒を飲まない杉井は、家業に入った頃から時折煙草だけは吸っていたが、連隊では戦友に愛煙家が多いこともあって常用していた。特に多恵子が面会に来てくれた時に、面会所で多恵子と談笑しながらの一服は最高の味だった。多恵子との面会を終えて部屋に戻る度に、鈴村が杉井を冷やかした。

「俺や中崎も同じように娘たちと会ったのに、何故あの娘だけ杉井のところに続けて面会に来るんだ。お前、何か変な合図でも送ったんじゃないか」

「馬鹿を言え。あの娘は、偶々こちらに花の稽古に来るから、ついでに寄って来てくれているだけだ」

「ついでにしては頻繁に来るじゃないか。手紙もくれるしなあ。中崎とも話したんだが、どうも俺たちはしゃべり過ぎだ。女の前では杉井のように多少口数を抑えておいた方が効果的のようだ。今回は学習した。これからは、杉井みたいに無欲を装って女と付き合うようにしよう」

「人聞きの悪いことを言うな。俺は何も無欲を装っている訳じゃない。偶々横内さんは、こんな生活をしている連中を見て同情してくれるタイプの人だったということだろう。ところで、鈴村、どこか良い喫茶店を知らないか。いつもあの取調室みたいな面会所では相手にも失礼というものだからな」

「ほらほら。無欲を装っているだけで、腹の中の欲望が頭をもたげてきているじゃないか。まあ、いいだろう。俺も詳しい訳ではないが、栄町の『さかき』がお薦めかな。あそこなら静かだし、雰囲気も落ち着いている。まあ、とにかく頑張れよ。それから、洗濯の時に俺が娘たちに声をかけなければ、今のお前の付き合いはないんだから、せいぜい俺に感謝することだな」

　最後の部分は、確かに鈴村の言うとおりだと杉井は思った。

　次の日曜日、予定どおり多恵子は面会に来た。あらかじめ杉井が次回は外出したい旨伝えてあったので、二人は直ちに外へ出て、「さかき」に向かった。店内はスペースも広く、テーブルや椅子もゆったりとした間隔で置いてあって、鈴村のお薦めどおり落ち着いた雰囲気だった。多恵子はいつもどおり背筋を伸ばし、両膝を揃えてやや右に傾けて折り、杉井の目をじっと見つめながら口を開いた。

「謙一さんは連隊にはいつまでいらっしゃるのですか」

　いつしか多恵子は杉井のことを謙一さんと呼ぶようになっていた。何事にも控えめな多恵子にしてみれば、これは精一杯の大胆な振る舞いのように思われた。杉井もこれに呼応するように、多恵子のことを多恵ちゃんと呼ぶことにしたが、女性を姓以外で呼ぶのは、佐知子を除けば杉井にとっても初めてのことだった。

「九月まではいます。九月に、甲種幹部候補生と乙種幹部候補生の振り分けの試験があり、甲幹は予備士官学校へ進み、乙幹は下士官として間もなく出征となりますが、どちらにしても九月いっぱいは今の連隊にいます」

多恵子の目に心なしか寂しそうな影が映ったように思えた。

「そうですか。やはり兵隊さんは大変ですね。静岡の家でお茶のお仕事をしていた方が楽しいと思ったりすることはないですか」

「連隊に入った者の中には、なるべく早く退役して家に帰り、元の仕事に戻りたいと思っている者もたくさんいます。でも私はそうでもないのです」

「どうしてですか」

「私は長男として当然のこととして家業を継ぎました。でも、それは敷かれたレールの上を走っただけで、必ずしも自分にとって一番幸せなこととは思えませんでした」

「でも、家族が皆そばにいて、一緒にお仕事もするって、すごく幸せなことではないでしょうか」

「多恵ちゃんの言うことは良く分かります。それはそのとおりだと思います。でも、私は、学校にいる間、何か大きいことをしたいと夢見ていました。一生の間にこれだけのことをしたのだと自分で満足のいくようなことがしたいと思いました。そしてそれは、やはり自分の選んだ仕事を通じて達成するものではないかと思ったのです」

「でも、謙一さんは、二年くらいの経験とは思えないくらいお茶のことにも詳しいし、お茶のお仕事を本当に一所懸命やってこられたのだとつくづく感じました」

「目の前にあることをしっかりやらなくてはいけないということは、昔から自分に言い聞かせながらやってきたつもりです。でも家の仕事が面白いと思ったことは、正直言ってあまりありませんでした。もともと私はお金儲けには向いていないのかも知れません。お茶の仕事で目標とすることと言えば、商売を広げて少しでも儲けを増やすことです。それを上手にやっている同業者もいます。しかし、その分野が上手な人たちに不可欠なのはずるさであり、ある程度手段を選ばずという面がないとやっていけません。自分は、どうしてもそこまでやろうという気分になれませんでした。そのために、やるべきことはやるにしても、人生における目標のようなものを家の仕事に見つけることはできなかったのです」

多恵子が何でも熱心に聞いてくれるせいか、杉井は他の友人にも話したことのないような自分の考えまで多恵子に話すようになっていた。

「では、謙一さんは、その目標を軍隊の中で見つけようとされているのですか」

「私は一生を軍に捧げ、生きがいを軍の中で見つけようとは思っていません。徴兵検査に合格した時も、入営を周囲から祝福されて送り出された時も、特に嬉しいとは思いませんでした。しかし、ここへ来てみると、生活は非人間的ではありますが、とにかく有難いことに軍の方で短期的な目標を与えてくれました。幹部候補生になるための検閲もそうでしたし、これから受ける甲幹になるための試験もそうです。周囲と競争しながらより上位を目指していく、これをやっている限りは、充実感もありますし、精神的にはかえって楽な気がします。もちろんあくまでも短期的な目標なので、学校にいる頃に考えた人生の目標とは違ったものですが」

「その人生の目標というのは、例えばどんなものなのでしょう」

そう訊かれて、杉井は頭をかいた。

「実は、学校にいる頃もあまりはっきりしませんでした。でも、家の仕事よりもっと自分として社会に貢献できるものは何かあるのではないかとは思いました。当時、私は大学に進みたいと思いました。もう少し学校に通って、学校の勉強やその他のいろいろな勉強をするうちに、何が自分のすべきことかもう少しはっきりしてくるように思ったのです。でも、人生設計のために進学したいとは言えず、もっと勉強がしたいというような単純な理由では父が許してくれるはずもありませんでした」

「謙一さんは立派です。将来のことをそこまでちゃんと考えている人はそんなにいないと思います。私なんか何も考えずに、ただ毎日家の手伝いをしているだけですし……」

何とも情けない話だと思いながら語ったのに、多恵子は何でも好意的に解釈してくれる。

「いいえ。それは買いかぶりというものです。男なのだから、もっとはっきりときちっとした考えを持たなくてはいけないのだと思います。何故こんな話になったのかな。話題を変えましょう」

杉井は、喫茶店の白い壁を背に、時に多恵子から貰ったチェリーをくゆらせながら、多恵子との会話を楽しんだ。名古屋の食べ物や気候の話、杉井の得意な剣道の話、多恵子の稽古ごとの話など話題は尽きなかった。あっという間に三時間半が過ぎ、二人は喫茶店の前で別れを告げた。かくして、杉井の初めてのデイトは無事終了した。

多恵子と定期的に会いながら、杉井は、時々佐知子のことを考えた。佐知子は初めて手紙をくれて以来、マメに便りをしてきた。静岡の様子、昔の同級生の近況など丁寧に報告してくれていた。杉井も返事は書いたが、多恵子とのことには一切言及しなかった。静岡にいれば頻繁に会っていたはずの佐知子という女性がいながら、名古屋の地ではまた別の女性である多恵子と付き合っていることに、杉井は罪悪感に似たものを覚えた。ただ、佐知子にとって自分が特別な存在となっているのならともかく、それが幼なじみという領域を越えていないのであるとすれば、それほど気にすることでもないのかなと思った。

一方、多恵子に対しても、このまま逢瀬を繰り返していて良いのだろうかと時々悩む瞬間があった。佐知子の場合は、近所でもあり、学校の同級生でもあったから、今までのような付き合いに何の不自然さもない。しかし、多恵子の場合は結婚でもしない限りいずれは別れる相手であり、結婚など考えられない杉井にとっては、客観的に見れば、束の間の遊びの相手であった。しかし、多恵子に会って、その控え目で慎ましい態度を見ると非常にいとしくも感じ、これを遊びと評価されるのは苦痛極まりなかった。だからと言って、具体的な解決となるような対応がある訳でもなく、杉井は何度考えても自分の心の矛盾から脱却できなかった。

そんなある日、一通の手紙が届いた。多恵子の父親からだった。非常に丁寧な誠意を感じさせる内容のものだったが、要点は「家の娘と交際しているようであるが、どのような気持ちでいるのか、結婚を前提として交際しているのか」を問うものだった。杉井が多恵子に宛てた手紙にはある程度目を通していたと思われ、どの程度の頻度で会い、どんな話をしているかは概ね承知しているようであった。娘のことを心配している様子が随所に感じられ、年頃の娘の父親としては当然の気持ちであろうと杉井は思った。杉井は直ちに筆を取り、

「私は多恵子さんとは友人として交際し、それ以上のものは何もなく、また私自身軍籍に身を置き、明日のお約束もできない状況にあります。ご両親に思わぬご心配をおかけし、誠に申し訳ありません。ご交際はこれきりに致します」

との内容の返信をした。自分の気持ちに素直であるということは大切なことであり、感情の赴くままに行動することも場合によっては許されることもあるのだろうが、冷静に考えて行動の選択が一つしかあり得ない時は、できるだけ早くそれを行動に移さなくてはいけないのであろうと杉井は思った。多恵子との結婚など考えたこともなかった以上、もっと早く打ち切らなくてはいけなかった。多恵子には本当に申し訳ないことをしたと思った。

次の日曜日、多恵子はまた面会に来た。面会所に行くと、いつになく悄然と、多恵子が座っていた。

「謙一さん。お変わりありませんでしたか」

「えっ、はい」

「父が失礼なお手紙を差し上げてごめんなさい。謙一さんは、これから軍隊で偉くなろうとしているのに、私と結婚なんて考える訳ありませんわ。私だってそんなこと考えたことありませんもの。父だってそのくらいのことは分かっていると思いましたのに。ですから、父のことは気にしないで、これからも今までどおり、私と会って下さい」

いつもどおりに杉井を見つめる多恵子の目は涙ぐんでいた。杉井は動揺した。自分も引き続き会いたいと思っていたと言ってしまいそうだったが、ここは心を鬼にした。

「しかし、私は九月までしかここにいませんし、士官になってもならなくてもそう遠くない将来出征する身です。そうなれば会うこともできないし……」

「それは何遍も伺って分かっています。ここに九月までしかいらっしゃらないからこそ、それまでは会っていただきたいのです。それとも、こんなに何度も面会に来るのを煩わしくお思いでしょうか」

「煩わしいなどとそんな……」

「それなら私のわがままを聞いて下さい」

「……」

結局、杉井はその後も多恵子と会うことになった。杉井なりに気持ちの整理をつけて、結婚できない以上会うべきでないと多恵子に伝えようと思ったが、多恵子の方で結婚など関係ないからとにかく会ってくれと言われると、それ以上何を言うこともできなかった。真剣にじっくりと考えた上での結論であったのに、それがこんなにもろく崩壊するとは杉井も予想しなかった。引き続き多恵子と会えることを嬉しく思う気持ちが自分の心の中にあることを杉井は否定できなかった。しかし、いずれ来る別れがより辛いものとならないように、多恵子に対する感情が現状よりも発展することは防止しなくてはいけないと思った。そんな杉井の胸中を知ってか知らでか、多恵子の方は、少なくとも外見上は今までと何も変わるところはなく、毎回菓子類や煙草を差し入れながら、杉井と明るく朗らかに話をしては帰っていった。

第二次選別

九月十八日、甲種、乙種振り分けの最終試験が行われた。実技では二番砲手の操作、馭者では陣地侵入、観測では写景図と諸元の出し方、通信ではモールス信号の受発信が試された。これまで行われた訓練の内容の最終チェックであり、常日頃、他の者たちよりもこれらに秀でていた杉井は、すべての試験に落ち着いて臨んだ。三角関数で苦労した観測もこの時点ではトップレベルの者と遜色なかった。学科では、砲兵操典、軍隊内務令の筆記試験が行われたが、力ずくでこれらを丸暗記していた杉井は、答案を書き終えたところで満点を確信した。最後は、大隊長遠藤少佐による面接、口頭試問だった。部屋への入り方、礼の仕方など立ち居振る舞いも採点のうちと言われていたが、このあたりは森高上等兵からどのようにすべきか詳細に教えてもらっていた。大隊長室は窓際に大きな机があってそこに遠藤が座っており、その前に面接用の椅子が一つぽつりと置かれていた。遠藤は、四角い顔の眼光鋭い恰幅の良い男だった。礼をして椅子に座ると、早速遠藤が訊いた。

「家族構成を言いなさい」

「両親と弟四人、妹二人であります」

「ご両親の戦争についての考え方は」

「父は、この戦争は日本国にとってその繁栄のために大変重要な政策であると言っております。また台湾の連隊にいた経験もあり、軍での生活は精神的及び肉体的に自分を鍛練する格好の場であると言っておりました。父は、私が入隊し、これからみ国のために尽くすことを誇りに思っております。母は、戦争について詳細は承知していないと思いますが、み国のために立派に働けるようにと、小さい頃から私を丈夫に育ててくれました」

たえが杉井を軍に出すことを喜んでいないことは明らかだったが、戦争に消極的なことは致命的であるため、杉井は無難な答えを用意しておいた。遠藤は、入隊前の生活のことなどをひとしきり訊いた後、

「それでは、軍務諸令について質《ただ》す。正確に答えるように」

と言った。

「作戦要務令での攻撃精神とは」

「攻撃精神は忠君愛国の至誠より発する軍人精神の精華にして、鞏固《きょうこ》なる軍隊志気の表徴なり、武技これによりて精を致し、教練これによりて光を放ち、戦闘これによりて勝を奏す……」

「内務令での将校とは」

「将校は軍隊の禎幹なり、故に堅確なる軍人精神を涵養し、高邁なる徳性を陶冶し、識見技能を向上し、体力気力を充実し率先垂範もって儀表たらざるべからず」

遠藤はうなずきながら聞いていた。最後に手元にあった個表を閉じながら訊いた。

「君の崇拝する人物は」

「楠木正成であります」

「その息子は」

「楠木正行《まさつら》であります」

「彼が如意輪堂の壁に書いた歌は」

「……」

「崇拝する人の息子の歌を知らなくては駄目だね」

杉井は冷や汗が出る思いだった。

「はっ。勉強致します」

「はっはっはっ。よし。以上だ。退出してよろしい」

「はい。ありがとうございました」

杉井は、最後まで緊張感を維持し、森高に教えてもらったとおりの退出方法で部屋を出た。


九月二十日、幹部候補生の序列が発表になった。出来の如何を問わず、候補生百名のうち五十名が甲種、残り五十名が乙種となることになっていた。杉井は自分が甲種になることは疑っていなかった。問題は何番でなるかである。序列によってその後の何が変わる訳ではないが、折角それなりの努力をしてきた以上、立派な成績で合格したかった。杉井は取り敢えず目標を十番以内とした。一桁というのは見栄えもするし、周りの仲の良い連中で自分よりも上位にきそうなのは石山くらいであることを考えれば、左程困難な目標設定とも思えなかったからである。

序列は教官の河野中尉が一つずつ読み上げていった。

「一番　山川孝吉、二番　石山進吾」

やはり石山は上位だった、それにしても二番というのは立派だ、しかし石山が二番なら自分もすぐだろう、そう思って杉井は待ち構えた。ところが、杉井の名前はなかなか出てこない。

「十番　新川泰三」

一桁の目標が達成されなかったことが判明して、杉井は俄かに序列に対する関心を失った。あとは良いに越したことはないが、何番で合格しても同じだと思い、河野中尉の読み上げる名前をぼんやりと聞いていた。ところが三十番台の半ばを過ぎても杉井の名前は出てこない。既に沢村、中崎、鈴村、梅木、勝俣らの名前は呼ばれている。杉井は不安になってきた。この連中より自分が下である訳がない、おそらく登録ミスか何かで自分の名前は落ちてしまっているのではないか、そう思って、できることなら手を上げて確認を求めたい心境になった。

「五十番　田宮悦男」

こうなったら、早く全員の名前を読み終えて欲しい、そうすれば自分の名前がどこにもなくて手続きミスか何かがあったことが判明する、そう思った矢先に、

「五十一番　杉井謙一」

という河野の声が杉井の脳天を左から右に貫いた。

「まさか」

残りの序列を読み上げる声は、もう単なる念仏となった。

「百番、大村健二郎。以上である。一番から五十番までは甲種、以下は乙種とする」

そう言って、河野ら教官、助教は部屋を出て行った。

杉井が班の部屋に戻って来ると、皆が慰めに来た。中崎は、

「合格した俺が言うのも悪い気がするが、元気を出せよ」

と、杉井が半年前に山口ら幹部候補生の試験に失敗した者たちに言ったことと同旨のことを言った。梅木は、

「杉井、勝敗は時の運という。誰もお前が俺たちよりもできないなんて思っていやしない」

と肩をたたいた。自分の試験の出来など梅木は知る由もないし、多分本番に弱いタイプなのかも知れないとでも思っているのだろうと杉井は感じた。森高上等兵はわざわざ班の部屋まで慰めに来てくれた。

「杉井、お前が落ちるとはどうにも信じられん。最終の試験で何か大きな失敗でもしたのか」

杉井たちを合格させるために態度の指導までした森高にしてみれば、この結果は意外でもあり、また残念でもあった。

「いいえ。心当たりはありません。応援して下さったこと、本当に感謝しております。ご期待に沿えず、申し訳ありませんでした」

杉井はこれだけ周囲から慰められるのは初めての経験だった。今まで失敗した人間を慰める際、相手はくだらん慰めなどかえって迷惑だと思っているのではないかと気を遣ったが、実際

に慰められてみると、それを迷惑であるとか煩わしいことであるとか感じることはなかった。ただ慰められれば慰められるほど、情けなさ、悔しさが募り、自分を責める気持ちも強くなって苦痛は明らかに増加した。涙がこみ上げてきたが、それを見られるのはさすがに恥ずかしく、杉井は便所に立った。

その晩、杉井はまんじりともしないで、寝床で考えた。一体何がいけなかったのだろう。実技も学科もほとんどミスらしいミスはなかった。面接も楠木正行の歌は答えられなかったが、あんなことが減点になるとは思えない。他の連中の中には緊張して質問にまともに答えられなかったと言っていた奴もいるし、その連中でさえ合格している。この試験は採点基準に何かおかしいところがあるのではないか。一番から百番まであんなにきちんと序列を出しているのだから、幹部のところへ行けば採点の内訳があるはずだ。それを見せてもらえないだろうか。そうすれば、採点の仕方のどこがおかしいか分かる。ここまで考えて杉井はふと思った。今俺は典型的な負け犬になっていないか。小学校でも中学校でも、勉強のできない奴にかぎって、試験問題が悪いとか、採点基準がおかしいとか、自分の失敗を外部的要因に転嫁しようとしていた。それを見て本当に馬鹿な奴等だと思っていたのに、今自分はその同類になろうとしている。これはいけない。そう反省した直後、杉井は、今度はかつて鈴村の言っていた言葉を思い出した。

「甲種になるためには、多かれ少なかれ、ある種のコネが必要だ」

そうだ。これは採点基準などといったもの以前の問題だ。馬鹿正直に試験の対策だけやって裏から手を打つことを何もしなかった俺が下手だったのだ。しかし静岡の連隊なら何らかの手づるもあっただろうが、名古屋ではどうしようもなかったのではないか。だとすれば、どうあがいても結果は同じだったか。そう考え及んだところで、杉井はまた首を振った。いけない、いけない。俺はどうかしている。静岡にいた頃も、世の中コネが大切だといろいろな人が言っていた。企業への就職なども九十九パーセントコネで決まると思っている人が多い。しかし、俺は断じてそんなことはないと思っていたはずだ。大切なことがコネで動いたら世の中は決して良くならないと確信していたし、コネを使う人間はもとより、コネが大事だと主張する人間も軽蔑しながら生きてきた。その俺がコネを使わなかったのが敗因などと考えている。貧すれば鈍するではないが、俺のように逆境を経験していない人間は、一つの失敗でここまで腐ってしまう。俺はもっと強くならなくてはいけない。もっと厳しい現実をしっかり受け止められるようにならなくてはいけない。こんな調子ではとても戦地では生きていけないのではないか。そう考えて、杉井は筆を取った。結果を家へ連絡しなくてはいけないと思いつつ、その日はとてもそんな気分になれなかったが、やはり、やるべきことはなるべく早くと思い直した。沈んだ気分を十分立て直すには至っていなかったが、両親への手紙は、感情的なものを先行させることなく、ただ淡々と結果だけを報告するものとなるよう努力した。

翌日からの生活では、甲幹と乙幹の明暗は更にはっきりした。甲幹は、予備士官学校へ行くための準備を開始し、日々忙しそうであったが、乙幹は、教育もなく、毎日衛兵、厩舎当番、不寝番などの勤務要員となって、無意味に時間的な余裕だけはできた。試験に落ちたという現実を厳しく受け止めなくてはと自分に言い聞かせてはいるものの、何故甲幹の連中に負けたのかの理由が明確でないため、この両者の生活の歴然とした違いは杉井には厳しいものだった。厩舎で馬の世話をしながら、杉井は、自分の中にでき上がったプライドを自分の力でへし折ることが如何に困難なことであるかを痛感した。佐知子や多恵子にもこの結果は手紙で報告しなくてはいけないと思ったが、これもやはり躊躇された。自分を評価してくれる人間には良く思われていたい、自分を実際以上に良く見せたい、これを世の中では見栄と呼ぶのだろうと杉井は思った。自分の心理の中にある矛盾の払拭に苦しみながら、杉井は考えた。プライドを持って生きるということは大切なことだが、つまらないプライドというものは、いざという時に邪魔になるだけだ。特に実力がないにもかかわらず、あるという錯覚に陥ることによって身についたプライドほどたちの悪いものはない。人間が落ち込んでいる時というのは、ほとんどの場合この誤ったプライドを傷つけられた時なのではなかろうか。これを解決するには実力をつける以外にない。自分が下士官にしかなれないというのであれば、日本一の下士官を目指せば良い。そこに開けてくる道も必ずあるだろう。

次の日曜日、静岡から出てきたたえが面会に来た。たえは、口数少なく、努めて息子の心の痛みに触れないように気遣っていたが、無言の中にも

「親としてお前の出世のために何もしてやれませんでした。すみません」

という自責の念がひしひしと感じられた。杉井は、このようなことについては、他人の力を借りることを潔しとしない人間に育てていただいていますと言いたいところだったが、何か言

うと、母への甘えからまた自分の気持ちにぶれが生じそうに思え、何も言わなかった。ただ、今回の結果のことについては、別れ際に一言、

「お母様。良い結果を報告できなくてすみませんでした」

と詫びを入れた。たえは、

「軍人になるのではないから、いいの、いいの。ただ元気な姿で帰ってくるのを待っていますからね」

と言った。杉井は、

「お母様、自分は大丈夫です。お母様も体に気をつけて」

と言って、市電の駅までたえを送った。乗車するたえの後ろ姿は、明らかに悲しそうだった。静岡までの長旅、車窓にただ一人、息子のことを思い詰める母親を想像して、杉井は胸がいっぱいになった。女の母には、甲幹も乙幹も関係ない、ただ息子の喜びの顔が母の喜びであったのだろう。やはり合格しなくてはいけない試験だった。しかし、こうなった以上、母のためにも強くあらねばならない。杉井はそう思った。

翌日、朝一番で当日の当番の割り当ての確認を終えて部屋に戻って来ると、河野中尉から呼び出しがあった。河野は一枚の紙を握っていた。杉井が河野の前に直立すると、河野は持っている紙を一瞥した後、

「松川英雄候補生が、身体検査の結果、肺結核と決定したので、杉井候補生を甲種に編入する」

と通告した。あまりに意外な事態の転換に、杉井はそれなりの反応をするべき自分を失った。河野は微笑みながら、

「杉井候補生は他の候補生と比べて時間がない。迅速に予備士官学校入校の準備を行うように」

と言った。杉井は敬礼して、

「杉井候補生、直ちに予備士官学校入校の準備にかかります」

と復唱して退出した。杉井はまだ呆然としていた。嬉しいことは疑いのないところだった。しかし、世の中というのは実にいろいろなことが起こるものだという不思議な感想が、その嬉しさを実感に変えてくれなかった。班に戻って皆に報告すると、まず中崎と鈴村が、

「杉井、良かったな。また一緒にやれるじゃないか」

と我が事のように喜んだ。石山、沢村、梅木、勝俣らも皆集まってきて、杉井の頭や肩をポンポンたたいて祝福してくれた。皆におめでとうと言われて、杉井も自然と笑みがこぼれてきた。杉井は思った。この補欠合格は自分にとって実に貴重な経験であった。これは恐らく、神が一桁で合格しようなどと慢心していた自分を戒めると共に、つまらないプライドの固まりであった自分を徹底的にたたきのめしてくれた結果なのだろう。あの序列発表の日の夜に考えたことを忘れてはいけない。連隊を疑い、戦友をやっかんだ自分というものを絶対に忘れてはならない。しかし、とにかく予備士官学校に行ける。ボトムでのスタート、何という心地良い出発だろう。ベストを尽くさねば。

両親にも早速、この喜びを伝えた。すぐに、両親それぞれから祝いの返事が届いた。母から

は分厚い封筒で、「謙一の嬉しそうな顔が目に浮かびます」と喜びの言葉が延々と綴ってあった。

杉井は佐知子にも手紙を書いた。不合格になった時は、格好悪さが先に立って、とても連絡する気になれなかったのに、事態が変わって豹変する自分を恥じたが、佐知子なら何でも明るく受け止めてくれるだろうと、補欠合格になった経緯、その間に自分が思ったことなどを書き送った。返事はすぐ来た。

前略

謙ちゃん、おめでとうございます。さすが、謙ちゃん。やった、やったというところですね。一度不合格になったあとの合格でも、合格は合格なんでしょ。私も学校のお試験でできなかったなあと思ったのに結果が良くてすごくうれしかったことがあるけれど、謙ちゃんの場合は、一度バツと言われたのがマルに変わったんだから、うれしさもひとしおだったと思います。でも不合格と言われた時はさすがの謙ちゃんもしおれてしまったようですね。謙ちゃんの場合は、いつも明るくて少し憂いが足りないから、たまにはそういうことがあっても良いかも知れません。それでもすごくがっかりした時に、それだけ自分を見つめ直すことができるところ、とっても偉いなと思いました。如何に自分が小さい人間か分かったって書いてありましたが、謙ちゃんが小さい人間だなんてこと決してないと思います。いつも優しくて、人の気持ちを考えていたし、きっと今度のことで、より一層人の気持ちが理解できるすごい人になるんだろうと思います。

これで、謙ちゃんの人生の歴史にまた「勝ち」が一つ加わりましたね。いつも私に言っていたでしょう。物事はすべて勝負だと思って臨まなくてはいけない、しかも勝たなくてはいけないって。剣道の試合にしても、「強い相手と善戦して、良い試合だったと他から言われても仕方ない。勝ってこそそれまでの猛練習の意味があるのであって、負けたらそれまでの練習の価値が半減してしまう」と言っていたのを良く覚えています。連隊での訓練はとても厳しかったようですが、今度の劇的逆転勝利で訓練に一生懸命取り組んだ意味が倍になったことと思います。

静岡の方も相変わらずです。今年も徴兵検査があって、この近所では、富田さん、河西さん、荻野さんのところが甲種合格したので、また来年入営になるようです。それから静商の同級生の片桐さんも予備士官学校に行くことになったと聞きました。同じ学校に行くことってあるのでしょうか。

この手紙が届くか届かないかのうちに豊橋の学校の方へ行くのですね。また一段と偉くなるので、訓練も一層大変になることと思います。折角合格したのですから、お体を壊したりしないよう。

豊橋の方で落ち着かれたら、またお便り下さい。

草々

昭和十四年九月二十八日

谷川佐知子

杉井謙一様

今まで佐知子にはあまり弱味は見せなかったが、今度ばかりはと、かなりの反省も込めて書き送ったのに、佐知子からはまた、どちらかと言えば前向きな評価が返ってきた。少しは俺の駄目なところも理解して欲しいものだと、杉井は頭をかいた。

今回の結果を今月中にどうしても報告しなくてはならない人がもう一人いた。もちろん多恵子である。多恵子からは連隊を出ていく時には連絡をくれと言われていた。予備士官学校へ行くのが数日後と決まったことでもあり、一度会ってお別れを言いながら、この合格の報告もしようと思ったが、やはり会わずに行こうと思い直した。多恵子は連隊にいる間だけ会ってくればと割り切った言い方をしていたし、杉井もそれを前提に会っていたが、いざこれが最後という形で会うのは極めて辛いことに思われた。会わずに行ってしまえば、冷たいと思われるかも知れないが、逆に、もう会わないのだとすれば、むしろ冷たい人間と思われた方が良いかも知れないとも思った。最後までくよくよと悩んだが、結局、

「補欠合格という形でしたが、予備士官学校へ進めることになりました。他の者より合格決定が遅かったため、学校へ行く準備も忙しく、ご連絡が遅くなりました。長い間本当にお世話になり、感謝しております。どうか立派な方と結婚して下さい。お幸せを祈っています」

という内容の手紙を努めて簡略にしたため、出発の前日の九月三十日に投函した。

豊橋予備士官学校

十月一日、甲種幹部候補生五十名は、肩章に金筋一本、星一つの伍長となった。全員、新品の一装、純白の手袋を着用し、営庭に整列した。鳥海連隊長から、

「野砲兵第三連隊の名誉を担って立派な成績で卒業して、元気に再びこの営門をくぐるよう、諸君の健闘を祈る」

との訓示を受け、九ヶ月間暮らした連隊をあとにした。愛知電鉄に乗って豊橋へ行き、豊橋駅から市電に乗り換え、高師ヶ原駅で降りて、豊橋陸軍予備士官学校砲兵隊の門をくぐった。道路を挟んで向かい側は予備士官学校歩兵隊があり、学校のすぐ南には広漠たる高師ヶ原演習場の松林があった。

士官学校の構内は連隊より狭かったが、校舎ははるかに明るく清潔そうだった。校庭には日本全国から集まった幹部候補生が整列していた。旭川の第七、仙台の第二、広島の第五、熊本の第六、朝鮮羅山の第二十二の野砲兵連隊、それに東京の近衛砲兵、千葉の騎砲兵が加わって、全国のスポーツ大会さながらであった。皆襟章の左に各連隊の数字をつけ、新品の軍服に身を固めていた。緊張の面持ちで整列する新入の兵たちを前に、校長の大黒少将が訓示をした。校長は、小柄な品の良い優しそうな将校で、両肩にはべた金の肩章をしていた。校長に対する敬

礼は、相手が将官であるため、「海ゆかば」のラッパ吹奏に合わせてのものだった。訓示は極めて簡単で、軍の根幹となるべく鋭意勉強せよというのが結論だった。

訓示が終わると早速編成が発表された。第一中隊は三八式野砲を用いる部隊で、中隊長は原山少佐、第二中隊は十センチ榴弾砲を用いる部隊で、中隊長は、ノモンハン戦経験者の草薙大尉だった。中隊は更に三つの区隊に分かれ、第一中隊では、教官は第一区隊が藤岡大尉、第二区隊が森川大尉、第三区隊が岡野大尉、助教は第一区隊が金山軍曹、第二区隊が横川軍曹、第三区隊が田名部軍曹だった。名古屋の連隊に比べると、教官は優秀かつ品も良く、助教もよりきびきびして張り切っているように見えたが、これはより上級の教育機関だからという先入観からくるものだけではないと杉井は思った。実際にこれらの教官、助教は、全国各地の連隊が名誉をかけて派遣した将校、下士官であった。

杉井の配属は第一中隊第二区隊だった。名古屋第三連隊では十センチ榴弾砲を使っていたこともあり、名古屋から来た者は皆第二中隊に編入されたが、杉井は補欠で入校したためか、一人だけ第一中隊に入ることになった。慣れない大砲の扱いに不安を感じ、大砲の訓練に関しては周囲に誰も知り合いがいない心細さもあったが、より緊張感を醸成するにはむしろこの方が良いかなとも思った。士官学校の寝室は一部屋三人であり、同室には同じ名古屋の連隊から来た山川孝吉と佐原直之が一緒だった。山川は一橋高等商業専門学校の卒業で、背丈は低く、ずんぐりとした体型で、髭が濃く、達磨のような風貌だったが、軍隊での成績は抜群で、名古屋第三連隊の甲幹選抜試験でトップを取った男だった。佐原は名古屋の七宝町の味噌醸造屋の次男で、長兄も第三連隊の将校であり、兵隊生活に関する知識も豊富だった。佐原は山川とは対照的に長身で肩幅も広く、堂々とした体軀だった。予備士官学校という新しい環境に置かれ、一人だけ別の中隊に入った杉井にとって、同室が気心の知れた同じ連隊出身者であったことは救いだった。

初日の冒頭は、各連隊で行ってきた徒歩訓練の復習だった。候補生のうちの一人が教官の役目を行うこととなり、まず山川が指名された。そつのない山川は、この任を問題なく務めた。

「次、杉井候補生、教官を代行して徒歩訓練を実施せよ」

次の指名は何と杉井だった。トップとビリの両者にやらせて比較をする趣旨かなと杉井は思った。徒歩訓練は何百回と行ってきた訓練であり、順序その他間違える心配はなかった。杉井は落ち着いて、約三十分間号令をかけながら教官代行を務めた。ひととおり終わると、杉井が予想したとおり、横川軍曹が、

「トップもラストもレベルに差は無いな」

と呟くのが聞こえた。

予備士官学校の生活は、連隊におけるものよりも厳しかった。九ヶ月間問題なく過ごせば必然的に将校になれるのであるが、そうであるが故に、全く怠けることは許されず、期間中その厳しさに耐えて初めて将校としての素養が身につけられる内容のものとなっていた。朝は起きれば直ちに点呼、点呼が終われば体操、続いて掛け声をかけながらの乾布摩擦、終わって朝食、

休む間もなく演習に入っていく。校内は三歩以上はすべて駆け足であり、日課に寸秒の余裕もなく、少しでもたるんでいると、「そんなことで将校になれるか」と容赦なく助教のビンタがとんできた。連隊の頃は日曜日は基本的には休みだったが、士官学校では一切休みはなく、外出も許されなかった。日曜日は火砲の手入れ、薬莢磨きが日課であり、時間があれば学科のノートの整理に明け暮れた。学科は、指揮官としての特性の涵養、パノラマを使っての射撃訓練、更には図上戦術など多岐にわたっており、授業中は随時、様々な状況において自分が師団長であればどのような判断をするかを問われた。師団長になどなりもしないのに、何故くどいまでにこのような質問を受けるのか杉井は疑問に感じたが、ある時、横川から、組織が十分に機能するためには上司が何を考え何を意図しているかを部下が常に認識しておくことが何よりも大切であると説明を受け、すべて組織的に動くことを要求される軍隊ならではの教育であると納得した。

士官学校では、連隊の時にやらされていたことに、新たにやらなくてはいけないことが大幅に追加された生活となった。やる必要がなくなったのは、朝夕の馬の手入れぐらいであり、これは民間の馬丁が全部やってくれた。あまりの忙しさに、杉井と同室の山川、佐原は相談をして、食後の作業を分担することにした。一人が食器を三人分洗って片づけ、更に三人分の洗濯物を名札をつけて洗濯室に運ぶ。一人は靴、帯剣及び小銃の手入れを三人分行う。その間一人が酒保係として酒保に行って煙草や菓子を仕入れてくる。この分担は極めて功を奏した。他の生徒は、酒保に行けないどころか、手入れが遅れて助教に叱られたりしている中にあって、杉井たち三人は酒保での調達物品を他に分け与える余裕さえあった。助教たちの手前、あまり公にできることではなかったが、この合理化策に気づいた者も多少いて、幾つかの室には普及していった。

演習の場所は、学校のすぐ前の高師ヶ原とそこから海岸まで続く天白ヶ原だった。天白ヶ原は広漠たる波状丘陵地帯で、満州の大平原での対ソ戦を想定しての演習が毎日行われた。原の東端の小高い岩の上には岩屋観音があり、照準点としてよく用いられた。またこの観音は学校から四キロの距離にあり、学校からの駆け足の終点としても使われていた。天白ヶ原は、十二月ともなると寒風が吹き荒《すさ》ぶところで、指は凍え、耳も痛くなるが、少しでも寒そうな態度をする者がいると、「満蒙を思え」と助教の怒鳴り声が響いてきた。

演習が終わると現地で解散となる。教官や助教は馬で帰るが、生徒はその日指名された生徒代表が指揮をとって徒歩での帰校となる。演習が終わった時点では、もう腹と背がくっつきそうなほどの空腹状態であり、さすがに耐えきれず、ある日、生徒全員で途中の駄菓子屋の前で休憩をとり、店の中に飛び込んで菓子を買い、ポケットに突っ込んで帰校した。帰ると門の前で横川が両手を腰に当てて待っていた。

「帰校が十五分遅い。途中何をしていたか」

その日の生徒代表である水沼が、

「途中十分間小休止を致しました」

と答えると、

「あんな近い所で休憩の必要なし。全員物入れの中のものを全部出せ」

と命じた。仕方なく、途中の買物品を出すと、横川はそれらをすべて没収し、全員を一列に並ばせて、

「これが帝国将校のやることか」

と買わなかった者も含めてビンタを張った。横川は一度のビンタだけでは不十分と思ったのか、

「殴られるお前たちは楽なものだが、殴る俺の方は手が痛い。水沼候補生前へ」

と生徒代表の水沼を立たせ、往復ビンタを十回張った後、

「水沼候補生、全員に対して個別に指導を行うように」

と全員へのビンタを命じた。これ以降、杉井たちは現地解散のあとは全力疾走して休憩時間を捻出することにした。

帰郷

昭和十四年十二月二十九日、待望の年末年始休暇が出た。九ヶ月の予備士官学校生活で、この年末年始の一週間が唯一の休みだった。ほとんど休む暇を与えてくれない予備士官学校が、如何に年末年始とはいえ、一週間も休みをくれるのは意外に思えたが、これは、年末年始は教

官を始めとする職員も一斉に休暇を取ることと、生徒が北は北海道、南は九州まで帰ることによるものであった。

杉井は、二十九日の日は早起きし、早々と学校の門を出た。幹部候補生らしく、服装も一装を着用し、純白の手袋をはめていた。豊橋の駅に着くと、駅前の店で、親戚や知人たちへのみやげにとちくわを大量に買い込み、汽車に乗った。一昼夜かけて帰郷する者もいる中、自分の郷里静岡は比較的豊橋に近いことを、杉井は本当に有難く思った。汽車が静岡県に入ると、車窓に茶畑が広がりだした。この一年間、ほとんど見ることのなかった茶の葉が冬の落ち着いた光を柔らかく反射させていた。名古屋の連隊に入隊するために一年前反対方向の列車に乗った時は、緊張感もあってほとんど車窓を見る余裕もなかったが、今回は杉井も流れていく景色の変化を楽しんだ。それでも島田を過ぎ、小さい頃から慣れ親しんだ風景になってくると、一刻も早く静岡に着かないかという気持ちになった。車窓には、冬の透き通るような青空を背景に、富士山がいつもどおりの優美な輪郭を誇示していた。汽車は、焼津、用宗《もちむね》を経て、ゆっくりと静岡駅のホームに滑り込んで行った。ホームから改札へ向かう途中、杉井はここから自分の軍隊生活は始まったのだと、入営の日を懐かしく思い出した。

改札を出ると、国道を挟んで静岡の繁華街が広がっていた。一年という期間は長く感じたが、静岡の町には大きな変化はなく、杉井は非常に懐かしい思いで静岡の土を踏みしめた。駿府城の堀が見たくなり、少し回り道ではあったが、市役所前から中町、安倍町を経由して帰ることにした。駿府城の石垣も、外堀の水の色も一年前と同じだった。静岡の町を歩きながら、杉井は、自分だけは随分変わったのではないかと感じた。人間としてどれほど進歩したかは別にしても、とにかく今や自分の本拠は生まれ育った静岡ではなくなったこと、自分の家とは全く別個の組織に属する人間となったことなど、自分を取り巻く環境の変化が自分に与えた影響は多大なものがあるのは間違いないと思われた。

駅から三十分ほど歩いて家に着き、玄関を入ると、両親も兄弟も総出で出迎えてくれた。謙造は、

「お帰り。すっかり軍服が板についてきたな」

と、視線を杉井の頭から足の先まで何度も往復させた。謙造は、常に杉井の姿を若い頃の自分に投影しているようであり、また自分の息子がお国のために貢献することが今の最大の喜びであるためか、杉井の帰還に上機嫌だった。たえは、玄関に両膝をついて深々と頭を下げ、

「謙一、お帰りなさい。一年間、お勤めご苦労様でした」

と言った。それは、多少とも軍の人間としてサマになってきた杉井に敬意を表しているようでもあり、また息子が一年間無事に暮らして帰ってきたことを神に感謝しているようでもあった。夕方になると、たえが風呂を用意してくれた。いつもは一番風呂は謙造と決まっていたが、この日は、先に入れと言われて、沸かしたての湯に杉井がつかった。久しぶりに湯の澄んだ風呂に入り、杉井は思い切り足を伸ばした。夕食は、杉井の好物の五目寿司だった。刺身もふんだんに用意してあった。味噌汁も名古屋の赤味噌とは異なって白味噌の汁であり、これがおふくろの味だと涙が出る思いがした。寝床に入ると、堅くて重い毛布でなく、軽い布団であり、

これもいつもより数倍暖かく感じられた。杉井は、何をとっても予備士官学校のものより優れていると思ったが、何よりも嬉しく感じたのは、時間と規則に追われないことであった。人間にとって自由であることは極めて重要なことであり、逆にある程度の自由度がないと人間らしい生活というものは成立しないのではないか、寝床の中でそんなことを考えながら、杉井は眠ってしまうのが惜しいように感じた。

翌日は、親戚や近所の人たちが続々と杉井の家にやってきた。軍国一色になりつつあるこの時代、もともとのどかな地方都市である静岡では、予備士官学校の学生の一時帰郷はそれだけでもイベントではあった。来訪者は、杉井が入営する前と異なり、皆、妙に杉井を大人扱いしているように感じられた。杉井はそれを面映《おもは》ゆく感じると同時に、他人が客観的に見る際の自分には確実に変化が生じているのではないかと思った。その夜、杉井は謙造に連れられて料亭「池端」に行った。静岡商業の同級生で同時に徴兵となった片桐と高崎も休暇で帰って来ているので、折角だから夕食に誘ったと謙造は言った。「池端」に着くと、片桐と高崎は既に部屋で待っていた。二人とも予備士官学校歩兵隊に入っており、歩兵の印である赤の襟章をつけていた。杉井の襟章は砲兵の黄色であり、静岡の連隊が歩兵第三十四連隊であるため、赤の襟章に慣れた静岡の人たちに杉井の襟章は珍しがられた。部屋には、謙造の馴染みの芸者「秀千代」と半玉から一本になったばかりの「八重菊」という十七歳の芸者が侍った。謙造は三人の軍人を連れて良い気分らしく、三人にいろいろ質問しては、芸者たちに自慢気に軍隊生活の解説をしていた。しばらくすると、八重菊の向こう側にいた片桐が話しかけてきた。

「おい、杉井。お前のことだから、非人間性の固まりみたいな軍隊組織の中でも、うまくやっているのだろうなあ」

謙造の質問には礼儀正しく答えていたが、杉井に向かっては昔と同様の片桐節だった。杉井はむしろ安心した気分になった。

「何とかやってきているが、さすがに辛いことは何度もあった。正直言って、こうして休暇で家に帰ってくると、今まで味わったことのない解放感を覚える。でも、軍隊の教育というのはよくあれだけ短期間に多くのことを習得させるものだと思うし、その点だけは評価に値するかも知れない」

「その点は俺も同感だ。長年の経験の蓄積もあって、あれだけ能力も性格もばらばらな人間を全部それなりの兵隊に仕立て上げる手法というのは大したものだ。しかし、問題は教える内容ではなくて教え方だろう。あの暴力行為は何とかならんかなあ。俺なんかこの一年何百発殴られたか分からん」

「それはどこも同じさ」

「杉井もそうか。お前は俺みたいなひねくれ坊主はぶん殴られ続けて当然だと思っているだろうが、俺は随分お利口ちゃんにしていたんだぜ。それでもやられちまうんだから、もう打つ手はないと思っていたが、そうか、杉井もやられているとなると納得がいくな」

こう言ったところで、片桐は、隣で控え目にお酌だけをしている八重菊の方を向いた。

「お姉さんは、人にたたかれたことなんかある？」

「ありますよ。小さい頃父には何度かたたかれました」

「小さい頃って何歳くらい？」

「五歳か六歳くらいかしら」

「最近はないでしょ」

「もうずっとないですね」

「それはそうだよなあ。大の大人が、お前はなっていないなんて言われて殴られたら恥ずかしいものなあ。しかし、困るのはいつビンタが飛んでくるか予想し難いことだな。明らかに何か失敗をしたという時なら仕方ないと思うが、上官の虫の居所が悪いというだけで、横っ面を張られるんじゃ立つ瀬がない」

片桐は文句ばかり並べているが、それなりに軍隊という組織と上手に付き合っているようだと杉井は感じた。

「ビンタもそれこそ短期間に覚えるべきことをたたき込むための必要悪だとは思うが、片桐の言うとおり、何の意味もなく、ただ無抵抗な弱者の自尊心を徹底的に傷つけるためだけの体罰もあって、あれは俺もどうかと思う」

「そう思うだろ。まあ階級社会にはこれもつき物かな。学校の歴史の授業で士農工商というのを勉強させるが、いっそのこと、士農工商犬猫初年兵というのも併せて教えたらいい」

杉井と違って酒が飲める片桐は、多少酔いが回ってきたようで、上機嫌になおおしゃべりを続けた。

「お前、さっきは何とかやっているというようなおざなりな答えをしていたが、見たところ、幹部候補生としての道を順調に歩んでいる風じゃないか」

「それは、片桐も高崎も同じだろう。でも、実は俺の場合は甲幹は滑り込みで、一度乙幹に決まったのが、一人病気になったために、補欠合格になったのだ」

向かいに座っていた高崎が驚いたような顔をして言った。

「杉井が補欠だなんて、名古屋は優秀な者が揃っているのかな」

「周りが立派なのは事実だが、甲幹になるのに競争率が二倍ということでたかをくっていたのがいけなかったように思う。大いに反省もしたし、自分にとっては良い勉強になった」

「そうか。俺なんかどうせ親が手を回してくれたから予備士官学校まで進めたのに決まっているが、もしかしたら、俺みたいなのがいっぱいいて杉井がとばっちりを食ったんじゃないかな」

静岡商業時代、学科も体育も特に優れている訳ではなかった高崎が予備士官学校に進んでいるのを知った時、杉井は、高崎もよく頑張ったなと思ったが、高崎は高崎で自分の実力を全く信用していなかった。

「そんなことはないよ。軍隊でもどこでも、立派な人間をそれなりの場所に配置しなければ組織として動かないことは組織が一番分かっている。俺は、考え方やものに取り組む姿勢まですべてを総合的に評価されれば、やはり五十一番だったのだと思っている」

横から片桐が口を挟んだ。

「過程がどうだこうだと杉井らしくもないぞ。結果がすべてだとお前いつも言っていたじゃないか。とにかく俺たちは今こうして士官学校に通って有難い勉強をさせてもらっている。まだ戦地に行かずに済んでいる。行けば行ったでまずまずの地位が用意されている。それでいいじゃないか」

　三人の物のとらえ方は少しずつ違うが、片桐の言っていることは、概ね三人の共通の認識ではあった。しばらく秀千代と話し込んでいた謙造が、またそれぞれの士官学校の様子を訊き出したため、宴席は再び三人の現状報告会へと移行していった。


　年が改まった一月三日、杉井は佐知子に会いに行った。手紙で事前に連絡してあったため、玄関を入ると、晴れ着姿の佐知子が直接出てきた。佐知子は軍服姿の杉井を見て、一瞬驚きと懐かしさが交錯したような表情を浮かべた後、膝をついて、

「明けましておめでとうございます。本年もよろしくお願い致します」

　と挨拶をして、大仰に頭を下げた。高く結い上げた髪にさしたかんざしが揺れた。杉井も、腰を軽く折って、

「明けましておめでとうございます。本年も相変わりませず」

　と、儀式を完了させた。静岡の冬は暖かい。この日も気温は例年並みだったが、晴天で風もなく、暖かく感じられた。この日和を活用しない手はないと思い、杉井は早速佐知子を外へ連れ出した。軍隊で早足に慣れきってしまった杉井だが、この日は着物の佐知子を気遣って努めてゆっくりと歩いた。

「謙ちゃん、元気そう」

　佐知子が口を開いた。

「うん。まあね。久しぶりに静岡に帰ってきたら、すごく元気が出たから、そのせいでそう見えるのかも知れないよ」

「お手紙では、軍隊のことすごく大変だって書いてあったから、痩せちゃったり、やつれちゃったりしたんじゃないかと思ったら全然変わってない」

　杉井は、この一年の環境の劇的な変化を考えれば、自分が全く変わっていないということはあり得ないと思ったが、そんなことは佐知子には関係のないことだった。

「ずっと大変だったのは本当だよ。でも大変な生活を強いられて、そのおかげで疲弊しちゃったりしたら、損だからね。それより佐っちも全く変わらず、元気そうじゃないか」

「だって私はやっていること何も変わっていないもの。でも一年ってすごく早い。謙ちゃんが名古屋へ出ていったの、ついこの間みたいだし」

「本当だね。入隊していろいろな同僚に会ったり、いろいろな上官にシゴかれたりするうちにどんどん時が過ぎてしまった」

「でも、きっと謙ちゃんの方が一年を長く感じたはずよ。年をとるにつれて時が経つのを早く感じるっていうでしょ。あれは同じような生活を繰り返して新しい発見もないからなんですって。小学校の頃なんか一年がすごく長く思えるのは、毎日新しく覚えることばかりだからで、大人になって仕事とか家のこととか同じようなことやっていると時間て短く思えるらしいの。

謙ちゃんのこの一年はそう考えるとすごく長く感じた一年じゃないのかな。それと、同僚や上官の人たちとたくさん知り合いになれたってうらやましい。皆良い人ばかりじゃなかったかも知れないけれど、今まで付き合ったことのなかったような人もいたでしょ。たくさんの人とお話しすると、自分もいろんなことしたり、考えたりすることのできる人間にならなくっちゃって思うもの」

時に自分と全く違う物のとらえ方をする、これも佐知子の面白さだった。

「ところで、今の学校、卒業は六月よね」

「うん。無事にいけばね」

「卒業すると、戦地に行っちゃうの」

「卒業したら間もなく出征だね」

「それまでに戦争が終わるってことないのかなあ」

「戦争はそう簡単に終わらないよ。それに武力衝突がなくても、かなりの数の兵が現地に駐屯しなくちゃならないから、どっちみち行くことになると思う」

「そうか。いよいよ謙ちゃんも出発だ。そう言えば、去年のお正月に謙ちゃんの無事をお祈りしてあげたけど、謙ちゃんがどんどん偉くなって結局去年は戦争に行かなかったから損しちゃった」

「損したってことはないよ。佐っちの願のおかげで一年間無事に兵隊が務まったからね」

「そう。だったら今年もお祈りしておいてあげる」

年始でほとんどの店が休業していたが、宮ヶ崎通りのお汁粉屋は開いていて、お正月の甘酒を出していた。陽射しは暖かでもさすがに両手は少し冷えてきたし、こんな時の甘酒は美味しそうだと思った杉井は佐知子を誘った。佐知子は、膝を揃えて着物の裾を気にしながら、ゆっくりと縁台に腰を落とした。話をしていると昔どおりだが、一つ一つの所作は着実に女らしさを伴うようになってきている。もともと顔立ちは美形なだけに、女性らしい物腰と複合すると、極めて女として訴えるものを有する存在になると、杉井はつくづく思った。特にこの日の佐知子は薄く化粧をし、口紅もきちんとつけてきていることもあって、輪郭がいつも以上にはっきりとしており、杉井の好きな頬の線も一段と美しく思えた。

「佐っち」

「なあに」

「今日はきれいだね」

言った瞬間、佐知子に向かって、よくこんなことが言えると自分自身に一種の驚きを感じた。佐知子は切れ長の目を見開いて一瞬杉井を見たが、すぐに視線をそらせて言った。

「謙ちゃん。いやね。軍隊ってお世辞の言い方も教えてくれるの」

「お世辞じゃないよ。こんな風にきちっと着物を着た佐っちなんてあんまり記憶にもないし」

「なあんだ。お着物のこと」

「いや、そうじゃないよ。今日はお化粧もしてるだろ。今まで佐っちのこと、女らしいとかそういう目で見たことなかったから」

「ひどーい。でも謙ちゃんにきれいだって言われるとお世辞でも嬉しいな。だって本当のこと言うと、今日は他に用事もないし、謙ちゃんのためにおめかししたんだもの」

「お世辞じゃないって言ってるだろ」

杉井のために着飾ってきたという佐知子の言葉は、杉井には何より嬉しかった。何かもっと佐知子が喜ぶようなことを言いたいという気持ちはあったが、そのすべを杉井は持ち合わせていなかった。行き詰まりを感じた人間が何らかの転換を図るごとく、杉井は甘酒を飲み干し、なかなか来れないからもう少し静岡の町を歩きたいと言った。佐知子は「うん」とうなずいて、小さな手提げを取り、立ち上がった。

二人は、裁判所、県庁などの官公庁街を内堀を左手に見ながら、肩を並べて歩いた。歩きながら、杉井は、かつて謙造が言っていたことを思い出した。人間同士というのは、向き合って話をするより、同じ方向を向いて話をする方が落ち着いて、話したいことも遠慮なく言える、だから夫婦も食卓などで顔をつきあわせて話してばかりいないで、たまには散歩にでも出かけて二人で前を見ながらいろいろな話をすることが大切だと。佐知子は相手の目をじっと見ながら話をする癖がある。それはそれで良いのだが、確かに、時には佐知子の視線をまともに受けずに話をすることがあっても、それは別の雰囲気での対話を可能にする点において意味があるように思えた。ただなるべく気づかれないように時々見る佐知子の横顔も美しく、この日に関しては、並んで歩く意味はむしろそちらにあるようにも思われた。

「佐っちゃん。また軍隊の話で悪いけど、生まれて初めて大きな組織に入って、つくづく組織の口でうまくやっていくって難しいことだと思う。片桐も言っていたけど、本当に人間性無視の管理社会だし、一年かけて順応してきたつもりだけど、こうして休暇をもらったりすると、あの生活が如何に息詰まるものか実感するね」

「それは、静岡で知り合いとばかりと付き合っているのとは違うでしょう。それに軍隊は戦争をやる人たちの集まりなんだから、普通の会社なんかと比べてずっと厳しいところだと思うわ。でも謙ちゃんはそういう組織で生きていくの得意だと思う。上の人たちには好かれるし、下の人たちには頼られるし、謙ちゃんがいるとその組織ってきっと良い組織になると思うな」

杉井は、ふと学校の剣道部のことを思い出した。あの頃、下級生には大概慕われていたが、虫の好かない上級生との関係は必ずしも良くなかった。上とも下ともうまくやれるなど、相変わらず佐知子は自分を買いかぶっていると杉井は思った。

「俺はそんな立派な人間じゃないけどね。それに、俺の場合、佐っちが知ってる学生時代と比べて、今の方が人との付き合いが下手になってきているように思うし」

佐知子は、杉井の方を向いてにっこり笑った。

「謙ちゃん。そんなの当たり前よ。だって学生の頃は自分と気の合う人とだけ付き合って嫌いな人は無視していればいいけど、今は嫌でも付き合わなくてはならない人がいるでしょ。人間関係が難しいって、学生の頃なんかと比べちゃだめよ」

確かにそれはそのとおりだと杉井は思った。

「それにしても佐っちは何でも物事を明るく考えることができていいよな。うらやましくなるよ。本当に」

「だって謙ちゃんがそうしろって言ったんじゃない。小さい頃、私がいじめられて泣いていたら、謙ちゃんが来て、女だからって泣く奴は俺は嫌いだ、佐っちはもともと変な顔なのに、泣いたらもっとへんてこな顔になっちゃうじゃないかって言ったのよ。そう言われて私が無理に泣き笑いしたら、笑ってる佐っちの方がずっと素敵だって言ってくれた。覚えてる？　あっ、その顔は忘れちゃったんだ」

杉井は、はっきりとは覚えていなかったが、笑顔の佐知子が素敵なのは昔からだし、多分小さい頃もその率直な感想を述べたのだろうと思った。

「そのとおり言ったかどうか分からないけど、そういう趣旨のことは言ったような気がする」

「わあ、無責任。謙ちゃんにそう言われたから、何があってもなるべく笑うようにしてきたのに。おかげで、憂いもなくて、可愛らしさもなくて、全然女らしくない女になっちゃった。全部謙ちゃんのせい。損害賠償してもらおう」

「俺の責任にしないでくれよ。佐っちは、小学校一年生になった時からずっと今の佐っちと同じだぜ」

「謙ちゃんがそういうこと言うから自信なくしちゃうんじゃない。……あらっ」

と言って、佐知子は杉井の肘を引いた。見ると、公園の散歩道の路傍に椿の木がたくさんの赤い花をつけていた。

「きれいね」

「本当だね。この寒いのによくこれだけ花を咲かせるものだと思う」

そう言って杉井は沈黙した。今、佐知子の左手は杉井の右肘にある。この時点において、なりゆきとはいえ、杉井と佐知子は腕を組んだ男女であった。杉井は、何とかこの状況を脳裏に焼きつけたいと思った。そんな杉井の心の中に気づいてか気づかでか、佐知子は杉井の肘にかけた手をそっと離した。

「謙ちゃん。どうしたの」

「いや、しばらく花をゆっくり見たりすることなかったからね」

「そういうことを聞くと、やっぱり兵隊さんの生活って殺伐としている感じね」

やはり佐知子は何も気づいていないようだった。

その後も二人はひたすら歩いた。歩きながら、小学校時代の思い出など話は尽きなかった。やがて杉井は、連隊の徒歩訓練でもあるまいし、さすがに着物姿の佐知子を歩かせすぎたと思った。相当時間も経ったし、そろそろ送っていくと言うと、佐知子は素直に従った。佐知子の家が見えてきたところで、杉井は言った。

「佐っち。また手紙くれるかな」

杉井は、今日の自分は随分ストレートだと感じた。佐知子は少し首を傾けながら、

「謙ちゃん。どうしたの。そんなの大丈夫よ。私、字も下手だし、文章も苦手だけど、謙ちゃんはきっと気にしないと思うから、意外と気楽に書けるの。これまでも筆無精の私にしては、ちゃんと何回かお便りしたでしょ。私の手紙、楽しみ？」

「ああ、楽しみだよ」

「今日の謙ちゃん、私のことほめてくれたり、私の手紙が楽しみなんて言ってみたり、いつもの謙ちゃんじゃないみたい。何だか大人っぽくなっちゃった感じがする」

「そんなことないけどね。久しぶりの帰郷でちょっとセンチになったかな。でも今日は楽しかったよ」

「私も。でも謙ちゃんの大切な休暇使わせちゃった」

「佐っち。元気でな」

「謙ちゃんの方こそ。美味しいものたくさん食べるようにしてね」

佐知子は、片方の手を小さく振って家の中へ入って行った。


その夜、杉井、片桐、高崎の三人は料亭「日章橋」に集まった。年末に会った際、休暇の最後の日は三人で大いに飲んで騒ごうと約束していたためである。杉井以外の二人は酒は飲めるが、自分たちだけで料亭など使ったこともないため、何をやっても要領を得なかったが、それでも一人前の軍人気取りで酒も肴もどんどん注文し、豪勢な宴会となった。しばらくすると、片桐が芸者を上げようと言い出し、両手をたたいて仲居を呼んだ。

「ちょっと芸者を頼みたい」

「はい。分かりました。誰にしますか」

片桐はうっとつまった。杉井は、こんな単純な問いにも答えられないのに、一人前に芸者を呼ぼうなどと言うからだと心の中で苦笑した。困った片桐は、直ちに対応を杉井に押しつけてきた。

「杉井。お前、馴染みの芸者がいるだろう。それを呼べ」

「そんなのいる訳ないじゃないか。でもこの間親父と来た時に八重菊という若い芸者さんが来ていたよな」

「そうだ。そうだ。その八重菊を呼ぼう」

「はい。八重菊さんね。他はどうしますか」

片桐は、意外と面倒だなという顔をしながら、

「高崎、杉井は大の馴染みの八重菊を呼ぶそうだ。お前も誰か指名しろ」

「俺は美人だったら誰でもいいよ」

片桐は、ほろ酔いの赤い顔を仲居に向けながら、

「おねえさん。そういうことらしい。もう一人八重菊と同じかそれ以上の美人をお願いしたい」

仲居もさすがにおかしくなったのか、笑いながら、

「はいはい。兵隊さんたちはお若いから、若い芸者さんが良いですね」

と言って部屋を出ていった。十五分ほどすると、襖の向こうから、

「今晩は」

という声がして、八重菊と「照千代」という要望どおりの若い美人の芸者が入って来た。二人を侍らせて席は更に盛り上がった。片桐はこの日は軍隊の話は一切しなかった。芸者を相手

に、静岡の町は良い、食べ物も女も全国一だなどと軽口をたたきながら、終始上機嫌だった。高崎は、時折、明日から学校に戻るのは気が重いというような発言をしたが、それでも楽しそうで、静岡の最後の夜を満喫しているようだった。杉井は、同級生というのは面白いものだ、卒業して何年も経っているのに、こうして一緒になると完全にあの頃に逆戻りする、などと考えながら、残りわずかとなった自由な時間をかみしめていた。

羽目をはずすのも久々とはいえ、今日は良くここまで騒いだものだと、ふと時計を見ると十二時を回っていた。

「片桐、高崎、明日はそれぞれ学校に戻らなくてはいけないし、そろそろ帰ろう」

片桐も、

「おっと。いい時間だな。引き揚げよう、引き揚げよう」

と言って、勘定を頼んだ。勘定書が来て、杉井は目を丸くした。三で割っても、杉井の持っている金はその半分にも満たない。片桐と高崎にも確認したが、案の定、三人の有り金は勘定に遠く及ばなかった。片桐は、多少酔いが覚めた風情で、

「いかん。いかん。物事というものは、計算をしながらやらなくてはいけない」

などと呟いている。ほとんど飲んでいない杉井が、

「ここは有り金を全部置いて、店の人に俺の家に来てもらって足りない分を払うということにしよう」

と提案すると、高崎は、

「すまんな、杉井。家に言っておくので、悪いけどあとで杉井の家から俺の家に請求するようにしてくれるかな」

と恐縮しきって言った。片桐も、

「すまん。すまん。さすがの俺も今日は反省だ」

と頭をかいた。杉井たちは、

「これに懲りずに、この次静岡に同じ時期に戻れる機会があったら、また三人でやろうな。その時は金も十分用意しておこう」

と申し合わせて別れた。杉井は店の女中に一緒にタクシーに乗ってもらって家に戻ってきた。一時近かったが、たえは起きて待っていた。

「お母様。こんなに遅くなって申し訳ありません。それと、羽目をはずして飲み食いをした結果、勘定が払えなくなって、こうしてお店の人に来ていただきました」

たえは、小言一つ言わず、微笑みながら、

「滅多にない機会だものねえ。楽しかったでしょう。片桐さんや高崎さんは無事に帰れたのかしら」

と言いながら、奥から財布を取ってきて、快く払ってくれた。優しい母にあらためて頭が下がる思いがした。

翌一月四日の昼過ぎ、杉井は家族に別れを告げた。短い一週間ではあったが、多くの親戚にも友人にもそれから佐知子にも会うことができ、充実していたと杉井は思った。欲を言えば、

母ともう少しゆっくり話をしたかったところだが、たえは、

「謙一が元気そうで嬉しかったですよ。折角のお休みなのでもっとゆっくり体を休められれば良かったように思うけれど。この次は七月ですね。楽しみに待っていますよ」

と、温かく送り出してくれた。謙造も、

「あと半年だな。頑張ってくるんだぞ。学校の方で大いに鍛えてもらってまた立派になって来い」

と満足そうだった。

豊橋に向かう車中、「遠きにありて思うもの」たる故郷は、やはりこの上なく有難いものであると、杉井はしみじみと感慨に耽った。

訓練再開

帰校した翌日から、従来どおりの秒刻みの猛訓練とシゴキの生活が、極寒の中、寒風をついて再開された。一度休暇を取ると、また元の生活に自分を適合させるのに困難を伴うのではないかと危惧したが、全くの杞憂だった。一週間という期間は、人間の緊張感を弛緩させてしまうにはそれほど十分な期間でもなく、その意味では休暇としては適切な長さかも知れないと杉井は思った。

帰校して十日余り経った一月十六日、演習が終わって班内で勉強をしていると、中隊長原山少佐から呼び出しがあった。中隊長からの直接の呼び出しなど滅多にないことであり、一体何事かと中隊長室に出頭すると、原山が、

「静岡市が大火である。お前の家はどうか」

と、机の上に静岡の地図を広げた。大きな地図には類焼箇所が真っ黒に塗ってあった。一見したところ、本通りから南が真っ黒で、杉井は、自分の家はまず大丈夫だとひとまずほっとした。しかし、この時、杉井の頭に、中隊長がわざわざ呼び出したのだから、ひょっとすると帰郷の許可が出るかも知れないという考えがよぎった。年末年始の休暇は限りなく楽しかったし、訓練も軌道に乗ってきている今、多少休んでも特に他に後れを取るような支障もないだろうと思った。

「大体大丈夫だとは思いますが、この白黒の境辺りであります」

と言うと、原山は、

「よし、家が焼けているかいないか確認して来い。もし焼けていた場合は一週間の休暇を与える。焼けていなかったら、三十時間で帰校せよ」

と命じた。こんなに思惑どおりに事が運ぶこともあるのだと、杉井は内心ほくそ笑み、

「杉井候補生、静岡大火調査のため、三十時間の休暇をいただきます。行ってまいります」

と復唱し、直ちに支度をして夜汽車で静岡に向け出発した。

東海道線を東上しながら、杉井は、家が焼けていては困るが、多少類焼していてくれるのが

ベストだ、三十時間の休暇が一週間に延長される、と考えた。列車が掛川駅まで来ると、そこから東は大火のため、鉄道は不通になっていた。三十時間しかもらっていない杉井は焦った。直ちに駅を出て国道まで行くと、陸送のトラックが何台も走っていた。手を上げると、軍服姿の杉井を認めて、トラックはすぐに止まった。窓から頭にタオルを巻いた丸顔の運転手が顔を出したので、事情を説明すると、運転手は同情し、「荷物の上で良かったら」と杉井を荷台に乗せてくれた。杉井は、荷物の上で、外套を頭から被り、横になった。トラックの荷台は相当な揺れであったが、とにかくこれで静岡までたどり着けると、杉井はほっとした。車が宇津之谷を過ぎたあたりから、東の空が明るくなってきた。もうそれほど時間もかからないと思っていると、弥勒橋近くでトラックは止まった。運転手が周りの人に確認したところによると、静岡の街は戒厳令が敷かれ、交通は全面的にストップだという。杉井は、運転手に厚く礼を述べ、徒歩で静岡の街へ向かうことにした。弥勒橋の袂には歩哨が立ち、車の通行を遮断していた。歩哨の一等兵は、予備士官姿の杉井を見て不動の姿勢で敬礼し、杉井も「ご苦労」と答礼して橋を渡り、市街地へ入っていった。街はまだ灰塵が煙っている状態だった。

杉井の家は当然ながら無事だった。家族たちは、突然の杉井の帰郷に驚いていた。たえは、

「学校の方が忙しいのに、ご苦労様。でもおかげさまで、家の方はこのとおり大丈夫でしたよ」

とわざわざ帰郷した杉井に感謝している面持ちだった。謙造は、

「心配をかけたな。幸い、親戚の家もほとんど無事だったが、本通りの増井の家と大工町の浅川の家は相当ひどくやられたようだ。できれば見舞いに行った方が良い。それから学校に戻っ

たら、帰ることを許してくれた上官に感謝することだ」

と息子を軍に預けた父親らしい助言をした。謙造に言われたとおり、杉井が二軒を見舞うと、浅川の伯母は、煤けた真っ黒な顔をして、

「謙一、こんなになっちゃったよ」

と涙ぐんでいた。杉井は急に反省した。自分の家が焼けていたら、たえもきっと浅川の伯母のように悄然としていただろう、大丈夫だろうと思いながら帰郷の許可をもらったこともさることながら、多少類焼して休みが長くなれば良いなどと随分不謹慎なことを考えたものだ、命令どおり、自分の家の無事は確認したのだから、一刻も早く帰校しなくてはならない、杉井はそう考えた。豊橋から静岡へ帰ってくる列車の中では佐知子の顔も浮かんだが、こんな状況の下で佐知子の家をのぞくことなど決してすべきでないと強く認識した。

杉井は、家に戻り、両親に別れを告げて、直ちに静岡駅に行った。掛川と静岡の間の鉄道は復旧していた。しかしながら、駅では切符を買う人が行列をなし、改札口も黒山の人で、着剣をした兵隊が整理に当たっていた。杉井は、その警備の分隊長の軍曹に事情を話し、優先的に乗車させてもらって豊橋へ向かった。学校に着くと、命令の三十時間には三、四時間余していた。中隊長室に出頭し、

「杉井候補生、静岡大火調査からただ今帰還致しました。町全体としては被害は甚大でありましたが、私の家は無事でありました」

と報告すると、原山は、

「ご苦労。無事で何よりであった」
とうなずきながら言った。杉井は、謙造の言うとおり、学校の温情に感謝するとともに、火事を口実に休暇をもらうようなことをしてはいけない、今後は自己に対してより厳しい人間でなくてはならないと素直に反省した。

三月になると、候補生は全員軍曹となり、肩章の星も一つ増えて、金筋一本に星二つとなった。入隊して一年二ヶ月の間にこれで四回も肩書きが変わったのであるが、短期間に士官になる以上当然とはいえ、人間の本質に特に大きな変化がないのに、このハイペースで昇級していくのはやや異様に感じられた。肩章が変わる度に、杉井は、人間にとって出世とは何だろうと考える。軍隊であれ何であれ、組織である以上、階級というものが存在する。下の階級の者は上の階級の者に服従せざるを得ず、そのため羨望を感じたり、時にやっかんだりする。上の階級の者は、下の階級の者を使うことができるので、やれる仕事の幅は広がるし、加えて下にいる人間に対して優越感を感じることができる。出世のためにあくせくする人間はいるが、そういう人間は、ある程度の肩書きを得て自分を実際以上に偉く見せたいと思うか、あるいは一定数の人間を下に従えることによる優越感で心の安らぎを得たいと思っているのかも知れない。だとすると、業績を上げてそれに肩書きがついてくるのは良いとして、肩書きを優先する出世欲というのは、矮小な目標を達成したいと願うナンセンス極まりない欲望かも知れない。杉井の場合は、予備士官学校に入ることが決まって以降、月日が経てば、自動的に肩書きが変わっていくので、そのような世の中の一般的な出世とは別次元であるし、特に感銘を受ける出来事でもないように思ったが、一方で報告をすると喜んでくれる人がいるので、その人たちには手紙で連絡をした。両親からはお祝いの返信が届いたし、佐知子からも返事が来た。

前略

謙ちゃんの方からお便りいただく時は、いつも何か良い知らせがあるので、今度は何かなと思ったのですが、軍曹になったのですね。おめでとうございます。皆一斉になるのだから特にどうってことはないなんて書いてありましたが、偉くなることはそれだけで素敵なことだと思います。謙ちゃんの大好きな宮本武蔵がどんどん強くなっていくみたいに、謙ちゃんもどんどん偉くなっていきますね。

宮本武蔵と言えば、昔会う度に武蔵の小説のことを話してくれたのを思い出します。おかげで読んでもいないのに、大体の筋を覚えてしまいました。謙ちゃんの話で印象的だったのは、宮本武蔵に代表される吉川英治の本の良さは、登場人物が皆善人に描かれているところだということです。悪役に描かれているお杉婆さんでさえ、もともとが悪い人間ではなく、いろいろな周辺の状況が時に間違った考え方を作り出してしまうだけで、根は善である、人間をすべてそのようにとらえているから、読んでいてあと味が良いんだって教えてくれました。でも、普段の生活でも、こういう考え方は大切だと思います。誰かが言ったこと、したことに腹が立っても、それにはきっと理由があって、その人が悪いからではないと思えば、自分が傷ついたり、人を傷つけたりすることもないのではないかと思います。もしかしたら、国と国との間の戦争でも同じようなことがあるのでしょうか。こんなこと書くと、馬鹿だな、それは全然別の問題だなんて言われそうですね。

謙ちゃんが偉くなったことと関係のないこと書いてしまいました。謙ちゃんも今や日本陸軍杉井軍曹、すごく立派ですね。そう言えば、銀行に勤めている宮島伯父が、本店の課長になった時に「人間にとって肩書きというものは大事だ。上の地位になれば、周りもそういう目で見るし、自分もそれに恥ずかしくない立派な人間にならなくてはならないという自覚も生まれる」と言っていましたが、きっとそういうものなのだろうと思います。謙ちゃんが入隊してから、私も静岡を歩いている兵隊さんの肩章の星や線の数を注意して見るようになりましたが、立派な肩章の人は何となく立派に見えるし、それをつけている人は肩章に負けない働きをしなくてはと考えているのでしょうね。謙ちゃんならどんな位になっても、間違いなくそれにふさわしいちゃんとした仕事をするでしょうから、どんどん偉くなっても平気だと思います。頑張って下さい。

今年は静岡にしては珍しく二月に二度も雪が降ったのに、三月になったら、急に暖かくなってきました。昔、どの季節が一番好きか訊いたら、春だって言ってましたね。秋もきれいなのにと言ったら、春は良い、どんどん暖かくなるし、日も伸びていくし、緑も濃くなる、一番勢いを感じる季節だから一番好きだって。これからは謙ちゃんの季節、学校の勉強にも訓練にも一生懸命取り組んで下さい。

お体にはくれぐれも気をつけて。

草々

昭和十五年三月七日

谷川佐知子

杉井謙一様

三月以降も訓練は順調に進んだ。九ヶ月という期間にすべての人間を一人前の将校に仕立て上げることを目的としているため、相当な詰め込み教育であったが、もともと一定のレベルをクリアーした者の集団であったことから、結果として落ち零れは一名もなく、皆個々の課程を無難にこなしていった。杉井は、訓練自体は決して嫌いではなかったし、成績もいつも上位に位置していたため、予備士官学校での居心地は決して悪くなかった。また連隊時代と比較して周囲の候補生も優秀な者が多く、刺激を受けることも多かった。

連隊の場合、例えば名古屋であれば、出身は静岡、愛知、岐阜の三県と決まっていたが、予備士官学校は全国各地から候補生が集まってきていて人間も多彩だった。もちろん個人によって個性は異なったが、やはり地域性というものは感じられた。旭川第七連隊と仙台第二連隊の候補生は、雪国の兵隊らしく色白で控え目であったが、何をするにも粘り強さがあった。近衛砲兵は美男子の可愛い候補生が多く、言葉遣いも多少他の連隊の者とは異なり、例えば他の人間は自分のことは「自分」と呼称するのに、近衛砲兵は「僕」を使っていた。近衛であるというプライドもあり、「きんぽう」と自称していたし、柳絮の引き方などの動作も独特の形を取っていた。杉井の出身の名古屋第三連隊は、陽性で口先もうまく、要領の良い候補生が多く、広島第五連隊は機敏で目先が利き、熊本第六連隊は九州男児らしく逞しく男性的だった。朝鮮羅山第二十二連隊は、大阪出身者が多く、関西訛がきついせいか、訓練における規律正しい行動と言葉の軽妙さがややアンバランスであった。全体に、連隊時代と比べて個々人の個性も強く、第六連隊の山藤は東京芸術大学美術科の出身で、写景図を描かせれば天下一品であったし、同じ第六連隊の鎌田は京都帝国大学哲学科の講師の経験を持ち、論理の構築など天才的であった。同他の連隊出身者とは卒業と同時に別れていくことになってしまうが、この予備士官学校でこれら多種多彩な人間と出会えたことは極めて貴重な経験であると杉井は日々感じていた。

演習

杉井が徴兵されてから予備士官学校に学ぶまでのこの時期は、日本全体が軍国一色に塗り潰されていった時期であった。昭和十二年八月の上海事変以降、日本は十二月に南京、翌昭和十三年五月に徐州、十月に武漢、広東を占領した。国民は皆中国戦線の連勝に酔い、兵隊は名誉ある戦士として国民の憧憬の的となった。

杉井は日本がこれら中国の主要地域を占領した直後の昭和十四年一月に入隊した。ちょうど入隊の一週間前に近衛内閣が退陣し、杉井が予備士官学校を卒業する直後の昭和十五年七月に第二次近衛内閣が発足するまで、平沼内閣、阿部内閣、米内内閣とめまぐるしく内閣も変転した。もともと近衛内閣の退陣も、盧溝橋事件以降全面戦争に発展してしまった日中戦争をどう収拾して良いか悩み続けていた近衛が、「東亜新秩序」を発表して国民に戦争目的を明確化したのを退陣の好機と考えたからであり、これを引き継いだ三内閣の最大の課題も泥沼化した日中戦争をどう収拾するかにあった。それぞれの内閣は収拾の方途を独伊との提携強化や英米との協力などと模索したが、いずれも有効な解決策を見出すには至らなかった。一方で、中国の戦線では、本格的武力行使は主要都市の占領で一段落し、昭和十四年以降は、占領地を安定地域と作戦地域に分け、安定地域については地域の安定確保を、作戦地域においては抗日勢力殲滅を主目的として、それぞれの地域に派遣された各師団がその任に当たっていた。いずれにしても戦争は依然として継続中であり、国民にとって兵隊たちは、この戦争を勝ち抜くために最前線で活躍する英雄であった。

予備士官学校における候補生たちの最大の喜びかつ唯一の楽しみに、演習の際の民泊があった。演習に出かけて行った時にその町の民家に候補生が分宿するのであるが、このように兵隊が敬われ、憧れられる世相の中では、軍での将来を約束された予備士官学校の候補生を泊めることは当然の義務であり、またむしろ家の名誉でもあるため、杉井たち候補生はどの家でも大歓待を受けた。

演習に出かけると、一般的には、宿泊が予定されている町に着いてすぐにその町の学校へ行く。学校の校庭に四門の大砲が砲列を敷き、右の大砲から順番に空砲を発射し、到着を知らせる。薄暮の闇の中に大きな砲声が轟き、珍しそうに集まって来た町民や子供たちは目を見張り、耳を塞ぐ。次に候補生たちは、校庭に杭を打ち、綱を張って馬を繋ぎ、砲手は火砲の手入れ、馭者は馬の手入れなどを約一時間かけて行う。手入れが終了すると、全員集合して整列し、点呼を受けるが、この頃になると、町民たちは子供たちも含めてかなりの人数が集まってきており、兵たちを囲むようにして遠くから見物している。ここで、週番司令の役目になっている候補生が、「○○候補生○○家」と発表をし、呼び出された候補生は前に出て、見物人の中から出てきた宿泊家の家族と引き合わされる。全員の発表が終わると、町内会長の誘導でそれぞれの宿泊家に向かう。宿泊家に着くと、玄関で不動の姿勢をとり、

「陸軍砲兵甲種幹部候補生、杉井謙一、○月○日、○○家に宿泊を命ぜられました。お世話になります」

と、大きな声で挨拶をする。すぐに座敷にあがり、休憩していると、間もなく夕食となる。食事は最も重要な行事であるので、家族総出で丁重に接待をする。子供のいる家の場合、大体、子供は兵隊さんが泊まりに来たといって大喜びする。この際、その当日、何の役目になっていたかが大事である。偶々その日小隊長の役目であると、指揮刀を吊って泊まりに行く。子供は喜々として、翌日友だちに、「僕の家に泊まった兵隊さんはサーベルを吊っていた」と自慢するが、演習の編成は毎日変わるため、翌日子供が見送りに行くと、その兵隊の役目は馭者で、短剣をさして馬の世話をしていたりして、子供をがっかりさせたりすることもある。

この頃、民泊する兵隊への最高の歓待は酒と女性というのが常識であった。各家とも、入手が多少困難になってきていた酒を何とか工面し、若い女性のいない家では親戚の娘をその日だけ手伝いに来させたりしていた。一方、学校も、このような機会に女性問題で不祥事を起こしたりしないよう、一つの家には必ず複数の候補生を宿泊させた。朝は相当早い時刻の起床となるが、朝食は既にできており、昼食の弁当も用意されていた。全員一度学校に集合し、出発となるが、宿泊を担当した家の家族は、全員で沿道に出て手を振って見送ってくれた。出発してからは無駄話をする時間が与えられないため、昼食時が候補生たちの何よりの楽しみとなる。昼食の大休止となり、車座になって弁当を広げると、洋食和食色とりどりで、その弁当によって前の晩宿泊した家の雰囲気が想像され、候補生たちの思い出話に花が咲いた。予備士官学校の指導で、帰校後、候補生たちは、皆宿泊した家に丁重な礼状を送った。

演習の際の民泊については、杉井にもいくつかの思い出ができた。新城に演習に行った時のことである。杉井は、梅木、山藤と三人で薄暗い農家に宿泊することになった。子供たちは既に皆独立しているらしく、家の住人は農作業で日焼けした初老の夫婦だけであった。他の候補生たちは皆裕福な家が割り当てられた模様であり、玄関を上がると梅木は、

「杉井、俺たちはついていないな。今日の宿は明らかにはずれだぞ」

とささやいた。杉井も、

「まあ、こんなこともあるさ。もっとも梅木の場合は、若い娘がいなければ、どんな家でもはずれだろう」

と応答した。廊下を通って、座敷に案内されると、広々とした部屋に、大きな座布団が三つ置かれていた。主人は三人を部屋へ招き入れると、やや困惑気味の表情で言った。

「お風呂は先ほど火をつけたばかりですので、先に夕食でもよろしいでしょうか」

「もちろんであります。恐縮です」

杉井たちが答えると、主人は奥に下がり、しばらくすると、老夫婦が二人で、少し猫背の背中を丸めて、仲良くお膳を運んできた。見ると、恐らく自分の畑で作ったと思われる里芋、大根、蓮根などの野菜をふんだんに使った田舎料理だった。早速に箸をつけた杉井たち三人は、思わず顔を見合わせた。煮野菜などの味つけは素晴らしいものだった。老夫婦は杉井たちのために心を込めて作ってくれたのであろう。その美味な手料理に、ほのぼのとした日本の家庭的な温かさが、杉井たちの身にしみた。夕食が終わると、粗末な小屋の風呂場に案内され、五衛門風呂の湯船につかった。湯が少しぬるいので、熱くしてもらおうと立ち上がると、主人が風呂の焚き口の前に筵を敷き、その上にべったりと座って、壁越しに杉井に向かって手を合わせて念仏を唱えていた。自分の預かった兵の無事を祈ってくれていたのである。闇の中で、深く皺の刻まれた顔だけが風呂の火で赤く描き出されている老人の姿は神々しくさえ見えた。杉井は、風呂場に立って、老人に向かって頭をたれた。

袋井に行った時は、杉井を含め十五人の大人数で可垂斎に宿泊した。五十畳ほどはある大きな部屋で墨染めの衣を着た小坊主が十五人分の膳を目八分に行儀良く運ぶ姿は、奇異であったが、また華麗でもあった。食事はすべて精進料理だった。その日は大政翼賛日で全国的に禁酒

のはずであったが、膳にはとっくりが何本も置かれていた。候補生たちが不思議そうな顔をしていると、方丈が出てきて、

「その中に入っているのはお酒ではありません。智水です。十二分に召し上がって下さい」

と言った。酒の飲めない杉井には関係のないことだったが、他の候補生たちは大喜びで盃を重ねた。当然、翌日、この寺の宿泊組は他の宿泊先の者たちから大いにうらやましがられた。

岡崎に演習に行った日は、何と新婚一週間目の家庭に泊まることになった。若夫婦は、甲斐甲斐しく杉井たちの面倒を見てくれたが、問題は夜だった。杉井たちが床についても、若夫婦はなかなか寝入った様子がない。障子の向こうで新妻が、

「ねえ、あなた」

と夫を呼び、二人で何事かひそひそとささやきあっている。何を話しているのかは不明だが、とにかくその声が気になって杉井たちもなかなか寝つけない。自分も結婚すれば当初はこんなものかも知れないと思い、布団を頭からかぶって寝ることにした。翌日、起床して服装を整え、前の晩夕食を食べた部屋にいくと、通常ならもう用意ができているはずの朝食がない。台所の方でバタバタと作業をしている音がするので、

「おはようございます」

と台所をのぞくと、若夫婦が二人で朝食を作ろうとしている。杉井たちを見ると、二人で土下座をして、

「申し訳ありません。朝寝坊を致しまして。少し遅れますが、ただ今から食事の準備をします」

と、今にも泣き出しそうな顔で言う。どう見ても間に合いそうな準備状況ではないため、

「集合の時刻も迫っていますので、自分たちは出発します」

と言って、朝食抜きで集会所に駆けつけた。点呼も完了し、いざ出発という段になると、杉井のところに走り寄って来る女性がいる。見ると、宿泊先の新妻で、大きな袋を抱えている。

「大変なことをしてしまいました。どうかお怒りにならないで下さい。失礼かとは思いますが、これ、召し上がって下さい」

そう言って、杉井たちに袋を渡した。中には杉井たちのための朝昼二食分のパンが入っていた。朝食抜きの空腹は苦痛ではあったが、恥じらいに頬を赤く染めた新妻の顔を見ると、怒る気にもなれなかった。

三河三和では、中流の中年の夫婦の家に、第二十二連隊出身の勝山と二人で泊まることになった。勝山は、厩舎当番であったため、夕食を弁当にしてもらって、それを抱えて詰所へと戻って行った。杉井一人だけ、十畳ほどの大きな部屋に通されると、主人が、

「本日はようこそおいで下さいました。あいにく、私の家は年寄りばかりで何のお構いもできませんので、親戚の娘を手伝いに頼みました」

と言って、襖の向こうに声をかけると、ほっそりとした色白の美人が入ってきた。その日は旧正月で、娘は日本髪の着物姿であり、それまで杉井が各宿泊先で見てきた若い女性の中では最も美しかった。娘が夕食の用意を終えると、主人は退席し、杉井は娘と差し向かいで食事をとることになった。もともと杉井に初対面の人間と話すのが得意な方ではない。相手が若い娘

となるとなおさらである。娘の方も恥ずかしそうにうつむいているので、話のはずみようがない。

「演習は大変ですか」

「いえ。それほどでもありません」

「豊橋と比べるとここは田舎でしょう」

「いえ。なかなかきれいな町だと思います」

「枕がちがっても眠れますか」

「自分の場合はどこでも大丈夫です」

会話がなかなか展開していかないので、娘も困惑気味に、ぎこちない手つきでお酌をしようとするが、これも杉井がほとんど飲めないのでと断ってしまうため、またしても沈黙が不可避となる。自分以外の人間ならさぞかしこの状況を楽しんだであろうに、と杉井は情けない気持ちになったが、女性への対応に関する自分自身の技術的な問題点を即時に除去することも不可と判断し、仕方なく目の前のご馳走を一気に平らげて、早々に風呂に向かった。風呂から上がると、軍服がきちんと畳んでくれてあった。杉井が戻ると、きれいに片づけられた部屋に娘が座っていた。隣の部屋から、

「兵隊さんがお風呂から上がったら、お前もお入り」

という主人の声がし、娘は、

「はい」

と可愛く返事をすると、杉井の目の前で着物を脱ぎだした。帯を解き、着物を一枚ずつ脱いでは畳んで置いていく姿は極めてなまめかしかった。杉井は、静商時代の歴史の授業中、教師が雑談で、江戸時代の銭湯は混浴であったが、脱衣場は男女別であった、何故かと言えば、裸の女性を目の前にすることもさることながら、女性が衣類を一つずつ脱いでいくのを見ることの方がはるかに性欲を刺激されるからであると話したことがあったのを思い出した。その時はそんなものかなとあまりピンとこなかったが、今脱衣中の娘を目の当たりにすると、あの話はまさに真理であったと痛感した。薄桃色の長襦袢一枚になると、胸の線や脚の線がうっすらと透けた。娘は、杉井から何か声をかけてもらうのを待っているかのように、しばらくその状態で立ちつくしていたが、やがて恥ずかしそうに軽くお辞儀をし、

「失礼致します」

と言って、襖を開けて出て行った。杉井は、呆然とそれを見送りながら、何とも不思議な出来事だと思った。厩舎当番から帰った勝山に寝床で経緯を話すと、勝山は、

「杉井、アホやなあ。そんなもの意味するところは一つやないか。そういうのを千載一遇のチャンスって言うんや。それを逃すなんて信じられへん。杉井が厩舎当番で俺がここに残っとれば良かった」

とさんざん悔しがった。

天竜川の中流に演習に出かけた時は、横山の渡し場で渡川訓練が行われた。小舟を四隻組み合わせ、この上に板を敷いて馬や大砲を載せ、川を渡る。候補生たちが川べりに集合していざ

訓練を開始しようとすると、周辺に作業着を着た集団がいる。横山の村の在郷軍人と消防団員が全員訓練の手伝いに来ていたのである。彼等は、「それっ」という掛け声と同時に、あらかじめ用意しておいた資材を使って、船の組み立てから船の棹さしまでほとんど全部やってしまい、候補生たちには全く訓練にならなかった。横山の村に軍隊が来たのは明治三十九年以来とのことで、しかも大砲を持った馬部隊は極めて珍しかったため、受入れのための準備が周到になされていたのであった。渡川訓練を終えて、横山の村に入って行くと、村の入り口には杉の葉で飾った「歓迎」のアーチが作られ、小学生や国防婦人会の人々が手に日の丸の小旗を持って出迎えてくれた。その沿道の小旗の中を、杉井たちは大砲四門、弾薬車四輌を引いて行進した。その夜は横山の村の中で分宿したが、各家の歓待はもちろん申し分のないものだった。

翌朝、名残を惜しむ横山の村人の見送りを受けながら出発し、山越えをして次の目的地である東栄町に向かった。途中の道は、山の中腹に作られた車輌がやっと通れるほどの細い道で、片方は切り立った崖、反対側は数十メートルもある谷だった。この道を六頭の馬に大砲を引かせながら通過していくのであるから、並の山越えではなかった。特に曲がり角では前の馬を谷に落ちる寸前ぐらいまで前に出して大きくカーブを切らないと、大砲が崖に乗り上げてしまう。候補生たちは必死になって馬を誘導しようとするが、馬はやはり怖がって小さく回ろうとする。その結果、杉井たちは、崖に乗り上げそうになった大砲を元に戻そうとした瞬間、車輪を路肩から外し、大砲を谷底まで落としてしまった。杉井たちの後ろの大砲も、驚いた馬が山側に身を寄せた結果脱輪し、谷底行きとなった。杉井たちは、谷底まで下りて大砲に綱を巻き、全員で掛け声をかけて引き上げたが、二門とも上げるのに八時間を要した。次に馬を引き上げるのであるが、馬は大砲のように綱で引き上げる訳にはいかない。馬が上っていけるような階段を作る必要があり、結局、日が暮れて真っ暗になった中、懐中電灯で照らしながら、シャベルと鶴はしを使っての階段造成作業となった。途中、到着が遅くて心配した東栄町の人々や、連絡を受けた横山の消防団、在郷軍人の人々が松明を持って手伝いに来てくれた。これらの人々の援助も受けつつ、大砲と馬を引き上げ、隊伍を組んで前進し、目的地の東栄町に着いたのは朝の五時だった。東栄町の人々は急遽宿泊の計画を変更し、沿道に握り飯、甘酒、しるこ等を並べて歓待してくれた。これらの食事の世話などは、町の娘たちが白いエプロン姿で甲斐甲斐しくやってくれた。最後に東栄町の町長がやってきて、

「私ども町民全員が皆様の宿泊を楽しみにしておりまして、町の娘たちも総動員し、各戸に二名ずつ配置しておいたのですが、お泊まりいただけず、残念でした」

と挨拶したが、当然候補生たちは町長以上に残念がった。

六月に入り、卒業まで一ヶ月を切ると、総仕上げとして、富士板妻演習場で総合演習が行われた。六月一日、候補生は豊橋駅に集合し、大砲馬匹の貨車搭載を開始した。横山から東栄町に向かう崖道で大砲や馬の移動に苦労したが、今回も、大砲の搭載こそ比較的容易であったもののの、馬が怖がるため、一頭一頭有蓋車に載せていくのは相当な苦労だった。搭載が完了すると、杉井たちを乗せた臨時列車は沼津へ向かった。

朝四時頃、馬に水を飲ませる必要があるため、列車は、静岡駅のホームから少し離れた線路上に三十分間停車した。杉井は厩舎当番だったため、有蓋車の中で馬と一緒に寝藁の上にいた。程なく、薄暗がりの中から、

「謙一」

と呼ぶ声がするので、見ると謙造とたえが線路上に並んで背伸びをしながら立っていた。あらかじめ連絡しておいたため、両親揃って面会に来てくれたのである。たえは、馬の腹の下に平気でいる息子の姿が不思議だったのか、少し驚いたような眼差しで杉井を見下ろしていた。杉井は、有蓋車から降りて、敬礼し、

「お父様、お母様、ご苦労様です」

と挨拶した。謙造は、

「駅員の許可を取って中に入れてもらったのは良いが、臨時列車とはいえ、ホームからこんな遠くに止まっているとは思わなかったので探すのに苦労した。でも、元気そうで何よりだ」

と言い、たえも、

「軍隊のお勤めは相変わらず大変そうね。静岡に汽車が止まるというので、ちょっとだけでも顔を見ることができればと思っていました。今日は本当に嬉しいですよ」

と言って笑顔になった。

「もう卒業も間近になって、今回は総まとめの演習です。これまでも演習は数多くやってきましたが、今回のは最大規模のものになりそうです。列車の方は、帰りは止まらないのですが、

行きは静岡で三十分の停車があるということなので一応ご連絡しました。こんなに朝早くすみません」

杉井は、今回の演習の趣旨を手短に説明した。謙造とたえはもう少し話がしたい様子であったが、列車の出発の時刻が気になったのか、十分ほどすると、

「食べ物を少々用意してきた。戦友と一緒に食べるように」

と、寿司折りや菓子類を十箱置いて、帰って行った。レールが交錯して極めて足元が悪い中を、下を向いて怖々と歩きながら闇の中に消えていく母の後ろ姿を見送りながら、杉井は、家族と一緒ののんびりとした温かな生活は遠いものとなってしまったことをあらためて痛感した。

列車が沼津に着くと、大砲馬匹を下ろし、板妻の廠舎《しょうしゃ》に向かった。板妻廠舎での滞在は一週間だった。杉井は、富士山を仰ぐ広大な裾野の演習場で、中隊長、小隊長、分隊長、砲手、観測手、通信手、馭者と、毎日役目を替えられながら、訓練に励んだ。演習は実弾を使い、候補生一人に十発が当てがわれる大演習だった。板妻では、起床して外に出ると、大きな真っ黒な富士山が目の前にあった。四日目の朝には、光線の加減か、日の出の直前に富士の頂上から七合目の辺りまでがほんの二十秒ほどの間真っ赤に染まった。静岡の町から毎日見ていたが、このような富士は初めてだとその美しさに見とれながら、杉井は、北斎の描いた赤富士は架空のものではなかったのかも知れないと思った。同時に、戦地に行ったらこんな美しい景色にお目にかかれることはないのであろうと、杉井は柄にもない感傷を抱いた。

演習の最終日、訓練終了後、全員、伊豆長岡の温泉旅館に移動した。旅館の門前で、中隊長

が、

「皆、最後の演習、ご苦労だった。板妻の汗と埃を温泉で洗い流すように」

と挨拶した。候補生たちは皆温泉につかり、浴衣姿になると、宴会場に集合した。夕食は中隊全員での大宴会となった。教官たちも、この日ばかりは大いに飲み、率先して歌も披露した。候補生たちも、予備士官学校での教育が最終段階にきたという解放感にひたりながら、酒を楽しんだ。宴も半ばになったあたりで、中隊長から、各連隊ごと郷土民謡など歌うべしとの指示が出され、杉井たち第三連隊は名古屋音頭を歌った。各連隊とも何の準備もないわりには立派な出来栄えだったが、特に熊本第六連隊の正調田原坂は出色だった。翌日は早朝に起床し、沼津駅で、再び大砲馬匹を搭載して帰路についた。前日の大騒ぎで、明らかに二日酔いになっているると思われる者も少なくなかったが、日頃の鍛練の賜物で、作業に支障は全く生じなかった。帰りは静岡には停車せず、金谷駅で途中下車し、その日は金谷で民家に分宿となった。金谷には、静岡商業時代の同級生の松木の両親が集合場所に来ていて、杉井候補生の宿泊を自分の家にと申し出たが、あらかじめ決められている宿泊場所は変更できないとして許可がおりず、結局、松木と松木の両親が、杉井の宿泊先にご馳走持参でやってきて歓待をした。

卒業

最後の演習から帰って来ると、卒業まで三週間を余すだけとなった。訓練も学科も仕上げの段階に入り、候補生が負担を感じるような内容のものはなくなった。六月二十日には、各自それぞれの連隊に戻る準備を開始するようにとの指示が出され、候補生たちは、身の回りの整頓を始めた。この日、夕食で隣に鎌田が座った。

「杉井、もうすぐお別れだが、世話になったな」

「こちらこそ、鎌田にはいろいろ教えてもらった。鎌田も連隊に戻ったら、間もなく出征だろうが、行き先はどこになりそうだ」

「杉井のところも同じだろうが、第六連隊の場合も北支か中支になると思うな」

「任地では長くなるのかな」

「この戦争はそう簡単には終わらんだろうから、そこそこの年数は行かされることになると思う」

鎌田は京都帝国大学哲学科の出身のインテリで、社会の情勢などにも明るく、杉井が訊くと何でも親切に教えてくれていた。

「近衛内閣が総辞職した昨年から、日本も中国の主要都市を攻めることをしなくなってしまったが、もっと内陸まで占領地を拡げていかなくても良いものだろうか」

「日本の目的は中国全土を支配してしまうことではないのだから、広東、武漢まで落としたらまずは十分だろうね」

「しかし、今のままではそれこそ戦争は簡単には終わらないように思うが」

「戦争は、中国が日本の提案に同意しない限り決着はしないさ。いくら占領地を拡げていっても、今までの中国の粘り強さから考えてそれだけで簡単に屈服するとは思えない。日本の兵力や物資は無尽蔵ではないし、戦線は拡大すればするほど良いということにはならないよ。満州を中心とした日本の権益を確固たるものにするのが当初の目的であったことを考えれば、なるべく早く話し合いで決着をさせた方が良いと思う。そういうことからすれば、近衛内閣が、日満支三国相携えて各般にわたり互助連環の関係を樹立すべしという東亜新秩序を発表しながら、それまでの国民政府を対手とせずとの方針を変えないのはどうかと思う。国民政府が倒れ、蔣介石が失脚すれば、後継者は誰がなっても中国の政権は弱体になる。そうなれば、日本としてはやりやすくなると思う人間も多いかも知れないが、俺には逆のように思えて仕方がない。俺もここのあたりの中国内の事情はよく分からないが、中国が混乱に陥った時、それに乗じて勢力を伸ばしてくるのは中国の共産党ではないかという気がする。共産党の後ろにはソ連もいるし、もしそうなったら、弱体化した中国の政権と相携えて互助していくことなど到底できはしないんじゃないだろうか」

「それでは、これからどうやって解決を図れば良いのだろう」

「まさに解決の糸口をどうするかが最大の問題で、それがなかなか見つからないからこんなに内閣がくるくる変わっている。ただ解決を図るための最重要人物はやはり蒋介石だろうな。そのあたりとの調整のパイプだけは早いうちに回復しておいた方が良いと思う」

さすがに鎌田は自分と違っていろいろ考えていると杉井は感心した。鎌田の言うとおり、国民政府との話し合いでの決着が最良であり、日本政府もその方針で臨むようであれば、これから戦地に送られる自分たちも、あまり熾烈な戦闘など経験しなくて済むのかも知れない、そんなことを考えながら、杉井は部屋に戻って片づけを始めた。


六月三十日、杉井たち候補生は卒業を迎えた。この日、候補生は全員肩章が金筋一本に星三つの曹長、見習士官となり、家から届けられた指揮刀を吊り、長靴に拍車をつけた。杉井も、一年半にわたる軍隊教育もいよいよ終止符でもあり、それなりの格好を取ろうと考えた。襟の山吹色は揮発油で汚れを取り、皺にならないように中にセルロイドを入れて袋縫いした。長靴は、磨いたあとに卵の白身で艶を出し、ズボンは前夜から寝台に入れ、前側に折り目がつくように寝押しをした。拍車も泥を落としたあと、やすりを掛け、更に光るように電話線の芯を使って磨いた。長身の杉井は、謙造に頼んで一番長い指揮刀を東京の偕行社から取り寄せてもらってあった。そのほか、拳銃、眼鏡、図嚢も学校で一括購入しておいた。

当日、午前中の時間に余裕があったため、杉井は、中崎、梅木と三人で助教の部屋を回ることにした。在学中数知れないビンタを見舞った助教たちは軍曹であり、曹長となった杉井たちは今や階級では上官となった。可愛がってくれた助教たちを卒業にあたって二、三発殴ってもばちは当たらないし、むしろそれが礼儀というものだろうということで合意に達していたのである。楽しみにしながら、助教の部屋に行くと、金山の部屋も、横川の部屋も、田名部の部屋も皆鍵がかかっている。近くにいた当番兵に、

「金山軍曹、横川軍曹、田名部軍曹はどこか」

と訊くと、

「本日は、体調を崩して、休まれております」

と言う。気がつくと、杉井たちの後ろに何人もの候補生たちが来ていた。皆、部屋を訪れた目的は同じだった。良い思いつきだと思ったが、考えることは皆同じであり、特に助教たちにはあまりにも簡単に予想できる行動であったと、杉井は最後まで自分より一枚上手の助教たちに敬意を表した。

一連の卒業行事を終えて、杉井たちは、拳銃と眼鏡を肩にかけ、長い指揮刀を吊り、純白の手袋をつけて校門を出た。豊橋の駅へ向かう途中、刀と拍車が足に絡まないよう、また逆に刀と拍車は相互に触れて金属音が出るようにしながら歩いた。駅に着くと、同期の桜たちは、

「お互い体には気をつけて」

「頑張ろうぜ」

「さようなら」

と、相互に肩をたたき、握手をして別れた。杉井は、あらためて自分を鍛え上げてくれた予

備士官学校の方向を見やり、感傷的な気分にひたりながら、

「さらば、高師ヶ原、天白ヶ原、そして岩屋観音」

と心の中で呟いた。


第三連隊から豊橋予備士官学校に来た五十名は、他の連隊出身者と別れを告げると、石山の指揮で名古屋へ向かった。杉井は、石山の補助役だった。卒業に際して、連隊ごとに在学中の成績の序列が発表され、第三連隊では、石山が首席、杉井は二番だった。名古屋への車中、杉井は考えた。今、俺はこれまでにない緊張感と充実感を覚えている。理由は明確だ。初年兵として連隊に送り込まれてから候補生だった昨日までは教育される受け身の立場であったのが、今日からは自分が主体的に行動する立場になったからだ。昨日と今日で違うことはいくつもある。肩の星が一つ増えた。こんなことは今まで何回もあったことだ。腰の短剣が長剣に変わり、兵の敬礼が頭を下げることから捧げ銃に変わった。しかし、これも何ら本質的なことではない。人間というものは特殊な環境を与えられ、新たな経験を重ねることによって、無意識のうちに自分が変革していく心の準備ができていくものかも知れない。そしてある日突然に具体的な地位というものを与えられた時、長い間に徐々に進んできたその変革に気づくのだろう。軍隊に身を置く人間として要求されるものの習得に一年半を費やした。一年半かけて得たものをこれからにつなげていかなくてはならない。まさに、今日が俺の新たな出発なのだろう。今俺と一緒に名古屋に帰って行く同期生たちも同じことを考えているのではないか。思えば、予備士官

学校の教育も、こんな考えを持つ人間を作るための計算し尽くされた管理教育であった。候補生としての素質の選定は原隊で行われ、素質があると判断された人間を一つの器に入れて、意識構造まで含めて一定の要件を満たす人間を製造していく。実際に、候補生たちは皆、お前は軍の象徴骨幹であると、毎日毎日言われ続けた。あれだけ繰り返されれば人間は段々その気になってくる。更に、あの楽しかった演習での民泊も、今思えば、軍人は国民の憧憬であり尊敬の的であることを自覚させ、責任感を根づかせるためのものでもあったのではないか。であるとすれば、俺は、軍隊の計算どおりの意識改革を遂げたことになる。計算に乗せられるというのは一般的には良いことではないが、自己が変革を求め、実際に自分として望ましいと思う方向に変革していくのであれば、それが他人の計算に基づくものであってもそれはそれで良いのだろう。

その日の夕刻、杉井たちは九ヶ月ぶりに第三連隊の門をくぐった。五十名全員で営庭に整列し、鳥海連隊長の前で、石山が、

「石山見習士官以下五十名、ただ今豊橋陸軍予備士官学校を卒業、原隊に復帰致しました」

と報告をした。翌日からは、兵の教官となるため、杉井たちは、一年半前ははるか遠い存在だった教官用の部屋を当てがわれた。その恐れ多い部屋に行くと、何通か手紙が来ていた。両親や親戚のものに混じって、佐知子からの手紙があった。

前略

謙ちゃん、ご卒業おめでとうございます。まだ卒業式の六月三十日になっていないけれど、謙ちゃんが卒業できない訳ないので、もうお祝いのお手紙を書くことにしました。

今月の初めに沼津に訓練で行く途中、静岡の駅で休憩したそうですね。おば様から聞きました。大きな馬のお腹の下で謙ちゃんが平気な顔をして座っていたのでびっくりしたって言っていました。短い時間だったけれど元気な顔を見ることができたと言ってとってもうれしそうでした。でも、おば様は、謙一も歩兵だったら静岡にいられたのに、名古屋ではそうそう面会にも行けないしって寂しそうな顔していましたから、静岡の駅に寄ること連絡してあげてとっても良かったと思います。良い親孝行でしたね。

ずっと前のお手紙に、軍隊はいろいろと大変だけれど、一つだけ良いのは、お茶の仕事をしている時と違って目の前の目標があるから精神的に張りを持てることだって書いてあったけど、いよいよ卒業という目標達成ですね。謙ちゃんの言うとおり、何か目標を持っている時は人は幸福だし、また、目標に向かって生きている人は、他から見ても美しいと思います。自殺する人が、自分は生きる意味を見出せなくなったというようなことを遺書に書くけれど、目標を一つも持てなくなったら本当に悲しいのでしょうね。謙ちゃんは、入隊してからは、目の前の目標を軍隊の方で与えてくれるのでその意味では楽だって書いていたけれど、私にもなんとなく分かるような気がします。これからの目標は、学校にいる時よりももっと大きな、もっと大変なものになるのでしょうね。今は日本の国の目標が、戦争に勝って皆を幸福にすることだし、謙ちゃんの目標もお国の目標を達成させるために戦ってくることなのでしょうか。兵隊さんが立派に見えるのは、自分のためではなく皆のために頑張ってくることを目標としているからで、だから私たちも一生懸命応援するのだと思います。もしかしたら、今の世の中で一番立派な目標かも知れません。でも、正直言って、途中で死んだり、けがしたりする可能性がなければ、目標としてはもっと素敵なものなのにと思います。

お正月に会った時に、卒業したら間もなく出征と聞きましたが、一度静岡に帰って来ることはできるのですか。もし帰って来れるなら教えて下さい。きっと忙しいから、お話ししたりする時間はないでしょうが、駅のお見送りでもできればと思います。

そうだ。謙ちゃん、また位が上がったのではないですか。この間が軍曹だったから、今度は何でしょう。確か、偉くなると、肩の線や星が増えるのですよね。静岡に帰れたら、それも見られるのにな。つまらないことを書いてしまいました。あまりわがままを言ってはいけませんね。

この手紙が着く頃には、豊橋から名古屋に移っていると思うので、名古屋の方へ出します。謙ちゃんにとってとっても大切な時なのでお体大切に。

草々

谷川佐知子

昭和十五年六月二十七日

杉井謙一様

七月一日からは、昼間は訓練の指導、夕食後は自由に外出という日々となった。一年半前とは別の場所にいるかのように余裕があり、外出も九時の点呼前に帰隊するべしという規則はあったが、大概は九時を大幅に過ぎ、衛兵に「敬礼」と大きな声を出さないようにたしなめながら、そっと営門をくぐる毎日だった。

七月四日、見習士官五十名のうち、八名は中国北部へ、十五名は中国南部へ、十日に出発することが言い渡された。残った杉井たち二十七名は月末までに出征することだけ内示された。杉井は、内示があった旨を両親に連絡し、謙造に日本刀の用意を頼んだ。いよいよ来るべき時が来たと杉井は思ったが、男子として日本に生まれ、戦地に行くことは名誉であるというのが社会的風潮であり、また予備士官学校においても、幹部として赴くことは男子の本懐であると繰り返し聞かされてきたこともあって、環境が激変することについての緊迫感はあったものの、戦地に向かう恐怖心は全くなかった。

翌五日、面会人がいると言われ、面会所に駆けつけると、青磁色の着物をきちっとまとった細身の女性が佇んでいた。横内多恵子だった。一年前よりも一層美しくなっていた。杉井の驚いた様子を見て、多恵子は少しうつむき加減になって、

「ご迷惑でしたかしら」

と言った。杉井があわてて、

「いえ。そんなことはありません。大変光栄です」

と言うと、

「幹部候補生の方々が学校から帰ったと伺ったので、謙一さんも帰って来られたと思い、来てみました。ご卒業おめでとうございます。お元気そうで何よりです」

と深々と頭を下げた。

「豊橋の学校の方は如何でしたか」

「非常に充実していました。生徒は皆各連隊から選ばれてきた者たちですから粒が揃っていましたし、教官も助教も立派な人たちでした」

「でも粒揃いの方たちばかりで、名古屋にいらした時より大変だったのでしょうね」

「訓練の内容は高度になりましたし、拘束時間も長くなりましたが、一応落ち零れないようについて行きさえすれば士官になれるのですから、精神的には楽でした」

「こちらにいらした頃もお忙しそうだったのに、更に密度の濃い生活ということであれば、息をつく暇もなかったのではないですか」

「いえ。九ヶ月の間には楽しい思い出もたくさんありました。集まっている人間は全国の連隊から来ていて、個性も豊かでしたし、彼らと知り合いになれたことは大きな財産になりました。それから各地に演習に行く時は民家に分宿するのですが、どこの宿泊先でも大歓待で、本当に恐縮しました」

「謙一さんのような立派な兵隊さんをお泊めすれば、どこの家でも大切にしようと思うのは当然ですね」

「いろいろな家庭で様々な人々と接していると、自分たちに対する期待が如何に大きいか分かりました。おそらく民泊は私たちにそのような自覚を持たせようという予備士官学校の教育の一環であったように思います」

多恵子は、豊橋での生活のことを興味深そうに、また楽しそうに聞いていた。杉井は、九ヶ月前に迷った末に多恵子と会うことをせず、簡単な手紙で別れを告げたことを思い出し、一言詫びを入れなくてはいけないと思った。

「多恵ちゃん、豊橋へ行く時にはちゃんとした挨拶もせず、すみませんでした。何しろ、五十名の候補生の中で、私一人だけ補欠の滑り込み合格だったため、学校に行くことが決まってから出発まであまり時間がなかったので……」

多恵子は、優しい笑みを浮かべながら答えた。

「お忙しいことはよく分かっていました。あわただしい中、ご連絡を下さってとても嬉しく思いました。でも、謙一さんが補欠合格だなんて、余程厳しいお試験だったのですね」

「試験が厳しいということではなく、実力どおりの結果だったと思っています。私としては非常に良い経験になりました。如何なる場合も慢心は禁物であること、普段はこんな感じでもいざ逆境に立たされると自分は本当に弱く小さい人間であることなどいろいろ学びました」

「謙一さんが弱いとか小さい人間だとか、決してそんなことはないと思います。私がこんなことを言うのもいけないことかと思いますが、そのお試験も実力以外の部分があったのではないでしょうか」

杉井は一瞬、予備士官学校へ入る時はビリだったが卒業の時は二番だったと言おうとしたが、ぐっと腹の中にそれをしまった。卒業の序列が発表された時、やはり客観的に評価すれば俺の実力はそれなりのものだという気持ちが頭をもたげたが、そんな気持ちを持ったら、九ヶ月前に折角謙虚に反省し、自分で自分を見つめ直したことが無になってしまうではないかと自己を戒めていたからだった。

「ところで、多恵ちゃんは、この九ヶ月お変わりありませんでしたか」

「私の方は相変わらずでした。ただ、自分では何も変わっていないと思うのですが、お友だちからは、最近の多恵ちゃんは変わった、何か良いことでもあったの、とよく言われました」

女性の気持ちを察知することについては極めて鈍いことを自覚している杉井だったが、これが多恵子の精一杯の告白であることはさすがに杉井にも理解できた。同時に、杉井の心境は複雑を極めた。豊橋へ出て行く時は、あっさり別れることがむしろ多恵子のためであると自分に言い聞かせ、また幸か不幸か予備士官学校での生活が名古屋以上に忙しかったせいもあって、九ヶ月間多恵子のことを思い出すことはほとんどなかった。それなのに、多恵子は九ヶ月間自分を待っていてくれた。俺のような男に何故そこまでの気持ちを、と思うと、嬉しくもあり、有難くもあり、また目の前の多恵子が限りなくいじらしく感じられた。一方で、出征までに残された日は僅かである、今度こそ多恵子とは永遠のお別れだ、今多恵子の気持ちに感謝したり、自分が多恵子を女性として評価しているという気持ちを伝えたりすることはお互いを辛くさせるだけであり、何のプラスにもならない、そうも思った。

「そうですか。お元気そうで嬉しく思います」

結局、杉井は、素っ気ない応答に留めた。その後も多恵子は、各連隊から来た同期生はどのような人たちであったか、教官の人たちはどのような経歴の人か、演習に出かけた所はそれぞれどんな様子であったかなど杉井の説明に合わせて矢継ぎ早に質問をした。杉井は予備士官学校での思い出を総括しながら、丁寧に答えた。最後に、多恵子は、

「また長時間お邪魔してしまいました。最近は週二回こちらにお花の稽古に来るのですが、また寄っても良いかしら」

と訊いた。杉井は、これ以上会うべきではないと思ったが、

「もちろんです」

と答える以外の選択を見出し得なかった。

その後も多恵子は、稽古の日は欠かさず面会に来た。杉井は、折角来てくれるので多恵子と外出でもしようかとも思ったが、もう別れの日も間近に迫ってきていることを考えるとあまり得策でないと判断し、面会所での歓談に留めることにした。多恵子は、いつも明るく杉井との会話を楽しんでいた。話題もあれこれと移ったが、多恵子は、自分の両親のことには一切触れず、また杉井の出征がいつ頃になるかについても一度も訊くことはなかった。間もなく到来するであろう事態についての覚悟は十分できているようであり、杉井の気持ちについても十分過ぎるほど理解しているように思われた。杉井は、自分自身状況を客観的に見つめることはできているつもりでも、多恵子が面会に来るのを楽しみにしている自分の気持ちを否定することができなかった。多恵子が来て二人で話をしている時間は、それはそれで杉井にも楽しいものだっ

た。しかし、多恵子が帰っていくと、その度に会うべきでない女性と会っている自己の行動の矛盾にさいなまれた。従来、人との出会いというものは人生において非常に貴重なものと思ってきたが、最終的に極めて辛い結果をもたらす出会いというものもあることを、杉井は初めて実感した。

七月十五日、杉井たち二十四名に出征の命令が下った。覚悟の上での命令であり、杉井は、来るべきものが遂に来たと淡々と受け止めた。翌日、全員に家族との別れのため二泊三日の休暇が許可された。杉井は、早速静岡に連絡を入れ、出征の報告をするため、帰静した。

家に着くと、謙造は、

「いよいよ行くか」

と笑顔で迎えはしたが、さすがに喜んで良いものか、悲しんで良いものか、俄かに結論に到達できない複雑な表情だった。時間に余裕もないため、杉井は早速数多い親戚の家々にお別れの挨拶に回った。軍国調一色となった時代における出征兵に対する激励は、何事にも優先される行事であり、どの家も家族総出で挨拶に出て来た。幸作叔父は、

「決して自分から危険を買ってでるな。必ず生きて帰って来て、両親を喜ばせるのだぞ」

安治叔父は、

「謙一なら絶対大丈夫だと思うが、部下から愛される上官になるのだぞ。鉄砲の弾は前からばかりではないからな」

辰之助伯父は、

「自虐的になって性病などにかからぬように。帰って来て立派な三代目を作る義務があるのだから」

と、お別れの訓話は様々だった。

商売の取引先や友人たちも杉井の家に続々と挨拶に来た。杉井が留守にしていると、「士官としての戦地での大活躍を祈っています」、「立派な戦果をあげての帰還を待っています」などの書置きを残していった。佐知子は二日目の夕刻に来た。

「こんにちは」

声でそれと分かった杉井が玄関に出ると、水色のブラウスに薄いベージュのスカートの佐知子が立っていた。髪は随分と短くして、幼い頃のおかっぱ頭を思い出させるようなものになっていたが、額にかすかにかかった前髪が可愛かった。戦地に行く前に目に焼きつけておきたいと思っていた杉井には、期待どおりの清楚な佐知子の姿だった。

「あがっていかないか」

「ううん。謙ちゃん忙しいだろうし、晩ご飯の時間も近いから、ここでいい」

「髪を切ったんだね」

「夏だから短くしたの。そんな風に見ないで。また色気がないとか言うんでしょ」

「そんなこと言わないよ。ちょっと雰囲気が変わったと思っただけでさ」

「いよいよ謙ちゃんも出征だけど、どこの戦地に行くの」

「それがまだ分からないんだ。三日前に出征することだけ言われて、具体的なことは直前に教えられることになっていてね。同期生の半分はもう行ってしまったけれど、これも北支と南支に分かれたし、一体どこになるのかなと思っているんだ」

「ふうーん。あまり戦闘の激しくないところだと良いけど」

「そういう訳にもいかないさ。それに一年半かけて習った大砲を撃ちに行くんだしね」

「そうか。謙ちゃんが頑張って早く戦争に勝って帰って来れば良いんだ」

「そんな簡単な話じゃないよ。戦争は相手が降参すればすぐにでも終わるけど、なかなか降参しないから、偉い人たちも皆苦労しているんだよ」

「謙ちゃん、何だか他人事みたい。でも出かける前もいつもどおりの謙ちゃんなので安心した。はい、これ」

佐知子は、それまで握り締めていた朱色の「浅間神社」のお守りを杉井に渡した。

「お守りはたくさんもらっているかも知れないけど、私のも持っていってね」

「ありがとう。必ず持っていくよ」

佐知子は、相変わらず明るかった。自分が戦死でもしたら今生の別れになるというのに、随分恬淡としていると杉井は多少の不満を感じた。しかし、こんな時に悲しい顔でもされたらかえって困るし、もともと何事にもさっぱりしている佐知子に魅力を感じてきたはずではなかったか、それに、もしかしたら、昔から泣く奴は嫌いだと言われて、努めて明るい表情を作っているのかも知れない、杉井はそう思った。

「明日、名古屋に帰るんでしょ」

「うん。三日間の休暇の許可だからね」

「駅にお見送りに行こうかと思ってたけど、やっぱりやめておく。今日こうして会えたし、お見送りはきっと近しい人だけだと思うから」

「そうだね。でも、今日は来てくれて本当にありがとう」

佐知子は一瞬うつむいたが、すぐに顔を上げると、

「握手」

と言って右手をそっとさしのべた。杉井は佐知子の小さな手を強く握り締めた。佐知子は、元の笑顔に戻り、

「それじゃ」

と言うと、足早に自宅の方へ歩き始めた。杉井は、その後ろ姿を見つめていたが、佐知子が通りの角に差しかかると、思わず、

「佐っち」

と呼び止めた。佐知子はすぐに振り返った。杉井が大声で、

「元気にしてるんだぞ」

と言うと、佐知子は両手でメガホンを作り、大きな声で、

「私は大丈夫。謙ちゃん、本当に気をつけてね。毎日無事をお祈りしていてあげるから」

と言い、二度小さく手を振って、小走りに通りの角から消えていった。薄暮の中で確認できなかったが、佐知子の目に光るものがあったようにも見えた。佐知子も年頃だ、自分が出征して間もなくお嫁に行ってしまうだろう、そうなれば手紙を交換することもできない、佐知子が他人のものになってしまうのは正直のところ嬉しくない、しかし、自分が立派な人間でありたいと思うのであれば、自分が評価する女性の幸福を素直に祈らなくてはいけないのだろう、エゴイズムを捨てるということは難儀なことだ、それにしても、これが実質的に佐知子との最後の会話になるかも知れないのに、そのわりにはあっさりと終わってしまったものだ、そんなことを考えながら、杉井は佐知子の去ったあとをいつまでも見つめていた。

翌日、名古屋へ戻る仕度を整えた杉井は、最後に謙造が苦心して求めておいてくれた日本刀を腰にした。予想以上にずっしりとした重みに、杉井は身が引き締まる思いがした。佐知子が見送りに行かないと言ったからという訳ではないが、杉井は、家族に駅までの見送りは不要であり、一人で駅に向かう旨告げた。出発に際して必要以上に感傷的になるような事態はなるべく避けるべきと考えたからである。荷物を抱えて玄関を出たところで、杉井は、

「行ってまいります」

と、両親に挙手の礼をした。謙造は神妙な顔で一言、

「元気でな」

とだけ言った。たえは、ただ黙って泣き笑いのような顔をしていた。どうにもならない時の

流れを切なく感じながら、ひたすら息子の無事を祈っているような表情であった。弟たちはといえば、静商四年生の信雄、静商一年生の昌三郎はうらやましそうであり、小学生の政樹、圭人は無邪気に杉井の腰にまとわってきた。杉井は、何度か振り向いて手を振りながら家をあとにし、一歩一歩踏み締めるように歩きながら、駅へ向かった。静岡の街は初夏の陽射しがまぶしかった。

出征

帰営した翌日、細部の命令が下達された。出征日は七月二十四日、行先は中国中部だった。歩兵第六連隊より六百名、騎兵第三連隊より三百名、砲兵第三連隊より五百名、輜重兵第三連隊より五百名、四個連隊より見習士官百名の編成であり、総輸送指揮官に石山、輸送副官に杉井が任命された。下達後、直ちに石山と杉井は、連隊長に命令内容を申告し、師団司令部に行って詳細な指示を受けた。その後、名古屋駅に行って列車の割り当てを行い、輸送期間中の弁当の準備をし、諸々の決定事項を各部隊に連絡するなど、二人にとっては極めて多忙な五日間となった。

出征当日の名古屋駅構内への家族の入場券は、見習士官には二枚、兵には一枚が配布された。杉井は、「出征は七月二十四日午後七時名古屋発」と手紙に書き、入場券を同封して家に送った。

出征の二日前の二十二日、八田幸作叔父、杉井安治叔父、弟の信雄の三人が面会に来た。日本での食事とも間もなくお別れだろうと、三人は、杉井を国際観光ホテルの地下へ連れていき、中華料理のフルコースをご馳走した。映画もこれで最後と、食事のあと、広小路の日進会館に行った。映画は、前進座の中村翫右衛門の「その前夜」で、出発を目前にひかえた杉井には題名からして印象的だった。

七月二十三日、多恵子が面会に来た。この日は多恵子の稽古の日であることは分かっていたし、最後の面会になることはもちろん確実であったため、杉井は、

「たまには気分転換に外出しましょう」

と言って、多恵子を外へ連れだし、喫茶店「さかき」でお茶を飲んだ。企図秘匿は義務であったし、敢えて教えるべき話でもないと思ったため、出征の日時は多恵子には話していなかったが、隊内の雰囲気や杉井の態度から、その日が近いことは察しているようであった。特にこの日は杉井がわざわざ外出に誘ったことから、いよいよこれが最後の面会と気づいても全くおかしくない状況であった。ただ、杉井は努めて平静に普段と同じような話題を提供していたし、多恵子も素直に杉井の話を聞いていた。時計を見ると八時半を回っていた。多恵子はいつまでも話を続けたい様子であったが、杉井は、別れに際して未練がましい気持ちになることは何のプラスにもならないのは明らかであり、多恵子との別れもなるべく淡々としたものでなくてはならないと考えた。喫茶店を出たところで、杉井が、

「それじゃ今日はこれで。おやすみなさい」

と言うと、多恵子は急に思い詰めたような顔になった。

「私は、もう家には帰りません」

「えっ。一体どうして」

「今日家を出る時、父から、また連隊へ行くのだろう、父の言うことが守れない娘は家の子とは思わない、出ていきなさいと叱られました。もう私は家には帰れません」

多恵子は、涙も見せず、ただじーっと杉井の目を見つめた。多恵子は明らかに明日にも出征ということが分かっている。もはやしらじらしい対応を続けることに意味はない。だからと言ってどうすれば良いのだろう。今多恵子に何か優しい言葉でもかけることは自分が心に命じてきたことに明らかに反するし、かえって多恵子を辛くさせてしまうだけである。努力をしても事態が改善しない状況というのも苦しいが、努力の方向すら見出せないというのは更に苦痛だ。なすすべが見つからない杉井は、しばらく黙ったまま多恵子の目を見つめ返していたが、やがて事態の解決を図るべく、多恵子に告げた。

「多恵ちゃん。今日は私が家まで送りましょう。家に行って、お父さんにお会いして私からお詫びをするようにします。さあ、行きましょう」

杉井は、多恵子の手を取って市電の駅に向かった。多恵子はうつむきながら、杉井について歩いた。杉井は、無理矢理多恵子を家に送っていこうとしながらも、一方で、現時点での最大の問題点が多恵子が父親に叱られたことではないことは十分分かっていた。しかし、最後の日であるからこそ淡々と別れなくてはいけないと決めておいた自分の対処方針に修正を余儀なくされ、他方で明日出征する自分に何ができる訳でもないという自明の事実をつきつけられる中で、とにかく、父親に叱られて家に帰れないという多恵子の言葉を正面から受け止めてそれに対応していくしかとるべき方策がなかったのである。

市電に乗って枇杷《びわ》島の駅で降りると、そこからは多恵子の案内で二人で肩を並べて歩いた。庄内川の堤にさしかかると、街の灯も遠くなり、人通りもなくなってきた。その暗い夜道を、杉井は、ただ黙って歩いた。時折庄内川のせせらぎの音が耳につき、むせ返るような夏の青草の香りがした。突然、多恵子が小道の脇にうずくまった。

「どうしたの」

杉井もかがんで訊いた。多恵子の肩は小さく震えていた。杉井はこれまでも多恵子の好意には感謝してきた。しかし今こうして目の前の多恵子の背中を見ていると、多恵子の自分に対する好意は自分が思っている以上のものかも知れないと、ますます切なさが募ってきた。感傷に押し流されたい衝動にかられる杉井だったが、とにかく時間がなかった。

「多恵ちゃん、まずは家まで行きましょう」

そう言って肩に手をかけると、多恵子は両肩を振っていやいやをした。やむなく、

「さあ」

と杉井が両脇を支えて抱き起こそうとすると、多恵子はそのしなやかな体の全体重を杉井の腕に託してきた。どのような理性も感情も制御し得ない必然的な流れのまま、杉井は多恵子を

抱きしめていた。杉井の目の前の黒髪が匂う。杉井の胸の重心に押しつけられた多恵子の胸が柔らかい。杉井は、生まれて初めて女性を腕の中にした。この瞬間、自分でも何を思考しているのか分からなかった。ただ、世の中に許される行動と許されない行動があるとすれば、今自分のしていることは、それを超越した、いずれの範疇にも入らないものではないかという気がした。そんな杉井は、次にどのような行動に移行すべきかも分からないまま、ただ多恵子を抱いたまま立ちつくしていた。やがて多恵子は杉井の腕の中で、小さな声で、

「謙一さん。わがまま言って困らせてごめんなさいね」

と言い、少し体を離して、杉井の顔を見上げると、

「私はもう大丈夫です。一人で帰りますから」

と言った。杉井があわてて、

「こんな所から一人で帰らせる訳にはいきません。とにかく家まで送ります」

と言うと、多恵子は淋しそうな笑みを浮かべ、視線を落としながら、

「でも、もう帰営時間も過ぎていますし」

と言って、杉井の腕を引き、来た道を戻り始めた。枇杷島の駅まで、杉井と多恵子は無言で歩いた。駅への到着は無情なほど早かった。杉井は、多恵子の手を両手で握り、

「さようなら」

と別れを告げた。多恵子は、ようやく何とか聞き取れるほどの小さな声で、

「お元気で」

と一言だけ言った。杉井が最後尾の車輛に乗り込むと、電車はすぐに出発した。多恵子はホームに立って、小さく手を振りながら見送っていた。その姿はみるみる小さくなっていった。杉井は、たまらないやりきれなさを覚えた。多恵子の存在は、何も楽しいことのない連隊生活においては貴重だった。事実、付き合い始めた時も、殺伐とした生活にこんな潤いがあっても良いのではないかと思ったものだった。もちろん潤いというような表現は多恵子に失礼だ。多恵子のような女性に好意を寄せてもらうことはこの上なく光栄なことであり、実際に自分は本当に嬉しかった。然るに自分は多恵子に何をしてあげたというのだろう。こんな別れが来ることは最初から分かっていたのに、面会に来ても良いかと訊く多恵子に是非来てくれと言ったりした。多恵子との会話を楽しむために、多恵子の好意に甘えっぱなしだった。でも多恵子もそれなりに楽しそうだったからお互いさまか。いや、そんな風に片づけられる話ではないように思う。今日は今日であんな別れ方をしたが、本当にそれで良かったのだろうか。あの瞬間、多恵子はすべてを俺に任せたように思う。それなのに俺は多恵子を腕の中にしながら、ぼんやり立っているだけでそれ以上何もしなかった。男としてあまりにも情けなかったかも知れない。多恵子は気分を害しただろうか。いや、そんなことは決してないはずだ。明日出征の身の自分に何ができたというのだ。むしろ何もすべきでなかったのだろう。多恵子もそれは十分に分かっていてくれたはずだ。あの状況で何もすることのできないような自分に、むしろ多恵子は好意を持ってくれたように思う。しかし、どうにもならないことを十分承知の上で自分にあんなに良くしてくれた多恵子に、もう少し優しく、何らかの形で報いてあげることはできなかったのだろうか。連隊に戻る途上、杉井は考え続けたが、予備士官学校に行く前も含めて、多恵子に対してどのような別の対応があり得たか、結論を出すには至らなかった。寝床に入った後も、楽しかった多恵子との会話の一つ一つが頭の中をめぐり、また両腕には多恵子を抱きしめた時の感触が残っていた。

七月二十四日午後七時、野砲兵第三連隊の見習士官二十四名、兵五百名は営庭に整列し、連隊長の訓示を受け、他の連隊の到着まで待機を命じられた。間もなく、歩兵第六連隊の喇叭手五十名が喇叭を吹奏しながら入場し、続いて騎兵、輜重兵も続々と到着した。出征の兵たちが揃うと、喇叭手五十名を先頭に、その後を輸送指揮官の石山、輸送副官の杉井、更にその後を歩兵、騎兵、砲兵、輜重兵の見習士官百名、兵千九百名が四列となり、城内を行進した。混乱することなくこの編成を組むことができるように、名古屋城内は民間人は一切立入禁止となっていた。将兵たちは皆一装を着用し、帽子は戦闘帽、更に見習士官は拳銃と眼鏡を左右に肩からかけ、図嚢を腰につけ、日本刀は柄に白布を巻き、抜刀して白手袋の手に持ち、先端を右肩の上に掲げるという出で立ちだった。

城外に一歩踏み出すと、沿道には何万という見送りの人垣ができていた。その大群衆が、万歳万歳とおよそ怒号に近いような大歓声で兵たちを迎えた。本町通りから桜通りを経て駅に至る三キロの道は人また人、更には日の丸の小旗や提灯で埋め尽くされ、その中に我が子を探す者、夫を求める者などがいて騒然としていた。広い道路は小路となってしまい、四列では行進できないため、二列に変更し、抜刀は危険なため鞘に納めて行進することとなった。「歓呼の声や、人の波」の言葉どおり、それはまさに津波のようなエネルギーだった。熱狂する群衆、耳を裂くような歓声、狂ったように走り回る肉親、その中を行進するうちに、時折感じてきた軍隊教育に対する疑問も、いろいろな人との別離の切なさもすべて払拭してしまうような痺れる感激が杉井を襲った。期待を背負うということはこれほどの感激を与えてくれるものなのか。男子の本懐とはこのようなものを言うのだろうか。

姿勢を正し、前を向いて行進している杉井には、沿道の群衆の誰が誰なのかさっぱり分からなかった。本町から桜通りの曲がり角にさしかかったところで、中崎と書いた高張り提灯が二つ目に入った。おそらく中崎の家族がいるのだろうと思い、杉井は挙手の礼をした。その時、人垣の中から一人、杉井に駆け寄って来る者がいた。八田幸作叔父だった。杉井は、「行ってまいります」と敬礼した。幸作叔父は歓声をあげながら、杉井の挙手の腕に無我夢中にぶら下がってきたが、杉井には何を言っているのか分からなかった。人垣の中に謙造とたえの姿もチラッと見えた。叔父は桜通り二キロの道を杉井の腕にぶら下がったまま駅まで来た。謙造はあまりの混雑について行けないたえを労《いたわ》りながら人垣を縫って駅まで来たようであった。

名古屋駅に着く頃には、真夏の暑さと人いきれで、杉井は汗まみれになっており、白手袋からは汗が滴《したた》り落ちていた。駅の構内は立入禁止となっていたため、外とは別世界のように粛然としていた。兵たちはここで隊伍を整えて四列になり、新装成った名古屋駅のコンコースを行進した。喇叭の音が、歓声のない静寂のホーム内に響きわたった。ここで石山と杉井は、各部隊ごとに兵をホームに誘導し、乗車させると、家族の入場の許可を出した。堰を切ったように家族がホームに押し寄せ、そこに我が子、我が夫との瞬時の別離の光景が展開された。杉井の車輌は見習士官ばかりの車輌であるため、謙造とたえはすぐに杉井を見つけることができたが、杉井の方は、車輌によって大きさが異なるために、車輌ごとの人員の調整を行うのに忙しく、他の兵のような別離面会の時間がなかった。ようやく調整を終えて車輌に戻ると、謙造とたえが心配そうに佇んでいた。杉井が二人のところへ行くと、もう発車のベルが鳴った。杉井は謙造とたえの手を握り、

「行ってまいります」

と別れの言葉を告げた。最後の面会がほんの瞬時で、たえはさすがに寂しそうだったが、涙もろいたえも、覚悟をしてきたのかあるいは謙造にきつく言われてきたのか、涙は見せなかった。ただ杉井の手を優しく握り返してきたたえの手は心なしか力なく感じられた。杉井が車輌に飛び乗ると列車はすぐに動き出した。大きな歓声が一段と高く響いたが、その歓声も群衆の姿もあっという間に遠ざかっていった。

発車と同時に、企図秘匿のため、窓のシャッターはすべて下ろされ、車内は興奮さめやらぬ男たちのむんむんとした世界に変わり、列車は闇の中を西進して行った。横に座った石山が、やれやれといった表情で杉井に語りかけてきた。

「杉井、ご苦労様。何とか動き出したね」

「石山の方こそ大変だったな。もっとも先は長いから、これからが大変かも知れないが」

「この輸送も、始まってしまえば、あとは流れに乗っていくだけだと思うけどね。それにしても駅に来た段階で、車輛の大小の違いがあって、それぞれの車輛の人員の調達をやらされたのには参ったなあ。おかげで俺は両親とろくろく話もできなかったよ」

「俺も同じさ。でもこの程度の要調整の局面はこれからもあるような気もするな」

「港では、現地の誘導をやってくれる人もいるだろうから、何とかなるように思うけどね。それにしても輸送担当は名誉なことではあるかも知れないが、何だか宴会の幹事でもやらされているような気分だね。準備ばかり大変で、うまくいって当たり前、失敗すれば何をやっているんだと言われそうだし」

「宴会の幹事の方が大分ましさ。宴会の方は始めれば皆楽しんでくれるが、この輸送を楽しんでいる奴なんか一人もいないからな」

「それはそのとおり。さて、道中長いし、一眠りしておこうかな」

石山は、座席にもたれて目を閉じ、仮眠を始めた。列車は臨時列車のため、途中停車も一切なく、翌二十五日の早朝宇品に到着した。宇品には四隻の輸送船が停泊していた。列車を降りると兵たちは埠頭で待機となり、杉井たち見習士官は近くの会館での歓送パーティーに出席となった。パーティーでは広島市長が力強い歓送の辞を述べ、宇品市長の乾杯の発声で祝宴に入った。会場には広島宇品の芸者百人が動員されており、盛大かつ華やかな歓送の宴だった。おそらくこの宇品からも既に何万という兵が出征したのであろう。会の進行を担当する市の職員も接待する芸者たちも、皆手馴れたものだった。

パーティーが終わると、杉井たちは会館を出て埠頭に向かった。岸壁には、輸送船との間をピストン輸送するための伝馬船が十隻ほど横づけされていた。杉井は、兵たちの誘導を終えると、何時再び踏むか分からない日本の土を万感を込めて踏みしめ、最後の便に乗り込んだ。小さな伝馬船はゆっくりと音もなく岸壁を離れていき、埠頭では、市民たちが打ち振る日の丸の小旗がいつまでも陽炎のように揺れていた。十分ほどで、伝馬船は沖に仮泊していた五千トンの輸送船に到着した。杉井たちが梯子を上り、これによってすべての兵の乗船が完了すると、四隻の輸送船は錨を上げて、鏡のような水面を滑るように出帆した。静かな宇品港に、ドラの音だけが余韻として残った。

昭和十六年以降、戦局は徐々に不利になり、出征風景も静かで地味なものとなっていくが、杉井が出征した昭和十五年までは、中国戦線での連戦連勝に国内は沸きに沸き、兵は「君のみ盾」として扱われ、その死は「栄《は》えある戦死」とされ、出征する兵たちの見送りも最高に勇壮かつ華やかなものだった。徴兵以来、戦地に送られる自分の運命に対する杉井の気持ちは揺れに揺れた。もともと家業を継ぐことに本当の生きがいを見出せなかった杉井にとって、軍隊組織に身を置くことは自己の存在意義をより明確に感じることができる心地良さはあった。一方、たえの淋しそうな顔を見るのは耐えられなかったし、佐知子との別れも辛かった。軍隊の人間性無視の管理教育に疑問を感じることも一度や二度ではなかった。しかし、出征直前の経験、即ち、打ち振られる日の丸、割れんばかりの歓声、その中で体全体を走った痺れるような興奮は、少なくともこの時点での気持ちの整理をつけるには十分なものだった。この当時、み国のために、あるいは天皇陛下のためにという意識については個人差があった。しかしながら、日本が遂行している戦争に疑問を感じる向きは、末端の国民一人一人にはほとんどなかった。その国民全体が作り上げた戦争最優先の雰囲気の中で行われる出征という大イベントは、個々の兵を、国民の代表戦士としていつ死んでも悔いはないという心情に駆り立てた。杉井も決してその例外ではなかったのである。

航海

杉井の乗った輸送船の船内は、船倉に三段の棚が作られ、兵はこの棚の中に横になっていた。蒸れるような暑さの中で皆裸になり、昨夜からの疲れを取るべく仮眠していた。起きている兵たちは涼を得ようと通風塔の下に群がり、なるべく塔に近い場所を得ようと小競り合いをしていた。杉井たち見習士官は甲板上の一等船室が当てがわれた。輸送を担当させられて精神的にも肉体的にも疲労困憊していた杉井は、寝台に体を放り出して熟睡した。目が覚めると午後四時を回っていた。起き上がってブリッジに上がっていくと、帽子を目深にかぶって進行方向をじっと見つめていた船長が、杉井の方を向いて会釈した。

「お疲れでしょう」

「いえ、先ほど長時間の仮眠をとりましたので、大分楽になりました」

「そうですか。道中長いですから、睡眠だけは十分に取らないと」

「ところで、今船はどのあたりを走っているのでしょうか」

「瀬戸内海から豊後水道を通過して現在南下中です。間もなく、九州の南端を迂回して西進します」

船長の説明を受けた後、杉井は、ブリッジから階段を降りて、甲板で夕暮れ時の風にあたった。やがて右舷に山が見えてきた。徐々にその山影は大きくなり、小さな富士山のような美しい形になってきた。薩摩半島の開聞岳だった。その姿は夕映えの茜色の空に墨絵のようにくっきりと描き出され、通過した後は時々刻々薄暮の中にかすんでいった。気がつくとほとんど全員が甲板に出ており、皆一言も語らずに遠ざかる山影を見つめていた。

「さらば、祖国」

今まで一度も意識したことのなかった祖国という言葉が杉井の胸に去来した。中国の戦線に向かう者たちは、行先が中国のどこであれ、ここまでの航路は同じだろう、だとすれば皆同じような気持ちであの開聞岳に見送られたのではないだろうか。抗し難い感傷にひたりながら、杉井はそう思った。

外洋に出ると、輸送船は俄かに揺れだした。杉井は、それまでは乗り物酔いなど自分とは無縁のものと思っていたが、揺れる船内で食事をしていると、出されたものをすべて平らげることは得策でないと自覚した。四分の一程度残して、自分の部屋へ戻ると、杉井は軽い嘔吐感を催した。狭くて暑くて揺れる空間にいることが最大の敗因と思い、杉井は直ちにデッキに出た。大海原の風は心地良く、気分はすぐに回復した。大きく深呼吸をして海原に目を落とすと、四隻の輸送船が残す波の間にきらめく夜光虫のエメラルド色が目に鮮やかだった。

翌日から輸送船は東シナ海に入った。折悪しく前線が停滞し、船は縦に横に大きく揺れた。昼食を取ろうとすると、前日は四分の三は食べられたどんぶり飯なのに、三分の一ほど食べたところであまり気分が良くない。無理に食べて活動不能になるのは最悪と思った杉井は、直ちに食堂を出て階段を上がり、いつものデッキに向かった。昇降口から外をのぞくと、海は並の荒れ方ではなく、デッキも水をかぶってとても出られる状況ではなかった。逃げ場がないということはこのような絶望感を伴うものかと思いつつ、杉井は暗い気持ちで部屋に戻った。部屋では、石山が座って本を読んでおり、杉井を見ると、

「外はひどい風雨だろう。どんな場合でも天候に恵まれるに越したことはないなあ」

と、元気に立ち上がって船窓から外を眺めている。この男には三半規管というものがないのかとあきれながら、杉井は、

「本当に不覚だが、少々気分が悪い」

と石山にことわって寝台に横になった。ところが横になってはみたものの、少しも楽にならない。足が頭の上になったり下になったりを繰り返されるうちに、どんどん気分は悪くなり、

ついには激しい頭痛が襲ってきた。船酔いをした時はよく眠れると昔友人が言っていたのを思い出し、努めて眠ろうと思うのだが、ここまで気分が悪くなると眠れたものではない。夢か現《うつつ》かという状態で、早く揺れがおさまってくれとそれだけを願っていたが、全く事態の改善が見られないうちに、無情にも船内見回りの時刻になった。船酔いは病気ではないため、他人の同情を買う余地は全くなく、石山も、

「杉井、辛そうだが、見回りには行けるか」

と明るく声をかけてくる。悪いが一人で行ってくれと言いたいところだったが、まだ戦地に着いてもいないのにそんな情けないこともできないと思い、弱音を吐くのはやめた。自分の気持ちを奮い立たせ、

「それほど大したことはない。そろそろ見回るか」

と言って、這うように石山のあとをついていくのだが、杉井は、連隊の訓練でもここまで辛いことはなかったと思った。階段の昇り降りになると、もともとフラフラしているのに、大きく前後左右に揺れるため、すぐにひっくり返りそうになる。手摺りを必死になって両手でつかみながら進むのであるが、激しい頭痛のため、めまいまでしてくる。通路で横になってしまいたいという衝動に駆られながら、石山の後ろからよろよろとついて行って船室、船倉を見回るとそこには杉井より重症者が数多くいた。特に船倉は、窓もなく、暑さもひどく、油の臭いまでして、船酔いしている人間には地獄だった。半日以上何も食べず、水もほとんどとっていない杉井だったが、船倉に入った時は、また新たに激しい嘔吐感を催した。

まるまる二昼夜、船は東シナ海を西進した。多少揺れがおさまってきたため、依然として気分はすぐれないものの、船内で活動をするのに支障ない程度には回復した。特に甲板に出て風に当たることができるようになったことが回復を助けた。

日本を発って四日目の七月二十八日、いつもどおり杉井が甲板で大海原を眺めていると、急に深緑色の海の色が黄褐色に変化してきた。横に立っていた船長に、

「随分と海が気味の悪い色になってきましたが、何事が起こったのですか」

と訊くと、船長は、

「揚子江河口に近づいてきたのです。これからもう少し海の褐色が濃くなって、間もなく陸地が見えてきます」

と答えた。

船長の言うとおり、程なく船の進路正面に陸地が見え始め、刻々その姿は大きくなってきた。山一つない中国大陸の平野だった。杉井は幼い頃から外国というものに対する憧れがあった。一体初めて行く外国とはどこだろう、誰が自分を外国に連れていってくれるのだろうと思っていたが、初めて訪れる国が中国であり、そこに自分を送ってくれるのが他ならぬ日本軍であるとは考えてはいなかった。ただ、実際に日本以外の国土を眼前にするとやはり感慨深いものがあり、杉井は戦争目的で来たことを忘れ、しばし中国の大地に見入っていた。

相当陸地に近づいてきたのではないかと思った頃、船長がもう既に揚子江に入ったことを教えてくれた。はるか彼方の両岸の人影は豆粒ほどにしか見えなかった。呉淞《ごしょう》沖通過だった。そ

の後も船は停泊することなく、二昼夜揚子江を遡行した。どこまで行っても両岸はのどかな田園風景であり、川面もジャンクがポツリポツリと浮かんでいるだけで平和そのものであった。そんな風景を見て、杉井は、一体どこに血なまぐさい戦争があるのだろうと思った。ただ中国の景色は、山も川も平野もすべて黄色か茶褐色であり、空も澄んだ青空は皆無だった。色彩的には単調な広漠たる大地ではあったが、その中を滔々と流れる揚子江に、杉井は、悠久三千年の歴史の重みを感じる思いがした。

第二章　任地

■野砲兵第三連隊第一大隊（本部除く）組織図■

- **第一中隊** 隊長　多和野大尉
  - **指揮小隊** 隊長　村川少尉
    - **観測班** 班長　水田曹長――森下軍曹、三井上等兵　ほか
    - **通信班** 班長　吉村曹長――丸田軍曹、仁科一等兵　ほか
  - **第一小隊** 隊長　杉井少尉
    - **第一分隊** 隊長　佐藤軍曹――川辺伍長、柏田上等兵、田辺上等兵、川内上等兵、小野一等兵、金森一等兵、西野一等兵、戸塚一等兵、浜谷一等兵　ほか
    - **第二分隊** 隊長　早田伍長――篠沢伍長、久野上等兵、桜木上等兵、越川上等兵、中谷一等兵、松浦一等兵、尾上一等兵、北倉一等兵　ほか
  - **第二小隊** 隊長　鶴岡少尉
    - **第一分隊** 隊長　大山軍曹――神村伍長、今川一等兵　ほか
    - **第二分隊** 隊長　山内軍曹――竹林上等兵　ほか
  - **段列** 段列長　佐々木准尉　ほか
- **第二中隊** 隊長　岩野大尉
  - **指揮小隊** 隊長　松永少尉
  - **第一小隊** 隊長　辻坂少尉――雨宮軍曹（第二分隊長）、須原伍長、神部上等兵、新藤上等兵、竹村一等兵　ほか
  - **第二小隊** 隊長　中川少尉――坂巻軍曹（第一分隊長）、日村上等兵、中須上等兵、佐貫一等兵、米倉軍曹（第二分隊長）、西川上等兵、辰巳上等兵、萩本一等兵　ほか
  - **段列**
- **第三中隊**（随県駐在）
  - **指揮小隊**
  - **第一小隊** 隊長　益田少尉
  - **第二小隊** 隊長　小田少尉
  - **段列**

戦線到着

七月三十一日、船は漢口の埠頭に横づけされた。中流域でありながら、五千トン級の船四隻を軽々と泊めてしまう揚子江の大きさに、兵たちは皆あらためて驚嘆した。杉井は、石山とともに下船すると部隊の編成を解いて、兵担司令部から出迎えに来た少佐に各部隊の兵を渡し、ここに杉井の輸送業務はようやく終了した。

杉井は、連隊から兵の受領に来た連隊副官西本大尉の指示に従い、港から漢口車站に向かった。漢口の町は喧騒を極め、繁華街は人でごった返していた。その中で、裾の大きく切れたチャイナ服を上手に着こなし、ハイヒールで闊歩している中国娘の美しさが目を引いた。戦火の下でも、大都市がそれなりの繁栄を維持していることが、杉井には何となく不思議に感じられた。しかし一方で、前線は大変であってもそれ以外は都市であれ農村であれ正常に機能しているとすれば、それはむしろ救いかも知れないとも思った。漢口車站に着くと、既に列車は用意されていた。線路は広軌であり、列車は壁の分厚い厳ついものだった。杉井たち見習士官は客車に、兵は有蓋貨車に乗り込んだ。列車はゆっくりと漢口車站をすべり出すと、徐々に速度を増していった。北上しながら、孝感《こうかん》、花園《かえん》を経て、六時間後に広水《こうすい》に到着すると、杉井たち一行はここで下車した。広水車站には着剣した歩哨が随所に立っており、戦地らしい雰囲気が漂っていた。杉井たちはここで直ちに隊伍を組み、西本大尉の指揮で広水から連隊本部のある応山《おうざん》まで十六キロを行軍した。初めて歩く中国の大地であったが、沿道には要所要所にトーチカが築かれ、分哨が置かれ、歩哨が立っており、杉井はいよいよ戦地に着いたことを実感した。

行軍は、終始平坦地ということもあって特に休憩もとらず、淡々と進んだ。三時間ほども歩いた頃に、前方に背の低い灰色の城壁が見えてきた。応山の町だった。応山の城外には小さな川が流れており、連隊の本部は、この小川にかかった丸太の橋を渡った丘の上にあった。応山に到着した時は既に夕刻となっており、連隊長への申告などの手続きは翌日とされていたため、杉井たちはすぐに宿舎に向かった。連隊の宿舎は土塀の民家の集落を改造したものであり、杉井の宿泊する所も一民家の住居をそのまま日本兵が泊まれるように設《しつら》えたものだった。杉井は、薄暗い部屋にランプを灯してその下で武装を解き、部屋の隅に敷き詰められた藁の上で持参の毛布にくるまって就寝した。目を閉じると、名古屋を発ってからここに至るまでめまぐるしく変わった場面場面が浮かんできた。与えられた任務を遂行するのに夢中になっていたが、遂に今戦地での第一夜を迎えることになったと、杉井は感慨深く思った。

翌朝、応山に到着した見習士官は、全員連隊前の広場に集合し、連隊長に申告を行うと同時に、配属を言い渡された。杉井と名古屋から一緒に来た見習士官の鶴岡は、多和野大尉の率いる野砲兵第三連隊第一中隊に配属となった。杉井と鶴岡は順番を待って連隊長室に入り、中村連隊長にあらためて申告を行った。

「陸軍砲兵見習士官、杉井謙一」

「同じく鶴岡博」

「両名は、八月二日付けをもって野砲兵第三連隊第一中隊に配属を命ぜられました。ここに慎んで申告致します」

中村連隊長は背筋をピンと伸ばし、杉井と鶴岡の顔を交互に見つめながら言った。

「慣れない戦地であり、自分の身体の管理には十分留意するように。それから、多和野のところは皆私兵ゆえ、気をつけるように」

後段の部分は、何を言っているのか杉井には分からなかった。

申告が終わると、第一中隊配属の杉井と鶴岡、第二中隊配属の辻坂と中川、第三中隊配属の益田と小田の六名の見習士官と第一大隊配属の兵百名は、三台の軍用トラックに分乗した。この三台に警備用トラックが一台ついたが、このトラックには運転台の屋根の上に機関銃が設置され、三十名の警備兵が乗り込んでいた。兵たちの乗車が完了すると、四台のトラックは、砂塵をあげて軍用道路を西に向けて走りだした。途中から丘陵地帯となり、トラックはこれを上り下りして縫うように広い道路を走っていった。展望のきく台地や小さな橋梁の脇にはトーチカや分哨が設置され、歩哨が立っていた。丘陵には作物はなく、雑草が赤肌の丘のところどころを覆っていた。

「杉井、随分殺伐とした風景になってきたなあ」

隣に座っていた鶴岡が話しかけてきた。

「俺もそれを感じていたところだ。揚子江を上っている頃は、それでものどかな田園風景だったが、内陸に入ってくるにつれて潤いのない如何にも戦地らしい雰囲気になってきたように思う」

「こんな何もないようなところまで支配下において、何か良いことがあるのかな」

「こんな草木も生えないような丘陵が大事なのではなくて、やはり点である主要都市を線で守っていく必要があるのだろう。だから俺たちもこんな中支の奥地に来させられているんじゃないか」

「確かにそうだな。でもこれからはもっと奥の方へ行かされるのだろうな」

「それはそうなるだろう。国民も皆、俺たちの活躍を期待しているし、どんな所に行かされることになっても、それをいとうようではいけない」

応山を出て十キロほど行ったところに大邦店《だいほうてん》という小さな部落があり、そこから十キロほどのところに仙人橋《せんにんきょう》、更に三キロ過ぎて愛民橋《あいみんきょう》、また三キロ行って協和橋《きょうわきょう》と三つの橋があった。これらの橋の付近は丘陵が多く、橋の袂には分哨、丘陵の上には必ずトーチカがあった。この丘陵地帯を越えて平坦地に出ると馬坪《ばひょう》という村があり、ここから涓水《いんすい》川に沿って十三キロ西へ進むと、杉井たちの任地である浙河《せっか》に到着した。ここで第一中隊と第二中隊の見習士官と兵は下車し、第三中隊の見習士官と兵は再び乗車して随県《ずいけん》に向かって出発した。

昭和十三年十月に武漢を日本軍が落とすと、蔣介石政権は四川省重慶に下がり、日本軍は南西に侵攻を進めて、その前線は湖北省の信陽及び随県にまで伸びていた。しかしながら、杉井たちが更に奥地まで戦線が拡大されると予想していたのに反して、伸びきってしまった点と線を更に伸ばしていくことは極めて困難な状況にあった。このため、日本軍は戦線を整理し、当時この地を担当していた第三師団は信陽、応山、浙河、随県、黄坡を結んだ線に駐留し、武漢北方の警備の任に当たることになっていた。昭和十五年初頭には、第三師団は、武漢奪還を目指した中国軍の冬季攻勢にあい、熾烈な戦闘を繰り返した結果、中国軍の撃退に成功した。更に五月には、中国軍の鋭鋒を粉砕するための宜昌作戦を敢行し、この任務を遂行して、七月末にそれぞれの警備地に帰還してきていた。杉井たちが浙河に着任してきたのは、この直後の八月二日であった。

第三師団の司令部は杉井が通ってきた応山にあり、ここに歩兵第六十八連隊主力が置かれ、更に騎兵第三連隊本部、野砲兵第三連隊本部、工兵第三連隊本部及び輜重兵第三連隊本部があった。応山から北、大別山を越えたところにある信陽に歩兵第三十四連隊、西の浙河に歩兵第六連隊、武漢のすぐ北の黄坡に歩兵第十八連隊が配置され、警備の任に就いていた。またそれぞれの歩兵連隊には、野砲兵の一個大隊が配属されており、応山には第四大隊、信陽には第三大隊、浙河には第一大隊、黄坡には第二大隊がいた。これらの部隊は、通常はそれぞれの警備地に駐屯し、司令部からの命令があれば随時戦闘のために出動した。この戦闘行動は一般に作戦と呼ばれ、例えば、前面に敵が結集して攻勢に出ようとしているとの情報が入った場合に事前に敵を粉砕する掃討作戦、他師団の作戦を容易にするための呼応作戦、要所から敵を外すために敵を引きつける陽動作戦など目的は様々であったが、いずれにしても作戦が終了すればまた警備地に帰還するというピストン活動であった。

部隊の編成装備については、野砲兵第三連隊の場合、一個中隊が三八式野砲四門、一個連隊全体で四十八門を擁しており、この野砲一門、弾薬車一輌をそれぞれ六頭の挽馬で牽引移動した。この三八式野砲は、豊橋予備士官学校でも杉井が訓練に用いていたものだった。

作戦に出かける地域が満蒙の地同様の波状丘陵地帯の場合、挽馬牽引の挽馬砲兵としての行動が可能であったが、後に水田地帯や山岳地帯に赴くことになると、挽馬による行動が不可能となり、その結果、大砲を分解して馬の背に載せて行動する駄載砲兵となった。その場合は、四一式野砲を砲身、托架、揺架、車輪、架尾、防楯と分解し、射撃の時はその度にこれを組み立てた。組み立て式の大砲の場合も射撃方法に変更がある訳ではなく、砲弾も同じ直径八十五ミリのものが使われた。

杉井の赴任した浙河は、涓水川という川のほとりにある東西千二百メートル、南北五百メートルほどの小さな町で、周囲は粗末な土塀で囲まれていた。この中に歩兵第六連隊本部及び第一大隊、輜重兵第三連隊第一大隊、野砲兵第三連隊第一大隊の主力が駐屯していた。また城内には第四野戦病院があり、そのほかに食堂一軒、時計屋一軒、慰安所四軒からなる日本人街があった。門は全部で八ヵ所あり、正門である北門、東門、西門、西北門のほか、涓水川の川原への通用門である南イ門、南ロ門、南ハ門、南ホ門があった。東門と北門の外には、日本軍が進駐する前にこの町に住んでいた中国人が難民区を作っていた。

　南側の四つの通用門を出ると、そこは涓水川の川原で、泥水のような濁った川の多い中国には珍しい清流だった。この川水は兵隊馬匹の飲料水となり、またそれなりの広がりをもった川原の砂地は馬運動をするための馬場となった。対岸の方向の三千メートル先には鉢巻山《はちまきやま》があり、下流の方向には馬坪の村の対岸にある油山《あぶらやま》のなだらかな稜線を望むことができた。

　西門の外は一面の綿畑で、その二千メートルほど先に奨河川《しょうかがわ》の橋梁があり、この橋のすぐ下流で奨河川は涓水川と合流していた。奨河川の右岸に望城崗《ぼうじょうこう》の丘があり、軍用路でこの望城崗を越えて十キロほど行くと随県だった。奨河川、望城崗には歩兵第六連隊の分哨が設置されており、望城崗の上には椰《やし》の木が四、五本立っていて、演習のための格好の照準点となっていた。

　正門である北門を出て難民区を抜けると馬鞍山《ばあんざん》、高城に通ずる軍用路があった。馬鞍山には歩兵第六連隊の一個中隊が守備につき、付近の孫家塞《そんかさい》、白廟《はくびょう》、尖頂廟《せんちょうびょう》にはそれぞれ分哨が置かれて、北方からの攻撃に備えていた。この周辺は昭和十五年の中国側の冬季攻勢の際に激戦となった所だった。

　東門の前の難民区の先は馬坪、応山へ通ずる軍用路となっていた。こちらの難民区の端に天主堂がたっており、黄茶色の建物の多い中にあって、その白壁は非常に特異に感じられた。

　城内では、西側の一角の民家を改造したものが杉井たちの兵舎となっていた。南ホ門の近くに砲廠があり、三八式野砲四門が置かれ、兵舎はその裏手北側だった。正面入り口を入ると、真ん中に通路があり、左手が事務所、右手が兵の寝室となっていて、寝室の中には少し上げ床にした上にアンペラ（むしろ）と毛布が敷いてあった。事務所の奥は手前から、下士官の個室、杉井の上官である村川少尉の個室、将校食堂、多和野中隊長の個室の順に並んでおり、兵の寝室の奥は、杉井と鶴岡の個室、更には将校当番の部屋が並んでいた。兵舎の正面入り口を出て、道を挟んだ向かい側に入浴場と炊事場があり、また厩舎は西北門の近くの関帝廟の中にあって、中隊全部の馬が繋がれていた。杉井たちの所属する第一中隊の北側が第二中隊、その向かいが大隊本部、その裏が大隊本部第二中隊の厩舎だった。西門の警備は野砲兵の担当だった。

第一中隊

杉井たち砲兵の中隊は四つの小隊からなっていた。まず中隊長のすぐ下に指揮小隊があり、指揮小隊長は先任将校で、杉井の中隊では村川少尉がこれに当たっていた。指揮小隊長の下には観測班十名、通信班十名がついていた。砲車小隊は二つあり、それぞれの小隊に分隊が二つあった。分隊は火砲一門と弾薬車一輛を持ち、砲手十名、馭者十名、分隊長一名、弾薬車長一名の編成であった。杉井は第一砲車小隊長であり、赴任早々四十四名の部下を持つことになった。鶴岡は第二砲車小隊長であった。中隊には、このほか段列小隊があり、弾薬車四輛を担当し、段列長は将校ではなく准尉だった。

杉井と鶴岡は、案内された個室の寝台に荷物を放り出すと、早速上官への挨拶に向かった。廊下の斜め前が中隊長の部屋だった。ドアをノックすると、

「入れ」

という低い声が聞こえた。ドアを開けると、部屋の奥の机に向かっていた多和野中隊長が椅子ごとこちらを向いた。眉毛は濃く、口髭をおき、目は大きく鋭く、威厳のある風貌だった。

「砲車第一小隊長を任じられました杉井謙一であります」

「同じく第二小隊長を任じられました鶴岡博であります」

多和野は、二人の顔を交互に見た後、

「ご苦労。着任までの長旅、疲れたであろう」

と押さえ気味の低い声で言った。途中船酔いなどで苦しんだ杉井だったが、

「いえ、移動は大変に順調で疲れも残りませんでした」

と、一応優等生の答えをした。

「そうか。それは何よりだった。どうだ、こちらへ来ての感想は」

「大変広いところだと思いました」

鶴岡が答えた。

「ははは。それは素直な感想だ。作戦に出かけたりするともっと広く感じるぞ。どこまで行っても少しも景色が変わらんからな。ところで、二人とも豊橋の学校と聞いたが、どうだった、あそこでの勉強は」

「教官も皆優秀な方ばかりで非常に勉強になりました」

杉井はまた優等生の答弁を繰り返しながら、多和野の風貌をあらためて観察した。上等なワイシャツを着て、ズボンはスマートなフランス型、長靴は足にぴったりと合わせて前留めの拍車をつけており、なかなかお洒落な上官だと思った。中肉中背で、大きな体軀ではないが、全体の雰囲気はなかなかの貫禄を感じさせた。年齢は三十代半ばだろうか、しかし中隊長は陸士出のキャリア組のはずだし、だとすればもっと若いはずだ、そんなことを考えていると多和野がまた言った。

「優秀かも知らんが、嫌な奴らもたくさんいただろう。兵隊の学校の生徒など犬猫扱いだしな。それに俺たちのように好きで軍人になった人間は良いが、お前らなどはやってられんと思うこともあったのではないか」

面白いことを言う人だと思ったが、ここでも杉井は、

「いえ、そんなことはありませんでした。士官学校ではいろいろな地域の学生とも知己になることができ、良い経験になりました」

と、答弁の一貫性を維持した。

「まあ良い。またゆっくり話を聞こう。それから俺は面倒くさがりで、あまりあれこれ言わんから、いろいろなことは村川から教えてもらえ」

「了解しました」

杉井と鶴岡は、敬礼をして多和野の部屋を出た。

将校食堂を通り、村川指揮小隊長のドアをノックすると、「はい」という声とともに、村川が自分でドアを開けて杉井たちを部屋に迎え入れた。多和野とは対照的に、こちらは紅顔の若武者といった風貌で、明らかに杉井より年は下と思われた。杉井と鶴岡が自己紹介をすると、村川は軽くうなずきながら、

「指揮小隊長の村川だ。いろいろ面倒をかけるがよろしく頼む」

と言った。

「一所懸命やらさせていただきます」

「最初からそんなに肩に力を入れなくとも良い。二人とも部下から様子を聞いて当地での生活に一刻も早く慣れるように。それから砲兵としての訓練は内地で十分に積んできたと思うが、作戦に出た時など如何にあの訓練が大事であったかを感じるはずだ。折角の学習を無駄にせぬよう、日頃から習得した技術の維持に励むように」

説教じみた口調とまだ少年のあどけなさが残る顔の表情がややアンバランスであったが、明るく、颯爽としたエリート将校という印象を受けた。村川は杉井と鶴岡に出身地、家族構成、好きな学科などについて矢継ぎ早に質問していたが、急に思いついたように、

「まずは直属上官の勝野大隊長に挨拶に行く必要があるな。俺が案内するからついて来い」

と言うと、第一中隊から百メートルほどの大隊本部に二人を連れていき、事務室に入った。

部屋では、曹長、軍曹が四人、そして筆工の兵など十人が机に向かって仕事をしていたが、杉井たちが入っていくと一斉に視線を向けた。皆真っ黒に日焼けした顔に無精髭を生やし、風貌

からして杉井や鶴岡とは異なる人種のように感じられた。部屋の一番奥には副官の福田中尉が座っていた。村川は福田の前まで進んで、大隊長への取り次ぎを頼んだ。福田は三十歳くらいの飾り気のない事務屋タイプの将校で早速気軽に大隊長に連絡を取り、三人を大隊長室に案内した。福田は中尉、村川は少尉と階級に差があるにもかかわらず、二人があたかも同僚のように話しているのを見て、陸士出と徴兵上がりの関係はこのようなものかと杉井は直感した。

大隊長室に入ると、杉井と鶴岡は再び不動の姿勢を取り、

「陸軍砲兵見習士官杉井謙一、このたび野砲兵第三連隊第一中隊付きを命ぜられました」

「同じく鶴岡博であります」

と自己紹介をした。勝野少佐は姿勢良く端正かつ清々しい将官で、二人を見ると、

「二人とも豊橋の予備士官学校卒業と聞いたが、教官は誰だった」

と笑顔で訊いた。

「はい、中隊長は原山少佐殿、区隊長は森川大尉殿でした」

「原山が中隊長か。仕込み方は相当きつかっただろう」

「中隊長殿の有難いご指導には感謝しております」

「俺も二年前まで予備士官学校の第二中隊長だったから、高師天白は本当に懐かしい。いずれにしても第一中隊は基幹中隊ゆえ、予備士官学校での経験を生かしながら、多和野に協力してしっかりやって欲しい」

「はい」

勝野の話し方には温かみがあり、杉井は、厳しい上下関係の軍隊組織の中にも親しみを感じさせる上官はいるものだと感じた。勝野への挨拶が終わって部屋を出ると、村川は、

「折角来たのだから、指揮班長にも紹介しておこう」

と、稲盛指揮班長の部屋に二人を連れていった。稲盛中尉は頭の毛の薄い色白の将校で、いきなり、

「ああ、くちばしの黄色い連中が来たな。出身はどこだ」

と訊いた。鶴岡が、

「豊橋です」

と答えると、

「学校を訊いているのではない。生まれた場所だ」

と不機嫌そうに言った。

「はい、豊橋です」

「なんだ、生まれも豊橋か。それならそうと初めから生まれは豊橋と言え」

稲盛は杉井の方を向くと、

「もう一人は」

と訊いた。

「静岡です」

「静岡？　静岡市か」

「はい」

「市はどの辺か」

「山の手の招魂社という社の前です」

「出身校は」

「静岡商業学校です」

稲盛は突然親しみのある笑みを浮かべた。

「俺を知っているか。俺は静商の三十一期卒業で野球のセンターを守っていた稲盛だ」

そう言われて杉井は鮮明に思い出した。稲盛は県では有数のスラッガーだった男で後輩で知らない者はいない存在だった。

「大変失礼しました。あの有名な稲盛さんでしたか」

これを機に会話は急速に展開し、静商の話、静岡の大火の話などへと広がっていった。最後に稲盛は、

「同窓の後輩が来たのも何かの縁だ。困ったことがあったら何でも相談に来い。もっともお前たちは俺たちの交代要員だから、間もなく俺たちは帰還してしまうが、とにかく元気でやれよ」

と結んだ。癖のあるタイプではあるが、知己のいない戦地で、学校の先輩に会えたのはいずれにしても幸運だったと杉井は思った。

指揮班長の隣の部屋は観測班細井中尉の部屋だった。村川は二人に向かって、

「ついでにここも顔を出しておいた方が良いだろう」

と言い、細井にも同様の挨拶をさせた。細井は色白で神経質そうな男だった。特にその鋭い目つきは人を遠ざけるのに効果的なもののように思われた。杉井が自己紹介し、出身は静岡で、稲盛は学校の先輩である旨を告げると、細井は、

「そうか。お前は稲盛の後輩か。せいぜい可愛がってもらうことだな」

と冷たく言い放った。

稲盛のことを話題にした時の細井の表情に多少の違和感を覚えた杉井は、部屋を出てから村川に質問した。

「稲盛中尉と細井中尉とはどういう関係ですか」

「まあ、犬猿の仲と言うべきかな。二人とも中尉だが、稲盛は九年徴集、細井は十一年徴集だ。稲盛の方は満州事変に参加した後、一旦除隊して、再召集でここに来た。一方、細井は上海戦から現役で引き続き勤務している。通算勤続年数では細井の方が若干長いが、徴集年の関係で稲盛の方が上級職についている。それから、稲盛は中卒で職業が料理店、細井は明治大学卒で朝日新聞の記者、経歴も全く異なっている。それやこれやで馬が合わないのだろう。まあいろいろな人間がいるから、誰とも上手に付き合うことだ」

村川にしては踏み込んだ忠告だった。このような生死を賭けた戦地において、人間関係には通常以上の難しさが生ずるものなのであろうと、杉井は悲観的な予測を抱いた。

この日の行事はこれにて終わりとなり、村川と別れると、杉井はほっとした気分になった。ひどい上官に当たると苦労は並ではないと聞かされていたが、少なくとも中隊の中での上官二

人は何とかうまくやっていけそうなタイプに感じられたからである。それでも心配性の鶴岡は、杉井の袖を引っ張りながら言った。

「おい、杉井。村川少尉は神経質そうだなあ」

「そうかな。俺はむしろ明るく爽やかな人のように思った。多和野中隊長のような親分肌ではなさそうだが、それは年のせいだろう」

「俺たちより年下だと思うけど、威張りそうな感じだ」

「付き合う前から第一印象だけでそんな風に考えない方がいいぞ。それよりもうすぐメシだ。それまで部屋の片づけでもしよう」

と言って、杉井は鶴岡と別れて自分の個室に入った。しばらくすると、今度は杉井のドアをノックする音がした。杉井がドアを開けると、同じような背格好のずんぐりとした男が二人立っていた。

「小隊長殿、入ってよろしいでしょうか」

杉井が部屋に入れると、二人は敬礼して、

「砲車第一小隊第一分隊長の佐藤であります」

「同じく第二分隊長の早田であります」

と名乗った。杉井の小隊は二十二名からなる分隊二つで編成されており、今目の前にいる二人の分隊長はまさに杉井の腹心となるべき人間だった。年は杉井より五、六歳上のようであり、下士官としては相応の年回りであるように感じられた。

「杉井だ。世話になるがよろしく」

自分より年上の者を前にして、自分自身の対応にぎこちなさを感じたが、取り敢えず言葉遣いや態度は、多和野や村川を真似ることにした。

「小隊長殿、着任早々恐縮ですが、本日はゆっくりしていただくとして、明日朝食後に小隊全員を集めますので、訓示をお願い致します」

と佐藤が言うと、早田が続けた。

「その後、私が駐屯地内の各部隊をご案内させていただきます」

「うむ」

「それから、小隊長殿の当番兵を紹介させていただきます」

そう言って、早田はドアの外で待機していた二人を呼び入れた。

「第一中隊小野一等兵であります」

「同じく中谷一等兵であります」

小野は杉井の馬の担当、中谷は杉井の食事の世話、衣類の洗濯、部屋の掃除など身の回りのこと万事を担当する旨佐藤が説明した。中谷などは年も三十を超えていると思われ、こんな二人を当番兵につけてもらえることからして、軍における士官の待遇は予想以上であると杉井は感じた。

「分かった。明日からいろいろお願いすることになるが、よろしく頼む。それから佐藤軍曹と早田伍長は、夕食後俺の部屋に来るように」

「了解しました」

　四人は敬礼して部屋を出ていった。

　杉井が持ってきた荷物を解いて整理していると、間もなく中谷が食事の用意ができた旨を告げに来た。将校食堂は兵の食堂と別になっており、食事のメンバーは多和野、村川、杉井、鶴岡、段列長の佐々木准尉、村川の指揮小隊の水田曹長の六名だった。テーブルにつくと、将校の当番兵たちが食事を運んできた。初日の夕食は豚の味噌焼きと野菜煮で味噌汁と漬物もついていた。こんな中国の奥地でもそこそこの材料は揃うものだと感心しながら食べてみると、料理はすべて美味だった。むくつけき男たちの調理としては上出来であり、予備士官学校の食事よりも充実しているように感じられた。漬物も上手に漬かっていた。ただ米だけは南京米で粘りがなく、箸の間からぼろぼろとこぼれ落ちて、結局どんぶりに口をつけてかき込むことになった。

　食事を終えて廊下に出ると、佐藤と早田はもう杉井の部屋の前で待っていた。頃合いを見て部屋に来るように言ったつもりだったのに、上官の命令とはかくも絶対なものかと杉井は思った。「そんなに急いで来るには及ばないのに」と言いかけたが、今後のことを考えれば不要かつ有害な発言と思い、ぐっと飲み込みながら、

「入れ」

　とドアを開けて二人を中へ促した。

「来てもらったのはほかでもない。中隊の中の様子を知っておきたいと思った次第だ。それぞ

れの分隊はうまく機能しているか」

　まず早田がにっこり笑って答えた。

「ご安心下さい。第二分隊には問題のある輩は全くおりませんし、統率も十分に取れていると思います」

　次に佐藤がぎょろっとした目で杉井を見上げながら言った。

「その点は第一分隊も同じであります。もっとも口の多すぎる奴や多少愚図な奴もいますが、隊に迷惑をかけるようなことはありません」

「二番砲手の出来は？」

　分隊の中ではおそらく最も優秀な人間が二番砲手となっているはずであったため、杉井は訊いてみた。これには佐藤が先に答えた。

「うちの柏田は全くそつがありません。極めて優秀ですべてを任せても間違いは絶対にありません」

　多少部下に不満を感じているように思われる佐藤がそう言うのであるから、柏田は相当出来が良いのだろうと杉井は思った。

「第二分隊の二番砲手は久野といいますが、こちらも優秀です。見た目は少し頼りないように思われるかも知れませんが、芯はしっかりしています」

「中隊長はどのような方だ」

　これには、佐藤が待ってましたとばかりに答えた。

「中隊長殿は、上官としては文句なしです。腹はすわっているし、無駄はないし、加えて部下思いですし、いつまでもこの中隊長でいて欲しいと思います」

「中隊長は年はおいくつだ」

「陸士四十八期生で、今二十六だと思います」

風貌よりも若いはずだと思ってはいたが、自分が当初予想したより十歳も若いのに杉井は驚いた。

「村川少尉は？」

今度は早田が答えた。

「指揮小隊長殿は、陸士五十三期生でまだ二十一歳ですが、常に自分の主張を持ち、妥協もなく、それでいて性格は明るい良い上官です」

「もう少し威張らないともっと良いと思いますがね」

佐藤が口を挟んだ。杉井は、その後中隊における日課、生活に必要な物資の調達方法などをひととおり聞くと、二人を退出させた。杉井が上官の人となりを気にしているのと同様に、佐藤と早田も杉井がどんな人間かを探っているようであった。ただ、早田が早く杉井と歩調を合わせようとしているように見受けられたのに対して、佐藤は明らかに杉井を試している風情だった。佐藤のような者に嫌われたら後々苦労しそうだなと思いつつ、杉井は寝床に入った。

翌朝、杉井の第一小隊は全員食堂に集合した。佐藤軍曹、早田伍長以下総勢四十四名で、これを徴集年別に区分すると、昭和九年兵四名、十一年兵十名、十二年兵十名、十三年兵十名、十四年兵十名だった。九年兵は満州事変に参加し、一旦解除となった後に再度召集されてきた者たちであり、十一年兵は上海戦、十二年兵は南京攻略にそれぞれ参加の経験を有していた。十三年兵は杉井と同年兵で一年前に浙河に着任しており、十四年兵は杉井が引率して浙河に連れてきた者たちだった。十一年兵及び十二年兵は激戦経験者であり、皆土色をした顔に無精髭をつけ、古参兵として中隊で幅をきかせていた。これだけの人間を率いての軍隊生活がスタートかと思うと、さすがに杉井は緊張感を覚えた。佐藤が声高に言った。

「昨日着任された杉井小隊長殿より訓示をいただく」

前の晩、どんな挨拶をするのかを訊いた際、

「多和野中隊長殿の着任の時の挨拶は『俺が多和野だ、覚えておけ』の一言でした」

と佐藤に言われただけで、何ら参考となる情報もない杉井は、あまり考えもまとまらないまま、取り敢えず、壇上に立った。

「今日から皆と行動を共にすることになった杉井だ。もう十分に分かっていることと思うが、末端の組織である小隊は、下された命令を間違いなく、確実に遂行することが使命だ。皆がそれぞれの立場を自覚し、責任を持って役目を果たしてくれるのであれば、俺は細かいことを言うつもりは全くない。その意味では、逆に、自分のやるべきことを怠った時にどれほど周囲に迷惑が及ぶかをしっかりと自覚するように。それから何はともあれ、人は石垣人は城だ。仲間を信頼し、協調し合うことがすべての前提である。小隊内の無用な感情的衝突は厳禁する」

話しながら、こんな立派なことが言える義理かという感じはしたが、一方で、直立して聞い

ている部下たちを前にすると、このくらいのことは言わないと格好がつかないようにも思えた。この訓示の間、杉井に居心地の悪さを感じさせたのは、これから言葉どおり立派な人間かどうか評価してやろうというような千軍万馬の古参兵たちの視線だった。思い出せば、繰り上げ合格によって幸運にも士官としての立場でここに来ることができたのであり、しばらくこの視線を感じながらやっていくことについては、これも宿命かも知れないと杉井は思った。杉井が壇を降りると、

「解散」

という佐藤の号令のもとに、全員食堂を出ていった。

杉井が部屋に戻ると、小野と中谷がやってきた。

「小隊長殿、部屋の掃除を致します。それから、洗濯物がありましたら、出して下さい」

日本を出てから、船の中で下着の洗濯だけはしたが、ワイシャツ、ズボンなど洗濯物は相当たまっていた。

「それでは早速頼むことにしよう。かなりたくさんあるぞ」

杉井は、洗濯用にまとめておいた衣類を荷物の中から引っ張り出して中谷に渡した。

「掃除の間に小隊長殿の馬をご覧になりませんか。典勇号という馬ですが」

小野が言った。

「是非見せてもらおう」

杉井は、小野の案内で、西北門近くの厩舎に向かった。中隊の馬はまとめて繋がれており、

何十頭の馬が並ぶ様は壮観だった。杉井に当てがわれた典勇号は手前から六頭目にいた。毛並みは鹿の毛のような茶褐色で、大きくどっしりした馬だった。

「乗って試しても良いか」

杉井が言うと、

「もちろんであります」

と言って、小野は鞍を用意して典勇号に着けた。杉井は典勇号にまたがると、西門を出て数百メートル走ってみた。小野が日頃から鍛えていると見えて、実によく訓練された馬だった。動きはどちらかと言えば鈍重で、どしどしと走る感じであり、乗馬用というよりは挽馬用のタイプのように思えた。厩舎に戻って馬から降りると、杉井は、

「いい子だ」

と言って、典勇号の鼻をなでてやった。典勇号は、軽く首を振ってこれにこたえた。神風に比べると随分おとなしくて従順な馬だと思ったが、神風とはまた少し異なった可愛さがあり、杉井は直ちに愛着を感じた。

浙河駐在部隊

宿舎に戻ると、早田が待っていた。

「駐屯地内をご案内させていただきたいと思いますが」

「よろしく頼む」

早田の先導で、まず同じ建物の並びの野砲兵第三連隊第二中隊に向かった。第二中隊長は岩野大尉で、目の細い如何にもキャリア然とした雰囲気の人間だった。杉井が挨拶をすると、

「重責だが、頑張るように」

と一言だけ言った。岩野のすぐ隣の部屋が第二中隊の指揮小隊長の松永少尉だった。村川の同期で、小柄な坊ちゃんタイプであり、見るからに陽性の性格に思えた。杉井の郷里のことなどをひとしきり聞いた後、

「第一中隊は士官から兵まで皆立派な人が来るなあ。村川君はひょっとしてすごく楽をしているのではないかな。まあ、とにかくよろしく」

と言って、杉井の肩をポンとたたいた。

松永の部屋を出て廊下を歩きだそうとすると、背後から声がした。

「早いのだけが取り柄の杉井だけあって、早速挨拶回りか」

振り向くと、第二中隊の第一小隊長で着任してきた辻坂だった。辻坂は名古屋に入営してから豊橋の予備士官学校までずっと一緒にやってきた人間だったが、杉井はどうにもこの男だけは好きになれなかった。学科はそこそこだったが、杉井よりも下位であり、そのくせ、何事にも知ったかぶりをして、人の言うことを一方的に否定する悪い癖があった。要領だけは非常に良く、訓練などでもよく手抜きをするが、それが教官に見つかることはなかった。むしろ調子

良く教官をおだてるため、教官の受けはかなり良い方だった。人間的な深みが感じられず、考えも浅いので話に面白みは全くなかった。豊橋の同期の五十人のうち、この男とはできれば将来会いたくないと思っていたが、よりによって同じ駐屯地になってしまい、本当にめぐり合わせとは皮肉なものだと杉井は思っていた。

「ああ。早いのだけが取り柄の人間が出遅れたら救いがないからな」

辻坂の皮肉に、杉井は精一杯の慣れない皮肉で答えた。

「そうか。さすが杉井だ。自分のことが良く分かっている。唯一の取り柄を生かさない手はないからな。良い心がけだ。俺もそろそろ挨拶に出かけるとしよう」

辻坂はそう言って踵を返した。世の中にはどうして不必要かつ有害なことを述べる人間がいるのだろうと、辻坂の後ろ姿を見ながら杉井はつくづく思った。

野砲兵第三連隊の建物を出ると、やはり分隊長に先導されて歩いている第二中隊第二小隊長の中川に会った。野砲兵第三連隊の小隊長は全部で六人だったが、第三中隊の小隊長である益田と小田は随県に常駐となっていたため、この浙河に来た同期は鶴岡、辻坂とこの中川だった。中川は辻坂とは対照的な真面目人間であり、何事もこつこつと取り組むため、付き合っていて安心感はあったが、反面真面目過ぎて冗談があまり通じないことがあった。杉井の姿を認めると、中川は「やあ」と手を上げて、こちらに歩み寄ってきた。

「杉井の方はうまくやっていけそうか。俺は早々に部下の前で苦手な挨拶なんかさせられて、本当に参っちまった。当番兵を二人もつけてくれての破格の待遇は有難いが、俺みたいな小心者はかえって気が重くなってしまうよ」

「それだけ期待が大きいということさ。その期待を受けて自分の能力以上のことをしようと思うと気が重くなるのであって、自分なりに最善を尽くせば仮に結果が万人の評価を受けるようなものでなくても仕方ないと割り切れば、そんなに気持ちの負担を感じることもなくなると思うがな」

「杉井は、本当に自分の気持ちを整理するのが上手だな。うらやましくなるよ」

「そうでもないさ。実は、俺も、士官の待遇は予想を上回るものだと思っているし、それなりのことをしないと古参兵たちはただで済ませてはくれないだろうと、気を引き締めているところだ」

早田や、鶴岡を案内している分隊長の大山が近くにいることもあって、杉井は少し声を低めながらそう言った。

「それと、俺のところの中隊長の岩野大尉って神経質そうなんだよな。聞くところによると、かなり好き嫌いも激しいみたいだし」

「あまり先入観や噂で一方的な評価をしない方がいいぞ。俺の中隊長も、一見あまり標準的なタイプでなさそうだが、非常に部下の評価は高い人らしいし」

本当は、上官の人となりを非常に気にして佐藤や早田に訊いたりしたくせに、中川の前では杉井は偉そうなことを言った。

「部下に人気があるような上官なら全然問題ないじゃないか。俺のところのはどうもそうではないみたいなんだよな。まあ、いいや。杉井と話していると気晴らしになるから、また相談に乗ってくれ」

そう言って中川は第二中隊宿舎の方へ向かって行った。

杉井は、早田の案内で駐屯地の中の各部隊を回った。浙河には歩兵第六連隊の本部があったため、歩兵部隊は連隊長、大隊長を始め、第一中隊、第二中隊、第三中隊、機関銃中隊、歩兵砲中隊それぞれの小隊長クラスに至るまで、かなりの人数を相手に丁寧に挨拶に回った。歩兵部隊の人間は、杉井の直属でもなく、仕事の性格も異なることから、大隊長も第一中隊長もニコニコしながら、

「野砲兵連隊には守ってもらう立場だからなあ。是非よろしく頼むよ」

という調子で杉井たちはお客様扱いであり、態度も横柄なところはなかった。その中にあって、第二中隊の高原第二小隊長が、

「日頃から連絡は取り合うようにしよう。異なる部隊の間は普段顔を合わせないからこそ、いざという時に連携がとれるよう意思疎通をしておくことが大切だ」

と言ったのが印象的だった。

野砲兵連隊の宿舎に戻ってくると、年のころ十五歳くらいと思われる中国人の少年が涓水川から汲んだ水を一所懸命運んでいた。早田が、

「ちょうどいい。あいつもご紹介しましょう。おーい、三郎」

と呼ぶと、少年は水を置いて小走りにやってきた。

「三郎、こちらは今度第一中隊に来られた杉井第一小隊長殿だ。しっかりお仕えするように」

「杉井小隊長……。よろしくお願いします」

「よろしく。三郎は年はいくつだ」

「十五歳です」

「生まれはどこだ」

「……」

「まあいい。仕事を続けてくれ」

三郎は、ちょこんと頭を下げて、振り向くと、炊事場の方へ水を運んでいった。早田は三郎の後ろ姿を見つめながら言った。

「三郎は苦力（クーリー）といって言わば現地調達労働者です。うちの中隊で水汲み、風呂焚き、炊事を手伝わせています」

「日本語はちゃんとできるのか」

「こちらの言っていることはほとんど理解します。しゃべる方はあまり複雑なことは言えませんが、日常語なら大体使えます。先ほど小隊長殿が生まれを訊いて答えられなかったのは、三郎が自分の故郷がどこか覚えていないからです。あいつは上海戦の時に拉致されてそれ以来ずっと部隊と行動をともにしていて、幼かったせいか、自分の郷里がどこかも忘れてしまったのです。名前も本人は何とかいう名前だと名乗っていましたが、何となくあやしいので、皆三郎と呼んでいます」

杉井はこれを聞いてやりきれない思いがした。如何に敵国とはいえ、やって良いことと悪いことがあるのではないか。戦闘状態において非戦闘員が巻き添えになってしまうことは、ある程度避けられないものかも知れないが、こんな形で少年の労働力を調達することまで戦争は正当化するものなのだろうか。

「三郎の親兄弟はどうしているのだ」

杉井が訊くと、早田は、杉井の表情から不興を察知したのか、

「三郎は自分の親戚もどこでどうしているのか知らないのです。先ほど拉致と言いましたが、上海戦の時に三郎は家族とも離れ離れになり、一人でうろうろしていたため、ついて来るかと訊いたら一緒に来たいと言ったのです。あの状態で放置したらまともに食ってもいけなかったでしょうし」

と弁解した。

三郎の後ろ姿を見送っていると、炊事場近くの縁石に腰を下ろして煙草をくゆらせている年齢五十歳くらいの中国人がいた。垂れ下がった口髭を蓄え、風格さえ感じさせる風貌だった。杉井がその中国人を認めたのを見て、早田が言った。

「あれがうちの中隊のもう一人の苦力で季唐民といいます。これも本名かどうかは不明です。日本語はできませんが、筆談で意思は通じます。なかなか達筆でインテリの好々爺です。三郎と同じように中隊の雑用をやらせていますが、よく働きます。もっとも年をとっているので、作戦の時は留守番で、三郎だけ連れていきます」

「あれはどこから連れてきたのか」

「季の方はどうしてうちで働くようになったのか私も知りません。出生がどこであるとか、家族はどうしているとか、本人も語りませんし。とにかく結構長く苦力をやっています」

あまり詳細を訊くようなことでもないと思った杉井は、早田に案内の礼を言い、自分の個室に戻った。

駐屯地生活

翌日からは、駐屯地での規則正しい生活が始まった。起床して間もなく将校食堂で多和野中隊長以下将校のみで朝食をとり、その後は馬匹火砲の手入れをし、涓水川川原で馬運動を行った。午後は西門、北門外で砲手馭者の教官として兵の訓練に終始した。夜は将校食堂で会食をし、その日の出来事を中隊長に報告した。夕食後の時間は比較的自由に使うことができ、杉井は、その日の行事の整理をしたり、家族へ手紙を書いたり、また迷惑にならない程度に部下の兵を呼んで話を聞いたりしていた。この間、当番兵の中谷は完璧なまでに杉井に仕えた。朝起床すれば洗面所に杉井用の洗面具とタオルが用意してあり、洗面を終えて将校食堂へ行けば食事の用意ができており、終われば中谷によってすぐに食器が下げられた。部屋に帰れば、その日の日課に合わせて徒歩訓練の場合は編上靴に巻脚絆、乗馬訓練の場合は長靴が用意されていた。掃除も隅々までゆきとどいており、また洗濯も他の当番兵よりはるかに上手で、杉井のワイシャツはいつも糊づけされてピーンと張っていた。ある日、部屋の掃除に入ってきた中谷に杉井は声をかけた。

「いつもご苦労」

「はっ」

「中谷は嫁さんはいるのか」

「はい。自分には四歳と二歳の子供もおります」

中谷はそれなりの年齢だとは思ったが、二人も子供がいると聞いて杉井は驚いた。

「そうか、さぞかし可愛いだろうな」

「いえ、はい」

「写真は持っているか」

「あ、はい。部屋にはありますが」

「そうか。この次の時には是非見せてもらおう。それから中谷は何をやらせても上手だが、特に洗濯は天下一品だな。俺のワイシャツの仕上がりは誰のよりも立派だ」

中谷は、嬉しさと照れくささが混在した表情をした。

「自分はクリーニング屋ですので」

「そうか。それで合点がいった。それにしてもあの糊づけなどはどうやってやるのだ」

「残飯を潰して洗濯用の糊にしています。もちろん他の当番兵にも分けていますが」

「なるほど。俺は期せずして良い当番兵にめぐり合ったものだ。引き続きよろしく頼む」

「はい、ありがとうございます」

掃除を終えると、中谷は、敬礼をして退室した。

誠心誠意仕えるという点では馬当番の小野も同様だった。中谷が用意した乗馬訓練用の長靴を履いて入り口に向かうと、常に小野は典勇号に鞍を置き、轡をとって待機していた。演習の時はもちろんのこと、どこに行く際にも小野は随行し、杉井が下馬すれば直ちに馬を執った。吏員の用務を終えて帰営すれば小野は馬を受け取り、厩舎へ行って馬と馬具の手入れをした。吏員のお抱え運転手以上の対応だと杉井は思った。

「典勇は如何ですか」

ある日、演習から戻って杉井が馬を渡した際に小野が訊いた。

「よく訓練された良い馬だと思う」

「ありがとうございます。小隊長殿にそう言っていただけると大変嬉しいです。こいつは本当に良い奴でしてねえ。いろいろ馬は見てきましたが、こいつは他と比べても従順でよく言うことを聞くんです」

杉井もこれには同感だった。神風の時もそうだったが、杉井は夜時々典勇号に会いに厩舎に行った。杉井を認めると、典勇は首を縦に小さく振って挨拶をし、鼻をなでてやると、二、三歩前に出て杉井の顔に鼻を近づけてきた。部下に見られたら格好が悪いと思いつつ、杉井は理解できる訳もない典勇号に、自分の郷里の話や浙河に来てからの感想などを語りかけたりするほど気に入っていた。

「俺もそう思う。最初見た時は乗馬用には少し重過ぎないかと思ったが、かえってどっしりしていて乗り心地も良い。それに小野が言うように実に性格の良い馬だ。もっともこれは小野のしつけの賜物だろう。随分馬の世話には慣れているようだが、軍隊に入る前も経験はあったのか」

「いいえ、とんでもありません。自分の家は小さな洋品店でして、学校を出てからは家で商売を手伝ってました。もっとも父の体の具合が今ひとつなので、家に入った当座から相当働きました。今は自分がこちらに来ていますんで、母がちょっと苦労しています。馬の方は軍隊に入ってからですが、この仕事も性に合っていると思っています。典勇もそうですが、やっぱり可愛いですからねえ」

兵たちの家庭のことを聞くたびに、杉井はこの徴兵制度はどうしてもこのような形でやらなければいけないものなのかとつくづく感じる。陸士を出たキャリア組は一生を戦争に捧げているようなものであり、どこに赴任し、どんな命令を受けようとも文句は言えない。杉井自身の場合は、家業に入ったといっても、謙造はまだ健在で商売は十分まわっているし、戦地には好きで来た訳ではないが、一方で軍隊という巨大組織の中で家の中では得られない経験ができているると思っている。しかし、小野の場合は病身の父をかかえて家業の中心にならなくてはいけない立場である。戦地に行く小野を見送る母親は辛かったのではないだろうか。中谷にしても、身軽な杉井とは異なって、二児の父親である。中谷の妻はもちろん、誰が中谷の出征を望んだであろうか。加えて、会社員の転勤と異なり、ここへ来ることは生命の危険を伴っている。二人とも、打ち振られる日の丸の小旗に見送られたはずだが、どんな気持ちだったのだろう。一人一人の家庭の事情など考えていたら徴兵制度など成り立たないのは分かるが、多少工夫してやる余地はないものかと杉井は思った。

当番兵の二人については、小野が杉井より三歳上、中谷にいたっては十歳近く上ということもあり、年長の者がそこまでしなくとももという意識が常に杉井の中にはあった。しかし、部下に気を使ったり、手があいているから部下のすべきことを自分でやったりすることは、かえってマイナスの方が多いことに杉井は徐々に気がついてきた。ある時、中谷が第二分隊の越川上等兵に気合いを入れられている。聞き耳を立てると、

「小隊長が自分で褌を洗っているのを見かけた。お前は勤めが足りないから褌も洗わせてもらえないのだ。お前はまだ当番の資格がない」

と越川が言っている。こういうのを世の中では誤解と呼ぶのだ、と杉井は思った。もちろん杉井はほかの洗濯はすべて中谷に任せていたが、褌だけはさすがに気が引けて入浴の際に自分で洗面器に入れて洗っていた。これが越川の目にとまったものと思われる。以後、杉井は中谷のために褌も洗ってもらうことにした。またある日、演習が終わって中隊裏の広場で解散した後、杉井は下馬して馬の轡をとって厩舎の方へ歩き始めた。たまには愛馬典勇号を自分で引いていこうかという程度の軽い気持ちだった。これを個室から見ていた中隊長の多和野は部屋から走って出てきて、

「この解散やり直せ。将校の馬を兵が執れないような教育を俺はしていないはずだ」

と叱責した。やり直しを命じられた兵たちの非難の目が馬を執らなかった小野に集中した。小野はもちろん杉井が下馬すると同時に典勇号を執ろうとしたのであるが、杉井がすぐに馬を引いていってしまったため、タイミングを逸したのであった。あまり細かいことを言わない多和野にしては随分とこだわったものだと杉井は一瞬思ったが、常に基本動作に忠実に、如何なる場合にも例外なく動くことが軍隊における、特に戦地における鉄則であることを考えれば、多和野の指示は極めて重要なものだったと杉井は考えた。また同時に、多和野の叱責は、馬を執らなかった小野に対するものではなく、勝手に馬を引いていった杉井に向けられたものであることも自覚した。

中谷の件も小野の件も、ささいなことではあるが、上官としての行動としてふさわしくないものであったことを杉井は痛感した。思い起こせば、名古屋に入営した当初、人間性無視の管理教育に甚だ疑問を感じたものの、一年半の教育を通じて、戦争という極限状態においては人間性などにこだわることなく人間が機械の部品の如く組織的に動くことが要求されるのであろうことは漠然と理解できていたつもりだった。ところが、実際に小隊長という地位を与えられ、初めて部下というものを持ってみると、自己を厳しい人間に仕立て上げることが意外と困難を伴うものであることを杉井は認識した。しかし今や戦地にやって来ている訳であり、部隊という大きな機械の一部品として行動することを自分自身も実践し、部下にも徹底しなくてはいけない状況となった。一階級違えば虫けら同然といった対応がこれからはむしろ合理性を持ってくるのだろうと杉井は考えた。ここまで考えた時、名古屋の連隊から豊橋の予備士官学校まで、階級が上だという理由だけで、人を罵倒し、ビンタを張り、体罰を加えていた教官たちの顔が懐かしく思い出されてきた。同時に、予備士官学校卒業の日、見習士官となった結果助教の軍曹連中と階級が逆転し、皆で勇んでお礼まいりに行ったら助教たちが全員休みをとっていたことを思い出し、杉井は苦笑した。

駐屯地では週一日の休日があり、この休日は慰安所の利用日と連動していて、砲兵の休日は木曜日だった。慰安所は第一トイ（慰安所の通称）から第四トイまであり、各トイに二十数名、合計約百名の朝鮮人の若い娘が慰安婦として働いていた。利用時間は、兵は朝十時から午後四時まで、下士官は午後四時から八時まで、士官は午後八時から翌朝までとされていた。兵は休日のみ利用可能だったが、下士官及び将校は人数も少ないこともあって曜日に関係なく利用できることになっていた。駐屯地内には食堂が一軒あったが、日本人の男が一人で経営し、佃煮で日本酒が飲めるだけであり、休日の娯楽といっても隊内で囲碁将棋をするくらいであったため、慰安所は大いに繁盛していた。特に兵は一週間に一度しか機会が与えられないため、休日は欠かさず行く者が大勢だった。料金は一時間一元であり、軍票で支払われた。将校が一泊する場合は五元となっていた。

杉井は着任して以来、慰安所を訪れることはなかった。杉井はまだ性体験がなかったが、女性に対する関心はあったし、性欲も人並みではないかと自分では思っていた。ただ、日本の売春宿に地方の貧農の娘たちが一家の犠牲になって体を売りにきている実態をかつて話に聞いていたこともあり、慰安所も同じなのではないかと思うと、敢えて足を運ぼうという気持ちにはならなかった。そんなある夜、鶴岡がノックして部屋に入ってきた。

「杉井、部屋でぐだぐだしていても仕方ないから、トイでも行かないか」

「俺はいいよ。鶴岡一人で行ってこい。中に入ったら別行動なんだから、何も連れ立っていかなくても良いだろう」

「一体どうしたんだ。好みの娘がいないのか。まだトイ全体をあたった訳でもないだろうが」

「いや、俺はまだ行ったことがないから、どんな娘がいるかも知らん」

さすがに、鶴岡は驚いた。

「杉井、お前まさか女嫌いなんじゃないだろうな。ああ、分かった。病気が心配なんだな。俺もそっちの方は多少気になった。でも大丈夫だ。軍医が週一回検診をやってくれていて、性病にかかった女は部屋の扉に赤紙を張られて営業停止になっている。もっとも軍医にも見落としはあるかも知れないが、そのくらいの危険は覚悟せんとな」

鶴岡もこれほどの情熱を学科の勉強の方に向けておけば、もう少し予備士官学校での成績も良かったろうにと杉井は思った。

「そういう問題ではないんだが。まあいい。ちょっとのぞきにいくことにしよう」

杉井は引き出しから必要な軍票を出してポケットに入れ、鶴岡について外に出た。

日本人街に入ると、鶴岡は、あそこにしようと言って第四トイを指さした。トイの入り口をくぐると、朝鮮人娘五人が立っていた。そのうちの一人が鶴岡に目で合図をして近づいてきた。やっぱり馴染みがいるからこのトイにしたのかと杉井は思った。

「それじゃ、杉井、お先に。ほら、なかなか良い娘が揃っているだろ」

そう言って、鶴岡は娘に腕を引かれて廊下を歩いて行った。鶴岡に付き合わされた杉井は、物色をする意欲も湧かないため、仕方なく一番手前の娘を選んだ。娘は杉井の前を歩いて自分の部屋へ案内した。廊下を歩いていると後ろから、

「杉井っ」

と声をかける者がいる。見ると、女の腰に手を回した辻坂が立っていた。

「これからお楽しみか。何でも早い杉井だから、こっちの方もさぞかし早いんだろうな」

一発殴りでもしたらこういう性格は変えられるのだろうかと思いながら、杉井は無視して部屋に向かった。娘の案内した部屋には寝台と椅子が二つ、それに粗末な洗面台がついていた。娘はドアを閉めると、杉井の顔を正面からじっと見た。一般的な日本人の好みではないかも知れないが、鼻筋はとおり、口元もきりっとしまっていて、どちらかと言えばちょっと性格のきつそうな顔立ちだった。娘は、洗面台で軽く手を洗うと、着古しのワンピースのボタンをはずしかけた。

「ちょっと待て。まずは座れ」

杉井が言うと、娘は寝台に腰をかけた。

「名は何という」

「スミ子」

「そうではない。本当の名前だ」

「……」

「まあいい。俺の名前は杉井だ」

「杉井……さん」

「そうだ。ここに来てどのくらいになる」

「一年と……もう少し」

頼りない日本語だが、最低限の会話はできそうなので、杉井は安心した。

「両親、いや、お父さんとお母さんは朝鮮にいるのか」

「そう」

日本語での会話が疲れるのか、早く済ませるべきことを済ませたいと思ったのか、スミ子は服を脱ごうとまたボタンに手をかけた。

「待て。俺の言うことをよく聞け。俺は今日は疲れている。だから何もしない。お前を抱いたりしない。少し話をして帰る。言っていることが分かるか」

スミ子は不思議そうな顔をしたが、概略を理解したようであった。

「ここにはどういう事情で来た」

「ユウさん……」

質問を正確に理解していないのか、訳の分からない答えが返ってきた。

「ユウさんというのは、お前をここに連れてきた人か」

慰安婦については一種のブローカーがいて、これが仲介役となって日本軍に女性を斡旋しているということを聞いたことがあり、ユウというのはそのブローカーかも知れないと思って、杉井は尋ねてみた。スミ子は小さくうなずくと、立ち上がり、

「ちょっと待って」

と言って、部屋から出て行った。程なく戻ってくると、手に茶碗を持っている。湯沸かし場に行ってお茶を入れてきてくれたらしい。

「どうぞ」

「有難い」

杉井は、スミ子の差し出した茶をぐっと飲んだ。

「お酒は飲みますか」

「いや、俺は酒は飲まない。飲まないというより、飲めないのだ。少し飲むと気分が悪くなってしまう。飲める人間がうらやましいと思うが」

「煙草は吸いますか」

「煙草は大好きだ」

「何を吸いますか」

「普段はスペヤーだな。でも将軍牌、ルビークイーン、スリーキャッスル、何でも好きだ」

杉井がそう言うと、スミ子は部屋の隅にあった灰皿を持ってきて、杉井の座っている椅子の

肘掛に置いた。杉井は早速一本取り出して火をつけた。日本人を相手にしているのと違って、なかなかはずまないスミ子との会話には、煙草は必需品だった。

「ところで、スミ子のところへは一日何人くらいの客が来る」

「五人くらい」

中には長居をする客もいるだろうし、五人を相手にというのは尋常な労働ではないと杉井は思った。

「それだけ相手にすると疲れるだろう」

「大丈夫……」

スミ子はややうつむき加減に答えた。大丈夫と言ってはいるがそうでもなかろう、さしずめ今日の俺は五人目か六人目かも知れない、俺のあとにまた客を取るのかも知れんが、少なくとも俺は早く退散するに越したことはない、そう思って杉井は立ち上がった。

「そろそろ帰る」

スミ子も立ち上がって杉井を見上げ、本当に良いのかという表情で寝台を指さした。

「さっきも言ったとおり、俺は疲れているからこれはいらない。スミ子も今日は早く寝るようにしろ」

杉井はポケットから五元の軍票を取り出し、スミ子に渡した。スミ子は小さくお辞儀をした。

スミ子は入り口まで杉井を送ってきた。杉井がもうここで良いと言うと、スミ子は、

「また来て……下さい」

と小さな声で言った。宿舎に戻りながら、杉井は、慰安所に行きながら何もしないで、人生相談のような話をして帰ってくるというのも他人が見れば滑稽に見えるだろうが、誰に迷惑がかかる訳でもないし、これはこれで良いのだろうと思った。スミ子はちょっときつそうな性格という第一印象だったが、実際話した感じはそうでもなく、日本でもどこにでもいそうな娘だった。どうせ同じようなことの繰り返しだろうが、また気が向いたらスミ子のところへ行ってみようと思った。宿舎に戻って鶴岡の部屋をうかがってみたが、当然のことながら、鶴岡はまだ戻っていなかった。

杉井の駐屯地浙河と内地の間の通信は、杉井が予想したよりも確立されたものだった。部隊の者たちの手紙は二週間分まとめて内地の方へ送られていたし、また月に二度、内地から慰問文と称する手紙と慰問袋と称する差し入れが届いた。この慰問文と慰問袋はこれといった娯楽もない駐屯地で生活する者たちにとっては最大の楽しみだった。

母たえは、月に二度必ず手紙を送ってきた。家族の状況や静岡での出来事などがいつも詳しく綴られていた。検閲を慮って注意して書かれていたが、行間に杉井の無事の帰還をひたすら願っている心情があふれており、杉井は読むたびに涙が出る思いだった。慰問袋も頻繁に送ってくれ、中にはふりかけや干ししいたけや飴玉など現地では入手困難でかつ日本を感じさせるものがいつも入っていて、たえの優しさが痛感された。

謙造とたえが杉井の着任地を親戚知人に周知したせいか、伯父伯母従姉弟などからも手紙が良く送られてきて、杉井の慰問文、慰問品の多さは中隊の中でも群を抜いていた。謙造は芸者連中にも杉井のことを話しているらしく、杉井が宴席で二度か三度しか会ったことのない芸者からも慰問品が送られてくることがあった。「佐の梅」での杉井家の送別会で杉井の隣に座った志郎は、中隊の人事係の検閲に掛からないように、竹吉本志郎という男性名で慰問袋を送ってきてくれたため、中身はすべて無事杉井に到着したが、「旧交亭」での八田家の送別会の時の芸者の場合は、千代吉本綾子という名前で来たため、女性しかも芸者からの慰問袋であることが人事係の知るところとなった。段列長の佐々木准尉が杉井の部屋をのぞき、

「杉井小隊長殿、楽しそうなものが届いておりますぞ」

と言うので、受け取りに行くと、村川少尉、鶴岡、中川、それに佐藤までいて杉井を待っていた。鶴岡がニヤニヤしながら、

「杉井、お前静岡では相当楽しい思いをしていたんだな」

と言い、中川も、

「やましいところがないなら、中身を明らかにしろ。俺たちが検閲してやる」

と慰問袋の開封を強要した。仕方なく袋を解くと中からはウイスキー、煎餅、和菓子などの高級品が登場した。

「これはすごい。この喜びは戦友にも等しく均てんすべきだ」

「この芸者とただならぬ間柄ということでもないのであれば、俺たちに分けてくれても何の問題もなかろう」

「ウイスキーなど杉井が持っていても仕方がないじゃないか」

結局綾子の慰問袋は八割方たかられることになった。慰問袋は八重菊からも送られてきた。見ると、食料品に混じって小さな香水のビンが入っている。何故こんなものを入れてきたのだろうと思いながらしげしげ見ていると、横に立っていた佐々木が、杉井の耳元で言った。

「小隊長殿。それを送ってくれた方は相当慰問慣れしていますね。香水は意外と我々にとって貴重なものです。特に夜行軍のあとなど睡眠不足で臭覚が異常に敏感になると、双眼鏡の漆の臭いや手に染みた煙草の臭いが気になって吐き気を催すことさえあります。そんな時はその香水を自分の襟元や眼鏡にふってやるのです。その香りは間違いなく剣電弾雨の惨状の世界に一陣の涼風を漂わせてくれるはずです。嘘だと思われるかも知れませんが、是非作戦の時に試して下さい」

これも一種の生活の知恵と呼ぶべきものかも知れないが、そんな知恵が戦地の人間と内地の人間との間に共有されていることに杉井は奇妙な感動を覚えた。

杉井が浙河に来てから四回目の船便に、両親、親戚の便りに混じって佐知子からの手紙が入っていた。

前略
謙ちゃん、ご無沙汰しました。お元気ですか。とうとう戦地での生活が始まりましたが、やはり大変でしょうね。随分南の方だし、内陸だし、気候もあまり良くないのではないでしょうか。

この間、謙ちゃんのおば様に会った時に、謙ちゃんへの手紙はどこに出せば良いか教えてもらいました。船便が月二回なので、手紙を書く時と船でまとめてそちらに送る時期が近ければわりと早く着くし、そうでないと意外と時間がかかるって言っていました。それでもこれだけ離れている所でもお便りができるというのはすごいことだと思います。

おば様からはそちらでのことといろいろ聞きました。食糧事情はそんなに悪くなくて、鶏肉や豚肉は豊富にあるとか、お味噌やお醬油は日本内地からの追送品があるので調理はそれほど困らないとか、それだけ聞くと戦地という感じがしません。でも、中国の土は粘土が多くて固いところに、中国の人は十五センチくらいしか耕さないので、中国の人が作った大根、人参、ごぼうはすべて太くて寸がないと聞きました。味の方は美味しいのですか。それとお魚は海が遠いので鯉、鮒、どじょう、草魚など淡水魚ばかりだそうですね。謙ちゃんは確かまぐろやかつおが好物で、あっさりした味のお魚はあまり好きでなかったように思うのですが、やはりそのくらいの不便は我慢しなくてはいけないのかな。

それから謙ちゃん、小隊長さんになったのですね。部下も四十人以上いるし、すごい、すごい。これでいよいよ謙ちゃんも軍隊で実力発揮です。よく考えてみればこれまでは実力を磨くためのお勉強の期間だったたし。きっと謙ちゃんのことだから立派な隊長さんになることでしょう。昔、小学校で級長をやった時も他のどの級長さんよりも上手だったもの。謙ちゃんが級長になった時、級長になったからって威張る奴は最低だ、級長に選ばれたら人に優しい人間になるようにしなくちゃだめだって言っていたけど、軍隊でも同じようにするのかな。小学校の級長と小隊長さんとでは全然違うような気もするけれど。でも、やっぱりいつもおりの謙ちゃんのやり方を通して、皆に好かれる小隊長さんになって欲しいと思います。

小学校の同級生も続々と戦地に行っているけれど、今のところは皆元気にやっているようです。それにしても早く戦争に勝って皆無事で帰ってくれば良いのにと思います。これから危ないところへ行ったりすることもあるでしょうが、本当に気をつけて下さい。

またお便りしますね。

草々

昭和十五年九月二十四日

谷川佐知子

杉井謙一様

均川付近討伐戦

昭和十五年十月十日夜、歩兵第六連隊第三大隊及び野砲兵第三連隊第一中隊は、随県西方擂《らい》鼓頓《ことん》台地に集結し、夜陰に乗じて台地より均川《きんせん》に向かって行動を開始することになった。命令は出発の午前中に出され、直ちに準備に取り掛かるのであるが、企図秘匿のため、一般的には行動の詳細は全く明らかにされない。今回は集合場所と目的地は偶々命令において特定されていたが、通常、一体目的地でどのようなことをするのか、何日くらいで作戦を終えるつもりかなど全く不明だった。

杉井の場合、準備と言っても携行すべきものは中谷がすべて用意してくれていたし、また典勇号についても、小野が蹄鉄を打ち直すなど、出発の態勢を整えてくれていた。杉井は、小隊長として作戦に向かう準備に遺漏がないよう隊内を監督する役目であるが、初陣の杉井と異なって作戦に参加した経験を持っている部下の兵たちは準備も慣れている。第一分隊でも、分隊長の佐藤が、一番砲手の田辺、二番砲手の柏田と一緒に砲車の手入れなどを手際良くやっていた。手持ち無沙汰に感じた杉井は、小隊長としてはあまり適切な質問とは思わなかったが、聞くは一時の恥と思い、佐藤に訊いてみた。

「今度の作戦は、どんな作戦になりそうかな」

佐藤は、ぎょろっとした目で杉井を見ると、若造の小隊長なら訊きたくなるのも仕方あるまいという表情で答えた。

「作戦の時は細かいことは一切教えてもらえないんで、あくまで推測するだけですが、今度の作戦は規模はそれほど大きなものにはならないと思います」

「どうして分かる」

「今回の作戦に参加するのはうちの第三連隊の中でも第一中隊だけです。第二中隊も行かないし、それに集合地が随県の西なのに随県にいる第三中隊さえ動員されていない。一個中隊だけ行かせるってのはそれほど砲兵のお世話にならなくて良い作戦ではないかという気がします」

「そんなものかな」

「もちろん作戦はいつも命がかかっていますから油断は禁物ですよ。ただ今回は、携帯糧秣の量を見れば、早ければ三日くらいでケリをつけて帰ってくることを考えているように思えますがね」

杉井はなるほどと思った。同時に、命令の内容は明確なものでなくとも、いろいろな指示や注意事項から作戦の規模等を判断する、これが古参兵の貫禄というものかも知れないと思った。また、このような古参兵の経験に基づく判断というものは、小隊の責務を効率良く効果的に果たしていく上では極めて貴重なものになるように感じられた。

出発準備が整った第一中隊は、約五キロ離れた随県西方擂鼓頓台地に向かった。杉井の小隊も山砲二門の駄載砲兵隊として出発した。台地には一時間余で到着した。既に歩兵第三大隊は到着しており、高原を始めとする歩兵の小隊長連中が、杉井の方に手を上げて挨拶をしていた。

全員整列したところで、大隊長より、

「均川に向かって前進すべし」

との命令が下された。行軍には前進のほかに、急進、突進、驀進《ばくしん》があり、前進というのは、旅路行軍とも言い、四十五分歩いて十五分休憩し、一時間の間に四キロ進むことを標準としていた。命令が下ると、歩兵第三大隊と野砲兵第一中隊は進軍を開始した。曇天のせいもあって、月も星も見えず、周囲は漆黒の闇だった。灯の全くない真の闇が、こんなに真っ暗なものと杉井は想像していなかった。ただでさえ初陣の緊張を禁じ得ないところに、一寸先も見えない闇の中を物音も立てずに粛々と進む集団の異様な雰囲気が杉井を胸苦しくさせた。更に、先の方でかすかに見える多和野中隊長の十字の白襷さえ一層の緊迫感を醸《かも》していた。

通常の前進のマニュアルどおり、一行は四十五分歩く毎に十五分の小休止を取った。休憩になると、まず大砲弾薬を馬から下ろす。次に馬の腹帯を緩め、馬具についている水嚢を外して馬を楽にしてやり、その後は川やクリークに行き、水を汲んできて馬に水を与える。この日は手探りで水を汲みに行き、やっと馬に水を飲ませるともう出発で、迅速に腹帯を締め直し、駄載物を載せて馬を引き始めなくてはならなかった。この休憩は馬にとっての休憩であっても、兵にとっての休憩ではなかった。名古屋にいた頃、教育係の野崎上等兵が、兵隊は五銭で補充がつくが馬は五十円かかると言っていたけれども、まさに軍隊では人命は馬の命以下であると杉井は思った。

定期的に休憩を取りながら七時間ほど進軍し、夜が白む頃、眼下に均川の部落が見えてきた。浙河と同様、簡単な城壁に囲まれた小さな集落だった。杉井たちの小隊は均川を見下ろせる高台に陣取って、二門の砲列を敷いた。正午を過ぎた頃、歩兵の前衛が戦いを始めたらしく、小銃の音が散発的に聞こえてきた。やがて、杉井たちの中隊にも、均川東方の高地を攻撃するようにとの命令があった。中隊長の多和野は観測所の砲対鏡でしばらく高地付近を見ていたが、砲対鏡から目を外すと、そのまま観測所で寝転がってしまった。高地付近を十分観察した上で、均川を援護する敵兵がいないことを確認し、砲撃の必要なしと判断したらしい。しばらくすると、大隊本部から催促の電話が来た。

「中隊長殿、大隊本部からです」

「何の用事か訊け」

「中隊長殿と直接話したいと言っております」

「うるさい奴らだな」

多和野は面倒くさそうに、電話を取った。

「第一中隊、何をしている。早く射て」

「高地付近に敵兵は確認できません。射つ必要はないものと思われます」

「何を言っている。高地に敵がいた場合は前衛が多大な打撃を被る。とにかく射て」

「敵もいないようなところに射つことは無駄というものです。第一中隊は効果のない弾丸は射たない方針でおります」

「下らんことをつべこべ言うな。大隊命令だぞ。従えんと言うのか」

大隊とのやりとりはしばらく続いたが、最後に多和野はうんざりした顔で電話を切り、

「致し方ない。杉井、二発ほど放り込んでおけ」

と言って、また観測所の日だまりで横になってしまった。杉井は言われたとおり、両分隊に射撃を命じた。第一分隊一番砲手田辺と第二分隊一番砲手桜木が引き金を引き、二発の砲弾は高地に命中して炸裂した。

多和野はもともと反骨精神が旺盛であり、上司の間違いには徹底して反抗した。加えて、陸士在学中に疾病のため一年間休校し、同期よりも一年遅れて卒業任官した結果、同期が皆上官となったことも、生来の反骨精神に拍車をかけ、超我無欲の人生哲学に磨きをかけた。しかし、多和野の行動は、単なる上司への反抗ではなく、合理性に基づくものでもあった。作戦への出発に当たり、上司から携行弾数五百発と指示された時も、自分の判断でその数が不必要と考えれば四百発だけ携行して出かけた。作戦中、休憩の度に五百発の砲弾を馬に上げ下ろしするのと四百発で済むのとでは兵馬の負担に著しい差が生じ、長期の作戦を通じ、他の中隊に比べての疲労度が異なってくる。一般的に、上官は兵の疲労など考慮に入れず、大事を取って過剰な弾薬を携行させたがるが、多和野は自己の合理性を確信し、仮に自分が命じた弾薬で不足が生じた場合は「自分の判断ミスであり、腹を切れば良い」という考え方だった。他の者がこのような行動を取れば命令違反として即刻処罰されるが、多和野の場合は陸士出ということも一因ではあるが、その恬淡とした陽性の人柄によりまかり通っている部分があった。誰もが皆唯々諾々と上司の命令を遵守する管理集団の中で、多和野のこうした行動は兵の労力を軽減し、隊内に爽やかな清風を醸し出していた。当然のことながら、いろいろな上官に仕えてきた佐藤、早田ら古参兵は多和野に心酔していた。

結局、この均川付近討伐戦で使用弾数は二発のみだった。歩兵部隊は小競り合いの結果、均川を占領通過し、杉井たち砲兵は接敵もないまま反転することになった。部隊は南方を迂回して駐屯地浙河に帰還し、二泊三日の討伐戦は終了した。

作戦から帰還すると、浙河では打ち上げが行われることになっていた。士官及び下士官の宴は歩兵第六連隊の食堂で、日本酒及び中国酒（ちゃんちゅう）が用意されて盛大に行われた。ちゃんちゅうは銘柄のない地酒でどぶろくのようなものだった。日本酒の方がはるかに人気があったが、数に限定があり、作戦終了時と祝祭日しかふるまわれないため、酒好きの者には日本酒も用意されるこの打ち上げは大いなる楽しみであった。杉井は、普段顔を合わせない者たちと親交を深める良い機会と思い、歩兵連隊の士官の中に席を取った。両隣は、歩兵第六連隊第二中隊の小隊長の高原と長尾だった。杉井が目の前の料理に手をつけようとすると、長尾が、

「ご苦労様だった。まずは一杯」

と日本酒を勧めた。杉井が、

「酒は飲めないので、ほんの少し」

と言うと、長尾は、

「それは、それは。酒の自由のきかない駐屯地では、貴官のような方は貴重な存在だ」

と言いながら、自分のコップに手酌でなみなみと注いだ。

「ところで、今回は初陣だったと思うが、感想は？」

「初めての作戦だったので、相当緊張したけれども、接敵もなく、無事に終わったのでほっとしている」

左隣で日本酒をぐっとあけた高原が口を挟んだ。

「確かに均川は難攻という要素は全くなかったが、今までの例からすると、このくらいの手ご

ろな作戦のあとには本格的な奴が来ることが多いので、次は覚悟しておいた方が良いかも知れない」

「これからは内陸の町をどんどん落としていく作戦が続くのだろうか」

「いや。浙河は中支では最前線に近いし、この線を大幅に内陸に移していくようなことは当面はないように思う。日本でも外国でも、歴史的に戦争というのは領土を拡げるとまずはそこを豊かにして再度拡張を目指すというやり方をしているし、今は積極的に進出をするというよりは、現在の線を守るために近場をたたくことが中心になるように思う。もっとも今までの雰囲気で勝手に俺がそう思っているだけだが」

「ところで、貴兄のところの中隊長は評判が良いな」

杉井と高原の会話に割り込むように、長尾が言った。

「判断は的確だし、考え方も合理的で上官としては申し分ないと思う。夕食後の懇談でお話しいただくことも示唆に富んでいて本当に勉強になる。それに部下思いで、特に俺たちのような者には、好きで戦地に来ている訳ではないからと、村川少尉などの陸士出に対するよりもむしろ気を遣ってくれている」

「それはうらやましい限りだ。それに比べると、うちの石倉中隊長殿はあれこれ注文ばかり多くてかなわん。もっとも上官に優しく、部下には辛くというのは出世の基本だからあのおっさんのやり方は理にかなっているのかも知れんね。昔、自分は岩陰に隠れて部下に突撃を命じてばかりいるので、岩陰大尉と呼ばれた御仁がいたそうだ。うちの石倉殿も作戦で修羅場になったら石陰中隊長になるのではないかと心配だよ。こういう席ではああしてご機嫌で飲んでいるがね」

長尾はそう言って、遠くの席にいる石倉大尉をあごで指した。

「石倉大尉は陸士出か」

「いや、俺たちと同じ名古屋の連隊あがりさ。歩兵の連隊の中隊長クラスは陸士出の割合が低い。貴兄ら砲兵と違って、歩兵の場合は中隊長と言えども敵と射ち合いをして戦死することが多いのでね。陸士出のような偉い連中は死ににくいように軍隊というのはうまくできているのさ」

作戦の際には、まず砲兵が敵陣を攻撃し、相手側の組織的戦闘能力を低下させたところを歩兵が攻めていくのが通常のやり方のため、実際に敵と戦いを交えるのは歩兵であり、長尾はそのことを指して言っていた。横で聞いていた高原は、

「でも行軍の時のゲリラ戦で、敵がまず狙うのは大砲を引いている砲兵だと言うし、危険性は同じさ。それに、長尾はいつも早く中隊長にでもなって威張りちらしたいと言っているじゃないか。歩兵の方が予備士官学校出身の中隊長の数が多い分、恵まれていると思えよ」

と笑いながら言った。高原は、多和野と同様な無私無欲の雰囲気があり、話し方にも爽やかさがあった。多くの部下を従える小隊長としての落ち着きもあり、見習うべきところの多い男だと杉井は思った。

宴席は、日本酒が早々と売り切れて、よりアルコール度の高いちゃんちゅうに移行した結果、

皆相当な酩酊状態となり、各隊入り乱れてのどんちゃん騒ぎとなったが、十時過ぎ、連隊長の「これにておひらき」の挨拶により終了した。

漢水作戦

十一月二十四日、歩兵第六連隊は随県に集結し、杉井たちの野砲兵第三連隊第一大隊も歩兵第六連隊に配属となって、夜九時、随県城門を静かに進発した。道路もなく、水の枯れた水田の中を部隊はただ黙々と一直線に前進した。今回は、杉井たちのような下級将校には何の目的でどこに向かうという具体的な指示は何もなく、行進の命令に従いながら、歩兵部隊に遅れまいと追随するだけだった。例によって闇の中の行軍だったが、前回の作戦時と異なって満天の星であり、正面に見える北斗七星が北に向かっていることを明確に教えてくれていた。また星明かりのおかげで、右側前方に滚山《こんざん》の聳《そび》えているのがかすかではあるが、見てとることができた。

休憩を挟んで三時間ほど歩くと、「ヒューン、ヒューン」という音が聞こえてきた。佐藤が、「流れ弾の音です。敵がいますね」

と言うや否や、今度は足元で「ピシッ、ピシッ」という音がした。至近から射たれた弾丸の音だった。多和野の、

「左手の畦に回避」

の号令のもと、中隊は小走りに田の畦に飛び込んだ。畦の中は足場が悪く、杉井の脚は膝の上まで泥濘《ぬかるみ》につかった。正面にうっすらと見える木々の間から、敵兵の発砲する光が見えた。杉井たちの中隊も、畦の中に伏せながら、銃を構えて応戦した。十分もすると、二十数名の人影が遠くの方へ動いていくのが見え、同時に敵兵の発砲が止んだ。どうやら逃げていったらしい。杉井たちは、やれやれという気持ちで畦から出てきた。十分程度の戦闘だったが、皆泥だらけになっていた。第二分隊の桜木上等兵が杉井に言った。

「このあたりは農民の格好をした敵兵がうようよいましてね。あんな感じで、時々突然に襲ってくるのです」

「それにしても、どうしてこんな深夜の進軍まで中国軍がかぎつけるのか分からんです」

佐藤も苦々しく言った。中隊は全員の無事を確認すると、隊列を整えて再び行軍を始めた。

一夜明けた二十五日払暁、夜が白々と明けてくる頃、部隊は麗山《れいざん》近くの川に到達した。川面には霧が立ち込めており、視界が全くきかなかった。杉井は、目の前の川の名前も分からず、これから一体どこへ向かうのだろうと思った。一睡もしていないこともあって、さすがに疲労感を覚え、うとうととしたその瞬間、杉井の耳元で「シュッ」という音がした。同時に典勇号が大きく首を振った。

「典勇、どうした」

杉井が声をかけると、典勇号は上下左右に激しく首を振り始めた。異常を感じた杉井は、すぐに下馬した。馬当番兵の小野も走り寄ってきた。典勇号は鼻から大量の血を流し、この血を振り切ろうとして、何度も首を振っているのだった。小野はなだめようとして首筋をさすってあげたが、典勇号は更に大きく首を振り、小野は典勇号の血を浴びて顔から軍服まで血塗《まみ》れになった。

敵が近いことを知った多和野が、

「左後方、台地に砲列を敷け」

と命令した。杉井は、典勇号を小野に任せ、佐藤、早田を指揮して台地に砲二門を設置した。霧が晴れてくると、正面約千五百メートルのところに麗山の城壁部落が見えてきた。既に歩兵部隊には麗山に突入の命令が下っており、杉井たちはその突入を容易にするため、直ちに部落内に砲撃することになった。多和野から、杉井の小隊は部落内の左手を攻撃すべしとの指示があった。杉井にとっては初めての敵に対する直接の攻撃だった。杉井の命令で、二番砲手の柏田と久野が手際良く照準を合わせ、二門の大砲から五発ずつ城内に射撃された。砲撃の効果は十分であり、歩兵部隊は速やかに部落に突入して行った。杉井は、多和野、村川と共に眼鏡で戦況を見守った。城内からは断続的に銃声が聞こえ、小隊ごとに城門から進入した歩兵部隊が徐々に部落の奥へ進出していくのが見てとれた。

「随分、慎重に攻めていますね」

村川が言うと、多和野は、

「麗山くらいで、あまり兵を消耗させたくはないだろうからな。それでも昼前くらいには決着するだろう」

　と答えた。多和野の予想どおり、半日の戦闘で、部隊は麗山の占領に成功した。

　戦闘の終了を確認し、段列に戻ってみると、典勇号が鞍を下ろし、裸馬になって依然鼻から血を流して佇んでいた。その横で小野が泣きそうな顔をしながら、悄然と立っていた。

「小隊長殿、申し訳ありません。典勇は相当やられています」

「どこに被弾したのだ」

「私が確認した範囲では、鬐甲《きこう》に一発、脾腹《ひばら》に二発受けています。鼻からの血も止まらず、苦しそうです」

　杉井が、典勇号をさすってやりながら見ると、確かに小野の言った箇所に三発の銃創があった。ひょっとするとと思い、腰に下げた図嚢を見ると二ヵ所に穴が開いていた。脾腹の二発は杉井の図嚢を貫通して典勇号に突き刺さったものであり、鬐甲の一発も位置からして、杉井の膝の五センチ先あたりと思われた。杉井を狙撃した敵の弾を典勇号が身代わりになって受けたと思うと、典勇号が一層いとおしく思われ、また限りなくすまない気持ちになった。

「被弾はしたが、しっかり立っているし、歩行もできるだろう」

「はい。ただ出血がひどいので心配です。本当に可哀相でなりません」

「人間でも弾を取り除けばいずれ回復する。浙河に戻ってしっかり治療してやろう」

　杉井はそう言って典勇号の首筋をなでてやった。

　部隊は敗走する敵を追撃しつつ、新たな目的地に向かうことになり、歩兵部隊が城内から帰還すると間もなく出発することになった。杉井には新たな乗馬として一水号が与えられ、典勇号は裸馬で小野が曳いて行軍した。典勇号は常時鼻から血を流し、時々煩わしさから大きく首を振った。その度に付近に血潮が飛び散り、見るも痛々しい姿だった。食欲も段々なくなり、歩行も遅くなり、隊列から離れるようになってしまった。杉井が振り返ると、苦しそうに歩く典勇号を泣きそうな顔で一所懸命引っ張る小野の姿があった。小休止になる度に、杉井は最後尾の典勇号の姿を見に行った。典勇号は首をうなだれて依然鼻血を出し続けていた。杉井を見ると、鼻をすり寄せ、苦しさを訴えるような、そして哀願するような眼差しで杉井を見つめた。

「典勇、頑張れ。浙河に戻れば、また元通りの頑丈なお前になる」

杉井がそう言って首筋をたたくと、典勇号はまた鼻をすり寄せてきた。杉井の軍服の胸におびただしい量の血がついた。この作戦がいつまで続くか分からないが、とにかく浙河まで歩いてついて来られるようにと、杉井は天に祈った。

杉井の祈りもむなしく、数時間すると典勇号は歩行が困難になり、一時間に二百メートルも三百メートルも遅れるようになってしまった。このままでは、当番兵の小野共々部隊から離脱することになってしまう。四度目の小休止の時に、杉井は小野を呼んだ。

「残念だがやむを得ない。典勇をここで放置する」

小野の顔がゆがんだ。

「小隊長殿、典勇はまだ頑張れます。私の言うことを聞いて、ここまでも懸命に歩いてきています」

「お前の気持ちはよく分かる。俺だってお前と同じくらい悲しい。しかし、今日中に浙河へ帰れるのであればともかく、この作戦はまだ二日や三日では終わるまい。お前が典勇と一緒に部隊を離れてしまえば、駐屯地に帰る道も分からなくなり、そのうち敵に発見されて命を落とすことにもなりかねない。他に選ぶべき途はないのだ。典勇の馬具をすべて外せ」

小野は肩を落とし、しょんぼりと最後尾にいる典勇号の方へ向かった。杉井もそのあとを追った。小野は血だらけになるのもいとわず、典勇号を抱きしめると馬具を外しにかかった。杉井も典勇号の頭をなで、首筋をたたいて、

「典勇、残念だが、ここでさようならだ」

と最後の別れを告げた。杉井は日本刀を抜くと、典勇号のたて髪を切り、紙に包んでポケットに入れ、

「典勇が不具でもとにかく長生きしてくれますように」

と神に念じた。

部隊は行進を再開した。杉井は十分ごとに、双眼鏡に目を当て、後尾を眺めた。典勇号はただ一頭だけ部隊から離れ、それでも遅れまいと必死について来ようとしていた。首を振りながら、よろけるように歩くその痛ましい姿に杉井は涙を禁じ得なかった。双眼鏡をのぞく度に典勇号の姿は小さくなり、遂にその姿は地平線の彼方へ消えていった。

二十六日には、部隊は環潭《かんたん》に到達した。環潭には相当数の敵軍が集結しており、麗山から敗

走した敵兵もこれに合流していた。杉井たちの部隊の他に、歩兵第十八連隊、歩兵第三十六連隊それぞれを主力とする部隊もここに到達しており、敵軍は三方から囲まれる形となった。砲列を敷くと、本部から徹底的な砲撃を加えるべしとの命令が下り、杉井たちの中隊も持参した砲弾の半数近くを敵軍の中に射ち込んだ。これに続く歩兵部隊の進入に、中国軍は一気に西南方向へ敗走した。敵軍を殲滅《せんめつ》するという目的は、早々の敵軍の退却のため十分に達成されなかったが、その分環潭攻略は短時間で終了した。部隊はここから反転し、河源店《かげんてん》を通って再び麗山に集結した。

麗山の部落の中は砲撃で一部の建物は損壊していたが、民家はほとんど温存されていた。住民は日本軍襲来の情報を得て、事前に避難していたらしく、家の中の家財なども運び出されている家が多かった。中国には、どんな山間僻地でも民家があるため、作戦中も露営することはほとんどなかったが、占領した部落の場合はまとまった数の民家を使うことができるため、露営の必要は全くなく、余裕のある分宿が可能であった。杉井が宿泊する民家を決め、土間に藁を敷き詰めてその上に馬の鞍の下の毛布を敷いて寝床を作り、外に出ると、向かいの民家の裏手で早田と桜木が銃を構えている。何事かと近づいていくと、桜木が民家のクリークの水の中に銃を発射した。杉井を認めると、早田がにっこり笑って、

「小隊長殿、夕食の糧秣を確保しているところです」

と言った。中国の民家は土塀造りのため、家の周りにはいくつかのクリークができていて、中国人はその中で魚を飼育していた。桜木は、その魚を小銃で射ち、衝撃で浮き上がった魚を

捕獲しようとしていた。

「食料は十分に持ってきていますが、こういうのも加わると食事が豪勢になって元気が出ますから」

早田が言った。そのうち桜木が、

「こっちの方が手っ取り早いですね」

と言って、手榴弾の信管を抜き、クリークに投げ込んだ。手榴弾が爆発し、案の定何匹かの魚が浮き上がると、桜木は器用にそれを捕獲した。

その日の夕食は、兵たちがつかまえた魚の塩焼きも登場した。もともと作戦中は、米も南京米ではなく、内地からの追送米であり、現地で調達する食料なども加えると、食事はかえって駐屯地よりも充実したものになることがあった。夕食を終えて、泊まるべき民家に戻ろうとすると、歩兵第二中隊の高原に会った。

「今回の作戦では歩兵部隊は大活躍だな」

「そうでもないさ。ただ、今度のように、敵の動きがよくつかめている場合は攻撃にも無駄がないし、戦死者なども最小限に食い止めることができる。作戦の成否を左右する要素はいくつかあるが、やはり情報量が一番大切かも知れない。あとは幹部がその情報を正確に把握して判断を間違わないことだな。頭は良くても、下手に色気のある人に判断されたりすると、俺たちのような下っ端はかなわんからな」

「戦死者も最小限と言ったが、やはり今度の作戦で戦死者は何人か出たのか」

「それは今回くらいの規模の作戦ともなれば、多少の犠牲はある。幸い、俺の小隊は無事だったが。ところで、砲兵部隊は大丈夫だったのか」

「歩兵部隊と違ってうちの場合は接敵の機会が少ないからね。砲車を運搬中に足を挫いたりした負傷者はいるが、幸い戦死者は出ていない。ただ、残念ながら、俺自身は愛馬を失った」

杉井は、狙撃された時の経緯を話した。

「それは辛かっただろうな。しかし、部下を失った時の辛さはその比ではない。俺も自分の小隊だけでもう四人を失った。二人は病死だが、二人は作戦中だった。誰も俺を責めたりしないが、あの時の命令を少し変えておけば、命だけは助かったのではないかと、いつまでもくよくよ考える。中隊長には、そんなことを気にしていたら前線はつとまらんと言われるが」

「確かに、自分も含めて犠牲が出ることについてはある程度の割り切りが必要なのかも知れない」

「そのとおり。ただ頭で分かっていても実際そういかないのが人間でね。まあ、いずれにしても、この作戦ではもう一つか二つ攻略戦がありそうだから、また突入の時はよろしく。大分ひんやりしてきたな。今日ぐらいは少しゆっくり休むとしよう」

高原と別れて、杉井は自分の泊まる民家に戻った。日没以降、気温が一気に下がり、防寒に万全を期す必要性が痛感された。杉井は、掛け毛布の上に大量の藁を掛け、軍服を脱いで襦袢袴下姿になり、毛布の中に潜り込んだ。ずっしりとした藁の重さを感じながら、杉井は眠りにおちた。

二十八日、部隊は北に向かって出発し、高原の言ったとおり、もう一つの標的だった高城の町を攻略し、三十日には反転の途についた。翌日、警備地境界の奨河川北岸に到着すると、ここで警備の万全を期するため、北岸に沿って八キロメートルの幅の無人地帯を形成すべしとの命令が下った。具体的には、居住民を皆無にするため、この地帯一帯を廃墟とするものであり、広範囲に及ぶ破壊行為の実施であるため、任務は馬部隊の砲兵隊が遂行することになった。乗馬者六名で一つの組を編成し、各部落を分担して放火することとされ、杉井の小隊も二組を編成するよう指示がきた。杉井は部下を集め、

「佐藤分隊長、早田分隊長を頭に二つの組を形成し、これより北岸地帯の無人化の任務を実行する。地帯内の民家は一軒残らず焼き払うように。なお、住民の逃げ道を確保するため、放火は玄関でなく、奥の部屋から行うよう」

と命じた。

砲兵隊すべてに対して号令が下ると、乗馬した兵たちは一斉に各民家への放火を開始した。マッチを使用してはすぐに枯渇してしまうため、兵たちは箒の先に火をつけ、松明のようにして民家に突入していった。中国民家は土塀のため、完全に焼き尽くすためには、各部屋の寝台に火をつけていく必要があった。佐藤も桜木も、更には小隊内では温厚と思われる早田や久野も、皆あたかも盗賊のように放火に走った。その姿を見ながら、杉井は、自分で命令を下しておきながら、何かやりきれない気持ちになった。

中国軍の拠点となっている部落の民衆は、日本軍の攻撃が予想されると、あらかじめ避難す

ることが通常だったが、奨河川河畔の住民たちは、自分たちが日本軍に襲われることなど夢想だにしなかったこともあり、兵たちの突然の侵入に、あわてて着の身着のまま自分の家から飛び出して逃走した。しかし、そこかしこの民家には纏足《てんそく》（幼い時から足を結《ゆ》わえて小さな足とすること）の老婆がいて、俄かには逃げることが困難だった。老婆たちは、兵たちにすがり、お願いだから火をつけないでくれと、声を上げて泣き叫び哀願した。兵たちは、命令に背くこともできず、老婆を振り払いながら放火を続行した。燃えさかる炎の中に、焼死させてはならないと、腕を抱え、あるいは襟をつかみながら、老婆を家の外に引っ張り出そうとしている柏田や久野の姿があった。それでも、自分の家を守ろうと再び炎の中に戻っていく老婆たちまでは、彼らにも救うすべはなかった。

杉井の小隊と異なり、辻坂の小隊は残虐を極めた。命令に背いて、片っ端から民家の玄関に放火し、洋服に火がついて転げまわる民衆を冷ややかに見ていた。老婆を始めとする女たちがすがってきても、これを蹴倒して容赦なく放火を続行した。辻坂自身も、嬉々として放火の陣頭に立った。それは駐屯地に赴任して以来のすべてのうさを晴らしたいがためのようにも見えた。

部隊の放火によって、北岸沿岸は数十キロにわたって煙をあげた。その紅蓮の炎の中には逃げ遅れた多数の民衆もいるものと思われ、まさにそれは戦争の地獄図だった。いつ消えるものともつかない炎を眺めながら、杉井は、自分の心の中に湧く疑問を抑えることができなかった。無人地帯の形成は、駐屯地を中心とする警備地の安全には欠くべからざるものであったであろう。これを行わなければ、部隊は、防衛のために今後より多くの労力を割かねばならなくなるのも事実である。しかし、その労力削減の是非は、あくまでも戦闘と関係のない民衆の犠牲の可能性との比較考量に基づいて判断されるべきものではなかったであろうか。

同時に、杉井は小学校時代の体験を思い出した。杉井の家の四軒隣が夜間、失火により火災となった。謙造の「火事だっ」という声に家中の人間が飛び起きた。消防車が駆けつけて消火に当たる中、近所の住民は皆現場に駆けつけ、杉井の家も、謙造やたえはもとより、住み込みの従業員も総出でバケツに水を汲み、消火に協力した。日頃、特に訓練を行っている訳でもないのにもかかわらず、町民の一致協力した消火活動は見事であり、人間の集団というものは、いざという時には想像以上の力を発揮するものだと、杉井は幼な心に感銘を受けた。然るに、統一的行動をとるための訓練を十分すぎるほど受けているこの部隊は、今全く逆の行動に走っている。しかも放火、更にはそれに伴う殺人という国内では厳罰に処される行動に。杉井はあらためて、戦争というものは正常な人間常識を否定することの上に成り立っていることを痛感した。

まだ北岸の煙がくすぶる中、部隊は駐屯地淅河へと出発した。今回の作戦でも杉井の小隊は無傷だったが、第一分隊の金森という砲手が麗山に向かう途中で足を挫き、そのまま行軍を続けた結果、相当ひどく足を引きずっていた。皆と同じ速さで歩くのが見るからに厳しそうであったため、杉井は馬から降りて、

「金森、これに乗っていけ」

と一水号を勧めた。金森は恐縮した。

「小隊長殿、それはいけません」

「いいから乗れ」

杉井は無理やり金森を馬上に押し上げた。杉井は、肉体的には疲労困憊というほどの状態ではなかったが、典勇号の戦死に始まり、北岸炎上で終わったこの作戦によって、精神的には相当な疲労感を覚えていた。駐屯地に戻ることとなって緊張が緩んだ今、馬上で過度の脱力感を覚えるよりは、こうして兵と共に歩行した方がむしろ良いかも知れないと感じ、杉井は敢えて大股で歩を進めた。


その日の夜、部隊は浙河に帰還した。杉井は、中谷に洗濯物を渡すと、机に向かって両親宛ての手紙を書き始めた。初めて参加した本格的な作戦について、その戦況を詳細に報告した。検閲を意識し、自己の主観は一切入れなかったが、事実をただ淡々と記すだけで、両親、特にたえは自分の気持ちを十分察してくれるものと思った。作戦中に感じ、帰還してもなお処理できないやりきれなさを多少でも払拭するためには、両親への手紙は最良の手段に思われた。最後に、自分は全く無事であり、何の心配もいらない旨を記して手紙を結ぶと、途中大切に持参した典勇号のたて髪の半分を新しい紙に包み直して同封し、郷里静岡への郵便物とした。

翌日の夕刻、例によって、歩兵第六連隊の食堂で作戦後の打ち上げが行われた。杉井は、歩兵部隊の下士官連中の間に席をとって、作戦中の敵部落への突入時の様子などを聞いていたが、しばらくして、向かい側に座っている多和野に酒を勧めに行った。

「中隊長殿、どうぞ」

「おお、杉井か。ご苦労だったな。疲れたか」

「いえ、体の方は特にしんどくもありませんでしたが、精神的には若干疲れました」

多和野は眉をひそめた。

「何故だ」

「命令は常に適確でしたし、部下も機敏に動いてくれて、部隊の動き方自体は素晴らしく、私も大いに勉強になりました。しかし、最後の奨河川北岸焼き討ちだけは如何なものかと思いました」

杉井は、作戦中感じたことは個人的な感想として腹の中にしまっておくつもりだったが、奨河川でのことは、疲労の理由を訊かれるままに、つい口に出してしまった。多和野は特に驚く様子もなく、むしろ、杉井が何を言いたいのか良く分かったという表情で言った。

「杉井、今回の作戦でもそうだが、企図秘匿のため、作戦中は、お前たちにはどこに向かって前進しているのか、次に何をするのかも分からなかったはずだ。まして作戦目的も分からない。しかし、終わってみれば、何のための作戦だったかがおぼろげながら分かるだろう。今回、麗山や高城をたたいたのは、警備地のより安全を図るべく、近隣の敵の戦力破壊をするためだ。だとすれば、敵の拠点となるべき部落をたたきながら、いつ敵が配置されるかも知れない間近の地帯を放置することはまさに片手落ちというものだろう」

「しかし、あんなに一般民衆を巻き込んでまで実行すべきことだったのでしょうか」

「民衆の犠牲を出すことは望ましいことではない。それでは兵隊同士の殺し合いは望ましいか。相手が自分を殺そうとしているのだから、自分が相手を殺してもそれは正当だと考えている奴もいるかも知れない。しかし、戦場という所は、もともと一つ一つの行動についてそれが正当であるかどうかを判断するような環境にない」

「どういうことでしょうか」

「杉井は、命令を実行するのに、これはやむを得ない、これはやり過ぎだと考えながらやっているだろう。それはお前がお前の意思に基づいて行動したいと思っているからだ。軍隊というところは、個人の意思というものを必要としていない。こんな所で、自分で自分自身の意思を尊重したいなどと考えたらむなしくなるだけだ。奨河川北岸の件も、組織の意思で個々の人間が動いただけだ。民衆を巻き添えにしたことに疑問を感じているようだが、それも組織の意思を具現化することに伴う不可抗力と思え。そのぐらいに考えておかないとやっておられんだろう。もっとも、俺の場合は、組織の意思が正しくないと思うと、すぐそれに文句を言ってしまう不良軍人だから、人に偉そうなことは言えないがな」

「分かりました。酒の席で無粋なことを申し上げてすみませんでした」

「無粋で思い出したが、一つ杉井に注意をしておく」

「何でしょうか」

「奨河川から帰還する際、お前は金森に馬を貸しただろう」

「はい。金森の足の具合が悪かったのと、私自身も気分転換になると思って歩きましたが」

「あれはいけない」

「どうしてでしょうか」

「将校には将校の任務がある。疲労困憊その極に達した時に、部下を叱咤激励し、部隊の先陣を切って行動するのがお前の任務だ。そのためには如何なる場合でも自分の疲労を増加させるようなことをしてはならない。それに落伍者が二人も三人も出た場合にはどうするのだ。今回は気分転換にもなると思って歩いたというが、次回同じような状況でお前が疲れて馬に乗り続けたとしよう。その時は、あの兵には乗馬を貸した、この兵には貸さなかったというのが隊内にすぐ流布する。そんなことになったら、部下の支持も得られなくなりはしないか」

杉井はなるほどと思った。多和野は鷹揚なように見えて、非常に良く部下を見てくれている。

「お前の部下に対する気持ちは俺にも分かる。しかし、それこそ、組織の意思はお前があのようなことをすることを期待していないということだ。分かったか」

そう言って、多和野は最後ににっこりと笑った。

大鶴山討伐戦

十二月に入ると、多和野は野戦砲兵学校に教育入校のため、内地に一時帰還した。代わりに、中隊長代理として、名古屋の第三連隊から増谷忠三中尉が赴任してきた。年齢三十五歳の特別志願将校で、酒焼けした赤ら顔に口髭をおいていた。杉井にしてみれば、二人目の直属上官であったが、多和野とは正反対で品位も風格もなく、大局を見ずに細かな注意ばかりするタイプだった。

増谷が赴任した直後の十二月二十日、連隊から「第一中隊は、砲二門からなる小隊を編成した上で十二月二十四日湖北省広水市に派遣し、同地駐屯部隊長の傘下に入るべし」との命令があり、杉井がこの小隊長を務めることになった。中隊は直ちに編成に着手したが、作戦経験もわずかで、指揮能力も未知数の杉井に一個隊を任せることに不安を感じた増谷は、杉井の配下にベテランの下士官をつけることにした。杉井の第一小隊の佐藤、早田はもとより、指揮小隊、第二小隊から、吉村曹長、森下軍曹、山内軍曹などが参加した。兵も上海戦経験者の猛者が揃い、皆日焼けで土色した面魂《つらだましい》で、中隊内の編成としてはベストメンバーという感があった。

これほどの充実した編成を組んでもらったことに杉井は素直に感謝したが、同時に今回の任務は自分の士官としての一つの試金石であるという緊張感を覚えた。着任以来、杉井は常に下士官や兵たちの自分を試すような視線を感じてきた。自分の率いる小隊でも、右腕としての存在である第一分隊長の佐藤などは、最初に会った時から、杉井が仕えるに値する人間かどうかを試している風情があった。幸い、杉井の地位にこだわらない態度、部下を思いやる姿勢などが佐藤には大いに評価されたと見えて、一ヶ月ほど前からは、佐藤は実に気持ちよく杉井に従うようになっていた。しかし、今度の作戦では佐藤以上のベテランも従えることになる。短期の任務でこの猛者連からそれなりの評価を得ることは決して容易なことではないように思えた。もちろん杉井は部下から良く思われたいという自己満足を追求していた訳ではない。ただ部隊の中で発言力を持つ下士官、兵の影響力というものは想像以上のものがあり、一度彼らから下された士官の評価というものは部隊全体に広がり、これを改善するためには多大なる困難を伴うことも杉井には分かっていた。更に、彼らからネガティブな評価を受けた上官は、同じ任務を遂行するのに倍以上の労力を必要とすることも明らかだった。杉井には、今回の作戦中の自分の周囲の雰囲気が目に見えるようだった。杉井が一個隊の長である限り、軍隊組織に生きる人間として、彼らは絶対に杉井に反抗することはないであろう。しかし、杉井に向かって一歩も踏み出すことはせず、常に一歩下がって冷徹に見守ることであろう。陸士出の超エリート、杉井たちのような下級将校、下士官組、一般の兵という四グループは、入営後の教育に差があるだけで、実戦ではむしろ経験がものを言うだけに、下のグループの人間が上のグループの人間を見る目は常に厳しく、能力的に明らかに彼らより優れたものを持っているという評価を受けない限り、グループの間の暗い川を越えて、本当に打ち解けた関係となることは難しいことだった。

命令の下った日から三日後の二十三日払暁、杉井は六十名の小隊を率いて浙河をあとにした。途中、馬坪で朝食、大邦店で昼食を取り、操典どおり、四十五分歩いて十五分休憩の旅次行軍を続けていった。この間、杉井は常に背後に視線を感じ、何とも形容し難い心地悪さを感じていた。必ずしも全員がそうではないにせよ、少なくとも杉井の隊に初めて参加した者の多くは、一体この若造の将校はどんな指揮をとるのだろうという目で見ているように思われた。そんな中、部隊は順調に行軍を続け、夕刻六時、無事に目的地広水に到着した。

ちょうど夕食の時間となったが、杉井にとって甚だ困った事態になった。朝食と昼食で飯盒が空になっており、飯盒炊さんをしなくてはならなくなったのである。兵は携帯食糧のカンメンポを持っており、当然米も携帯しているのだが、燃料がない。占領地域における燃料の補給はどうするかなど予備士官学校の教育にもなかった。聞くは一時の恥と、すぐ脇にいる吉村曹長に聞こうとも思ったが、こんな基本的なことを聞くと、その一事でやはりこの小隊長は大したことはないという評価が下されてしまいそうで気が引けた。佐藤のところまで行って聞くことも考えたが、周囲の耳がある以上結果は同じことになると思われた。何故こんなつまらんことで悩まなくてはいけないのかと、半ばやけっぱちになりながら、杉井は部隊に告げた。

「これより夕食に向かう。厩舎当番五名を除いて、全員俺について来るように」

杉井は、広水の町に入ったところに、「日の丸飯店」という比較的大きな構えの日本風食堂があったことを覚えていた。燃料をどう調達するかということで思い悩んでいるより、食堂で全員をご馳走してしまう方が早いと考えたのである。幸い、杉井は五十五名をご馳走できるだけの金は持っていた。当時、杉井たちは基本給と外地手当の二つを軍票によって支払われていたが、杉井は基本給のみ受け取り、外地手当は実家に入れていた。それでも、酒も飲まず、慰安所へも行かない杉井には金の使い道がなく、毎月の給料はどんどんたまっていた。

「日の丸飯店」はそこそこ客もいて繁盛していたが、店が十分広いため、杉井の部隊を収容するのに何の問題もなかった。杉井はどんぶり飯五十五個と、肉団子や野菜炒めなどの惣菜を景気良く注文し、厩舎で留守番をしている五人の分の料理は当番兵に持たせた。兵たちは、本来やらなくてはならない食事の準備から食器洗いまでのすべての手間から解放されたことも手伝って、皆上機嫌で良く食べた。杉井も空腹だったため、部下と一緒に勢い良くどんぶり飯を頬ばった。注文した料理はすべて美味だったが、特にクワイや青菜など野菜類が予想以上に新鮮で味つけも上手にできていた。任意な選択が時として大いなる正解を生むことがあるが、今回はまさにそのケースであると杉井は思った。店を出る時には、兵たちは皆満足そうで、腹がいっぱいになったと口々に杉井に礼を述べた。

翌日起床して点呼をかけると、杉井は部隊の雰囲気が前日までと全く異なることに気づいた。整列の速さといい、個々の動作の機敏さといい、これが同じ部隊かと思わんばかりだった。苦し紛れのご馳走だったが、あれが功を奏したとなると、随分皆単純な奴らだと杉井は思った。点呼が完了すると、佐藤が寄ってきた。

「小隊長殿、昨日はご馳走になりました。こういうのも何ですが、あれは小隊長殿の株を上げましたね」

「たまにはあんな晩飯があっても良いかと思っただけだ」

「タダメシを食わせてもらったら急に態度が変わって、随分しっかりした奴らだと思っているのではないですか」

「特にそうは思わんが」

佐藤は相変わらず察しが良いと思ったが、ここは一応おざなりな否定をした。

「連中は、ロハで飯にありつけたことを喜んでいる訳ではありません。小隊長殿がさばけた性格の話の分かる上官だということが本当に嬉しかったのです。ここは内地と違って金や欲のからまない男同士の世界です。ですから、昨日の小隊長殿のような対応が下働きの人間には何よりなのです」

今や気心の知れたベテラン分隊長の佐藤は、あらためて杉井に合格点をつけに来たのだった。佐藤が考えているような立派な動機に基づく行動ではなかったが、それが予想以上の評価を得たのであればそれはそれで良いと思ったし、また、佐藤の言うとおり、戦地という異常な環境の中での人間関係形成にはむしろこんな機会を設けることが肝要なのかも知れないとも思った。

杉井は、部下の掌握を吉村曹長に任せ、駐屯軍隊長のところへ命令を受領しに行った。駐屯軍の杉井の小隊に対する命令は、正午発の列車に乗って花園まで行き、そこで騎兵第三連隊配属となるべしという内容だった。広水の駅に向かう途中、馬匹の貨車搭載の指揮をとったことのない杉井は気が重かったが、駅に着くと、何も言わないうちに、吉村曹長が陣頭指揮で搭載を完了してしまっていた。吉村ほどのベテランになれば、杉井がどの分野についてどの程度の知識経験を有しているかは容易に想像がつくはずであり、率先して行った馬匹の搭載も杉井に恥をかかせまいという配慮に基づくものと思われた。

花園からは騎兵部隊と共に大鶴山《だいかくさん》討伐の作戦行動に入った。乗馬部隊である騎兵部隊と駄馬部隊である砲兵部隊の最も大きな差異はその機動力にあった。砲兵部隊はただでさえ追随していくのに努力を要するのに、特に夜行軍の場合は、自分の進む方向に百パーセントの確信がないことが行軍の速度を鈍らせ、騎兵部隊に更に後れを取る原因となっていた。折悪しく、初日の夜は星一つなく、漆黒の闇の中の行軍となった。厳しい行軍になりそうだと杉井が気を引き締めていると、横で森下、山内の両軍曹が何事か話をしている。

「この暗さだと、騎兵部隊のしっぽはすぐに見えなくなってしまうぞ」

「また道しるべが必要かな」

「うん。やらないとまずいだろう」

何のことか分からなかったが、行軍が始まると、杉井は二人の会話の中身を直ちに理解した。まず、山内軍曹が騎兵部隊の最後尾に乗馬でつき、民家から集めた古雑誌を破りながら撒いていき、杉井の前を、森下軍曹が転々と置かれた雑誌片を見ながら、隊長こちらですと誘導するのである。さながらアンデルセンの童話に倣ったやり方であるが、このやり方であれば、方向を間違うことがまずないという安心感があり、コンスタントなスピードで騎兵部隊についていくことが可能だった。出色のアイデアと思った杉井は、休憩の時に山内をほめた。

「随分と良いやり方を考えたものだな」

「いいえ、私が考えついた訳ではありません。でも夜行軍の時は便利なので、時々愛用するのですよ」

こんなやり方は、もちろん操典にも、予備士官学校の教育にもなく、上海戦以来の戦争経験に基づく知恵に他ならなかった。杉井は、浙河着任以来、予備士官学校の教育などよりもベテラン兵の知識経験の方がはるかに現場では役に立つと痛感することが何度もあった。ただ、ベテラン兵のようにそれぞれの持ち場のプロになることが自分の役目ではなく、士官として小隊長という組織の長である以上、むしろ部下の知識経験を最大限吸収しつつ、小隊を最も効率的かつ効果的に動かしていくのを目指すことこそ、まさに士官としてのプロたり得る道であろうと言い聞かせてきた。その意味では、自分の第一小隊以外の下士官、兵を従えた今度の作戦はまさに士官としての自分を磨く良い機会になるのであろうと杉井は思った。

騎兵部隊に遅れることなく、杉井の部隊は大鶴山に到着した。中隊の中から選りすぐった隊員だけあって、現地における動きにも無駄がなく、すべてに迅速だった。作戦において予定されていたとおり、杉井の小隊は騎兵部隊のための援護砲を撃ち込み、これを受けて騎兵部隊は二時間ほどで大鶴山を落とした。結果として、杉井の小隊は直接の接敵もなく、全員無事に浙河に戻ってきた。

浙河に帰って一週間後、杉井は勝野砲兵大隊長に呼ばれた。大隊長室に入ると、両足を机の上にのせた勝野が、引き出しから封書を取り出して机の上にポンと置いた。

「俺のところにきた手紙だが、貴官のことが書いてある。読んでみろ」

封書を手に取ると、それは騎兵の金井連隊長から勝野に宛てた手紙だった。文面は、

「この度の大鶴山討伐作戦には貴隊より杉井小隊の応援配属を受け、所期の目的を達成でき得たことを先ず感謝します。特に杉井小隊は乗馬部隊配属という困難な状態にもかかわらず積極的に協力し、常に我々機動力に十二分に呼応でき得たことは感服の至りです。ここに貴隊の精

鋭に敬意を表するとともに感謝申し上げます」

というものだった。勝野も自分の部隊がほめられるのは良い気分らしく、目を細めながら、

「ということだ。お互い持ちつ持たれつだから、協力できる時はできるだけのことはしてあげんとな。それにしても良くやった。ほめておく」

と言った。思えば苦し紛れの六十杯のどんぶり飯がきっかけで精鋭の部下たちが杉井のために尽くしてくれたからこそ万事うまく運んだだけであって、杉井の何かが優れていたからということでは全くなかった。他人の評価を得ることというのはむしろ意外な局面においてかも知れないと思いつつ、杉井は頭をかきながら、大隊長室をあとにした。

翌日、昭和十六年になって初めての慰問文、慰問袋が届いた。その中に佐知子からの便りもあった。

前略
謙ちゃん、時の経つのはとても早くて、謙ちゃんが戦地に出かけてから五ヶ月になりました。その間に静岡からもたくさんの人が出征していきましたが、こんなにたくさんの人が行かないと日本は戦争に勝てないのかなと思ってしまいます。もちろん、実際に戦争に行っている人たちは人手が足りなくてすごく辛い思いをしているのでしょうけれど。
この間の作戦の時は大変でしたね。私へのお便りにもありましたが、詳しいこと、おば様

から聞きました。謙ちゃんの乗っていた愛馬にいくつも弾が当たったと聞いて怖くなってしまいました。兵隊さんたちは皆本当に生死の境目で一生懸命頑張っているのですね。謙ちゃんがかすり傷一つ負わなかったのは、やはり神様が守っていてくれたからだと思います。私のお守り、まだ持っていてくれていますか。

でも典勇号は可哀相でした。ついて来れなくなったのでやむを得ず置き去りにしたと書いてありましたが、死んでしまったのでしょうか。謙ちゃんがあの状態では到底生きのびることはできないだろうと言うので、おば様は、謙ちゃんが送ってきた典勇号のたて髪を、顕光院の杉井の本家の墓地の片隅に埋めて、「典勇号の墓」という小さな墓標を立てました。お墓の前にはいつもお花がたむけられ、人参がお供えされています。きっとおば様は毎日のようにお詣りしていると皆言っています。「謙一の身代わりになって死んでくれた愛馬」と信じ、典勇号に感謝するとともに、謙ちゃんの無事の帰りを祈っているのだと思います。私も時々お詣りに行くようにします。

これからも何度も作戦には出かけるのでしょうね。謙ちゃんのことだから「真っ先かけて突進し」みたいなことしそうだけれど、あまり危ないことしないでね。謙ちゃんの親戚の人も、自ら危険を買ってでるなって言っていたんでしょ。勇気があることと無謀であることとは全然違うし、戦地で立派なお仕事をすることと自分の命を大切にすることは同時にできることではないかと思います。こんなこと書くと、当たり前のことばかり言って佐っちは本当に馬鹿だって謙ちゃんに言われそうだから、このへんにしておきます。

もうすぐお正月。どの家もいつもと同じように新年を迎えるのでしょうけれど、やはり戦争に行ってしまっていつもより少ない家族でのお正月ってさびしいのではないかなって思います。
またお便り下さいね。それが謙ちゃんが無事であることの何よりの証拠だから。

草々

昭和十五年十二月二十日

谷川佐知子

杉井謙一様

留守警備

新年の気分にひたる間もなく、昭和十六年一月十日、部隊の主力は予南《よなん》作戦に出動した。杉井があまり好まない増谷中隊長代理の「杉井は過日の大鶴山討伐戦で大変活躍したゆえ、今回は残留留守部隊の隊長を命ずる」との温かい計らいにより、この作戦の間は浙河に留まることになった。杉井は、歩兵第六連隊第二大隊の加山少佐の膝下で砲兵残留隊長となり、病弱の兵四十名、故障馬五十頭を掌握し、浙河の警備の任に当たることを命ぜられた。予南作戦の間、浙河には歩兵大隊本部と一個中隊、随県と馬坪にはそれぞれ一個中隊が残って警備を行うことになっていた。歩兵部隊は浙河の城壁の外一キロほどの各所に分哨を出し、杉井の砲兵部隊は城壁の上には東西南北四ヵ所に三八式野砲一門を配置して、いつでも射撃できる態勢を整えた。

留守部隊の仕事は城内及び城壁の周辺の定期的な巡回であり、異常がなければ、特にそれ以上何をしなくてはいけないということもないため、作戦に出かけることと比較して、精神的にも肉体的にもはるかに楽な任務であった。ある日、城内巡回を行っていると、同じく残留組になっている歩兵第六連隊第二中隊の高原とすれ違った。高原は、

「酒に関心のない杉井にはどうでも良いことかも知れないが、今日日本人食堂に日本酒が入ったらしい。一杯やりに行こうと思うのだが、付き合わんか」

と誘った。酒は飲めないが、酒の席で同僚と話をすることは嫌いでない杉井は、この提案を快諾した。

約束の六時に日本人食堂に行ってみると、高原は既にテーブルに座って手酌で飲み始めていた。杉井を認めるとテーブルの向かい側に招じ入れ、

「すまん、すまん。無理強いはしないが、まずは一杯」

と、杉井のコップに三分の一ほど酒を注いだ。

「今回は高原も浙河に残留なのだな」

「加山大隊長殿が残る時は大概俺も残る。好かれているのでね」

「それだけ上官に気に入られているのであれば何かとやりやすいだろう」

高原はくすっと笑った。

「嘘だよ。ここのところ作戦への参加が続いていたので、残留組の順番が回ってきただけさ。大隊長とは偶々当番非番が一致しているのは事実だけれどね。ところで、この間の大鶴山討伐戦はなかなかの活躍だったそうじゃないか。こちらの方にまで伝わってきているぞ」

「あれは頼りない小隊長を支えるために精鋭の部下をつけてくれて、またその部下が非常に良くやってくれた結果さ」

「しかし、その精鋭の部下を使いこなしたところがすごいじゃないか」

「使いこなしたと言うには程遠いね。実は夕食の時に燃料の調達方法が分からず、仕方ないので全員を食堂に連れていってどんぶり飯をふるまったのだが、それで話の分かる男と思ってくれたのか、それ以後は俺のために皆積極的に動いてくれるようになった」

高原は、深くうなずきながら言った。

「分かるような気がするな。人間どんな仕事をするにしても、多かれ少なかれ上司の喜ぶ顔見たさに仕事をするようなところがある。特に、ここのように、仕事を頑張ったからといって給料が増える訳でもなければ、増えても特に使い道のないところではなおさらだ。だから、喜ぶ顔など見たくもないような嫌な上官だった場合には救いがない。杉井の場合も、部下たちは杉井が良い上官であればいいと願っていたはずだし、実際に良い上官だと思えたからこそ、一所懸命働きだしたのだろう」

このあたりの分析は佐藤の意見とも一致していた。

「高原の言うとおりだ。人事管理を行う上では理屈以外のものの方がむしろ大事であることも分かったし、今回は本当に良い勉強になった」

「人事管理上の勉強というよりは、俺たちのような下級将校がどうやっていけば良いかという面での勉強になったのではないか。俺たち予備士官学校出はここのようなところに配属されてくれば、もう小隊長だ。四十人からの人間を率いることになるが、それぞれの兵がその持ち場でどのような知識経験を積んでいるかなど分からないし、その知識経験を自分で積もうと思ってもこれは不可能だ。だとすればこれは教えてもらうしかない。将校としてきちんとした仕事ができるかどうかは、如何に謙虚に部下から学ぶことができるか、また部下が教えてあげたいという気持ちになれるほど立派でいられるかにかかってくるように思う。このことは陸士出にとってはもっと大切だろう。ただいろいろな人を拝見しているが、およそ部下からも学ぼうというような姿勢は皆無で、おまけに実戦のカンもかけらもないような人が多くの部下を従えて作戦で陣頭指揮をとったりしていることもままあって、本当にゾッとするよ」

「確かに、兵たちの態度を見ていると、陸士出に対しては、皆、俺たちに対する以上に、お手並み拝見という感じでいるように思う。うちの中隊の指揮小隊長の村川少尉は、若いせいもあって特にそんな目で見られている。もっとも本人は、優秀でもあるし、純粋かつ真面目なため、我関せずでやっているからあれはあれで良いかも知れない。俺は個人的には村川少尉は好きだし、立派な士官だと思っている。ただもっと上にいった時にあのままで良いかと言えば問題なきにしもあらずと感じている人間もいるように思う」

「まあ、いろいろあるが、一つだけはっきりしているのは、俺たちは上官のことをとやかく言える資格があるほど立派ではないということだ。つまらん話題を提供してすまなかった。こんな話はやめて飲ませてもらうことにしよう」

そう言って高原は、杉井に注がれるままに杯を重ねた。


翌日は木曜日だった。夕食を済ませた杉井は、ふと慰安所に行ってみようかという気分になった。一度行ってからもう三ヶ月行っていない。鶴岡も誘う度に杉井が断るので最近は誘うこともしなくなっていた。特に女性を抱きたくなった訳ではない。一度行った時に杉井の相手をしたスミ子という慰安婦が帰り際に「また来て下さい」と言っていたのを思い出したのである。社交辞令に決まっていることは承知していたが、たまには皆が通いつめている慰安所で暇つぶしも良かろうと思った。

必要な軍票だけをポケットにねじこんで、杉井は部屋を出た。日本人街を通って、第四トイの入り口をくぐると、廊下に何人かの慰安婦が立っていた。杉井を見て一斉に、

「コンバンハ……」

と挨拶したが、その中で、一番奥から二人目にスミ子がいた。スミ子は、

「杉井さん」

と言って、杉井のところに駆け寄ってきた。自分しか名前を知らない以上、他の慰安婦は参入できないことを周知するために杉井の名を呼んだようにも思えたが、それにしても一度しか来たことのない客の名前をよく覚えているものだと杉井は感心した。スミ子は薄い水色のブラ

ウスに黒のズボンをはき、前回の着古しのワンピース姿より、いくらか格好はマシだった。スミ子は杉井の腕を取ると、個室に案内した。例によって寝台と椅子が二つ置いてあるだけの殺風景な部屋で、前回と同じ部屋に連れてこられたのかなと杉井は思った。スミ子は杉井を椅子に座らせ、自分は寝台に腰をかけると、軽く微笑んで、

「杉井さん、今日も疲れてる？」

と訊いた。慰安所に来て何もしないで支払いだけして帰った珍しい客だから、名前から何からよく覚えてくれているのかも知れないと、杉井は内心苦笑した。

「そうだ。俺は今日も疲れている。ここに来る時はいつも疲れている。だからここでは一休みするだけで何もしない。分かるか」

スミ子はこっくりうなずくと、

「お茶、持ってくる」

と言って部屋を出ていった。杉井のような客の場合は、面倒を見ようにもお茶を入れるくらいのことしかできないのだろう、ただスミ子にしてみれば、体の相手をさせられるよりはずっと楽なはずだし、変ではあるが歓迎すべき客なのではないかと杉井は勝手に考えた。

しばらくすると、スミ子が両手に茶碗を一つずつ持ち、尻でドアを押しながら入ってきた。杉井が、勧められた茶をすすっていると、スミ子は茶のサービス以外の提案をしてきた。

「杉井さん、お風呂、入る？」

「風呂なんかこんなところにあるのか」

「お風呂とは違う。体洗うだけ。ちょっと寒い」

「よく分からんが、とにかくそこへ行くことにしようか」

杉井とスミ子は廊下に出て、入り口と反対方向に歩き、突き当たりを右に入った。すぐ左手のドアをスミ子が指差すので、杉井が開けると、土の上に直接、無造作に板が張られ、部屋の隅にはドラム缶があって中に湯が入っていた。なるほど、これは風呂というより人間洗い場というのが正確なところかも知れないと杉井は思った。左手に二段の棚があり、スミ子はそれを指差して、

「服はここ」

と言うと、杉井のワイシャツを脱がしにかかった。杉井が、

「自分でやるからいい」

と断ると、スミ子は今度は自分の洋服を脱ぎ始めた。杉井が、

「お前は別に裸になる必要はない」

と制したが、スミ子はあっという間に、ブラウス、ズボンから下着までとってしまった。スミ子の裸身は意外なほどに美しかった。多くの男を相手にすれば肌も荒れるだろうと杉井は漠然とした予想を抱いていたが、今目の前にするスミ子の肌は白くキメも細かかった。胸は小ぶりだったが形は良く、薄紅色の乳首も乳輪も白い肌に映えていた。杉井は依然としてスミ子を抱くつもりはなかったが、杉井の体の方は既に女性に対する反応をしていた。杉井がしばしスミ子の体に見とれていると、スミ子は、

「見ないで」

と言って両胸を腕で隠した。杉井はあわてて、

「すまん、すまん」

と謝って、板の上にどっかりと腰を下ろした。スミ子は桶を持ってドラム缶に湯を汲みに行った。見るなと言われながらも、杉井の視線はスミ子の後ろ姿に注がれざるを得なかった。スミ子は小柄なわりには脚が長く、尻もぐっと上がって見事な曲線を成していた。スミ子は湯を運んでくると、手ぬぐいをそれに浸し、石鹸をつけて杉井の背中を流し始めた。背中を流してもらうことなど浙河に来てからもちろん初めてであったし、寒いことを除けば非常に心地良い気分だった。背中を流し終わると、スミ子は杉井の正面の方へ回って、杉井の胸を洗い始めた。

「こちらの方は自分でやる」

と、杉井は手ぬぐいを取り上げようとしたが、スミ子は無視して杉井の胸から脚にかけて洗い続けた。うつむいたスミ子の頬に黒髪がかかっているのを見ると、杉井はスミ子が限りなく純真な女性に思えてきた。どんな経緯があったか分からないが、少なくとも日本軍の中でこんなことをしているのでなく、早く朝鮮に帰って幸せな結婚でもした方が良い、そんなことを考えながら杉井はスミ子を見つめ続けた。

スミ子は、杉井の体を洗い終わると、ドラム缶の中の湯を何回も汲んできて、丁寧に体を流してくれた。最後に汲んできた湯で手ぬぐいをすすぐと、ぎゅっときつくしぼって杉井の体を拭いた。スミ子に男性の部分まで拭いてもらってさすがに杉井は恥ずかしい思いがしたが、ス

ミ子は毎日男からのいろいろな要求に応えているせいか、何の恥じらいもなかった。杉井とスミ子は棚の上の服を取って着ると、また元の部屋に戻った。湯舟も何もない風呂場で裸でいる間はかなり寒かったが、スミ子に垢を落としてもらい、服を着ると、ポカポカとして実に気持ちが良かった。

「スミ子に風呂に入れてもらって実に気持ち良くなった。礼を言う」

スミ子はこっくりとうなずくと、杉井の目をじっと見ながら言った。

「杉井さん。奥さんは？」

「俺は独身だ。奥さんはいない」

「恋人は？」

「恋人ではないが、小さい頃からの仲良しの子はいる。もっとも俺がこんな所にいる間にお嫁に行ってしまうだろうが。ところで何故そんなことを訊く？」

「訊いてみることとしたかった。それだけ」

杉井は、スミ子を見ながら、今はその服の下にある美しい裸身を思い出した。

「スミ子の体はきれいだなあ」

スミ子はぽっと頬を赤らめて視線を落とした。そして、風呂に入る前に入れて今は冷めてしまった茶を一口含むと、また杉井を見て言った。

「でも、杉井さん、今日も疲れてる」

スミ子にこう言われて、杉井は、我が事ながら笑ってしまった。

「そうだ。スミ子のような体のきれいな女を前にしても俺は疲れている。もったいないことだとは思うが」

「杉井さん、来なかった。何日か」

そう言いながら、スミ子は指を折った。

「そうだな。この間来たのは三ヶ月くらい前かな。でもスミ子のことを忘れていた訳ではない。その証拠に今日こうして来ただろ。それにトイに来たのもあの時以来初めてだ。分かるか」

スミ子に好意を持って欲しいとまで思った訳ではないが、少なくとも始終トイに出入りして女あさりをしているような男だと思われたくなかった。

「この次はいつ」

「そうだな。砲兵は木曜日が休みだから、また木曜日に来よう。来週という訳にもいかんが、二、三週後にまたスミ子に会いに来よう」

スミ子は、杉井の言ったことを理解したせいか、にっこりと笑った。その可愛らしい笑顔を見て、経済的理由か何か分からないが、こんな所で働かず、早く郷里に帰って普通の生活をした方が良いと、杉井は再度思った。そろそろ帰らねばと思い、杉井はポケットから五元を出した。もっとはずんでも良いと思ったが、利用頻度の低い人間ほどそういうことをして相場をつり上げると、常連の連中が言っていたのを思い出し、規定の料金だけ払うことにした。軍票を渡すと、スミ子は小さくお辞儀をした。杉井はスミ子の肩を軽くたたいて部屋を出た。スミ子は、慰安所の玄関までついて来て杉井を見送った。

砲兵宿舎に向かって歩いていくと、水運びをしている三郎と遭遇した。三郎は日本語と中国語の通訳ができるため、作戦に連れていくことが多かったが、今回は杉井の小隊と共に浙河に残留だった。

「三郎、精が出るな。しかし、こんな夜遅くまで働くこともなかろう」

「仕事が遅いから……、このくらいまで働かなくてはなりません」

「三郎が仕事が遅いとは俺は思わん。皆があれをやれ、これをやれとこき使うから、どうしても仕事がたまってしまうのだろう」

「こき使うなんてことありません。皆とても親切にしてくれます。私、浙河での生活とても好きです」

「そう言ってもらうと救いがあるけれどもな。しかし、日本軍と行動を共にしている今の生活よりも、お父さんやお母さんと一緒に暮らしていた時代の方がはるかに楽しいのは明らかだろう」

「……」

三郎の反応を見て、杉井はしまったと思った。三郎は父母のことも郷里のことも明確に覚えていない、言わば戦争という特殊状況のもとでしかあり得ない境遇にいる少年だった。杉井は咄嗟に話題をかえた。

「三郎もそれだけ働くと腹が減るだろう。たくさん食っているか」

「たくさん食っていつもお腹いっぱいです。それにみんな日本の美味しいものたくさんくれる」

「日本の美味しいもの？　慰問袋でくる差し入れのことか」

「日本からのもの」

「きっとそうだな。よし。水を運び終わったら俺の部屋まで来い。何か日本のものをあげよう」

杉井が部屋に戻ると、程なく三郎がドアを開けて入ってきた。

「三郎は甘いものは好きか」

「好きです」

「それならこれを持っていけ」

杉井は謙造が送ってきた飴玉を一袋三郎に渡した。三郎はうやうやしくその袋を両手で顔の前まで掲げて礼を言い、にっこり笑って部屋を出て行った。


留守番役を命ぜられてから三週間が過ぎた一月末、夕食を終えて部屋に戻った杉井の耳に、遠くで小銃の音が聞こえてきた。急いで上着を取り、廊下に出ると、第二分隊の越川上等兵が杉井のところに走り寄り、

「奨家河分哨より電話が入っております」

と報告した。奨家河の分哨には歩兵部隊の古市分隊長、福川上等兵、奥平一等兵らが詰めていた。分哨と砲側との間には緊急事態を想定して電話が敷設されており、杉井が電話に出ると、雑音の中から古市の声が聞こえてきた。

「敵より襲撃」

「敵の規模は」

「詳細不明。当地点より西方三ヵ所から小銃の発射を確認。現在応戦中」

「よし、分かった。直ちに射撃準備にかかる。応戦を続行せよ」

「了解」

電話を切ると、杉井はすぐ横で待機している佐藤に、

「奨家河分哨に敵襲だ。直ちに西門横より砲撃準備」

と指示を出し、自らも靴を履き替えて西門に向かった。西門に着くと、門の城壁の上の大砲の周辺に、佐藤、柏田など八名が既に砲撃の体勢を整えていた。敵と味方が接近している場合は砲撃によって味方に損害を出してしまうおそれがあったが、杉井が眼鏡をのぞくと、敵の襲撃地点は分哨からは十分な距離があった。

「目標、奨家河分哨後方、方向二千七百、高低百五、第一発射」

杉井の指示を受けて、第二砲手柏田が照準を合わせると、第一砲手の田辺が引き金を引いた。砲弾は夜陰に唸りを上げて飛び、分哨の後方千メートルの地点で炸裂した。すぐに古市から電話が入った。

「敵陣より二百メートル遠く、二十メートル左であります」

杉井は、直ちに柏田に指示した。

「二つ右へ、二百メートル引け、撃て」

今度は敵に命中したようであった。杉井は続けざまに砲撃を命じ、六発目を撃つと、敵は退散を始め、銃撃は止んだ。

翌日からも、五日間にわたり、敵は毎夜襲ってきた。杉井はその度に西側と北側の大砲に駆けつけ、敵への砲撃を加えた。浙河の弾薬庫には砲弾が山積みされていることもあり、杉井は景気良く砲弾を使った。豊橋の予備士官学校では練習用実弾は生徒一人あたり十発で、ほとんど実弾を撃つ機会に恵まれなかったし、浙河に来てからも作戦中は苦労して持参した砲弾であるため、節約しながらの使用に努めたが、今留守部隊の砲兵隊長を任され、手元にあるふんだんな砲弾を見ると、多少の贅沢は差し支えなかろうという気分になった。しかし、連夜の花火大会さながらの杉井の砲撃は尋常でなく、四十五キロ離れた応山の師団司令部から、それほど大規模な敵襲かとの確認の緊急電話が入るほどであった。


二月半ば、本隊は一ヶ月の余にわたる予南作戦を終えて浙河に帰還してきた。帰還した本隊は、作戦編成解散のために広場に整列し、ここで留守隊長である歩兵第六連隊第二大隊の加山少佐より、連隊長に対して留守警備の報告が行われた。留守中の傷病兵の回復状況に始まり、敵襲の概要、歩兵砲兵の動員状況、損害の有無などについて簡潔な説明がなされ、連隊長はこれを満足そうに聞いていた。報告が終わると、歩兵第一大隊副官が、

「杉井少尉、前へ」

と杉井を呼び出した。一体何事だろうと思いながら連隊長の前に立ち、敬礼をすると、連隊長は手の中のメモをチラッと見た後、杉井の顔を正面から見据えて言った。

「予南作戦のため本隊出動の間、この浙河において、再度にわたる敵襲に対し、機宜に適した

処置により、歩砲の協力の実をあげ、留守警備の任を全うした、その功績は誠に賞賛に値するものである、ここに貴官の労に謝す」

杉井は、驚くと同時に照れくさくなった。敵襲に対する対応も最初はそれなりの緊張感があったが、二度目以降は味方に左程の損害が出るような襲撃でないことが何となく分かり、むしろ気楽なものとなった。一方で誰が見ても無謀と思える弾薬使用は、杉井自身多少の罪悪感を覚えつつも、小隊内の士気を高めるのにも有用であろうと、半ば練習も兼ねて行ったもので、厳しい叱責を受けても仕方のないものであった。それなのに逆に杉井の任務遂行がこのような衆目の前での賞賛に結びつくなど到底考えられないことであった。もともと、留守大隊長の加山も連隊長には逐次報告を行っており、その際には、自己の功績を誇張するため、五十名の敵は五百名と報告していたのだった。敵襲の状況などどんな報告がなされたからといってその内容をチェックするすべなど誰にもなく、ただ使用弾数が実績として残るということを杉井は知った。どんぶり飯といい、砲弾の無駄使いといい、何が評価されるかさっぱり分からないと思ったが、とにかくこの連隊長の賛辞により、杉井は、歩兵第六連隊、野砲兵第三連隊第一大隊で誰一人知らない者はいないない存在となった。

その晩は、大隊の帰還祝賀の大宴会だった。連隊長の杉井に対する言葉は、まさに表彰と同様であり、宴席でも同僚、先輩がお祝いを言いにきた。まず歩兵連隊の高原が来て、

「異例の賞賛だな。俺みたいにやれやれ留守番だとのんびり構えてしまう男と違って、さすが

杉井だ」

と言って、杉井の背中をポンとたたいた。

「いや、敵襲の時の対応の要領がある程度分かってきたので、あとは景気づけにやたらとぶっ放していただけだったのだが」

「敵襲の時は、俺も部下を分哨に配備したりしたので覚えているが、確かに相当派手に撃ちまくっていたように思ったな。でも面白いことが何もないこんな所にいたら、そのくらいの景気づけは大いに結構じゃないか」

第二中隊の中川も、

「杉井、すごいじゃないか。留守部隊としての駐屯地残留ははっきり言って慰労だが、そんな場でも活躍してしまうのだから頭が下がるよ。どんな持ち場でもきちんと仕事ができるというのはやはり才能だな」

と、名古屋時代からの同期生らしく、素直に杉井を讃えた。辻坂だけは相変わらずで、酒が入ったせいか、もともと色黒な顔をてかてかさせながらやって来て、

「トイ通いだけしていれば人にほめてもらえるのだから、留守部隊というのは得な役回りだな」

と憎まれ口をたたいた。

「得かどうかは別にして、偶々敵襲が毎日続いたので、多少派手めに敵さんに撃ち込んでやっただけさ」

辻坂はわざとらしく真顔になった。

「杉井、それはいかんな。砲弾は俺たち砲兵にとっては命と同じだ。それを無駄遣いするようなことをしてはまずいぞ」

普段の言動からしてとても人に向かって真面目な筋論など言える男ではないのにと、杉井はあらためてあきれる思いがした。

「でも、敵を確実に撃退するためには、十分な砲撃を加えることも必要だと思うが」

「杉井、それは違う。俺だったらまず一発撃ち込んで敵がどの程度動揺したかを見る。そして頃合いを見計らってもう一発撃つ。相手の急所に正確に撃ち込めば二発で撃退することも可能だ」

状況も何も分かっていないのに、俺は正しい、お前は間違っているという一方的な言い方をするのも辻坂の癖だった。この男と話しだすと、二、三分で会話の継続を回避したくなる。

「そうか。今度辻坂と一緒に留守部隊になったら、是非学習することにしよう」

「それが良い。とにかく、今回は杉井にとっても日頃のやり方について反省する良い機会になったじゃないか」

この時、遠くの上座で、大隊長の勝野が杉井を手招きしているのが目にとまった。

「辻坂、すまん。大隊長がお呼びだ」

杉井は、天の救いとばかり、勝野大隊長の席に駆けつけた。勝野は酒も進んで上機嫌だった。歩兵大隊長の加山から話を聞いていたせいか、

「杉井の武勇伝には敬服した」

と言いながら、砲弾は結局全部で何発撃ったか、実際のところ敵の勢力はどの程度だったかなどの話題を酒の肴代わりにして、楽しそうに飲んだ。しばらくすると、勝野は急に真面目な口調になり、

「そうだ、仕事を思い出した。貴官に罰則を与えなくてはいけなかった」

と言って、ポケットから一枚の紙を取り出した。

「杉井少尉は、大砲一門を揺架脱底（発射の際、砲身が戻らなくなる）により破損した」

留守警備の間、四回目の敵の襲撃の際の応戦で北門の上に設置した大砲が破損し、その旨は本部まで事務的には連絡しておいたが、こんなことが早速に勝野の耳にまで届いているとは思わなかった。よりによって、こんな席でお小言かと覚悟していると、

「よって、処罰として、大砲修理のため、二週間の漢口出張を命ず」

とのお達しだった。まさに慰労を兼ねた褒章であり、大隊長の粋な計らいだった。

報奨出張

漢口への出張は、修理する大砲の輸送に遺漏なきようにとの趣旨で七名の随員が認められた。杉井は、第一分隊から佐藤、柏田、川内、西野、第二分隊から早田、桜木、松浦を連れていくことにした。一行は二月末、火砲をトラックに載せ、警備用トラックに守られる中、浙河を出

て応山の連隊本部に行き、出張命令に関する簡単な報告をした後、着任した時の道筋を逆戻りして広水に行き、ここで漢口行きの列車に火砲を載せて自分たちは無蓋車に乗り込んだ。列車の車窓を眺めながら、杉井は考えた。この列車に乗り、更に漢口から船に乗って内地に帰れるのはいつだろう、この戦争が終わってしまえばすぐにでもということになるだろうが、それほど早い決着は期待できない、だとすれば帰って予備役になるのだろうが、それは二年後だろうか、三年後だろうか。気がつくと、杉井の部下も皆外の景色をぼんやりと眺めていた。随行に選ばれた者たちはこの出張については大喜びであり、浙河を出てからも、杉井の部下になっていれば恵まれた軍隊生活は保証されているなどと言って大はしゃぎだったのに、さすがにこのあたりまで来ると誰でも望郷の念を多かれ少なかれ抱くのだろうかと杉井は思った。

漢口車站で列車を下り、一歩踏み出すと、漢口の街は華やいでいた。七ヶ月前に来た時と大きな変化があった訳でもないはずだったが、杉井にはその絢爛さが一層のものとして映った。浙河は日本軍にとっての最前線であり、電灯もない小さな寒村だった。そこでの生活を半年おくった後では、電灯が輝き、日本租界やフランス租界では数多くの美人が闊歩し、へーゼルウッドではアイスクリームにもありつけるこの漢口は文字通りの別世界だった。着いた日の夜は、一行で中華料理屋に行き、腹いっぱい食べることにした。相変わらず浙河ではこれといった使い道もないためたまる一方だった軍票を、杉井は景気良く使うことにした。漢口の料理屋の食材は豊かだった。特に、限定された種類の川魚しか食べていない者たちには、海老料理、蟹料理を始めとする海鮮料理は格別の味だった。野菜も、浙河の部隊が周辺の中国人に作らせているものよりも質が良く、何を食べても内容は極めて充実していた。料理が良ければ酒が進み、飲まない杉井以外は、皆酔って饒舌になった。こうなってくると、当然の如く、上官の品評会が始まる。まず佐藤が口火を切った。

「多和野中隊長はいつ帰って来るのですかねえ。増谷のおじさんの下ではやる気がおきない。人のことを言える立場じゃないが、品もないし、中隊長代理のツラ構えじゃないですよ」

佐藤の横に座った桜木が、佐藤に酒を注ぎながら言った。

「分隊長殿、私もその意見には賛成ですけど、多和野中隊長と比べたら可哀相だ。あれほど部下の気持ちをつかんでくれている人はいませんよ。自分のためなら部下がどんな辛い思いをしても関係ないような人が多い中で、中隊長は必要なこと以外は部下にさせないように気を使ってくれているようにさえ思います」

「だから野砲兵学校の教育入校なんか早く切り上げて戻ってきて欲しいのさ。ただ今回はそのうち戻ってきてくれるが、いずれは他へ配属になられるだろうし、そうなった時が困るなあ。多和野中隊長と同じくらいの人が来てくれるとは思えないし」

向かいで飲んでいた早田が議論に参加してきた。

「佐藤さん、私はむしろ多和野中隊長がいなくなった時のために皆心の準備をしておくことが大事だと思っているのですよ。中隊長が抜群の上官だけに皆頼りきっている。それに気持ちの面でも一人一人が中隊長と直結している。あの人がいなくなると中隊の中での求心力がなくなってしまうのではないかと心配ですね。臨時に増谷中隊長代理が来ただけでも佐藤さんのようにやる気をなくす人もいるじゃないですか」

　早田の言ったことは的を射た部分があると杉井は思った。多和野は、上官の言うことも理がないと思えば聞き流してしまうなど、組織が絶対である軍隊においては異色の存在だった。そのこともあって多和野の言動に皆爽やかさを感じ、多和野の言うことであればと皆従っている。裏返せば皆多和野のために働いているのであって、組織のために働くという意識が希薄になっている。個人が組織に対して絶対な忠誠を尽くして初めて十分に機能する軍隊組織において、多和野のやり方は百パーセント好ましいものではないかも知れなかった。かつて応山に着いて中村連隊長に申告を行った時に、中村が「多和野のところは皆私兵ゆえ、気をつけるように」と言った意味が杉井は多少分かるような気がしてきていた。私兵という言葉は適切ではないかも知れないが、多和野は部下にとって魅力的すぎるのは間違いない。早田が言うように、多和野がいる間は良いが、いなくなったら、兵たちは、誰のためにあるいは何のためにという目的を失ってしまうだろう。その意味では人に嫌われても組織管理に徹するタイプの人間の方が軍隊には必要とされるのかも知れないと杉井は思った。

「俺が着任した時、中村連隊長が、多和野は私兵を作ると言っていた。俺たちが中隊長の私兵だとは思わんが、上官と部下の関係以上に親しくさせていただいているのは事実だ。だとすれば、早田が言うように、全く違うタイプの中隊長が来た時に、今の状態に慣れきっていると、中隊としての機能が低下することは十分あり得るな」

　杉井が言うと、蒸し鶏を頬ばりながら、佐藤がまた話し始めた。

「連隊長はひがんでいるだけですよ。自分より下の人間の方が人望があるとなれば面白い訳がない。それに私兵は大いに結構じゃないですか。私は中隊長の私兵なら大満足だし、ついでに小隊長殿の私兵にもして下さいよ。早田はいろいろつまらん心配をしていますが、どうころんでも大丈夫です。私だって、増谷のだんなの下だとやる気はおきないが、最低限やらにゃいかんことはきちっとやってる。その辺はしっかり心得てますからね」

杉井はおかしくなった。佐藤は好き嫌いがはげしい。好きな人間のためにはとことん尽くすが、嫌いな人間に対しては露骨に手を抜いた。着任直後は、杉井も品定めをされている感じがしたが、幸い、佐藤は杉井のことを気に入って、この人のためなら何でも、という姿勢で仕えてくれるようになっていた。しかし、どんな人に対してもきちっとやらなくてはいけないということを最も心得ていないのが佐藤であるのは確かだった。

佐藤の発言を聞いて、今度は向かいに座っていた川内上等兵が佐藤を冷やかした。

「分隊長殿、でも増谷中隊長代理が来てくれて良かったじゃないですか。今まで大好きだった村川少尉よりもっと好きな人が中隊にいるようになったのですから」

佐藤は川内を上目づかいに見ながら言った。

「増谷のだんなも増谷のだんなだが、あのくちばしの黄色いお兄さんも何とかならないものかねえ。やたらと威張るだけの猪武者についてくってのは簡単じゃないぜ」

「でも中隊長代理と違って明るいじゃないですか。全く妥協が許されないのは大変ですけれど、それも純粋な性格の裏返しですよ。もっともその辺が分隊長殿とは正反対だからうまくいかないのも無理ないと思いますが」

「よく言ってくれるじゃないか。しかし、ああいうのを純粋というのかねえ。飲めるくせに酒はやらないし、煙草も吸わない。上官を好きになるにはとっかかりというものが必要だが、あのお兄さんにはそれが全くない」

村川に関しては、川内の分析は正確だった。村川は、純粋かつ一途で、裏もなければ、駆け引きも一切しなかった。杉井が抱いていた陸士出のイメージは、まさに村川のようなタイプであり、杉井も村川を見ていて、何度か将校はかくありたいと思うことがあった。また、出世欲もなく、常に自分の仕事を着実にこなしていく姿勢にも好感が持てた。ただ、上官の性格に惚れ、意気に感じて仕事をする佐藤のような人間には、つけ込む隙のない村川は明らかに苦手なタイプだった。

村川の品評にはあまり関心がないのか、早田が話題を変えた。

「ところで小隊長殿、鶴岡小隊長とは予備士官学校で同期でしたよね」

「鶴岡にしても、辻坂、中川にしても名古屋時代からずっと一緒だが」

「鶴岡小隊長は学校時代はどうだったのですか」

「今と特に違ったところはない。性格も陽性だし、少なくとも部下に必要以上に厳しくしたり、意地悪をしたりするような男ではない」

「今日は無礼講ということで伺うのですが、士官の人事は、予備士官学校時代のトップとビリ、トップから二番目とビリから二番目という組み合わせで配属してくると聞きました。だとすると、小隊長はトップの方で、鶴岡小隊長はビリの方だったのではないかと思うのですが」

杉井は、何故下士官連中がそんなことまで知っているのだろうと思った。確かに、豊橋時代の同期五十人の配属は一番と五十番、二番と四十九番という順番で組み合わされており、卒業の時石山に次いで二番だった杉井は、四十九番の鶴岡とコンビで多和野の中隊に来たのだった。

「鶴岡は特にずば抜けていたとは思わんが、俺だって別に大したことはなかった。人事の基準がどうなっているか知らんが、そんな組み合わせなどあるとは思えんな。何故そんなことを訊く」

これには桜木上等兵が答えた。

「早田分隊長がこんなことを訊くのは、正直言って鶴岡小隊長の評判が芳しくないからですよ。小隊長のことを持ち上げるつもりで言う訳ではありませんが、第二小隊の連中は皆うちの小隊のことをうらやましがっています。鶴岡小隊長は、おっしゃるとおり、人柄の面はあまり問題ないのですが、とにかくご自身の判断というものがないし、やる気もない。上官からきたものは右から左に流すだけですし、小隊をまとめてきちっとした仕事をしようという意欲もないので、部下は皆不満に思っています。そこに予備士官学校出の人事の組み合わせの噂が入ってきたために、何故成績の良い人が第一小隊に来て、成績不良者が第二小隊に来るのだという話になっているのです」

鶴岡は予備士官学校時代も平凡で衆に秀でたところがある訳ではなかったが、下級将校としての最低限の務めくらいは十分できるものと思っていた。ただ覇気がある方ではなく、淅河に来てからも、適当に任期を終えて早く内地に帰りたいとそればかり言っており、それが部下の不満につながっていったものと思われた。村川のようにきつければきついで部下の反感を買うし、鶴岡のようにゆるければ、小隊長として頼りないとの批判を受ける、杉井は人事管理というものはつくづく難しいと感じた。

桜木は更に続けた。

「同じことは第二中隊の中川小隊長についても言えるようです。鶴岡小隊長に比べると真面目なのですが、部下を思いやる余裕もないし、小隊をまとめる器用さにも欠けるというような文句が出ています」

ここで、柏田上等兵が言った。

「ただし、中川小隊長の場合は、第二中隊にコンビで来たのが辻坂小隊長なので、中川小隊の連中は逆でなくて良かったと、それを慰めにしているようですよ」

佐藤が、

「確かに辻坂小隊長についてはあまり良い話を聞かないな」

と言うと、柏田は堰を切ったように話しだした。

「良い話を聞かないどころではないですよ。辻坂小隊の連中は皆うんざりしている。あの人ほど部下をこき使う人間はいないし、あの人ほど部下に対する思いやりがゼロの人間はいません。作戦に出かけた時も散々部下に無理な命令を出すし、皆くたくたになって帰ってくると、小隊全員が辻坂小隊長を支えた結果できたことをすべて自分一人でやったと周囲に言いふらす。まるで超人であるかのように、自分は何でもできる人間だと自画自賛するので、周囲は相当あきれています。それに、杉井小隊長とは正反対で、上にはへつらうし、下には意地悪をする。世の中の嫌な奴の典型みたいな人ですよ。直属の岩野中隊長や勝野大隊長へのゴマすりは目を覆いたくなるほど露骨です。それでもやはり人間おだてられると嬉しいのですかねえ。勝野大隊長も岩野中隊長も立派な方だから、辻坂小隊長がどんな人かくらいすぐに分かりそうなものなのにと思うのですが、不思議とこの二人の覚えはめでたいのですよ。それから、部下に対する意地悪も陰湿です。特に人事の話をからめたイジメはたちが悪い。嘘か本当か知りませんが、私たちの人事をやっている大隊副官の飯島少尉と自分は大の仲良しで、飯島少尉は自分の言うことは何でも聞くのだと言っています。辻坂小隊の新藤上等兵は、病弱な両親の面倒を見たいのでなるべく早く内地に帰りたいと常々言っているのですが、それを知った辻坂小隊長から、お前はまだ軍隊という組織に生きる基本的な態度ができていないから、あと数年浙河において鍛えるべしと飯島少尉に言っておこうと言われたそうです。また、須原伍長は新婚早々で浙河に着任したのですが、彼も、お前のような優秀な人間はこれから五年くらいかけて駐屯地をいくつも回って、それぞれの部隊に貢献すべきだと言われたとしょげていました。士官だったら人格で部下を引きつけるべきなのに、自分は人事に物が言えるのだという言い方で無理やり言うことを聞かせようとするなど最悪ですよ。それに、仕事を離れた時くらい何か面白いことでも言えば良いのに、食事の時でも暇さえあれば自分の自慢話だそうです。豊橋の学校時代も何をやらせても一番だったとか、その類の話らしいです。とても本当とは思えませんが」

「それと、駐屯地内某所での振る舞いも大変立派だそうではないですか」

川内が口を挟んだ。柏田は軽くうなずいて話を続けた。

「今、川内が言ったように、女癖も相当なものらしいです。毎晩のように食事が終わればすぐにトイに出かける。片っ端から女を試して、時にはハシゴもするようです。辻坂小隊長は、あちらの方も相当要求がきついらしく、トイの女たちからも嫌われていて、姿を認めると玄関から奥の方へ引っ込んでしまう女もいるらしいです。部下に対してもあれだけ高圧的なのですから、同じようにあっちの方をされたら、女もさぞかし不愉快でしょうね」

湯麺をすすりながら、川内が杉井に訊いた。

「辻坂小隊長は、内地にいた頃はどうだったのですか。人間、環境が変わっただけで、そんなに人柄まで変わるとは思えませんが」

「学校時代は、部下がいる訳ではないから、命令の仕方がどうかというようなことは分からんな。ただ、昔の様子からして、今の話はそう事実と違っていないかも知れない。予備士官学校でも、教官や助教の扱いはうまかった。成績は、紙の試験だけではないから、辻坂がどの程度のものをとっていたのか知らんが、何事にも要領の良い人間だからそこそこだっただろう。女癖の方は俺にはさっぱり分からんな」

杉井は、思ったことを述べたかったが、杉井まで辻坂を悪く評すると、いつまでもこの話題になりそうだったため、かなり押さえ気味の評価をした。川内が、

「小隊長殿、それはそうですよ。学校時代から女狂いでは、とてもじゃないが、我が日本軍も

士官にはできないでしょう」

と言うと、おとなしく話を聞いていた西野一等兵、松浦一等兵が大きな口を開けて笑った。

佐藤が、

「さて。今日もすっかり小隊長殿にご馳走になってしまった。上官の話題もそろそろ尽きる頃ですし、この辺でおひらきにしましょうか」

と言い、一行は満腹になった腹をなでながら、宿舎へ帰った。

杉井たちは、駐屯地とは別世界の漢口でゆっくりと一週間羽を伸ばし、修理の済んだ大砲を引き取って浙河に戻って行った。


浙河に帰って間もなく、佐知子からの手紙が届いた。

前略
謙ちゃん、ご無沙汰しました。厳しい戦地勤めの中、お元気にしているようですね。とてもうれしく思います。私のお守りのご利益があったのかな。でも、謙ちゃんのことだから、本当は大変なのに、皆に心配させないように、辛いことはあまりお便りに書かないようにしているのではないですか。ちょっぴり心配です。
今月の初めに、小学校の時隣のクラスにいた榊原さんが北支の戦線から帰国しました。足首を負傷して歩けなくなったため、内地帰還を命じられたそうです。敵襲にあってくぼ地に飛び降りた時に、下に大きな岩があって踏み外したために左足首をひねって骨折してしまったとのことで、最初は捻挫だからすぐ治ると言われたのですが、腫れがどんどんひどくなって、内地で治療する必要ありとの診断がなされたそうです。

県立病院に入院していると聞いたので、お見舞いにいってきました。捻挫どころか複雑骨折していてすぐに手術したのですが、けがをしてから時間が経ってしまっているので、ちゃんと歩けるようになるのは難しいと言われたとしょんぼりしていました。部隊からは、治癒したら直ちに復帰するようにと言われたのに、この分だと戻れそうにないし、着任して二年ももたなかったのは情けないと言うので、名誉の負傷なのにそんな風に考えちゃいけないって励ましました。

榊原さんからは戦地でのこと、いろいろ聞きました。初めて近くに弾が飛んできた時には、足はすくむし、頭も朦朧として立ちすくんでいたら、上官から頬を張られてすぐに伏せろと言われたとか、敵と相対する時も嫌だけれど、北支は伏兵が多くて、いつ両脇から攻めてくるだろうとおびえながら行軍するのも本当に辛いとか、聞いていて怖くなってしまいました。

謙ちゃんのお便りでは、部下の方たちとも仲良くやっているとありましたが、戦地でのお仕事にも謙ちゃんらしさが出てきたということなのでしょうね。小隊長さんとしてどんどん立派になっていくのだと思います。でも、榊原さんの話を聞くと、最初にも書いたとおり、私たちを安心させようとしているのではないのかなとも思ってしまいます。榊原さんと違って士官で赴任したから大丈夫なのかなとか、北支と中支では様子が違うのかしらとか、いろんなこと考えるけれど、きっと、小さい頃から強い謙ちゃんだから、大変なところに行っても、心も体も強くしていられるのだろうなって思います。頑張って下さいね。

今年の冬は寒くて、静岡でも珍しく雪が降りました。そちらの寒さはこちらとは比較にならないと思いますが、風邪ひいたりしないように気をつけて下さい。戦地では、けがする人もたくさんいるけれど、病気で動けなくなる人はもっとたくさんいると聞きましたから。

またお便りします。

草々

昭和十六年二月十日

谷川佐知子

杉井謙一様

江北作戦

昭和十六年五月五日、杉井たちは江北作戦に出発した。野砲兵第一大隊は全員随県に集結し、歩兵第六連隊の重森大隊長のもとに配属となり、安居《あんきょ》に向けて行軍を開始した。安居に着くと、町の城内は深閑としており、杉井の中隊には、敵軍は住民とともに既に撤退している可能性があるが、城内に数発砲撃を加えて反応を見るべしとの命令が下った。杉井の小隊も砲列を敷き、一発ずつ砲撃を加えたが、眼鏡で見る限り何の反応もない。斥候兵から敵兵認められずとの連絡も入り、連隊全員城内進入の号令が出された。杉井の小隊の者たちも皆口々に、

「作戦も毎回こうあって欲しいなあ」

と言いながら、安居に入城した。

安居の町は人の気配もなく、敵兵は日本軍の動きを察知して、あらかじめ住民とともに避難していた模様だった。部隊は、一部の敵兵が潜んでいる可能性も否定できないことから、四、五人でグループを作り、町の中を慎重に見回ると同時に、その日寝泊まりする場所の確保に努めた。小さな町でも部隊全員を収容できる数の民家は十分にあり、戸締まりはしてあったが、兵たちは簡単に錠を壊して中に入り、それぞれの民家の収容可能人数を把握していった。一部の民家には脚の不自由な老人などが残留しており、日本兵を見ておびえきっていたが、このような家は宿泊対象外となった。

日本軍は、日中戦争の間、中国大陸の至る所で徴発という名の略奪を繰り返すことになるが、これは、杉井が着任して一年余を経過した昭和十六年後半からであった。もともと、占領地での徴発は、部隊を身軽にし、機動力を発揮させるため、ナポレオンが考えたものと言われており、プロシャなどの東方とスペインなどの西方の二方面作戦を余儀なくされたナポレオンは、食料を運ぶ荷駄を軽くし、機動力を倍加させた。日本軍の場合、徴発は、機動力増強もさることながら、物資、特に食糧の不足を補うために取り入れられた。江北作戦が実施されたこの頃は、輜重兵が十分な食糧を持参しており、部隊は、錠の破壊など必要最小限のものを除き、破

壊行為、略奪行為に及ぶことはなかった。

安居の町の点検を終えると、杉井の小隊は、大きな民家の中庭で炊飯を始めた。杉井が増谷中隊長代理に点検結果の報告を終えて小隊に戻ると、食事担当の新参一等兵の戸塚が佐藤に叱られている。

「馬鹿者、お前はどうしてこういう余計なことをするのだ」

「申し訳ありません」

見ると、朱色で大きな鳥が描かれた美しい瀬戸物の桶の中に、炊いたばかりの米が入っている。

「随分きれいなお櫃《ひつ》だな。どこで調達した」

「この民家の寝台の下からであります」

佐藤が苦虫をかみつぶした表情で、

「つまらん説明はしないで、自分のやったことを小隊長殿に報告しろ」

と言うと、戸塚は直立不動の姿勢をとった。

「小隊長殿。戸塚一等兵、誤って炊飯済みの米を中国人の便器の中に移しました」

杉井は、思わず吹き出した。

「意外と飯が香ばしくなったかも知れんぞ」

「申し訳ありません。自分が責任をもって食べます」

「まあ良い。もう一度炊きなおせ。適当な櫃がない場合は、飯盒から直によそうこととして差し支えない」

結局、杉井の小隊の夕食は再度の炊飯のため一時間ほど遅れたが、戸塚の用意したその他の料理は美味だった。

翌朝、戸塚は、名誉挽回とばかり、腕をふるって朝食を用意した。米も前の晩に探しだしたと思われるいくつかの大きな土鍋に移されていた。味噌汁も具だくさんのものだったが、持参してきた大根、ごぼうなどに混じって見慣れない葉が入っている。

「変わった葉っぱだが、これも輜重隊からの支給か」

「いいえ、これは裏の畑から採取しました」

杉井が常日頃から、作戦中は野菜が不足する、特に青いものが不足すると血液が酸性になって日射病などにかかりやすい、青物の補給には努力するように、と指示していたことから、戸塚が気を利かせたものと思われた。それにしても変な味の野菜だと思って食べていると、桜木が、裏の畑を指差しながら言った。

「おい、ひょっとしてお前が採取したのは、あの葉っぱか」

「そうであります」

「馬鹿野郎、あれはタバコの葉じゃねえか」

佐藤を始め、皆ぶつぶつ言いながら、タバコの葉をよけだした。杉井も、やれやれ、努力があだになる人間というのは世の中にいるものだと思いながら、味噌汁については食べることを放棄した。

朝食後、部隊は安居をあとにし、馬家湾《ばかわん》の攻略に向かうこととなった。点呼を完了し、乗馬しようとした瞬間、杉井は下腹部に痛みを覚えた。急いで民家の便所に飛び込むと、ひどい下痢を起こしている。間違いなくタバコの葉を食べたことによるものだった。部下の多少の失敗には寛容な杉井だが、行軍を前にしてのこの腹の痛みについては、戸塚の奴とんでもないことをしてくれたと感じた。

戦地での下痢は日常茶飯事だった。生水を飲めば必ずであったし、食物も十分に火がとおっていないとやはり下痢をした。砂糖も、中国人から入手したものは、灰汁《あく》抜きをしないで食べると下痢になった。特に作戦中は、急いで食事を用意することも多く、調理も雑になること、暑い時にはどうしても生水に手がでやすいことなどから、下痢する者が頻出した。行軍中、用便をしている間もどんどん部隊は動いていくため、排便後力の入らない下半身でふらふらしながら、必死で追いかけることになる。誰が下痢をしているかを把握し、落伍者がでないように監視するのも将校の重要な仕事だった。

行軍が開始されると、杉井は事態が如何に深刻かを自覚した。タバコの味噌汁のおかげで小隊の半数以上が下痢を起こしたが、杉井には将校として本来行うべき部下の監視収容をする余裕は全くなかった。出発して二十分もしないうちに、また強烈に腹が痛みだす。馬当番の小野に、

「すまんが、用を足してくる」

と馬を託して、大きめの木の陰にかけつけ、装具を外して用を足し、また装具をつけて小野

から馬を受け取り、馬を走らせて部隊に追いつくのだが、悲惨なのは小野の方だった。装具の取り外しのため兵たちよりも時間のかかる杉井の用便に付き合わされる結果、馬で追いつく杉井のあとを全力疾走でついていかなくてはならなかった。

杉井は、一度用を足して少し楽になったが、十五分ももたない。加えて、愛馬一水に揺られると、苦しくて脂汗が出てきた。おまけに周囲には姿を隠してくれる木も見当たらない。兵たちは道路脇で構わず用足しするが、将校の場合は、兵たちが通過しているところで尻を出すのはさすがにはばかられた。道路の右手がゆるやかな斜面であり、その向こうで用足しすれば人目にはつかないが、これは絶対に避けねばならなかった。最前戦地では敵がどこにいるかも分からず、斜面のこちら側は友軍の視界だが、向こう側は敵のみに見えるところである可能性があり、向こう側での用便は生命を賭しての行為だった。実際、歩兵連隊の将校で用便中に敵から狙撃され、命を落とした者もいた。八方塞がりとはこのような状況かと考えながら、せめてと思い、一水号を「どうどう」となだめるのだが、頭が良く、何でも言うことを聞く一水もさすがに杉井のこれほどまでの窮状は理解できない。杉井の尻の穴はもはや押さえがきかず、少し垂れだした。遂に杉井は開き直った。

「小野、中谷に言って何でも良いから布を何枚かもらってきてくれ」

中谷は、直ちに手ぬぐいを五枚持って駆けつけてきた。

「有難い」

杉井は、馬から降りると、その場でズボンを脱ぎ、褌の上から五枚の手ぬぐいを尻に当て、ズボンをはいて再び乗馬した。垂れ流しを決意したのである。

巨大なおしめを当てると、気分的には楽になった。痛む腹を押さえながらの行軍は依然厳しいものではあったが、同じ状況で徒歩で行軍している兵たちのことを考えると、これしきのことは我慢しなくてはという気持ちになった。ただこの行軍で大量の下痢患者をかかえているのは杉井の小隊だけであり、自分たちが部隊全体の足を引っ張ってはいけないという重圧は感じざるを得なかった。戸塚は、行軍の最中も佐藤や桜木に怒られどおしで、泣きそうな顔をしていたが、杉井は、

「済んだことなどどうでも良い。部隊に追及することのみ考えよ」

と指示した。十五分から二十分に一度の排便で、尻の周りはどんどん湿り気を増していったが、杉井は、次の露営地までおしめ行軍を続けた。

露営地に着く頃には、もはやおしめは完全な防波堤とはなり得ず、垂れ流しの結果はズボンにまで及んでいた。杉井は中谷から追加の手ぬぐいをもらい、褌からズボンまで一式の着替えを行った。中谷に洗濯を命ずるのはさすがに気が引けたが、以前自分で褌の洗濯をやってしまった結果中谷が古参兵から叱られたのを思い出し、任せることにした。今までで最も汚れた洗濯物であったが、中谷は手際よく洗って裏手の木の枝にそれを干した。

夕食は、小隊の半数が下痢を起こしているため、飯盒の半分がお粥用となった。杉井もまだ腹の痛みが取れないため、いろいろ食べなくてはいけないと思いつつも、粥に塩をふったものだけをすすって終わりにした。夜中も便意を催し、何度も目が覚めたが、部隊が常備している

正露丸の効果もあって、翌日からは排便の頻度は著しく減少した。

部隊は、安居に続いて馬家湾、環潭《かんたん》を攻略し、矛を転じて河源店から随県に戻ってきた。馬家湾、環潭ともに、安居と同様、敵が交戦を避けようと、あらかじめ撤退していたため、激しい戦闘もなく、部隊は五月十四日、浙河に帰還した。杉井にとっても、行軍の時の辛さを除けば、比較的楽な作戦であった。

慰安所

江北作戦の後、浙河の部隊にとっては平穏な日々が続いた。いつ来るか分からない作戦の命令に備えて日々訓練は重ねていたが、実際には三ヶ月以上命令はなかった。杉井は日中は小隊の訓練に従事したが、既に十分鍛えられた部下であり、作戦の狭間はむしろ精神的にも肉体的にも休養を取らせることの方が重要であると思われた。昼の仕事を終えた後の夜の時間は、両親を始めとする親戚、知人に近況報告をしたり、慰問袋の礼状を書いたりするのに使った。また休日である木曜日の夜は、二週間に一度ほどトイに出かけた。出かけてもスミ子以外の女を取ることはなく、スミ子が他の客の相手をしている時は仕方なく部屋に帰った。スミ子は、通常、第四トイの玄関を入った廊下の奥の方に立っていて、杉井の姿を見つけると嬉しそうな笑顔で寄ってきて、杉井の腕を取るのだった。

六月末のある木曜日、夕食を終えて第四トイに出向くと、時刻が早いせいか、十人以上の女が玄関にたむろしていたが、その中にスミ子はいた。まだ明るかったため、スミ子は遠くから歩いてくる杉井を見つけ、玄関の外まで走り出て、杉井に飛びついてきた。スミ子のところへ来るのはもう十回を超えていたが、依然として杉井はスミ子を抱いたことがなかった。案内された部屋で話をし、風呂場に行って体を流してもらうことの繰り返しであったが、変化したことと言えば、スミ子のところで費やす時間が徐々に長くなったことであった。それは初期の頃と比べてスミ子の日本語が上達したからだった。特に聞く方はかなり理解できるようになったため、杉井は、家族の話、学生の頃の話、今の部隊の同僚の話などをスミ子に聞かせた。時には杉井が長々と一方的に話すこともあったが、スミ子はいつもおとなしく聞いていた。

この日も、相変わらず殺風景な部屋に通され、スミ子の入れてくれた茶をすすりながら、杉井は話を始めた。

「スミ子にはよく分からないだろうが、俺たちの役目はこの浙河を守ることと、他の町へ出かけて行って敵をたたき、このあたり一帯を日本軍のために占領地として確保することだ。作戦など行かないで浙河にじっとしていれば、それはそれで気楽で良いが、人間というものは不思議なもので、間があくとまた作戦に出かけたくなる。命がけで敵に対することなどない方が良いに決まっているのに、どうせ戦地に送られてきているのだから、時には作戦に参加している時のような充実感を感じてみたくなる。こんなことを言うと俺のために頑張ってくれている小隊の部下の連中には怒られてしまうけれどな」

これは杉井の本音だった。佐藤や早田に「小隊長は本当に作戦が好きですねえ」とあきれ気味に言われることがあったが、命令には従わざるを得ない以上消極的になってもプラスはないのであるからと思う反面、潜在意識の中で自分自身が戦地での生活にも充実感を求めているのではないかとうすうす感じていた。スミ子は自分の茶碗を両手で包むように持ちながら、

「でも、私、杉井さん、浙河にいてくれた方がいい」

とポツリと言った。

「それは俺だって浙河にいた方がいいさ。外へ出かければ死ぬかも知れない。けがもするし、病気になる者も多い。この間も言ったが、前の作戦では俺も腹をこわしてひどい目にあった」

「タバコを食べてしまった時？」

「そうだ。戸塚は料理は下手ではないが、つまらん気を利かし過ぎる」

「外では何を食べるの？」

「浙河にいる時と比べてそれほどまずいものを食べている訳ではない。飯盒での飯の炊き方は皆心得ているから、戦闘中でもない限り米は上手に炊き上がる。野菜も輜重兵が持っていくし、干した肉もある。それから本当はいけないことだが、占領した町では鶏やクリークの中の魚を拝借することもある」

「寝るところもたくさんある？」

「ちゃんとしたところに寝られるかという意味か？　そういう意味なら、中国は立派な国でどんな田舎に行っても民家があるから不便はしない。多分、長い歴史の中で戦乱に次ぐ戦乱を繰

り返すうちに、住民が分散したり、山奥に隠れたりして、そのためにどこでも民家があるようなことになったのだろうと思う。俺たちが町に入っていくと、ほとんど住民は逃げてしまっているから、皆、どの家に寝るかを決めて中に入り、家の土間あたりに藁を敷き詰めて馬の鞍下の毛布をその上に敷き、もう一枚の毛布をかけて寝るのだ」

「気持ち良く寝られる？」

「寝心地もそう捨てたものではないぞ。ただ寒い時には毛布だけでは不十分で、毛布の上にたくさんの藁をかけ、その中にもぐり込むようにして寝る。ずっしりと重いが、暖かいことは暖かい。しかし、こうしても、頭が寒いのは防げない。仕方がないから、帽子をかぶって寝るのだが、ある時、朝目が覚めたら、帽子が寝藁の中に入ってしまってなかなか見つからず、困ったことがあった」

　スミ子はくすくすと笑った。日本語の理解が上達したこともあるが、スミ子は、杉井のとりとめのない話にもじっと耳を傾けていた。杉井にとっては、部隊の中についてのこんな駄話にも付き合ってくれるスミ子は貴重な存在だった。決して知的なレベルも高くない慰安婦たちの中にあって、スミ子は利口で可愛い娘だと杉井は思うようになっていた。

「杉井さん、お風呂、行く？」

「そうだな。そろそろ行くことにしようか」

　スミ子に促されて、杉井は風呂場に向かった。駄話の付き合いをしてもらうこともさることながら、スミ子の美しい裸身を見ることも、トイに来る大きな楽しみだった。冬から春にかけては風呂場が寒いという試練があったが、暑くなってくると、トイでスミ子に体を流してもらうことは最高の心地良さだった。

杉井が服を脱ぎ、左手の棚に置いて振り返ると、スミ子は既に全裸になっていた。

「杉井さん、座って下さい」

スミ子は杉井を板の上に座らせると、ドラム缶の湯を汲んできて、いつもどおり背中から流し始めた。浙河も六月末になると暑さもかなりのものとなり、日中はじっとしていても汗ばむほどで、この日も今年で最高の暑さだったことが、スミ子との入浴を更に至福のものにした。

「スミ子にこうして背中を流してもらうと、本当に気持ちが良いなあ」

「杉井さんが嬉しいと、私も嬉しい」

スミ子はそう言って、更に力を入れながら杉井の背中をゴシゴシと流した。杉井は、スミ子が多少なりと自分に好意を抱いているのではないかと感じていた。少なくともスミ子の気分を害するような言動は杉井にはなかったし、スミ子に対する対応も、他の客よりは誠実に思われたかも知れなかった。スミ子に好かれていると思うと、それはそれで悪い気分ではなかったし、こんな風に時々会っているうちに、双方段々情が移ってくるのは一般的に自然なことかも知れないと思った。事実、部隊の者たちとトイの女たちの間には、客と慰安婦という関係を越えて通常の男女の付き合いに発展している例も散見された。

十分ほどすると、スミ子は杉井の正面に来て胸を洗い始めた。ちょっとうつむき加減になると鼻筋の通った横顔が美しかった。杉井は、女性の美しさとはつくづく不思議なものだと感じる。スミ子は一般的な評価からすれば、特に美人ではない。鼻筋はとおり、口元も引き締まっていてはっきりした顔立ちだが、男が誘惑されるような要素には欠ける。鶴岡に誘われて杉井が初めてトイに来た時も、仕方なく一番近くにいたのでスミ子を選んだのであって、決して魅力を感じたからではなかった。それなのに、何回かスミ子のところに通って、利口で性格も素直な娘だとだんだん分かってくると、外見も美しく見えてくる。女性の外見についての評価というものは、その拠り所となる客観的基準がないせいもあるが、とにかく内面についての主観的評価によって規定される部分が極めて大きいと杉井は思った。

胸から腹にかけて一所懸命洗ってくれているスミ子をながめているうちに、杉井の気持ちの中にかすかな衝動が生じ、杉井の右手はスミ子の左胸に及んだ。小ぶりなスミ子の胸は杉井の大きな掌にスッポリと入った。柔らかな乳房だった。スミ子は手を止めると、自分の左胸にあてられている杉井の手を見つめた後、顔を上げて杉井の目を見た。杉井は、照れくささから視線をそらした。スミ子はかすかに微笑むと、自分の左手で杉井の手をゆっくり胸からはがし、それを杉井の膝の上に置いて上からポンと軽くたたいた。それは、

「杉井さんはそういうことをする人ではないのでしょう」

と語りかけているようでもあり、またいたずらをした子供を諭す母親のしぐさのようでもあった。いずれにしても、この一連の動きは、通常の杉井とスミ子の関係とは逆の構図の中にあった。杉井の体をひととおり洗い終わると、スミ子は、湯をたたえたドラム缶と杉井の間を何度も往復して、汲んできた湯で丁寧に石鹼を流してくれた。湯の温度は、冬場に比べると逆

にかなりぬるめだったが、気温の高さを考えるとかえって気持ちが良く、インスタント洗い場にしては、意外なところに気配りがなされているものだと、杉井はあまり意味のない感慨を覚えた。

杉井は、スミ子に体を拭いてもらって服を着ると、元の部屋に戻った。間もなく、風呂場の片づけを終えたスミ子がドアを開けて入ってきた。スミ子は椅子に座っている杉井の背後から急に抱きついてきて、頬を杉井の首筋にすり寄せながら、耳元でささやくように話しかけてきた。

「杉井さん」

「何だ」

「杉井さん、女の人、好き？」

「嫌いと言えば嘘になるだろうな。男は皆、多かれ少なかれ、女の人は好きだ。俺が他の男と比べて極端に女好きかといえば、そうではないと自分では思っているが」

「私とちがう女の人、好き？」

「何だ。スミ子の質問の意味はそういうことか。それならば言っておこう。俺は、スミ子以外の女の人とはそもそも面識がない。だから好きになりようがない」

「私のところに来ない時、ちがう女の人のところへ行ってる」

「面識がないという日本語がスミ子には難しかったのかなあ。俺は他の女の人のところへ行ったことがない。だから他の女の人で知っている人はいない」

「でも、私のところへ来ない時、きっとちがう女の人」

これが妬きもちというものだろうか、もしそうだとすれば妬きもちというものは随分可愛らしいものだと杉井は思った。

「スミ子は意外と疑い深いのだなあ。俺は、そう見えないかも知れないが、筆まめで、内地にいる両親や友だちや親戚に頻繁に手紙を書く。木曜日でスミ子のところに来ない時は、その手紙を書いたり、そうでない時は部屋の片づけをしたりしている。他の女の人のところへ行ったりしていない。分かるか。ところで、そうやって後ろから話しかけられると、俺の方は話がしづらい。こっちの椅子に座れ」

スミ子は、杉井を抱いていた腕を解くと、杉井の正面に回り、椅子に座ってじっと杉井を見つめた。

「今度の木曜日も、私のところに来る?」

「分かった、分かった。スミ子に疑われないように、必ず来ることにしよう。でも作戦が入ったり、どうしても来れない事情が生じた時は仕方がないぞ」

「来週も待ってる」

杉井は、飲み残しの茶をすすると、

「今日はそろそろ帰る」

と、スミ子に五元を渡し、部屋を出た。スミ子はいつもどおり玄関まで見送りについてきた。兵舎に戻る途中、振り返ると、スミ子は玄関のところで小さく手を振っていた。スミ子とは、いろいろな話をしてきたが、他の女と遊んではいやだというようなことをスミ子が言ったのは初めてだった。スミ子は、余程他の客が取れなくて、それで杉井を大事にしようとしているのだろうか、それとも何回通っても抱きもしない風変わりな客に何となく情が移ってきたのだろうか、いずれにしても、自分もスミ子のことは憎からず思っているのだから、そのスミ子から好意を持たれることは光栄なことと思うべきかも知れない、そんなことを考えながら、杉井は兵舎の門をくぐった。

兵舎の廊下を歩いていると、ちゃんちゅうのビンをぶら下げた佐藤とすれ違った。

「小隊長殿、お帰りなさいませ」

「これから一杯やろうというところか」

「食堂で一本購入したので、部屋でちびちびやろうかと思っていたところです」

「それなら、俺の部屋でやらないか。下戸の俺では仕方ないかも知れんが、一人でやるより良かろう」

「お言葉に甘えます」

佐藤は、一度杉井の部屋に入ってちゃんちゅうのビンを置くと、コップを取りに部屋の外に出た。しばらくすると、コップを二つ持って戻って来て、一つのコップには、杉井のことを気遣ってほんの少し、もう一つのコップにはなみなみとちゃんちゅうを注いだ。

「小隊長殿、失礼ですけど、トイの帰りですか」

「そうだ。最初、鶴岡に連れられて第四トイに行き、それ以来時々出かけるが、いつも同じ女に会いに行っている」

「小隊長殿が決めうちしてる女ならさぞかし上玉でしょうね」

「そんなことはない。初めて行った時に選んだ女を、特に替える理由もないので、毎回指名しているだけで、上玉とかその類ではない」

「それに、俺はトイへは何度も行っているが、その女を抱いたことはない」

佐藤は、おやっという意外な顔をした。

「それでは、一体トイで何をしてくるのですか」

「幸いなことに、日本語が多少できるのでいろいろと駄話ができる。それと風呂場に行って背中を流してもらっている」

さすがの佐藤もあきれ顔になった。同時に、男としての杉井にやや疑問を感じたかのような何とも複雑な表情をした。杉井は、佐藤がとんでもない誤解をしたのではないかと思い、あわてて言い足した。

「佐藤、誤解するな。俺は男としての普通の機能は持っているつもりだ。女を抱きたいという欲望もある。ただ、何となくトイではそういう気分になれない。何故なのか自分で考えたことがあるが、やはり日本軍が朝鮮から調達してきた女に、金を渡して体を買うというのは、日本の軍人として潔い行為とは思えないからではないかと思う」

佐藤は、それを聞いて、これは杉井に一言言っておかなくてはいけないと思ったのか、ちゃんちゅうのコップ片手に、身を乗り出すようにして話しだした。

「小隊長殿は、本当に純粋というか、正義派ですねえ。もしトイがないとして、日本兵が欲求不満になってそのあたりの中国娘を調達しだしたら大変なことになりますよ」

「それは俺も分かっている。別にほかの連中がトイの女を抱くことについて悪いと言っている訳ではない。ただ俺がそういう気分になれないと言っているのだ」

「私は、小隊長殿の気持ちは良く分かっているつもりですよ。日本は朝鮮を合併した側だし、朝鮮は日本に合併された側だ。合併しておいて、最前線に慰安婦が必要だから、朝鮮娘を調達してきて相手をさせるというのは、如何にも力づくでやっているようで気分が悪いという訳でしょう。ちょっと違うっておっしゃりたそうだけど、大体小隊長殿の考えていることと合っていると思いますよ。でもね、小隊長殿、良く考えてみて下さい。大量の朝鮮娘に慰安婦をさせている日本軍は、それはほめられたものではないのは確かです。しかし、実際に朝鮮娘を売り飛ばしているのは朝鮮人のブローカーですよ。この浙河に来ている慰安婦については、漢口にいるユウソンジュンとかいう奴が取り仕切っている。そいつと本国の間にはまた中間に立ってピンハネしている奴がいるはずです。要するに、一番悪い奴は誰かということですよ。金儲けのために自分の国の女を売る、こんな奴らに比べたら、女っ気のない前線でたまに慰安所に女を抱きにいく日本兵の方がまだましだと私は思います」

杉井は、初めてスミ子に会った時に、スミ子の口からユウという名前が出たのを思い出した。スミ子を見て、こんなことをしていないで早く朝鮮に帰った方が良いと思っていたが、中間のブローカーの存在などを具体的に知ってみると、慰安婦たちにとっても事柄はそう単純ではないように思われた。佐藤が言うように、慰安婦紹介業で儲けている人間も許せないが、そんな業が成り立つ状況を作り上げたのが日本軍である以上、自国の女を売り飛ばす奴より、その女を買いに行く日本兵の方がまだましだという佐藤の主張にはやや飛躍があるように思われた。

「確かに佐藤の言うとおりかも知れん。でもそんな中間搾取者の話を聞くと、なおのこと可哀相で抱く気になれないな」

「小隊長殿は本当に優しいですね。どんな娘か知りませんが、小隊長殿の相手の女は幸せですよ。トイの女どももあばずれみたいなのが多いが、中には確かに立派なのもいるので、小隊長殿のように優しい気持ちで相手をしてやることが大事ですね。辻坂小隊長のように、トイの女を、単なる欲のはけ口として物みたいに扱っているとひどい目にあう。この間は、トイに行って顔中に引っかき傷を作られて帰ってきたそうです。まあ、私もトイでの行いはそう自慢できたものではありませんが」

「辻坂の場合は別格だから、あまり一般化はできないだろう」

「そんなことを言ったら、小隊長殿は反対の意味での別格ですよ。それにしても女と二人きりでよく我慢できますねえ。それに、トイで何もしないのだったら、時々自分で処理するのですか」

「つまらんことを言うな」

「これは失礼しました」

佐藤は舌を出して侘びを言い、コップのちゃんちゅうをあおった。

疾病

七月に入っても、まだ作戦の命令は来なかった。一方で、浙河は内陸にあるために寒暖の差が大きく、夏場に入って猛暑が襲ってきた。駐屯地にいる間に体を消耗させては何の意味もなくなってしまうと思い、杉井は、日中の訓練はなるべく軽くすることを心がけた。しかし、暑さもさることながら、この時期、浙河の部隊を悩ませたのがマラリアだった。中国の戦地ではマラリアは決して珍しい病気ではなかったが、特にこの年の浙河はマラリアが大流行し、多くの者が罹患して、野戦病院に収容された。杉井の小隊では、柏田上等兵、松浦一等兵、尾上一等兵がマラリアにかかって入院した。杉井は、休養日である木曜日の午後、三人を見舞った。野戦病院では、マラリア患者用の隔離病室は満杯になり、柏田も一般の病室に収容されていた。杉井が病室に入っていくと、これに気づいた柏田は、

「小隊長殿、申し訳ありません」

と言いながら、起き上がろうとした。顔は高熱のせいか、異様に紅潮していた。

「起きる必要などない。横になっていろ」

「はい、本当に面目ありません」

柏田は、すぐに横になり、顔だけを杉井の方に向けた。長身で筋肉質の如何にも頑健なタイプの柏田だが、頰も多少こけ、体も少し痩せたように思われた。

「かなり具合が悪そうだな」

「はい、正直言ってまいりました。それでも二週間前に発熱した当初に比べれば、この三、四日は熱が四十度までいかないだけ少し楽になってきました」

「マラリアに高熱はつきものと聞いたが、四十度を超えるというのは相当なものだな」

「諸川軍医が言っていましたが、マラリアには三日に一度発熱する三日熱、二日に一度発熱する二日熱、毎日発熱する熱帯熱の三種類があるそうです。自分のは典型的な二日熱で、大体一日おきに熱が出ます。熱が四十度までいかない日は何とか食事もとれますが、それを超えた時は何も食べられません。熱帯熱にかかったら生きていけないのではないかと思います」

柏田はハーハーと荒い息をしながら、杉井に説明した。

「高熱が出た時には、耐えられないくらいの頭痛に襲われます。大げさと思われるかも知れませんが、本当に頭を切って捨てて欲しいと思うくらいです。でも、自分の場合は、浙河にいる間にかかっただけまだましだったと思います。小隊長が来られる直前の昨年七月の作戦の時は、作戦途中で何人も発病しました。残していく訳にもいかず、行軍できる者は熱があっても行軍させ、どうしても駄目な者は馬にくくりつけて一緒に行動したのですが、やはり病死者が続出しました」

着任して一年になる杉井は、戦地においては弾丸に当たって死ぬ者よりも、病気にかかったり、疲労のため消耗しきったりして死んでいく者の方が多いことは分かってきていたが、作戦中のマラリアの罹患はかなり致命的ではないかと思われた。病死の話など縁起でもないと思った杉井は、話題の方向を変えた。

「何か薬はもらっているのか」

「マラリアの薬は一つだけでキニーネといいます。特効薬と言われていますが、飲んでもしばらくの間は高熱とは付き合わなくてはならないようです」

「しばらくの間と言うが、柏田はいつ頃治りそうだ」

杉井がこう言うと、柏田は少し頬をゆるめた。

「小隊長殿、本当に心配おかけしてすみません。諸川軍医という人は見立てのしっかりした人で、こいつは助かりそうか、駄目そうか、こいつは長くかかりそうか、早く治りそうかの判断がきっちりしてます。私を放ったらかしにしているあの雰囲気からすると、これでも私はマラリアとしては軽症のようです。いつになったら治りますかと訊いても、俺みたいなやぶ医者にそんなことが分かる訳はないだろうと言うだけですが、あの感じだとあと一週間というところではないでしょうか」

「そうか。それなら安心だ。とにかく大事にしろ」

「ありがとうございます」

柏田の病室を出た杉井は、松浦と尾上も見舞ったが、二人とも高熱のせいか、薬のせいかうとうととしていた。無理に起こしたりしない方が良いとの軍医の言葉に従い、杉井は、「小隊のことは気にせず、ゆっくり養生するように」というメモを残して病院をあとにした。

この時期、連鎖反応ではないが、軍馬が相次いで仙痛などの病気にかかった。中国の地形上、大きな重い大砲を機械で牽引することはできず、兵器糧秣も含め、すべて馬に引かせるか馬の背に載せて搬送する以外に方法がないため、馬匹は欠かせない戦力であった。従って、いつ作戦命令がくるか分からない中で、大量の軍馬が疾病にかかることは深刻な事態であり、皆躍起になってその回復を図った。

しかしながら、「兵隊は五銭で補充がつくが、馬の補充は一頭五十円かかる」と言われるほどに馬を貴重な存在としているわりに、軍隊での馬匹の衛生管理体制は、人間のそれと同様お粗末なものであった。大隊には、獣医学校を卒業した名倉少尉が召集で配置につき、この下に助手として滝村獣医軍曹がいたが、大量の馬が病気になった際には手が回る訳もなく、仙痛などの場合は、古参兵が自らバケツを天井につるしてそこからゴム管で馬の尻に浣腸液を注入し、また馬の鼻からやはり長いゴム管を胃まで入れて薬を投与するなどして治療を行った。

このほか、馬の管理で気をつけなくてはいけないことは、鞍傷から菌が入ることと爪の破損によって歩行に支障をきたすことであった。鞍傷は鞍の下に敷く毛布に皺があった場合や左右の荷駄にアンバランスが生じた場合にできるため、馭者は荷駄の上げ下ろしの際には細心の注意を払った。爪の破損の防止は蹄鉄工務兵の仕事だった。各中隊には二名の蹄鉄工務兵がおり、入営前に鉄工所に勤務していた者や農家で馬を飼育していた者が任命されていた。工務兵は常に工具の入った皮袋を腰につけ、落鉄した場合は直ちに蹄鉄を打って爪を保護した。また作戦前には、一ヶ月以上の遠征であれば全馬について、一ヶ月以内であれば一部の馬について蹄鉄の打ち替えが行われたが、これも古参兵が作戦の大小を判断する一材料となっていた。

八月に入ると、柏田の予想どおり、マラリアで入院していた三人は回復し、杉井の小隊はまた本来の編成に戻った。また、野戦砲兵学校の教育を終えた多和野が、内地から戻って原隊に復帰した。多和野は、村川を始め、一人一人の将校から留守中のことなどを訊いていたが、ある日、将校食堂での夕食を終えた後、杉井も多和野の部屋に呼ばれた。

「杉井、俺の留守中に相当名を上げたようじゃないか」

多和野はあご鬚をさすりながら、嬉しそうに言った。

「そのようなことはありません」

「大鶴山討伐は、実質的には初陣のようなものであったのにそつなくこなし、予南作戦の留守番をした時も相当派手にやったようではないか」

「大鶴山の時は、私が頼りないため、周りを精鋭で固めてくれたのでうまくいっただけですし、予南の時の留守番も、私が撃退した敵の数が過大に報告されているだけであると思います」

「そんなことはどうでも良い。とにかく、杉井が活躍すれば、それは俺の教育の賜物であり、杉井の手柄は大隊長を始めとする上官の手柄になる訳なのだから、とにかく自分は立派だと言っておけば良いのだ」

「分かりました。ところで、学校の方は如何でしたか」

「あんなもの面白い訳がなかろう。順番が回ってきたから仕方なく行ってきたが、そもそも俺のように教官としての適性がない者に教えられたら、生徒の方も迷惑だ。軍人とはかくあるべしというような精神教育をしろと言われても、俺のような軍人失格人間には土台不可能というものだ」

久々の多和野節を聞いて、杉井は安心するような思いがした。

「それに、戦地に行ったことのない奴らに教えるのは、戦地で実戦を積ませながら教えるのに比べるとはるかに難しい。何を教えても、まさに机上の空論という奴だ。今ひとつ気合いが入らなかったのはそのせいかも知れん」

「しかし、教官から立派な薫陶を受け、助教などから厳しく鍛えられたからこそ、私などは今ここで何とかやっていられるように思いますが」

「杉井は、本当にあの教育が有難いと思ったか。毎日のようにちょっとしたことでもぶん殴られて、それであの教育に感謝できるというのは相当なものだ。もっとも、上官の言うことにたてつく奴ばかりでは、この組織は成り立たんから、とにかく命令に機械的に反応できる人間を育てるという点からは合理的にできているかも知れん。それと、弾の間をくぐり抜けるような生活に放り込む訳だから、どんなひどい状況にも耐えられる人間に仕立て上げる必要があるのも確かだろう。ただし、人間を鍛えることと人間性を無視することとを履き違えているような奴らが学校には多いような気がしてならん」

杉井は、名古屋に入営して以降の生活のことを懐かしく思い出した。軍隊という管理社会で生きていくためにはこの程度のことは当然耐えなくてはいけないと思う反面、確かに、多和野の言うとおり、人を鍛えるにしてもやり方というものがあるのではないかと思うこともあった。

「ところで中隊長殿、内地の様子はどうでしたか」

「杉井が来たのは一年前だな。多分この一年ではそれほど大きな変化はないだろう。名古屋の連隊も、名古屋の街も相変わらずだった。俺がこちらに戻る直前に新兵の出征があったが、出征の見送りは昔に比べると地味になったな。あんなに馬鹿騒ぎをして送ることに意味がないと皆が気づいたからなのか、日本軍の調子が悪いから控えめにするようにお達しが出たからなのか、理由はよく分からんが」

杉井は、出征の時の盛大な見送りは、まさに男の花道と言うべきものであり、また同時に戦地に向かうことを自分自身に納得させる有意義な儀式でもあり、送る方にも送られる方にも十分意味のあるものであると思っていた。従って、多和野が挙げた前段の理由は誤りだと思ったし、もし後段の理由が正しいのであれば、それはそれでゆゆしきことであると思った。

第一次長沙作戦

昭和十六年八月三十日、野砲兵第三連隊に、湖南省長沙攻略作戦の準備を開始すべしとの命令が下った。多和野から指示を受けた杉井は、直ちに佐藤、早田の二人の分隊長を呼んで準備内容を伝えた。

「今度の作戦は、相当大がかりですね」

佐藤が上目づかいに杉井を見ながら言った。

「この携行食糧の量からすると一ヶ月は超える大仕事だ。それに携行弾薬の多さから見ても、そんなに簡単な作戦ではなさそうですね」

佐藤くらいのベテランになると、経験と勘で作戦の規模を直ちに推測する。この推測はほぼ間違いなく的中するが、今回も佐藤は正確な予想をしているのだろうと杉井は思った。隣で、いつになく神妙な顔をしていた早田が言った。

「長沙を攻略するとなったら、それなりに覚悟していく必要がありますね。あそこは薛岳が指揮する第九戦区四十師団が守っているが、相当の精鋭部隊と聞きます。ある程度のところで兵力温存のために引き上げてくれれば良いが、死力を尽くして守り通そうとされたら、落とすのには相当な手間暇がかかりますね」

「揚子江のはるか南まで遠征しての大作戦だからな。うちだけでなく、他の師団も参加するだろうし、これまでの作戦とは大分違ったものになるだろう」

杉井はそう言って、佐藤と早田に準備に遺漏なきよう指示した。

九月五日、杉井たちは浙河を出発した。杉井にとっては揚子江の南まで出かける作戦は初めてだった。杉井の予想したとおり、長沙作戦は杉井の所属する第三師団と第四、第六の三個師団の連携による大作戦であり、まず第三師団が第四師団とともに漢口に集結することになった。半年ぶりに訪れた漢口はやはり別世界だった。浙河では見ることのない電灯の光がまぶしく、着飾って街を闊歩する女性たちの姿も相変わらずまばゆかった。杉井は、小隊の有志を連れて日本租界、フランス租界を彷徨《さまよ》い、中華料理屋に入って部下に海鮮料理をふるまった。柏田も桜木も久野も皆舌鼓を打ったが、予南作戦のあとのご褒美出張の時とは異なり、緊張感のせいか口数は少なかった。

九月七日、杉井は、川辺伍長、篠沢伍長など小隊の馭者連を指揮して、馬匹、火砲、弾薬を赤玉発動機の伝馬船に載せると、小隊全員を船に乗り込ませ、幅四キロの揚子江を渡った。揚子江の流れはゆるく、注意深く見ないとどちらに流れているか判然としなかった。水は黄褐色に濁り、杉井は、日本ではいたるところに見られる清流を懐かしく思うと同時に、何故中国という国はどこに行っても見るものすべてがこの水のような色に統一されているのだろうかと思った。ゆったりとした流れの中で伝馬船は揺れることもなく進み、三十分ほどすると対岸の船着場に着いた。初めて踏む南中国の土だった。

杉井たちは、馬匹や荷駄とともに下船すると、第六師団の警備地に向かい、ここで第六師団と合流すると、更に南下して南の最前線である新墻川河岸《しんしょうがわ》に向かった。途中、部隊は赤壁を通過した。呉の周瑜が魏の曹操の大軍を破り、中国の歴史を大きく変えたと静商の授業で習ったが、これがその赤壁かと杉井は感慨深く眺めた。もともと杉井の駐屯地の浙河は魏、呉、蜀三国の接点に近く、春秋戦国の古戦場であったため、歴史的名所には事欠かなかった。諸葛孔明に三顧の礼をとって劉備玄徳が往復した新野―襄陽道も、張飛が仁王立ちして奮戦した長坂橋も、関羽終焉の地、荊州城も皆浙河からそう遠くないところにあり、陸軍士官などとしてではなく、一般人としてこの地を訪れ、中国の歴史を満喫することができればどんなにか素晴らしいだろうと、杉井はいつも思っていた。

九月十三日、第三、第四、第六師団は新墻川河岸に到着し、夕刻一斉に渡河すると、長沙に向けて更に南下を始めた。

「湖南省というところは、浙河のあたりとは随分眺めが違いますね」

行軍中、早田が話しかけてきた。

「樹木が多く、丘陵が緑のせいだろう」

「確かにそうですね。目には優しい風景ですから、行軍の時には周りがこんな感じの方が助かりますね。もっとも道がこれでは馭者の連中は辛いだろうし、連中にとっては眺めなどは二の次の問題かも知れませんが」

早田は荷駄の運搬のことを言っていた。南船北馬の言葉どおり、中国の南は馬による運搬には適さなかった。揚子江を渡ると、北の見渡す限りの麦畑とは対照的に、一面二期作の水田地帯となり、道路はすべて畦道で、地図の上では二本線の国道であっても、実際は幅一メートル程度の石畳の道で、大砲の牽引はほとんど不可能だった。今回の作戦に出かける際も、揚子江から南は挽馬編成を解き、駄載によるべしとの指令が出ていた。これは大砲を馬に引かせるのでなく、分解して馬の背に載せて運べということで、当然のこととしてこの作戦には分解が可能な連隊砲が用意された。また弾薬も五発入りの弾薬匣を馬の両側に積んで運んだ。挽馬の場合と比べればもちろん馬の負担は重く、また休憩時の積み下ろしの手間があるため、この行軍は兵にとっても大きな負担だった。

八日間の行軍を終えて、部隊は焦家湾に到達した。焦家湾には頑強な敵陣地が構えられており、歩兵第六連隊はこの陣地への攻撃を開始し、野砲兵第一中隊はこれを援護射撃することになった。二十数発を敵陣に撃ち込んだところで、眼鏡で状況を見ていた多和野が、

「この位置では敵陣の全容が正確に把握できない。第一線まで行って偵察をしてくる。三名同行しろ」

と杉井に命じた。

「早田、三井、中隊長の偵察に同行だ」

中隊長の多和野、小隊長の杉井、分隊長の早田、観測手の三井の四人は、稜線を縫うようにして第一線へと向かった。七百メートルほど進むと、左手前方から「ヒューン」という音とともに敵弾が撃ち込まれてきた。

「杉井、右に回るぞ」

「了解」

四人が灌木の陰に隠れながら、右へ進むと、足もとで「ピシピシピシピシ」という音がした。敵の機関銃による狙撃乱射だった。

「ちっ。かえってまずかったか」

多和野は舌打ちすると、

「左手、クリーク」

と避難を指示した。多和野を先頭に、四人は夢中になってクリークの中へ転がり込んだ。飛び込んだ際に、早田が滑って腰を打った。

「早田、大丈夫か」

「大したことはありません。少ししびれていますが、すぐに起き上がれます」

振り向くと、多和野が右足を抱えてうずくまっている。

「中隊長殿、どうされました」

杉井があわてて多和野の傍らに行くと、多和野は、

「杉井、やられたわい」

と落ち着いた穏やかな声で答えた。杉井が多和野の右足を見ると、爪先が柘榴《ざくろ》のように裂け、血が噴出している。杉井は長靴を脱がせにかかったが、靴は変形してくるぶしに食い込んでいて、到底脱がせられない。杉井は軍刀を抜き、多和野の長靴を注意深く切り裂いた。傷口は血にまみれ、親指は中央から二つに割れていた。

「早田、段列に戻って諸川軍医を呼べ」

「了解」

間もなく、背中に救急医療品の入った大きな袋を背負った諸川が、早田に連れられてクリー

クまでやって来た。諸川は、消毒から止血、化膿止めの薬の塗布など一連の応急手当を手際良く済ませた。その間多和野は痛そうな顔一つせずに、諸川の処置を見ていた。諸川が包帯を巻き終わると、多和野は早田に背負われて段列に戻った。毛布の敷かれた三脚椅子に腰をおろすと、多和野は右足をゆっくりと伸ばしながら、

「村川を呼べ」

と早田に指示した。事情を聞いた村川は直ちにかけつけて来た。もともと色白な顔が更に青く見えた。

「中隊長殿、大丈夫でありますか」

「弾をくらったわりにはけがは大したことはないが、見てのとおり、歩くこともままならぬ。村川、あと中隊を頼む」

「はっ」

多和野は周囲を一度見渡すと、りんとした声で言った。

「これより、中隊長代理は村川、指揮小隊長は杉井が務める。砲車小隊は第一、第二とも鶴が掌握せよ。俺は後方に下がる。本作戦中は、特に歩兵第一線との連絡を密にし、歩兵突入に際しては、原則として、歩兵隊出発の段階から敵陣への猛襲を行うべし」

多和野の指示は、極めて簡潔にして明快だった。前線における負傷という修羅場の中で、何の動揺もなく、ただ自分の行うべきことを淡々と遂行するその古武士然とした姿に、杉井は襟を正す思いだった。

再度の消毒と右足の固定などの処置を受けると、多和野は「なび四（名古屋病院第四の略）」に護送され、以後は村川が中隊の指揮をとることになった。もともと陸士出の中でも優秀な方であり、多和野のもとで鍛えられたこともあって、村川の指揮は適確だった。多和野のような緩急自在の指揮という訳にはいかなかったが、その純粋かつ緻密な性格から、部下に対する指示には安定感が感じられた。

九月二十六日、部隊は春華山《しゅんかざん》に到着した。中国軍はここで日本軍の進撃を食い止めるべく、かなりの兵力を投入していた。春華山の守りを見ながら、柏田が言った。

「こいつは相当攻めがいのある的ですね」

「そのために食わせきれんほどの砲弾を持ってきているんだろう」

隣で早田も同調した。

村川の仕掛けは早かった。歩兵隊出発の段階から猛襲をかけるようにとの多和野の指示どおり、杉井に命じて砲列を整えさせると、直ちに砲撃開始を指示した。春華山を死守しようとする敵を殲滅しようとするが如く、まさに砲弾を湯水のように使っての絨毯爆撃が行われた。この砲撃によって明らかに組織的戦闘能力の低下した敵陣に歩兵隊が突入し、敵の抵抗で一旦後退したが、態勢を整え直して夜襲を敢行し、九月二十七日早朝、春華山山頂を占領した。村川率いる第一中隊も歩兵隊に続いて山頂に到着し、観測所を設置した。春華山から敗走する中国軍は、撈刀河《ろうとうがわ》の河岸に向かって山を駆け下りていた。

「照準点、右手小丘、直ちに第一発射」

村川から敵軍への砲撃命令が下された。杉井たちは敗走する敵に集合砲火を浴びせ、敵の多くは倒れ、残りは逃げ惑った。敵軍を壊滅すべしとの任務は完遂と言えるほどの多大な戦果であり、杉井は勝ち戦の醍醐味とはこのようなものかと思った。敵の攻撃を受けることもなく、ただ逃げていく相手を高台から眺めながら砲弾を撃ち込む仕事は杉井の部下にとっても痛快極まりないもののように感じられたのか、砲撃が一段落したところで、柏田が言った。

「これだけ的が見やすいと百発百中だな。これこそ二番砲手冥利というものだ」

柏田は第一分隊で大砲の照準を合わせる役目の二番砲手であり、今回のような作戦では活躍の場が極めて多かった。柏田の自慢げな発言を聞いて、第二分隊の二番砲手の久野が口を挟んだ。

「でも、隣で見てましたけど、柏田さん、的を全然はずしていたのが二、三発ありましたよ」

「あれは、敵の退路が分散しないように、西側にまずぶちこんで敵の進む方向を一つにして、それから敵さんをまとめてたたくという高等戦術さ。何事にも頭というものを使わないとな」

柏田と久野のやりとりを聞いていた佐藤が言った。

「お前ら、何をつまらんことばかりほざいているのだ。今度の作戦は、この春華山で終わりとは限らん。第四師団が長沙を落としてくれていれば良いが、そうでなければ、この後はもっと厳しいかも知れんぞ」

相手を攻撃している間、勝ち戦の快感を覚えつつも、敗走する敵をここまで完膚なきまでにたたかなくても良いのではないかという思いが杉井の頭をよぎった。しかし、佐藤の言うとおり、今日逃げた兵は明日以降の作戦でいつ敵軍の一部となって襲撃してくるか分からないと思えば、徹底を欠くことは許されないと考え直した。杉井の場合はまだ自分の小隊から犠牲者を出していないが、杉井の着任前に同僚を失ったことのある古参兵にしてみれば、このような形で敵をたたく機会こそ、同僚を弔い、また将来の自分たちを守るために重要であると感じるのであろうと杉井は思った。同時に、このような前線では、敵に対する寛容の気持ちなど有害無益であることを自らにたたきこまなくてはならないのであろうとも思った。

二十七日、占領した春華山に一晩宿営した翌朝、部隊は株州《かぶしゅう》に向けて進軍を開始した。株州は長沙から敵が逃げる際の退路に位置しており、杉井たちの第三師団の役目は長沙から敗走する敵を捕捉殲滅することにあると思われた。企図秘匿のため、他の地域の戦況が杉井に知らされることはなかったが、株州に向かうと聞いて、杉井は、長沙を攻めていた第四師団がその攻略に成功したと想像した。難攻不落と言われた長沙だが、準備周到の日本軍の前に、意外ともろく陥落したものだと杉井は思った。

二十九日、株州に向けて急進中の部隊の中で、杉井たちの野砲兵第一大隊は前衛大隊に配属となった。株州への到達は急を要したため、夜に入っても行軍は続き、その日は露営が予定されていた。暗闇の中、油麻山《ゆまさん》を通過していると、突然後方から、パンパンパーン、ドドーンという銃砲声が聞こえてきた。前衛部隊は直ちに停止し、伝達が送られたが何の返答もなかった。村川の、

「川内、竹林、偵察」

との指示で、杉井の第一小隊の川内上等兵と、鶴岡の第二小隊の竹林上等兵が偵察に走った。

「早田、どう思う」

誰にも正確な状況は分からないとは思ったが、杉井は取り敢えず、隣にいた早田に訊いてみた。

「あの音からすると、沿道からの狙撃というようなものではありませんね。敵の数も相当多そうですし、部隊として仕掛けてきたように思いますが、それにしても変です。中国軍にしてみれば敵が通る可能性が高いとも思えないこんな所に部隊を待機させるのも無駄ですし、それにこんな闇夜の奇襲では、相手もかなりの犠牲を覚悟しなくてはいけないように思います。偵察の報告を受けないと何とも言えませんね」

しばらくすると、偵察に行った川内と竹林が戻ってきた。川内は息を切らしながら、村川に報告した。

「中隊長殿、申し訳ありません。かなり後方で戦闘が行われているようなのですが、詳細は全く判明しません。前衛部隊だけでも畦道いっぱいに延々と立ち尽くしており、とても脇を通過して後方に向かっていけるような状況ではありません」

村川は一瞬憮然とした表情をしたが、

「この状況ではやむを得まい。とにかくもう一度伝令を出しておけ」

と指示した。再三再四伝令が出されたが結局返答はなく、引き返すこともできない前衛部隊は、状況の分からないまま、暗闇の中でひたすら待った。両側が深い水田の狭い畦道で何をするでもなく、ただ立ち尽くすだけの時間は驚異的に長く感じられた。馬上で仮眠を取ろうと思っても、後方で止まない銃砲声が気になってとても眠れる状況でなく、ただ味方の部隊の安否を気遣うだけだった。

三十日になり、五時半を回った頃、夜が白み、周りがうっすらと見えてきた。油麻山と反対側に小高い丘があり、杉井たちの中隊は大急ぎで丘の上まで駆け上がった。後方を見ると朝靄の中で戦闘が行われていた。村川の指示で、中隊は直ちに砲列を敷いたが、戦闘は彼我入り乱れて、どこまでが敵、どこからが味方かも判然とせず、とても砲撃で援護できるような状況ではなかった。

「中隊長殿、威嚇のために何発か撃ちますか」

杉井が村川に訊くと、村川は制止するように右手を上げ、

「それもあまり意味をなさないだろう。命令系統が混乱し、大隊から何の指示も来ない以上、口惜しいがこのまま見守るしかなかろう」

と言った。杉井も仕方なく噴煙の中で敵と味方とが対峙する様を眼鏡で眺めていたが、ようやく九時過ぎになって、敵は油麻山に向かって退却を始めた。部隊も、数多くの犠牲者を出したこともあり、兵力の消耗を防ぐため深追いは避けた。

敵の退却を確認すると、混乱しきった部隊は、半日かけて序列を立て直した。自分の小隊の点呼を完了すると、杉井は本隊で戦闘を行った者たちの安否を確認に行った。歩兵第六連隊の

中では最も仲の良い第二中隊の高原少尉のところへ行くと、高原は服についた泥も掃わないまま、部下の連中に指示を出していた。

「高原」

杉井が声をかけると、高原は振り向いた。一睡もせずに戦闘を強いられたあとでもあり、さすがの高原もその表情には疲労の色が濃かった。

「杉井か。俺のところは見てのとおりだ。全く予期していない戦闘で、谷木と上坂、部下を二人も失った。それから長尾も戦死だ」

「えっ。長尾が」

長尾は高原と同じく歩兵第六連隊第二中隊の小隊長で、作戦の打ち上げの宴席などで一緒になったりしたことがあり、杉井も親交があった。

「長尾は普段は戦争なんか馬鹿馬鹿しくてやっていられないと言いながら、いざ作戦となると勇猛果敢な立派な将校だった。それがかえってあだになったのかも知れない。胸と腹に二発撃ち込まれていて、部下にかつがれて避難してきた時にはもう息がなかった」

そう言って高原は視線を落とした。高原にしてみれば、同じ中隊の中の同期の死であり、さぞかし悲しく、またショックだったであろうと杉井は思った。杉井自身も、身近な存在であり、かつ自分と同じ小隊長の戦死という事実に身震いのする思いがした。

「ところで、一体どうしてこんな戦闘がこんな場所で起こったのだろう」

高原は視線を上げて、杉井を見ながら話しだした。

「最初に敵が攻撃してきた時には、俺も一体何が起こったのか分からなかった。こんな所に敵がいるなど誰も想定していないからな。しかし、段々分かってきたことなのだが、あの敵は長沙から敗走してきた敵だったのだ。我々が考えていたとおり、敵は長沙から株州へと向かっていたようだが、予想したよりもはるかに東側を通って株州に抜けようとしたらしい。その結果、杉井たちの前衛部隊が通過した後の本隊の横腹に敵がもろに突入してきた。おかげでいきなり闇の中での白兵戦だ。本隊の砲兵部隊もあの真っ暗な中では大砲の操作もままならないし、仮に操作できたとしても、あれだけ敵味方入り乱れた状態では大砲は使えない。やむを得ず、砲兵部隊も俺たち同様、手榴弾、小銃で応戦していた。とにかく十時間以上地獄だった」

高原の話を聞いて、これは予想以上に悲惨な状況であったと杉井は確信した。通常はまず前衛が戦闘してその後で本隊が展開する。また前衛の戦闘にしても、砲兵隊が砲弾を撃ち込んだ後で歩兵が突入するため、突入の段階で敵の組織的戦闘能力はかなり低下している。加えて敵も兵力に著しい差があると思ったら、無意味な消耗戦は避け、ある程度のところでの撤退を想定しながら戦う。従って、計画的に行われた戦闘の場合は、被害も最小限に食い止める工夫がなされつつ実施されるが、今回はそのような工夫も準備もなされないまま、いきなり本隊同士が衝突したのだった。高原は続けた。

「あんな形で何の前触れもなく始まった戦闘だからやむを得ないが、敵への対応もばらばらだ。命令系統も途絶えてしまい、上司からの指示も全く伝わってこないのだから戦いは完全な個人戦になる。しかも弾丸はあちこちから飛んでくる、剣を持った敵が突然目の前に現れるという状況では、誰もが自己を守ることを最優先したくなる。特に近くで戦友が戦死したりしたらなおのことだが、暗闇の中では自己を守りきれる自信など持ちようがなく、恐怖だけが先行していく。とにかくあのような形での白兵戦において、組織的戦闘などあり得ない」

「しかし、想像した以上に大変な戦闘だったな。俺の場合は前衛部隊にいて、引き返して戦闘に加わることもできず、ただ手をこまねいて後方の銃砲声を聞いていただけだった。おかげでもちろん無傷で済んだが、本隊には本当に申し訳ない気持ちだ」

「そんなことを気にすることはない。もっと早く敵が来ていれば、前衛部隊との戦闘になった訳だし、要するに敵が突っ込むのが腹のどの部分だったかというだけさ。それよりなあ、杉井、俺はうちの部隊、いや日本軍にはすべてそういう傾向があるのかも知れないが、予想されていない非常事態にはひどくもろいような気がするのだ。この間春華山を攻めた時のようにマニュアルどおりに手順を踏んでやる戦いには滅法強いが、一度苦戦に転ずるとこれを克服するすべを持っていないように思う。今回のは闇夜の白兵戦という特殊な事態だから仕方ないと片づけるかも知れないが、もしこんな特殊な事態が五回も六回も起こったら、部隊は壊滅だ」

　高原の言うことはもっともだと杉井は思った。特に、同期や部下の戦死を目の当たりにした者としては、部隊の実態について危機感を持つのも当然のことと思えた。

　第三師団は序列を立て直すと、当初の予定どおり、株州に向けて出発した。油麻山で第三師団と予想外の衝突をした敵は、株州を越えて更に西側に退却したため、株州の守りは手薄だった。ここを落として作戦も終わりと予想した野砲兵第一大隊は、使い余した砲弾を景気良く株州の城壁の中に撃ち込んだ。ほとんど壊滅的になった城内に歩兵隊が突入し、株州は簡単に落ちた。株州を占領した第三師団は、九月三十日、反転作戦に移り、十月八日新墻川を渡って第六師団の警備地に入り、これをもって作戦を終了して、十七日浙河に帰ってきた。

戦禍評

浙河に戻った翌日、歩兵隊宿舎の食堂で長沙作戦の打ち上げが行われた。かつて杉井は、戦死者が多数出た時にはこの種の宴席を設けるのを控えるべきではないかと思ったことがあった。酒の飲めない杉井には、宴席そのものに特段のメリットを感じなかったし、自分の中隊以外の者たちと親交を深めるというのであれば、別に機会を作れば良いように思ったのである。しかし、何回か作戦を経験するうちに、何も面白いことのないこの戦地では、作戦終了という節目くらい、酒も入れて大騒ぎをすることも必要であろうし、戦死者が出た時こそ、弔いもかねて宴でうさを晴らす合理性があると思うようになった。

打ち上げが開催されるにあたって、まず戦死者の氏名が読み上げられ、全員で黙禱をささげるのが恒例だった。この日紹介された戦死者の数は、杉井が浙河に来てから最多のものだった。日本軍がこれから戦線を縮小していくことは考えにくかったし、そうであるとすれば、この前線で敵の各拠点を陥落させていく作戦は繰り返され、今回と同様、あるいはそれ以上の犠牲を払う事態も決して少なくないのではないか、そう思うと杉井は気が重くなった。

黙禱が終わると、席上にちゃんちゅうと並んで日本酒がふるまわれ、将校たちは作戦中のストレスを一気に解消しようとするが如く、ものすごい勢いで酒をあおりだした。杉井は、作戦中に負傷し、一足先に浙河に護送された多和野の姿を探した。多和野は食堂の右奥のテーブルに座って歩兵第六連隊の中隊長たちと談笑していた。右足はまだ包帯がぐるぐる巻きにされており、椅子の脇には松葉杖が立てられていた。杉井は、目の前に置いてあった日本酒のとっくりを持つと、多和野のテーブルへ進んで行き、

「中隊長殿、失礼します」

と言って、酒を注いだ。多和野は、濃い眉を上げて杉井を見ると、

「おう、杉井か。まあ、座れ」

と言って隣の椅子を勧めた。

「中隊長殿、おけがは如何ですか」

「大したことはない。もう歩こうと思えば歩けるのだが、まだ一部化膿しているのであまり負担をかけない方が良いというのが諸川軍医の意見だ。おかげでこいつのお世話にならなくてはいかん。醜態だがな」

多和野はそう言って、あごで松葉杖を指した。

「絶対に無理をしないで、大切にされて下さい。それにしても今度の作戦は戦死者がたくさん出ました」

「俺もよく分からないが、敵の敗走兵が行軍中の部隊の腹に突っ込んで来たらしいな。想定外の事態でもあるし、誰を責める訳にもいかんような話だ」

「私も前衛にいて直接戦闘に加わらなかったのですが、想像していた以上の激戦だった模様です」

多和野は一瞬髭をなでると、

「杉井、お前、部隊という組織も意外ともろいと感じていないか」

と、高原と同じことを言った。

「軍隊のような組織では、当然のことながら部隊の編成が巨大になればなるほど全体の連携が難しくなる。特に激戦になった場合はその問題が更に深刻になる。もっともこれは軍隊に限らず、組織一般についても言えることだ。杉井の実家は茶業だったな。商売は何人くらいでやっている?」

どういう意味の質問なのか不明だったが、杉井は取り敢えず答えた。

「工場で働いている従業員は十五人ほどいますが、乾燥や箱詰めなどをやっているだけですから、茶の買いつけや小売への卸しなど商売をやっているのは、父と伯父と私と雇い人三人の六人です」

「そのくらいの規模でやっている場合は、自分のやっていることが直接商売に影響するし、このことに成功すればこのくらい儲かるといった目安も立つ。しかし、大きな会社にでもなれば、多くの部とか課に仕事が細分され、自分の持ち場というものだ限定される。全体のことに分かりにくくなるし、逆に給料は変わらないのだから自分の持ち場だけ無難にこなしておけば良いという発想になり、会社が儲かるように頑張るというような意欲は減退していく。軍隊などはその巨大組織の典型だ。お国のために、日本国が勝利するためにという目標は皆抽象的には持っているかも知れないが、自分のやっていることが明確に日本国の勝利に貢献できているなどという自覚を持てる人間などいない。当然、最低限必要なことだけをやり、あとは無事に内地に帰れる日を待つだけの生活になる。部隊を良い組織にしようなどという意欲はないし、立派な兵隊になろうという向上心もない。そうした人間たちの集団が、マニュアルにない奇襲を受けた時にどうなるかは自ずと明らかというものだ。今回のは本当に予期しない事態だったからやむを得ないとは思うが」

「確かにそのような面はあるかも知れません。しかし、我が中隊に関して言えば、中隊長殿のお人柄のおかげで大いに士気は高まっていると思います」

「大いに有難い言葉だ。しかし、杉井も分かっていると思うが、俺はやはり組織人としては失格の人間だ。上官とは決してうまくいかないし、向こうもこっちのことを快く思ってはいないだろう。組織人たるもの、誰とでも上手にやれるのが大前提だ。もっとも俺の場合は軍隊組織に疑問を感じているのだから、その中で立派にやろうとしても土台無理かも知れん」

「それは、先ほど言われた、軍隊という組織があまりに巨大だからという理由からですか」

「それもそうだが、俺はもっと根本的な問題が軍隊には内在していると思っている。杉井、お前、陸士出の連中をどう思う」

杉井は、一瞬返答に困った。陸軍士官学校出身者は、杉井の目から見ても実に優秀だった。知的レベルはもちろんのこと、いろいろな修練を積んできていることもあって、人格も高潔な者が多かった。ただもちろん例外がない訳ではなく、単に陸士を出ているという理由だけでそれなりの階級を得ているような者に対しては、杉井も含め、不満を感じる者は多数いた。しかし、杉井は、取り敢えず、自分の答えは一般論に限定することにした。

「陸士を出られた方は、当たり前かも知れませんが、能力、人格とも私たちとは比較にならないほど優れたものを持っていると思いますが」

「まあ、俺に面と向かって陸士出の悪口は言いにくいだろうな。でも、杉井もよく分かっているだろう。陸士出にも当然個性はある。こんな前線に全く不向きであるにもかかわらず、階級を上げていくために必要なステップとして、何度か戦地にも送られてくる。それから、学校に入るための勉強は優秀でも、指導力は皆無といった輩もいる。中隊長くらいならまだ良いが、こんな連中に大隊長や連隊長などやられたらかなわないだろう。数がたくさんいるから、それぞれの個性などいちいち考慮していられないのかも知れないが、とても適材適所の配置が行われているとは思えない」

「しかし、それは私たちの場合も同様ではないでしょうか」

多和野は首を振りながら、杉井の発言を制した。

「杉井、お前たち徴兵組と俺たちとはよって立つ前提が違うのだ。俺はいつも言っているだろう。俺たちは好きでここに来ている。お前たちは好きでこんな所に来た訳ではない。それに、お前たちの場合はいくら軍に貢献しても出世には限界がある。必要なことだけをしてあとは適当にやっていたからといって責められる筋合いではない。杉井のように、来たからには全力で部隊のためにという気持ちでやってくれている人間は本当に有難いと思う。しかし、俺は徴兵組の犠牲の上に陸士組が出世していくようなことはあってはならないと思っている。特に人事上の処遇がここまで明確に区分されている以上、それは当然だ。もちろん、部下として俺の下に来た者は部下として使わせてもらう。ただ折角俺の部下で来てくれたのならば、是非生きて帰って欲しいと思うし、俺自身それを第一に考えなくてはいけないと思うのだ。こんなことは上官たるもの当然皆が持つべき認識だと思うが、これが必ずしもそうでない。偉くなればなるほど末端のことは気にしなくなる。参謀本部のように内地で部隊の配置を鉛筆で線引きしながら決めているような者にとっては、個々の兵の命など鴻毛の如く軽いものに感じられるのではないかという気がする」

何事にも率直な多和野だが、さすがに少し言いすぎではないかと杉井は思った。

「中隊長殿、参謀本部の批判までは」

多和野は目を細めて微笑んだ。

「大丈夫だ。心配するな。上に話が届くような場所ではこんな話はしない。しかし、俺が何故お前に今のような話をするか分かるか。同じ徴兵組でも、杉井のような士官とそれに仕える兵とではまた立場が違う。兵を部下として従える以上、やはり上官としての最低限の認識は備えて欲しいと思うのだ。杉井の場合は大丈夫だがな。それにしても、今回の作戦のように戦死者が多数出ると、なんとか一人でも多く救う手立てはなかったのかと考えてしまうな」

そう言うと、多和野は、杉井に注いでもらった日本酒をぐっとあけた。

あまり、多和野を独り占めするのもどうかと思った杉井は、自分の席に戻った。酒はうまいと思ったことなど一度もない杉井だが、宴席では一応格好だけはつけなくてはと思い、目の前にあるちゃんちゅうをコップに三分の一ほど注いで軽く口をつけると、

「おい、杉井、今度の作戦でもお前は楽をしたみたいだなあ」

と後ろから声をかける者がいる。見ると、色黒な顔をアルコール焼けさせた辻坂だった。

「隣に座ってもいいか」

杉井は答えなかったが、辻坂は杉井の了解の有無など全く気にせず、隣の椅子にどっかりと腰を下ろした。

「俺たち第二中隊は、敵のまん前に立たされてひどい目にあったのに、杉井たちは前衛で傍観していただけだからなあ。いつもいつも楽な思いができるように生まれついた奴は本当にうらやましいよ」

「辻坂、お前、ものの言い方に気をつけろ。俺たちは部隊の指示で前衛にいたのであって、偶々前衛が通り過ぎたあとで、本隊に敵が攻撃してきただけだ。敵が前衛に攻撃を仕掛けてくれば、当然俺たちが前面に立って迎え撃った訳だし、俺たちが楽をしたような言い方はやめろ」

辻坂の属する第二中隊は、株州に向かう際には本隊に属していたため、今回の作戦ではまともに敵の攻撃対象となったのだった。

「しかし、俺たちがやられているのをぼんやり眺めていて平気なのだから、本当に良い神経をしているよなあ」

「お前、本気で俺たちが傍観していたと思っているのか」

「俺の記憶ではお前の小隊が戦闘に加わったということはなかったと思うが」

「後方で銃砲声が聞こえた時には何が起こったのかさっぱり分からなかった。どのように行動すべきかの指令も届いてこないし、全く動きようがなかったのだ」

「そんなもの偵察を出せば状況は明確になるし、何をしたら良いかくらい簡単に分かるはずじゃないか」

「偵察は出したさ。川内と竹林が行ったが、畦道いっぱいに部隊が立ち往生していてとても後方まで到達できる状況ではなかった。伝令も何回も出したが、結局返答なしだった」

「杉井も言い訳を並べるのだけは本当にうまくなったな。まあ、あれこれ言っても始まらん。でもおかげで本隊の方からは犬死にがたくさん出たぞ」

「それは俺も知っている。同期では歩兵第六連隊の長尾が戦死した。勇敢で立派な将校だったのに」

辻坂は、嫌味な笑いを浮かべた。

「杉井、お前は本当にいろいろなことが分かっていない奴だな。頭の悪い奴に頭が良くなれと言っても無理かも知れないが、もう少し物事を正確に理解する努力はした方が良い。今回の長尾の行動は勇敢ではなく、単に無謀なだけだ。敵の攻撃があった時に、小隊の編成も組まずに二人だけ部下を連れて、弾丸の中を陽動に出た。ああいう行動を人は立派と呼ばず、愚かと呼ぶ」

辻坂は、明らかに間違っていることでも断定的に言う癖がある。また、自分を実際以上に偉く思わせたいのか、自己の言い分を頭ごなしに相手に押しつけることも頻繁だった。どうでも良い話題の時は、言いたいことは勝手に言わせておけば良いと思っていた杉井だが、戦友の戦死についてのこの言い方は許せなかった。

「死んだ戦友を、お前の得意とする愚の骨頂みたいな人物評価の対象にするのはやめろ。長尾はきっと自分の部下も含めた戦友の防波堤になろうとしたのだろう。お前みたいに部下を盾にしてでも生き延びようとするような奴とは人間の値打ちが違う」

辻坂は、顔を真っ赤にして怒り出した。

「杉井、貴様、この間の戦闘を見てもいないのに偉そうなことを言うな」

「どの人間がどういう行動をするかは見ていなくても大体の想像はつく。特にお前のような人間的な深みのかけらもない奴は、単純明快で、どうせ今回も卑怯な行動に終始したことくらい想像に難くない」

辻坂は立ち上がると、

「この減らず口が。不愉快だ。酒も飲めんような奴と話をしたことがそもそもの間違いだった」

と言って他のテーブルに向かった。杉井は、最初から来て欲しいなどと言ってもいないのにと思いつつ、辻坂の後ろ姿を見送ると、後は高原、中川などの小隊長連中と、長尾の思い出話を追悼代わりに語り合った。

杉井は、この打ち上げのような宴席は、いつもお開きまで付き合うことにしていたが、この日は途中で退散することにした。コップに三分の一だけ注いだちゃんちゅうを全部飲んでしまったら、軽い頭痛に襲われたためである。こうなると、人と話をしていても全く楽しくないし、加えて人前で嘔吐する危険性を強く認識する。かかる状況下での最良の手段は、宿舎に帰って一刻も早く横になることであった。

「今日は、申し訳ないが、失礼する。少し疲れがでてきた」

周囲にことわって、歩兵隊宿舎を出た杉井は、ふらつく足で砲兵隊宿舎に向かった。歩きながら、杉井はつくづく酒に強い人間になりたいと願った。もう少し飲めれば、宴席において苦痛を感じることもない。更に、周囲の人間が酩酊している状態を見るにつけ、酒というものは、自分には全く理解できないような幸福な瞬間を人間にもたらしてくれるような気がしていた。丈夫な体に産んでくれた両親には感謝しなくてはいけないが、欲を言えば、酒も飲める体質を植えつけて欲しかった、そんなことを考えながら宿舎に入ると、廊下に、食器を山のように抱えている三郎がいた。兵たちの打ち上げで使った食器を流し場に運んでいるところだった。

「三郎、今度の作戦では、お前もこわい思いをしたのではないか」

杉井たちの中隊の苦力のうち季唐民の方は高齢のため、作戦にはいつも三郎だけがついてきていた。輜重兵の部隊に入って物資の輸送を手伝うのが主な役目だったが、遠征先で他の苦力を雇ったりする時は通訳としても非常に便利で、日本語もより上手になってきた近頃は大いに重宝がられていた。

「こわい思いはしませんでした。でも、たくさんの人死んだし、たくさんの人けがしました」

「そうだな。死人やけが人を運ぶのも三郎の仕事だからな」

「はい。みな可哀相でした。それに、あっちで雇った苦力、戦いになると逃げていなくなってしまったので、兵隊さんがみなでけがした人運んでいました」

現地雇いの苦力は作戦中の貴重な労働力であるが、最も肝腎な時に逃走していなくなってしまうというのが最大の問題であった。

「そうか。そんなことがあると、もう作戦には参加したくなくなるだろう」

「いいえ。作戦はみなの一番大事な仕事。これからも手伝いたいです」

「三郎は感心だな。その片づけが終わったら俺の部屋に来い。留守中に慰問袋が届いていた。中には三郎の好きなものもあるだろうから分けてやる」

「ありがとうございます」

両手に抱えた食器の山ごしに笑顔で礼を言うと、三郎は流し場に向かって行った。

翌日の木曜日、杉井は第四トイに出かけた。スミ子はくすんだベージュのブラウスと紺のスカート姿で、いつものように玄関の奥の方に立っていた。トイの女たちの格好は千差万別だが、スミ子の服装はいつも客を引くための色気には欠けていた。トイに来る者には特定の女を目当てに来る者もいれば、毎回女を替える者もいた。また特定の女を目当てにして来ても、その女が仕事中の場合は他の女を物色してその日の相手を見つけるのが普通で、スミ子がいないと帰ってしまう杉井のような例はまれだった。トイの女たちも早く稼げるだけ稼いでしまいたいと思っている者が多く、当然のことながらトイに来る者には積極的に客引きをした。しかし、スミ子は特に自分から客引きをする訳でもなく、その格好も日本の田舎の女子学生然としていて、およそ誘惑という概念とは対極にあった。杉井は、もしかしたらスミ子は杉井のことを考えてあまり他の男をとらないようにしているのではないかと思ったことがある。そんなことをしないで、早く稼いでこんな浙河のトイなどから足を洗った方が良いのにと思う反面、スミ子にそんな風に思われることを期待する心理も否定できなかった。

スミ子は、この日も玄関の奥でつまらなそうに立っていたが、杉井の姿を認めると満面の笑みで駆け寄ってきた。玄関に立っている他の女たちはもはや杉井には見向きもしない。他の女には目もくれず、トイの女たちの中では如何にも未成熟な感じのするスミ子をいつも指名する杉井は、客漁りに奔走する女たちには奇異に映っていたに違いなかった。スミ子は杉井を部屋に案内し、いつものとおり茶を勧めながら言った。

「杉井さん、ずっと来なかった」

「ずっと来なかったのは事実だが、それは俺の意思によるものではない。長い間作戦に出ていた。だからここに来ようにも来られなかった」

「杉井さん、他の女の人のところ、行ってた」

「スミ子、俺の言うことをちゃんと聞け。俺は長沙という町を落とすのを手伝うために長いこと作戦に出ていた。浙河にはいなかったのだ。だからスミ子に会いに来ようと思っても無理だった。それに今度の作戦は予想以上に大変で、この浙河から出かけた人間も何人も死んでしまった」

スミ子は急に悲しそうな顔をした。

「たくさんの人が死んだ。杉井さんの仲の良い人も死んだの？　杉井さんも危なかったの？」

「俺の仲の良い人も死んだ。特に歩兵部隊の人たちがたくさん死んだ。幸い、俺は弾の撃ち合いには加わらなかったから危ない思いはしなかった。俺たちが通り過ぎたあと、俺たちより後ろを行軍していた部隊に敵が襲ってきたのだ」

「杉井さん、弾がきたら逃げた方が良い」

最近のスミ子の発言に杉井はつくづく情を感じていた。敵前逃亡を勧めるスミ子の言葉にも杉井は限りない可愛らしさを感じた。

「大変有難い助言だが、そんなことをしたら俺は日本に戻って裁判にかけられる。裁判というのは分かるか。悪いことをしたということで罰を受ける。牢屋に入れられる。そうなったらこうしてスミ子に会うこともできなくなる」

スミ子は下を向いてしまった。杉井はスミ子の腰を軽く押して、スミ子の座っている小さな椅子の半分に腰をかけ、スミ子の肩を軽く抱きながら言った。

「スミ子、そんな顔をするな。俺は別にお前をいじめている訳ではない。弾がきた時に逃げる訳にはいかないが、大丈夫だ。スミ子が守り神になってくれているから、弾がきても俺には当たらない」

スミ子は小さくうなずくと、その頭を杉井の肩に寄せた。

しばらくして、杉井は、スミ子を促して、体を流してもらいに風呂場へ行った。風呂場では、スミ子はいつも杉井と反対側の隅に行って、杉井に背を向けながら要領よく衣服を脱いだ。杉井には、いつしかスミ子の脱衣の過程を観察するのが楽しみになっていた。この日も、ブラウス、スカート、下着と順に取っていき、スミ子の白い肌があらわになっていく様を後ろからながめていた。杉井は、スミ子の裸身を見る度、後ろ姿も美しいと思う。もともと細身だが、くびれた腰から長い脚にかけては丸みを帯びて、女らしい豊かさを感じさせた。そんな風に、スミ子に女としての魅力を感ずる度に、これだけ何回も来て相変わらず何もしない俺は変人かも知れないと杉井は思った。別にスミ子の中に入っていったからといってスミ子は抵抗もしないし、俺のことを嫌ったりもしないだろう、でも何故かその気になれない、他の好色な連中と同じになりたくないからか、いやそんな見栄をはりたいというような理由ではない、もともとスミ子が俺に求めているものがあるとすればそれは肉体的なものではあり得ないし、それがスミ子に対して自分に何もさせない抑止力になっているのかも知れない、とにかくスミ子の体を自分のものにした途端に何かが失われるような気がする、そんなことを考えていると、全裸になったスミ子が振り向きざまに、

「杉井さん、見ないで。恥ずかしい」

と言って、杉井の視線を感じた時の恒例として、その胸を手で隠した。

「恥ずかしがることはないだろう。スミ子の体を見るのは別に初めてではない」

「でもそんな風にじっと見られたら恥ずかしい。それに……」

スミ子は、胸を押さえていた両手を少しゆるめ、視線を落としながら、

「小さいし」

とポツリと言った。

「そんなことを気にする必要はない。スミ子の体は十分美しいし、俺は大好きだ」

スミ子は目を細めて微笑むと、

「杉井さんも早く脱いで」

と杉井が裸になるのを手伝った。更に、

「座って、座って」

と洗い場に杉井を座らせると、すぐに湯を汲んできて背中を流し始めた。途中、スミ子は杉井の肩をなでながら言った。

「杉井さん、けがしないで。弾が当たると治っても痛そう」

意味は良く分からなかったが、おそらく他の男の銃創でも思い出して言ったのだろうと杉井は推測した。

「心配するな。今まで弾の飛んでくる所は何回も行ったが、当たったことは一度もない。弾が俺のことを怖がってよけるから俺には当たらないのだ」

「杉井さん、時々変なこと言う。私が何も分からないと思って」

「そうではない。俺はスミ子に感謝しているだけだ。俺のような奴の無事を祈ってくれていると思うと本当に嬉しい。よしっ。スミ子、感謝のしるしだ」

杉井は、中腰になると、右手をスミ子の肩にかけ、左手で両膝をすくって、裸のスミ子を高々と抱き上げた。

「杉井さん、危ない。スミ子は両腕を杉井の首に回しながら、嬉しそうに声をたてて笑った。

杉井は、いたわるように、そっとスミ子を下ろした。スミ子は、もう一度杉井を座らせると、いつもよりも心もち強めに杉井の体を洗った。

洗い場から部屋に戻ってくると、スミ子は小さな声で言った。

「杉井さん、日本に帰りたい？」

何故突然そんなことを訊くのか不明ではあったが、杉井は素直に答えた。

「当然、日本には帰りたい。ここに来ている者で、日本に帰らずにずっとここにいたいと思っている人間などいない」

「杉井さんのおとうさんとおかあさん、優しい？」

「両方ともとても優しい。特におかあさんは、これ以上優しい人はいないと思うほど優しい」

「だから日本に帰りたいの」

「それも一つの理由だが、やはり祖国というものは恋しくなるものだ。それに俺は生まれてからずっと静岡の町にいた。こんなに長く留守をするのは初めてだし、帰ったら本当に懐かしく感じると思う」

スミ子もこんな所にいないで、早く親兄弟のいる故郷に帰った方が良いだろうと言いかけて杉井はそれをぐっと抑えた。親のことを好きかどうか訊いた理由は、スミ子があまり親のことを好きでないからかも知れなかったし、またスミ子をここに送った張本人がスミ子の親である可能性も十分あった。この種の分野の話題について、スミ子のことをあれこれ訊くことははばかられたし、自分のことを話せば自分がスミ子より恵まれていることを強調することになるし、いずれも得策でないと判断した杉井は、退散することにした。

「スミ子、そろそろ帰るぞ」

「杉井さん、また作戦にいっちゃう」

「いつまたかり出されるか分からんが、それほど間近ということもないだろうから、また来週来るよ」

「楽しみに、待ってる」

「ああ、俺も楽しみにして来るよ」

そう言って杉井はスミ子の鼻の頭をチョンとつついた。

訃報

長沙作戦の模様を、杉井は、両親はもとより、親戚知人にも手紙で報告した。検閲を意識して、部隊の被害などを強調することなく、事実を淡々と記したが、今までの作戦とは様子が異なることは、受け取った者も行間から十分読み取れる内容のものだった。
しばらくすると、佐知子から返事が来た。

前略
謙ちゃん、相変わらずお元気で頑張っているとのお便り、ありがとうございます。便りがないのは良い便りなんて言うけれど、やっぱり無事にしているということを教えてもらえるとすごく安心します。おば様も謙ちゃんのお手紙とってもうれしいらしくて、会うと書いてあったこと全部教えてくれます。私も全部教えちゃうから、謙ちゃんのお便りは二人で二度ずつ楽しんでいます。
でも、作戦の方はだんだん大変になっているみたいですね。特に、同期の方が戦死したりしたら、たまらなく悲しい気持ちになるのではと思います。日本はずっと勝ち続けているのに、戦地では日本側にも戦死者がたくさん出たりするのは何故でしょうって考えてしまいます。でもよく考えてみれば、謙ちゃんたちが第一線で頑張ってくれているからこそ、日本は勝ち続けていられるのですね。
戦死といえば、一つ悲しいお知らせがあります。謙ちゃんの静商の時の同級生の片桐さんが北支の戦線で亡くなりました。行軍中に流れ弾に当たったのだそうです。父に訊いたら、そんな確率はすごく低いし、さぞかし無念だっただろうと言っていました。おば様は謙ちゃんにはこのことは知らせない方が良いかも知れないと言っていましたが、いつかは分かることでしょうし、他の人から聞くよりはと思って私からお知らせすることにしました。私は直接の面識はないけれど、謙ちゃんの同期の人や同級生の人が戦死したって聞いたりすると、悲しい気持ちになります。早く日本が勝って戦争が終われば良いなと最近つくづく思います。

それから弟の英樹が来年初めに入営することになりました。先月通知が来て、静岡の歩兵第三十四連隊に入ることになりました。地元なので気楽で良いと本人は言っていましたが、謙ちゃんのように予備士官学校まで行ければ別として、そうでなければ早いと来年の春くらいには出征なのだから、もっと気を引き締めなくてはいけないのではないかと思います。謙ちゃんを見習うように言っておきます。

もうそろそちらも寒くなってきたのではないですか。お薬なども不足しているでしょうし、風邪ひいたりしないように気をつけてね。今度のお正月の願掛けも、一番は謙ちゃんが病気したり、けがしたりしないようにってことにしてあげます。その時に新しいお守り買って送りますから楽しみに。

草々

昭和十六年十一月十四日

谷川佐知子

杉井謙一様

片桐の戦死は、長尾のそれ以上に杉井にはショックだった。片桐は静商時代の親友の一人であり、学業の面でも人格の面でも立派で、杉井も敬意を払っていた友人だった。強制的に戦地に送られることへの不満、これも宿命と位置づけた上での割り切り、片桐にとってはそういったものが心の中で錯綜しながらの軍隊入りだった。最後に会ったのは、一年前の正月に静岡で芸者をあげてどんちゃん騒ぎをした時だった。あの時は士官見習いになりきって元気にしているように見えたが、自分で納得がいかないことには頑として抵抗する片桐のこと、あれは自分の心の命ずるところを無理やり押さえつけた上での振る舞いではなかっただろうか。もし、中国に赴いた後も百パーセントふっ切れないまま今回の死を迎えたとしたら、どれほど無念だっただろう。佐知子の手紙の片桐の死を伝える部分を読み返しながら、杉井は、とめどなくあふれる涙を抑えることができなかった。

十二月に入ると、杉井たちの部隊で大きな人事異動があった。まず、杉井の仕えていた大隊長の勝野が内地に帰還し、後任に小山少佐が赴任してきた。小山は四十歳くらいの軍人としては老境に入った将校で、鬢には白いものも散見された。小山は、特別志願将校といって、陸士出でもなく、杉井のような予備士官学校出でもない完全な一兵卒からのたたき上げで、少佐まで上りつめるのに二十年近くを要したのではないかと推測された。大隊長赴任の翌日に大隊長訓示があり、隊員一同は中庭に集合した。小山の訓示は、自分も最善を尽くす故、隊員一丸となって自分を支えてくれることを望むという通り一遍のものだった。一同解散となり、それぞれの部屋に帰る途中、人物評価に厳しい佐藤が早速杉井の耳元でささやいた。

「今度の大隊長は大丈夫ですかねえ。聞くところによれば、満州関東軍勤務が長くて、実戦の経験が全くないらしいじゃないですか。作戦に行った時におたおたしてくれなければ良いが。それに、新大隊長は特別志願将校でしょ。陸士出に顔もきかないし、小隊長も苦労するのではないですか」

「大隊長と俺との間には相当な間隔がある。誰が大隊長になろうが、俺が受ける影響は左程のものではない」

杉井は、佐藤が自分を心配してくれることは有難いことだと思ったが、実際にはそれほど懸念するようなことでもないと考え、そう答えた。

大隊長交代の翌々日、今度は多和野に内地への帰還命令が出た。ある程度予想していたとは言え、多和野の異動が現実のものとなると、これは中隊の隊員には衝撃だった。杉井も、核を失ったこの中隊はこれからどうなるのだろうと不安を感じた。

直ちに企画された送別の宴では、皆多和野との別れを惜しみ、佐藤も早田も柏田も目に涙していたが、多和野自身は淡々としていた。長沙作戦終了後、内地帰還の命令が内々来た際、多和野は連隊長に「引き続き中隊長としておいて欲しい」と直訴したが、聞き入れられなかった。このように、実際の発令よりも大分前に内示がきていたこともあり、多和野本人は、この日に至るまでには既に気持ちの整理はできていたようであった。送別会では、多和野は、負傷した右足を心持ち引きずりながら、隊員一人一人のところに行って声をかけた。杉井のところにやって来ると、多和野は、片手を杉井の肩にかけながら言った。

「杉井、本当に世話になったな。お前には言うべきことはすべて言ったつもりだし、これ以上特に言うことはない。仮に何か言い忘れたことがあっても、お前はもうすべて十分分かっているはずだ。これまでどおり、部下をしっかり守ってやってくれ」

杉井は、多和野に礼を述べようとしたが、言葉が出なかった。どのような表現を用いても、何か言えば、それは自分が感じている感謝の念よりはるかに軽いものになってしまうように思えたのである。杉井は、感極まった時に言葉というものは本当に無力であることをつくづく感じた。

部屋に戻って床に就いた後も、杉井はなかなか寝つくことができなかった。多和野との別離を明確に意識した今、杉井は多和野と共にあった時の幸福をしみじみと思い返していた。昨年八月、上海戦過番（上海戦経験者）、百戦錬磨の強兵の集団の中に青二才の将校として赴任して以降、周囲は言わばすべて敵、同期の鶴岡は頼りなく、すぐ上官の村川は一本気の我が道を行く猪武者という環境の中で、ただ一人味方は中隊長の多和野であった。多和野は陸士出でない杉井の立場を理解した上で指揮官としての衿持とプライドを持たせ、部下に対する温情も率先垂範身をもって教導し、更には軍人として、また人間としての死生観を示してもくれた。特に多和野が負傷した時の周章狼狽戸惑うことなく、従容として常と変わらぬ対処は指揮官かくあるべきという言外の大きな教訓であった。また手当ての際に見た多和野の純白な褌は武人の嗜みとしてこれも杉井の瞼から消えることはなかった。その多和野が浙河を去っていく。出会いに別れはつき物とはいえ、それを実感した時のむなしさは予想をはるかに上回るものであった。

　多和野の後任には、先任小隊長の村川が昇格した。


　この頃、国際情勢は大きく変化した。日本が米英に宣戦布告したのである。両国の妥協点を探るべく、日米交渉は重ねられていたが、昭和十六年十一月二十六日に「日本は中国、インドシナからの一切の陸、海、空軍兵力及び警察力を撤退すべし」との条項を含む「ハル・ノート」を提示された日本は、もはや開戦以外の道はないと判断し、正式の最後通牒のないまま、十二月八日、真珠湾攻撃を敢行した。

　この太平洋戦争突入の情報は、内地から連隊本部経由で各隊員にも下達された。米英との開戦を知った杉井は興奮を禁じ得なかった。遂に日本は世界を相手に戦うことになった。今、日本国内は大変な盛り上がりではないだろうか。杉井は出征の時のあの熱狂的な見送りを思い出していた。ただ、一方で、杉井はこれで母国への帰還は明らかに遠のいたのではないかとも感じていた。対米戦争と対中戦争は密接不可分だ、片方が終わって片方が続くということはあり得ない、あの大国との戦争がそんなに簡単にケリがつくとは思えないし、そうだとすれば対中国戦も長期化する、俺もただ命令のままこの中国の地に骨を埋める覚悟をしなくてはいけないのかも知れない、そんなことを考えながら、杉井は、話し相手を求めて歩兵連隊の高原の部屋を訪ねた。机に向かっていた高原は、部屋に入ってきた杉井の姿を見て、何の話をしにきたかすぐに察知した。

「杉井、とんでもないことになったな」

「確かに歴史を変える大事だとは思う。しかし、俺は、戦線を拡大していく日本の将来に不思議と何の不安も感じない。むしろ来るべき時がようやく来たという思いだ」

「俺だって日本の将来に大きな希望を持ちたいさ。米英まで相手にしたこの大戦争に勝てば、日本はまさに大帝国だ。しかし、杉井、思い出してみろ。米国との交渉は、俺たちが出征するずっと前から行われていた。長いこと交渉を続けていたのは、やはり一戦を交えるべき相手ではないと考えて、慎重を期していたからではないだろうか」

「慎重を期して十分に考えた結果、勝算ありと判断して開戦に踏み切ったとも考えられるだろう」

「杉井は、楽観的だな」

そう言って高原は微笑んだ。杉井は確かに自分自身過度に高揚しているのを自覚していた。何故かこの興奮状態を他の人間とも共有したくて、努めて日本の戦線拡大を正当化しようとしていたが、高原に楽観的と言われると、いつもの冷静な自分を取り戻す必要性を自覚した。

「俺だって今回の日本国の大英断については多少複雑な心境だ。内地へ帰れる日も何となく遠のいたように思うし」

「個人個人の人事は分からないが、一般論として内地へ帰る日が遅くなる人間が多くなるのは間違いないだろう。戦線が拡大すれば当然多くの人間を前線に投入しなくてはならなくなる。兵の数は一定なのだから、必然的に前線に留まる期間は長くなる。それに各戦線が激戦になってくれば、兵の絶対数が足りなくなって個々人の負担が重くなっていく。今回の戦線拡大は日本国全体にとっては良いかも知れないが、俺たちのように軍隊にいる一人一人の人間にとっては何も良いことはない」

高原の言うことは一つ一つもっともだった。杉井は、もしかしたら太平洋戦争突入という事実を知らされた自分は、むしろ漠然とした動揺を感じていて、本当はそれを高原に解消して欲しくてここに来たのかも知れないと思った。

「確かにそのとおりかも知れない。俺も戦線拡大と聞いてわくわくする一方で、この中国の地に骨を埋める覚悟はしなくてはならないと思ったところだ」

「杉井、それはむしろ逆かも知れないぞ。個人にとって状況が厳しくなればなるほど、生への執着を強く持たなければ、本当にここに骨を埋めることになりかねない。こんな時こそ、俺は絶対生きて内地に帰る、部下も全部無事に内地に帰すという気持ちを強く持つべきなのだと思う」

日本国の大勝利を無意味に願うのでなく、このような考え方をすることこそ、前向きな思考と言えるのかも知れない、そう思った杉井は笑顔で答えた。

「高原の言うとおりだな」

第二次長沙作戦

十二月十二日、新たな作戦が命じられた。再び長沙を攻めるという内容だった。企図秘匿のため、この第二次長沙作戦が何を目的としたものかは杉井たちの知るところではなかったが、実際には、この作戦は米英への宣戦布告と密接な関連を持っていた。宣戦布告と同時に、当時広東周辺を占拠していた日本国第二十三軍は香港攻略に向かうことになったが、この攻略を容易にするためには、日本が再び長沙を攻めに行くという気配を示し、南部の中国軍を中部に引きつける必要があった。従って、杉井たちの部隊を動員した第二次長沙作戦は、長沙陥落を目的としたものではなく、完全な陽動作戦だった。

作戦に赴く部隊は、第三、第四、第六の各師団で混成の一個師団を編成し、歩兵第六連隊も一個大隊で、砲兵第一大隊も二個中隊編成でこれに加わった。杉井の第一中隊は、大砲を持たずに段列を編成し、杉井は段列長を命じられた。部隊全体の編成、武器等の装備、携行弾薬どれをとっても前回の長沙作戦よりも小規模なものだった。中隊長の村川も、今回は軽少な作戦と判断し、段列の構成員も決して精鋭とは言えない者を当てた。杉井は段列長として三分隊を率いることになったが、第一分隊長こそ佐藤だったものの、第二分隊長は指揮小隊から丸田軍曹、第三分隊長は第二小隊から神村伍長が任命され、いずれも杉井の印象としては可もなし不可もなしの人選であった。浙河に留守番役として残ることになった早田がやってきた。

「小隊長殿、今回はお伴できませんが、くれぐれもお気をつけて」

「うむ。しかし、今度の作戦はこれといった修羅場もなさそうだな。もちろん油断は禁物だが」

「全くですねえ。長沙を攻めると言っても、もう前回長沙は落としているはずなのですから、偵察を兼ねての作戦なのかも知れませんね」

「そんなものかも知れないな。しかし、長沙周辺は敵もうようよしているし、何回か接敵は覚悟しなくてはならないだろう」

「今回の隊の編成を見るとそれもないような気がしないでもないですが」

「まあ、とにかく留守中よろしく頼む」

見送る側、見送られる側双方のあまりの緊張感の欠如に、杉井はかえって不吉な予感を覚えた。


十二月二十一日、歩兵第六連隊と砲兵第一大隊は浙河を出発し、第一次長沙作戦から二ヶ月ぶりに再び揚子江を渡り、二十四日、湖南省岳州《がくしゅう》に集結した。翌二十五日夜、部隊は、鏡のような洞庭湖の湖畔を、寒月に照らされた名勝岳陽楼を仰ぎながら、南に向かって進発した。前回と同様、新墻川を渡り、汨水《べきすい》、瀏陽河《りゅうようがわ》を越えて、ひたすら長沙へと向かった。途中、接敵は一切なく、またこの周辺の河川はすべて反転を想定して日本の工兵隊によって架橋されてあったため、行軍も比較的容易だった。その上、杉井たちには知らされていなかったが、この作戦は陽動作戦で、長沙を攻撃するぞ、するぞと相手にアピールすることに主目的があったため、部隊の動きも極めて緩やかなものであった。行軍には、普通の前進以外に、急進、突進、驀進とあり、状況の変化に応じて迅速な隊の移動を求められるのであるが、今回の作戦では、すべて通常の前進、しかも休憩を十分に取った極めて負担の軽いものであり、移動距離も一日二十キロ程度であった。すべてにわたって楽に感じられた作戦だったが、一つだけ前回より厳しい要素があった。気候である。十二月の末ともなると中国中部の内陸の寒さは厳しく、特に夜は厳しく冷え込んだ。何も見えない漆黒の闇の中で、かろうじて杉井の馬を引いている後ろ姿を認めることのできる小野一等兵に向かって、杉井は話しかけた。

「小野、冷えるな」

小野は、杉井の愛馬一水の手綱を握ったまま、馬上の杉井を見上げた。

「確かに相当寒いですね。あっ。小隊長殿、用足しですか」

「いや、そうではない。すこしこの寒さがこたえるのでな」

「上に重ねるものを出しましょうか」

「その必要はない。これだけ着ていれば体の方は大丈夫なのだが、問題は足だ。さっきから長靴の中の爪先が凍えて痛くてたまらん。小野は足の方は何ともないか」

「自分は今のところは大丈夫ですが」

「そうか。やはり歩いた方が良さそうだな。小野、降りるから一水を頼む」

杉井は下馬すると、一水の前を歩き始めた。徒歩に切り替えた効果は如実で、二十分ほどすると、凍傷にでもなるのではないかと思ったほどの爪先の痛みが大幅に緩和されてきた。士官として馬を当てがってもらうことは利点だけではない、特にこの寒さの中では体を温める意味からも徒歩が正解だ、そう思った杉井だが、しばらく歩き続けると徒歩による行軍のやりきれない単調さが苦痛に思えてきた。漆黒の闇の中では、すぐ前を行く人間の姿がおぼろげに見えるだけであるが、行軍からはずれないためには、その姿を見失う訳にいかない。杉井のすぐ前は、砲兵第二中隊第二小隊の最後尾であるが、杉井の視線は、誰かも判然としない兵の軍靴に集中することになる。この状態は、戦闘の時とは全く性格の異なる苦痛を人間にもたらす。通常、闇の中で人間が行うことは睡眠を取ることである。闇の中でそれ以外のことをしても生産性は望めないため、人間は行動をしない。然るに夜行軍においては、闇の中を前の人間に追随しながら歩くことを強要される。歩きながら、何か生産的な思考でもしたいと思うがそれも無理である。すべての兵が、もどかしさ、むなしさ、やるせなさの複合した心理状態に陥り、ただただ虚無的な時間が流れていく。杉井は、つくづく、戦争というものは人間に狂気の沙汰を可能ならしめるものだと感じた。思えば、敵とはいえ、平気で人殺しをするのも狂気であるし、この夜行軍も同じだ、これほど人間の神経をまいらせるのに効果的なものはないし、軍の中で精神的な病気を患う者も少なくないが、おそらくこのような経験の蓄積に起因しているのではないか、そんなことを考えながら、杉井はひたすら歩いた。

十二月三十一日、部隊は撈扨河に到達した。この河を渡れば長沙は間近だった。敵本営長沙の至近距離にあるため、撈扨河に架橋することは不可能であり、部隊は橋のない河のゆるやかな流れの中を水浸しになりながら渡ることになった。段列長の杉井は、川内、西野ら五名に、

「渡河経路設定」

と、河を渡っていく道筋の確定を命じた。五名は、ロープを持って、河の中の足場を確認しながら、ゆっくりと対岸に向かって行った。途中、深みがあったらしく、一人の兵が滑って水の中に倒れた。他の兵は滑った兵を抱き起こし、再び五人でゆっくりと右手に経路を変更した。五名の兵は、対岸に到着するとたるんだロープを張るとともに、篝火をたいた。五名のうち、川内が確認のため、ロープに沿ってこちらの岸に戻り、

「経路設定、完了」

と報告した。部隊はロープに沿って、対岸の篝火を目標に渡河を開始した。杉井は、佐藤、丸田らと共に、河の半ばで渡河の指導に当たった。荷物を積んだ馬は十頭を一繫ぎにし、乗馬者が先頭馬を引いていくことにした。経路を浅瀬に設定したため、水は太腿までであったが、極寒の中、氷の中に足を突っ込んでいる感覚だった。三十分ほどすると、部隊の進行が止まった。一秒でも早く渡河を完了させたい杉井はさすがに苛立った。

「何をしているのだ。丸田、対岸の様子を調べてこい」

丸田は、凍えて感覚を失いかけた脚を引きずるようにしてのろのろと対岸まで行き、程なく戻ってきて、杉井に状況報告をした。

「対岸は非常に急な坂になっています。上陸が進むにつれて坂が水浸しになり、兵も馬も滑って上陸に極めて手間取る状況になっています」

「今更経路変更もできない。上陸を完了した者も後続を引き上げる作業を行うよう指示してこ

い」

「既に、対岸は総動員態勢で引き上げを手伝っております」

「分かった。それで良い」

その後も、渡河は進んでは滞り、進んでは滞りを繰り返した。杉井の脚は痛みを通り越してほとんど感覚が麻痺してきた。河の流れはゆるやかだったが、その流れに抗するのも困難と思われるほど、脚に力を入れようにも全く力が伝わらない状態になり、ロープにつかまりながら何とか体勢を保った。馬の列が河の途中で止まった際は、手綱をつかみながら馬をなだめにかかったが、不安を感じた馬は動き回り、水に濡れて手綱が緩んだために杉井は水の中に転倒した。周囲が直ちに抱き起こしてくれたが、全身ずぶ濡れになり、それまで太腿から下だけだった冷凍状態が上半身にも及んできた。これはひょっとすると凍死するのではないか、こんな形での名誉の戦死とは情けない、と杉井は本気で考えた。渡河が始まって二時間半経ったところで、ようやく部隊の最後尾が後方から杉井の視界に入ってきた。これでやっと全員の渡河が完了するとほっとしたものの、既に全く脚の動かない状態になっていた杉井は、周りの兵に頼んで裸馬の背に乗せてもらった。対岸に着くと、至る所で焚き火がたかれ、兵たちが暖を取っていた。杉井の到着を待っていた中谷一等兵が、乾いた衣服を一式用意してくれた。杉井が着替えを済ませて、両足を焚き火の方に投げ出すと、中谷は、

「小隊長殿、本当にご苦労様でありました」

と足を揉み始めた。二十分ほどすると、血が通い始めたのか、足の感覚が戻ってきたが、そ

れとともに足全体がズキズキと痛み出した。

「中谷、踵の骨が痛む」

中谷は気の毒そうに杉井を見ながら、

「骨そのものは痛むものではありませんが、どのような感じかは分かります。もう少し我慢下さい」

と言ってマッサージを続けた。

痛みは引かないものの、何とか歩ける状態になった杉井は、二時間ほど仮眠を取ると、河岸の小丘に設けられた大隊本部の観測所に詰めた。やがて、うっすらと夜が明けてくると、朝靄の中に長沙の城壁が浮かんできた。眼鏡をのぞくと、城壁の上を敵の歩哨が歩いているのが見えた。時あたかも昭和十七年一月元日の朝だった。間もなく、連隊長の宮地が観測所にやってきた。

「元旦だ。礼砲に二、三発城内に放り込め」

宮地の命令のもと、静かな朝空に、

「ズズーン」

という唸りを立てて砲弾は発射された。これを機に、長沙攻略の火蓋は切られた。城内への砲撃に続いて、歩兵隊の突撃が始まった。敵の反撃は予想外に強く、城壁に向かう歩兵隊に雨あられのような銃砲撃が加えられた。犠牲を最小限に抑えるべく、慎重に攻めているせいもあって、攻略は遅々として進まない。丸一日かかっても城内への突入は実現しなかった。段列長として観測所で弾薬補充を担当していた杉井は、眼鏡で戦況を見ながら、ふとつぶやいた。

「長沙は全く落ちていない。第一次長沙作戦とは何だったのか」

二日目も攻撃は手を緩めることなく継続されたが、歩兵隊は城内に到達しない。杉井は弾薬の不足が心配になり、佐藤を呼んだ。

「この調子でいくと、弾薬も足りなくなると思うのだが、どうか」

「長沙があの堅さだとすると、おそらく弾薬は足りませんね。小隊長殿、今回の作戦はとにかく変だ。弾薬だけの話じゃない。全体の部隊の編成を見ても、作戦の内容にふさわしいものとは到底言えない。私らには全く分かりませんが、作戦の方針がどこかで変わったのではないですかねえ。前の作戦で長沙を落としておいたのならともかく、明らかに長沙はたたけていない。一からあの長沙をたたくのだとすれば、この態勢では苦しい。どこかに無理がありますぜ」

「俺も前の作戦でどこまでやれていたのかについては疑問を感じていたところだ。今回の作戦についても腑に落ちないところがある。しかし、つべこべ言っていても始まらない。とにかく段列としては、命令に従って弾薬補充を行っていくしかないが、不足が明らかになったところで、早めに司令部には状況を伝えなくてはいけないだろうな」

「おっしゃるとおりです。ただし、今のような攻撃ではなかなか城の中に入っていけやしない。そうかと言って強行突破したら相当な犠牲が出る。出口がないというのはこのことだ。たまらんですね」

佐藤はずんぐりとした上体を丸めて、顔をしかめた。佐藤のようなベテランには、杉井以上に実戦の勘というものがある。今の状況も、佐藤は感覚的にかなり正確に把握できているように杉井には思われた。その佐藤が出口がない状態だと言う。この作戦はこれからどのように展開していくのか、杉井は限りない不安を覚えた。

一月三日、長沙を一気に陥落占領すべしとの指令が出され、部隊は猛攻をかけ、歩兵隊は城内に突入、熾烈な市街戦が始まった。城内での戦闘の様子は手にとるように砲対鏡に入ってきた。ロータリーに築かれたトーチカから乱射される敵の機関銃、それに肉薄攻撃をかける日本兵、屋根瓦を一枚外してそこから狙撃する中国兵、土塀を一つ一つ破壊して穴を開けながら進む日本兵、それは杉井が戦地に来て見る最も激しい戦闘だった。杉井と一緒に砲対鏡をのぞいていた佐藤が、

「遂に始めたが、本当に勝ち目が……」

と言って言葉を飲み込んだ。

今までにない猛攻をかけているせいか、観測所に詰めている杉井たちのもとに、弾薬補充の命令が間断なく届いた。命令どおり補給を続けていくうち、弾薬は見る見るなくなっていった。弾薬が運び出されていくのと入れ替えに、負傷者、戦死者が次々に担架に乗せられて護送されてきた。銃弾を何発も撃ち込まれて血だらけの者、砲弾で腹をえぐられた者、腕を吹き飛ばされた者、膝から下を失った者など戦闘の凄まじさを物語るような死傷者がおびただしい数に及んだ。応急処置もすべての負傷者にいきわたらない状況だったが、観測所の兵たちは、諸川軍医の指示を受けながら、分担して手当てに当たった。

「血を、血を止めて下さい」

一人の負傷兵が、杉井に向かって手を伸ばしながら、あえぐように言った。見ると、脚を撃たれたようだが、出血は左程ではない。杉井は手ぬぐいで傷の部分をぐっと縛りながら、

「今、順番に手当てをしている。もう少し我慢だ」

と言うと、兵は泣きながら叫んだ。

「早く血を止めて下さい。このままでは自分は死にます」

「そんなことはない。落ち着くのだ」

杉井は、そう言いながら、あの死闘に参加し、更に傷まで負ったらこの錯乱状態も無理はないと思った。やがて、背後で連絡兵の声がした。

「歩兵第六連隊第二大隊長加瀬少佐、戦死」

歩兵隊は総動員で敵と対峙している、犠牲はこんなものでは済まない、担架に乗せられた戦死者、負傷者の列を見ながら、杉井は暗澹たる気持ちになった。

日本軍の進撃が遅々とした状態のまま、夜になった。曳光弾が奇妙に美しい曲線を描いて飛び交い、城内は音と光の交錯した修羅絵巻となった。

「ズッガーン」

杉井たちの待機する観測所の背後で砲弾が炸裂し、土がばらばらと降ってきた。淞江《しょうこう》西岸の岳麓山《がくろくさん》に設置された十五センチ加農砲《カノン》から発射されたものだった。砲弾は次々と唸りを上げて頭上を通過し、轟音とともに観測所の後方で炸裂した。杉井たち段列のいる観測所は既に攻撃

目標となっており、もはやここに留まることができないことは明らかになった。

「佐藤、丸田、神村、左後方に避難だ」

杉井の指示で、段列隊は、残り少なくなった弾薬と戦死者、負傷者を運びながら、低い草木の茂った窪地に避難した。

「ドドーン、ズーン」

新たな待機場所としたところにも、容赦なく砲弾が撃ち込まれてきた。敵襲に備えて周到な用意が中国軍によって施された長沙付近には、至る所に三角柱が立てられ、射撃諸元がすべて算出されていて、どこに移動しても、正確に砲撃ができるようになっていた。戦闘部隊を率いている訳ではない杉井は、この激戦の中で、一兵も失わず、一頭の馬匹も失わず、ただ無傷で中隊長に自分の段列隊を返すことが任務と心に誓っていたが、今やその任務遂行の自信は全く失われた。次から次に遮蔽地を探して避難を続けたが、どこに行っても集中砲火を浴び、杉井の隊は夜を徹して逃げ回った。途中、至近での砲弾の炸裂で負傷者も続出した。

敗走

四日夜、師団司令部は長沙攻略不可能と判断し、第一線部隊に反転の命令を下した。しかし、敵の執拗な反撃で被包囲状態になっている第一線部隊は離脱困難で、ようやく城外に脱出して部隊全体が反転を開始したのは五日夜だった。杉井の段列はすべての砲弾を撃ち尽くし、全馬空馬となっていたため、病院歩兵部隊の要請に基づいて、傷病者の馬送を担当することとなった。傷病者は担架で運ぶのが通常であったが、担架輸送の人手が著しく不足し、現地中国人を徴発しても間に合わないため、やむなく馬送となったのであった。

「小隊長殿、皆重傷者ばかりで、乗降はもちろん、自力で馬に乗っていることのできる者もほとんどいませんが」

川内上等兵が報告に来た。

「この状況では致し方ない。戦死者と同様、鞍に乗せて綱でくくりつけろ」

これから反転していく中で、一度馬に乗せたらしばらくは下ろして休ませることもできないであろうし、もちろん治療などできない、生きた人間が荷物同然だ、杉井はあらためて今回の戦闘の苛酷さを痛感した。

部隊は集結を済ませると、行軍序列を組んで反転を開始した。馬にくくりつけた瀕死の重傷者のうめき声を聞きながらの行軍だった。とにかく一刻も早く敵の手の届かないところまで退却しようと、部隊はもと来た道を急いだが、事態は予想したよりもはるかに深刻だった。南から北上してきた中国軍が行く手を遮り、長沙からは追跡する中国軍が迫ってきて、部隊は完全に挟み撃ちの状態になった。加えて、撈扠河、瀏陽河、汨水の三本の河川は、工兵隊が架橋し、輜重隊各一個中隊で警備をしていたが、反転を予期した中国軍の襲撃を受けて隊は全滅、橋梁は落とされて、部隊は敵の追跡を排除しながら敵前渡河を敢行せざるを得なくなっていた。

部隊の行軍序列は、まず前衛、続いて担送患者、馬送患者、独歩患者、その後を砲兵、歩兵の本隊となっていたが、撈汲河の手前では、前衛が前面からの敵に遭遇し、後方からは長沙からの追跡軍に圧迫されたため、行軍隊形が極度に圧縮された。担架を担った中国人苦力は弾丸が来ると道路に患者を放置して逃げ出し、三郎が中国語で大声を出し、何人かを引きとめようとしても、これを振り払って逃げていった。道路上は累々と担架が重なり合い、双方向から攻撃を受けている兵たちは、担架の上の患者を馬蹄や軍靴にかけて逃げ回った。踏まれる度に、負傷兵は「グーッ」、「グァー」と人間の声とは思えない苦痛の叫びを発した。何が何でもこの惨状から脱却しなくてはならないとの一心で、河へ河へと向かっていくと、杉井の隊の後方からラッパを吹いた中国軍が突撃してきた。

「このやろう」

佐藤や柏田が銃撃を開始し、杉井も銃で応戦した。

「小隊長殿、右です」

川内の声を聞いて、右を向くと、青竜刀を振りかざした中国人が、

「きぇー」

という奇声を発して切りかかってきた。

「ガツッ」

銃剣で刀を止めたが、相手は恐ろしい力で刀を下ろそうとしてきた。杉井は咄嗟に相手の腹を蹴り上げ、一瞬ひるみながら再度切りかかろうとする敵の横腹を銃剣でぐっと刺した。

「ぐえっ」

仰向けに倒れた敵の返り血が杉井の顔面にかかった。ぐったりとした相手を見つめながら、杉井はさすがにとどめをさす気にはならなかった。今まで、相手陣地への砲撃を通じて、杉井は、抽象的な殺人は何度も繰り返してきたが、今回のようにこれ以上ないほどの具体的な殺人は経験がなかった。このようなこと、あるいはこれから相当なる蓋然性で想定されるこれ以上のことをしてまで、この戦争に勝たなくてはいけない必然はどこにあるのだろうか、そんな思いが杉井の脳裏をよぎった。同時に、周囲で未だ敵と白兵戦を展開している部下の姿を認識した杉井は、それまでの思考を自ら停止させ、ほっと深く息をつくと、何も考えることなく右後方から攻めてくる敵に銃撃を開始した。


三時間余にわたる白兵戦が一段落し、相手の銃撃が止んで、後方の防衛の可能性が確認されたところで、部隊は、撈扱河をゆっくりと渡河した。対岸に渡って、杉井が愛馬一水に乗って退却を開始すると、

「パン、パン、パン、ピシッ、ピシッ」

と身近で銃弾の音がした。

「こちらにも相当の敵だ。しかも近い」

そう直感した杉井は下馬し、一水を引きながら走りだした。脇から佐藤が駆け寄ってきて、

「小隊長殿、一水は私が引きましょう」

と、一水の手綱を取った。

「よし、頼む。とにかくあの先の窪地まで急ごう。弾は相当低い。気をつけろよ」

杉井と佐藤は、懸命に畑の中を走った。弾丸が風を切る音、地面に当たる音からして、相当な銃撃が浴びせられていることが分かった。もう少しで窪地というところで、佐藤がつまずいて倒れた。

「佐藤、すぐそこだ。急げ」

杉井はそう言って窪地に転がり込んだ。佐藤はついてきていない。振り返ると、畑の中に佐藤が倒れている。

「川内、こいつを頼む」

杉井は、佐藤から離れて窪地まで走ってきた一水の手綱を川内に渡すと、弾丸が飛び交う中、佐藤のところまで匍匐して行った。

「佐藤、大丈夫か」

杉井はうつ伏せになっている佐藤の肩をゆすった。返事はないが、呼吸はしている。

「おい、佐藤、どうしたのだ」

佐藤の左肩を引き上げて仰向けにすると、佐藤は右手で必死に喉をかいていた。

「喉のあたりが痛いのか。息が苦しいのか。佐藤、俺のことが分かるか」

佐藤に意識はあった。何かを頼むような目で杉井を見ていたが、言葉は出ない。銃弾は間断なく飛来し、至近の地面に「ピシッ、ヒュッ」という音をたててめりこんでいる。

「ちくしょう。こんな所まで撃ってくるな。佐藤、あの窪地までいくぞ。痛いかも知れないが我慢しろ」

杉井は、佐藤の左の脇に自分の左腕を入れて、這いながら、ゆっくりと佐藤を引きずっていった。窪地に引きずり込むと、柏田と川内が、

「分隊長殿」

と言って駆け寄ってきた。

「どこをやられたのかよく分からん。とにかく、諸川軍医を呼べ」

杉井の指示で、柏田が諸川を連れてきた。佐藤は相変わらず喉をかいている。諸川は佐藤の首筋を入念に調べたが、どこにも弾丸に当たった形跡がない。

「服を脱がせましょう。手伝って下さい」

杉井はそう言って、諸川と二人で佐藤を素裸にした。佐藤の体を上から順に見ていった諸川が、

「これだな」

と、つぶやいた。杉井が見ると、腰の少し上の背骨の部分に小さな弾痕があった。出血は全くない。諸川は引き続き、佐藤の背骨を調べている。

「負傷はこの部分だけですか。佐藤はさっきからさかんに喉をかいていますが」

「おそらく間違いないと思いますが、弾丸は、腰から入って脊髄を通り、喉のところで止まっている。それで喉のあたりが苦しいのでしょう。いずれにしても歩行は不可能です」

諸川は、そう言うと、大きな声で、

「おい、担架輸送」

と病院歩兵に指示を出した。直ちに担架が作られ、佐藤はそれに乗せられた。杉井は、自分の隊の浜谷一等兵と戸塚一等兵に佐藤の担送を命じた。喉までいっているのは異様だが、とにかくくらったのは腰の一発だけだ、何とかなるのではないか、杉井はそう思ったが、それでも心配になり、諸川に小声で訊いた。

「佐藤は助かりますよね」

「私の診断が正しければ、弾丸は非常に取り除きにくいところにある。それに弾丸が脊髄を貫通している以上、関連の神経はすべてやられてしまっていますから、仮に一命を取り止めても、生涯手足が全く利かないダルマ状態になるのは避けられないでしょう」

「そんなっ」

杉井は思わず絶句した。それでは、今杉井の隊が馬送を頼まれている瀕死の兵たちとほとんど同程度の重傷ではないか。いや、もっと悲惨かも知れない。そんなことがあってなるものか。杉井は、担架の上でうつろな目で中空を見ている佐藤に目をやりながら、

「佐藤、浙河に帰ったらしっかり治療してもらうからな。絶対に元の頑丈な体に戻してやる。それまでもうしばらくの頑張りだぞ」

と心の中で呼びかけていた。

今回の作戦の主力である第三、第六の両師団は、長沙を出た当初は並列して反転したが、敵から挟み撃ちにあっている状態で並列の反転は困難と判断し、同じ地域を両師団が順番に後退する方法に改めた。即ち、追跡してくる敵に第三師団が抵抗している間に第六師団が前面の敵を排除し、排除すると第三師団の退却を第六師団が援助するという方法を取ったのである。

撈玖河を渡河した後も敵の数は減る気配を見せなかった。渡河直後の攻撃が一段落したところで、部隊は瀏陽河に向けて進発した。敵の攻撃がない間に少しでも進んでおかなくてはいけないと、長沙を出てから一睡もしていないにもかかわらず、兵たちは足早に行軍した。しかし、半日も経たないうちに、

「ズズーン、ドーン」

という大砲の音が前方から聞こえてきた。またしても前面は敵に遮断されている、兵たちは絶望的な気持ちになった。前面からの敵を迎え撃つ態勢を整えていると、左右両側からも銃砲声が聞こえた。部隊は完全に包囲網の中に入った。突破口とすべき方向がどちらかも分からないまま、部隊は四方向に向かって銃撃で応戦した。敵の数によっては全滅の可能性も否定できなかったが、部隊はとにかく移動できる状態になるまではと耐えに耐えた。立ち往生したまま一昼夜が過ぎた夜、再び激しい敵の攻撃があった。杉井が、各分隊に指示を出していると、

「あははははは、あはははははは」

という異様な笑い声が背後で聞こえた。見ると、初年兵の北倉一等兵が銃剣を持ったまま、笑いながら万歳をしている。杉井はやむなく北倉の頰に思い切りビンタを張った。北倉は、正

気に戻ったのか、きょとんとした顔で杉井を見た。

「北倉、持ち場を離れるな」

「はいっ」

北倉はあわてて、弾薬を片手に川内のところへ走った。杉井が振り返ると、今度は戸塚一等兵がうずくまっている。見れば、目の前の土を両手で口に運んで食べている。杉井は、戸塚の襟をつかんで立ち上がらせると、思い切り往復ビンタをくわえた。戸塚は、「ベッ」と、口の中の土を吐き出すと、またしゃがみこんで今度はめそめそ泣き出した。

「神村、戸塚を落ち着かせろ」

杉井は、そう言って戸塚の面倒を神村に任せると、ふーっと大きなため息をついた。北倉や戸塚を責めることはできない。部隊での大した経験もないのに、初年兵として初めて参加した戦闘がこの激戦である。間断ない敵の攻撃で睡眠も取れないし、戦友が近くで死んだり、大けがをしたりしているというような状況の中でまともな神経を維持しろと言う方が無理というものだと杉井は思った。同時に、杉井は、この作戦はとにかく変だ、という佐藤の言葉を思い出した。確かにこの作戦はおかしい、長沙を陥落させるような隊の編成でもなければ、武器弾薬も十分でない、加えて負担の軽い作戦にまず参加させて慣らしていくべきと思われるような兵をこの厳しい作戦に参加させている、間違いなくすべてにおいて狂っている、作戦本部は一体何を考えたのだろう、睡眠不足で朦朧とした中で、杉井はそんなことを思い巡らした。

夜の間、敵は一時間撃っては一時間休むという波状攻撃をかけてきた。最も心理的にこたえる攻撃であり、特に疲弊しきった部隊に対してその効果は抜群であった。銃撃が止んでもいつまた来るだろうかと思えば全く心は休まらない。それどころか、一定時間の攻撃が終わると周囲に静寂は訪れるものの、杉井たちは馬送患者を担当している関係で、かえって馬にくくりつけた患者のうめき声がよく聞こえるようになる。しかし、杉井は、そのうめき声を聞いても特に苦痛を感じなくなっていた。波状攻撃のおかげで患者は馬にくくりっぱなしで、ほとんど面倒を見ることもできないが、おそらく半数近くはもう死んでいるだろう、うめき声をあげることのできる患者はまだ幸せな方ではないか、そんなことさえ杉井は考えるようになっていた。

夜が明けて、また敵の攻撃が始まった時だった。

「柏田上等兵がやられました」

との報告が入った。杉井が駆けつけてみると、柏田が仰向けに倒れている。かぶっている鉄兜に弾丸の痕があり、鉄兜にはひびが入っていた。頭をやられている、これは駄目かも知れない、杉井は咄嗟に思った。しかし、杉井が柏田を抱き起こそうとすると、まだ息がある。

「柏田、どうした、しっかりしろ」

杉井が頬をたたくと、柏田は、

「ふっ、はっ」

とかすかに反応する。なおも頬をたたき続けると、柏田はぱっと目を見開いた。

「柏田、無事だったか」

杉井が喜んで鉄兜を取ってやると、中から銃弾がポロリと落ちた。柏田の頭の髪の毛に一部焼けて線を引いたようになっていた。柏田の鉄兜に命中した弾丸は、鉄兜を貫通しながら、柏田の脳に達することなく、鉄兜と頭の間を二周して止まっていたのである。この世の中に奇跡というものは確実に存在する、杉井は不思議な気持ちになりながら、何はともあれ、柏田の無事を心から喜んだ。

その日の昼になっても、敵の攻撃に対する応戦は続いた。長沙から反転して五日が過ぎたのにまだ瀏陽河にも到達していない。しかもこの包囲網の中での立ち往生も二日以上続いていた。ほとんど眠っていない兵たちは皆朦朧としてきており、明らかに戦意も萎えてきていた。加えて、進軍しながらの戦闘ならともかく、一ヵ所に留まりながらの戦闘は更に兵たちの士気を下げた。杉井の担当している馬送患者も瀕死の重傷者が多く、食べ物も水もほとんどとれない者もいて、次々に負傷者から戦死者に変わっていった。この日も朝から十二名が死亡したとの報告が届いていた。強行突破すれば犠牲は不可避だが、ここにこうして留まっていれば犠牲を防げるかと言えばそうではない、多少の犠牲は覚悟してもそろそろ敵の中に突入していく頃ではないか、杉井はそう思った。同時に、佐藤の様子が気になった杉井は、身をかがめながら、後方の担架の列へ行ってみた。佐藤は全く動かず、担架の上に仰向けになっていた。横から、浜谷一等兵が言った。

「分隊長殿は、昨日夕刻から意識を失っておられます」

「何だと」

杉井は、佐藤の脇に行き、

「佐藤、俺だ。分かるか。おい、目を覚ませ」
と、佐藤の肩をゆすったが、何の反応もない。杉井はこみ上げてくるものを抑えられなかった。

「佐藤、お前はけが人だ。けが人はけがを治す努力をしなくちゃならん。食べ物も食わなくてはいけないのだ。眠っていてはいかん。頼むから目を覚ましてくれ」

浙河までは二日や三日では到底到達できない、佐藤は意識不明に陥っている、意味するところは一つではないか、杉井は肩を落とした。こんな所に留まっていてはいけない、敵に攻撃を仕掛けるべき時だ、それで命を落とすことになってもそれは仕方のないことだ、とにかく一刻も早くこの地獄から逃れていかなくてはいけない、杉井の中には、自分の生命を惜しむという意識はもはやかけらもなくなっていた。

杉井の気持ちが届いてか届かでか、部隊はその夜、敵中突破を決断した。前面左側の敵に集中攻撃をかけ、ここを突破口にして、包囲網からの脱出を図ることになった。行軍序列を整えるにあたっては、前衛に精鋭を集めるとともに、後方からの猛攻撃で隊形が乱されることのないよう、最後尾も精鋭で固めた。隊列が整うと、前衛は、連隊長の号令のもとに、突破を目指す前方左に向かって一斉射撃を開始した。応戦する中国軍との撃ち合いはこれまでで最大のものとなった。前衛の活躍は目覚ましく、部隊は少しずつではありながら、確実に前方へ移動していった。ただ、敵陣への直接の突入であるため、犠牲も多大であり、戦死者、重傷者が続々と杉井の隊に運ばれてきた。機関銃による攻撃を受けているため、多数の弾丸を受けて即死状態の者も多かった。

「この分だと、前衛には倒れたままで収容しきれていない戦死者もいるはずです。戦死者全員を運びきれるかどうか……」

柏田がため息混じりに言った。

「置き去りは絶対にいかん。戦死者については、三体、四体一緒に馬にくくりつけるのだ」

杉井は必死に叫んだ。

部隊の動きを察知した中国軍は、後方からも追跡して猛攻を仕掛けてきた。敵の攻撃を十分想定していた後方の部隊は、果敢に応戦し、前面の部隊の後退を助けた。やがて、部隊全体に急進の指令が出た。包囲網突破に成功したことを知った部隊は、敵の追撃を振り切るべく、必死で走った。独歩患者や、担架を担いでいる者は長時間の走行が困難なため、患者は他の兵が背負い、担送は皆で交代することによって落伍者を防いだ。なりふり構わず敵から逃げていく様はまさに敗走と呼ぶにふさわしく、兵たちは皆負け戦の惨めさを痛切に味わった。

悲愁

敵の追跡を逃れた部隊は、夕刻、ようやく瀏陽河に着いた。敵の突然の攻撃に備え、渡河は日没後ということになり、二時間ほどの大休止となった。極度の睡眠不足であったが、敵襲の可能性がある以上、横になる訳にもいかず、杉井は、愛馬一水の手綱を握りながら、立ったまま うとうととした。その瞬間、脇で杉井を呼ぶ声がする。目を開けると、諸川軍医だった。

「杉井少尉、ちょっとこちらへ」

諸川は、杉井を担架の列に案内した。列の左端に佐藤が寝かされていて、その脇に柏田と西野が茫然と立っていた。

「佐藤軍曹、名誉の戦死です」

諸川が低い声でささやくように言った。

「分隊長は、ここに着くまでは息があったのですが、先ほどふっと小さな声を漏らして」

西野は涙声だった。

「佐藤、ほとんど治療も受けられない状態でよく頑張ったな。浙河に連れて帰ってやれずにすまなかった」

杉井は、膝をついて、佐藤の頬にそっと手をやった。佐藤の死に顔は意外に安らかだった。それは、看取ってくれた戦友に感謝しているかのようだった。意識不明になった時点で覚悟はしていたが、佐藤の死が現実のものになってみると、部下を救えなかった自分の無力が情けなく、杉井は涙を禁じ得なかった。佐藤の両手を組んでやり、合掌すると、佐藤のことが次々と思い出されてきた。浙河に着任して以来、小隊長として部下の兵たちをまとめられるかどうかは、士官としての杉井の試金石だった。当初、今度の小隊長はどんな男かを探るような佐藤の目に緊張感を覚えたが、一度杉井に見所があると思ってくれた以降の佐藤は本当に頼りになる存在だった。自分の豊富な経験に基づくノウハウはすべて杉井に伝授しようと、事あるごとに杉井への助言を怠らなかったし、兵たちの失敗は小隊長の恥になるとの思いから、部下にも努めて厳しく対応した。部下に対する悪役としての立ち回りはすべて佐藤が行ってくれた結果、兵たちの杉井に対する不満は皆無だった。下の者からは相当けむたがられていたが、それでも小隊長に忠実に仕える親分格の分隊長として皆一目置いていた。陸士出のエリート軍人、杉井のような幹部候補生たる将校、末端を支える一般の兵という三極構造からなる日本軍において、それぞれのグループ間の確執は最大の問題であったが、少なくとも杉井の小隊において杉井と兵たちとの間に特段の摩擦も起きなかったのは、佐藤の存在に負うところが大きかった。今、杉井は、まさに右腕を失った心境だった。

陽が沈み、辺りが暗くなったところで、部隊は瀏陽河の渡河を開始した。疲労困憊した体に水の冷たさはこたえたが、撈扨河に比べて水深が浅く、対岸もなだらかだったため、渡河は順調に進んだ。全員が渡り終えたのを確認すると、部隊は汨水に向けて急進を始めた。一時間ほど経つと、

「バリバリバリ」

と銃声が右手から聞こえてきた。

「敵襲、左手に避難」

指令を待つまでもなく、部隊は道の左手の畦に飛び込んだ。「ヒュッ、ヒュッ」という弾丸の音が耳元で聞こえ、敵が近いことは明らかだった。瀏陽河を越えて追跡してきたのか、また

別の隊が待機していたのか不明だったが、この敵の攻撃の執拗さに兵たちは動揺を隠せなかった。杉井は伏せながら銃で応戦したが、周囲を見ると、仁科一等兵は仰向けになって全身痙攣を起こしており、今川一等兵は耳をふさいでうずくまっていた。経験の浅い初年兵にこの作戦への参加は無理だ、杉井はあらためて思った。更にその後方を見ると、暗闇の中で茫然と立ちすくんでいる者がいる。戸塚一等兵だった。杉井は、戸塚に飛びつくとその横面を思い切り張った。

「戸塚、何をしている。伏せろ」

戸塚は倒れるように地面に這った。真近に弾丸が飛び交い、生命の危険に直面させられた人間が、極度の恐怖感から、このように精神に異常をきたしてしまうことは、杉井にも理解できないことではなかった。唯一の救いは、このような状態に陥っても、銃撃戦が終わると正気に戻ることであり、周囲の者たちもそれが分かっているため、味方に迷惑をかけるようなことをしない限り、いくら異常になっても、気にすることなくそのまま放置した。杉井も敵からの攻撃を受ける度に、もちろん恐怖は覚えた。しかし、今回の作戦では、ほとんど眠ることもなく逃げ回っている結果、心身ともに疲れきっており、これ以上ないと思われるようなその疲労の蓄積が、むしろ恐怖感を和らげてくれているような気がした。一方で、わあわあ泣き喚いたり、だだっ子のように地面をたたいたりしているだけで全く機能しなくなった初年兵たちを見ながら、杉井は妙な気分になってきた。俺もいっそこの連中の仲間入りをしたら楽かも知れない、いやむしろ今飛び交っている弾丸が一発でも急所に命中してくれたら一気に楽になれるだろうに、そんな思いが杉井の脳裏をよぎった。瞬間、杉井は首を振った。いかん、いかん、俺は頭まで疲れてきている、俺は生きなくてはいけない、生きてこいつらを生還させるという任務を遂行しなくてはいけない、そう自分に言い聞かせながら、杉井は敵に向かって連射した。

敵の攻撃が緩んだところで、部隊は、腰をかがめながら移動を開始した。その直後、突然、川内が大声をあげた。

「小隊長殿、戸塚が！」

見ると、戸塚が草地の中を、敵の方向に向かって歩いている。

「戸塚、戻れ。やられてしまうぞ」

杉井が叫ぶと、戸塚は振り向き、薄笑いを浮かべながら言った。

「大丈夫です。自分には弾は当たりません」

「馬鹿者。とにかく伏せろ。そこでずっと伏せていろ」

戸塚は、必死の説得を無視するように、また敵の方向に歩きだした。五十メートルほど先のところで、突然、戸塚はバタッと倒れた。

「行ってくる」

杉井が戸塚のところに向かおうとすると、丸田が止めた。

「小隊長殿、いけません。ここは放置するしかありません」

「とにかく行ってくる。援護射撃を頼む」

杉井は、草地の中を匍匐して行った。「ヒュッ、ヒュッ」と弾丸の音がする中を、杉井は、

「戸塚、待っていろ。今助けに行くからな」

とつぶやきながら進んだ。後方から味方の援護射撃が聞こえた。途中からなだらかな下り斜面となり、匍匐しても敵の格好の標的になると思った杉井は、意を決して立ち上がり、小走りに走って戸塚のもとへ滑り込んだ。戸塚は目を白目にし、口を開けて倒れていた。額と喉に銃痕があり、即死状態だった。杉井は、伏せながら、目を閉じて合掌した。その直後、戸塚の遺体を部隊のもとへ運ぼうと思った杉井は、はたと困った。敵弾はまだ飛来している。あの斜面を戸塚を引きずりながらのろのろと登って行ったら、敵に狙い撃たれるのは必至だった。杉井は決断した。

「戸塚、許せ」

杉井はそう言うと、戸塚を抱き起こしてその体を敵の方に向けて盾にし、戸塚が背負っていた銃剣を抜いて、戸塚の腕を切り取りにかかった。刃を戸塚の腕に立てると、死んで間もない戸塚の傷口から血が飛び散った。

「ガリッ」

剣が戸塚の腕の骨に当たった。杉井は、鋸を引くようにして骨の切断を試みたが、とても切れそうにない。杉井は、一旦銃剣を抜き、今度は肩の関節をえぐるように刃を入れて、上腕骨の骨頭の周りを切っていった。上下両方向から切り終えると、杉井は戸塚の腕を引っぱったが、腕はまだ抜けない。杉井は、戸塚の脇腹に足をかけ、渾身の力で引いてみた。

「ブブッ」

鈍い音とともに、戸塚の腕はすっぽりと抜けた。反動で杉井はもんどりうって倒れたが、すぐに起き上がると、戸塚の腕を抱え、背中を丸めながら、小走りに斜面を駆け上がり、その場に伏せた。その後は、もと来たように匍匐しながら、部隊にたどり着いた。

「小隊長殿」

丸田が寄ってきた。

「戸塚は駄目だった。おい、西野」

杉井は、西野を呼ぶと、血だらけになった戸塚の腕を渡した。

「小隊長殿、ありがとうございます。これで戸塚も内地に帰れます」

西野は声を詰まらせながらそう言うと、何枚かの手ぬぐいを出して、戸塚の腕を大切に包んだ。

部隊が移動を続ける中で、杉井の段列隊は、杉井の援護射撃をしていたため、本隊の最後尾の方になった。これ以上の後れを取らないようにと隊員に行軍を促しながら、杉井は、戸塚のことを考えた。食事の係をしていた時、中国人の便器をお櫃と間違えて炊きたての米を入れてしまったり、失敗も多い一等兵だった。そんな時も、

「私は、本当にそそっかしい男であります。注意力散漫とでも言うのでしょうか。家で料理の手伝いをした時も、砂糖と塩を間違えて入れて、母に怒られました」

と言いながら、平謝りに謝っていた。家では、母親の家事を手伝ったりする親孝行の息子だったのだろう。母親も、そしてもちろん父親も、戸塚の帰りを心待ちにしていたに違いない。名

誉の戦死を遂げ、腕だけの遺骨になっての帰還を両親はどのように受け止めるのだろう。それにしても、また預かっている部下を一人死なせてしまった。防ぐことは難しかったのではないかと自分を慰めつつも、やはり苦い悔恨の情が杉井の心の中では支配的になった。

部隊は、一刻も早く敵の攻撃の圏内から逃れようと、疲労の極を越えた兵たちに鞭打って急進を続けた。あと一時間も進めば汨水に到着というところで、部隊は丘陵にさしかかった。この丘陵の登坂路のつづら折れの道が敵の攻撃目標になっていた。部隊は、敵の銃弾を避けつつ、また敵の攻撃に応酬しつつ、この坂を登っていった。この途中、中川の率いる第二中隊第二小隊の大砲の車輪を積んだ駄馬が撃たれ、車輪が道のはずれに転がった。敵の攻撃を受けやすい位置であったため、中川の隊の坂巻分隊長は、中川に助言した。

「小隊長殿、ここは放置して行軍を優先させましょう」

坂巻に言われた中川は返答に窮した。真面目ではあるが、もともと決断力に欠け、自分に対する自信もない。このような修羅場における判断は、中川には厳しかった。しかし、中川は、一瞬の沈黙の後、毅然と言った。

「火砲と死生栄辱を共にするのが砲兵だ。車輪を放置して、我が野砲兵第三連隊が大砲一門を失うようなことがあってはならない。全力をあげて回収しろ」

豊橋の予備士官学校で学習したとおりの命令だった。中川に命じられた兵たちは、必死になって丘陵の上までの車輪の引き上げにかかった。雨あられの銃弾の中、多人数で車輪を持ち上げて運ぶ訳にいかず、結局、車輪に三本のロープをかけて上から引き、下からは三人がかりで這いながら車輪を押していくことになった。遅々として進まない引き上げ作業の中で、犠牲者は続出した。車輪を押し上げていた佐貫一等兵、ロープを引いていた中須上等兵が銃弾を受けて死亡、佐貫の遺体の回収に向かった日村上等兵も頭を撃たれて即死した。

あとから追いついた杉井の段列隊も、この難航する作業に加勢した。初年兵を派遣してまた立ち往生になるような事態を恐れた杉井は、車輪の押し上げには柏田のようなベテランに手伝わせた。佐貫、日村の遺体回収の役目は、丸田と西野が買ってでたため、二人にこれを命じた。匍匐しながら出て行った二人がなかなか帰らないため、杉井は心配になったが、やがて二人とも、戸塚の時と同じように、佐貫と日村の片腕だけを抱えて戻ってきた。他の小隊の協力も得て、車輪はようやく丘陵を越えたが、結局この作業には半日を要した。中川の命令が軍の基本的考え方に則ったものである以上、誰も責めることはできないし、むしろこの時の中川の処置は適切と言うべきものであった。日本陸軍では、歩兵連隊は天皇から下賜された軍旗が生命であり、風雨に晒されて房だけになった軍旗を守るため、常に精鋭の一個小隊が軍旗小隊となっていた。砲兵連隊の場合は軍旗はなかったが、その代わりとして菊の御紋章のついた火砲が連隊の生命とされていた。仮に転落した大砲をあのまま放置したならば、中川は軍法会議に付され、中隊長、大隊長、連隊長は責任罰を課せられることになったであろう。しかし、それにしても客観的に見れば何とも馬鹿げた命令ではないだろうか、杉井はそう思った。それと同時に、杉井の頭に、かつて初年兵として入営した頃に古参兵が口にしていた「兵は五銭で補充はつくが、馬は五十円かかる。まして火砲は何十万の金がかかる」という言葉がよぎった。とてつもなく重い大砲の車輪だが、その値打ちが三名の兵士の生命より重いなどと誰が正気で考えるだろうか、今回はこれだけの被害を出した作戦だ、作戦中に敵の攻撃で大砲が破損したため放置したとでも報告すれば多少の情状酌量は期待できたのではないか、回収された車輪を見ながら、杉井はむなしさを募らせた。

汨水を越え、新墻川が近くなったあたりで、ようやく敵の追撃も絶えた。部隊は小さな村で休止すると、村内の民家から家具戸板をかき集め、その上に戦死者を並べた。馬送を担当していた杉井は、今回の犠牲が多大であることは認識していたが、いざ戦死者全員が並べられてみると、その数は杉井の認識以上に膨大なものだった。杉井が日頃付き合いのあった者の中で、大隊副官飯島少尉が長沙で戦死、同期の時谷少尉も汨水の観測所で戦死していたことも初めて知った。遺体が整然と並べ終えられると、敷かれた家具などに火がつけられ、戦死者は一斉に荼毘に付された。万感の恨みをこめた荼毘の炎が、杉井の、丸田の、神村の、柏田の、そして西野の顔を赤々と染めた。佐藤が燃える。戸塚の腕が燃える。この怒りを、この恨みを、この悲しみを一体俺は誰にぶつければ良いのだ、杉井は涙を流しながら震えた。戦友に手を下したのは中国兵だ、しかし、中国をこの恨みの対象とすることは明らかに間違っている、恐らくこの作戦そのものに、あるいはこの作戦を命じた日本軍に、更には日本軍にこの作戦を行わしめた何かに、明確なる誤判というものが存在していたのではないか、そんな思いが杉井の頭の中に抗し難く形成されていった。

回看

一月十七日、部隊は漢口に着いた。漢口の兵站宿舎に入ると、将兵は一斉に床の上に放心状態で横たわった。全身泥だらけで服のボタンの位置も分からなくなった柏田の、頭の回りを一周した弾丸による火傷の痕が生々しかった。西野の軍服は背中が真二つに裂け、ベルトも切れて、馬の手綱を巻いて代用していた。初年兵たちは部屋に入るやいなや倒れ込むように横になったため、うつ伏せになっている者が多かった。皆顔は土色をし、髭は茫々とし、生きた屍のようだった。死の恐怖からようやく解放されたものの、極度の睡眠不足と限界を超えた肉体の酷使のために、食欲もなく、食事の支度をする気力も湧かず、ただ呆然とうつろな眼差しで横たわっていた。

杉井は、壁際に腰を下ろすと、背を壁にもたれて目を閉じた。体中の力が抜け、このまま眠ったら二度と目が覚めないのではないかと思われた。これは疲労というような生やさしいものではない、しかし、将校よりも更に肉体的に厳しいものを課された兵たちは、まさに生きているのがやっとという状態ではないだろうか、そんなことを考えていると、

「おい、杉井」

と呼ぶ声がする。目を開けると中川だった。髭の濃い中川は、口からあごにかけて髭が伸び、これが泥だらけになっているため、最貧民然として、およそ将校の風貌ではなかった。中川は、

杉井の隣にどかっと腰を下ろした。

「今度の作戦はひどいものだった。杉井のように腹のすわった奴は良いが、俺のような小心者は、四六時中怖くて怖くてたまらなかった。部下の手前、から元気だけは出すように頑張ったが、びびっちまっているのは誰が見ても分かっただろうと思う。情けない奴と思われただろうなあ」

「そんなことはない。今回の作戦で、正常な神経を常時維持できた者などいない。俺もいっそのこと弾に当たって楽になりたいと思ったこともあった」

「杉井でさえそうなのか。でもこれからもこんな作戦に参加させられることになるのかなあ」

疲労の極みにある杉井は、中川の愚痴に付き合うのがうっとうしかった。こんな生産性のない会話を続けることができる分、中川はまだまだ元気だと杉井は思った。

「今回の作戦については俺もいろいろ思うところがある。こんなことは滅多に起こらないことを祈るが、上からの命令次第で更に悲惨な思いをする可能性も否定できないだろう」

「そうか。かなわんな。ところで話は違うが、小山大隊長殿はひどかったと思わないか」

「俺は段列にいたから、直接の指揮はあまり受けていないが」

「それは幸運であったと言うべきだ。新大隊長は、今まで何をしてきたのか良く知らんが、とにかく実戦の経験があまりないのは明らかだ。遠い弾も至近弾の区別もつかないから、流れ弾の音一つで全員に鉄兜の着用を命じるし、その後もおたおたしてしまって命令もとんちんかんだ。これから先が思いやられる」

小山の軍歴を聞いて、佐藤は一体大丈夫だろうかと危惧していたが、ベテラン佐藤の予想はここでも当たっていた。

「それに、戦闘の真最中に当番兵に向かって、今日の昼飯は鶏肉を焼いてくれなどと指示をしている。なんという神経をしているのかと、皆あきれてしまった」

大隊長ともなれば、余程細心の気配りをしない限り、末端の兵たちがどれほど悲惨な状況に置かれているかをすべて把握するのは難しいが、小山にそれを期待するのはやはり無理か、杉井は暗い気持ちになると同時に、内地帰還前に、組織というものの難しさを多和野が語っていたのを思い出した。

翌日、杉井が兵站宿舎の玄関に行くと、棚の上に日本の新聞が置いてあった。一月六日付けのものだった。何気なく開いて見ると、一面トップの大見出しが目に入ってきた。

「第二次長沙作戦を完遂、長沙を占領、赫々たる戦果」

胸をかきむしりたくなるような悪寒が、杉井の中を走った。杉井は、紙面に唾を吐きかけると、中身も読まないまま、新聞を丸めて床にたたきつけた。何という馬鹿げた報道だ、いや、報道機関は大本営の発表をそのまま記事にしているのだろうが、そうだとすれば何と言う欺瞞的な人間性無視の発表だろう、国民に希望を持たせようという意図も限度問題だ、戦況は内地には正確に報告されているはずであるし、この惨めな負け戦をそのまま発表できないにしても、全く正反対のことを明るく発表されては、無謀とも言うべき作戦のために散っていった戦友たちは浮かばれようがないではないか、杉井は肩の震えがおさまらなかった。

宿舎の部屋に戻って、興奮がしずまってくると、杉井はふと考えた。大本営の発表はすべてこのようなものなのであろうか。自分たちが出征した頃、国民は皆日本の連戦連勝に熱狂していた。もしかしたら、あの熱狂も、虚偽と誇張に満ちた発表に踊らされていたものであったのかも知れない。兵を送り出す両親の中にも、複雑な気持ちになりながら、勝利を続ける日本国に我が息子を捧げるのは国民としての使命と割り切る努力をしていた者も多かったはずである。しかし、その重要な前提に誤りがあるとしたら、その気持ちを整理することは果たして可能なのだろうか。またそれ以上に戦線に来ている俺たちは大丈夫だろうか。弱い者ほど虚勢を張るのは普遍的な傾向である。日本軍がそれにあてはまるとすれば、米英とまで開戦して、これからまともに戦っていけるのだろうか。新聞の見出しを思い出しながら、杉井の中で怒りと不安が交錯した。

漢口から広水まで列車に乗り、応山の連隊本部を経由して、一月二十二日、部隊は浙河に帰ってきた。一ヶ月を超える長期の作戦だった。佐藤も戸塚も、そして歩兵第六連隊、野砲兵第一大隊の多くの戦友が遺骨になっての帰還だった。浙河の城門をくぐると、留守役をしていた早田、松浦らが泣きそうな顔をしながら、杉井たちを出迎えた。

「小隊長殿、ご苦労様でした。しかし……」

早田は絶句した。今回の作戦での犠牲者については、既に漢口から連絡が入っているようだった。

「佐藤と戸塚は可哀相なことをした。しかし、歩兵部隊は我々以上に多大な犠牲者を出した。あれだけ何度も敵に包囲されたら、無傷ということはあり得ない。今度の作戦の遂行には随所に問題があった」

「自分たちがここに残っている間に、皆長沙で大変な目にあっていたと思うといたたまれない気持ちです。せめて作戦に参加できていたらと……」

「そんなことを考えても仕方ない。それより、佐藤と戸塚のためにも、残された者たちは生きて内地に帰ることだ。それが二人に対する弔いというものだ」

そう言って、杉井は、早田の肩にそっと手を置いた。

作戦の打ち上げは翌々日に行われた。打ち上げへの参加は任意だったが、今回は苦い思い出を持つ者が多かったせいか、参加者は少なかった。杉井は、高原の隣に座り、今度ばかりはと、気分がすぐれなくなるのを覚悟で、ちゃんちゅうの入ったコップを傾けた。

「企図秘匿は毎度のことだが、今回の作戦行動に関しては、その全貌を明らかにしてもらいたいものだ」

杉井が言うと、高原はコップに入った酒を一気に飲み干しながら、いつになく抑えた声で答えた。

「全貌なんか明らかにしたら、如何にこの作戦が滅茶苦茶だったかが分かってしまう。そんなことをしたら、次からは、誰も命令に従う気などしなくなるさ」

「お前もそう思うか。戦死した分隊長の佐藤は、長沙を攻め始めた途端に、この作戦はおかしいと言っていた。あの激戦を戦うだけの部隊の編成になっていないことに、勘の良い佐藤はすぐに気づいた。それに、第一次作戦で落ちていたと言われていた長沙だが、どう考えても落ちていたとは思えない」

「落ちていた訳はないさ。二ヶ月前に占領した所が、あんなに復興完備していることなどあり得ない。敵の砲撃だってやたら正確にこっちを狙ってきていたじゃないか。一度占領していたら、敵の大砲なんか全部たたいているはずだ。前回の作戦で、敗走してきた敵に横っ腹から突っ込まれてひどい目にあったが、あれも敗走した敵ではなく、追跡してきた敵なのではないかという気がしてきている。とにかく、一から長沙を攻めるのであれば、お前の言うとおり、今回の部隊の編成には無理があった」

「佐藤は、今回の作戦は途中で方針が変わったのではないかとも言っていた。俺もそんな気がしてならない」

「問題はそこさ。今回の敵は長沙の中だけではなかった。こちらの動きを察知して、長沙を守るための大軍が押し寄せてきていた。多分南支からだと思う。こんな敵の動きは、少なくとも長沙を攻め始めた一月元旦には師団司令部には入っていたはずだ。そんな情報も取れていなかったとすれば、師団の情報収集の怠慢の極みだ」

「高原が言いたいのは、それだけの敵を相手にして、本来一戦を構える予定でなかったのに、突然交戦する方向に方針が変わったということか」

「あくまでも想像の域を出ないが俺はそう思う。米英に宣戦布告してから、日本軍は香港を攻めただろう。香港を確実に取るためには南支の中国軍を中支方面に引きつけておく必要があった。つまり、俺たちの出動は、南支軍を引きつけるための陽動作戦だったと思うのだ。そして目論見どおり、南支軍は大挙してやってきた」

「陽動作戦なら、その時点で目的を達成したのだから、早々に反転すれば良かっただろう」

「そのとおりさ。しかし、そこで、杉井のところの分隊長の言うとおり、方針が変わった。周囲も敵だらけになったところで、長沙攻撃は始まった」

「理由は？」

「幹部の個人的色気と名誉欲だろうな」

「よく分からないが、どういうことだ」

「師団長豊島中将と参謀長山本少将が自分たちの手柄を立てたくて長沙攻撃を指示したのさ」

「そんなひどいこと、あり得ないだろう」

「いいか、杉井。師団長や参謀長は俺たちの顔なんか知りはしない。まして肉弾攻撃をかけていく兵たちなんか知る由もない。知りもしない奴らなんか、極端に言えば、命も含めてどうなっても構わない。連中にとって大事なことは、第三、第四、第六師団の混成一個師団が長沙のすぐ近くまで行っているという事実だ。長沙は二年前の贛湘会戦でも攻略に失敗している。二ヶ月前も落とせなかった。その難攻不落の長沙の占領に成功したとなれば、幹部にとっては大勲章だ。将来の出世にも有用だろう。そうだとすれば、あの状況の下で、折角だからやってみようという気分になったのだと思う」

「しかし、人間の判断というものは、常に利害得失というものが基礎にあるはずだ。長沙を攻めればどのくらいの対価を払わなくてはならないかを考えれば、いくら長沙攻略が魅力的でも、それに踏み切ることなど考えられない。実際、あんなにもたくさんの犠牲者が出たのだし……」

高原は、首を振りながら、諭すように言った。

「杉井、さっきも言ったとおり、幹部にとっては、下っ端が命を落とすことなど利害の害でもなければ、得失の失でもない。もちろん俺は幹部が人でなしだとまで言うつもりはないが、おそらく軍隊組織のようなところで偉くなってくると、感覚が麻痺してくるのだと思う」

高原は、杉井に注がれる酒をすぐに飲み干しながら、続けた。

「杉井、お前、今度の作戦については頭にきているだろう。俺もそうだ。頭にきているから、こんな話をお前にしている。しかし、頭にはきているが、俺の想像はそれほどはずれてはいないと思う。俺たちが長沙に着く頃には、南支軍は既に長沙周辺に来ていた。そしてその情報は既に師団司令部には入っていた。この作戦が陽動作戦であれば、南支軍が中支に向かったところで任務は遂行できている訳で、俺たちは長沙のはるか手前で反転すれば良かったのだ。そうすれば、一人の犠牲者も出さずに、ここへ帰ってくることができた」

高原は、戦友の死を思い出したのか、その目はうるんでいた。杉井も、惨めな敗走の二週間を思い出しながら、高原に向かって言った。

「今度の作戦でここまで多くの犠牲者を出した最大の理由は、作戦の方針そのものの間違いだと思う。しかし、もう一つの理由は、反転の仕方ではなかったかと思うのだ。長沙を攻めるまではいつもどおり一糸乱れぬ連携で部隊は動いていたのに、攻略をあきらめて引き上げてくる段階では、敵の攻撃に対する部隊の動きはばらばらだ。俺は入営してから予備士官学校を卒業するまでいろんな勉強をさせられたが、どんな教材にも退却という言葉が一度も出てこない。敢えて反転という言葉を使っている。そもそも日本陸軍は退却という概念を否定しているのではないだろうか。敵の追跡を受けた時にどうするか、典範令にもなく、学校教育の中にもない。結果として教えられることは、攻撃が唯一の防御ということだけだ。こんなことだから、今回の作戦でも、転進の時には行軍序列さえ形を成していない。攻めている時は強気でも、一度敗色が濃くなってくると、浮き足立って歯止めがきかず、部隊全体が烏合の衆になってしまう」

「言われてみれば、確かにそのとおりだな」

「今回のように、犠牲者が多く出るとなおさら俺はそう思うのだ。犠牲者を少なくし、兵力を温存すれば、それは次の作戦の成功につながる。軍の教育が、攻撃の仕方にあれだけ時間をさくのであれば、その一部でも良いから上手な退却の仕方を教えるべきだと思う」

「杉井の意見には、俺も大賛成だ。全く異論はない。しかし、日本軍の体質というものは変わる訳もないし、これからも、そこかしこで同じような失敗を繰り返していくような気がする」

「今、日本軍の体質と言ったが、俺は、退却の文字を知らずというのは、まさに日本軍の体質を象徴しているように思うのだ。この間、漢口で日本の新聞を見たら、あのとんでもない負け戦を赫々たる戦果と報道していた。日本軍は前しか見ないし、見ようとしない。更にいけないのは、軍の内部は言うに及ばず、民衆にも前しか見ないことを強要している。こんなことだと、段々周囲も見えなくなり、どんどん誤った方向に向かっていく可能性もあるのではないか、俺はそんな心配もしている」

杉井は、この日はコップにせいぜい四分の一しか飲めないちゃんちゅうをまるまる一杯飲んでいた。最後の日本軍の本質論は、杉井の本音ではあったが、明らかに酒の勢いを借りた発言だった。ここまで話すと、激しい頭痛が杉井を襲い、寒気もしてきた。具合が悪くなった旨を高原にことわり、急いで宿舎に戻った杉井は、便所に直行し、案の定、食べたものをすべて嘔吐した。

翌日、夕食前に杉井が部屋で休憩していると、中川の小隊の部屋から聞き慣れない音楽が聞こえてきた。廊下を通って、音楽のする部屋をのぞいてみると、米倉軍曹、辰巳上等兵、西川上等兵、萩本一等兵の四人が、エボナイト片面のレコード盤を回していた。杉井の姿を認めた米倉が、

「杉井小隊長殿、よろしければどうぞ」

と杉井を部屋に招き入れた。

「こんなものを、一体どこで手に入れたのだ」

杉井が訊くと、西川が答えた。

「長沙の観測所になっていた聖経学院の音楽室にあったのを見つけて、自分が持ち帰りました」

杉井は、勧められた椅子にかけると、音楽に聴き入った。「シューベルトのセレナーデ」、「ドリゴのセレナーデ」、「G線上のアリア」、「ユーモレスク」、「トロイメライ」と名曲が続き、「ソルベイグの歌」がかかったところで、西川が言った。

「この歌は、帰らぬ夫を待ちわびる妻の歌ですが、自分はこれが一番好きです」

確かに、この曲は、いつ帰れるかも分からず、望郷の念にかられる兵たちの心の琴線にふれるのだろうと杉井も思った。同時に、あの疲労の極限の中で、食料など必要最小限のものを運ぶのにも精一杯だったにもかかわらず、このレコード盤を大切に持ち帰った兵の心根に、殺伐たる戦地の空気の中でのささやかな救いを感じる思いだった。杉井は目を閉じて、この作戦でボロボロになった自らの精神と肉体を癒やすかのように、流れる曲を聴き続けた。

第三章　大任

■野砲兵第三連隊第一大隊本部　組織図■

- **大隊長**　小山少佐→田辺大尉→宮方少佐
  - **大隊副官**　杉井少尉（のち中尉）→秋野中尉
    - 甲書記　神林曹長／筆工　篠崎兵長、狩野上等兵
    - 乙書記　保崎軍曹／筆工　木原上等兵、二村上等兵
    - 自衛隊　隊長　片野伍長、田坂上等兵　ほか
    - 大行李
      - 第一班　北川軍曹、新宅一等兵　ほか
      - 第二班　牧本伍長、三橋兵長　ほか
      - 第三班　梶山伍長、深津上等兵　ほか
      - 第四班　下村上等兵　ほか
      - 第五班　遠藤伍長　ほか
      - 第六班　辰巳伍長　ほか
      - 第七班　下村上等兵　ほか
      - 第八班　堅田上等兵　ほか
  - **指揮班長**　谷木中尉→杉井中尉
    - 観測班　黒木中尉、橋田軍曹　ほか
    - 通信班　楠本少尉、金山伍長、有村上等兵、立野上等兵、豊村上等兵、里村上等兵　ほか
    - 連絡係　吉永中尉、小長井上等兵　ほか
    - 軍医部　諸川少尉、川原兵長　ほか
    - 経理部　柴田少尉、長谷川兵長　ほか
    - 獣医部　名倉少尉、滝村軍曹　ほか

大隊副官

一月二十七日、杉井は、中隊長村川に呼ばれた。部屋に入ると、村川はいつもどおり、背筋を伸ばして机に向かっていたが、杉井の方を向くと、

「杉井少尉、三十日付けで配属替えだ。野砲兵第一大隊副官を下命する。重責だが、しっかりと全うするように。後任は豊橋の一期後輩の小柳少尉が補充される予定だ」

と言った。杉井にとっては、初めての人事異動だった。大隊副官だった飯島少尉が長沙で戦死したため、その後釜としての発令であることはすぐに分かった。

「杉井少尉、野砲兵第一大隊副官を拝命致しました」

杉井は下命を復唱し、そのまま退室するところだったが、村川とも長い付き合いになったこともあり、率直に質問してみた。

「ところで、大隊副官の任務とはどのようなものでしょうか」

村川は、つまらんことを訊く奴だという顔をした。

「貴官も飯島少尉のやっていたことは見ていたのだから、大体のことは分かるだろう。大隊内の人事、上申書の作成提出、連隊本部や配属上部部隊との連絡、その他庶務一般だ」

「分かりました。今後も各中隊にはお世話になりますので、引き続きよろしくお願い致します」

杉井は敬礼をし、村川の部屋を出た。

三日後、杉井は荷物を持って大隊本部に引っ越しをした。新しく配下になった者たちが杉井の部屋の整頓を手伝ってくれるのであるが、杉井は、新たなポストにおける部下の多さを見て、あらためて大隊副官の守備範囲の広さを痛感した。杉井の直轄の部下は約百名で、小隊長時代の倍以上となった。まず、直接杉井を補佐する甲書記と乙書記がおり、それぞれの書記に二名の部下がついていた。次に大隊長を守ったり、ゲリラ戦に対応するための自衛隊があり、これは隊長以下十一名で編成されていた。更に予備の弾丸、食料の輸送補給を行う行李がいて、十名の班が八班、合計八十名から成っていた。ここまでが杉井の直轄掌握の部下であるが、大隊本部には、観測班、通信班、連絡係、軍医部、経理部、獣医部があり、これらを合計した約六十名が指揮班長という士官に仕えていた。従って、大隊本部は、大隊長を直接補佐する大隊副官と指揮班長がいて、その下に将校又は下士官を長とする班がいくつもぶら下がっているという組織になっていた。

通常の人事異動であれば、前任の者が後任の者に引継事項を伝達するのであるが、杉井の場合は、前任の飯島少尉が戦死してしまっていたため、甲書記の神林曹長と乙書記の保崎軍曹が業務説明をすることになった。小隊長時代の腹心だった佐藤、早田がずんぐりタイプだったのとは異なり、神林も保崎も共に長身で、がっしりとした体軀だった。神林はやや神経質、保崎は見るからに温厚という見た目の違いはあったが、両者ともそつのない立派な部下という印象だった。大隊副官室の簡易な打ち合わせテーブルに向かうと、神林と保崎は向かい側に座った。

まず、神林が眼鏡を直しながら、話し始めた。

「ご承知かと思いますが、副官の大事なお仕事の一つは大隊内の人事であります。下士官以下の進級、転属、配属、補充、帰還すべて副官にお決めいただきます。また人事を行う際の基本となる下士官の功科表の作成をやっていただきます。これは平たく言えば勤務評定でありまして、一人一人の性格、働きぶりなどを査定していただきますが、下士官たちは転勤になるとこの功科表を持っていきますので、それぞれの人間にとっては、将来を左右する、大変重要なものであります」

下の人間の採点を任されるとは、随分気の重い話だと杉井は思った。神林は続けた。

「それから作戦が終了すると、戦闘詳報を指揮班長が作成されますが、副官には功績上申をしていただきます。功績には殊勲甲と殊勲乙がありまして、殊勲甲は金鵄勲章を拝受することになります。殊勲乙は三回重なると殊勲甲につながります。副官が作られた上申書をもとに、軍の功績局が検討し、叙勲が決定します」

「殊勲甲乙の存在は知っているが、これを受けさせようと思ったら、具体的にはどんな上申をするのか」

「叙勲のためには、戦果がどれほど多大であったか、身の危険をどのくらいおかしたか、更に砲兵の場合は、使用弾薬は何発だったかなどいろいろな要素が勘案されます。功績局が取り上げてくれるためには、上申書に功績が如何に生々しく記されているかが大切で、正直申し上げて、飯島副官は相当誇張した表現を使われていました」

誇張した表現と聞いて、杉井は、長沙攻略についての不愉快な新聞記事を思い出したが、少なくとも上申書の内容については真実を曲げるようなことまではしないのだろうと思った。今度は保崎が口を開いた。

「先ほど、作戦後の戦闘詳報と功績上申は、指揮班長と副官がそれぞれ担当するというお話がありましたが、命令も、作戦命令は指揮班長、日々命令は副官がそれぞれ起草して、大隊長の裁決をいただき、下部部隊に伝達することになっています」

確かに、これまで杉井は、「砲三一大作命第〇〇号」という作戦命令は指揮班長から、「砲三一大日命第〇〇号」という日々命令は大隊副官から伝達を受けていた。

「それから、連隊本部、配属上部部隊との連絡も非常に大切な副官のお仕事であります。特に作戦遂行時の歩兵部隊との連絡調整は、作戦成功の鍵となるべきものであります。以上、副官にはあらゆる職務を担当していただきますが、副官にお決めいただいたことについて、書類の作成及び整理は私どもが担当致します。なお、神林曹長の下には、篠崎兵長、狩野上等兵、私の下には、木原上等兵、二村上等兵のそれぞれ二名の筆工がおりまして、書記業務は六名体制で副官をお手伝いさせていただきます」

「分かった。それ以外に聞いておくことはあるか」

眼鏡を光らせて、神林が再び口を開いた。

「大隊副官は大隊の要でありまして、およそ大隊において行われることにはすべて関与していただきます。大隊の中でいろいろな行事もありますが、その準備や運営にも関わっていただきます。こういったことについては、また随時お話をさせていただきます」

その後、神林と保崎は、飯島の時代に作った功績上申書、功科表、日々命令起案書などを広げ、それぞれの仕事の要領を杉井に説明した。二人とも説明の手際が良く、大隊副官も要職とみえて、直属の部下にはそれなりの人間を配置しているようだと、杉井は感心した。

神林と保崎が部屋を出て行くと、入れ替わりに丸顔で眉だけが異様に濃い兵が入ってきて、直立不動の姿勢で敬礼した。

「杉井副官殿、副官の馬を担当させていただきます下村上等兵であります。今後、副官にお乗りいただく咲花を曳いてまいりましたが、ご覧になりますか」

「是非見せてもらおう」

杉井は、部下ももちろんであるが、自分にどのような馬が当てがわれるかにも強い関心があった。兵舎を出ると、大柄な輓馬タイプの馬が繋がれていた。長沙作戦で苦楽を共にした一水は後任の小隊長である小柳に譲ったため、今日からはこの咲花が杉井の愛馬となるのだった。葦毛で灰色の毛並みに黒毛が混じっているのが特徴で、どこにいても目につくように思われた。鼻をなでてやると、喜んで杉井に顔をすり寄せ、随分人なつこい馬だなと、杉井は一見して愛着を感じた。

杉井が新たな職務に就いた翌日から、命令起案や諸々の雑務が押し寄せてきた。多くの人間を従える立場にある以上、自分は新参であるという言い訳もきかない杉井は、必死になって各種書類に目を通し、新しい仕事の習得に努めた。大隊副官の仕事は、大砲二門を擁して敵を攻撃する小隊長の仕事とは全く異なり、大隊全体の機能の維持増進を図る管理部門的な仕事だった。小隊長の仕事と比べれば静的な仕事という印象を受けたが、大隊全体に及ぼす影響力というものを考えると、杉井は意気に感ずるところがあった。

大隊副官となって四日目の夕刻、杉井は神林を呼んだ。

「神林、俺は本部兵舎の改造をしようと思う」

「兵舎の改造ですか?」

さすがの神林も怪訝そうな顔をした。

「俺がいた第一中隊は、比較的大きな民家や集会所だったものを兵舎に使っていたからあらゆる意味で便利だったが、本部の人間は、小さな民家を割り当てられ、これに何の手も加えず、そのままの部屋に分散して宿泊しているため、ばらばらな感じがする。これでは監視の目も届かないし、夜間などそれぞれが部屋で何をしているのかも分からん。各民家の壁を取り除き、各班を一部屋にまとめ、そのそばに班長の部屋を作るようにしたら良い。それほど大した手間ではないだろう」

神林はやや大げさにうなずいた。

「副官、それは大変に良いお考えです。内部の軍規を正すのに極めて有効と思います。直ちに各班に宿舎改造の案を提出させ、作業に着手させます」

「それから、大隊長の官舎を新築したい。民家の中ではましなものを選んで大隊長に住んでいただいているが、それでも貧弱だ。大隊長が執務をするのにふさわしい官舎を作って、自衛隊長など側近の部屋も用意したら良い。衣食足りて礼節ではないが、大隊長の居所くらい立派にしなければ、組織の士気も上がらないというものだ。もっともこっちの方は兵舎の改造のように簡単にはいかない。まず、建物を作る職人が必要だ。大隊の中に大工がいないか調べてみてくれ」

「承知しました」

神林の仕事は速かった。大隊本部はもとより、各中隊にも声をかけ、二日後には、三十人の大工が集まったと杉井に報告に来た。三十人となると、大工の種類も千差万別で、棟梁もいれば叩き大工もおり、中には宮大工や船大工もいた。更に神林は、隊内には、左官三名、畳職二名、庭師一名、植木屋二名もおり、新官舎建築にあたっての人材に関しては、どのような作業についても対応可能である旨杉井に報告した。杉井は、神林の手回しの良さを評価するとともに、こうなったからには立派なものを作ろうとの意を強くした。人材の面の問題が解決し、あとは資材だと思った杉井は、柴山主計少尉に相談に行った。

「大隊長のための新官舎を建てたいと思うのだが」

「さすが杉井だな。大隊副官になって早々目のつけどころが違う」

柴山は杉井のアイデアに好意的だった。

「大工の出身の兵もたくさんいて人材の面は何とかなりそうなのだが、資材の方が調達できるかが問題なので相談に来た」

「そういうことなら大いに協力しよう。幸い、うちの大隊は従来から管理費などは倹約しているから、今回のような出費は大目にみてもらえるだろう。木材などは難民区の中国人から入手できるし、鉄材も難民区で調達しきれなければ、応山の本部に言えば多少のものはあるだろう」

「それから、畳職もいることが分かったので、折角だから畳も張りたいと思うのだが」

柴山は笑い出した。

「そうか。やるなら何事も徹底的にということだな。結構、結構。畳表ということになると、さすがに調達可能の保証はしかねるが、とにかく内地から送ってもらえるように努力してみよう」

資材の目処が立つと、杉井は直ちに作業を開始することにした。大工は、人数はいるが、どの人間が何が上手なのかさっぱり見当がつかないため、取り敢えず、階級が一番上の富田兵長を棟梁とし、現場を仕切らせることにした。木材は、北側難民区の中国人に軍票をはずむと、浙河の城内から追われて難民区を作った時の余りのものを喜んで持ってきた。鉄材も若干は応山の連隊本部から運んだが、ほとんどは周辺から調達できた。畳表も、柴山少尉の労あって内地から送ってもらった。

杉井は、自分の思いつきで兵たちを使役させることに当初は若干の負い目を感じたが、実際の作業に入ると、兵たちは、兵役と関係なく自分の腕を振るう場ができたと喜々として働いた。鉄作業が大工出身の兵の手に余ると、蹄鉄工務兵もすすんで手伝った。建物の作業が軌道に乗ると、杉井は、庭師の兵と植木屋の兵を伴い、輜重車十輛で、毎日城外に出て野生の樹木石を運び込んできた。兵たちはこれを活用して見事な庭園を完成させた。畳職の兵が内地から取り寄せた畳表を張ると、美術学校出身の兵は、畳の縁に大隊長の家紋を画いた。兵たちの生き生きとした姿を見ながら、杉井は、かつて多和野が「お前たちは俺たちと違って好きでこんな所に来ている訳ではない」とよく言っていたのを思い出した。明日の命の保証もなく、実際に周囲で戦友も死んでいくこの前線に、好きで来ている者はいない。日本にいれば、自分の特技を生かした仕事があり、仕事が終われば家族との団欒もある。多少の苦労はあっても、ここの生活とは雲泥の違いのはずだ。刹那的ではあれ、戦争というものから離れて、本来の自分の仕事ができることにささやかな喜びを感じることは、人間としてごく自然なことかも知れない。その意味からして、自分たちの置かれている環境が如何に異常なものかを杉井はあらためて感じた。杉井がそんな感想を抱く中、兵たちは精力的に働いた。兵たちの努力の甲斐あって、作業開始から一ヶ月半後、中国の民家の中に、「なげし」のついた日本風の素晴らしい官舎が完成した。この官舎は浙河の名物となった。

大隊長官舎建設が軌道に乗った二月下旬、佐知子から手紙が届いた。両親や佐知子に便りをした際、長沙作戦については、検閲を意識して作戦の問題点については一切触れず、ただ淡々と事実だけを記したため、佐知子の返事もそれを素直に受け止めたものだった。

前略

謙ちゃん、ご栄転おめでとうございます。大隊副官なんてすごいですね。謙ちゃんのお便りには、庶務が多くて、名前のわりに仕事は大したことないなんて書いてあったけれど、たくさんの人を従えることになったみたいだし、本当はすごく偉いんだ、きっと。それにしても、軍隊ってお仕事が急に変わったりして大変ですね。部下の手前、あまり新米の副官だからといって甘えも許されないって書いてあったのを読んで、謙ちゃんも苦労が多いのだなって思いました。でも、聞くは一時の恥、聞かざるは末代の恥って言うでしょ。部下の人たちも良い人ばかりみたいだし、いろいろなこと聞いて、たくさんお勉強して立派な副官になって下さい。

長沙の作戦は大変だったみたいですね。こちらの新聞にも、長沙作戦の大成功が載っていて、おじ様もとても喜んでいました。謙ちゃんたちが頑張ってくれているおかげで日本は勝ち続けているのですね。それだけの成果を収めるためには仕方のないことかも知れないけれど、やはり亡くなる方が出るのは悲しいことです。謙ちゃんの部隊の人たちもたくさん戦死したと知って、とても悲しい気持ちになりました。

前にも言ったと思いますが、これからいろいろなことをしなくてはいけない人は神様が必ず守ってくれると、私はいつも思っています。長く生きて、世の中のために、周りの人たちのために一生懸命頑張る人は、神様が天国に呼んだりしない、そう思うのです。でも、片桐さんが亡くなったり、謙ちゃんの部下の人たちが亡くなったりするのを聞くと、戦争が起こったら、神様も守ろうと思う人を全部守りきれなくなってしまうのかなという気がしてしまいます。片桐さんはとても立派な人だったと謙ちゃんも言っていたし、謙ちゃんの部下の人たちも、日本に帰ってくればたくさんのことができた人たちだったはずでしょう。一生分の値打ちのあることをやり遂げたから神様に召されたというような考え方もできるかも知れないけれど、それってあまりにも可哀相過ぎるように思います。お国のために命を捧げるのはとても名誉なことでしょうが、一生懸命戦って無事に日本に帰ってくることも同じくらい素晴らしいことだと思います。やはり、戦死する人が一人でも少なくなるようにと祈ってしまいます。

去年の暮れは、米英に宣戦布告という大きな出来事がありました。遂に言うことをきかない米英を懲らしめる時が来たと皆大騒ぎでした。でも、アメリカやイギリスをやっつけるのにも中国をやっつけるのと同じくらい時間がかかるのでしょうか。だとするとこれからも大変ですね。

謙ちゃん、新しいお仕事頑張って下さい。部下に尊敬されるためには、いつも丈夫でご機嫌の良い人であることが大切だと思いますし、そのためにも風邪ひいたりしないように気をつけて下さいね。私はお国のために何もしていないけれど、お国のために頑張っている人のご無事を祈ることで許してもらおうかなって思っています。

またお便りします。

草々

昭和十七年一月二十一日

杉井謙一様

谷川佐知子

佐知子の手紙には、母たえと同様、杉井の無事を願ってくれる部分があったが、たえのものに比べると佐知子のそれはより直接的だった。あまり踏み込むと検閲にひっかかるように思えたが、それを便りの中で告げる訳にもいかず、杉井は放置するしかないと思った。それと、佐知子の手紙を受け取る度に、杉井には気になる点があった。佐知子も年頃だ、縁談の一つ二つない訳がない、結婚の話が具体化すればその旨知らせてこない訳はないのに、今のところそんな気配は感じられない、戦地にいる人間に自分の幸せを告げるのははばかられるとでも思っているのだろうか、そんなことを杉井は考えた。同時に、佐知子の手紙を開く度に、お嫁にいくことが決まったというくだりがあるのではないかという不安を感じることを、杉井は、自身否定できなかった。

神林の説明に、大隊副官はいろいろな行事の準備運営にも関与するとあったが、三月に入ると、早速杉井は、この分野の仕事もやる破目になった。行事の準備運営といっても、主なものは事あるごとに開催される宴席のセッティングであり、酒の飲めない杉井には因果な役回りだった。

三月の末に、年一回の慰問団が内地から浙河にやってきた時も、杉井は、歩兵連隊の大隊副官と協力しながら、日程作成を行った。慰問団は数名の芸人で構成されていたが、浙河は最前線ということもあって、一流の芸人が来ることはなく、事前にもらった名簿でも聞いたことのある名前は一つもなかった。慰問団は到着すると、早速各隊の慰問を順番に行い、夜は将校一同との宴会になった。杉井のところには、吉川美鈴という歌手の女性が酒を勧めに来たが、久しぶりに日本人のしかも芸能関係の人と話ができることを、杉井は素直に楽しく思った。しかし、慰問団であれ何であれ、この種の宴会において杉井は常に問題を抱えていた。それは、大隊副官は大隊長の高級当番であり、常に大隊長の世話をしなくてはならない立場にあることだった。小山大隊長は、特に酒癖が悪いという訳ではなかったが、ある程度の酒量になると話がくどくなって同じことを繰り返し言うようになり、これを超えると前後不覚に陥ることもあった。この状態になってしまうと小山を部屋まで連れていくのは杉井の役目であり、その際、軍刀長靴を間違えたりしないように気を使わねばならず、またうずくまった小山のむくんだ足に長靴を履かせるのも一苦労であった。

視察

三月に入ると、今度は師団長、連隊長の視察があった。視察といっても、特に細かい指摘はなく、駐屯地の部隊に対する激励が主目的だった。杉井は、以前からこの種の視察には疑問を感じていた。軍の幹部がわざわざ来てくれて、兵たちを前に訓辞をし、励ましてくれるのは、抽象的には有難いことではあるが、実際のところ、訓辞によってやる気を奮い立たせる人間は皆無であり、幹部の来訪によって士気が上がるという要素もなかった。特に、杉井のような立場の者は、日程を組んで諸準備をし、当日は隊内の案内をするなど負担の増加を強いられ、更に何か失礼があってはいけないと神経を使うだけで、メリットは何も感じられなかった。

夕刻からは、当然の如く、師団長を始めとする視察団の接待となった。男の酌だけでは無粋ということで、慰安婦たちが動員され、視察団の面々の向かいに座って相手をした。スミ子は若いせいもあって、下座の方で随員に酌をしていたが、杉井と目が合うとニッコリと笑った。杉井は、会場を見渡しながら、酒は足りているか、幹部はご機嫌で飲んでいるかをチェックしていたが、しばらくすると、連隊副官の犬飼少佐が杉井の脇に来て耳打ちをした。

「今、連隊長の向かいで酌をしている女がいるだろう。連隊長があの女をご所望だ。今夜の手配をよろしく頼む」

「承知しました」

杉井はそう答えたものの、内心では、そうか、俺は立場上こんな手配までしなくてはならないのかと、階級社会に生きる悲哀をつくづく感じた。一方で、連隊長が必要とするものは当然師団長も必要なのではと思い、師団副官の迫丸少佐の席まで行って小声で訊いた。

「副官殿、この宴会のあとですが、師団長はやはり女性を……」

迫丸はむっとした顔で杉井をにらんだ。

「そんなもの、当然だろう」

「失礼しました。ところで、今、師団長の相手をしているあの女でよろしいでしょうか」

迫丸は、本当に要領の悪い奴だ、という顔をしながら、

「そんなことは本人に訊いてみなければ分からんだろう。ちょっと待っていろ」

と言うと、立ち上がって師団長のところへ行き、杉井に対する態度とは正反対の慇懃な姿勢で師団長に耳打ちをした。師団長の答えをもらって席に戻った迫丸は、

「師団長は、向こうの列に座っているあの女が良いとおっしゃっている」

と言って、あごで向かいの女を指した。見ると、顔立ちこそ派手だが、体つきはぽっちゃりとでっぷりの中間に位置する肉感的な女で、細身のスミ子とは対照的だった。人間の趣味とは実に多様なものだと、杉井は無意味な感想を抱くと同時に、師団長がスミ子を指名したりすることがなくて良かったと思った。

悲しくなるほど重要な任務だなと思いつつ、杉井は、早速慰安婦たちとの交渉を始めることにした。まず、連隊長の席に行き、

「連隊長、ちょっと失礼します」

と言って、連隊長の相手をしている女を部屋の隅に連れていった。長身の色黒の女だった。師団長にしても、連隊長にしても、少しスレた風情で如何にもこの道のベテランという感じの女が好みで、一定の年齢になるとこういう嗜好になるものなのかと杉井は思った。

「このあとだが、連隊長の相手を頼みたい」

女は、フンとそっぽを向いた。

「今夜は忙しい」

「先約があるということか。それならば、俺がその男と話をつける。連隊長の方をお願いする」

「何言ってんだ。今夜はダメ」

「金だったらはずむ」

「お前、言ってること分からない。ダメと言っている。だからダメ」

態度にしても言葉遣いにしても、とても女性のそれではなかった。慰安所で男の相手ばかりしているとこうなってしまうのかと杉井は驚愕した。

「ちょっと待っていろ。あとでまた来る」

そう言って、杉井は、まず師団長の相手のセットをするべく、師団長ご指名の女のところへ行き、今度は廊下に連れ出した。こちらの方はもっとすさまじかった。

「宴会が終わったら師団長の相手をしてくれ」

「年寄りの相手なんかしない」

「そんなことを言うな。相手は師団長だ」

「バカヤロー。師団長だから何だ。このクソタワケ。偉い奴だからって体は売らないぞ」

どうしてこんな日本語ばかり覚えるのだろうと思いつつ、杉井は困った。一体全体どうなっているのか、幹部相手なら商売としては悪くないはずなのに、何故断るのだろう、そんな疑問を持ちながら、杉井は次第に馬鹿馬鹿しくなってきた。こんなことなら師団長も連隊長も直取引してくれれば良い、そうすれば自分が女からどのような評価を受けているか自覚できるのにと一瞬思ったが、もちろん幹部に自分の女の手配などさせる訳にもいかず、杉井は仕方なく、一緒に宴席を準備した歩兵連隊の竹下大隊副官に相談した。

「師団長も連隊長もご指名の女がいるのだが、女の方が相手をするのを拒んでいる。幹部だったら上客のはずなのに、どうしてこういうことになるのかさっぱり分からん」

竹下は、杉井の袖を引き、耳元で声をひそめながら言った。

「どうしてこういうことになるのかって、そうなる理由があるからさ。いいか、杉井。幹部というのは概してこっちの癖は良くない」

竹下は小指を立てながら続けた。

「まず、年のせいか、女に要求するものが多い。少なくとも若い人間ほど淡泊ではない。加えて話し方も命令口調だ。日本語が達者でない者でも雰囲気で威張っていることは分かる。女たちにもプライドがあるから、こんな客を相手にするのは不愉快だろう。おまけに、幹部から文句が出ると後で怒られたり、殴られたりもする。良いことは一つもない。今の師団長や連隊長は女に対してそんな対応をする人たちではないかも知れないが、一般論としてはそういう傾向にあるから、女たちも敬遠するのさ」

杉井はなるほどと思った。しかし、そんな原因の解明だけをしてもらっても何の解決にもならない。

「よく分かったが、師団長や連隊長に女の方が嫌がっていますとも言えないだろう。どうすれば良い」

「それを先に言うべきだったな。打つ手は一つだ。それぞれのトイに姉さん株の慰安婦がいる。これを通じて説得してもらうしかない。師団長のお相手はどれだ。あの女か。だとすれば、第三トイだから、ベスという慰安婦が姉ごだ。俺が話をつけてきてやろう。杉井、軍票は持っているか」

「そこそこ持ち合わせはあるが」

「それでは十元よこせ」

杉井が軍票を渡すと、竹下は立ち上がって、五、六人向こうに座っている見るからに人の良さそうな年増の慰安婦を手招きし、何事か耳打ちすると、杉井の渡した軍票を女に握らせた。

竹下は、戻ってくると、

「話はついた。連隊長のお相手は第二トイだが、第二のケイという姉ごは今トイの方にいるそうだ。こっちにも話してくるから、もう十元よこせ」

と言って、再度杉井から軍票を受け取ると、足早に宴会場から出ていった。女を見ただけで、それがどのトイの所属かを認識する竹下に対して、杉井は、あきれを伴う敬意を表した。

大隊副官としては、杉井よりはるかに経験豊富な竹下の活躍で、師団長、連隊長のお世話は万全のものとなった。杉井は、素直に竹下に感謝するとともに、大隊副官の任務の一つである「その他庶務全般」という言葉の意味に対する理解が深まったことを自覚した。よく宴会の幹事はすべてがうまくいって当然、何か問題が起これば幹事として失格とされる損な役回りと言われるが、大隊副官は始終幹事役をやらされるような立場であることが分かった。人間は気が利くタイプと気が利かないタイプとの範疇分けが可能だが、明らかに後者である杉井には、この業務は他の者に比べて多くの負担を伴うものに感じられた。もともと自分が気が利かないのは、杉井謙造商店のように親戚だけで経営している組織での勤務経験しかないからかも知れないと杉井は一瞬思ったが、よく考えてみれば、巨大組織で宮仕えの経験を積むことが気が利く人間への脱皮を可能にしてくれるものでもないような気がしてきた。もともと上官に配慮するタイプの人間は、自分が上官になった時に部下の配慮がないことに腹が立つ、杉井のように特に部下に配慮して欲しいとも思わない人間は、いつまでたっても上官への配慮に欠ける、そんなものではないか、気が利かない人間は、どのような場合にどのような配慮をすべきかが良く分からないし、しかも配慮を欠くことにどの程度の問題があるのかが理解できない、だとすれば、いくらこの種の経験を積んでも大きな改善はみられない、そんな風に杉井は思った。特に、今回の幹部への慰安婦のお世話のような仕事は、これを欠くことによって具体的な軍隊本来の業務に支障が生ずるとは全く思えない以上、大隊副官としてこの種の仕事についてもそつなくこなせる人間を目指そうというインセンティブは全く湧かなかった。また軍隊という大組織に身を置く以上、個人としてあらゆる面で組織に貢献することは大切なことであると今まで自分に言い聞かせてきたが、今回、その貢献とはどの範囲までとすれば良いのか、杉井はつくづく考えさせられてしまった。

数日後、竹下のような大隊副官が何故トイの女についても詳しくなるのかが杉井にも明確になった。大隊副官の業務の一環として、慰安婦の検診の立ち会いをすることになったのである。検診は軍医がトイに出かけて行き、その一室で順番に慰安婦を呼んで行った。部屋の隅には、いつも朝鮮人の男が座って様子を見ていたが、これは楼主と呼ばれ、それぞれのトイの経営を仕切っている者たちだった。この楼主は、仲介者を通じて朝鮮から女性を買い集め、慰安所で働かせてその上前をはねるのであるが、そんな商売をするために命の危険を冒してわざわざ浙河のような前線までやってくるような輩であるため、皆見るからに品がなく、やくざのような風貌の男たちだった。

諸川軍医は慰安婦を一人一人呼んで、診察をした。性病に罹患しているかどうかが主眼の診察であるため、女たちは部屋に入ってくると、すぐに衣服を脱ぎ、さっさと脚を広げた。女性としての色気も何もあったものではないと杉井は思ったが、その後の彼女たちの対応は、杉井の感じた幻滅を更に助長した。五人目の髪の長い顔色の悪い女の順番の時である。諸川軍医が時間をかけて慎重に観察した後、その女に梅毒罹患の診断を下した。隅に座っていた楼主の男が「チッ」と舌打ちをするのが聞こえた。諸川が、病気にかかっているのであるから、営業を停止し、治療に専念するようにと告げると、女は突然わめきだした。

「バカヤロー、私、病気なんかじゃない」

「お前が病気にかかっているのは明らかだ。病気になったら仕事をしてはいけないのはここでの規則だ。それに仕事を休んで病気を治すことは、何よりお前の体のためだ」

「朝鮮、朝鮮ってバカにするな」

「誰もバカになどしていない。ちゃんと言うことを聞きなさい」

「天皇陛下は同じだぞ」

最後に意味不明のことを言うと、女は大声で朝鮮語で話しだした。杉井には何を言っているのかさっぱり分からなかったが、若い女の錯乱状態というものは、見苦しく、また嫌悪感を催させるものだった。楼主の男がおもむろに立ち上がり、女のところに来て片袖を引きながら、朝鮮語で何事か話しかけた。次が待っているから早くどけとでも言っているように思われた。女が引かれた袖を振り払い、そこに居座るような風情を示すと、男は突然平手で女の頬をたたき、脚で腹を蹴り上げた。女は床に倒れると、わーわーと大声で泣きだした。杉井は、女を抱え上げると、楼主の男に、

「何をするんだ。相手は女だろう」

と怒鳴りつけた。男は、俺の商売物のことでつべこべ言うなと言わんばかりに杉井をにらみつけると、今度は女の髪をつかんで部屋の外へ引っ張り出して行った。二人の後ろ姿を見送りながら、杉井はため息をついた。今のように、殴る蹴るは、まさに身も心もすさんだ慰安婦たちを管理するための常套手段なのであろう、普段は兵たちに体を提供し、そのために時には性病にもかかり、更には管理者からの暴行も受ける、逃げ場のないどん底の生活とはこの慰安婦たちの生活のようなものを言うのではないだろうか、そう考えながら、戦争の犠牲というものは、当初想定したものよりもずっと広い範囲に広がっているということを杉井は痛感した。

浙贛作戦

四月半ば、応山連隊本部から呼び出しがかかった。命令受領のためであることは明らかであり、杉井は、神林、保崎、大行李の北川軍曹、それに警備兵一個分隊を伴い、トラックに分乗して、五十キロのガタガタ道を応山に向かった。連隊本部に出頭すると、連隊副官犬飼少佐より、命令の授達があった。

「野砲兵第一大隊は、五月六日に駐屯地を出発、南昌に於いて歩兵第六連隊の傘下に入り、臨《りん》川《せん》両岸及びその南方の拠点の攻略に参加すべし」

「臨川両岸及び南方の拠点攻略に係る作戦命令、確かに受領致しました」

大隊副官になってから初めての作戦であり、しかもその作戦の命令を直接受領して、杉井は身の引き締まる思いだった。

杉井が大隊副官になったこの頃、中国戦線も、その作戦の様相が変化してきていた。それまでは航空機を保有しない中国軍だけが相手であったため、制空権に関することは作戦の範囲外であったが、米国の参戦によって、制空権の争奪が作戦の内容にも加えられるようになってきたのである。中国中部に派遣されている日本軍にとっても、金華《きんか》、玉山《ぎょくざん》、衡州《こうしゅう》、麗水《れいすい》など浙江省方面の主要航空基地の飛行場覆滅が重要な使命となっていた。この使命は南京付近に駐屯する第十三軍が担ったが、杉井たちの所属する第十一軍もこれに呼応して南昌方面に進出し、両軍による挟撃作戦を展開することになった。

浙河に戻ると細かい作戦準備のための指令がきた。杉井の傘下にある大行李にはいつになく大量の食糧携行が命じられ、また全員に夏用の開襟服や日射病防止の日よけのついた防暑帽が支給された。五月出発でありながらこの装備ということは、八月くらいまでかかる長期の南方作戦であろうと杉井は直感した。大隊副官としての作戦参加ということであれば、いろいろな隊との連絡で走り回ることが予想されたため、杉井は、長靴をはくことはやめて巻脚絆にし、拍車も取り除いて、馬の加速には鞭を使うことにした。内陸の猛暑に対応するため、できる限り軽装で動けるように工夫し、軍刀は鞍に取りつけ、拳銃、眼鏡はベルトにつけ、胸は開けられるようにした。大隊副官にとって地図や筆記具は何より大切なものであったが、これらを収納する図嚢も腰につけていては走りにくいと考え、縫工兵に命じて、縦六十センチ、横五十センチの分厚い皮の図嚢を作らせ、これを背負うことにした。でき上がったところで試着してみると、予想以上に動きやすく、杉井は大いに満足だったが、ちょうど通りかかった大隊長の小山は、何という奇妙な格好をしているのだという表情で言った。

「杉井、一体全体何だ、その出で立ちは」

「機能性を重視した結果であります」

「軍人には軍人にふさわしい格好というものがあるだろう」

「何事も形式より内容であります」

「まあいい。好きにしろ」

小山には全く評価されなかったが、実戦本位に考えれば、この格好に勝るものはないと杉井は確信した。背負いタイプの図嚢も、奇異ではあるが、一種のトレードマークにもなるのではないかと、杉井は自分の発案を自画自賛したい気持ちになった。


五月六日、砲兵第一大隊は浙河を出発し、漢口から輸送船に乗って下航した。九江《きゅうこう》に上陸した後南下して、五月二十日、南昌に到着して命令どおり歩兵第六連隊の傘下に入った。翌々日の二十二日、部隊は南昌を進発し、六月五日夕刻には、最初の攻撃対象である臨川に到着した。歩兵の援護が重要な使命であるため、歩兵に比べて敵軍と直接ぶつかりあう頻度が非常に少ないのが砲兵の通常の役目の特徴であったが、今回の杉井の役目は、大砲を撃つ各中隊の背後で各隊との連絡調整を行ったり、大行李を使って弾薬等の補充を行ったりが主要任務であるため、更に具体的な戦闘からは離れたところに位置する感じがした。しかし、中国軍は、正面から敵を迎え撃つ以外に、回りこんでゲリラ的に攻撃を仕掛けることもあり、この場合には砲兵隊、特に武器弾薬の補充などを通じて作戦展開の要となっている大隊本部も狙われることが多かった。臨川攻略時もその例外ではなかった。

歩兵部隊は既に前日に臨川に到着して敵と交戦しているらしく、遠くで銃声が聞こえた。杉井たちの部隊が師団司令部からの命令を待ちながら夕食をとっていると、連絡将校の深川少尉が、

「歩兵第十八連隊は右翼隊、歩兵第六及び第六十八連隊は左翼隊となって攻撃、野砲兵第一大隊は主力をもって右翼隊、一部をもって左翼隊の後方に陣地を占領し、歩兵の攻撃に協力すべし」

との命令を伝えてきた。命令を受けたものの、歩兵の位置がはっきりしないため、連絡者を出して確認を行いながら、陣地確保の準備をしていると、左前方から敵の機関銃の急射を受けた。杉井の指示を受けるか受けないかの間に、隊長である片野伍長、副隊長である田坂上等兵率いる自衛隊を先頭に、大隊本部は応戦態勢を敷いた。敵の規模は左程大きくなかったと見えて、三十分ほどすると、銃声は止んで敵は退却していった。

「いつも思うのだが、中国軍というのは、どうやって前方にいる友軍の脇をすり抜けてこの近くまでやって来るのだろう」

杉井が隣にいた神林に言うと、神林は首を少し傾けながら、

「私もそれは時々疑問に思います。ただ連中は十分な土地勘を持っていますから、私たちの気がつかないところを抜けて来ることもできるでしょうし、あるいは、私たちがこの位置に来るまで近くで待ち伏せていて仕掛けるのかも知れません。いずれにしてもあまり大勢では目立ってしまうので、いつもあのくらいの少人数で攻めてくるのだと思います」

と答えた。その時、背後で、

「副官殿」

と、杉井を呼ぶ声がする。振り向くと、馬係の下村だった。下村の横で、咲花が左後足を折

るようにしてしゃがみこんでいる。

「咲花、どうした」

「先ほどの銃撃戦で左の後足を撃たれたようです。さっきから立たせようとするのですが、すぐにしゃがんでしまうのです」

「滝村獣医を呼べ」

人間であれ、馬であれ、けがをしたら専門家に頼るしかないと思って、滝村を連れてくるように指示したが、咲花の状態があまり良くないことは素人の杉井にも分かった。滝村はすぐに来て、咲花の後足を仔細に調べた。

「どうですか」

「応急手当はしますが、歩行はまず無理でしょう」

横で下村が涙声で叫んだ。

「咲花、立て。立てなかったら生きて浙河に帰れないじゃないか」

杉井も悲しくなった。愛馬典勇を失い、大隊副官になってから初めての作戦に連れてきた咲花を今また失おうとしている。とにかく、臨川が落ちて次の目標へ出発するまでに回復して元気に歩くのだぞ、杉井は何度も咲花にそう言い聞かせた。

明け方になって、歩兵部隊の前進を機に、野砲兵部隊も砲撃を開始して歩兵の前進を支援した。中国軍の逃げ足は意外に速く、それほど大きな戦闘もないまま、部隊は臨川の占領に成功した。直ちに次の作戦行動の命令が出され、杉井たちは、王家《おうか》に集合して河を渡り、臨川沿岸地帯の攻撃に移ることになった。出発を前に、杉井が咲花のところへやって来ると、咲花は相変わらず左後足を折るようにしてしゃがんでいた。杉井の姿を認めると、必死になって立とうとしたが、到底無理だった。可哀相でたまらなくなった杉井がかがんで咲花のたてがみをなでてやると、咲花は杉井の頬に鼻をすりつけてきた。杉井はいっそ部下に命じて咲花を担架で運んでやろうかとさえ思った。しかしそれもおよそ叶わぬことである以上、杉井に残された道は二つだった。そのまま遺棄するか、杉井の手で楽にしてあげるかである。杉井は、一年半前の典勇号を思い出した。あの時、不具になっても生き延びてさえくれればと淡い期待を抱いて遺棄したが、考えてみれば生き永らえる可能性はゼロだった。一所懸命部隊についていこうとしながら、部隊からはどんどん遅れ、地平線の彼方に消えていった姿は哀れで見ていられなかった。咲花の状態は、歩行そのものができない分、典勇よりも悪い。遺棄して中国人に見つかれば、殺されて食料にされてしまうだろう。それならばいっそのこと自分の手でと、杉井は、涙をこらえながら、二つの選択のうちの後者を選ぶことにした。

「下村、咲花の鞍をはずせ」

下村は、杉井の気持ちも、苦渋の選択をせざるを得ない客観的状況も理解していた。何度も何度も鼻をかみながら、下村は、鞍と馬具を咲花からはずした。杉井は拳銃を抜くと、咲花の眉間に銃口を当てた。何も知らない咲花は円らな瞳でじっと杉井を見ていた。杉井はとても正視することができず、目を閉じて、

「咲花、許せ」

とつぶやきながら、ゆっくりと引き金を引いた。前足だけで上体を起こすようにしていた咲花は、左側にどさっと倒れた。身悶えもすることなく、即死だった。杉井は銃剣で咲花のたてがみを切り取るとそれを大切にしまい、咲花の顔にハンカチをかけて別れを告げた。

部隊は衡州、広信《こうしん》など臨川沿岸地帯を席捲した後、崇仁を攻略、六月十二日には建昌《けんしょう》の攻略にも成功した。敵陣の構えが手薄だったため、作戦は極めて順調に進んだ。杉井は、それぞれの戦闘において、状況を随時確認しながら各隊への武器弾薬の補充を行ったが、敵への攻撃は概ね手順どおり運び、弾薬も当初想定の必要量を上回ることもなかった。しかし、予定どおりに作戦を遂行していく中で、杉井はこの作戦における最大の敵は中国軍ではないことに気がついた。

水中行軍

中国の中部、南部の六月、七月はもともと雨季であるが、この年の雨の多さは異常だった。南昌を出た時は五月だったにもかかわらず、雨の降らない日は一日もなく、雨が止んでも空はどんよりと曇っていて、湿度も常に百パーセント近かった。連日体にまとわりつくような異様な湿気に兵たちは悩まされた。しかし、高湿度に起因する不快感などはまだ贅沢な悩みだった。建昌を出てしばらく行軍していくと、あたり一面水浸しで広大な湖沼のようになっており、どこが道、どこが田、どこが川かも分からない状況となった。

「この地帯も間断なく雨が降り続いたものと思われます。そうでなければ、ここまでひどい状態にはならないはずです」

保崎が言った。

「とにかく、道を外さないようにすることだ。行軍に要する時間は通常の倍は覚悟しなくてはなるまい」

通常の場合でも、馬が道を外して大砲が田の泥濘の中に落ちるとその引き上げは困難を極めたが、この水の中ではそもそも引き上げることができるかどうかさえ疑問だった。保崎が答えた。

「このあたりは稲穂が頭を出していますから、稲穂の出ていないところが道であるという大体の推測ができますが、これ以上の水深になってしまったら、道の上をしっかりと歩き続けることは至難のわざになります」

保崎の予想は不幸にも的中した。一時間も歩かないうちに水深は腰の高さを超え、それまで見えていた稲穂の頭も完全に水没した。水は濃い茶褐色で透明度はゼロであり、どこが道かは全く不明になった。部隊は、先頭の者が足探りで道路を探し、それに続く者が前の者の歩いたあとを一歩も踏み外さぬように慎重に行進することになった。歩兵は互いに手をつなぎ、踏み外して転ぶ者が出れば、前後の者がこれを引き上げることにした。しかしながら、砲兵の場合は手をつなぐ訳にもいかず、皆手綱を握って馬とともに慎重に慎重を重ねて歩き続けた。

夕刻になると、宿泊地となる集落が見えてきた。途中、家屋もすべて水没している村も多数あったが、この集落は高台にあったため、長雨の中でも無事だった。集落に向かう坂にさしかかったところで、ようやく足もとの水はなくなり、直接地面を踏めるようになった。水の抵抗がなくなるとこれほどまでに足というものは軽くなるものかと、兵たちはほっとすると同時に、明日以降も今日と同じような行軍を続けなくてはいけないと考えると逆に気が重くなった。宿泊地に着くと、兵たちは荷物を下ろし始めた。荷はすべて水を含んで倍くらいの重さになっていた。軍刀や図嚢も逆さにすると、バケツをひっくり返したように大量の水が出た。杉井を始め、隊員は皆裸になって焚き火にあたり、被服や体を乾かした。夏の焚き火というのも異様ではあったが、とにかく体が乾いていくというのはこんなにも心地良いものかと、誰もが感じていた。杉井は、裸になって焚き火を囲んでいる兵たちを見ながら、自分も含め、皆足が一様にふやけて死人の足のようになっているのを発見した。考えてみれば半日以上も水につかりっぱなしであり、こうなるのも無理からぬところだと思ったが、一方で、明日以降も事態が改善しなければどうなるのだろうと、杉井も、他の兵たちと同様、暗澹たる気持ちになった。

翌日以降、不幸にも杉井の不安は的中し、事態は改善するどころではなかった。来る日も来る日も雨は続き、行けども行けども地面は水浸しだった。その中を兵たちは、膝まで、あるいは腰まで、時には胸まで水につかりながら行軍を続けた。水中の行軍が始まって四日目、乙書記に仕える二村上等兵が道を踏み外して水没した。周辺は底なし沼のような泥田であり、足がはまってしまうと浮かんで来られない恐れがあった。横を歩いていた木原上等兵は、図嚢から

ロープを取り出すとそれを自分の腰の周りに巻き、

「軍曹、お願いします」

と言って、ロープの端を保崎に渡すと、二村の沈んだあたりを目指して水中に潜った。この泥水の中では何も見えないし、余程要領良く探し当てないと、木原まで溺れかねないのではないかと杉井は心配した。一分ほどすると、木原の頭が水上に現れたが、またすぐに潜ってしまった。息継ぎのためと思われ、まだ二村を探し当てた様子はない。更に一分ほどすると、今度は七、八メートル先の水上に頭が二つ現れた。木原は大きな声で、

「ゆっくり引いて下さい」

と叫んだ。保崎も周りの者も歓声をあげてロープを引いた。引き上げられた二村はぐったりとしていた。すぐに馬の上に乗せ、保崎が二村の腹から胸をぐっと押さえると、二村は大量の泥水を吐いた。飲んだ水を吐き終えると、二村はふーっと大きな息をした。保崎は行李の新宅一等兵を呼ぶと、

「もう大丈夫だと思うが、当分歩くのは無理だ。馬に縛りつけてやって、お前が曳け」

と命じた。杉井が木原に、

「危ないところだったが、よく見つけたな」

と言うと、木原は、まだ顔の泥もぬぐわないまま答えた。

「水深がそれほどでもなかったので良かったと思います。ただ、田んぼに突っ込むと、膝のあたりまで脚がめりこんでしまいます。二村は水を飲んだせいか、気を失って、脚をとられたま

ま、しゃがむような格好をしていました」

「とにかく気をつけないといけないな。こんなところで名誉の戦死では、泣いても泣ききれんだろう」

杉井は、そう言いながら、この状況下では、他の隊でもこの種のアクシデントが頻発しているのではないかと思った。

その日の午後、今度は第二中隊の中川率いる小隊で、砲車、弾薬を駄載した馬が道を踏み外して転倒した。ロープがはずれて砲車は水中に放り出され、弾薬だけを積載した馬は泥濘に足をとられてもがいた。この引き上げは、二村一人の引き上げよりもはるかに難航を極めた。七人が腰にロープを巻いて水中に入り、三人が砲車、四人が馬の引き上げを行うことになり、指名された七人は、ゆっくりと泥田の中を進んだ。砲車の方は、沈んでいる位置はすぐに分かったのであるが、如何に浮力が働くとはいえ、足場の悪い中、三人で持ち上げることは容易でなかった。おまけに水が深いため、三人は一斉に潜ってタイミングを合わせて砲車を上げようとしたが、一人が息が続かず、手を離したため、砲車はもう一人の足を踏んだ形で泥濘に沈んでいき、足を踏まれた者は砲車に引きずられる形で水中に沈んだ。今度は馬を担当していた人間も総動員で砲車を持ち上げ、引きずられて沈んでいた一人を救出して、隊列に戻した。三人がかりでも砲車の引き上げは難しいことが分かったため、今度はロープで砲車をぐるぐる巻きにし、道の上から引き上げようとしたが、横方向に水平に引くと、砲車はズブズブと泥濘の中にはまっていくことが判明した。結局三人が砲車を水中で持ち上げ、その状態で道路側から引くことによって、ようやく砲車は道に戻った。馬の方も、一度泥濘にはまったものを脱出させるのには相当な労力が必要だった。泥の中の脚は垂直方向に上げないと抜けないが、馬はどうしても後方に蹴りたがるため、なおのこと深みにはまってしまった。泥濘からの引き上げに関しては、動かない砲車の方がまだ始末が良いことに兵たちは徐々に気がついた。結局二人の兵で馬が暴れないように押える一方で、更に二人の兵が馬の脚を一本一本泥から抜いていく作業を繰り返し行い、ようやく馬も道に戻ったが、この引き上げ作業には二時間を要した。その間の作業は、兵たちにとって、全身泥をかぶり、泥水を飲んでの難行であった。

翌々日、今度は杉井自身が泥濘の洗礼を受けた。水深が浅くなり、膝より下になって行軍も多少楽になった時である。高名の木登りではないが、杉井の気持ちに多少のゆるみが生じた。それまでは、欠かさず前の者の足をじっと見つめながら歩いていたが、つい通常の行軍の時のように、目的地の方向に目をやった直後である。左足がずるっと滑って股裂き状態となり、上体を起こそうとした瞬間に右足も滑って、杉井は滑り込むような形で畦に落ちた。道と畦の高低差が大きかったため、杉井は頭まで水中に潜り、水を飲んだ。いつもは部下に落ち着いて行動するように諭している杉井だが、この瞬間はさすがに焦りが生じた。即座に立ち上がろうとしてまた滑り、水中でしりもちをつく形になった。これはまずいと、更に焦りが募ったが、この瞬間、今まで部下たちが無理に横に動こうとして失敗してきた事実が頭をよぎった。杉井は、しゃがんだ格好で足場を十分に固め、垂直方向にゆっくりと立ち上がった。畦は深いといっても、さすがに肩から上は水上に出た。

「副官殿、大丈夫ですか」

保崎が心配そうに声をかけた。

「不覚だった。ロープを投げてくれ」

水中で頭だけ出している姿を部下たちから見下ろされるのはあまり心地の良いものではなく、さっさと自力で道まで這い上がっていきたいところだったが、ここでまた転んでしまったらそれこそ部下に対する示しがつかないと考え、杉井は冷静にロープを要求した。保崎に投げてもらったロープをしっかりと手首に巻き、それをゆっくりとたぐりよせながら、杉井はようやく道まで戻った。軍隊に入ってから随分いろいろなことを学習させられたが、泥からの脱出方法まで学ぶことになるとは思わなかった、そんなことを考えながら、杉井は情けない気分になってきた。

部隊は、金谿《きんけい》、滸湾《きょわん》などを攻撃しながら、西へ西へと進んだが、水と泥との戦いは依然として続いた。滸湾を過ぎて大きな河にさしかかった時である。一面水浸しの中で、一定の幅の部分だけ急速度で水が流れ、その周辺の水が渦を巻いていた。水面よりも少し上にロープが張られ、これにつかまりながら対岸まで行くことになっていたが、そのロープの長さを見た時、川幅は並の広さではないことが分かった。河にさしかかる手前で、杉井たちは立ち往生して長時間待機したが、おそらく先行している歩兵部隊がこのロープを張るのに相当な時間を要したからであることは容易に想像できた。ロープを両手でしっかりと握りながらゆっくりと進むと、河の部分の水深は胸の上まできていた。水中の行軍はそれだけでもかなり厳しいものがあったが、河の流れによって圧力をまともに受けると、もはやこれは行軍というより、遭難した人間が自力救助を図っているのに等しかった。河の上流に向かって全体重をかけるようにしても流されそうになる。ロープを持つ際には片方の手でしっかりと握り締め、もう片方の腕を交錯させるように即座に動かしてまたロープを握るという作業を繰り返すのであるが、一方で足の方も、川底を踏み締めながらすり足の蟹歩きをせざるを得ないため、時間のかかること甚だしい。まさに牛歩のような歩みである。杉井は、流されないように細心の注意を払って進みながら、第二次長沙作戦の時の氷のように冷たい水の中の渡河を思い出した。今回は水の温度については問題ないが、長雨で水量が増して急流となった河の横断は、命の危険という点で、より厳しいのは間違いないと杉井は思った。途中何度も立ち止まりながら、時間をかけて進んでいくと、やがて水深が腰のあたりになり、更に膝の高さになったところで、水流はおさまった。対岸に着いたのだった。その直後に後方で大きな声がした。河の中ほどで混乱が起こっている。

「一体どうしたのだ」

神林が背伸びをするようにして河の方をうかがいながら答えた。

「誰かが流されたのではないでしょうか。無事であれば良いのですが」

やがて、岸に上がってきた通信班の豊村上等兵が、青い顔をしながら、杉井に報告に来た。

「滝村獣医、小長井上等兵ほか三名が河の中央で流されました。一人が流されたのを周囲が救おうと片手を離した結果、連鎖して流されてしまったものと思われます」

滝村獣医以下行方不明となった者は指揮班長の谷木中尉の配下だった。

「分かった。谷木指揮班長にも直ちに報告するように」

「谷木中尉には既に報告致しました」

「何と言っていた」

「救出の方途がない以上、非常に遺憾だが、不明者は放置して行軍を続行するしかないとのことでした」

この濁流の中では、救出はもとより捜索を行うことすら不可能だ、谷木中尉も辛かっただろうが、他の対応は取りようがなかっただろう、この分だと歩兵部隊にも渡河の過程で遭難者が出たのではないだろうか、予定どおりに作戦を遂行していくことは重要かも知れないが、これだけの人命を犠牲にして一日二日を急ぐ必要がどこにあるのだろうか、すべての局面において命令は絶対とされる軍隊組織の規律に杉井はまた疑問を感じた。

一ヶ月にわたる水中の行軍の過程で、多くの兵が足を痛めた。長時間水につかって足はふやけてしまうが、これが完全に元に戻らない状態で行軍すると靴ずれができたり、豆ができたりする。このため、半数近くの者がびっこを引くような形での歩行しかできなくなり、さながら傷病兵の移動のような行軍になってしまう。足の障害も靴ずれや豆で済んでいるうちはまだ救いがあるが、皮がむけた傷口からばい菌が入って、皮下蜂窩織炎を起こすと悲惨である。足は象のように腫れ上がり、巻脚絆も巻けず、靴紐も結べず、そもそも激痛で立ち上がることもできなくなる。しかし、皮下蜂窩織炎を患った者を戦死者や重病者のように馬に乗せたり、担架で運んだりもできず、無理やり立たせて行軍させるのであるが、当然遅れて皆についていけなくなる。こうした兵は杉井の大隊だけでも二十名に及んだ。仕方なく、この二十名を先頭に立たせ、大行李の第二班長の牧本伍長、第三班長の梶山伍長らが、鞭でたたきながら、落伍しないように叱咤激励しつつ、行軍をさせる。長期の作戦でぼろぼろになった軍服をまとい、巻脚絆も満足に巻けずに、杖をつきながら、二十名の兵がとぼとぼと歩いていく様はまさに死の行軍と呼ぶにふさわしかった。皮下蜂窩織炎については、これといった特効薬もなく、軍医から支給される消毒薬を塗るだけであるが、これでは回復も望めず、加えて痛んだ足を休ませることなく行軍を続けるのであるから、症状は悪化するばかりであった。

病死

七月に入って、部隊は金谿、滸湾で撃退した中国軍を崇仁に追撃してここで残敵を掃討し、羅坑《らこう》、秀才埠《しゅうさいふ》へと向かった。六月まで降り続いた雨が少し落ち着いたため、泥濘には依然悩まされるものの、水中を歩行しなくてはならないようなことはなくなった。しかし、これに代わる難敵が登場した。酷暑である。六月末からは、日中四十度を超す暑さであり、加えて長雨のために湿度もすさまじかった。じりじりと太陽に照らされる中で、砲身は手を触れることもできないほどに焼け、鞍嚢につけた鉄兜にうっかり直に触って火傷をする者が続出する状態となった。そんな中で、行軍中、兵がばたばたと倒れだした。日射病である。倒れて死人のように全く動かなくなる者、頭を抱えてのたうち回る者、喉の渇きから土でも何でもあたりのものを口に入れてしまう者など、その症状は種々だった。日射病になった者に対する周囲の対応は、まず、複数の者で木陰など日光の当たらない所へ運ぶ。次に、舌を巻いて窒息死することのないように、一人が、箸で舌を挟んで両側を縛る。また別の者は、頬をつねったり、たたいたりし、同時に倒れた兵の名前を何度も呼んで眠ってしまわないようにする。更にもう一人は兵の胸を開いて水をかけ、正気づけるようにする。こうした介抱によって、正気づくと、看護した兵は患者の兵と共に、駆け足で部隊に追及する。正気づいた兵は、頭が痛い、フラフラすると主張して、駆け足を拒否しようとするが、周囲は、この程度のことで後れを取ってはならないと、患者の兵を引っ張るようにして、元の隊列に戻っていく。この日射病も特効薬はなく、食事の際に野菜を多めにとることが予防の足しになる程度だった。

この気候劣悪な中での長期作戦は、部隊の中にマラリアの流行も惹き起こした。罹患した兵は一夜にして四十度近い高熱にあえぐことになるが、高熱だけを理由に特別扱いを受けることは許されず、通常どおりの行軍を強いられた。激しい頭痛と高熱のために、途中で倒れて意識不明になる者も多数に及んだが、この状態になった兵のみ、担架による搬送となった。マラリア患者にはキニーネが支給されたが、野戦病院に入院してもマラリアの回復には最低二、三週間はかかるのに、この過酷な行軍の中で薬の力のみで回復していくことはほとんど望めなかった。毎日繰り返される行軍では、歩行できる者は千鳥足のような足取りで歩き、担架に乗せられている者でかろうじて意識を維持している者は、うなされるようなうめき声をあげていた。

杉井たちの大隊本部は、先頭を皮下蜂窩織炎の兵が杖をつきながら歩き、その次を担架に乗せられた者も含めた夢遊病者のようなマラリア患者が続き、更に路傍には、日射病で倒れた兵とこれを看護する兵が散見されて、地獄絵の様相を呈していた。杉井自身は、足はふやけて皮がむけたが、それ以上の被害はなく、また幸いなことにマラリアに感染することもなかった。しかし、例によって下痢には悩まされた。作戦に出てから腹の調子は終始良くはなかったが、ある日、下腹部にさしこまれるような痛みを覚え、排便してみると、完全に水の状態だった。手を打つのは早いに越したことはないと考えて、杉井は、馬当番の下村を呼んだ。

「手ぬぐいを四、五本用意してくれ」

「承知しました」

下村も、杉井がどのような状態かすぐに理解したようだった。下村が手ぬぐいを持ってきてくれると、杉井は路傍に行って、早速手ぬぐいのおしめを当てた。これでしばらくは大丈夫と思った杉井だが、腹の痛みの頻度はどんどん高くなっていく。たまらず、休憩になったところで、軍医の諸川のところへ行った。

「軍医、またひどい下痢です。腹の痛みも尋常ではない。正露丸を下さい」

諸川は、申し訳なさそうな表情で言った。

「副官は丈夫ですなあ。今日に至るまで下痢もなかったのですか。私もこの時期の作戦なので、正露丸は大量に携行してきたのですが、あまりの患者の多さにとっくに売り切れてしまいました」

まだ作戦半ばにして正露丸も売り切れとは、あまりにも見通しが甘いのではないかと杉井は思った。

「それは困る。何か腹のおさまる薬はないのですか」

諸川は、図嚢から黒い粉の入った袋を出した。

「これを飲んで下さい」

「何ですか。それは」

「豚の骨を炭にして粉にしたものです。効用は正露丸と遜色ありませんよ。これだけ長い作戦になると薬もその場その場で調達する必要がでてきます。例えばこんなものとかね」

諸川はそう言って何かの木の根を乾燥させたものを杉井に示した。

「それも下痢止めですか」

「いや、これは回虫対策です。柘榴の根ですが、煎じて飲むと効果があります」

戦争というものはこんな面でも生活の知恵を生み出すものかと、杉井は複雑な心境になった。

取り敢えず、豚の灰を一服飲んで引き上げようとすると後ろに保崎がいた。

「お前もどこかやられたのか」

「私も下痢であります」

諸川が杉井の背後から言った。

「今、副官に渡したものと同じものをあげましょう。ここで飲んでいきなさい」

「私の場合は、昨日から血便になっていますが」

「それは別に珍しいことではない。消化の悪いものは避けなくてはいけないが、一方で貧血になってもまずいから、青物をよく煮たものでも食べるようにしなさい」

瀕死の重病患者が多いせいか、下痢の患者に対する諸川の対応は淡白なものだった。保崎は豚の灰を服用すると、杉井と一緒に隊に戻った。


秀才埠とその周辺を攻略した部隊の次の任務は、李家渡《りかと》、臨川、滸湾など既に落とした地区の警備だった。中国軍の失地奪回の動きが見えたからである。杉井の野砲兵第三連隊も、猛暑の中、臨川方面に向かって転進を開始した。既に七月も下旬の二十五日になっていた。この秀才埠付近への進軍、臨川への引き返しの過程で、杉井たちの大隊だけでも多くの戦死者を出した。敵軍の弾丸を受けての戦死は一人もなく、皆病死だった。まず担架で搬送されていたマラリア患者が相次いで命を落とした。意識も半ば混濁した搬送患者に対しては、無理やりキニーネを服用させ、頭に水を入れた袋を乗せていたが、焼けつくような陽射しに照らされていては、この程度の手当ては焼け石に水であり、休憩地点で木陰に運んだ時には、多くの者が眠ったように息を引き取っていた。皮下蜂窩織炎でびっこをひきながら歩いていた兵の一人は、行軍中突然うずくまったため、周囲の者が直ちに声をかけたが、既に死亡していた。不自由な足での無理な行軍による過度の疲労が死因だった。牧本伍長率いる大行李第二班の兵は日射病に倒れ、周囲の者が直ちに応急処置を取ろうとしたが、顔色は既にどす黒くなっていた。自分の舌で喉を塞いでの窒息死だった。このように病死者がおびただしい数になってくると、杉井は、この作戦は、周辺地域の攻略という成果についてては評価できるものであったとしても、作戦としてはやはり失敗と言わざるを得ないのではないかと思い始めた。第二次長沙作戦が敵の規模や動向を全く勘案しないとんでもない作戦であったとすれば、今回は天候気象を考慮しない大失敗の作戦ではないだろうか、敢えて雨期を狙っての作戦行動を取ったとするならばそれは敵の意表をつくという意味はあるかも知れないが、よりによって中国で一番標高の低い揚子江南の湖沼地帯で、雨期に長期の行軍を行わせることはあまりにも人命を軽視している、どうせこれも第二次長沙作戦と同じで、人の命など鴻毛の如くにしか考えない参謀本部の作戦遊戯なのではないか、一人また一人と無念の死を遂げていく兵たちを見ながら、杉井は、軍の幹部の無責任さにあらためてヘドが出る思いだった。

臨川に向かう途中、夜行軍の際に、杉井たちの大隊は配属の歩兵部隊とはぐれてしまった。もともと身の軽い歩兵と駄載物の重い砲兵とが共に行動するのは至難であり、どうしても砲兵は遅れがちであったが、今回は先行する歩兵部隊の行き先が全く分からなくなった。各方面に偵察を出し、歩兵連隊の位置をつきとめて、ようやく追いついたのは二十四時間後だった。この間、歩兵連隊も砲兵大隊を捜索し、結局進軍が一日近く遅れる羽目となった。配属部隊への追随に失敗することは大隊本部としては大失態であり、まずは歩兵連隊長に報告陳謝しなくてはならないと考えた杉井は、大隊長の小山に連隊長のもとへの出頭を促した。

「今般、我が大隊は、歩兵連隊を丸一日足止めすることになりました。一刻も早く、重清連隊長に報告かたがた陳謝すべきものと考えます」

小山は、不愉快そうに横を向いた。

「その必要はない」

「必要がないとは思えません」

「必要がないものは必要ない」

「どのような理由からでしょうか」

「我が大隊は、歩兵連隊に追随するためあらゆる努力をした。部下としての砲兵を捨てて、勝手に行動をした上司に非がある」

こうなったら、如何なる説得も無意味と判断した杉井は、一人で連隊長のところへ出頭した。重清は、杉井が単独で来たのを見て、明らかに怪訝そうな顔をした。

「ただ今到着致しました。歩兵連隊には多大なるご迷惑をかけ、申し訳ありませんでした」

「うむ。ご苦労。ところで、小山少佐はどうした」

「いずれまいります。取り急ぎ、私が砲兵大隊到着の旨お伝えにまいりました」

「分かった。しかし、大隊長の対応がそんなことだから、砲兵大隊の行軍にも混乱が起こるのだろうな」

杉井は戻って連隊長とのやりとりを小山に報告したが、それでも小山は連隊本部に出向こうとはしなかった。杉井は、出身の異なる者の寄せ集めである軍隊組織の問題点をあらためて認識する思いだった。小山は、一兵卒からのたたき上げの特進将校だった。大隊長クラスの幹部は、ほとんどが陸士出で占められていたが、陸士出同士は、このようなケースでもお互いに気安く頭を下げ、許しあえる絆があった。そこには、小山のように、自己の非を認めて陳謝することのできない頑迷固陋な老軍人が参入していける余地はなかった。これでは、砲歩の協調など望むべくもなく、杉井は、副官として余計な苦労をしなくてはいけないと思うと、ため息が出た。

もともと、小山は、大隊の中での評判も良い方ではなかった。食事の注文が多く、特に部下が生死の間を彷徨《さまよ》っている時に兵の用意する食事のことを口にして、兵たちの信頼を損ねた。また慰安所通いも度を越しており、これも批判の的であった。また、特進将校だけあって事務能力は抜群であったが、これも副官である杉井にとっては不満の種であった。杉井が日々命令を起案すると、小山は、これをじっくりと見た上で朱筆で大幅に加筆訂正し、結局、杉井の起案はいつも真っ赤になった。こんなことなら、俺が書く必要はない、大隊長が最初から自分で書けば良いと心の中で反発していると、あげくのはてには、

「杉井は、字が下手だね」

と字まで直された。何事にも慎重で積極性がなく、覇気も乏しく、颯爽とした生気にも欠けた上官で、気鋭の多和野や村川に仕えていた杉井にはあらゆる点で物足りなさが感じられた。しかし、杉井は、小山のことを決して嫌いではなかった。杉井自身も陸士出のエリートではないことから一種の親近感も感じられ、年齢が大きく開いていることから父親のような温かみを感じることもあり、またベテラン軍人であるため、その経験から学ぶべき点もあった。今回の

作戦で、夜行軍の際に、道が分かれていて、杉井が小山の判断をあおいだことが二度あった。どちらの道を取っても最終目的地には到達できるのは確かで、より行軍を容易にするにはいずれが良いかという選択だった。

「大隊長殿、道が分かれていますが、右にしますか、左にしますか」

杉井が訊くと、小山は二度とも、

「貴官は同僚か」

とだけ言った。何を言っているのか理解できなかった杉井は、宿営地での夕食の折に小山に訊いてみた。

「大隊長殿、夜行軍の時に、私が道の左右を伺うと、大隊長殿は貴官は同僚かと言われますが、あれはどういう意味ですか」

小山は、あごをなでながら、諭すように言った。

「あれか。貴官は私の同僚ではない。私の補佐官である。補佐官であるならば、私は右の道路が良いと思いますが如何ですかと訊くのが補佐する者の言葉である。杉井が右にしましょうかと訊いた場合、私も右と考えていれば即座に右に決定する。杉井が右と言い、私が左と考えていた場合のみ再考する。こうしたことにより私の労力は軽減されるのだ。お前のやっていることは、紙と鉛筆を持ってきて大隊長書いて下さいと、私に指示要求しているのと同じだ」

この種の指導を、小山は面倒がらずに、懇切にやってくれた。また、無理な気張りもなく、大隊長と副官は気心知れた仲であるべきとの認識を持っているせいか、駐屯地で大隊長室へ行

くと、好んで無駄話もした。ある時、日々命令の決裁を受けに行くと、決裁に手を入れた後、

「来てもらったついでですまんがな」

と言って、一通の封筒を出してきた。裏の差出人に小山鶴子とある。夫人からの手紙だった。

「杉井、鶴子から手紙がきたよ。返事を出しておいてくれ」

「私がですか。何と書けば良いのですか」

「元気でやっているよと書いておいてくれ」

杉井は、心の中で苦笑しながら、代筆をした。

その小山は、八月に入って、行軍中足を捻挫した。他でもない大隊長の負傷であり、兵たちに命じて、小山を担架に乗せ、五日間かけて灼熱の中を運び、後送入院させた。不慮の事故ではあったが、これも明らかに重清連隊長の心証を害することになった。小山が戦線を離れたため、急遽野砲兵第十一中隊から藤島大尉が大隊長代理として着任し、指揮をとることになった。期せずして藤島も特進将校であり、三十七、八歳の事務官タイプの将校で、機転は全くきかず、加えて代理であるため大隊の内部事情も分からず、杉井にかかる負担は倍以上となった。

八月初旬から、杉井たちの部隊は、李家渡、臨川、滸湾を結ぶ線の防衛に当たっていたが、十四日になると、中国軍は、臨川奪還を目指して猛攻をかけてきた。三ヶ月に及ぶ作戦の間、長雨と猛暑に苛まれ、マラリア、皮下蜂窩織炎、日射病、下痢で多くの戦病死者を出した部隊は、戦力的にもかなり低下していたが、この防衛線確保が最後の任務でこれが終われば浙河に戻れるのではないかとの推測もあって、士気は大いに上がった。敵第七十九軍の攻撃を事前に

察知した杉井の大隊は、夜陰に撫江《ぶこう》を渡り、南方の台地に砲列を敷いた。敵の進入路の両側を固めて包囲網を作り、撃退した敵を一方向しかない退路に集中させ、ここで完膚なきまでにたたくという戦略だった。敵の攻撃に対して歩兵部隊は直ちに逆襲し、ほんの数時間で組織的戦闘能力を失った中国軍は敗走を始めた。筋書きどおりの展開に、杉井たちの大隊も、周到な準備のもとに、敵の退路に向けて八門の大砲で砲撃を開始した。砲弾はことごとく敵に命中し、中国軍は壊滅状態となった。戦闘が止んで、台地から下りていくと、杉井たちが砲撃を加えたあたりは、敵の遺棄死体が散乱し、捕虜となった中国兵が右往左往していた。第二次長沙作戦とは対照的に、典型的な勝ち戦であった。こんな時にかぎって戦闘に参加していないとは、小山もつくづく間の悪い人間だと杉井は思った。

臨川での戦いが終わって間もなく、予想どおり反転の命令が出た。二十七日に南昌に着いた部隊は、九江から船に乗り、漢口を経て、九月五日、浙河に戻ってきた。浙河に戻ってくると、杉井は、さすがにほっとした気分になった。二年前に着任した時は、こんな所で生活をしなくてはいけないのかと侘びしい気持ちになった浙河であったが、いざ生活の拠点になってみると、自分の中では、中国における故郷としての位置づけが形成されてきているように感じられた。浙河と言えども、前線の一基地として敵襲を受けることもあり、常に心の備えはしておかなくてはいけなかったが、今回の作戦のように、長期の遠征による極度の肉体的疲労、行軍の過程で次々と戦友が倒れていくことによる精神的苦痛を味わった後では、この駐屯地への帰還は大いなる安堵感を与えてくれるものであった。

三ヶ月余の留守中、慰問袋がたくさん届いていた。駐屯地における最大の楽しみであったが、最近、杉井には気になることがあった。慰問袋の中の差し入れ品の質が変化してきていることである。ふりかけ、飴玉など、日本を遠く離れている者にとっては涙が出るほどに嬉しいものであったが、一年前と比べても明らかに質は低下していた。戦勝を続けていると言うが、内地では、確実に物資不足が進んでいる、日本が国としての体力を失ってきている証左ではないだろうか、しかし、これだけの兵員を戦地に送っている以上、その支援も並大抵ではないし、国内の生産も軍需物資に重点を置かざるを得ないとすれば、食糧などは代用品となっていくことも当然かも知れない、杉井は善意に解釈することにした。しかし、一方で、職業柄からか、志郎、八重菊など芸者からの慰問品はさすがで、チョコレート、ウイスキーなど依然として上質の本物だった。芸者から差し入れられる度に、杉井は、如何に謙造が時々座敷に呼ぶことがあったにしても、二度ほどしか会ったことのない自分にこれだけのものを送ってくるとはと、その義理堅さに敬服した。

いつもどおり、慰問袋と同時に、何通かの手紙も届いており、一通は佐知子からだった。真っ先に佐知子の便りを開きたいというのは偽らざる気持ちだったが、杉井は、まず両親の手紙、次いで親戚知人、最後に佐知子とするのを恒例としていた。

前略

謙ちゃんからのお手紙に、これから長い作戦に出かけると書いてありましたが、もうそろそろ帰ってきた頃かなと思ってお便りしました。今回の作戦でも活躍しましたか。大隊副官になったら、作戦の時のお仕事も違うのでしょうね。

大隊副官のお仕事と言えば、大隊長さんのお家を造ったのですね。でも、それって副官になった人が必ずやらなくてはいけないことではないのでしょ。謙ちゃんが自分で考えてやったのだとすれば、とても素晴らしいことだと思います。私は偉そうなこと言えないけれど、型どおりのお仕事しかしていない人ってたくさんいるように思うのです。本当は、新しいことをどんどんしたり、いろいろな工夫をしたりすれば、もっと素敵なことが実現するのに、それができる人が少ないのは残念なことです。面倒がったり、やる気がなかったり、普通は皆そうなのでしょうね。今度のことでは、大隊長さんはもちろん謙ちゃんに感謝されたでしょうし、他の人たちも立派な副官が来てくれたと喜んだのではないかと思います。そう言えば、学級委員の時に教室のすみに木を組んでボール入れを作って皆に喜ばれましたね。素敵なこと気がついてすぐにやってしまうところ、昔も今も同じだなって思いました。こんなこと書くと、そんな幼稚なこととしているんじゃないぞって言われそうだけれど。

こちらは今、日本軍の連戦連勝で盛り上がっています。シンガポールもビルマも占領して、南方へも進出して、予想どおり日本は強いと皆言っています。父も、イギリスはすぐ降参するだろうし、アメリカも間もなくだと言っていました。中国も早く降参すればいいのに。日本軍は強いと言っても、戦地に行っている兵隊さんは苦労しているのですから、やはり戦争は早く終われば良いなと思います。

この間、またたくさんの人が出征していきました。町内の澤田さんの息子さんも出発しました。静商の剣道部の後輩でしたよね。行き先はどこだったか忘れてしまいましたが、中国だったように思います。最近は、出征のお祝いも昔と比べて静かなものになりました。親戚や仲の良い友人で駅にお見送りに行くくらいで、町内をあげての壮行会などもなくなりました。戦死して帰って来る人もいるのに、あまり大騒ぎをするのは好ましくないということらしいです。でも、戦地に出かける人たちにとっては門出なので、立派にお祝いしてあげることは大切なことだと思います。謙ちゃんの時もあんなにたくさんの人たちが集まって、おじ様もうれしそうだったし。

今年は、六月の終わりから、日本もすごく気温が上がっています。とても暑い夏になりそうです。謙ちゃんも暑さに負けないで、大切なお仕事、頑張って下さいね。

草々

昭和十七年七月十日

谷川佐知子

杉井謙一様

佐知子も含め、内地では日本の戦勝を信じて疑っていない。しかし、惨めな負け戦だった第二次長沙作戦にしても、勝ち戦とはいえ、多大な犠牲者を出した今回の作戦にしても、日本の戦いぶりはそれほど褒められたものではない。他の戦線では、ここと違って立派な勝利をおさめているのだろうか。第二次長沙作戦でさえ嚇々たる戦果と報じた大本営のことだ、負け戦も含めて連戦連勝と言っているのかも知れない。出征祝いを地味にやれとの指示も、思わしくない戦況を反映してのことではないだろうか。杉井は、なるべく善意に解釈しようと努力しつつも、やはりこの戦争の行く末に対する不安が徐々に自己の中で高まっていくのを感じていた。

転勤辞退

浙河に戻った翌日、杉井は辞令を受け、中尉に昇任した。同じ幹候出身の歩兵連隊の高原たちも同日付けで中尉となった。それから一週間後、今度は連隊本部から呼び出しがあった。まさかこんなに早く次の作戦の命令でもなかろうし、一体何だろうと怪訝に思いながら、杉井は急ぎ応山に向かった。連隊本部に着き、連隊副官犬飼少佐の部屋に出頭すると、犬飼は、

「おう、杉井か。今回の作戦はご苦労だったな」

と、相好を崩しながら杉井を迎えた。その表情を見て、杉井は、悪い話ではなさそうだと直感した。

「今日の用件はほかでもない。お前の人事だ。どうだ、杉井。連隊本部に来ないか」

杉井には、意外な人事の提示だった。大隊副官になってまだ八ヶ月余りで、もう異動になるなど全く予想していなかった。犬飼の言葉を聞いて、杉井の心の中には、浙河の地、浙河の人々

への愛着、応山の連隊本部へ行くことに対する不安が交錯した。連隊本部には、連隊長の村石大佐、副官の犬飼、更には、中林少佐、寺村大尉、梅川中尉など杉井が一目置く優秀な幹部が揃っている。そんな中で小さくなっているよりも、浙河で大隊長の小山、第一中隊長の村川、それに気心の知れた将校、下士官、兵に囲まれて、頭を押さえられることもなく、ある種お山の大将でやっていく方がはるかに居心地は良いと思われた。

「大隊長は何と言われていますか」

「小山少佐は、杉井さえ希望するのであれば、本人の出世にもなることなのだからと言っている」

「連隊本部では何をするのですか」

「連隊長は、お前に幹部候補生の教官をやってもらいたいと思っている」

これを聞いて、杉井は、この人事を受ける気持ちが更になえた。連隊長の村石は、砲兵操典の編纂改定にも関与したことがあり、砲兵の神様とも呼ばれていた。そんな連隊長のもとで砲兵の学科を担当する教官をするのは、如何にも気が重かった。杉井は豊橋の予備士官学校で成績優秀ではあったが、浙河着任以降、体系的知識に基づいて軍務を遂行してきているという自覚はなかった。特に一年を経過した頃からは、むしろ自分の勘を頼りに要領だけでやってきたように思っていた。連隊長はそれなりに評価してくれているのであろうが、そうであればなおのこと、連隊本部などへ行けば化けの皮がはがれるだけではないかという気がした。

「有難いお話ですが、やはり私は第一大隊に置いていただけないでしょうか」

犬飼は、さすがに意外そうな顔をした。

「連隊長はお前を嘱望しておられるのだぞ。それにお前の将来を考えても、この話を受けない手はないと思うが」

自分の将来というものに言及されて、杉井は、自分の出世というものについて一瞬考えた。もともと杉井は、自分の中に出世欲は人並み以上にあると思っていた。補欠合格で予備士官学校に行くことが決まった際、本当に嬉しく思ったのは、どうせ軍隊に行くのであれば、その中で少しでも偉くなりたいという希望を持っていたからであった。その当時、杉井は、人間が出世を望む理由は大きく二つではないかと考えたことがある。一つは、自分の肩書きが立派になっていくことに対する単純な喜びである。肩書きが立派になれば、周囲は自分を内容的にも立派と思ってくれる。周りから立派と思われて悪い気分のする人間はいない。加えて、自分に自信のない人間ほど、肩書きを得ることによる自己のアイデンティティーの確立に安寧を覚える。もう一つは、出世することによってより良い仕事ができるようになっていくことである。軍隊でも他の組織でも出世すれば、部下は増える、自分の仕事の守備範囲は広がる、その結果、より内容のある仕事をより多くできるようになっていく。仕事が生きがいの人間にとってこれ以上の喜びはない。出世願望の二大要因がこれであるとすると、今回の自分の人事は本当に自分にとって望ましいものか、杉井は疑問に感じた。まず肩書きの方だが、杉井のような予備士官学校出の幹部候補生は、どんなに背伸びをしても、陸軍士官学校出のエリート軍人に追いつくことなどできない。士官として任官した以上、少尉からスタートすることは保証されるが、階級は大尉で頭打ちである。しかも、少尉、中尉、大尉と昇級していくタイミングも、完全に年功序列で実力とは関係ない。つまるところ、予備士官学校を出てから、肩書きを上げるという意味での出世のインセンティブは杉井にはほとんどなかった。むしろ、能力の有無を問わず、単に陸軍士官学校出であるという理由だけで、自分より年齢も下の人間が上官として来るのを見るにつけ、階級に象徴される人間の肩書きとは何だろうと思うことさえあった。もう一つの理由であるより幅の広い、かつやりがいのある仕事への道の開拓であるが、この点からしても、今回の異動には食指が動かなかった。連隊本部を経験することは、杉井の軍人としての経歴に箔をつけるものであり、その後のより良い官職につくステップとなる可能性は否定できないところだった。しかし、当面の仕事ということになると、連隊の教官よりも、連隊の下部組織とは言え、大隊の副官の方が、幅もあればやりがいもある仕事ができるように杉井には感じられた。どうせ、軍隊に骨を埋める気もないのだから、今目の前の仕事が多少でも性に合ったものの方が良い、そう思った杉井は、親しい犬飼に本音を告げた。

「嘱望されればされるほど、私は本部へは行けません。私はそれほどの評価を受けるに値する人間ではありません。私はもともとプロでもありませんし、出世しようとも考えていません。敢えて希望を言えと言われるならば、一日も早く内地に帰還することです」

犬飼は、まだ諦めきれない様子だった。

「今の仕事を立派にやりたいと思う気持ちは重要だが、請われたらそれに応えることはもっと重要だと俺は思う。考え直した方が良いぞ」

「申し訳ありません。私は、今の仕事も満足にできているとは思っていません。これで連隊本部など行ったら、ご迷惑をかけるだけです。せめて今の大隊副官の仕事をもう少し得心のいくまでやらせて下さい」

連隊本部に行きたくないという気持ちが強いせいもあって、杉井は思い切り自分を卑下した。犬飼は何度も翻意を促したが、杉井の意思が固いと見て最後は諦めた。その日、杉井は犬飼と夕食を共にし、次の朝の便で浙河に帰った。


この転勤固辞によって杉井は、連隊本部の中で、出世を望まず、連隊長の要望を断固拒否した無欲の将校と評判になった。またその話は第一大隊の小山や村川にも伝わってきた。二人は杉井には何も言わなかったが、杉井が人事を断ったらしいという噂は大隊の中にも広まった。

応山から戻った二日後、杉井のまとめた功績上申の整理をしていた神林が、仕事が一段落したところで、杉井に言った。

「副官殿。こんなことを私が申し上げるのはいけないことかも知れませんが」

「何だ」

「副官殿が連隊本部へのご栄転の話をお断りになったというのは本当ですか」

「本当だ。有難い話だとは思ったが、その場で断った」

「どうしてですか。私どもにとっては、副官殿が引き続き大隊にいていただけるのはとても嬉しいことですが、副官殿のこれからのことを考えれば、ご栄転の話はお受けになるに越したことはないように思います。それに、立派な方が人事上それなりの評価を受けるということは、他の将校の方たちにとっても励みになるというものではないでしょうか」

「神林、お前にしても連隊本部にしても俺のことを買いかぶり過ぎだ。それに連隊本部での俺の仕事は幹部候補生の教官だ。あんな砲兵のプロみたいな幹部の中に入って、教官なんか俺がまともにやれる訳がない。それよりもお前たちと一緒に大隊にいて副官稼業をやっている方がはるかに俺は幸せだ。そう考えて断った」

「そうですか。副官殿がそのようにお考えになっていることは、大変有難いことです。ただ何かもったいないような気がしたものですから。いずれにしても出過ぎたことを申しました」

　神林のやや理解に苦しむという表情を見て、杉井は、普通はこの手の話は受けるものなのかなとあらためて考えた。その晩、今度は同期の鶴岡が部屋に入ってきた。

「おい、杉井。お前、連隊本部行きを断ったそうじゃないか」

「またその話か。こんな人事の話なんかがどうしてこれほど広まるのかな」

「人事の話だから広まるのさ。それにしても何故断ったりしたのだ」

「部下からも同じことを言われたところだ。連隊本部よりも、ここでの今の仕事の方が自分の性に合っていると思った。それ以外に特に理由はない」

「杉井らしいと言えば杉井らしいな。しかし、やはり今度の話は受けておいた方が良かったと思うな」

「どうしてだ。俺は特に出世したいとも思っていない」

「連隊本部に行けば出世のためにはプラスになる、しかしそういうことは望まない、それはそれで良いが、逆に断ったことが、杉井にとってマイナスにならないか。もともと、杉井の連隊本部行きを希望したのはほかでもない連隊長だろう。それを蹴ったら、連隊長の顔をつぶすことになるじゃないか。よく、人事は天の声だと思えと言われる。来た話は断ってはいけないのではないか」

「連隊長には申し訳ないと思っている。しかし、もうこの話は済んだことだ。何をつべこべ言っても始まらないだろう」

鶴岡の奴、うるさいな、興味本位で人のことをごちゃごちゃと言わないでもらいたいものだと、杉井は内心思った。しかし、間もなく、鶴岡の指摘が正しかったことを杉井は思い知ることになるのだった。

帰国人事

翌日から、杉井は、大隊内の下士官、兵の人事に取り掛かった。今回は、隊内のかなりの者に内地への帰還命令を出すことになっており、皆強い関心を持って見守っている人事だった。杉井は、この種の人事こそ、あれこれ考えるとかえって公平性を欠くと考え、単純明快に行うことを試みた。まず服役年数の多い者を優先する、あとは部隊の戦力保持を考慮して真面目かつ優秀な者を残し、足手まといになっているような者は内地に帰す、この方針でさっさと案を作ってしまうことにした。まず、杉井の足もとにいる書記班であるが、上等兵クラスが一名補充されることから、浙河に来て三年を超える狩野上等兵か二村上等兵が帰還の対象と考えられた。狩野は仕事も速く、他の班との連絡調整などもそつがなく、極めて便利な部下である一方、二村は決して悪くはないが、性格がおとなしく、事務処理能力も平均的であるため、二村を帰還者リストに記した。しかし、杉井はここでふと考えた。このやり方ではかえって士気を下げることになりはしないか。誰だって内地には帰りたいのに、頑張って部隊のために貢献すれば、重宝がられて残留させられるというのでは、優秀な人間も適当にさぼって低い評価をしてもらおうと思い始めるのではないだろうか。杉井は、こういう事態をジレンマと呼ぶのだろうなと思いながら、二村の名前を二重線で消し、その下に狩野の名前を記した。同じことは大行李の班長についても生じた。八名の班長のうち、第二班の牧本伍長、第五班の遠藤伍長、第六班の辰巳伍長のいずれかを帰還させるのであるが、下士官として優秀な方から順位づけをすれば、遠藤が一番であるのは明らかだった。特に辰巳は、覇気もなく、命令を受けた時の対応も鈍く、杉井もいらつくことが度々だったため、この機に内地に帰してしまいたいと思ったが、やはり、遠藤の労に報いてやることの方を優先させなくてはいけないと、リストには遠藤の名前を入れた。帰還者の選定を続けながら、杉井は、自分の筆一つで他人の運命が大きく変わってしまう、天の声だと言いながら俺を恨む人間もいるに違いない、人事とは本当に因果な職務だと思った。

大隊本部の下士官、兵の人事はすべて杉井が一人で行うことになっていたが、各中隊の中の人事は、中隊長が取りまとめてその結果を大隊副官に渡すというのが通例だった。杉井は、自分の古巣の第一中隊第一小隊の人事はやはり気になった。村川から渡された人事結果を見ると、まず早田は、服役年数が長いにもかかわらず残留だった。これは第一分隊長の佐藤が戦死したため、第二分隊長の早田を帰しては杉井の後任の小隊長の小柳の負担が重くなるからという配慮と推察された。帰還対象となる兵のリストの中には、第二分隊の二番砲手の久野と杉井の馬番をしてくれていた小野の名前があった。二人とも非常に良く働いてくれた兵であり、帰還が決まったのは本当に良かったと杉井は思った。しかし、杉井の選定基準からいけば、第一分隊の二番砲手の柏田も久野と条件的には同じであり、また小野が帰るのであれば、杉井の当番兵をしてくれていた中谷も帰してあげたかった。もちろん帰還できる者の数には限りがあるから、ついでにこの者もという訳にはいかないが、少なくとも鶴岡の率いる第二小隊よりは立派な面々の揃っている第一小隊を多少優先しても良いように思われた。将校食堂で村川の姿を認めた杉井は、村川を呼び止めて水を向けてみた。

「中隊長殿。今月末の帰還者に久野と小野の名前がありましたが、浙河への着任時期もほぼ同じで働きも二人と遜色のない柏田と中谷も加えては如何でしょうか」

村川は憮然とした顔をした。

「杉井は、人事権を有する大隊副官の立場を濫用して中隊内の人事に圧力をかけようというのか」

「いえ、決してそのような意味ではありません。ただ、古巣の小隊の中の連中のことでしたので……」

　杉井はあわてて言い訳をしようとした。

「中隊の中のことは、基本的に中隊長が決める。杉井が大隊副官の立場で、中隊長に意見具申をすることは、中隊長よりも自分の方が人事のことを真剣に考えているのだから言うことを聞けと言っているに等しい。それに人事を担当する者は、自分に忠実な者、自分とウマが合う者などを殊更に優遇するようなことは厳に慎まなくてはならない。そのようなことをすれば、皆人事担当者にへつらうことになり、人事担当者はそれぞれの人間の真の姿が見えなくなって人事を誤ることになる。今回、第一小隊から帰還者が多いということになれば、これはかつて第一小隊長だった杉井が大隊副官をやっているからだと皆が思うだろう。それは決して杉井にとって良いことではない」

　いつもどおりの、筋を通す理論派の村川だった。最後に、村川は表情を和らげながら言った。

「杉井の言ったことは、大隊副官としての杉井でなく、個人としての杉井の意見としては非常に理解できる。心配するな。柏田も中谷も優先順位は高いと思っている。次の便には乗れるだろう」

　これもいつもと同じ明るく爽やかな村川だった。杉井は部屋に帰ると、九月人事のまとめに取り掛かった。

　九月末、村石連隊長の浙河視察があった。この時、連隊長から直接に命令の下達があった。

昭和十三年徴集の将校の帰還命令だった。帰還者はかなりの数で、野砲兵第一大隊では、第一中隊第二小隊長の鶴岡も、第二中隊第二小隊長の中川も、第三中隊に小隊長として配属されて随県に詰めていた益田も小田も帰ることになっていた。豊橋の予備士官学校時代の仲良しで応山に詰めていた中崎も名簿に載っていた。結局、十三年徴集組の砲兵の将校の残留者は杉井と辻坂の二人だった。杉井は、これまで作戦に出ている時はもとより、淅河で日々の業務をこなしている時も、あまり日本に帰ることを考えたことがなかった。それは日本に帰りたいと思う気持ちがなかったからではなく、上からの命令がない限り帰還はできないのであるから、日本が恋しいなどと考えても無意味と割り切っていたからだった。しかし、実際に同期の大半が日本に帰ることになり、その嬉々とした表情を見ていると、今内地に帰れたらどんなに良いだろうという気持ちになった。そして、杉井の中に、辻坂はともかく、一体何故俺が外されたのだろうという疑問が湧き、更にその疑問に対する答えとして鶴岡の言葉が思い出された。やはり連隊長の顔をつぶしたのはまずかった、しかし、いくら嘱望されたと言われても、連隊本部に行くという選択は自分にはなかったのではないか、その意味で世の中に自分ではどうにもならない必然の流れのようなものがあるとすれば、これもその一つかも知れない、そんなことを考えながら、やりきれない気持ちになった杉井は、自分の個室に戻って不貞寝した。しばらくすると、大隊長の小山がやって来た。杉井の部屋に大隊長が来るのは珍しいことだった。驚いてすぐに起きあがると、小山は、

「杉井、今回は名簿からはずれて残念だったな」

と言って、椅子にどっかりと腰を下ろした。

「いいえ、私はまだ大隊長殿にお仕えして九ヶ月でありますから、この時期に内地に帰ることなど考えておりませんでした」

「それはそうかも知れんが、同期の中に帰る者がいるとなれば、やはり自分もその中に入りたかったと思うのは自然な気持ちだろう」

杉井は、一瞬自分の転勤辞退が今回の残留につながったのではないかと小山に訊こうかと思ったが、連隊の要望を受けた時も、杉井がそれを断った時も、すべて杉井の意のままにとしてくれた小山のことを考えると、むしろそれは質問すべきではないと思った。

「内地に帰りたくないと言えば嘘になりますが、私はまだ十分な働きをしておりませんし、今回の人事ももう少しここで頑張るようにという趣旨であると思います」

「杉井らしい答えだな。まあ、いずれにしても今しばらくの辛抱だ。俺と一緒に帰ろうではないか」

小山は、立ち上がると、杉井の肩をどんとたたいて部屋を出ていった。小山はわざわざ杉井を慰めに来てくれたのだった。いろいろな批判はあるが、こうした温かみは備えた男だった。しかし、今の杉井は、優しくされるとなおのこと、やり場のない口惜しさが胸にこみ上げた。部屋に一人でいると自分の精神状態が悪化するだけだと思った杉井は、歩兵連隊に行って、高原を日本人食堂に誘った。食堂に行って酒を注文すると、高原は、

「杉井の方から一杯やろうとは珍しいじゃないか。どういう風の吹き回しだ」

と言って、シャツの襟をゆるめた。

「情けない話だが、実は、今日の帰還命令の選にもれてしまったので、うさ晴らしに付き合ってもらおうと思った次第だ」

「そういうことだったのか。野砲兵の方は、将校クラスにも帰還命令が出たのだな」

「十三年徴集組は半数以上帰ることになった」

「それなのに、杉井のように評判の良い奴が帰してもらえないのはおかしいな」

「帰してもらえないのは、俺に原因があるからだ。実は、今月の初めに連隊本部へ転勤しないかという打診があった。俺としては、連隊本部で教官などやるよりも、大隊本部にいた方が居心地が良いと思って断ったのだが、結果的には俺を嘱望してくれた連隊長の顔をつぶすことになった。俺に帰還命令が出なかったのは多分そのせいだと思うのだ」

高原は、ふーんという表情で口をとがらせた。

「それが原因かどうかよく分からんが、いずれにしても人事というものは自然の流れで決まるものであって、自分の人事の原因など分析しても仕方ないと思うな。杉井も大隊副官になって一年も経っていないのだから、もともと副官をしばらくの間やることになっていたと思えば良いじゃないか」

「人事が自然の流れで決まるものであるとすればなおのこと、来た話を断るようなことをしてはいけなかったようにも思う」

「考えても仕方ないことをくよくよ考えるなど杉井らしくないな。それに連隊本部への転勤を受けたとしても、新しい職務に就いてすぐに内地への帰還命令など出るはずはないのだから、どっちみち今回は帰れなかったということじゃないか」

それはそうかも知れないと杉井は思った。

「それに人事というのは常に二通りの解釈が成り立つ。帰還命令の出た連中は、良く働いたとの論功行賞とも考えられるし、あまり役に立たないから帰すことにしたとも考えられる。逆に残留した連中は、働きが足りないからもう少し部隊のために頑張らせることにしたとも考えられるし、部隊にとって欠かせない人材だから帰す訳にいかなかったとも考えられる。自分の人事がどう決まったかなんて考えても意味はないと思うが、もし解釈を加えたいのであれば、自分に都合の良い方の解釈を選択しておけば良い。もっとも、杉井の場合は明らかに大隊がまだお前を必要としているのさ」

「高原の言うことは良く分かるよ。俺も下士官や兵の人事ではいつも苦労する。今度、誰を内地に帰すかを決める時も、優秀な奴は部隊のために残したいと思ったが、それでは有用な奴ほど内地に帰れなくなって士気が下がる。だから、結局はよく働く優秀な者から帰すことにした」

「そうだ。杉井は、まさに人事担当者ではないか。人事をやっている立場で考えてみろ。杉井が人事権を持っている連中が、杉井の決めた人事結果を見ながら、何故転勤になったか、何故留任になったかをいちいち考えていると思ったらやっていられないだろう。所詮、人事に不満を持つ奴はいても、人事担当者に感謝する奴なんかいない。帰還命令にしたってもらった奴は喜びはするが、帰還を決めた人間に感謝したりしない。ところが、帰してもらえない奴は、人事担当が見る目がないから俺は残されたと思ったりする。転勤にしても、より安全な良い所へ移る場合は、俺はそのくらい評価されて当然だと思うだけだし、危険でとんでもない所に行けと言われたら、自分を動かした人間のことを、あいつはとんでもない奴だ、俺なんか死んでも良いと思っているのだろうと恨んだりする。人事担当者ほど損な役回りはないと俺は思っている。皆が人事というものは自然の流れと割り切ってくれているとでも思わなければ、やっていられないと思うのだ」

高原の話を聞くうちに、杉井は多少気持ちが晴れてきたような気がした。気分が滅入っている時は、慰められたりするよりも、何を馬鹿なことを考えているのだという調子でたしなめられた方が効果的であることを杉井は発見した。

「確かに人事担当者が自分の人事のことでくよくよしているようでは失格だな。それより、下の者たちからろくでもない人事をやっていると思われたりしないように気をつけないといけない」

「一般論として人事担当は憎まれ役だと言ったが、杉井の場合は大丈夫だ。下士官や兵の信頼も厚いし、杉井の筆一つで決まった人事だと思っても、公平にやった結果だと皆思うから、杉井を恨んだりする奴はいないさ。そこへいくと、うちの歩兵第一大隊の副官はやや問題だ。決して不真面目な人間ではないから、個々の人事の判断はきっちりやっていると思うが、いけないのは自分が人事権を持っていることをひけらかし過ぎるところだ。自分のところの下士官や兵と話をする際に、お前は来月はこの部隊にはいないなとか、お前は次はもっと厳しいところに行くから今のうちにゆっくりしておくことだとか、それぞれの人間の人事を前提にした話を面白半分にする。はっきり言って悪趣味極まりない。相手の人間がどんな気持ちでそれを聞いているかなど全く理解できていない。まだ半分子供だと言ってしまえばそれまでだが、やはり人事担当者としては失格だ。人事をやる人間は、外から見て、本当にあの人間がやっているのだろうかと思わせるくらいの人間が適格だと思う。自分に人事権があるような発言を避けるのは当然だし、具体的な人事の内容も人事を行う個人の趣味が全く捨象されているようなものであることが大事だろうな」

常に前向きな発言をしてくれる高原は、貴重な存在だった。落ち込んだ気分が大分回復した杉井は、高原に礼を述べて部屋に戻った。

翌日になると、人事担当者に感謝する奴などいないという高原の言に反して、帰還が決まった者たちが続々と杉井のところにお礼かたがた挨拶にきた。狩野や遠藤など大隊本部の下士官、兵は、杉井の直接の人事の対象であり、本人たちもそれが分かっているため、神妙な面持ちで杉井の部屋にやってきて深々と頭を下げた。人事担当など損な役回りと日々感じてはいたが、自分が内地に帰すことを決めた人間から挨拶を受けるのは悪い気分ではなかった。杉井が小隊長時代に部下だった久野と小野も杉井の部屋にやって来た。

「昨日、帰還命令をいただきました。本当にお世話になりました」

敬礼をしながら、久野が言った。

「本当に良かったな。家族も楽しみに待っていることだろう」

「はい。しかし、私のような者を先に帰していただいて本当に恐縮しております」

そう言いながら、久野の顔は喜色満面だった。

「久野とは何度も一緒に作戦に出かけたなあ。死地を彷徨うような思いも何度もしたし、あれだけ苦労したら、もう帰してもらっても良い頃だろう」

「ありがとうございます。私が無事に帰れるのも本当に副官殿のおかげと思っております」

「ところで、小野も良かったじゃないか」

杉井は、上官の久野に遠慮して少し後ろに立っている、杉井の馬番だった小野に声をかけた。

「はい。ありがとうございます。私も副官殿にお仕えすることができて幸せでした。副官殿の愛馬だった典勇を死なせてしまったのは心残りではありますが」

「そうだな。典勇は立派な馬だった。俺の身代わりになってくれたようなものだったし、本当に可哀相だった。小野の郷里はどこだ」

「私は沼津ですが」

「そうか。それでは静岡の町に行くことはあまりないな」

「静岡には私の伯父夫婦を始め、親戚がおりますので時々はまいりますが」

「それなら一つお願いをしておこう。静岡の顕光院という寺に俺の家の墓がある。俺のおふくろがその墓の隣に典勇の墓を作って弔ってくれている。もちろん静岡に用事があったついでで良いが、参ってくれないか」

小野は一瞬目を輝かせた。

「それは典勇にとって何よりのことであります。帰りましたら直ちに静岡に行き、典勇の好物など供えてまいります」

「そうしてくれたら有難い。可愛がってもらった小野に来てもらえれば、典勇もきっと喜ぶだろう」

久野と小野は再度杉井に礼を述べると部屋を出て行った。しばらくすると、今度は同期の鶴岡と中川がやってきた。鶴岡は、転勤辞退で連隊長の顔をつぶしたことは将来杉井にマイナスになるのではないかと言ったのが当たってしまったと思っているためか、気まずそうな顔をしていた。そんなことに頓着のない中川は明るく言った。

「杉井、お先に失礼してすまないな。杉井が残留なのは大隊副官という要職にあるからだろうが、優秀な人間が前線に長くいなくてはいけないというのもおかしな話だな。しかし、副官になって九ヶ月ではさすがに大隊長も放してくれなかったのだろう。俺や鶴岡のように出来の悪い連中は小隊長に塩漬けだったが、そのおかげでお払い箱にしてもらえた。人生何が幸いするか分からん」

「そんなことはないよ。二人ともしっかりやったから帰してもらえるのさ。俺の場合は働きが足りないからもう少し頑張れということだろう」

「つまらん謙遜をするな。誰もそんなことを思ってはいない。逆に杉井は少し手抜きをした方が良いぞ。大隊長にしてみれば杉井のような奴が副官をやっていれば便利だから帰そうとはしないし、連隊本部も杉井に来て欲しいと思っているのだろう。器用貧乏ではないが、あまり役に立つと思われると、かえって杉井のためにならんかも知れんぞ」
中川は真顔で訳の分からないアドバイスをした。

「俺のことを立派だと言ってくれるのは有難いが、俺は決して有用な人間ではない。仕事もかなりいい加減だし、中川の言うような心配は無用だ」
中川の隣でおとなしくしていた鶴岡が最後にうつむきながら言った。

「将校の帰還命令はそのうちまたあるだろうし、この次は杉井もきっと帰れるよ。内地で会えるのを楽しみにしているからな」
全員一斉に帰るということはあり得ないし、だとすれば帰る者あれば残る者あるのは当然だ、偶々自分が残る者のグループに入ったに過ぎない、ここは帰る者たちを素直に祝ってやろう、杉井は部屋を出ていく二人の後ろ姿を見ながらそう考えて、机の上にドンと足を投げ出した。

翌日、帰還者を乗せた応山行きのトラックを見送ると、夕方、杉井はトイに出かけた。大隊副官になってからは、立場上トイに行くのもどうかとは思ったが、たまにスミ子の顔を見に行くくらいは許容範囲だろうと割り切って、月に一度程度トイには足を運んでいた。この日は、四ヶ月にわたる作戦のあとということもあり、スミ子に会うのは久しぶりだった。第四トイの玄関を入ると、スミ子はいつものように可愛く微笑みながら杉井を出迎えた。他にも客は取っているのだろうが、スミ子がこれほど嬉しそうに迎える客は俺だけかも知れないと杉井は勝手に思うことにしていた。杉井の腕を引いて部屋に通し、茶を運んでくると、スミ子は寝台の上にちょこんと座った。

「久しぶりだったな」

杉井が言うと、スミ子は目を大きく見開いて杉井をじっと見た。

「杉井さん、長い作戦に行ってた」

「そうだ。スミ子もいろいろと分かってきたな。俺がここに長いこと来なかったということは、長期の作戦に出ていたということだ」

「大変な作戦だから長い作戦だった？」

「そうだな。大分遠くまで出かけていったし、たくさんの拠点を攻めたから日数もかかった。長い作戦だったし、大変な作戦でもあった」

「またたくさんの人死んだ？」

「残念ながらまたたくさんの戦死者を出した。今回は、雨もたくさん降ったし、途中からはものすごい暑さに見舞われた。そのために病気で死ぬ人がたくさんいた。昔、浙河に長くいると時々作戦に参加している時のような充実感を感じたくなると話したことがあるだろう。覚えているか」

「そう、杉井さんは作戦が好き」

「好きというのは当たっていないが、折角戦地に来ているのであれば、作戦に出て思い切り仕事をしてみたいと感じることが昔は時々あった。しかし、最近は作戦などなければそれに越したことはないと思いだした。作戦に行くたびに払う犠牲が大きすぎる。それに戦死者の死に方も悲惨を極めて本当に可哀相なのだ」

「弾がたくさん当たって痛い思いをする？」

「そうではない。スミ子、弾に当たって死ぬ人間の数はそんなに多くない。戦死者の大半は病気で死ぬのだ。特に作戦の最中はろくな治療もしてもらえずに、苦しみながら段々弱って死んでいく。負傷者や病人を大量にかかえての行軍は本当に地獄だ」

「病気ってお腹の痛くなる病気？　食べてはいけないもの食べたりするから？　浙河から美味しいものたくさん持っていけば病気にならない」

「浙河から持っていくといってもそんなにたくさんは持っていけない。特に今度の作戦のように四ヶ月もかかる時は到底無理だ。だから行った先々の村にあるものを食べる。スミ子の言うように食べてはいけないものはなるべく食べないようにするが、それでもお腹が痛くなる者が次々と出る。まず生水を飲むとお腹をこわす。分かってはいるが、今度の作戦のように暑いとどうしてもその辺の冷たい水に手が出る。それから手に入れた砂糖を灰汁抜きしないでそのまま食べると必ずお腹をこわす。他の食べ物も必ず火を通すように心がけるのだが、行軍中は急いで昼食を取ったりするからどうしても火のとおりが十分でないまま食べたりする。こんな調子だから、腹痛も起こさずに長い作戦から帰って来るのは至難のわざだ」

「杉井さんもお腹痛くなった」

「俺も下痢には悩まされた。おまけに大量の患者が出るから携行した薬だけでは間に合わない。軍医からは豚の骨を炭にした粉をもらって治療した。俺は幸い何とか途中で回復したが、治らない者は大変だ。下痢が続くと段々足腰に力が入らなくなり、歩くのも難しくなる。栄養が十分吸収されない一方で、便には血がまじり、どんどん衰弱していく。弱って満足に食べることもできなくなるともうかなり危ない。そんな風にしてたくさんの人が死んだ」

杉井の話が理解できるせいか、スミ子は悲しそうな顔になった。

「それに病気はお腹が痛くなる病気だけではない。スミ子はマラリアという病気を知っているか」

「蚊に刺されるとなる病気」

「そうだ。よく知っているな。ものすごく高い熱が出て頭が割れるように痛くなる病気だ。防蚊頭巾といって蚊に刺されないように帽子に布をぶら下げたものが支給されるのだが、皆暑くてかぶらない。やがてマラリア患者が続出する。熱のある者も無理に一日三十キロ以上も歩かせるのだが、当然倒れる者が出てくる。馬に縛りつけて運んでいくが、高熱であえぐようなうめき声を上げているのを聞くのは本当に可哀相で辛い。しかし、うめき声を上げているうちはまだ良いが、ぐったりとして声も出さなくなるので周囲の者が様子を見にいくともう死んでいたりする。本当にこわい病気だ。それと、今回のような暑い時期の作戦では日射病にかかる者も多い。日射病というのは分かるか」

「日射病……。分からない」

「暑い中を太陽に照らされながらずっと歩いていると急に頭が熱くなって倒れてしまう病気だ。すぐに手当てをしないと自分の舌で喉をふさいで窒息死してしまう。手当てをしたあとも早く目を覚まさせて正気に戻さないと眠るように死んでしまう。これもこわい病気だ。長い作戦に出た時は、皆が病気と闘い、また皆で病人を助けなくてはいけない」

「何故そんな大変なこと皆でしに行く。暑い時に行ったら病気になるんだからもっと涼しい時に行けばいい。そんなにたくさんの人死ぬんだったら涼しい時も行かなければいい」

スミ子は目に涙をためながら言った。

「スミ子の言うとおりだ。俺もそう思う。しかし、実際にはなかなかそういう風にはいかない。作戦に行きなさいという命令は軍隊の偉い人が出す。どんなに人がたくさん死にそうでも、偉い人は命令をする。どんなに暑い時でも、どんなに寒い時でも、作戦に行きなさいと言う。言われたら皆行かなくてはならない。戦争をやっている間は、人命は鴻毛よりも軽しということだ。ちょっと難しいな。つまり、人の命は鳥の羽根よりも軽く扱われるということだ」

「それいけない。それとても悲しい」

スミ子は泣きそうになっていた。

「そんな悲しそうな顔をするな。悪かった。悪かった。スミ子に病気で戦死する人間の話などしても仕方ないものな。ここのところ辛い作戦が続いたので、つい苦労話めいたことを話してしまった。そうだ。今日は作戦の間にたまったアカをスミ子に落としてもらいに来たのだった。風呂場に行こう」

スミ子は泣き笑いのような顔をしながら、こっくりとうなずいた。風呂場に行くと、スミ子はご機嫌も直り、さっさと服を脱ぐと、

「杉井さん、今日はとてもきれいにしてあげる」

と言って背中を流し始めた。背中を終えて杉井の正面に回ったスミ子はおやっという表情をして、

「杉井さん、これどうした」

と、杉井の足を指差した。杉井の足は水中の行軍でふやけたり乾いたりを繰り返した結果、膝から下は何度も皮がむけ、すね毛は抜け落ち、皮膚もまだらになっていた。

「気持ちが悪いと思うかも知れないが、その足はそれでも大分治ってきているのだ。作戦に行っている間、毎日のように雨が降って、水浸しの中を歩き続けたために皆足がぶよぶよになった。俺の場合は、足にばい菌が入らなかったからまだましだった」

スミ子は、杉井の足をごしごし洗うことはせず、前屈みになって、杉井の足を興味深そうに人差し指で柔らかく押しながら、

「痛い？」

と訊いた。前傾になってみると、小ぶりなスミ子の胸もそれなりのふくらみを持っていることが分かる。薄紅色の乳首が可愛い。

「痛くはない。皮がむけたばかりは歩くのも大変だったが、今はもう大丈夫だ。しばらくすれば皮膚も元に戻る。それにしても長雨には悩まされた。時にはこんな深さの水の中の行軍もあった」

そう言って、杉井は腕を水平にして脇のあたりを指した。

「水の中……。私泳ぐの上手。とても速く泳げる」

スミ子との会話は今でも時々ずれることがある。

「泳ぐどころではない。濁流の中などロープにしがみつきながら行かないと、流されて大変なことになってしまうから、本当に必死だった」

スミ子はきょとんとしている。悲惨な行軍の話を繰り返してもスミ子は喜ばないと思った杉井は、スミ子が唐突に提供した水泳の話題に乗ることにした。

「俺も泳ぐのは上手だぞ。俺の故郷は海の近くでな。小さい頃からよく泳ぎに行った。隣の清水という町に三保という砂州がある。ここの内海は波も静かで海水浴には最適だ。富士山もきれいに見えるし、良い所だぞ。ところでスミ子は泳ぐのが上手だと言うが、泳ぐ場所は海だったのか、川だったのか」

「川で泳いだ。とても大きな川。水もとてもきれい」

「そうか。しかし、川の場合は流れが速い所もあって危ないのではないか」

「流れ、速くない。友だちと皆で泳ぐ。皆で見ているから危ないことない」

もっぱら川で泳いだということだとすると、スミ子の郷里は朝鮮の内陸なのだろうか、朝鮮の川は臨津江くらいしか知らないが、スミ子の泳いだ川は大きな川と言ってももっと田舎の小さくてのどかな清流かも知れない、そんなことを考えていると、スミ子は杉井の足を優しく洗い流して背後に回り、後ろから杉井の首に抱きついてきた。背中に当たったスミ子の胸が柔らかい。

「杉井さん」

「何だ」

「スミ子のこと、好き?」

「今更何故そんなことを訊く」

「言って。嫌いじゃない?」

「分かった、分かった。スミ子のことは大好きだ。証拠を見せてやる」

杉井は振り向くと、スミ子の腰に両手を回してぐっと持ち上げた。スミ子は両腕を杉井の首筋にからませながら、耳元でささやくように、

「嬉しい」

と言いながら、くすくすと笑った。

「それにしてもスミ子は軽いな。もっとうまいものをいっぱい食って太らないといけない」

「美味しいもの食べてる。杉井さんも美味しいものたくさん食べるといい。そうすると足も治る」

「足は大体治ったと言っているだろう。とにかくお互い栄養はつけないといけないな」

杉井は、スミ子を下ろすと、服を着て部屋に戻り、いつもどおり五元の軍票を渡すとトイを出た。自分の個室に向かいながら、杉井は、スミ子は良い娘だとつくづく思った。ただ、自分にも早晩帰還命令もくるだろうし、あるいはその前に命を落とすこともあるかも知れない、スミ子に慕われるのは嬉しいことだが、あまり情がうつるのも考えものかも知れないとも思った。

略奪

十月に入り、当分作戦もなさそうだと判断した杉井は、大隊全員での兎狩りを企画した。望城崗から涓水河原にかけて、それぞれ四キロの間隔で「イ」、「ロ」、「ハ」、「ニ」の四地点を定め、「イ」高地から「ロ」高地にかけては第一中隊、「ロ」高地から「ハ」地点にかけては第二中隊、「ハ」地点から「ニ」地点にかけては大隊本部が展開し、「ニ」から「イ」の間には大砲にかける偽装網を張り巡らした。全員の準備が完了すると、擲弾筒で釣り星（のろしの一種）を上げ、これを合図に兵たちは大きな声を上げながら前進し、包囲網を徐々に縮めていった。追われた兎は包囲網の中を逃げ回り、最後は偽装網にかかった。約一時間半の兎狩りで、収穫は八十四に及んだ。杉井は、神林と保崎に命じて、参加部隊に獲物を分配し、その夜は、各隊とも兎の炊き込み飯で夕食を楽しんだ。これといった娯楽もない駐屯地生活において、合間を見て兵たちが喜ぶイベントを企画することも大隊副官の仕事だった。

兎狩りが終わって三週間ほどすると、城門の近くで三郎が付近の住民たちと話をしている。

「三郎。何かあったのか」

「いえ、この人たちはお礼に来ているだけです」

「何の礼だ」

「野兎に畑を荒らされることがなくなったそのお礼です」

見ると、城門の脇に付近で取れた野菜が積まれていた。住民たちは杉井の姿を認めると、皆で手を合わせて丁寧にお辞儀をした。杉井は、自分が企画した兎狩りにはこんな副次的効果があったのかと思わず苦笑した。

浙河の部隊は、付近の住民とは比較的良好な関係を築いていた。春先のことだったが、長いこと雨が降らず、住民が鐘や太鼓をたたいて雨乞いをしているのを見ていた杉井は、部隊としてもこれに協力してやろうと考え、小山の了解を得た上で、そろそろ雨のきそうな曇り空の日に、二個中隊八門で一斉に射撃演習を行い、最後は尖鋭弾一万メートルで十発射撃した。その日、予想どおり、夕方から久しぶりの雨が降ったが、この時も住民は大喜びで鶏や野菜を大量に持って礼に来た。

浙河の住民を見ていて、杉井は、中国人というのはその状況に適応しながら生きていく独特のノウハウを身につけていると感じることがあった。もともと、浙河の住民は城内に住んでいたが、日本軍が来てここを駐屯地としてしまった結果、城外に逃れて難民区を形成していたのであった。自分たちの住居から無理やり追い出されたのであるから、日本軍に対しては恨み骨髄であって当然であるのに、一度城外に避難してしまうと、これも一つの運命とでも考えたのか、日本軍とも共存しながら、上手に新しい生活を開始したのだった。そのような日本人には考えにくい中国人の生活能力に感心する一方で、やはりそうは言っても日本軍憎しという意識は彼ら中国民衆の中には脈々と培われていっているのだろうと杉井は思った。そしてその反日意識については、杉井の部隊の場合、浙河周辺の住民よりも、作戦に出かけた先で徴発行為を行った町や村の民衆の中に、これをより強く醸成させてきたように思われた。

杉井が大隊副官になる直前の昭和十六年末から、国内の物資不足のため、食料は現地調達すべしというのが軍の正式な命令となった。食料以外は徴発してはならないとされていたが、実際には食料以外のものの略奪を防止することは困難なことだった。作戦に出た先での徴発は組織的系統的に行われた。部落を占領すると、まず出入り口の城門を歩兵が警備する。その後、その部落の中を区分けして各部隊の徴発区域を定める。例えば、特定の道より南が野砲兵部隊とされれば、それを三等分して、一番東が第一中隊、真ん中が大隊本部、一番西が第二中隊という形で区域を割り当てる。命令を受けた各隊は徴発隊を組織して、ゲリラ行為に備えて武装しつつ、それぞれの地域を捜索徴発する。兵は、あとで他の者に分け与える役得を得るべく、饅頭屋、煙草屋などニーズの高いものがあるところから狙っていくのが通常だった。どの家も扉には錠がかかり、堅く戸締まりしてあるが、兵は、小銃の銃尾板で扉やショーウインドウをたたき割って中に入り、手当たり次第略奪をほしいままにした。この徴発という名の略奪は、肉体的にも精神的にも苦痛の連続である作戦の中にあって兵たちの唯一の楽しみだった。特に急襲して占領した部落の場合、住民が急いで逃げたために珍しい品がたくさんあり、兵は徴発してはいけない貴金属類なども盗み取った。杉井が大隊副官になった頃より後、徴発を行っている部隊は、まさに山賊、悪党の集団となっていた。作戦が終わって浙河に帰りつく直前に、略奪を戒め、更に防止する観点から兵の身体検査を行うのであるが、その際にはよくこれだけ盗ってきたと思うほどの金銀装飾品が回収された。日本軍が来ることを察知して逃げていった民衆が土塀に「東洋鬼」「倭賊　倭寇」などと書き残していくことがよくあったが、こう書かれても仕方のないところだと杉井は思うようになっていた。

十二月になると、連隊本部から新たな作戦命令が出た。十二月中旬に、南京で開催の軍司令官会議を終えた第十一軍司令官塚田中将の乗る飛行機が黄梅東北方の大悟山《だいごさん》に激突し、司令官以下参謀副官等全員が戦死したため、この司令官搭乗機の捜索を兼ねた大悟山掃討戦が命じられたのだった。第六歩兵連隊は直ちに行動を起こし、杉井たちの野砲兵第一大隊も第六歩兵連隊に配属となって浙河を出発した。作戦目的が捜索のため、その活動は歩兵が主体であり、また作戦地域も中国正規軍の守備範囲外であったため、杉井たちの部隊は大きな接敵もなく、各地に点在する共産軍の掃討に終始した。軍司令官機は十二月二十五日太湖西方二十キロの弥陀寺付近で発見され、作戦目的を終えた部隊は浙河への帰途についた。

浙河に帰るには数日を要したが、その間、部隊は例によって途上の部落で食料などの徴発を繰り返した。太湖を出て三日目、その日宿泊する部落が決定し、杉井は、大隊副官の役目である設営の指揮をとった。各中隊から五人の設営者を選び、これを引率して尖兵に追いつき、部落に入って進入路、馬繋場、各分隊の宿泊家屋を決めて本隊の到着を待った。この間設営者に選ばれた兵たちは、野菜、果物、鶏肉、煙草など片っ端から徴発を始めた。通常は日本軍が来ることを察知して村ごと逃げてしまっていることが多かったが、この部落の場合はほとんどの住民が残っていた。自分の商売物をすべて略奪されることに抵抗する店主もいたが、兵たちはこれを振り払って食料をかき集めた。

本隊が到着して三十分ほど経った頃、部落の東側の第二中隊の割り当てになっているあたりから、「パンパンパン」という銃声が聞こえてきた。

「二村、様子を見てこい」

杉井の指示を受けて現場に向かった二村は程なく戻ってきた。

「第二中隊が攻撃を受けました。一名死亡、四名負傷です。相手は住民か、中国兵か不明です」

「こんな所に武装した住民がいるとも考えられない。新四軍（共産軍）の兵が潜んでいたのかも知れない。ちょっと見てくる」

杉井が事件の現場に行くと、部隊に攻撃を加えた者を直ちに射殺したのか、五人の中国人が倒れていた。仲間が目の前でやられて興奮したのか、兵たちの徴発は一変して一種の報復と化した。


人間の報復心に火がついた時、状況は悲惨を極める。太平洋戦争末期、南方の島々で日本軍が次々と玉砕していった中で硫黄島の戦闘は最も凄惨であったと言われている。他の島での戦いでは、米国の艦隊が現れた時点で日本軍がこれに向かって砲撃を行い、その結果、島内の砲台の位置を把握した米軍が艦砲射撃で日本軍の攻撃拠点を徹底的に粉砕した。米軍上陸の時点では、日本軍の戦力は既に脆弱なものとなっており、島を占領するに当たって米軍側の犠牲は最小限のものに留めることが可能となっていた。しかしながら、硫黄島の場合、司令官栗林中将が米軍上陸まで一切の砲撃を禁じたため、日本側の迎撃態勢を崩せないままに米兵は続々と上陸した。この上陸と同時に日本軍は米兵の隊列に一気に砲撃を加え、更に雨あられと降る砲弾をくぐり抜けてきた米兵には壕の中でじっと待機していた日本兵がゲリラ戦で対抗した。次々と仲間が戦死していく中で米軍は怒りに燃えた。通常であれば、なるべく日本軍に降伏を勧める形で島を占領していった米軍だったが、硫黄島では日本兵が潜んでいると思われる壕を発見すると、その中にガソリンを流し込んで蒸し焼きにするなど、容赦なく殺戮したのだった。

中国内の各地に駐屯する日本軍の行為が残虐性を伴ったかどうかも、身近で戦友が殺傷されたか否かに影響を受けた。杉井たちの部隊が駐屯する浙河のような小さな町は、住民全員を城外に追い出して、城内を日本軍が占拠した結果、日本人以外で城内にいるのは苦力や慰安婦など顔も気心も知れた者ばかりであり、城内においてゲリラ行為の発生する可能性は皆無だった。城内の日本軍と城外の住民との間には一風変わった共存関係が確立し、住民の中に不穏な空気が漂うこともなかった。しかしながら、中国の大都市では状況が全く異なった。未だ全貌が明らかになっていないが、中国の都市部では相当な規模の虐殺があったと言われている。きっかけが何であったかは明確でないが、大都市地域では、日本軍の駐屯する区域と住民との居留区域との間に城壁のような確固たる区分線を設けることができずに両者が混在していたことが一つの大きな要因と考えられる。すぐ身近に日本兵がいるのであるから攻撃は容易であり、日本の侵略に不満を持つ住民や住民を装った中国兵による日本兵の殺傷行為が起こる。日本軍にしてみればいつどんな攻撃をされるか分からないという不安もあり、実際に日本兵が殺傷されるといつか徹底的に報復してやろうという気持ちになってくる。そのようにして蓄積された感情が堰を切った時、無差別の虐殺という悲劇が起こったものと推測される。

平常は浙河で平穏な生活をしていた部隊が田舎ののどかな部落で攻撃を受けた時、兵たちはいきりたった。同胞がやられた第二中隊はもとより、事件を聞いた他の隊の者たちも「やりやがったな」とばかり、部落全体に対する報復行為に出た。手に入り得る食料の徴発を既に終えていた兵たちは、民家から家具を持ち出し、扉を引き剝がして燃やし始めた。中国の山は木が少なく薪の入手が困難なことから民衆は干草を燃料としていたため、部隊も通常は煮炊きや暖を取るために干草を徴発し、これが燃料として十分でない場合は家具なども持ち出すことはあったが、今回は燃やすことのできるものは一切合切奪って焚き火にくべた。装飾を施した小さな美しい小箱を持ち出そうとした兵に老婆がすがって何か言っている。その家の大事な宝物らしく、「それだけは焼かないでくれ」と懇願しているように見えたが、兵は老婆を突き飛ばして小箱を火の中に放り投げた。ひっくり返った老婆は起き上がるとその場で膝をつき、両手を合わせて、祈るように何事かつぶやき始めた。木の少ない中国では木製の家具そのものが貴重品であり、長年大切に使っていたらしく、特に老人たちはその持ち出しに抵抗した。しかし、略奪行為を繰り返す兵たちの形相を見て身の危険を感じるようになったのか、抵抗しようとする老人を息子夫婦など若い人間が制止するようになっていた。その中で何か大きな家具を持ち出そうとしている兵たちに家族が総出で大声を上げながら抵抗している。見ると棺桶だった。

中国人は、来世に旅立つ者への最大の贈り物として棺桶を非常に大切にしており、それまで処分してしまおうとする日本兵の非道を嘆きつつ、何とか阻止しようと試みているのだった。しかし、荒くれ者と化した日本兵を止めることなどとてもできず、棺桶に飛びつこうとした老人は、小銃の銃尾板で顔を殴られてその場で気絶した。

兵たちの破壊行為は木製品に留まらなかった。魚が入手しにくい内陸の部落では土でクリークを作り淡水魚を飼育していたが、兵たちは鶴はしでこのクリークを決壊させた。これまでもクリークに手榴弾を投げ込んで浮いた魚を徴発することはあったが、今回は食料確保よりも部落の施設破壊に目的は移っていた。更に兵たちは民家の破壊を目的に土壁を崩しにかかった。自分たちの宿泊の対象となる家屋は温存し、それ以外は槌や鶴はしで手当たり次第壊していった。この時点で恐怖におののく住民たちは一斉に避難を始めた。自由に動けない老人をかかえる家族は家の中に留まり、片隅に身を寄せるようにしていたが、兵たちは情け容赦なく殴る蹴るの暴行を加えて追いたて、動けない老人は襟をつかんで家の外へ引きずり出した。大隊本部に所属する杉井の配下の兵たちの多くもこの暴力行為に加担していた。

「やり過ぎだ。命令である徴発行為を大きく逸脱している」

杉井は隣の神林に言った。

「私もそう思います。しかし、あれを制止するのは困難なものと思われます」

眼鏡の奥の神林の目も悲しげだった。

「もはや、これは目的に基づく行動になっていない。中止するべきだ」

「歴戦で多くの犠牲者を出して兵たちは皆気が立っています。それにこんな小さな部落の中でまた犠牲者を出したので……」

「どこまでできるか分からんが、とにかく押さえにかかる。神林も来い」

杉井は、神林を伴って部落の中を回った。

「食料確保の目的は既に達している。徴発を終了しろ」

杉井が叫ぶと、一部の者ははっと我にかえったように破壊行為の手を止めたが、大多数は我関せずであった。制止しようとする声など耳に入らない者が多く、また耳に入っても、典型的な群集心理が働いているため、周囲が続行している限り自分も略奪暴行を続けた。壁の打ち壊しで至る所に土煙があがり、また暴行を受けて気絶した中国人を兵たちが部落のはずれまで引きずっていく姿も散見された。

犠牲者を出した第二中隊の割り当て区域にさしかかった時だった。辻坂の小隊の竹村一等兵が逃げていく中国人の娘の腕を捕まえている。目的は明確であると思われた。杉井は、竹村のところに行ってその腕を払った。竹村は、何をするんだと言わんばかりの顔で振り返ったが、杉井を認めると、恐縮して直立した。

「竹村、お前、何をしようとしていた」

「はっ。自分は、あの、その」

「もう徴発は完了だ。持ち場に行って設営に取り掛かれ」

「了解しました」

竹村は敬礼すると一目散に走り去った。第二中隊の区域を更に歩いていくと、今度は民家の裏庭で中国人の娘を押し倒している者がいる。こちらの方は既に行為に及んでいた。脇に仰向けに倒れている老婆がいる。動きの不自由な老婆を助けながら逃げようとした娘を捕まえたものと思われた。

「とんでもない奴だ」

杉井は走り寄ると、男の両肩をつかんで思い切り娘から引き離した。ひっくり返った男の顔を見ると、何と辻坂だった。

「辻坂、士官のくせに何だ」

途端に、起き上がった辻坂の拳が杉井の頬にとんだ。口の中が大きく切れて、出血した。

「杉井こそ何だ。こんな所でいい格好なんかしやがって」

「何を言うか。命令を逸脱した行動を率先してやる士官がどこにいる。恥を知れ」

杉井は、唇の血をぬぐいながら言った。

「杉井、お前戦地に来て一体何年になるんだ。戦争なんて何でもありの世界だ。士官、士官と言うが、俺たちのような下級将校は兵隊と大差ないんだよ。偉そうな顔をするな」

杉井が辻坂と議論している間に、倒れていた娘は起き上がって身づくろいをすると、老婆を背負って一所懸命逃げて行った。気がつくと辻坂は下半身を露出したままだった。

「貴様なんか話をするにも値しない。今の自分の姿がどのくらい醜いか自覚しろ。とにかくズボンくらいはいたらどうだ」

辻坂は、ズボンを拾い上げてはきながらニヤリと笑って言った。

「お前みたいな偽善者は早く鉄砲玉にでも当たって死んだ方が日本軍のためだな」

こんな腐りきった奴の相手をするのは時間の無駄以外の何ものでもないと思った杉井は、直ちに踵を返した。

翌日、部隊は浙河への帰還の行軍を再開すべく、撤収作業に入った。各隊の撤収状況の点検に回った杉井は、部落の惨状を見てあらためて暗い気持ちになった。至る所で民家の土壁は崩壊しており、クリークも決壊して食べることのできない小魚だけが散乱していた。家具調度類はすべて持ち出され、扉や窓枠など燃やすことのできるものはすべて引きはがされていた。食料はもちろんのこと、電灯がないために中国人が大切に保管していたろうそくや灯油もすべて徴発されていた。各隊が食事をした周辺には、食い荒らされた豚や鶏の頭や足や骨が放置され、またあらゆる所に兵たちの大便が垂れ流されていた。大地震や洪水などの災害のあとでもここまでひどくなることはないように思われた。日本軍が去ったのを確認して戻ってきた部落の民衆は、これを見てどう思うのだろうか、全く戦争と関係がないにもかかわらず、これほどの仕打ちを受ければ、まさに日本軍は鬼としか思えないのではないか、加害者はすぐにすべてを忘れるが、被害者は自分が何をされたかを絶対に忘れることはない、この戦争の行方は分からないが、日本が勝利を収めた後に仮に何らかの償いをしようとしても、日本軍がこのように各地で中国民衆に与えた心の傷を癒やすことはできないだろう、お国のために戦う英雄として出征する兵を熱狂的に送り出した日本の民衆は、自分たちがこんなことをしているなど想像もしていない、それに国土が戦場になったことのない日本人にはこの実態を理解することさえ難しいかも知れない、しかしこの筆舌に尽くしがたい悲惨な思いが中国人の胸中に永遠に刻まれるであろうことはやはり日本の中でも伝え続けなくてはならない、それがこの暴行、略奪行為に加担した者の最低限の義務ではないか、杉井はそう考えながら、部隊の撤収を見守った。

別離

一月七日、部隊は浙河に帰着した。翌日、杉井には、応山の連隊本部から召集がかかった。新たな作戦命令だった。中国軍第五戦区の中央集団は漢水の左岸襄陽《じょうよう》付近にいて、その第一線が環潭から大洪山《だいこうざん》にかけての線に陣地を構築して守備し、戦力を逐次充実させてその蠢動が日々活発化しつつあった。応城《おうじょう》地区警備を担当していた北野兵団は雲夢《うんむ》、安陸《あんりく》方面から北上して大洪山の敵を撃滅するべく、既に進攻を開始しており、杉井たちの部隊は北側から敵を挟撃することが使命とされた。浙河に戻って大隊長の小山に作戦命令を伝達すると、小山はうんざりした顔で言った。

「何だ、帰って来たと思ったらまた作戦かね。この寒いのに」

相変わらず覇気に欠ける大隊長だと思ったが、こんな小山の姿勢が伝わって兵たちの士気が下がってもいけないと思い、

「大隊長殿、嫌でも何でも命令には従わなくてはなりません。どうせやるのであれば、思い切りやりましょう」

と諭すと、小山は落としていた視線を上げて杉井を見ながら、一言、

「杉井は若いね」

と言った。

杉井の部隊は、一月十四日浙河を出発し、絡陽店《らくようてん》に向かって前進、この地に防衛陣地を張って、南方から北上して来るであろう敵を挟撃する準備をした。杉井たちの野砲兵も四門砲列を敷いて一昼夜待機したが、結局敵影を見ることなく、一月十七日から、羅家湾《りかわん》、何家店《かっかてん》、貫荘店《かんそうてん》道を反転し、浙河に帰った。小山は、

「たまには作戦が空振りに終わるのも悪くないね」

とご機嫌だった。

駐屯地に帰った翌々日、杉井はトイに出かけた。第四トイの玄関から中をのぞくと、スミ子の姿がない。今日は他の男を取っているのかと思って部屋に戻ろうとすると、背後から、

「将校さん、スミ子を探しているの」

という声がした。振り返ると、時々見かける長身の慰安婦だった。

「スミ子は病気。しばらくは仕事なし」

風邪でもひいて寝込んでいるのならともかく、そうでないとすると事態は深刻だ。杉井は、検診に立ち会った際、性病の罹患を告げられて女がわめきだしたのを思い出した。慰安婦に訊

いても詳しい事情など分かる訳もないと判断した杉井は、立っている数人の慰安婦の脇を抜けてトイの中に入り、いつもスミ子が杉井を通す部屋の前に行ってみた。案の定、ドアには営業停止の張り紙があった。杉井はドンドンとドアをたたいたが、中から返事はない。ドアを開けようとしたが、鍵がかかっている。杉井は直ちに引き返し、軍医の諸川のところへ行った。

「軍医。すみませんが、ちょっと教えて下さい。ここのところ、しばらく作戦に出て不在にしていたのですが、その間、検診で性病にかかった女が出ましたか」

「二週間ほど前の検診で、一人梅毒にかかった慰安婦が見つかりましたね。第四トイの娘だったと思いますが」

「それは、細身で小柄な娘ではありませんか」

「確かそうだったと思います。それは杉井副官の相手の娘ですか」

「相手というほどのものではありませんが、知ってはいます。病気の方は相当進んでいるのでしょうか」

「私が性病と認定するのは、外に症状が現れている場合ですから、ある程度進んでいると考えた方が良いでしょう。心配になるのは良く分かります。副官がうつされていないかどうか、今調べてみましょうか」

軍医は完全に誤解している。しかし、スミ子の病気が自分にうつっている可能性がないのは何故かを説明しても意味がないと思った杉井は軍医に言った。

「それには及びません。もう一つだけ教えて下さい。その娘の病気はどの程度の期間治療をすれば治るのですか」

「薬は渡してありますが、病気の進行の状態からして、一ヶ月や二ヶ月で治るとは思えません。昔は病気になった慰安婦は、営業をやめさせてここで治療をさせていましたが、役に立たない女だと経営者からいじめられるだけなので、最近はできれば送還するようにと経営者に勧めています。その娘もそろそろここを去る頃ではないでしょうか。ところで、本当に調べなくて良いですか。恥ずかしがる必要はありませんよ」

「本当に大丈夫です。ありがとうございました」

杉井は軍医のもとを辞すと、また第四トイに戻った。再びスミ子の部屋の前に行き、無駄を承知でドアをたたき続けた。しばらくすると、部屋の中から、

「誰?」

と小さな声で返事があった。

「スミ子、いたのか。俺だ。杉井だ。開けてくれ」

「杉井さん……」

駆け寄る足音がしたかと思うと、ドアが開いて、紺色のシャツにズボン姿のスミ子が現れた。スミ子は、杉井に会えて嬉しい気持ちと、自分の今の状況を憂うる気持ちとが交錯した表情で言った。

「今、私誰とも会ってはいけない」

「それはいつものように仕事をしてはいけないという意味だろう。俺がスミ子と会ったからと

いって誰もお前のことを叱ったりしない」

杉井はドアを押して部屋の中に入って行き、いつもどおりスミ子を寝台に座らせると自分は椅子に腰掛けた。

「スミ子、体の調子はどうだ。だるかったり、体のどこかが痛かったりしないか」

「どこも痛いところない。杉井さん、心配しなくていい」

「確かに自覚症状はないかも知れないが、心配するなと言っても無理だ。軍医からは何と言われた」

「薬を必ず飲みなさい、働いてはいけない、お休みをたくさん取りなさいと言われた」

「そうだ。それはちゃんと守らなくてはいけない。ところでお休みをたくさん取るのはここでか、それとも郷里に帰ってゆっくり休むということか」

スミ子は黙ってうつむいてしまった。

「やはり浙河を出て行くのだな。いつ出て行くのか決まっているのか」

「四日あと」

「そんなに早くに出発か。朝鮮に帰ったら、お父さんやお母さん、親戚の人たちなど待っているのか」

こんな所に送られてくるからには家庭の方も決して幸福ではないかも知れないと思い、杉井はスミ子の家の事情などは一切訊かないことにしていたが、いざこういう事態になってみるとやはり気にせざるを得なかった。

「私、生きていくの大丈夫……。杉井さん、私のこと忘れない？」

「絶対に忘れない。約束する」

杉井は、座っているスミ子の腕を取って引き寄せると、スミ子をきつく抱きしめた。スミ子は黙って杉井の胸に顔を埋めた。スミ子の肩はいつもよりも小さく感じられた。今のところスミ子の目に涙はない。それがせめてもの救いに思えた。しかし、もしかしたらそれは今までにもっと辛い思いをしてきたからかも知れない。朝鮮に帰ることはスミ子のためには良いことだろうが、だからと言って幸福な生活が待っているとも思えない。それでいて、スミ子は杉井に心配させまいと、つたない日本語でさかんに自分は大丈夫と強調している。そんなスミ子がたまらなくいとおしく感じられ、杉井はゆっくりと顔をずらすと、スミ子の唇に自分の唇を重ねようとした。

「だめっ」

スミ子は急に両腕を伸ばして自分と杉井との間に空間を作った。

「どうしてだ」

「私の体汚い。杉井さんの体きれい。だからだめ」

「そんなことはない。俺は全く構わん」

「そんなことしたら、杉井さんも仕事できなくなってしまう」

スミ子は下を向いてしまった。自分の病気を杉井にうつしてしまうことは、スミ子には耐え難いことなのであろう。杉井は切ない気持ちになった。

「分かった。いつもどおり、俺は何もしない。だから顔を上げろ」

スミ子は、言われたとおり、杉井の顔を見上げた。

「スミ子、いいか。朝鮮に帰ったら、ここに手紙を書け。どこに住んでいるかを俺に知らせろ。朝鮮の言葉でいい。部隊の中には読める人間もいる。どこにいるかさえ分かっていれば、またいつか会うこともできるだろう。俺の言っていることが分かるか」

「私、手紙書ける。杉井さんに会いたい」

スミ子が便りをよこすことは望み薄のような気もしたが、とにかく趣旨が理解されたことに杉井は安心した。

「よし。それからな」

杉井は、スミ子の小さな手を自分の大きな手で包みながら言った。

「人間の両手は何のためのものか知っているか。物を書いたり、物を食べたりいろいろなことに使う。しかし、両手というものは、何よりも、それに余るくらいいっぱいの幸せをつかむためにあるのだ。スミ子もこの手でできるだけたくさんの幸せをつかむように頑張るんだぞ」

スミ子の目がうるんだ。

「杉井さんの言っていること、よく分かる。杉井さん、いつもやさしい。杉井さんも幸せたくさん持たないといけない。だから作戦に行くのだめ。作戦に行っても危ないことするのだめ」

なかなかそういう訳にもいかないが、と言いかけて杉井は言葉を飲んだ。

「分かった。スミ子が俺の言うことを聞いてくれるのだから、俺もスミ子の言うことを聞くことにしよう」

スミ子の幸福を祈り、またスミ子から幸福を願ってもらう中で、杉井は、戦争というものは人間の幸福追求とは対極に位置しているとつくづく思った。

「浙河を出るのは四日後と言ったな。応山行きのトラックだろうから、時刻を確認しておく。俺としては辛いだけだが、必ず見送らせてもらう」

杉井はもう一度スミ子を引き寄せ、万感を込めて抱きしめた。

応山行きのトラックは四日後の朝九時発だった。東門の前に止まっているトラックの所へ行くと、既に連絡係の将校と兵は乗り込んでいた。スミ子は間もなく日本人街の方から出てきた。横に楼主の男がついていた。杉井は、一瞬この男に多少握らせようかと考えたが、トイの女を搾取しながら生きているようなろくでもない男に渡してもただ取りされるのがオチだろうと思い留まった。

スミ子は、小さな風呂敷包みを二つ提げていた。これがスミ子の全財産かと思うと、杉井はたまらなく悲しい気持ちになった。杉井の姿を認めると、スミ子は悲しそうな目をしながら、無理に作り笑いをした。杉井は、スミ子の袖を引いて道の脇に連れていき、

「これを持っていけ」

と言って封筒を渡した。中には三百元の軍票が入っていた。スミ子は中を見ると、

「これ、杉井さんのもの。私、いらない」

と言いながら、封筒を押し返した。

「スミ子、日本ではこれを餞別と言う。餞別を受け取らないのは礼儀に反するのだ」

「これ持っていないと、杉井さん困る」

「俺はこれがなくても困らない。お前が知っているとおり、俺は酒も飲めない。軍票を持っていても使い道がない。それに、スミ子がこれを受け取らないと俺はこの金でスミ子以外の女の人のところへ行ってしまうぞ」

スミ子は急に悲しそうな顔になった。杉井はあわてて訂正した。

「嘘だ、嘘だ。俺は他の女の人のところへ行ったりしない。とにかく、スミ子がこれを受け取ってくれれば、俺は嬉しい。俺が嬉しがれば、スミ子も嬉しいだろう。俺のことが好きならこれを持っていけ」

スミ子は小さくうなずくと、片方の風呂敷包みに封筒を大切にしまった。杉井はスミ子が軍票を受け取ってくれたことに安心した。杉井は、慰安所の経営の仕組みを理解している訳ではなかったが、スミ子が慰安婦として束縛を受けていることは容易に想像できた。かつて佐藤が、浙河の慰安婦は漢口にいるブローカーが仕切っていると言っていたし、そのブローカーと朝鮮の元締めとの間にはまた中間に立ってピンハネをしている人間がいるかも知れないとも言っていた。スミ子は送還されると言っても、自由の身で故郷に帰してもらえるとは限らない。この人相の悪い楼主や、漢口のブローカーや、慰安所の経営に関与している他の男たちによって別の仕事を強いられるかも知れない。あるいは、病気のことを隠して他の慰安所で働かせることも、この男たちならやりかねないような気もした。三百元あれば、自由になることも可能かも知れないし、少なくともスミ子が置かれる境遇の改善にはかなり寄与するはずだった。本当は軍票を渡しながら、自分の身の解放のために使うように言いたかったが、それを言えば、恩を施すような優位性のある立場に杉井がいることをスミ子に感じさせることになり、また悲しい思いを募らせるだけのように思えたため、敢えて餞別であることを強調したのだった。スミ子のことだから、いつまでも使わずにとっておくようなことをしかねないと気にはなったが、杉井は何も言わず、とにかく俺の真意を理解しろと心の中で祈った。

スミ子は、風呂敷包みを結い直すと、杉井の顔を見上げた。

「杉井さん」

「何だ」

「杉井さんに言いたいことたくさんある。一つ目、私どこに住むか分からない、分かったら手紙書く、そうすれば杉井さん、私がどこにいるか分かる。二つ目、杉井さん、私のこと心配している、でも心配いらない、私病気治す、幸せもたくさんつかむ。三つ目、私杉井さんのこと心配、杉井さん死んじゃいけない、けがしちゃいけない、いつも元気でいてね。四つ目、私杉井さんのこと忘れない、杉井さんも私のこと絶対忘れないでね」

スミ子は最後の言葉を一所懸命考えていたのであろう。どうしても言いたいことが箇条書き的に整頓されており、日本語もいつもよりきちんとしていた。

「分かった。スミ子が言ったことはすべて了解した」

杉井はもう一度スミ子を抱きしめたかったが、衆目の前でそれは叶わないことだった。楼主の男が何をしているんだという目でこちらを見ており、それを意識してか、スミ子は両手で風呂敷包みを持ち上げると、トラックの方へ向かった。スミ子が荷台に乗り込むと、トラックは直ちにエンジンをかけた。

「スミ子、気をつけてな」

「杉井さん……。ありがとう」

トラックが発進すると、スミ子は荷台の上で立ち上がって、杉井をじっと見ながら右手を振った。杉井もこれに応え、帽子を右手で掲げて振った。いつもはスピードが出ないと文句ばかり言っている応山行きのトラックがこの日ばかりは異常に速く感じられ、見る見る小さくなっていった。スミ子はそのトラックの上でいつまでも手を振っていた。時には、荷台から落ちるのではないかと思うほどに、大きく伸びをしながら手を振った。それは一秒でも長く杉井にその姿を認めていて欲しいという気持ちの表れのようにも思われた。しかし無情にも、トラックはやがて点のようになり、遂には地平線の彼方に消えた。

杉井は、トラックが去った後も、その場で呆然と立ち尽くしながら考えた。スミ子とは結局関係も持たないまま終わった。スミ子の本名さえ知らない。客観的に見れば単なる行きずりに過ぎない。自分にとっては、もちろんそんな風に片づけられる話ではないが、それにしてもスミ子との出会いとは一体何だったのだろう。出会いに別れはつき物であり、辛いこともあるが、それでもいろいろな人間との出会いがあることが人生の喜びの一つのはずだ。それなのに、スミ子の場合は、初めて会った時から、こんな所で働いていてはいけない、こんな所で俺などと会っているようではいけないと思った。スミ子にとっては俺を含めた日本軍の男たちとの出会いそのものが不幸なことであり、また俺にとっては、スミ子との出会いから別れまでは、この戦争の犠牲となっている一人の女性を単に傍観していたこと以上に意味するものはなかったのではないだろうか。そして、出会いの場所が慰安所である限り、人生における喜びの一つであるはずの人と人との出会いというものの意味は、一定の限界を持ったものにならざるを得ないのだろう。ここまで考えた時、杉井は佐藤が言っていたことをまた思い出した。佐藤は、朝鮮娘に慰安婦をさせている日本軍も悪いが、一番悪い奴らは金儲けのために自国の女を売る朝鮮人のブローカーの男たちだと言っていた。確かに、今日も杉井は、楼主の男や、顔も知らない漢口のブローカーの男に対して限りない憎悪を覚えた。これ以上の人間のクズはいないとも思った。いずれ、戦争が終わったら、この慰安所の問題は何らかの形で裁かれる時が来るだろう、その時は犠牲者である慰安婦とそれに相手をさせた日本兵との関係という制度的な問題だけでなく、それに関与した人間すべてについてその人間性も含めて客観的に裁かれなくてはいけないと思った。スミ子の去って行く時の姿を思い出しながら、杉井は更に考えた。佐藤が一番悪いのは朝鮮人の中間搾取者だと言った時、そうは言っても慰安婦紹介業のような商売が成り立つ状況を作り上げたのは日本軍なのだから朝鮮人のブローカーが一番悪いと断定はできないと思った。そもそも従軍慰安所にしても、作戦中の略奪行為にしても、本来正当化され得ないものが戦争という名のもとに正当化されている。だとすれば、少なくとも戦争が終結した時点では、戦争という特殊性を強調してすべてを捨象してしまうのではなく、正当化され得ないものが何故どのように行われてきたかを明確にし、客観的な評価を行い、そして必要な責任追及がなされるべきではないか。

一月の寒風が吹く中、東門でいつまでも一人ポツンと立っていても仕方ないと思った杉井は、宿舎の方へ歩き始めた。スミ子は応山からすぐに漢口に向かうのだろうか。漢口ではブローカーの男から何を言われるのだろう。いろいろ気にはなったが、杉井がどうすることのできるものでもなく、辛くなるだけだから考えることをやめようと思った。スミ子は、純粋な良い娘だった。杉井は自分自身スミ子のことを好きなのは否定できなかったし、スミ子に訊かれた時も正直にそう言い、またスミ子も照れることなく、杉井のことを好きだと言った。しかし、それは今にして思えばあまりにも悲しい確認だった。男女である限り、どのような状況の下でも恋愛というものは普遍的に成り立ち得るものであるはずだが、前線の駐屯地での日本軍将校と慰安所の慰安婦との出会いは、通常の恋愛が成立するには限りなく残酷な環境だった。

江北殲滅作戦

昭和十七年末から、中国軍第六戦区第八十七軍は、揚子江と洞庭湖北岸の間の三角地帯の水郷地域に潜入し、要城《ようじょう》を占領して橋頭堡を造り、物資を集積して次期作戦を準備しつつ、土兵を巧みに住民化して諜報活動を展開していた。このため、昭和十八年二月、第四師団、第五十八師団及び第三師団の一部をもって当該地域の敵を殲滅すべしとの命令が下された。杉井たちの野砲兵第一大隊は、いつもどおり歩兵第六連隊の膝下に入り、二月八日浙河を出発した。浙河に戻ってやれやれと思えば休む間もなく出発という繰り返しに、杉井もこの作戦の頻度は相当だと思ったが、大隊長の小山は露骨に嫌な顔をした。しかし、度重なる強行軍に疲弊しているのはむしろ兵たちの方であり、こういう時に大隊長に士気を下げるような態度を取ってもらっては困ると、杉井は、小山の尻をたたくようにして行軍を開始した。

各部隊は、十一日に孝感に集結し、編成を整えて直ちに三角地帯に向けて出発した。目的地が水郷地域と聞いた時、杉井は、臨川方面を攻略した作戦の際の死の行軍を思い出した。またあの水攻めにあったらたまったものではない。あの時ほど作戦が長期にわたるとは思えないが、今回は冬季でもあり、前回とはまた異なった厳しさがあるのではないか。いずれにしても、水中の行軍を長時間続けるようなことが頻発すると兵の身体の耐久保持が困難になる。行軍に遅れが出るようではいけないが、定期的に体を乾かすような工夫をしないとまた無意味に犠牲者を出すことになる。杉井はそう考えながら、従来以上に気を引き締めて行軍に臨んだ。

実際に行軍が始まると、杉井の予想は良い方にはずれた。今回の作戦地域は平坦地がほとんどであり、雨も極めて少なく、杉井の目から見ても兵たちの負担は軽いことが分かった。内陸特有の気候で朝晩の寒さは相当なものであったが、これも防寒具で対応可能な範囲であり、むしろマラリアや日射病の不安がない分、精神的にも楽だった。水郷地帯に入ってくると、さすがに河川や湖沼が多く、連続した渡河を余儀なくされた時には、杉井もいよいよきたかと覚悟したが、雨の少ない時期であったことから水深も浅く、行軍は思った以上に順調に進んだ。

「俺は、今度の作戦地域が水の多い所と聞いて、臨川方面を攻めた時のような地獄が待っているのではないかと思ったが、この調子でいってくれれば、何とか杞憂で済みそうだな」

河の浅瀬を進みながら、馬上から保崎に話しかけると、保崎も、

「おっしゃるとおりですね。やはり作戦命令も時と場合というのを考えて出してもらいたいものです。もっとも、いつも敵さんが攻めやすい時に攻めやすい場所に動いてくれるとは限りませんから、そんなことを言っても仕方ないかも知れませんが」

と笑いながら答えた。

しかしながら、物事すべてがうまく運ぶというのはまれであり、行軍が予想以上に容易であった半面、敵陣の攻略は困難なものとなった。水郷地域では、中国軍は各所に大きな土壁で囲った堡塁を築き、この中に立てこもって日本軍を迎え撃とうとしていた。杉井たちの部隊はこの堡塁を一つ一つたたいていくことが任務となった。堡塁は通常周辺に壕がめぐらしてあり、堡塁自体は高さ五メートル、厚さ四メートルほどの土壁で囲まれていて、各所に狙撃用の銃眼があった。堡塁の中には兵舎が作られ、堡塁と堡塁との間の電話連絡の施設もあった。籠城徹底抗戦を覚悟してか、いずれの堡塁にも兵器弾薬糧秣は豊富に蓄積してあった。これまで城壁で囲まれた町を攻めることはあっても、日本軍迎撃のために設けられた砦のような堡塁を攻めたことはなかったため、その攻略には試行錯誤があった。通常の戦闘と同様、歩兵部隊の突撃前に砲兵部隊が堡塁に砲撃を加えることになり、各中隊が砲列を敷いて攻撃を開始した。杉井の

ところへは、通信班の里村上等兵が逐次報告に来た。

「副官殿、外壁の破壊が難航している模様です」

「信管は何を使っている」

「いつもと同様、瞬発信管であると思いますが」

「あんな土壁に向かって瞬発信管なんかぶつけても仕方ないだろう。何故短延期信管を使わない」

瞬発信管は壁の表面に触れた瞬間に破裂するものであり、土壁を崩壊させるには一度標的に刺さってから炸裂する短延期信管を用いる方が効果的と思われた。

「了解。各中隊に徹底します」

指示の伝達に走った里村は、しばらくすると戻ってきた。

「短延期信管に切り替えましたが、依然として壁の破壊に手間取っています。第三中隊の方では、弾道の湾曲する迫撃砲の併用を開始していますが」

「その迫撃砲で直接堡塁の中へ撃ち込めるのであれば、それは効果的だし、突入時の歩兵の負担も相当軽減されるだろう。壁の方は多分分厚いから時間がかかっているのだろうが、とにかく突破口は作らねばならないのだから、そちらも地道に撃ち込みを続けろ」

やがて外壁の一角が崩れ、歩兵部隊が突入したが、迫撃砲によって既に堡塁内部に相当な打撃が加えられていたため、突入後の攻略は順調だった。

今まで経験のない堡塁攻略に最初は要領を得なかった各部隊であったが、一つ落としてからは、その学習効果もあって、敵の抗戦にあいながらも一つ一つ確実に攻略を進め、遂に最後の牙城である予備堤堡塁に迫った。この堡塁を攻める前日のことだった。夕刻、宿営地となる村が前方に見えてきたところで、里村が報告に来た。

「副官殿、第二中隊で行方不明者が出ています」

「誰だ」

「辻坂小隊長と第一分隊の神部上等兵です」

「行方不明になったのはどのあたりだ」

「三十分ほど前に小隊長と神部が用足しに道の脇へ行ったまま、帰ってこないとのことです。中国兵に拉致された可能性がありますが、行方不明になったのがつい先ほどですから、まだそれほど遠くへ連れていかれているとは思えません」

もうすぐ宿営地だというのに辻坂の奴我慢できなかったのかと一瞬思ったが、状況からして助からない可能性も高く、さすがに杉井は心配になった。

「とにかく一旦宿営地まで行き、そのあとで第二中隊には分担して捜索にあたらせろ。夜間の捜索ゆえ、必ず集団で行動するように徹底しろ」

その夜、辻坂の率いる第二中隊第一小隊の下士官、兵は総動員で深夜まで捜索を行ったが、結局辻坂と神部を発見することはできなかった。二人の行方不明者のために作戦を遅らせることもできず、翌朝、部隊は予備堤堡塁に向けて出発した。半日かけて堡塁に到着すると、連隊はその周囲を取り囲み、一斉に砲撃を開始した。これが最後の攻撃目標であったため、温存しておいた第三中隊の迫撃砲も雨あられと堡塁の中に撃ち込まれた。この猛攻は大いに効果があり、三時間ほどすると、堡塁の門が開き、敵軍が白旗を掲げてぞろぞろと投降してきた。投降者の先頭には敵の旅団長夫妻もいたが、夫人は戦地では滅多にお目にかかれない美人だった。こんな所に何故夫人同伴で戦闘指揮に来ているのか疑問ではあったが、女性も入った投降者群を見たせいか、この作戦は杉井には妙に印象深いものになった。

翌日、すべての任務を終えた野砲兵部隊は、浙河に向けて反転した。午前中の行軍を終えて昼食の休憩をとっていると、里村が息せき切って杉井のところへ走ってきた。

「副官殿、辻坂小隊長と神部上等兵が発見されました」

「本当か。一体今までどこにいたのだ」

「一度敵軍に拉致されたのですが、逃走に成功した模様です。友軍の行軍経路に戻ってきて、運良く部隊を見つけることができたようです」

確かにここは二人が行方不明になった場所と至近だが、それにしても良く助かったものだと杉井は思った。

「それは良かった。ちょっと辻坂のところへ行ってくる」

辻坂は到底好きになれる男ではないが、とにかく予備士官学校の同期だ、こんなところで死なせる訳にはいかない、無事の帰還を心から祝ってあげよう、そう考えながら杉井は第二中隊のたまりへ行った。辻坂は小隊の部下たちに囲まれて事の顚末を訊かれているようだった。隣に神部がしょんぼりと立っている。杉井の姿を認めると、小隊の兵たちは杉井に道をあけた。

「辻坂、大変だっただろうが、とにかく無事で良かったな」

辻坂の目の下からあごにかけてひどい内出血が認められる。拉致されている間に拷問でも受けたらしい。声をかけられて、辻坂はうつろな目を杉井に向けながら言った。

「おう、女好きの杉井か。あははは。女はすべての力の源だからな。だから杉井はどこに行っても元気だ。あははは。いつも力を補充しているからな」

さすがにこれには杉井も腹が立った。馬鹿は死なきゃ直らないというが、この性格は死んでも直らないだろうと思った。

「辻坂、お前、部隊にどのくらい迷惑をかけたと思っているのだ。自分の置かれている状況というものをもう少し認識しろ」

辻坂は、かん高い笑い声を上げながら、杉井に言った。

「あははは。また杉井の説教が始まった。それだけ説教が好きなのだから、将校なんかより坊主が向いているぞ。あははは。そうだ、誰か袈裟を持っていないか。杉井に着せてやれ。あはははは。きっと似合うぞ」

「もういい。とにかく行軍の追及に失敗して、また騒ぎを起こしたりするようなことだけはないようにしろ」

杉井はそう言い残して第二中隊のたまりを去った。大隊本部に戻る途中、杉井は辻坂の様子が気になった。目つきもおかしいし、言っていることも常軌を逸している。もっとも、戦闘中に一時的に狂ってしまう人間はたくさんいるし、拉致を経験して多少気分が不安定になっているだけかも知れない、これからは浙河に帰るだけであるし、その間には元に戻るだろう、あんな憎まれ口たたきの心配などするのはやめよう、杉井はそう思い直した。

翌日、宿営地となった部落での滞在は、部隊にとっては非常に快適なものだった。この地域は日本軍の占領地域に接しており、浙河と同様、日本軍と住民との関係が良好であったせいか、住民は部隊が到着しても恐れることもなく、それどころか、爆竹をたき、太鼓を打って部隊を歓迎した。また、豊饒な穀倉地帯の中にあるため物資も豊富であり、折しも時期が中国の旧正月だったため、どの家の甕の中にも餅が保管され、手製の菓子もたくさんあって、住民はこれらを進んで提供した。このため、徴発の惨状を見ることもなく、兵たちも皆ゆったりと正月気分にひたった。食料を奪われることに変わりはないのに、偶々来た部隊と一緒に旧正月を祝う住民の姿を見て、杉井は、中国人の大らかな国民性に敬服する思いだった。

狂気

杉井が、宿泊所として自ら選んだ民家で、中国人からもらった餅を頬ばっていると、神林が寄ってきて杉井にささやいた。

「副官殿、辻坂小隊長ですが」

「辻坂がどうした」

「精神に異常をきたした模様です」

確かにちょっと話しただけでも尋常ではなかったが、他の人間も同様の印象を受けているのか、しかしあの程度であればすぐに治りそうなものだが、と杉井は思った。

「ちょっと待て。俺も多少おかしいとは思ったが、あんなものは一時的なものではないのか。戦闘中におかしくなる奴も、終わってしまえばすぐに正気に戻る。あれと同じだろう」

神林は眉をひそめながら答えた。

「戦闘中に狂う奴らは銃砲声が止めばすぐに回復します。しかし、辻坂小隊長は一昼夜過ぎても回復するどころか、更に状態が悪化しているようです。突然奇声を発したり、暴れだしたりで、小隊の連中も手を焼いているようです」

「そういうことなら、もう一度辻坂のところへ行ってこよう」

「ただ、聞くところによるとあまりまともにお話ができる状況ではないようです。私もよく分かりませんが、一度神部から行方不明になってからの状況を訊いた方がよろしいのではないでしょうか」

「分かった。それでは、神部を呼んでくれ」

間もなく、里村に連れられて、神部が悄然と肩を落としながらやってきた。神部も両頬にあざがある。杉井は早速神部に訊いた。

「神部、辻坂が精神に異常をきたしたというのは本当か」

「はい。中国軍から逃走する時には既にいつもの小隊長殿ではありませんでした。私がお救いすれば良かったのですが……。私の責任です」

神部はそう言って泣きだした。

「落ち着け。事の次第を順番に説明しろ」

「はい。行軍中に小隊長殿が便意を催されて道から離れて木陰まで行かれたので、私もついて行きました。小隊長殿がしゃがんだところで私は後ろを向いたのですが、一分ほどした時に私は後ろから頭を殴られて気を失いました。気がつくと、小さな小屋の中で、私の脇には二人の中国兵がいました。もう片方の隅では、小隊長殿が五人の中国兵に囲まれて何か訊かれています。一人の中国兵は日本語ができて、日本語でこれからの部隊の行動予定を聞き出そうとしていました。小隊長殿は何度も殴られながら、明日は予備堤堡塁を攻めるはずだがその後は知らない、本当に知らないと言ってはまた殴られていました。しばらくすると、中国兵は小隊長殿の手を押さえ、針を持ち出してきてそれを小隊長殿の指に当てたのです。その時に……」

神部は再び嗚咽した。

「思い出すのも辛いかも知れんが、とにかく続けろ」

「はい。その時に、小隊長殿は、私を指さして、俺は知らない、知っているのはあいつだ、あいつに訊け、と言ったのです」

常日頃から他の誰より自分を可愛がる辻坂のやりそうなことだと、杉井は思った。

「分かった。続けろ」

「中国兵は小隊長殿を無視して、小隊長殿の両手の人差し指の爪の間に針を刺し込みました。

小隊長殿はぎゃーっと叫んで、俺は知らない、本当に知らないと叫んだのですが、中国兵は話せと言いながら繰り返し針を刺しました。あまりの苦痛に小隊長殿が失神すると、今度は私のところに来て顔を殴り、知っていることを言え、お前は知っているとあいつが言っているぞと言いました。私も知らないと繰り返すと、明らかに小隊長殿より下位の私が知っている訳もないと思ったのか、すぐに小隊長殿のところに戻って顔をたたいて小隊長殿を覚ましました」

諜報活動を任務としている中国兵だけあって、情報の取得の仕方は相当なものだと杉井は思った。神部は更に続けた。

「小隊長殿が目を覚ますと、中国兵は今度は拳銃を持ち出しました。小隊長殿からは見えなかったと思いますが、中国兵は拳銃から弾丸を抜いていました。空砲で脅そうとしたのだと思います。銃口を向けられると、小隊長殿は真っ青な顔になり、やめろ、やめてくれと大声で叫びました。それでも中国兵は、小隊長殿のこめかみに銃を当て、言わないと殺すぞと言いました。その時です。小隊長殿の顔が一瞬ゆがんだと思ったら、今度は大声で笑いだしたのです。中国兵はそれを見て腹を立て、何度も小隊長殿を殴りました。小隊長殿がまた気を失うと、中国兵は舌打ちをし、小隊長殿を引きずって私の脇に放り出しました。その後、何か中国語で相談していましたが、しばらくすると、二人だけ小屋の中に残り、他は皆出ていきました。二人の中国兵も戸のところに腰を下ろし、目をつぶりました。これ以上拷問を受けることもなさそうだと思った私は、ほっとして眠りに落ちました。目を覚ますと、まだ真夜中で、ろうそくも消えていて真っ暗でした。目をこらして見回すと、小屋の中には私と小隊長殿しかいません。壁の節穴から外を見ると、中国兵が一人、木にもたれかかっていました。眠っている様子でした。小屋の戸には鍵もかかっていません。逃げ出すことは十分可能だと思った私は、小隊長殿をゆすって起こしました。小隊長殿は目もうつろで、私が小声で話しかけても反応しませんでした。私は、音を立てないように戸を開け、小隊長殿の手を引きながら、必死で逃げました」

「しかし、逃げ出した時点で自分たちがどこにいるかも分からないのに、よく俺たちと合流できたな」

「はい。このあたりは占領地域に近いので、もと来た方角と正反対に進まない限りは何とかなると思いました。困ったのは、小隊長殿がなかなか歩いてくれないことでした。時々、立ち止まって笑いだしたり、独り言を言いだしたりして、いくら私が早く逃げましょうと言っても聞いていただけませんでした。夜が白み始めた頃、あたりが見覚えのある風景になりました。勘だけに頼ったわりには、逃げた方向は概ね正しかったのではないかと思っていると、やがて、私たちが拉致される前に行軍した道にたどり着きました。一瞬もと来た経路を戻ろうかと思いましたが、まだ部隊が予備堤堡塁を攻めている可能性が高いと思い、堡塁の方向に進んだ方が良いと考え直しました。三時間ほど歩くと、反転してきた部隊が昼食休憩しているところに遭遇したのです」

「それは本当に奇跡に近いな。しかし、機転のきいた立派な対応だった」

「でも、私が作戦内容について適当なことを言って、中国兵をごまかしておけば、小隊長殿はこんなことにはならなかったのですが……」

神部はまた声を詰まらせた。

「そんなことはない。中国兵もお前たちが用済みだと思ったら、処分してしまったかも知れない。とにかく、辻坂が命拾いしたのはお前のおかげだ」

自分が窮地を逃れるために部下を売ろうとした上官のことをこれだけ思いやるとは、辻坂も本当に立派な部下を持ったものだと杉井は思った。

神部が部屋を出ていくと、杉井は、大隊長の小山のところに行って、事の次第を報告した。

小山は難しい顔をしながら聞いていたが、ひととおり報告を聞き終えると、

「取り敢えず辻坂に会おう。ここに呼べ」

と命じた。

小山の部屋に入ってきた辻坂は完全に狂っていた。小山が辻坂を椅子に座らせ、

「辻坂、顔の傷の状態はどうだ。大分痛むか」

と訊くと、辻坂はやおら立ち上がり、直立不動の姿勢を取って、

「大隊長殿に敬礼」

と言いながら、敬礼をした。

「敬礼はいらない。とにかく座れ」

小山に言われて、辻坂は一度椅子に座ると、今度は、

「ひゃっ」

という奇声を発して再び立ち上がり、上着もシャツも脱ぎ捨て上半身裸になった。周りの兵

たちが辻坂を押さえつけ、椅子に座らせようとすると、辻坂は懸命に抵抗した。さすがの小山も驚きの色を隠せなかった。

「辻坂、一体どうしたというのだ」

「大隊長殿、大変です。蟻です。蟻です」

「蟻だと」

「蟻です。蟻が自分たちを襲おうとしています。大隊長殿も裸踊りをして蟻のご機嫌をとらないと大変なことになります」

「蟻などお前を襲ったりしない。とにかく落ち着け」

辻坂は依然としてもがいていたが、しばらくするとおとなしくなって椅子に座った。

「辻坂、いいか。俺の質問に答えろ」

小山が言うと、辻坂は椅子から立ち上がり、今度は後ろを向き、ズボンも褌も脱いで全裸になると、放尿しながら部屋の中を歩き回った。兵たちがあわてて辻坂を押さえつけると、辻坂は、

「あはははは」

と大声で笑いだした。小山は、これはダメだという表情で首を振った。

「杉井、これはとてもまともに話ができる状態ではない。とにかく、浙河まで連れて帰って軍医の判断を仰ごう」

二月末、部隊は浙河に帰還した。辻坂は野戦病院で静養となったが、十日経っても、二週間

経っても症状の改善は見られなかった。諸川軍医も、短期間での改善は望めずとの診断を下し、辻坂は内地へ送還されることとなった。

陽射しも強くなり、春めいた日も多くなってきた三月半ば、辻坂が浙河を去る日がきた。杉井が東門に行くと、辻坂は小隊の兵二人に付き添われて応山行きのトラックに乗り込むところだった。辻坂の小隊の者は皆見送りに来ていた。辻坂は小隊の部下にも嫌われており、小隊長の交替を喜ぶ者も多かったはずだが、帰還に至った経緯が経緯だけに、小隊の者たちの表情も複雑だった。同期の大多数に帰還命令が出た際、杉井とともに浙河に残留となった辻坂だが、こんな形で内地に帰ることになるなど、本人もおよそ予想しなかっただろうと杉井は思った。

辻坂は、杉井と視線が合うと、

「ス……ギ……イ」

と小さな声でつぶやくと、薄気味の悪い笑いを浮かべた。杉井は、敢えて別れの言葉をかけることをしなかった。人の言葉を理解する能力を失った辻坂に声をかけることはかえって気の毒なように思えたのである。二人の兵に助けられながらトラックの荷台に上ろうとする辻坂の後ろ姿を見ながら、杉井は心の中でつぶやいた。

「辻坂、達者でいろ。内地は満開の桜とともにお前を迎えてくれるだろう。内地でゆっくり静養して病気を治せ。お前の病気にどんな治療薬があるか俺は知らないが、内地で味わう日本の飯、緑豊かな風景、銃砲声も聞こえない静かな生活、そういったものの一つ一つがお前の病気を治してくれるだろう。俺が内地に帰るまでに、またその憎まれ口をたたけるくらいに回復していろ。少なくともこの戦争の犠牲になったままで人生を終わるようなことにだけはなるなよ」

　辻坂と随員二人が乗ったのを確認すると、トラックは真っ黒な煙を吐きながら走りだした。辻坂の見送りの者たちは、トラックの姿が見えなくなると、三々五々兵舎の方へ歩きだした。

小隊で第二分隊長をしていた雨宮軍曹が背後から杉井に声をかけた。

「副官殿、小隊長殿はお気の毒でしたねえ」

「確かにな。しかしこの前線ではいろいろなことが起こる。辻坂の場合は、精神の病気だから治ればまた元に戻れる。重傷を負って不具になるより良いかも知れない」

「しかし、あんな風になって元に戻りますかねえ。正直言って私は小隊長殿が大嫌いでした。自分勝手だし、部下に対する思いやりのかけらもない。去年の九月に士官クラスに帰還命令が出そうだと聞いた時には、皆赤飯を炊いてお祝いしようと言っていたくらいです。ところが残留になってしまってがっかりしたのですが、小隊長殿にしてみれば、やはり帰れなかったことが面白くなかったのか、部下に対するあたりが更にきつくなった。私たちは、もう勘弁してくれという気持ちでした。ところが、小隊長殿が気がふれて、子供みたいに、いや、むしろ動物みたいになってしまうと、帰還が決まってもとても喜ぶ気持ちにはなれません」

「それは俺も同じだ。辻坂は同期だが決して仲が良かった訳ではない。話していて腹が立つことも度々だった。そんな辻坂があんな状態になるとはゆめゆめ思わなかったが、いざそうなってみると同情を禁じ得ない。罪を憎んで人を恨まずと言うが、いくら辻坂が他に迷惑をかけたとしても、今はあいつの回復を祈ってやることが同僚や部下の責務というものだろう」

「そのとおりですね。しかし、小隊長殿は本当にプライドの高い方でした。自分は優秀だ、何でもできるというのが口癖でしたし、常にいい格好をしたがる人でした。その分おだてにも乗りやすく、見え見えのお世辞でも、素直に喜んでいました。そんないい格好したがりの小隊長殿がもし正気に戻って、自分があんな姿をさらしたということを知ったら、とても耐えられないのではないでしょうか。もっとも、そうなったら、昔と同じようなやり方で他人と接することもなくなって、人柄はむしろ改善するかも知れませんが」

「雨宮、辻坂はもう去ったのだ。もう二度とお前たちと付き合うこともないだろう。そんなに悪く言うな」

「おっしゃることは分かります。しかし、副官殿は小隊長殿とご同期だから良いですが、私たちのように部下として仕える人間は辛かった。何より嫌なのは、小隊長殿が我々の生殺与奪の権を持っているかの如く振る舞われることでした。ちょっとでも気に入らないことをすると、お前は浙河に十年塩漬けだとか、来月にはもっとひどい前線に送ってやるというようなことを言われました。もちろん、私たちだって、人事は中隊長、大隊副官、大隊長が実際にやっていることは知っています。しかし、直属の上司に自分を冷遇する人事をやるぞと言われたら、これは辛いです。人望がない人というのは、他に人を引きつけるすべがないから、人事権なんかをひけらかして言うことを聞かせようとするのでしょうかねえ」

雨宮は、比較的温厚な人柄の分隊長だった。その雨宮がここまで言うのであるから、辻坂の部下への対応は相当なものであったのだろう。しかし、この場で今更雨宮から辻坂批判を聞いても何の生産性もなかった。

「雨宮、その手の話は、また宴席で酒でも入った時にゆっくり聞こう。それより、間もなく着任する新しい小隊長を支えることを考えてくれ。人間、前を向いて歩くことが大切だからな」

「分かりました。副官殿のお人柄に甘えてついつまらない話をしてしまいました。新小隊長のもとで立派な仕事のできる第一小隊になるよう努力します」

雨宮の言うとおり、辻坂の態度は、同期の自分に対してもあまり感心できるものではなかったし、部下にはより辛くあたっていたと思われる。しかし、杉井は、ここでも性善説に立ちたいと思っていた。辻坂のあの性格も生まれながらのものではなく、何か外部要因に基づくものであったのであろう。軍隊の三極構造の中で、辻坂のような人間が陸士出のエリート軍人に対するコンプレックスから下士官や兵に辛くあたることは、もちろん望ましいことではないが、十分起こり得ることではないかと杉井は思った。戦争という極限状況の中では、人間の欠点というものはより顕著な形で現れてくる。冷たい人間はより冷たくなり、倫理観の欠如した人間はより倫理に反する行動に走るようになる。人格的に問題のある人間がこの前線に来れば、組織の中で様々な問題を惹起することも必然かも知れない。そうであるとすれば、辻坂が部隊に対して、特に自分の部下に対して及ぼした迷惑も、半分はこの戦争にその責めを追及すべきものではないだろうか。そう考えながら、杉井は、また一人同期の減った野砲兵大隊の兵舎に戻っていった。

江南殲滅作戦

湖北の三角地帯の掃討粛清が成功裏に終わったことから、江南の第六戦区第八十七軍の殲滅が次の重要な目的となった。四月の半ば、杉井は連隊本部から召集を受け、江南地区攻略の命令を受領した。これを受けて、四月末、部隊は揚子江北岸の石首《せきしゅ》に集結し、五月四日の百弓嘴《ひゃくきゅうし》攻撃で作戦の火蓋を切った。その後は、隅池口《ぐうちこう》、霧気嘴《むきし》、沙口《さこう》、大門土地《だいもんとち》の各陣地を攻略し、五月八日に安郷《あんごう》、大慶港《だいけいこう》を占領して第一次作戦を終了した。短期間に数多くの拠点を攻略する作戦であったため、陣地によっては強行突破をせざるを得ない局面もあり、この結果、各部隊から戦死者も続出した。村川の士官学校同期の笹塚中尉も名誉の戦死を遂げた。笹塚は、清廉潔白で凜々しい若武者のような将校であり、村川とタイプが似ていた。陸士出は出世も早く、それなりの処遇を受けるグループであるため、これにあぐらをかいて威張るだけの無内容な将校もいたが、一方で毅然とした態度で一直線に任務を遂行していく優秀な者もいた。村川も笹塚も後者のタイプであり、杉井は、自分の中には見出し得ない素養を数多く備える彼らに対して心からの敬意を払っていた。その文字通り軍一筋に身を捧げた笹塚の死を聞いた時、杉井は、一抹のむなしさを感じざるを得なかった。浙河に着任した当初であれば、これこそ短くも美しく燃え尽きる男子の一生の美学だと感じたであろうが、あらゆる局面を通じてこの戦争の持つ意味とは何かを自分に問いかけるようになってきている現在、笹塚の死を悼みこそすれ、これを名誉の戦死と称える気持ちには到底なれなかった。

大慶港を落とした後、部隊は方向を転換して、東港《とうこう》、猛渓《もうけい》、金頂山《きんちょうざん》を攻略し、次に新河市《しんがし》の攻撃を開始した。この戦闘の間、杉井は、猛渓寺に待機する連隊本部に戦況の報告と命令受達のために出向くことになった。神林は、敵軍の散在する地域での移動であることから五、六人の随行を勧めたが、杉井はかえって目立つことになりかねないと思い、お伴は一名に限定し、大行李の三橋兵長だけを連れていくことにした。

夕刻に出発すると、すぐにあたりは漆黒の闇となった。二時間ほど歩くと前に大きな河があったが、周囲には橋も見当たらない。水の流れから判断して歩いての渡河は到底無理と思われた。

「やむを得ない。しばらく河のこちら側を歩いていくことにするか」

杉井が言うと、三橋は、

「副官殿、ちょっと待っていて下さい」

と言って、二百メートルほど離れたところの灯りのともった民家に向かっていった。十五分ほどすると、三橋は中年の中国人を連れて戻ってきた。

「小舟と船頭を徴発しました。川下りを気取ろうじゃありませんか」

三橋が片言の中国語で話しかけると、その中国人は、川下の方を指差してこちらに来いと促した。しばらく行くと、川岸に小舟が繋いであった。五人乗るのがやっとという感じの頼りない舟だった。舟に乗り込み、船頭に漕がせて出発すると、舟は意外なほどの速度で順調に下り始めた。時間の短縮という観点からも、疲労の軽減という観点からも、これは実に良いアイデアであったと杉井は三橋を評価した。ところが、四十五分ほど下ったところに河川の合流点があり、流れが大きな渦を巻いていて、舟は回転しながら左右に大きく揺れた。杉井と三橋は転覆しそうな舟の舟縁を必死につかんだ。船頭もバランスを崩したが、一旦手から離れた櫂を拾い直して懸命に体勢を整えた。ようやく合流点を逃れて舟は安定したが、そこで杉井は焦った。舟が何度も回転した結果、方角が全く分からなくなったのである。河もいくつか分岐しており、今下っている方向が正しいのかどうか全く不明となった。

「三橋、少なくとも俺たちがどちらの方向から来たのかだけでも船頭に確認しろ」

三橋は、二言三言船頭と言葉を交わした後、杉井に言った。

「私の中国語も大したことはないので、言っていることが全部理解できる訳ではありませんが、船頭は来たのは左後方だと言っています。川の流れに沿って進行方向右、右と進んでいけば猛渓寺に行くはずですので、概ねこれで合っているような気がするのですが」

随分無責任な答えだと思ったが、暗闇の中、何の目標もなく、勘だけに頼らざるを得ないこの状況では、三橋に正確な答えを要求する方が無理であるし、三橋も自分同様不安を感じているのであるから、これを責めるのは酷だと杉井は思い直した。舟は、櫓のきしむ音とかすかな水音の中を、ゆっくりと水面をすべっていった。進んでいる方向が正しいという確信を持てないことが如何に心細いものかを杉井は思い知った。突如、右岸から、

「誰可《シェイク》」

という中国語が聞こえた。

「三橋、伏せろ」

杉井は小声で命じた。正しい経路をたどっているとすれば右岸は敵地であり、呼び止めたのが中国兵であることは十分考えられた。舟底に身を伏せながら、これは辻坂と神部の二の舞になるのではないかと、杉井は覚悟した。船頭は、岸にいる男と中国語で何事か言葉を交わすと、平然とした顔で再び舟を漕ぎ始めた。どうやらうまくごまかしてくれたらしい。対価を得て目的地まで無事に送り届ける契約を結んでいる以上は、日本兵を中国側に売ることもせず、淡々と契約を履行しようとしている船頭を見ながら、杉井は一種不思議な敬意を感じた。

舟は暗闇の中を下り続けた。杉井も三橋も黙って至近の水面を見つめていた。目的地に無事たどり着けるだろうかという不安が先行し、暇つぶしの会話さえ交わす気になれなかった。二時間ほど経つと左岸に篝火の明かりが見えた。敵か味方か分からない。杉井と三橋は身をかがめながら双眼鏡をのぞいた。人が動いているのが見えるが、それが日本軍なのかどうか依然として確認できない。

「三橋、もう少し近づけるように船頭に言え」

三橋の指示で、船頭は、ゆっくりと舟を左岸に近づけた。双眼鏡の中の人影が徐々に大きくなり、やがてその人間たちがまとっているのは日本の軍服であることが明確になった。

「副官殿。日本の部隊です」

「何とか命拾いしたようだな」

「はい。本当に良かったです」

迷ってしまった責任の一端を感じていたのか、三橋は嬉しそうだった。直ちに舟を左岸に横づけし、上陸すると、その部隊は杉井たちが目標としてきた歩兵第六連隊だった。杉井が連隊長に新河方面での戦況を報告すると、連隊長の村石は一連の聴取を終えた後、よく敵地を潜り抜けてここまで到達したものだと、杉井たちの労をねぎらった。その夜、杉井は、緊張感からの解放もあって、いつになく深い眠りに落ちた。

野砲兵第一大隊は再び歩兵第六連隊と合流し、茶元寺《ちゃげんじ》から摂家河《せっかがわ》、麻市《まし》と攻略を続けていった。このあたりから部隊は岩山の密林地帯に突入し、これまで経験のなかった山岳戦となった。岩山の道はでこぼこで足場が悪く、上り下りもきつくて、行軍には倍の時間を要した。苦労しながら、次の攻撃目標である長陽《ちょうよう》城の背後の山頂に到着すると、谷底に城壁で囲まれた美しい長陽の町が俯瞰《ふかん》された。城内の様子は手に取るように観察することができ、事前に町の構造をこれだけ十分に把握できれば、攻略は極めて容易に思われた。しかし、物事すべてにわたってうまくいくことはまれである。山頂から長陽へ下る道は、岩山を切り開いた狭い一本道だけであり、一個師団がこれを通過していくにはかなりの時間が必要だった。やむを得ず、各部隊は山頂に宿泊待機することになり、杉井たちの部隊も行軍序列から五日間も待機することになった。一個師団が五日も待機すると、付近の食料はすべて食べ尽くしてしまう。あらゆる所に部落が散在する中国中部では、食料に不足をきたすことはまず考えられなかったが、この時だけは三日目からまともな食料が完全に枯渇した。部隊は、あたりに実っている野生の枇杷を主食にし、蛇や蛙などを捕らえて食料にした。野生の枇杷は甘みも全くなく、いくら食べてもすぐ空腹になった。蛇は皮を落とし、肉を削いで火を通して食べるのであるが、これが極端にまずい。しかし、人間空腹が限界を超えると味の如何を問わず、何でも食べられるようになる。捕らえた蛇は食べ残されることなく、すぐに完売となった。蛙は、淡泊な味だが、蛇と比べれば美味である。しかし蛙の欠点は食べる部分が極めて少ないことだった。捕らえた蛙は頭を落として木の枝に刺し、あぶって串焼きにするのであるが、実際に食べられるのは脚の太股に該当する部分くらいであった。腹と背中がくっつくのではないかと思うほどの空腹に耐えながら、杉井は考えた。今は待機をしているだけで、我慢していれば、やがては山を下る時がくる。しかし、戦場によっては、敵に包囲され、逃げ場を失ったまま、食料の欠乏に苦しんでいるところもあるのではないだろうか。これまで、暑さ、寒さ、湿気など中国兵以外のあらゆる敵と戦ってきたが、この飢餓というのも、全く次元の異なった大変な苦痛である。戦地というところは、内地ではおよそ経験できないありとあらゆる困難を与えてくれる所であることは間違いない。

山頂で待機を始めてから六日目、ようやく杉井たちの野砲兵第一大隊も山を下ることになった。飢餓に耐えつつ、山頂に留まりながら、下山路が隘路になっているとはいえ、何故これほど長いこと待たなくてはいけないのかと皆苛立ちを感じていたが、実際に山を下り始めると、現実は予想以上に厳しいことを認識した。谷底の長陽城に通じる道は、極めて細い急なつづら折れの坂であり、馬は駄載してはもちろん、単独でも下りることが困難だった。やむを得ず、兵は大砲弾薬を馬から下ろし、それぞれが担いで搬送したが、すべての駄載物を運ぶのに山頂と谷底を五回も往復しなくてはならなかった。急な坂を踏ん張りながら下っていくため、膝は笑った状態になり、加えて極度の空腹から足がもつれて転倒する者も続出した。馬は、何も積載していないにもかかわらず、手綱を引くだけでは、足をすべらせてしまって坂を下りることができないため、一人が轡を取り、一人が尾を腕に巻いてブレーキをかけるようにし、怖がる馬を慰め励ましながら下った。道は、谷底から湧き出る霧に霞んで、まさに仙境の趣だったが、この見通しが悪いことも下山を更に遅らせる要因となった。この結果、杉井たちの野砲兵第一大隊が下山するだけで、まる一日がかかった。

一個師団が下山を完了すると、各部隊は早速、長陽城攻撃の準備を開始した。山頂から十分に観察した結果、城内の様子は完璧に把握されており、砲撃もほとんど無駄がなく、敵の枢要施設を効率的にことごとく破壊したため、歩兵隊の突入も極めて円滑に進んだ。長陽の町を占領すると、部隊は、徴発した食料で久しぶりに充実した食事をとった。

事実隠蔽

長陽攻略に成功した部隊は、工兵の用意した伝馬船に乗って揚子江を渡河し、宜昌《ぎしょう》に到達して作戦を完了した。この宜昌の渡河点において、部隊は敵飛行機の空襲に備えて、機関銃二基で対空射撃の準備をしていた。突然、敵機の襲来もないのに、機関銃を掃射する音が聞こえてきた。振り返ると、保崎が息せき切って走ってきた。

「副官殿、来て下さい。楠本少尉が撃たれました」

杉井が、機関銃を設置した場所に行ってみると、通信班将校の楠本が倒れており、その横に通信班の有村上等兵が放心状態で立っていた。

「保崎、諸川軍医を呼べ」

杉井は、そう命じながら、有村の奴、やったなと直感した。楠本は粘着質の性格で、部下の行動にいちいち文句をつけ、しかもわざわざ恥をかかせるように部下の失敗を何度も何度も人前で口にするため、配下の者たち皆に嫌われていた。特に有村は楠本の標的になることが多く、楠本の虫の居所が悪い時は、いつも有村がからまれていた。その際には、有村の人格を否定するようなことはもとより、有村の両親を愚弄するようなことまで口にした。有村は数回楠本に反抗したことがあるが、その度に頬が腫れ上がるほどのビンタを見舞われた。噂を聞いて、杉井は一度有村を呼んだことがあった。多くの人間に仕える以上、不満を感じる上官も中にはいるかも知れない、しかし、軍隊という組織では上下関係は絶対だ、いろいろ思うところはあるだろうが、どのような上司にも合わせるように努力することも修練だと思えと有村を諭すと、有村は口では分かりましたと言ったものの、顔には不満の色がありありだった。杉井は、もともと強きをくじき弱きを助ける人間でありたいと思ってきたこともあり、人格的に問題のある上官に仕える兵には同情を禁じ得なかったが、いざこのような事態になってみると、有村にはもう少し厳しく申し渡しをしておくべきであったとの後悔の念が心に生じた。

有村から機関銃の掃射を受け、楠本は腹に二発撃ち込まれていたが、まだ息はあった。急ぎ駆けつけた諸川が直ちに応急処置をして、楠本を「なび四」に運び込んだ。その後、楠本は担架に乗せられ、有村は分隊長以下に厳重に監視されながら、浙河に向けて出発した。その二日後、楠本は腹膜炎を併発して死亡した。

浙河に着くと、杉井は、すぐに大隊長の小山に呼ばれた。杉井が大隊長室に入ると、小山は苦虫をかみつぶしたような顔で座っていた。

「杉井、楠本の件だが、まだ報告書は作成していないだろうな」

「はい、これから取り掛かろうと思っていたところですが」

「あんな事件をそのまま報告したら大変なことになる」

「事実をそのままにという訳にはいかないことは分かっておりますが」

「事実をそのままにという訳にはいかないどころではない。この問題はもみ消しだ。連隊長からの命令だ。杉井、よろしく頼むぞ」

確かに、この事件が公になれば、連隊長も大隊長も責任を取って昇級停止だ。更に、そんなことよりも、有村は軍法会議にかけられてどんな処分を受けるか分からない。言われるまでもなく、これはもみ消すべき問題だと杉井は思った。大隊長室を出た杉井は、直ちに大隊内の将校全員を召集した。

「今回の不祥事については、大隊として全力をあげて闇に葬る。本件を目撃した兵たちにも厳重に緘口令《かんこうれい》を敷いてもらいたい」

将校たちは、杉井の要請を皆神妙な顔で聞いていた。

皆が部屋を退出すると、杉井は、師団司令部に提出する報告書の作成に取り掛かった。いざ書き始めてみると、一から十まで事実に反する報告書を作成することは意外と難しいことが分かった。まず、場所であるが、宜昌は作戦終了の地であり、ここで名誉の戦死という状況を作り出すのは無理があった。杉井は、負傷発生日を遡り、五月二十五日夕刻、牽牛苓《けんぎゅうれい》での戦闘の最中、観測所において、第一中隊との電話架線終了時、敵の狙撃弾により負傷、爾後、護送中名誉の戦死という大枠のストーリーを作り、これに肉づけをして虚偽の報告書を作成することにした。時系列やその時々の状況などに矛盾が生じないように細心の注意を払いながら、杉井は、上申用の報告書をまとめた。

作戦後も、楠本、有村の事件の事後処理に追われた杉井は、報告書を完成すると、やれやれという気持ちで、作戦中に届いていてまだ開けていなかった二つの慰問袋を開いた。そのうちの一つに佐知子からの手紙が入っていた。

前略

謙ちゃん、このところ、作戦に出かけることが多いようで大変ですね。でも、お便りを読むと元気そうなので安心しています。もしかしたら、皆を安心させるためにわざと、元気にしているって書いているのではないのかなと気になることもあるけれど、大けがしたり、重い病気になったりしていることはないですよね。お手紙書く時に、なるべく浙河にいる時に届くようにと、謙ちゃんが作戦に行っている期間を計算したりするのですが、最近は浙河に戻ったらまたすぐ出かけることも多いと書いてありましたから、留守中かどうかあまり気にしないで、お手紙することにしました。

この間のお便りに書いてありましたが、戦友の方が精神の病気で日本に帰ったのですね。やはり最前線で戦っていると辛いこともたくさんあるのだなって思いました。でも、病気になったりしないと、日本に帰れないというのも本当に大変ですね。謙ちゃんは中支に行ったきり、ちっとも帰ってこないけれど、それは謙ちゃんが丈夫で元気な証拠だと思うことにしました。

精神の病気で思い出しましたが、県立病院に勤めている同級生の上村和子さんが、やはり戦地で同じような病気になって帰ってきて入院している人が何人もいるって言っていました。和子さんが言うには、そういう病気になる人って、立派な家柄の出身だったり、立派な学校を卒業していたりすることが多いそうです。恵まれた環境にいるとかえって逆境に弱いのでしょうと言っていましたが、確かにそうなのかも知れません。やはり、人間は、身体の方はもちろんですが、精神的にも強くなくてはいけませんね。でも謙ちゃんはその点、大丈夫。私が保証します。

静岡の方は、特に変わりありません。ただ、兵隊さんが戦地で苦労しているのだから、ぜいたくはしてはいけないという皆の気持ちはとても強くなっています。もちろん、これは静岡だけではなくて、日本全体がそうなっているという意味です。いろいろなものが不足してきていますが、日本軍が勝つためには自分たちの使いたいものも軍に使ってもらおうと皆思っています。食べ物も、配給でいただくもので皆満足していたのですが、最近は配給でも手に入らないものが増えました。この間、農家のお百姓さんで直接野菜を売ってくれる人がいるというので、たくさんの人が電車で用宗まで行ってかぼちゃやおいもを買っていました。私も行きました。でも本当はそんなことをしてはいけないのでしょうね。大変な思いをしている兵隊さんたちを応援しようと思ったら、いろいろなことを我慢するという態度でその気持ちを示さなくてはいけないように思います。

今年は、桜が遅くて十日くらい前まで咲いていました。祖母が観たいと言うので、弟と二人でリヤカーに乗せて安西橋の向こう側の土手まで行ってきました。どんな時代でも、桜はいつもと同じように、とてもきれいです。安倍川の水も、何事もないかのようにさらさらと流れていました。謙ちゃんはまだしばらく浙河でお勤めですか。もし日本に帰って来れるようだったら、来年は一緒に桜を観にいきましょう。約束です。

謙ちゃんにお手紙書くたびに、どうしてこんなに文章を書くのが下手っぴなのかなと思ってしまいます。言いたいことちゃんと書けないし、途中で書こうと思っていたこと忘れちゃうし。でも、謙ちゃんはきっと気にしないと思うことにします。謙ちゃんが予備士官学校に行っていた頃、私の手紙楽しみだって言っていたけれど、あれうそじゃないでしょ。うそじゃないって信じてまたお便りします。

お元気で。

草々

昭和十八年四月二十五日

谷川佐知子

杉井謙一様

佐知子は自分では手紙が下手だと言っているが、杉井はそうは思っていなかった。むしろ、母が検閲を意識して杉井に早く帰ってきて欲しいという種の表現をいつも抑えているのに対して、佐知子は何も気にしないで書き送ってくるため、その率直な感想に杉井も考えさせられることがあった。他方、杉井が手紙を書けば必ず返事をよこす佐知子なのに、浙河に来てから時として返事が来ないことがあるのは、おそらく検閲にひっかかってのことであろうと杉井は思っていた。

今回の手紙でも、精神に異常をきたす人間は名門の出や高学歴の者が多いがこれは恵まれた人間の方が逆境に弱いからだという友人の話に佐知子は素直に同感しているが、杉井にしてみれば、これだけで内地の人間は軍隊組織というものの本質を全く理解できていないことが明確であるように思えた。軍隊というところは階級絶対の超管理集団である。一階級違えば虫けら同然であり、その人間の家柄など全く関係がない。それに、特に前線に来ていると知的な作業など皆無である。相手に攻撃を仕掛ける時、敵の急襲にあった時、要求されるのは体が咄嗟に反応することであり、あれこれ考えたりすることはおよそ無意味である。大学で学習した高度な知識などは邪魔にはなっても役に立つことなどない。恵まれた環境にいた人間が逆境に弱いというのは傾向としてはあり得るが、むしろ軍隊に入った人間に致命的なストレスを与えるのは、階級というものに規定された理不尽なまでの上下関係である。勉強が好きでそれなりの知識も教養も身につけた人間が、無学のしかも人格的にも尊敬できないような人間に、ただ上官だという理由だけで罵倒され、ビンタを張られる。プライドをずたずたにされるのは当然であり、更に、自分のこれまでの人生は何だったのだろうと考えだしても不思議はない。内地の人間は戦地で弾丸を潜り抜けていくような局面を逆境と呼んでいるのであろうが、精神的な打撃を受ける要因はむしろ軍隊組織の本質に基づくものなのである。しかし、このことは、佐知子に手紙で解説できるような事柄ではなかった。また、一般的な常識からすれば異常であっても、この鉄の規律を崩しては戦争の遂行もできない以上、組織の本質の変革など望めないことであり、それを議論することも無意味だった。

それと、佐知子が手紙で言っている内地の物不足も気になった。配給制が敷かれてから久しいが、配給もされないものが多くなっているというのは深刻な気がする。こちらでは、第二次長沙作戦のような負け戦もあったが、ほとんどの作戦では勝利を収めている。最近は食料も現地調達しており、杉井の部隊に関する限り、物資の面で内地に負担をかけていることはそれほどないように思われる。もしかして他の戦線では戦況が悪化しているのではないだろうか。いや、それは悲観的過ぎる観測かも知れない。戦線に拡大しているのであるから、その分軍需生産に労働も資源も割かなくてはならないとすれば、物不足も当然かも知れない。ここまで考えて、杉井は、こんなことは一将校として中国に赴任している自分のような人間が心配しても始まらないと思い直した。

半月ほど経った後、杉井は応山の師団司令部から呼び出され、単身で出頭した。師団副官の迫丸少佐の部屋に行くと、迫丸の机の上には、杉井が作成した楠本事件の報告書が置かれていた。

「楠本少尉の戦死の件だが、いくつか質問をしたい」

杉井は自分でも顔がこわばるのが分かった。戦死の報告書はこれまでいくつも提出しているのに、個別の事案で出頭を命じられたことなどない。十分注意をしたつもりだったが、報告書のどこかにミスがあったのだろうか。杉井の胸に不安が渦巻いた。迫丸を見ると、平然としていて、その角ばった顔に笑みさえ浮かべている。それがかえって不気味だった。

「まず、死亡日時だが、五月二十七日に間違いないか」

「戦闘中などを除き、そばに確認できる者がいる時は時刻まで記録しますので、間違いありません」

「すると宜昌に部隊が到着した際には既に死亡していたのだな」

「渡河を終えて宜昌に到着したのは五月三十日ですが、楠本少尉は既に名誉の戦死を遂げておりました」

「宜昌で作戦が完了し、歩兵部隊などは、ここで戦死者の火葬を行ったらしいが、楠本少尉の遺体を火葬せずに浙河まで運んできたのは何故か」

杉井は一瞬詰まった。確かに宜昌で、作戦中の戦死者を火葬していた覚えがある。しかし、楠本は宜昌ではまだ生きていたのであるから、火葬の対象になり得べくもない。虚偽の報告にはやはり必ず無理が生じる。

「楠本少尉は、駐屯地の浙河を愛していた、せめて体だけでも浙河に帰還させたい、それが楠本少尉の意向にも沿うというのが、配下の連絡係の者たちの意見でしたので、それを尊重しました」

杉井は苦し紛れに答えた。

「死人に意向も何もないだろう。それにこの時期だと遺体の腐敗も進むし、それを考えれば火葬すべきであったと思うが」

「何分、一緒に働いた者たちの意見がそういうことでしたので、それも致し方ないと判断しました」

「まあいい。次の質問だが」

迫丸は矢継ぎ早に杉井に質問を浴びせた。楠本少尉が負傷したのは牽牛荅での戦闘中とあるが、実際には戦闘が始まってどの程度の時間が経っていたのか、その際の敵軍の配置は如何なるものであったか、楠本少尉が負傷した観測所付近における敵からの狙撃の予見可能性はどの程度であったかなど、質問は相当細部に及んだ。実際に起こっていない事実を前提に答弁することほど苦痛なものはないと杉井は感じた。嘘の上塗りというが、これだけ多くの質問に答えると、やがては答えた内容の相互に矛盾が生じてくるのではないかという不安も募った。尋問は、簡単な昼食を挟んで八時間に及んだ。精神的に疲労困憊してきた杉井に向かって、迫丸は最後に訊いた。

「楠本少尉の死亡診断書によると、死因となった負傷は『左腹部介脱弾瘡』とあるが」

「楠本少尉の負傷は、弾丸二発が吊っていた軍刀の柄に当たり、それが跳ねて左腹部に命中したものであり、診断書の記載に相違はありません」

「貴官の書いた状況要図によれば、敵機関銃は正面右側にあるが」

「そのとおりであります」

「この角度では、左腹部に弾丸が当たる訳がないではないか」

この質問は厳しかった。確かに、迫丸の言うとおり、敵の方向を向いている限り、左側から弾丸を受けることはない。

「楠本少尉は、何らかの理由で右後方に振り向いていたものと思われます」

「わざわざ左腹部に命中させてくれというような姿勢を取ることなど考えにくい。それに何らかの理由とは何だ」

「おそらく、部下と打ち合わせの会話をしていたものと思いますが」

「おそらくとは何だ。貴官の報告書には、部下と打ち合わせ中被弾とは書いていない。もしそういうことであれば、報告書に明確に記載すべきだ」

「申し訳ありません。その点についてはもう一度確認させていただきます」

「肝心の負傷した際の経緯、原因が不明確では、報告書全体の信憑性がない」

「大変失礼しました。私の不手際でお粗末な報告書になったことをお詫びします。しかし、報告書の個々の内容に誤りはありません。右側から敵の攻撃を受けたこと、左腹部に被弾したこと、すべて事実であり、間違いはありません」

迫丸は一瞬厳しい目で杉井をにらむと、報告書をバタンと閉じて、

「まあよろしい。このまま上申しよう」

と言った。迫丸の意外な対応に杉井は唖然としたが、すぐに起立して、

「ありがとうございました」

と敬礼した。

杉井は、もちろん嘘をつくのは嫌いであり、平気で嘘をつく人間を軽蔑し続けてきた。しかし、八時間にわたる迫丸の尋問に対しては徹底的に嘘を通し、いくら迫丸の追及が厳しく、自分が窮地に陥っても、早く本当のことを言って楽になりたいという気持ちはかけらも起こらなかった。尋問を受けている間、杉井の頭の中にあったのは、自分のことでもなければ、連隊長や大隊長のことでもなく、有村のことだった。真実が司令部の知るところとなれば、連隊長も大隊長も責任罰として昇級停止となり、杉井自身も虚偽の報告書作成で軍法会議の席に座らされることは必至だったが、そんなことは杉井にとってはむしろどうでも良いことだった。それよりも、この上申書が却下されれば、有村は二等兵に格下げの上、軍法会議にかけられて相当

な処分を受けるばかりか、有村の故郷の家族は皆非国民として生涯暗い運命を背負わねばならなくなったはずだった。静岡で杉井を待ちわびる母の姿を思った時、そのような事態になることは、有村という他人のこととはいえ、杉井には耐え難いことだった。射殺された楠本にとっても、真実が明らかになれば、不慮の事故死となって恩給の支給もなくなるし、杉井が真実を吐露するメリットは一つも見当たらなかった。

長い尋問が終わり、師団副官室を出て緊張感から解放された杉井の心にふと疑問が湧いた。あんな問題点だらけの報告書なのに、何故迫丸はそのまま上申することにしてくれたのだろう。それ以前に、何故迫丸はあそこまで細かく問題点を把握していたのだろう。杉井は考えた。迫丸は真相を知っていたのではないか。質問の対象となった報告書の個々の内容も、虚偽であることを知らなければ何の疑問もなく読み過ごしてしまうものがほとんどだ。厳重に緘口令は敷いたが、大隊の中であの事件を知っている者は数多い。誰かが真実を司令部に知らせたのだろう。ただ自分としてはその人間を責めることはできない。自分たちがやったことは、大隊をあげての組織的な犯罪行為であることは間違いない。そのことを司令部に知らせることは、密告という性格のものではなく、正義感に基づいた糾弾であったかも知れない。いずれにしても、迫丸は真実を究明しようとした。傘下の部隊の虚偽の報告書を暴いたとなれば、それは師団副官としては手柄である。しかし、迫丸は最後はそれをしなかった。もしかしたら、杉井を長時間尋問し、時には屁理屈を交えての杉井の抵抗を見ながら、迫丸は、自分が一つの手柄を立てることと、多くの人間が憂き目を見ることの比較考量を行ったのではないだろうか。陸士出のエリートの中でも人格、能力ともに評価されて師団副官をはっている迫丸のことだ。熟慮の上、柔軟な判断をしてくれたのだろう。嘘をつき続けることは辛かったが、迫丸のおかげで、とにかく唯一の選択肢と考えられる方向に事態は進み、結果は何とかなった。この件はもちろん誰に話せるものでもないが、有村を救うことができたということのみをもってしても、大隊副官として一仕事終えたという自己満足を感じることは許されるだろう。

翌日、杉井は師団司令部の取り調べの概要を連隊長の村石、大隊長の小山に報告した。村石も小山も多くを語らず、杉井の説明にじっと耳を傾けていたが、二人の「ご苦労だった」の一言はいつになく実感のこもったものだった。その数日後、報告書は上申された。これにより、楠本少尉は名誉の戦死、有村上等兵は軍法会議に付されることなく、隊内での十五日間の重営倉で落着した。

催事

七月になると、歩兵第六連隊の恒例の演芸会が開催された。野砲兵連隊は従来一部の者が観客として見にいくだけで、演芸会に参加することはなかったが、杉井は、第一大隊としても積極的に参画することを思い立った。歩兵連隊の竹下大隊副官に協賛参加を申し入れると、竹下は大いに歓迎であると快く承諾してくれた。杉井は、もともとこの種の行事が好きである。祭りやイベントというものは、人間の生活に潤いを与え、日常業務を活性化させると思っていたし、特に何の娯楽もない前線の駐屯地では、その必要性は更に高いと考えていた。

何の腹案もないままにまず参加を決めてしまうのもいつもの杉井のやり方であるが、今回も参加の承諾を得てから、さて出し物は何にしようかと考えた。本格的な演劇も良いが、急に迫真の演技を期待しても、それに応えられる人間などどのくらいいるか分からない、むしろ大量の人間を動員しての歌と踊りならそれなりにサマになるだろう、そう思った杉井は、「大東亜共栄圏」というタイトルで、「さくら　さくら」、「アリラン」、「何日君再来《フーリーチェンツァイライ》」、「酋長の娘」などの歌に合わせて踊る番組を企画した。大行李の深津上等兵が日本舞踊の心得があると聞いていたため、杉井は、深津を呼び、日本舞踊以外の踊りの指導も可能かを訊くと、深津は、

「踊りというものは根っこは一つです。要は、手足を使いながら音楽にのるだけです。これは一世一代の仕事ですね。頑張ってやらせてもらいましょう」

と快く振付役を引き受けた。それぞれの歌についてどのような形で構成するかを深津と相談するうちに、どの歌にも女性役が何人か必要であることが判明した。杉井は、大隊本部の兵たちに命じて、馬の尾を切って女性のかつらを作らせ、朝鮮衣装は慰安婦から、チャイナ服は中華街から借りてくるように命じた。

次は配役である。まず女形を決定しなくてはいけない。杉井は、最初にお膝元である書記班の保崎を呼んだ。

「今度の歩兵連隊の演芸会で、女優としての出演を命ずる」

「えっ。私がですか。他のご命令はともかく、それは」

「他の命令はともかく、この命令は絶対だ」

保崎はもともとやさ男である。頬に若い頃のニキビのあとが目立つが、整った顔立ちという点では、大隊本部でも指折りだった。トイから借りてきた口紅を頬に薄く伸ばし、唇には厚めに塗って、馬の尾で作ったかつらをかぶせると、歌舞伎役者顔負けの女形ができ上がった。ただ女形としては上背がやや有りすぎるのと腰周りががっしりしているのが玉に瑕で、借りてきたチャイナ服はどうやっても入らなかった。サイズに融通のきく朝鮮衣装を着せるとこれは実に良く似合った。

「保崎、すごいな。商売替えを考えた方がいいぞ」

隣にいた神林が冷やかした。杉井は、一瞬神林の顔を見た後、

「神林、眼鏡を取って、そこに座れ」

と言って神林を座らせ、その顔に保崎と同じ化粧を施した。眼鏡を外した神林もなかなか良い男で、これを出演者に加えない手はないと杉井は思った。ただ神林は保崎以上の長身であり、女形にするのには無理があった。惜しいと思った杉井は、

「ちょっと待っていろ」

と言って三郎のところへ行き、炭と石灰を調達して戻ってきた。椅子に座ったままの神林の鼻の稜線にそって石灰を塗り、その両側に炭でノーズシャドーを施し、同様に目の周りにアイシャドーをつけると、まさに男装の麗人風に仕上がった。近くで見るとちょっと気持ちが悪い

が、舞台映えはしそうだ、これにショートカットのかつらでもかぶせれば完璧だろう、そう思った杉井は、

「神林、決まりだ。お前は保崎の相手の男役だ」

と申し渡した。

「副官殿、ご冗談を。私はその手のことはちょっと」

「何を言うか。保崎を冷やかした罰と思え」

かくして、配役も固まっていき、第一大隊は毎夜、練習に励んだ。企画の大枠と人材配置さえ決めてしまえば、あとは自然に物事が流れていく。これぞ演出の醍醐味だと杉井は満足した。

当日の演芸会は、杉井が予想した以上に充実していた。演劇あり、合唱あり、手品ありと出し物も多彩であり、それぞれの部隊が年に一度の晴れ舞台とばかりに、周到な準備を重ねたせいか、出来映えも見事だった。杉井の大隊の「大東亜共栄圏」の出来について、杉井はやや不安を感じていたが、結果としてこれも他と比べて遜色はなかった。特に、「アリラン」での女形保崎の流し目と、平静を装いながらこれを追い求める男装の麗人仕立ての神林のコンビも絶妙だった。加えて、野砲兵第一大隊の出し物は、大隊副官自らの企画ということで、事前から話題を呼んでおり、終演の際には大喝采が起こった。

演芸会がはねた夜、第一大隊の中でささやかな打ち上げが行われた。大隊の者たちは、皆ちゃんちゅうを飲んでほろ酔い気分になりながら、お互いにその演技をたたえ合った。集団が一致協力して一つの事に取り組み、所期の目的を達成する、これはその集団に属する個人に大きな

喜びを与える。大人の学芸会のような今回の演芸会の出し物にしても同様である。本来であれば、駐屯地浙河を中心とする前線を守り、作戦に出かけて占領地域の維持拡大を図ることは部隊という集団にとっては大目標であり、作戦が成功した時の達成感は絶大のはずである。しかし、その過程で多くの戦死者を出し、それ以外でも多くの者が肉体を蝕まれ、精神的にも疲弊していく以上、それは個々人に喜びを与えるようなものとはほど遠かった。大隊の者たちが、和んだ雰囲気の中で大いに飲み、大いに騒いでいるのを見るにつけ、自分たちが置かれている境遇というものは、人間が通常の営みをする世界とは全く異なったものであると、杉井はつくづく思った。

八月に入ると、お盆時期を前に慰霊祭が行われた。この慰霊祭の運営も大隊副官の役目だった。大隊の中には、二十人ほどの僧侶がいて、宗派も禅宗あり日蓮宗ありといろいろで、僧侶の階級も様々だったが、軍隊の階級に従って将校クラスが導師となり、盛大に行われた。前年までは曹洞宗の多々良少尉が導師だったが、今年は横山中尉が導師となり、日蓮宗で執り行われた。今回は、杉井が大隊副官になって二度目の慰霊祭だった。昨年は、第二次長沙作戦での佐藤など多くの戦死した部下が慰霊の対象となったが、今年も水攻めにあった臨川方面作戦などで犠牲になった者たちが、浙河の広場に設けられた祭壇の上の名簿に加えられた。

慰霊祭が滞りなく終了した夜、杉井は、高原を日本人食堂に誘った。最近は、日本人食堂といっても日本酒があることはまれで、この日も高原は、やむを得ずちゃんちゅうを注文した。

いつもどおり、杉井はコップに四分の一ほど注いでもらって付き合い酒をした。

「今日は、大隊の慰霊祭だった」

「そうか。大隊副官となると、その種の行事も大変だな」

「死んだ戦友たちには何をしてあげられる訳でもないし、慰霊祭くらいはきちんとやらなくてはいけないとつくづく思う」

高原はうなずきながら、ちゃんちゅうの入ったコップをあけた。

「それはそのとおりだな。しかし、それにしても、俺がここに来てからだけでも慰霊しきれないほどたくさんの人間が死んだ」

「歩兵部隊の場合は、俺たちのような砲兵と違って、敵陣突入の際にどうしても犠牲者がたくさん出るからな。その点、まだ俺たちは恵まれている」

「そんなことはない。もちろん戦闘中はこっちの方が弾に当たる可能性は高いが、そもそも戦闘中の戦死者の割合など左程のものではない。作戦が長くなれば、病死者も続出するし、事故死も起こる。杉井の部隊だってそれで死ぬ人間が多いだろう」

「確かにそれは俺も分かっている。しかも病気で死ぬ人間は、苦しみぬいたあげくに息を引き取る分、なおのこと気の毒かも知れない。しかし、高原、俺は思うのだが、病死者などが出る場合というのは、やはりどう考えても作戦そのものに問題がある」

高原は、手酌で自分のコップに酒を入れ、飲めない杉井のコップにもほんの少し酒を注ぎ足しながら言った。

「杉井、そんなの当たり前だろう。こっちは出た命令には絶対服従だが、命令を出す人間は状況の分析などしていない。第二次長沙作戦のような場合を除けば、通常、こちらの戦力と先方の戦力との比較考量くらいはするさ。しかし、行軍も含めて部隊にどのくらいの負担がかかるかなどおかまいなしだ。酷暑の中だろうが、極寒の中だろうが、とにかく出かけて行って攻略して来いと言う。兵たちに負担をかけないように配慮した作戦などあり得ない」

「高原の言うとおり、どんな状況のもとで行軍しているかなど、地図に線だけ引いている参謀本部には分からないだろうな。酷暑、極寒と言ったが、それに加えて苦痛なのは、連日夜行軍を強いられる時だ。何も見えない漆黒の闇の中を、かすかに見える前の人間の軍靴だけをじっと見つめながら黙々と歩く、あれをやっていると頭がおかしくなりそうになる。これだけは、言葉では到底説明できないし、経験した人間でないと絶対に理解できないように思う」

「夜行軍か。あの壮絶なる単調を描ききれたら、まさに大文学者になれるだろうな。連夜の行軍など本当に自分の軍の兵隊にわざわざ精神的な打撃を与え続けるようなものだ。それと、時々考えるのは、人間の肉体と精神とはどちらがより弱いものかということだ。結論から言えば、俺は人間の肉体というものは意外と頑丈にできていると思う。マラリアなどにやられれば大変だが、そうでもない限り、いくら肉体を酷使しても、意外と持ちこたえてしまう。ところが、今の夜行軍ではないが、異常な環境に置かれると、人間の精神というものはもろくも崩れてしまうことが多い。そして一度精神的にまいってしまった人間はなかなか回復がきかない。内地に送還される人間も、精神的におかしくなってしまった人間の方が、肉体的に疲弊して足腰も立たなくなって返される人間より多いように思う。もっともこれは通常の帰還命令と同時に送還されるから、どういう理由でその人間が内地に帰ることになったかは分からないけれどな」

確かに、杉井が大隊の中の人事をやる時に、各隊から使い物にならないから帰した方が良いとされる人間のリストが出てくるが、その中の多くは体よりも心の病気を患っている者だった。

「折角誘ってもらったのにつまらん話ばかりしているような気がするな。内地にいれば親しい人間が一人でも亡くなれば大騒ぎなのに、長いことここにいて戦友が次々と死ぬと感覚が麻痺してきてしまう。俺もそういう意味では精神的に大分イカレてきているのかも知れない。今日は野砲兵部隊の慰霊祭だったな。亡くなった者たちの冥福を心から祈って、あとは話題を変えよう」

高原はそう言ってコップを顔の前に掲げた。

高原は部隊は異なるが、杉井には貴重な友人だった。自分では謙遜しているが、精神的にも非常に安定しており、話していて常に安心感があった。やりきれない思いの時など、高原と話したくなるのはそういう理由からだった。同じ浙河の地に高原がいてくれることは、自分にとって本当に幸運なことだと、今日も杉井はしみじみと感じていた。

常徳殲滅作戦

十月、湖南省の要衝であり、首都重慶ルートの南門である常徳《じょうとく》攻略の命令が下った。第三師団も歩兵第六連隊の主力を中心にこの作戦に参加することとなり、野砲兵第一大隊も歩兵第六連隊の傘下に入って、十月十五日、浙河を出発した。常徳が遠方なこともあるが、携行弾薬の量などからして、相当長期の作戦が予想された。かつては佐藤のようなベテランの兵にどのような作戦になりそうかの予想を訊いていた杉井だったが、さすがに前線での生活が三年を超えた今、概ねの予想は自分でも可能になっていた。

部隊は、広水、孝感、漢川《かんせん》、潜河《せんか》を経て朱家嘴《しゅかし》に向かった。この頃、制空権を米国に握られていたことから、米軍機の飛来が多く、これを避けるために、すべて行軍は夜だった。昼と夜の逆転だけでも肉体的には負担であるが、高原との間で話題となった単調の極みとも言うべき夜行軍が疲労を倍加させた。十一月二日からは本格的な作戦行動に入り、朱子嘴《しゅしし》、杉本舗、閘《こう》口《こう》、新門寺《しんもんじ》と各所を撃破し、更に遊家山《ゆうかざん》、煖水街《かんすいがい》、元嶺寺《げんれいじ》で残敵を掃討して、十二日、第一次作戦を完了した。

この後、部隊は直ちに第二次作戦に入り、石門《せきもん》の強固な防衛陣地を突破してこれを占領し、漢水を渡河して峡山寺《きょうざんじ》、趙家巷《ちょうかこう》、夏市巷《かしこう》、田家河《でんかこう》、阮江《かんこう》左岸のルートで進撃し、常徳の背後に回って桃源《とうげん》を占領した。桃源郷は文字通り中国のユートピアで、湖南省の宝庫と呼ばれるにふさわしい所だった。周辺は栗林と蜜柑畑に囲まれ、鶏が鳴き、炊煙が立ち上り、どこを見渡しても静かなたたずまいで、どこに戦争があるのかと思わせるような街だった。物資も非常に豊富で、どの民家にも籠にあふれんばかりの栗があり、蜜柑も山と積まれ、壺には蜂蜜が貯蔵されていた。兵たちは、栗ご飯を炊き、蜂蜜の甘味を楽しみ、蜜柑倉庫の中で寝て、一足早い正月気分を味わった。

この桃源郷に着く直前に、歩兵第六連隊本隊が敵機カーチス・ホークP40の空襲を受けた。連隊長の畑中は急いで下馬し、付近に陸揚げしてあった小舟の陰に避難したが、敵機は部隊の首脳と察知したのか、執拗な機銃掃射を浴びせてきた。その銃弾のうちの数発が木造の小舟を貫通して畑中の頭部に命中し、畑中は即死した。直ちに歩兵第三大隊長の都築少佐が代理となったが、その夜からは、野砲兵第三連隊長の村石が歩兵第六連隊と野砲兵第三連隊の総指揮をとることになり、部隊は村石支隊となった。村石が部隊全体の指揮官となったため、野砲兵第三連隊の実質的な指揮は第一大隊長の小山が行うことになった。

このように隊の編成を立て直し、更に桃源を占領して常徳からの退路を遮断すると、部隊は傷病兵、病馬を桃源に残し、精鋭だけで阮江を敵前渡河し、本格的な常徳攻略に取り掛かった。野砲兵部隊も常徳の対岸に大砲八門の砲列を敷き、標的の照準の設定を行い、諸準備を整えて総攻撃の時を待った。野砲兵連隊全体の指揮を任された小山は実に生き生きとしていた。元来覇気に欠けるタイプだっただけに、人間それなりの役目を与えられるとこれほど変わるものかと杉井は思った。特に、関東軍に長く勤務し、今回のような組織だった作戦の手順などについての知識は豊富に持っているため、ゲリラ戦の時などとは全く異なり、その指揮にも生気があふれていた。そんな小山の姿を見ながら、同じ人生を生きるのであればより広い舞台を求めるのは人間の本性かも知れないと杉井は思った。連隊長の村石も、

「軍旗を奉持した砲兵は俺の隊だけだな。砲兵の隊長が歩兵連隊を指揮したのも俺くらいのものだろう」

と意気軒昂だった。畑中連隊長の戦死というアクシデントがあったからそうなっただけなのにと思いつつ、一方で、杉井自身も今まで自分の役目になるとは全く思わなかった連隊命令の起案を行った時には、不思議な感慨を覚えた。

十一月二十五日午前零時、大砲八門の砲口が一斉に火をふき、三分間の集中砲撃に合わせて、機関銃の一斉射撃も始まり、攻撃の火蓋が切られた。歩兵はこの全火器の援護射撃のもとに、漕渡により、砲弾の着弾点を目標に、阮江の強行渡河を敢行した。これに対して中国軍は、この総攻撃を事前に察知していたかの如く、やはり全火器で闇の中を阮江の水面に向けて射撃してきた。この攻防は払暁まで続いた。やがて夜が白み、視界が開けてくると、杉井は眼鏡をのぞいて対岸の状況を観察した。友軍の歩兵は阮江の渡河には成功したものの、川辺にそそり立つ城壁が越せず、群がる蟻のように城壁に身を寄せ、これに向かって敵が射撃をし、手榴弾を投下していた。この様子を見ながら、杉井は苛立った。砲兵部隊の攻撃は歩兵部隊に対する十分な援護となっていない。自分が対岸に渡ってこちらに合図を送り、砲撃の効果を高めない限

り、突破口を開くことはできない。杉井は小山のところに行った。

「大隊長殿、このままでは城内の射撃ができません。歩兵隊のいる第一線まで出て射弾を誘導しましょう。私が行きたいと思います。都築連隊長代理が今一個中隊を出そうとしています。それに同行したいと思います。立野、舟に乗る準備だ」

杉井はそう行って伝令の立野上等兵に身支度を命じた。

「杉井、待て。今しばらく状況を見よう」

小山は、厳しい顔つきで杉井を制した。野砲兵連隊を任されて意気に感じて張り切っていた小山が肝心な時にまた慎重居士になったのかと杉井は思った。

「大隊長殿、それでは時機を失してしまいます。私は行きます」

「とにかく待て」

小山のいつにない厳しい口調に杉井は驚いた。大隊長としては迫力もないし、スケールの大きさにも欠けるが、この種の総攻撃についての知識だけは杉井の数倍豊富なものを持っている、その小山がこれだけきつく杉井を止めている、ここは従うべきところかも知れないと杉井は思い留まった。

間もなく、都築の命を受けた歩兵部隊の一個中隊が舟で河を渡っていった。迎え撃つ敵側の攻撃はこれまで以上に激しく、中隊が向こう岸に渡ることさえ多大な困難を伴っているかに思えた。三時間半ほどすると、渡河した一個中隊全滅の報が入ってきた。小山が止めなければ今頃自分は戦死だったと、杉井は、自分の命を救ってくれた小山の判断に感謝と尊敬を感じたが、同時に大きな気持ちの動揺を感じた。一個中隊の中には高原の小隊もいる。全滅という情報だが、高原もやられたのかも知れない。しかし、あの高原がこんなに簡単に戦死したりするだろうか。小隊が壊滅的な打撃を受けても、高原だけは爽やかに生還するのではないだろうか。杉井は、かつて佐知子が、杉井は絶対に死んだりしない、これからいろいろなことをしなくてはいけない人は神様が必ず守ってくれると手紙に書いていたのを思い出した。高原は立派な人間だ。高原のような世に有用な人間には必ず神の加護があるはずだ。杉井はそう考えながら、河の対岸をじっと見つめた。

中国軍が大量の武器弾薬を用意して対抗したため、常徳城は難攻だった。歩兵部隊は、城壁に迫っては敵の猛攻にあって遮蔽地に避難し、態勢を整え直して再度突破を試みるという攻撃を繰り返した。野砲兵部隊は、歩兵部隊が一旦退いたのを見ては城壁に向かって一斉に砲弾を浴びせて援護した。四日間にわたる苦闘の末、ようやく部隊は城内突入に成功したが、中国軍は広い常徳の城内の各地に潜んでゲリラ戦に持ち込み、部隊は予知できない敵の攻撃を何度も受けて犠牲者を続出させた。市街戦は更に三日間続いたが、十二月三日、敵の必死の抵抗も力尽き、白旗を掲げて降伏した。これを見て、対岸にいた杉井たちの部隊も全員渡河して、常徳の市街に入城した。城内では民家などの建物のあちこちに銃痕が散見され、市街戦の壮絶さを物語っていた。城門を入ってすぐ右の一群の民家に戦死者、負傷者が収容されており、杉井は直ちにそこに行って高原の姿を探した。

高原は生きていた。おびただしい数の負傷者が並ぶ列の真ん中から少し奥に、担架の上で仰向けに寝ている高原の姿があった。右の胸から腕にかけてと右の太ももは包帯でぐるぐる巻きにされており、一見して軽傷ではないことが分かった。

「高原」

杉井が声をかけると、高原はつぶっていた両目を開いて杉井を見た。

「杉井か。やられちまったよ。あんなに敵さんの見通しのきくところでの渡河はさすがにちょっと厳しかったな。特に上陸してからの雨あられの銃弾にはまいった。陸に上がった直後から俺の小隊の連中もばたばた倒れだした。こいつは俺も何とかくぐったのだが、城壁の近くに来たら、今度は大量の手榴弾のお見舞いだ。そのうちの一発をもろに食っちまった。気がついたら遮蔽地の藪の中だ。誰が運んでくれたかも覚えていない。情けない話さ」

「情けないなどということはない。対岸から見ていたが、敵の攻撃は並ではなかった。一個中隊全滅と聞いて心配したが、とにかく助かって良かった」

「確かに命あっての物種だからな。死んでもおかしくないような突撃だったのだから、運が良かったと思わなくてはいけないな」

「それより傷のほうはどうだ。痛んだりしていないか」

「脚の方は大したことはなさそうだが、こっちの方は……」

と言って、高原は左手で右の胸をそっと押さえた。

「刺さった手榴弾の破片は抜いてくれたらしいが、まだ取り残しがあるのか、ずきずきと痛む。それから右の腕から手にかけては全く感覚がない。動かそうと思っても全然動かないし、相当やられているかも知れない」

何事も客観的に見ることのできる高原のことだから、今の自分の状態も客観的に見つめているのだろう、その高原が痛むと言うからには、相当な苦痛に耐えているのかも知れないと杉井は思った。

「物はちゃんと食べているのか」

「発熱しているせいか、食欲はないが、食べなくてはいけないと思う最低限の量は食べている。これで物も食わなくなったら死んでしまうからな。薬だと思って口に運んでいる」

「そうか。とにかく大事にしろよ。作戦もしばらく続くが、体力だけは維持しないといけないからな」

「そう言う杉井も俺と同類にならないように気をつけろよ」

そう言って、高原はいつもの爽やかな笑顔を作った。

重傷

早く駐屯地に帰って高原に治療をさせたいという杉井の思いとは逆に、常徳陥落後も部隊はなかなか反転しなかった。常徳周辺の地区には中国側の拠点が散在し、一つ一つの攻略は容易だったものの、拠点の数だけは多かったために、その掃討に約三週間を要した。かくして十二月二十四日、すべての作戦を完了した部隊は、黄堤舗《こうていほ》、砂市《さし》、荊門《けいもん》、沙洋鎮《さようちん》、応城、徳安《とくあん》、馬坪道のルートで帰途についた。移動の際、当初は担架で運ばれていた高原だったが、途中からは馬に乗って自力で行軍した。右手がきかないため左手だけで手綱をさばき、右脚の状態も十分でないにもかかわらず、苦痛に耐えて馬を操った。応城で宿営した時に、杉井は高原の様子を見に歩兵部隊の宿営場所まで行った。高原はひどいびっこをひいていたが、杉井を認めると、立ち止まってにっこり笑った。杉井が容態を気遣うと、高原は大丈夫だ、心配するなと気丈に答えたが、三角巾で吊った中からのぞいた右手の皮膚が、人間のものとは思えないほどにどす黒くなっているのが気になった。

一月四日、部隊は、歩兵連隊の畑中連隊長以下多数の遺骨とともに、弔旗を掲げて浙河に帰還した。高原の言うとおり、通常は病死者などの方が圧倒的に多い戦死者だが、今回は常徳の城壁前で敵の銃弾に倒れた者が大多数を占めた。高原と話をした時に、犠牲者を多く出してしまう場合は、作戦そのものに問題があるという議論になったが、今回の作戦は常徳の立地なども十分検討をした上で、決死の正面突破が最善の策との判断がなされたはずであり、そうであるとすれば、これだけの戦死者を出すことも言わば織り込み済みの作戦だったのではないかと杉井は思った。人間の命など鴻毛の如くにしか考えない日本軍幹部にありがちな作戦命令であると、杉井はあらためてむなしさを募らせた。

数日後、歩兵連隊大隊副官の竹下が珍しく杉井のところにやってきた。歩兵連隊と合同の行事を実施する場合に、同じ大隊副官として打ち合わせをすることはあったが、特に一緒にやる仕事も当面ないのに、わざわざ来るのは一体何の用事だろうと杉井は思った。竹下は、いつもの癖で、ぎょろ目を上目づかいにしながら言った。

「杉井、高原に帰還命令が出た。お前は高原と親しいと思ったので伝えに来た」

杉井は、突然の話にさすがに驚いた。

「帰還命令……。高原の負傷はそんなに悪いのか」

「悪いどころではない。あいつは今週にも右腕を肩から切断だ」

「切断だと。右腕がきかないと聞いてはいたが、治療もせずに切断か」

「治療のやりようがないそうだ。この間の作戦で、右胸から右腕にかけて、つまり右の脇をえぐられるような形で負傷したらしい。腕の一部が腐りかけているので、もう切断しかないそうだ。その後、回復を待って来月初旬には内地に帰る」

「どうせ内地に帰るのならば、内地でもう一度医者に見てもらえば良い。そうすれば、何も切断までしなくても済みそうなものだ」

「気持ちは分かるが、帰国までの間にも腐るのが進行するらしい。高原は、歩兵連隊でもトップクラスの小隊長だし、俺だって残念だ。まあ、高原を気の毒に思うなら、手術の前に早めに見舞ってやってくれ」

竹下は必要なことを杉井に伝えると、こんな所にいたら切ないことばかりで嫌になるとため息まじりに言いながら帰っていった。

杉井は、早速野戦病院に向かった。高原に会う前に、まず本当の病状を確認しようと、歩兵連隊の須原軍医の部屋に入った。須原は、痩せた上体を折り曲げるようにしながら、薬の調合をしていた。見ると、以前杉井が諸川からもらった豚の骨の灰を使った下痢止めだった。歩兵連隊も正露丸が不足しているらしい。杉井は、須原の背後から声をかけた。

「軍医、失礼します。野砲兵第一大隊副官の杉井です。歩兵連隊の高原中尉のことを少し伺いたいのですが」

須原は振り向くと、ゆっくりとした口調で答えた。

「前回の作戦で重傷を負った高原中尉ですね。何か」

「右腕を切断すると聞いたのですが、そうしなくてはならないほど状態は悪いのでしょうか」

「本来であれば、もっと早くにやらなくてはいけないところです。高原中尉の場合は、至近で手榴弾が炸裂したせいか、破片が右胸から右脇の下、更には右の二の腕にかけて集中して刺さっていました。逆に急所をはずれたから助かったとも言えます。ただ、腋下神経、これは手の先に至るまでのあらゆる神経が束になっているところですが、これが完全に切れてしまっている。この時点で、もうどんな治療を施しても右の腕は麻痺して全く動きません。更に血管も右肩から右腕にかけてずたずたに切れてしまっていて、右腕から右手にかけて十分な血液が通っていません。その結果、大分前から右腕の壊死が始まっています。放置しておいたら生命にも影響しかねません」

「高原はそのことを知っているのでしょうか」

「もちろん説明してあります。むしろ、高原中尉は自分から詳しい説明を求めたくらいです」

「それで高原は動揺していないのでしょうか」

「自分の腕や脚を失うと聞いて動揺しない人などいません。それだけは絶対にやめてくれと言ったり、数日間考えさせて欲しいと言ったり、それが普通です。しかし、高原中尉は、一瞬中空を見上げた後、分かりました、そういうことなら一刻も早く処置して下さいと言っていました。腹のすわった、本当に立派な将校ですね。作戦の帰りも自力で馬に乗ってきたそうですが、あの状態では相当辛かったはずです。その精神力に私も敬服しています」

「そうですか。それで手術はいつ」

「明日やろうと思っています」

「明日……」

杉井は、竹下がわざわざ教えに来てくれて本当に良かったと思った。須原に礼を述べると、杉井は高原の病室に向かった。

高原の病室の入り口から中をのぞくと、高原は寝台の上にあぐらをかいて座っていた。見ると、左手で動かない右腕をゆっくりとなでている。明日失ってしまう右腕に別れを告げているように見えた。杉井はいたたまれない気持ちになって、健常な自分が見舞ったりするのは控えた方が良いかも知れないと思った。しかし、高原のことだ、何のこだわりもなく、友人の見舞いを素直に評価するのではないだろうか、そう考え直した杉井は、入り口のところから高原に声をかけた。

「高原」

高原は、入り口の方に体ごと向き直り、杉井の姿を認めると、

「おう、杉井か。よく来てくれたな。礼を言うぞ」

と言ってにっこりと笑った。予想された高原の反応だった。

「明日、手術だそうだな。それが終わって回復したら、内地へ帰ると聞いたが」

「そのとおりだ。杉井と同じで、ちっとも内地に帰してもらえないと思っていたら、期せずして突然帰国になった」

「常徳で見た時に重症だとは思ったが、こんなことになるとは正直言って思わなかった」

「他人の体のことは分からないさ。俺はやられてから数日経った頃、いくら動けと言ってもうんともすんとも言わないこの腕はもうだめだろうと覚悟を決めた」

「高原は本当に立派だと思う。普通の人間は、そんな風に気持ちの整理をつけられるものではない」

　高原は短く伸びた髭を左手でなでながら、かすかな笑みを浮かべた。

「腕を切られるのは嫌だとか、五体満足でなくなって内地に帰ったら皆どういう目で見るだろうとか、こんな体になってこれから生きていけるだろうかとか、普通の人間はそういうことをまず考えるのにとでも言いたいのだろう。俺はな、杉井、そういうことはもうひととおり考えたのだ。俺も普通の人間さ。ただ、人間は常に前を向いて歩いていかなくてはいけない。立ち止まったり、あとずさりしたり、後ろを向いて逃げて行ったりしてはいけないと思う。俺だって片腕を失うのは死ぬほど嫌さ。これからのことについても不安だ。しかし、愚痴ったり、く

よくよしたりすることは許されない。自分に片腕がないということを前提に前を向いて歩いていかなくてはならない」

「よく分かるよ。でもそういう考え方ができるところが、やはり俺は立派だと思う」

「杉井もくどくなったな。俺も今の時点で内地に帰って何をするという成算がある訳ではない。内地に帰ってゆっくり考えようと思う。おそらく俺たちが出てきた頃と内地の様子も変わっているだろうし。しかし、自分が五体満足でなくなろうが、内地の状況がどう変わっていようが、俺の目の前には必ず俺のやるべきことはあるはずだ。それをとにかくやっていく。それで良いのではないかと思う」

高原の表情は落ち着いていた。こんな時に高原を見舞った杉井の前で、高原がいつもと全く同じ高原であることは、杉井にとっては大いなる救いだった。高原は話を続けた。

「それから、こんな風になってしまった俺だが、一つの救いはこの軍隊という組織に未練が全くないことだ。人間何かやりたいことがあるのにそれができなくなってしまうことは大変な不幸だが、俺はこれ以上軍隊のために何かしたいという気持ちはない。体の面での理由で軍隊からお払い箱になる訳だが、それはそれで良いのではないかというのが偽らざる心境だ。これからまだ軍のために頑張らなくてはいけない杉井にこんなことを言うのは申し訳ないと思うが」

高原の意味することは杉井には分かりすぎるほどよく分かった。自分が理解しているということを示す意味で杉井は高原に言った。

「俺も目の前にある自分のやるべきことをしっかりこなしていくことに努力してきたつもりだ。

作戦を遂行すること、大隊副官として大隊という組織の機能向上を図ること、部下を守ることなど、目の前にやるべきことは今もたくさんあるし、それぞれに疑問を感じたりしていたら、それこそ立ち止まってしまうことになる。しかし、高原、戦争という状況のもとでやるべきことというのは、人間が本来やるべきことと必ずしも一致しないように思うのだ。端的に言えば、俺たちがやるべきことというのは人殺しを伴う。しかもそれ以外の一般的には犯罪に該当するような行為も俺たちが命じられる行為には付随する。人間がやるべきことを責任をもってやらなくてはいけないという命題と、ここでやるべきことが本来人間としてやるべきでないことであるという現実との間に限りない矛盾があるように思うのだ。実際そうなってみないと分からないが、俺も軍隊を離れることになったら、あまり未練は感じないような気がする」

高原は、これを聞くと声を立てて笑った。

「杉井、そのとおりだよ。お前こそ本当に純粋で立派な人間だ。俺はお前と知り合えて本当に良かった」

「俺の方こそ、部隊は違うが、高原のような人間が浙河にいてくれて本当に良かったと前から思っていた。だから、高原が内地に帰ってしまうのは正直言って本当に残念なのだが」

ここまで言って、杉井は自分の長居に気づいた。

「さてと。高原、明日は大事な日だ。ゆっくり休んでくれ」

「ああ、そうしよう。それにしても杉井が来てくれて感謝感激だった。ありがとう」

杉井は高原の病室を出た。野戦病院の玄関に向かいながら、杉井は、戦争に参画していながら戦争を憎悪するという一種矛盾した意識が、高原が右腕を失うという事実によって、自己の中で一層高められていくのを感じていた。

幹部離任

高原を見舞った翌々日、幹部クラスの帰還命令が出て、杉井の直属の大隊長小山も内地へ帰ることが決まった。一年三ヶ月前に同期の大多数が帰国した際、転勤を断った結果残留することになった杉井に、俺と一緒に帰ろうと慰めてくれた小山だったが、その小山も杉井より先に浙河を去ることになった。杉井の心の中に、一瞬小山をうらやむ気持ちが頭をもたげたが、あの作戦嫌いの小山のことだ、さぞかし喜んでいるだろうと思い、まずはお祝いを述べにいこうと、大隊長室の戸をたたいた。

「入れ」

いつもより幾分大きいと思われるその声に、小山の機嫌の良さが予想された。部屋に入ると、小山は既に書類の片づけを始めていた。

「この度は帰還命令が発出されたとの由、長い間ご苦労様でした」

「うむ。杉井には本当に世話になった」

小山は杉井に遠慮して努めて喜色を顔に出すまいとしているようだったが、その喜びは隠し切れないものがあった。

「私こそ大変お世話になりました。大隊長殿が着任された直後に、私も戦死した飯島少尉の後任となり、それ以来新参の副官として何かとご迷惑をおかけしましたが、私が今日までこうしてやってこれたのも大隊長殿のおかげであります」

「そうだなあ。俺が着任した時、頬っぺの赤い将校がいるなと思った。それが君だった。あれから丸二年二人三脚でやってきたことになる。君も年を取ったな。しかしとにかく在任中俺が大過なく大隊の任務が遂行できたのは、杉井の能力人柄のおかげだ」

「過分なお言葉、光栄であります」

「俺は一足先に失礼するが、君もここが長いからそのうち帰還ということになるだろう」

やはり杉井がなかなか内地に帰れないことだけは気にしているようだった。その話題で小山に気遣いをさせるのも如何かと思った杉井は、早々に部屋を退出することにした。

「大隊長殿も帰還の準備など大変でしょうから、お手伝いすべきこと、何なりとお申しつけ下さい」

「分かった。有難う」

大隊長室を辞した後、杉井は小山に仕えた二年間を振り返った。小山は積極性という言葉とは対極にあり、何事にも腰が重く、杉井自身も、苛立ちを覚えることが度々だった。しかし、一方で人間としては温情もあり、無理な気張りもなく、杉井のような若い将校を父親のように温かく見守ってくれるところがあった。杉井が連隊本部に異動する話がきた時も、杉井が望むのであればと杉井の意思を尊重し、杉井が浙河に残りたいと言えば、上司である連隊長の意向に盲従することなく、杉井が大隊副官として留任するように動いてくれた。そんな小山に対し、杉井は、仕事では常に物足りなさを感じつつも、その人柄に徐々に親しみを覚えていた。冬の作戦の夜行軍で、小山が手ぬぐいで頬かぶりして歩く姿など田舎の好々爺そのものであったが、これも杉井には微笑ましく感じられたし、食事や慰安所通いのことで隊内には批判もあったが、これも肩肘を張らない人間性の表れと杉井は善意に解釈することにしていた。

むしろ、そんな小山を大隊長にいただく最大の問題点は、小山が特進将校であることだった。杉井のように出征時に既に将校となっている者とは異なり、二等兵からスタートして二年間かけて兵長となり、更に下士官を五年やり、少尉候補者の試験にパスして陸軍教導学校の教育を一年間受けてようやく少尉になり、それから将校としての経歴を重ねて四十歳近くでようやく少佐になったのだった。一般的にこのような一兵卒からのたたき上げは、年下の陸軍士官学校出のエリート軍人が上官となった際など、「こんな若造になめられてたまるか」というライバル意識から意地を張る傾向があったが、小山の場合は年齢も相当高かったこともあって、若い上官に対しても達観したところがあった。それでも臨川方面作戦の際に第一大隊がはぐれて歩兵連隊に迷惑をかけた際、絶対に歩兵連隊長に謝りにいかなかったことに象徴されるように、生来の頑迷固陋さがあった。加えて、陸軍士官学校出身者は先輩、同輩、後輩の関係が確立しており、隊長同士が陸士出の場合は部隊の間の連携も日頃から円滑であったが、このような部隊間の関係の構築を小山に期待するのは所詮無理なことであった。その結果、上官や他部隊との間の連絡調整不足などの弊害が生じると、そのツケは直下で仕える杉井にまわってきた。

このような問題点は、もちろん小山のケースに限ったことではなかった。杉井は、大隊副官として大隊内の人事を任されて以来、つくづく人間にはいろいろなタイプがあると感じてきた。そしてそれぞれの人間がそのタイプに応じた仕事を与えられて初めて組織は有効に機能することも学んできた。大局を正確に把握し、重大な局面で的確な判断を行う部隊幹部に向いた者、知識も行動力もあり、幹部を支え、時として助言まで行う補佐役に向いた者、更にその下で縁の下の力持ちとしてこつこつと自分の役目をきちんと果たしていくのに向いた者、何をやらせても駄目なので形式的機械的な仕事を与えるしかない者、このような種々のタイプをそれなりのポストにあてはめて初めて文字通りの適材適所が成り立つ。しかし、軍人となった経緯の壁を越えてこの適材適所を行うことは百パーセント無理なことだった。陸士出にも幹部に不向きな者もいれば、一般の兵にも縁の下の力持ちをさせているだけではもったいないような者がいる。しかし、実際には、どの学校を出たか、どの試験に合格したかによってポストというものは決定されている。この硬直的な人事は、対中戦争という国家の大政策を遂行していく上であまりにも多くの弊害を惹起しているものになってはいないだろうか。杉井は、このシステムのもとで組織がうまく機能するためには何が必要かを考えたことがある。そして、それは、一人一人がシステムの矛盾を許容し、お互いの置かれている立場を理解する努力を払うことではないかと思った。しかし、それはあまりの理想論であり、現実はむしろ逆で、下のグループは上のグループに不必要な反感を抱き、上のグループは下のグループを蔑むことが往々にして起こった。精神に異常をきたした辻坂にしても、部下に射殺された楠本にしても、共に将校でありながら、配下の者を思いやる気持ちなど皆無であったことから、自分の小隊の中でさえ完全に浮いていた。特に楠本の悲劇は、戦地に置かれているといううさを部下に辛くあたることで晴らそうとしたことによって起こったものだった。

小山は、形としては、グループの壁を突破して大隊長のポストを獲得した少数派で、人材登用の一例に見えるが、そこまでに至る年数を考えれば、それはおよそ柔軟な人事の結果とは程遠いものだった。むしろ、実際に特進将校を大隊長にいただいたことによる種々の弊害を考えれば、それは軍の人事システムの問題の一つと考えるべきものであった。いずれにしても、良きにつけ悪しきにつけ印象的な上官だった小山は内地へ帰ることになった。そして、この日、応山の連隊本部の村石連隊長にも帰還命令が出た。村石は、杉井の浙河残留を決定した人間であり、それについて杉井自身は恨む気持ちなどかけらもなかったが、やはり自分の運命を左右した人間の異動には感慨深いものがあった。

杉井が浙河に着任して以降、種々の薫陶を受けた多和野が去り、当時の大隊長の勝野が去り、そして今また小山も村石も去っていく、杉井は戦地における年月の流れを感じざるを得なかった。

特別志願

ちょうどこの頃、父謙造から一通の手紙が来た。普段は、静岡での近況報告と杉井に対する激励を内容とするものであったが、今回は、杉井の将来についての謙造の考えが記されていた。その概要は、

「大東亜戦争も日増しに激しくなり、国内の統制経済も徐々に強くなり、茶業も統制の対象となり、自由な営業は不可能となってきた。この分では再び昔のような営業を行うことは望めない。幸い、お前は中尉となり、大隊副官の要職にある。お前が希望するならば軍人になっても良い。これからの日本は軍人の世の中になるであろうから」

というものだった。謙造は二十代の頃に台湾に兵として服役した経験があり、当時の印象から将校という地位を過大評価していた。更に、今まで経験したことのなかった統制経済の下で苦労しながら営業を行う中で、茶業という商売の将来に悲観的になってきたこと、軍国一色に塗りつぶされた日本においてこれからの社会はすべて軍人優先で動くであろうと謙造なりに予想したことから、杉井に対して軍人への転向を示唆してきたものと考えられた。

杉井は、幼い頃から謙造の長男として茶業を継ぐことを宿命と考えてきた。しかし、茶業そのものに魅力を感じていた訳ではなく、そのために大学進学を許してもらおうとしたが、拒否

された。仕方なく茶業の仕事に就いたが、そんな時に、期せずして降りかかってきたのが徴兵そして出征だった。厳しい管理社会に放り込まれてそれなりの苦痛もあったが、より上の階級を獲得するという単純な目標に向かって努力すること、軍隊という巨大組織において組織人として立派に行動することなど、家にいては得られない経験が杉井に感動を与えた。そして、予備士官学校時代の演習の一環としての民泊における住民の歓待、出征時の熱狂的な見送り、それらを思い出す度に自分は国民から期待されている存在であるという充実感が心の中にみなぎった。浙河に来てからも、自分を試すような部下の視線にプレッシャーを感じたものの、逆にこれぞ将校としての試金石とばかりに、そのプレッシャーを奮起のインセンティブに変えることさえしていた。このように、かつての杉井は、軍隊というところは我が意を得たりの働き場所であると、自分自身を納得させ得るような材料を与えられていた。

しかし、浙河に着任してから三年半の間に、軍隊という組織のイメージは杉井の中で大きく変貌した。作戦という名目のもとに繰り返される殺戮や略奪、無理な作戦によって次々に犠牲になっていく親しい戦友、それらを見続ける中で、日本国が戦争で勝利を収めるために貢献することは、自分の一生をかけての目標として設定し得ないものであることを、今の杉井は明確に認識していた。

謙造は、杉井が今要職にあると言う。確かに二十五歳にして大隊副官の地位を与えられ、人事権を持ち、大隊全体を動かせる立場にはある。客観的に見れば、やりがいのある仕事かも知れない。しかし、それは、目の前にある仕事に全力を尽くすことだが無条件に正しい選択であるという前提に立つ限りにおいて、何とかやりがいのある仕事と位置づけることが可能なものであるように思われた。しかし、仮に大隊副官としての仕事に邁進することを自分自身正当化できたとしても、もし杉井に帰還命令が出て浙河を離れればそこですべてが完結してしまうのであり、プロの軍人になれば如何なる軍務にもやりがいを見出していけるという確信が全く持てない以上、軍人への道への方向転換は、杉井にはあり得なかった。

杉井は直ちに筆を取り、

「特別志願はしません。いずれは家に帰ります。よろしくお願いします」

と、簡単に書き記し、謙造宛てに送った。

それから二週間後、次の慰問文、慰問袋の便で、今度は佐知子から手紙が届いた。

前略

謙ちゃん、もう浙河に帰っていますか。謙ちゃんのお便りはいつも作戦に出かける直前だし、今度も長い作戦になりそうだって書いてあったので、いつお返事書こうか悩んでしまいましたが、お正月返上ということもないかなって思って、お手紙することにしました。

お正月と言えば、謙ちゃんはまた戦地で新しいお正月を迎えることになったのですね。静岡の歩兵三十四連隊に入って謙ちゃんと同じ頃に出征した人たちもたくさん帰って来ているのに、謙ちゃんはずっと行ったきりですね。きっと謙ちゃんがあまりにもお仕事ができるので、周りの人が離してくれないのでしょう。今年は桜を一緒に見に行こうって約束したけれど、やはり無理かな。でも、一度帰ってきたのに、また出かけてしまった人もいます。小学校の同級生の塚田康平君、覚えているでしょ。中国に行って一年半前に帰ってきたのに、また召集がかかりました。今度はサイパン島ですって。謙ちゃんももちろんそうだけれど、他の人も皆大変だと思います。

この間おば様と話をしたら、お茶屋の仕事も満足にできなくなってきたし、謙ちゃんには軍人の道を歩ませた方が良いかも知れないとおじ様が考えているって言っていました。謙ちゃんのことだから、やはりお国のために一生を捧げる方がやりがいがあるって思うのでしょうね。そうなったら、戦地に行っている期間ももっと長くなるのですか。ちょっぴりさびしい気もするけれど、謙ちゃんが生き生きとお仕事するのだったら、お茶屋さんより軍人さんの方が良いように思います。それに、軍隊では偉くなればなるほど危ないことをする必要もなくなるって皆言っています。謙ちゃんは、もうとっても偉くなっているし、軍人さんを続けてもっと偉くなれば、戦地に行くことが多くなっても、いつも無事に帰って来れますね。安心。安心。

おじ様がお茶屋の仕事がやりにくいとおっしゃっているようですが、これはお茶屋さんに限ったことではありません。いろいろなものが配給制になってしまって、商売をやってきた人たちはちゃんとしたお仕事ができなくなってきています。私たちも、お米、お塩、お野菜、何でも配給切符を持っていって印鑑を押してもらって買っています。どんどん生活は不便になっています。私たちはそれでも良いのですが、日本の中もこんな風になっているのだから、戦地に行っている人たちはもっと不便な思いをしているのではないかと心配になります。謙ちゃん、美味しいもの食べていますか。ぜいたくな物は無理だと思いますが、栄養だけはちゃんと取れるような食事をして下さいね。

お手紙書くたびに、謙ちゃんのいる浙河ってどんな所だろうって考えてしまいます。謙ちゃんのお便りに浙河の様子も書いてもらっているのだけれど、中国に行ったこともない私にはなかなか想像できません。昔、大陸の中は寒さも暑さも厳しいと学校で習いましたが、この時期はとても寒いのでしょうね。風邪をひいたりしないようにくれぐれも気をつけて下さい。

遅くなりましたが、この一年も謙ちゃんにとってとても良い一年になりますように。

草々

昭和十九年一月十一日

谷川佐知子

杉井謙一様

今まで佐知子に対する手紙では、軍隊生活での嫌なこと、辛いことには一切言及しなかった。察しの良い佐知子のことだから、自分の書いたことを鵜呑みにして、自分が無邪気に嬉々として軍隊生活をおくっているとは、さすがに思っていないだろう。しかし、少なくとも、自分が家業を継ぐよりは軍人の道に魅力を感じるのではないかと佐知子は思っている。杉井は佐知子に書きたかった。そんなことはない、冬も暖かい静岡が良い、人々の気質も良い静岡が良い、微笑む母の顔がある静岡が良い、会おうと思えばいつでも佐知子に会える静岡が良いと。もちろんそんなことが書ける訳もなく、杉井は、次の佐知子への手紙には、特別志願することはおそらくないとだけ書くことにした。

二月十五日の朝は凍てつくような寒さだった。この日、杉井はまた辛い見送りのために東門へ行った。門の前で待っていると、歩兵連隊の下士官たちに付き添われて高原がやってきた。軍服で正装し、いつもどおり背筋を伸ばして歩いていたが、上着の右の袖は肘のところで縛ってあった。杉井の姿を見つけると、高原は早足で寄ってきた。

「杉井、すまんな。見送りに来てくれたのか」

「当然だ。それより、体の方はどうだ。肩は痛んだりしないか」

「痛みが全くないと言えば嘘になるが、でも大したことはない。よく腕や脚を切断した人間がまだ自分のものがそこにあるような気がすると言うが、あれは本当だな。特に、朝日が覚めた時など、思わず右腕を動かしてしまいそうになる」

「それは辛いな」

「杉井、情けない顔をするな。そんな顔をされたら、かえって惨めになる。俺は大丈夫だ。左というのもなかなか使えるものだぞ。この間も左手で両親に手紙を書いた。見てくれは良くないが、ちゃんと字にはなっている。頭から背骨にかけての中心線をやられてしまうと、両腕や両脚が動かなくなったりするだろう。あれに比べれば、俺の場合はまだ随分救いがある」

高原は本当に気丈な人間だと、杉井は思った。

「内地に帰ったら、何をする」

「須原軍医からは、取り敢えず内地の病院に入って予後を管理してもらえと言われている。その後は、実家に転がり込んで当面何をしようかを考えようと思う。力仕事はちょっと厳しいが、机に向かっての仕事だったら、そこそこのことはできるだろう。心配するな。ちゃんと元気に頑張るさ」

「そのとおり、大いに頑張ってくれ。高原のような聡明な奴は、こんな所で将校なんかやっているより、もっとその能力を発揮できる仕事が内地にはあるはずだ」

「それから、内地に帰ったら……」

高原は声をひそめた。

「俺は、対米英戦も含めて、正確な戦況がどうなっているかを知りたいと思っている。もちろん、内地での報道があらゆる所での大日本帝国の勝利を伝えているのは知っている。この中支でも、長沙での負け戦を除けば、あとは連戦連勝だ。しかし、食料が現地調達になってみたり、米軍の飛行機がこんな所まで飛んできたりするのを見ると、本当にそこら中で圧勝を続けているのだろうかと思う。実際に前線にいた人間が内地に戻れば、少しは実態が分かるような気がする。もし分かったら、杉井にも知らせてやる。もっとも、実は日本は苦戦しているなんてことが分かっても、それを手紙にしたら、検閲で即座にボツだろうがな」

「分かった。とにかく、落ち着いたら、便りをくれ」

「それから杉井、無事で帰れよ。俺もお前も一将校としてはこの戦争のために十分すぎるほど貢献したはずだ。あとは元気に内地に帰ることだけを考えろ。間違っても、俺みたいにおまけをもらったりしては駄目だぞ」

「高原の方こそ道中気をつけて。俺の方は、前線というろくでもない働き場ではあるが、少なくともお前を見習って、前を向いて歩き続けるつもりだ」

「そうしてくれ。一足先に帰るが、また内地で会える日もそう遠くはないだろう」

高原は、左手で杉井の右腕をぎゅっと握ると、踵を返して、トラックに乗り込んだ。その後ろ姿を見ながら杉井は考えた。今日の高原も今までの高原と全く同じだ。本当に高原の精神力には頭が下がる。自分のこれからのことも明るい表情で話していたが、右腕を失っての生活はおそらく多大な苦難を伴うものになるだろう。それぞれの人間にとって何も得るもののない戦地での生活で、最後には貴重な右腕を失った高原の本当の心境はどのようなものだろう。ただ、高原の言葉は決して強がりではないし、実際にも、前を向いて歩くという固い信念のもとに、予想される苦難をきっと乗り切っていくことだろう。

トラックが走りだすと、高原は左手を高々と上げて手を振った。杉井は、右手を振ることはすべきでないと一瞬考えたが、それはむしろ高原の意に沿わないとすぐに思い直し、両手を上げて大きく振った。高原は本当に好漢だった。何も良いことのない浙河での生活で、高原のような知己を得たことは、数少ない収穫の一つだと杉井は思っていた。今、その高原の姿も地平線から消えた。

新幹部着任

一月に小山や村石が去り、新たな上官に対する宮仕えがまた始まった。小山の後任には陸士五十二期の田辺大尉が着任した。親父タイプの小山とは対照的に、杉井より一歳年下の新進気鋭の青年将校だった。上背もあり、肉づきも良く、大股で颯爽と闊歩し、若いのに威風堂々としていた。一方で、色白なせいか、どこか腺病質な一面を持っているような印象を杉井は受けた。杉井にとって、この新大隊長の最大の問題点は、酒豪であることだった。それも並の飲酒量ではなく、斗酒なお辞せずで、早朝から一升瓶をぶら下げて「杉井、飲もう」と杉井の個室に入ってきた。つまみも何もなしの茶碗酒で、まさにお茶代わりのように何杯も飲んだ。杉井がいつも困るのは、飲める人間には飲めない人間のことが理解できないことである。田辺の場合もそうだった。茶碗になみなみと酒を注いで飲めというので、固辞すると、遠慮しているのかと思って、遠慮は無用だとまた勧める。本当に飲めないと言って断ると、何故こんなうまいものが嫌いなのかとつまらなそうな顔をし、それでも一杯くらい付き合えと言う。飲めない杉井は、逆に飲める人間が理解できなかった。如何に大隊長に仕える身とはいえ、朝から具合が悪くなっては大変だと、杉井は、猫のように茶碗の中の酒をなめながら、田辺の話に付き合った。

村石の後任の連隊長には、中野大佐が着任した。学究肌の村石とは対照的で、小柄で小太りの豪放な野人タイプだった。この中野との付き合いは、田辺に比べると杉井にははるかに楽だった。酒より何より麻雀が好きだったからである。中野が着任して初めて副官会議が開かれた際、会議が終わると、中野が寄ってきて、

「杉井、お前、麻雀はできるか」

と訊く。杉井は、徴兵される前から親戚と頻繁に麻雀をやっていて、腕には自信があった。

「うまくはありませんが、並べるくらいはできます」

と答えると、早速に卓が設けられた。中野の麻雀は、降りることを全く知らない進め進めの典型的な殿様麻雀だった。始めた瞬間に、これは普通にやったら勝ってしまうと思った杉井は、わざと手を遅らせるなどして中野に勝たせることに成功した。これに味をしめた中野は杉井を頻繁に誘った。その結果、大した用事もないのに、応山への出張を命じられる機会が激増した。中野の麻雀の相手は楽だった。とにかく中野を勝たせれば良いのだから、中野が大きな手を作っていそうだと見れば、危ない牌から順に切っていけば良い。麻雀の心得のある杉井は読みも正確で、すぐに中野の当たり牌を出すので、中野はすこぶる機嫌が良かった。中野は最終的に勝利を収めると、

「貴官は下手だな。今少し勉強して来い」

と言いながら、喜色満面で連隊長室の茶簞笥から皿に入った饅頭を持ってきて、杉井の目の

前にそれを出し、

「杉井、食え」

と言う。ところが、杉井が、

「いただきます」

と言って手を伸ばすと、中野は、

「無礼者」

と言って、さっさと饅頭をしまった。同じことが二度三度と繰り返されるので、ある日杉井は、

「連隊長殿は何故いつもくれだましをするのですか」

と訊いてみた。すると中野は、

「お前は礼儀を知らん。連隊長に皿を持たせて取る奴がいるか。まず自分で皿を持って、一個か二個饅頭を取り、ご馳走様と言って皿を返すのが礼だ。以後気をつけろ」

と杉井に注意した。すべてがこの調子であり、稚気まことに愛すべきところがあった。その後も、応山の連隊本部に行くたびに、中野から麻雀に誘われた。当然の如く、杉井は接待麻雀に徹した。満貫以上の手ができれば、中野から当たり牌が出ても見逃し、どうでも良い小さな上がりは、中野からも頂戴した。この種の麻雀をやりながら、杉井は一つの発見をした。勝ってはいけないと思ってやると、力みがないせいか、極めて冷静な麻雀ができ、熱くなって失敗することもないので、ツキも維持できることである。その結果、勝たせようと思っている中野

は構想どおり勝つが、杉井も負けることはなく、他の二人がへこむというパターンが概ね確立した。

そんな杉井も一度だけ接待麻雀に失敗したことがあった。ある時、配牌を見ると一九字牌が十種十二牌もある。当然の事ながら国士無双に決め打つと、四巡目までに南が三枚も切れた。世の中大体こんなものかと半ばあきらめていると、六巡目に一萬を引いて、早々と国士無双が張った。当然誰も気づいていないし、山に埋もれてでもいない限り、自動的に出てくる牌だと悠然と構えていると、すぐに中野から四枚目の南が出た。こんなに早く役満が張ることは希有なこともあって、当たり牌を見た杉井は思わず牌を倒した。瞬間、まずいと思った杉井が、中野を見ると、案の定、苦虫をかみつぶしたような顔をしている。その半チャンが終わると、中野は、

「今日は面白くない。やめた」

とさっさと別室へ行ってしまい、いつもは四、五時間続く麻雀もその日は二時間足らずで終わってしまった。これ以後、杉井は、連隊本部に行くたびに、連隊副官の犬飼から、

「杉井、今日はよろしく頼むぞ」

と釘をさされるようになった。それからも、杉井の遺漏のない接待麻雀は続き、この麻雀のお守りのおかげで、杉井は、他の大隊副官と比べて、連隊長や連隊副官と気心の知れた親しい間柄となった。芸は身を助けると言うが、実家で磨いた麻雀の腕がこんなところで役に立つとは杉井は思ってもみなかった。

第四章　撤収

出発

この頃、高原が予想したとおり、太平洋戦争の戦局は極めて悪化していた。昭和十八年九月の御前会議では、絶対国防圏も、千島、小笠原、マリアナ、カロリン、西部ニューギニア、ビルマに縮小された。中国戦線にいる杉井には、太平洋戦争の状況は把握するすべもなかったが、米軍の進出によって中国中部地域の制空権も敵に握られてしまった実態に多少の不安は感じていた。しかし、太平洋戦争で優位に立った米軍の中国支援は杉井が思う以上に進んでいた。この時期には、既に敵側の飛行基地は、衡陽、桂林《けいりん》、柳州《りゅうしゅう》を始め、北は峡西《きょうせい》の辺境から重慶《じゅうけい》、崑明《こんめい》、南の南寧《なんねい》に至るまで張り巡らされており、昭和十九年一月に建設が始まった成都《せいと》の飛行場が四月に完成すると、大型爆撃機Ｂ29がここに到着したのだった。

このような動きを受けて、既に昭和十八年二月には、「在支敵空軍の活動を封殺するに努める」ことが中国派遣軍の任務に加えられていたが、十八年九月の御前会議の決定においても、「支那大陸からの本土空襲及び海上交通の妨害を制約する」ことが中国に関する重要事項とされた。この直後の十一月に行われた米航空部隊による台湾新竹《しんちく》の空襲は日本側に衝撃を与え、この空襲や華南地域における米航空部隊の活発な活動を見た大本営は、一月二十四日、まず武漢地区から行動を開始し、衡陽、桂林の基地を攻略し、更に湘桂《しょうけい》、粤漢《えつかん》の鉄道沿線を占領確保し、これによって敵空軍の主要航空基地を覆滅し、その跳梁を封鎖する作戦を中国派遣軍に命じた。

四月半ば、応山の連隊本部で副官会議があり、杉井は、この湘桂作戦の命令を受領した。直ちに浙河に戻り、大隊内に命令を伝達すると、部隊は出発の準備を開始した。この作戦は、浙河から出かけて行って作戦が完了すると浙河に戻って来る従来のピストン作戦とは異なり、作戦終了後は、部隊ごと別の駐屯地へ移動するものであり、浙河からの撤収を伴うものだった。

大隊副官の杉井の部屋には、功科表を始めとする膨大な書類があり、まずはこの書類の整理から始めなくてはならなかった。杉井は今までの経験から、捨てるかどうするか迷いながら、あとに見るかも知れないと思ってとっておいた書類というものはまず再度見ることはないことを学習していたため、絶対必要と思われるもの以外はすべて焼却処分した。それでも行李に詰めた書類は五頭の馬に積載しなくてはいけない量になった。私物については二個の行李にまとめ、一個はこれからの駐屯地に追送してもらうために武漢兵站に送ることにし、一個は駄載携行することにした。大隊副官にとって、地図は、業務遂行上何よりも大事なものであり、また今回の作戦の行動範囲は今までで最も広範と考えられたため、携行する行李の半分は地図で占められた。部隊が保有している銃器、火砲、弾薬なども原則すべて持っていくこととなり、それぞれの武器に入念な整備が施された。傷病兵は内地へ帰還又は武漢の病院へ移送となり、苦力も身軽な三郎は連れていくことにし、高齢の季唐民は浙河に残留させることにした。浙河からの撤収の準備を進める中、書類の整理を手伝っていた甲書記の神林が杉井に言った。

「副官殿、処分する書類だけでもこれだけの量になるのを見ると、つくづく長いことここにいたなあと思いますね」

「確かにそうだな。神林はここに来てどのくらいになる」

「私は三年弱ですね」

「そうか。俺も四年近くここにいたものなあ。作戦また作戦で必死になっているうちに、あっという間に時が過ぎたが、逆に日本を出てきた時のことを思い出すと遠い昔のことのように思える」

「しかし、住めば都とはよく言ったものですね。ここは何も面白いものもないし、都というにはほど遠いですが、それでも長く住むと愛着が湧いて、いざここを離れてもう戻ることもないかも知れないと思うと寂しくなります」

「俺も同じことを感じている。内地に帰ることを望んでも叶わないせいもあるが、作戦に出かけて思い出すのは、内地ではなくてこの浙河のことだった。特に作戦中、厳しい思いをすると、早く浙河に戻ってゆっくりしたいと思ったものだ」

「戦争が終わって平和になったら、皆でもう一度浙河を訪れてみたいですね」

「浙河で同窓会か。悪くなさそうだな」

杉井は、神林の雑談に付き合いながら、処分すべき書類をズタ袋の中に放り込んでいった。

杉井たちの浙河出発は五月八日薄暮と決定した。その前々日には、杉井たちが立ち退いた後の警備をする「福」部隊が到着し、杉井も警備の諸事項について引き継ぎをした。福部隊の担当将校は関西訛の見るからに頼りなさそうな男で、こんな連中に自分たちが長い間守り抜いてきた浙河を任せて大丈夫だろうかと杉井は不安になった。翌七日、今日が最後の日と、杉井は浙河の城内を散策した。杉井の発案で造ったなげしのついた大隊長官舎も、高原とよく語った日本人食堂も、今はスミ子もいなくなった慰安所も、これでお別れと思うとすべてが本当に懐かしく感じられた。慰安所の前には、慰安婦たちが皆出てきており、また多くの兵が集まって相互に別れを惜しんでいた。杉井の大隊本部の人間でも、目につく範囲だけで、書記班の篠崎、自衛隊の片野、大行李の牧本などの姿があった。兵たちは、持っていっても仕方のないものを慰安婦たちに与えているようだった。篠崎や牧本の相手の慰安婦は涙をぼろぼろと流しながら、二人に向かって何事かを告げていた。慰安所は、もともと欲望のはけ口として設けられたものではあるが、やはり人間と人間である以上、馴染みになれば情もうつり、それがこの別れを一層辛いものにしているのであろうと杉井は思った。

作戦に出発する八日の昼過ぎ、まだ出発まで五、六時間あったため、杉井は、この間に決裁を済ませてしまおうと、大隊長の田辺のところに行った。着替えなどの準備をする時間は十分だったため、杉井はまだ平服のままだったが、田辺は既に完全武装に身を固め、大隊長室の椅子に背筋をピンと伸ばして座っていた。

「決裁をいただきに来ました。それにしても、大隊長殿、随分早いお支度ですね」

杉井が言うと、田辺は、

「うむ」

とだけ返事をして、決裁に署名した。大隊長室を出た杉井は、やれやれという気持ちになった。小山のように作戦嫌いの大隊長もどうかと思ったが、田辺のように過度に入れ込まれるのも考えものだ。初陣で張り切っているのだろうが、あれでは早晩疲れてしまう。また、それ以上に仕えるこっちが疲弊してしまう。今回は長丁場の作戦であるし、最初のうちはお付き合いするにしても、時期が来たらペース配分を助言することにしよう。

夕刻、あたりが薄暗くなった頃、杉井たちは北東の広場に集合した。随県に常駐して警備に当たっていた野砲兵第三中隊も、この日は浙河に到着していて、既に広場で待機していた。程なく、田辺の「出発」という号令により、部隊は、浙河の正門から、馬坪、応山に向けて行軍を開始した。これまでの作戦では、最低一個中隊は警備のために浙河に残留しており、今回のように一兵残らず大隊をあげて作戦に参加するケースは初めてだった。何の娯楽もなく、潤いというものも全く感じられない駐屯地浙河だったが、いざ自分の青春の四年間をおくった地を離れるとなると、惜別の情ひとしおのものがあり、杉井は、行軍中何度も後ろを振り返り、浙河の城壁を感慨深く眺めた。杉井は、浙河を去る時は内地に帰る時だと思っていた。そして浙河を去る寂しさなど内地に帰る喜びによって凌駕されてしまうものと予想していた。しかし、これから行く先は、内地ではなく、作戦対象地域、更には作戦終了後の別の駐屯地であり、そのことが、杉井の浙河に対するノスタルジーを倍加させた。

部隊は軍用路を東へ進んだ。兵はもちろん、馬も武器弾薬も大隊すべてのものが動員されての移動であるため、その隊列は四キロに及んだ。大隊長の田辺は、初陣の緊張のためか、馬上でやや顔を紅潮させていた。杉井は、いつも同様、大隊長の前で時々時計を見ながら行軍し、四十五分経ったところで、その旨を田辺に報告した。通常であれば、大隊長は大隊副官の報告を受けて小休止の命令を下す。ところが、この夜は、杉井が時間の報告をしても、田辺は、

「うん」

というだけで、何の指示命令も出さない。五十分過ぎたところで、杉井が、

「大隊長殿、五十分です。休憩しますか」

と言っても、田辺は、前をじっと見据えたまま、黙ってうなずくだけである。新しい大隊長になるとこんな基本的なことまで面倒を見なくてはいけなくなるのかと、杉井はうんざりしながら、大声で、

「小休止」

と号令をかけた。この後も、田辺は馬上でじっと前をにらみ据えるだけで、ほとんど口をきかない。杉井は、やむを得ず、夜通しで行軍の実質的な指揮をとった。

早朝になって、部隊はようやく宿泊地である大邦店に着き、昼間宿泊の準備を始めた。杉井が宿泊地の割り当てを行っていると、突然、田辺が杉井のところに来た。眉をつりあげ、目をかっと見開いている。

「杉井、俺は浙河に帰る」

杉井は驚いた。浙河に戻る理由などどう考えても見当たらない。

「大隊長殿、どうしてですか」

「桧山連隊長殿がお呼びだ」

今も浙河に残留している歩兵第六連隊の隊長の桧山が呼んでいると田辺は言っているが、これも考えにくいことだった。

「その命令はどこから来たのですか」

「無線で入ってきた」

「大隊長殿、申し訳ありません。少々お待ち下さい」

杉井は、無線手の金山伍長を呼んだ。

「無線の記録を知りたい」

金山はきょとんとした。

「浙河を出て以来、無線は一切入っておりませんが」

杉井はあわてた。

「諸川軍医を呼べ」

諸川はすぐに杉井のところに来た。杉井が事情を話すと、諸川は平然とした顔で、

「大隊長は初陣で、しかもそれがこんなに大きな作戦なので、興奮しているのでしょう。これを飲ませて下さい」

と言って鎮静剤を渡した。杉井は、田辺のところに行き、

「大隊長殿、出発していきなりの夜行軍は自分で感じる以上の疲労がたまります。この栄養剤を飲んで下さい」

と言うと、田辺は黙って鎮静剤を飲んだ。今度は浙河に帰るとも何とも言わない。杉井は田辺の異様な態度に更なる不安を感じながら、

「大隊長殿、宿泊地の割り当てをしてまいります」

と言って、田辺のもとを離れた。杉井が宿泊地設営の指示を終えて帰ってくると、田辺はすやすやと眠っていた。杉井は、直ちに先任中隊長の村川のところに言って事情を説明した。村川は杉井の話を聞き終えると、眉をひそめながら、

「分かった。大隊長が目を覚ましたら連絡してくれ。俺が直接会って話をしてみよう」

と言った。

将兵は、それぞれ割り当てられた民家で昼間睡眠を取り、杉井も毛布にくるまって仮眠を取った。夕刻、出発が間近になった頃、村川が杉井のところに来た。

「杉井、大隊長と話をしてみたが、いつもと変わるところは何もなかったぞ。お前の方こそ睡眠不足でどうかしているのではないか」

村川の言葉に、杉井は自分自身確かに疲労がたまっているのかも知れないと不安を感じたが、逆に大隊長の状態に何の心配もないということであれば、これに越したことはないと思った。

夕刻に部隊が出発した後も、田辺は相変わらず押し黙ったままで、行軍の指揮をとらなかった。村川は自分の方がおかしいのではないかと言うが、どう考えても田辺は正常な状態とは思えない、仮にこれが田辺の通常の状態であるというのであれば、これから先が本当に思いやられると杉井は気が重くなった。夜の十時頃に応山の城壁の見える丘に到着すると、

「本九日午後五時、広水南四キロの地点にて鉄道爆破され、漢口までの輸送は不通となる。各部隊は現在地に停止待機すべし。出発の時期は追って指示す」

との師団命令が入った。杉井が命令を打ち出した紙片を田辺に渡すと、田辺はそれを一読し、

「杉井、急いで出発だ。早く広水に行かないと作戦に遅れてしまう。出発」

と言った。

「大隊長殿、待って下さい。部隊前進停止は師団命令です」

「いや、俺は行く」

田辺の異常は決定的だった。杉井は、直ちに伝令を走らせて、村川に来てもらい、状況を口早に説明した。村川は、

「それが事実だとすれば、事態は深刻だな。杉井がそれだけ言うのだから、錯覚とも思えないが、もう一度俺が確認してみよう」

と言って、田辺のところに行き、何気ない口調で、

「大隊長殿、直ちに応山の設営を手配しましょう」

と提案した。田辺は目を丸くして怒鳴った。

「村川まで何を言うか。俺は今晩中に広水へ行く。作戦に遅れるようなことがあっては俺は直ちに更迭だ。お前たちが行きたくないと言うのであれば、他の者だけを連れて俺は出発する」

この理解不能な発言とただならぬ形相を見て、村川も田辺が正常な神経を失っていることに気づいた。杉井のところに戻ってきた村川は、さすがに困惑していた。

「杉井、まずいことになった。ここは何とか俺とお前で大隊長をここに留まらせよう」

「しかし、あの状態では応山での待機など絶対に承服されないと思います。それに、広水に行くというのは直属の上官である大隊長の命令ですから、下手をすると、中隊長殿も私も命令違反、上官反抗に問われることになりかねません」

村川は、腕組みをしながらしばし考えた。

「それもそうだ。それでは、大隊長の上官に留めてもらおう」

「どういうことですか」

「幸い、連隊本部はすぐそこだ。大隊長を連隊長に会わせて、連隊長に大隊長を留めてもらおう。連隊長も一目見ればどのような事態かすぐに理解するだろう」

「それは効果的かつ唯一の方策ですね」

杉井は直ちに田辺のところに行き、

「大隊長殿、連隊長殿がお呼びです」

と言った。田辺は、理由も訊かず、

「よし」

と一言言うと、すぐに馬に乗って連隊の方向に走りだした。気違い馬とはこのようなものを言うのではないかと思わんばかりの物凄い疾走である。杉井は焦った。何も知らない連隊長のところに田辺が先に着いてはまずい。杉井は、村川と共に、伝令の兵二名を伴って、田辺のあとを追った。間を入れることなく鞭を当て、これまでに経験したことのないスピードで杉井たちは馬を駆った。風を切るように応山城壁の脇を抜け、連隊前の小川を水煙を上げて走り、連隊本部に到着すると、四人は取次ぎも省略して連隊長室に飛び込んだ。連隊長の中野はパジャマ姿で出てきた。

「こんな夜中に一体何事だ」

杉井は、中野に師団命令を見せながら言った。

「命令はこのようになっているのですが、大隊長は今夜のうちに広水まで行くと言われています」

「田辺がそんな馬鹿なことを言う訳がないではないか」

「いえ、本当です。連隊長殿に説得をお願いするためにまいりました」

「上官を気違い扱いするとは、貴官らも相当だな」

「連隊長殿、事態は深刻です。連隊長殿に大隊長殿を説得していただかないと、とんでもないことになります」

中野に状況を理解させるために、杉井が更に詳細を述べようとしたところに、田辺が息を切らしながら入ってきた。田辺は、村川と杉井の姿を見て、何故二人がここにいるのかと怪訝そうな顔をしたが、すぐに中野の方を向き、

「連隊長殿、大変遅くなりました。申し訳ありません。どのようなご用件でしょうか」

と言った。汗びっしょりになりながら、目を丸くして話す田辺のその形相を見て、中野は一瞬たじろいだが、杉井たちから簡単に受けた報告と田辺の様子から、中野はおよその状況を察知した。中野は努めて平静を装った。

「田辺、今夜は応山に宿泊と決まったそうだな。俺の部屋で泊まっていけ」

「私は今夜のうちに広水に行きます」

「何を言っている。待機は師団命令ではないか」

「作戦に後れを取っては一生の不覚となります。直ちに広水に向けて出発します」

「冷静になれ。命令どおりにここに留まることが作戦に遅れることにつながる訳がないではないか」

中野の説得に苛立ちを覚えた田辺は大声で怒鳴った。

「連隊長殿がどうおっしゃろうが、私は行きます」

田辺の異常を確信した中野はもはや驚かなかった。

「分かった。しばらくここで待て」

そう言って、田辺を連隊長室に残すと、中野は杉井を伴って隣の部屋に移った。中野は、田

辺に対していた時とはうって変わって厳しい表情になり、

「杉井、いかん。とにかく田辺を俺の部屋に泊めるようにしろ。監視兵は本部でつける。機をみて、軍刀と拳銃は取り上げておけ」

と、簡潔に指示した。連隊長室に戻ると、連隊長はどこに行った、一言断って広水に出発すると騒ぐ田辺を杉井は押さえつけ、諸川からもらってきておいた鎮静剤をだましだまし飲ませた。やがて田辺が椅子に座ったまま眠ってしまうと、杉井は、中野の指示どおり、田辺の腰から軍刀と拳銃をはずし、田辺を連隊長室の寝台に運んでいった。杉井と一緒に応山まで来ていた川原兵長に軍刀と拳銃を渡すと、杉井は、連隊長室に自分の床をのべ、田辺を監視する目的で一緒に宿泊をした。

翌日になると、幸いなことに田辺はおとなしくなった。広水に行くというこだわりもなくなり、付き添いの兵たちと自分の郷里のことなどのよもやま話を始めた。既に大隊の爾後の指揮は連隊長命令により村川に一任されており、あとは治療のために田辺を病院に収容するだけであった。杉井が早速応山の野戦病院に連絡を取ると、病院側は田辺の入院を拒否した。精神異常者も大隊長クラスになると自分の権威をかさにきながらの異常行動が多く、野戦病院では手に余る、漢口の陸軍病院であればその種の患者の扱いも慣れているし、そちらでの治療を勧めるとのことだった。やむを得ず、杉井は漢口の病院に電話連絡をして許可を取り、広水の鉄道復旧を待って田辺を護送することにした。

三日後、鉄道が開通した。杉井は、諸川軍医、川原兵長と一緒に田辺に付き添い、漢口に向かった。汽車に乗ってからも、三人がけの椅子に杉井と諸川が田辺を挟んで座り、田辺が便所に行く時も二人で付き添い、途中で田辺が汽車から飛び降りて逃げたりしないように目を配った。田辺は、汽車の中で口数は少なかったが、杉井に向かって、

「杉井中尉、貴官の生年月日を承りたい」

と唐突に訊いた。

「大正七年十一月二十三日であります」

「そうか。俺より一年弱先の生まれだな」

田辺はそう言った後、しばらくぼんやりと車窓を眺めていたが、突然、

「杉井中尉」

と杉井に声をかけた。

「何でしょうか」

「貴官の生年月日はいつか」

もはや正常な神経を失っている田辺に何を言っても始まらないと思った杉井は、同じ答えを繰り返した。その後も田辺は何度も杉井の生年月日を訊いた。やや焦点の定まらない田辺の目を見ながら、杉井は、田辺の精神異常の原因は何かを考えた。辻坂の場合は、生命の危険に対する恐怖と拷問による極度の苦痛が原因であると思われたが、田辺の場合は、自分が若輩であることによる漠然とした不安がストレスを蓄積させたのではないか。杉井は自分より年下の上官に仕えることには慣れきっていたが、田辺の場合は、大隊長の自分を補佐する副官が自分よ

り一つ年上でかつ前線での経験も長いこと、更に将校のみならず、兵にしても自分より年上のベテラン揃いであることが気になっていたのではないだろうか。杉井でさえ、着任早々小隊長を任された時には、佐藤や早田を始めとする下士官や兵の目が常に気になり、また重圧も感じていた。同じ陸士出でも、多和野や村川のように自分の能力に自信もあり、精神的にも安定している人間は良いが、少しでも精神的なもろさを持った人間には耐えられない要素というものがこの軍隊の階級社会には存在するのだろう。田辺が毎日のように酒を浴びていたのも、自分では処理しきれないうさを酒で紛らせていたのかも知れない。陸士を出た人間はそれなりの処遇をしなくてはいけないが、やはり優先すべきは適材適所なのだろう。特に大隊長のように百人単位の人間を従えるようなポストへの配属を、若いエリート士官に経験を積ませるという趣旨だけで決めてしまうようなことは厳に慎むべきである。軍人としての機能を失ってしまった田辺を隣にしながら、杉井は、軍隊組織における人事の難しさをしみじみと感じていた。

田辺は、会話や態度は異様であったが、幸い、車中ではおとなしくしており、汽車は無事に漢口の駅に到着した。汽車を降りてからも、田辺は素直に杉井や諸川に付き添われて歩いたが、漢口陸軍病院の門の前に来た瞬間、急に仁王立ちになって動かなくなった。

「何だ。これは。俺は病院などには入らないぞ」

ある程度予想された事態であり、杉井は、努めておだやかに説得にかかった。

「大隊長殿。ちょっと休養していただくだけです。これからは長期の大作戦ですから、幹部の方には二、三日休んでいただくことが部隊にとっては大切なことなのです」

「何を言うか。俺はどこも悪いところなどない。直ちに応山に帰る」

「大隊長殿がどこも悪くないのは分かっております。ただ自分では自覚できない疲労というのがありますから、それをとっていただくのです」

「俺は疲れてなどいない。失礼なことを言うな。駅に戻るぞ。先導しろ。これは命令だ」

杉井は、田辺の腕を取って門の中に入ろうとしたが、田辺はてこでも動かない。気を利かせた諸川が、病院の中から三人の看護婦を連れてきた。その中で一番年配の看護婦が諭すように田辺に言った。

「大隊長様、ご苦労様です。作戦前の休養は何より大事でございます。いたりませんが、ゆっくりお休みいただけるようにお世話させていただきます。どうぞ」

「うむ」

意外なことに、田辺は、看護婦の言うことは素直に聞き入れて、腕を引かれながら、病院の中に入って行った。やれやれと一息ついた杉井は、最後の仕事を仕上げるべく、田辺の後について病室に入った。

「大隊長殿、大隊長章をお持ちですか」

「もちろんだ」

田辺は、腹帯の中から軍人勅諭を取り出した。大隊長章は勅諭の中に挟んであった。

「休養されている間に紛失でもしたら大変ですから、私がお預かりしましょう」

田辺はむっとした顔になり、

「無礼なことを言うな。紛失などする訳がないではないか」

と言うと、大隊長章をまた勅諭の中に入れ、うやうやしく腹帯に入れてしまった。折角病院に入ってくれたのに、こんなことで気が変わったりしては大変だと思った杉井は、脇にいた川原兵長に、

「今、強制的に取り上げるのは得策ではなさそうだ。すまんが、ここに残って、大隊長の機嫌の良い時にでも大隊長章をもらって部隊に追及してくれ」

と言い残して病室を出た。翌日夕刻、杉井と諸川はちょうど漢口に到着した部隊に復帰した。

部隊は、第二次長沙作戦の時の経路に沿って、漢口から金口鎮《きんこうちん》、嘉魚《かぎょ》、蒲圻道《ほきんどう》を通り、五月二十四日、崇陽《すうよう》に集結し、ここで進発の命令を待つことになった。この間、敵機の来襲を警戒し、行軍はすべて夜間だった。田辺が入院したため、大隊の指揮は村川がとったが、崇陽に着いた翌日、田辺の後任の大隊長として宮方少佐が着任した。色黒の顔がやたらに大きく、体型もずんぐりとしていて、あまりキレ者というイメージではなかった。陸士四十六期生で田辺よりもはるかに先輩であったが、長年陸軍砲工学校の教官を務め、戦闘経験は全くなかった。早速に将兵を集めての挨拶を行ったが、自分も最善を尽くす故よろしく支えてもらいたいという通り一遍のつまらない話の中で、「祈必勝」と書かれた扇子を自慢げにうやうやしく掲げながら、

「これは、俺が出征にあたって、梨本宮妃殿下より賜ったものである」

と語ったのが異様だった。将兵の心の中に天皇陛下が存在することはあっても妃殿下は埒外

であり、妃殿下からの賜物など縁遠いどころかナンセンスなものにしか映らなかった。更に、この宮方の言動は、自分たちがこれまでどんな戦いをしてきたか、これから死線を彷徨うかも知れない作戦にどんな気持ちで臨んでいるのかを全く理解しない大隊長が来たのではないかという兵たちの不安をかきたてた。

湘桂作戦

五月二十七日、既に洞庭湖―岳州―蒲圻―崇陽の線に展開していた日本軍の七個師団、即ち右側から第四十（鯨）、第五十八（広）、第百十六（嵐）、第六十八（桧）、第三十四（椿）、第三（幸）、第十三（鏡）の各師団は戦闘地域を分けて一斉に攻撃前進を開始した。この湘桂作戦は杉井が参加した最大また最長期の作戦であり、その作戦目的は、日本本土空襲を防ぐために衡州、柳州、桂林など中国奥地の飛行場を占領することと、中国を縦断する南方物資輸送公路を確保することであった。しかし、この作戦が開始された直後の六月六日には、欧州戦線ではノルマンディー上陸作戦が敢行され、七月七日にはサイパン島の日本守備隊が玉砕するなど、もはや戦局は決定的であり、この中国中部に展開された大作戦も事態を好転させる可能性は皆無の戦いだった。

しかしながら、七個師団という空前の兵力を投入した結果、部隊は多大なる犠牲を出しながらも与えられた任務を着実に遂行していった。第一期作戦は、長沙、瀏陽以北の中国側陣地を攻略し、その後もそれまでの作戦とは異なって、兵站線確保のための掃討作戦を展開するというものであったが、部隊は、当初の予定に遅れることなく、六月二十三日には、株州、萍郷《ひょうごう》の線まで達して、所期の目的を達成した。この間、過去に二度にわたる長沙作戦など何度挑戦しても不落だった長沙も大部隊の力攻めによって遂に陥落した。作戦遂行中、着任即作戦となった大隊長の宮方は、野戦の経験が全くなかったせいか、すべてにわたって副官の杉井任せだった。田辺とは異なり、行軍中の号令など大隊長としての最低限の仕事はしていたが、行動の実質的な内容については、杉井が何を上申しても「良かろう」の一言だった。ベテランの下士官や兵もこのあたりの観察は鋭く、諸事すべて杉井に報告し指示をあおぐ状態となり、大隊長健在であるにもかかわらず、実際の指揮は杉井がとっているようなものだった。杉井は、新しい上官を迎えるたびに考えることがある。頼りになる上官がいれば、自分はその持ち場だけをこなしていれば良いという面で精神的にも楽であるし、更に多和野のようなタイプの上官が来れば、仕事の面でも人生の面でも大いに勉強になる。逆に頼りない上官が来れば、得るものは何もなく、仕事の負担は重くなるが、一方で、自分がすべてをやらなくてはいけないという充実感はあるし、また周囲から頼られるため、自己の責任感も涵養される。そう考えれば、両方のタイプに仕えることがむしろ自分のためになるのかも知れない。特に、今の自分のように内地に帰してもらえる目途もなく、前線で頑張らざるを得ない以上、今回のような大作戦では、宮方のような部下任せの大隊長に仕えて、思い切り自分の能力、経験を生かす方が男冥利というものではないか、杉井はそう思うことにした。

第一期の目的を達成した各師団は、第二期作戦である衡州攻略戦に移った。この作戦では、第三十四師団が衡州を正面から攻撃し、杉井の属する第三師団は、その外郭師団として最東側の新市《しんし》、攸県《ゆうけん》、茶陵《ちゃりょう》を占領確保して三十四師団の衡州占領を援護するのが役目だった。この作戦の中で、茶陵の攻撃は熾烈を極めた。杉井たちの部隊は、まず城外の虎形山を攻撃してこれを落とし、山頂に観測所を設置して周辺に砲列を敷き、歩兵の茶陵攻撃に協力した。この虎形山は草木一本もない裸の丘で、高さも二百メートルほどしかないなだらかな丘陵だった。既に七月に入っており、照りつける太陽の光線は恐ろしいほど強いにもかかわらず、観測所の周りは日陰もなく、兵たちは裸になって観測をした。加えて、この頃は敵機の襲来が激しく、見通しのきく虎形山一体は格好の標的となってしまい、カーチス・ホークP27が再三にわたり、観測所に向かって機銃掃射してきた。杉井たちはあらかじめこれに備えて火砲による対空射撃を準備していたが、遮蔽物の全くない禿山でしかも操作の遅い大砲ではおよそ対抗することは不可能であり、結果的には、空襲のたびに蜘蛛の子を散らすように逃げ回るだけだった。このような空からの攻撃に耐えながら、杉井たちの部隊は、七月十六日には茶陵の占領に成功し、続いて攸県、安仁《あんじん》、耒陽も占領して要衝の背後を寸断することに成功した。しかし、これらの地域の占領後も、中国側は衡州救援を企図して、茶陵、安仁の奪回を目指し、何度も攻撃をかけてきた。杉井たちの砲兵部隊も、虎形山付近一帯に壕を掘り、敵の攻撃に対して必死の防戦を行った。この茶陵占領からその防衛に至る間、砲兵部隊も、日射病などによる病死者、空襲による戦死者など多大な犠牲を払うことになった。

八月八日、各師団の協力もあって、衡州はようやく陥落した。この攻撃による日本側の損害は甚大であり、第五十八師団などは一万四千名のうち七千名を喪失するという惨状だった。いろいろな情報が飛び交う中で、師団幹部の中には、衡州攻略停滞の最大の要因は、日本側の砲兵力の貧弱さと弾薬の不足であり、今回の被害は砲弾の不足を肉弾で補ったことによるものであると言っている者もいるという噂が入ってきた。杉井は、これを聞いて首をかしげた。確かに一時のように湯水のように砲弾を撃つことは控えるようにしているものの、歩兵部隊の援護のための砲弾に不足するような事態にはなっていないし、他の師団も状況は同じはずだ。それなのに砲兵力が批判の的になるというのは何か解せない。ここで杉井はふと思った。もしかしたら、米国装備の中国軍への浸透が予想以上に進んでいるのではないだろうか。衡州などの攻略に際しても、従来型の砲撃に対して十分対抗できるほどに敵の装備がしっかりしたものになってきているため、業を煮やしての強行突破に出ざるを得なかったのかも知れない。砲弾の不足を肉弾で補ったというが、実際はそうではなくて、今までは必要ではなかった肉弾戦を強いられるほどに敵の戦力が上がってきているということだろう。そうだとすれば、制空権を握られていることといい、敵の装備が充実向上してきていることといい、これからの戦闘は大変になることはあっても、楽になる要素は見当たらない。杉井は気が重くなった。

この頃、大隊長宮方の態度に変化が現れた。すべて「良かろう」で済ませていた宮方が、突然細かいことにも注文をつけるようになり、また部下に対して何のメリットもないいやがらせやいじめを始めたのである。最初の標的になったのは、副官の杉井だった。衡州陥落の二週間ほど前のことである。翌日の作戦命令の起案をしていると、宮方が呼んでいるという。何用だろうと思って行くと、宮方は三脚椅子にどっかと座っていた。

「大隊長殿、お呼びでしょうか」

「杉井、現在の各中隊の所有弾数は何発か」

杉井は、何故こんなことを急に訊くのか理解できなかった。

「分かりません」

「分かりませんではない。知らないだろう。言い直せ」

「知りません」

「そんなことも知らなくてよく副官が務まるな。それでは大隊所有の携帯小銃弾薬、手榴弾の数ももちろん知らないだろう」

「はい」

「はいではない。知らないだろうと訊いているのだ」

「知りません」

「お前は副官を何年やっているのだ」

「……」

「何年やっているのだ」

「約二年です」

「いい加減な返事をするな。二年と何ヶ月だ」

最初は宮方の変化に驚いた杉井だったが、段々驚きを通り越して馬鹿馬鹿しくなってきた。大隊のために何をしてくれた訳でもない大隊長とのこんな無意味な会話に、何故付き合わなくてはならないのかと思って黙っていると、宮方は更に執拗に訊いた。

「黙っていては分からぬ。自分のことではないか。知りませんでは通らぬぞ」

「二年六ヶ月です」

「何を訊いても的確な返事ができぬ。二年六ヶ月も無駄飯を食っていたのか」

この問答は一時間にも及んだ。耐え切れなくなった杉井が不動の姿勢を崩して休めの姿勢を取ると、宮方はやおら立ち上がった。杉井がおやっと思った瞬間、

「お前の態度は何だ。それが上官に対する態度か」

という言葉とともに、宮方のビンタが杉井の左頰にとんだ。杉井が大隊副官になってから初めてのビンタだった。杉井は、ビンタを張られた屈辱感以上にまた今度の大隊長も精神異常なのではないかという不安を強く感じた。それほどに、宮方の豹変は激しいものだった。ただ、田辺とは異なり、宮方の場合は、個々の言動が客観的に見て常軌を逸しているという訳ではなかった。頭がおかしくなった訳でもないのに、およそ別人格のようになってしまったのは何故か杉井には直ちには理解できなかった。

この宮方の被害者は杉井だけではなかった。行軍の休憩中、連絡係将校の吉永中尉が杉井のところに来た。吉永は、東京帝国大学の大学院を卒業して外交官となり、ハノイの大使館で現

地召集を受けて入隊した将校で、実務面でも極めて優秀な男だった。特に着任して間もなく中国人を集めて専門でもない中国語で演説を行ったのには皆驚き、さすがプロの外交官と尊敬の眼差しで吉永を見た。その吉永が珍しく顔を曇らせながら杉井に言った。

「杉井、最近の大隊長はちょっとおかしくないか」

「おかしいかどうかはともかく、以前の大隊長とは全く別人のようだと感じている」

「そのとおりだ。俺は特に仕事のやり方を変えている訳でもないのに、最近は報告漏れが多いと事あるごとに文句を言う。細かいことをあれこれ訊くのでそれに答えると、何故最初からそれを言わなかったと言ってビンタがとんでくる。仕方がないから、細かいことまで一つ一つ報告すると、そんなつまらんことで俺の貴重な時間を無駄に使わせるなと言ってまたビンタだ。あんなあら探しみたいなことばかりされるのでは、とてもではないが、真面目に仕える気がしなくなるよ」

「状況は俺の場合も全く同じだ。特に文句をつけだした時の執拗さには本当に閉口する」

「杉井の場合は副官という立場上付き合う頻度が俺たちの比ではないからたまらないだろうな。そう言えば、村川中隊長も大隊長にビンタを張られて、中隊長になってまでビンタを食うとは思わなかったと悔しがっていたよ」

これを聞いて杉井は驚いた。村川は真っ直ぐな性格で下の者から見ればついていけない部分もあったが、仕事ぶりは文句のつけようもないほど立派であり、少なくとも上官からすれば不満を抱く要素は全くないと思われた。宮方はあのそつのない村川のどこを攻撃の対象にしたのだろうと杉井は思った。

「大隊長の更にひどいところは仕事以外のことでも罵詈雑言を浴びせるところだ。知ってのとおり、俺はここに来るまでは大使館勤務だったが、大隊長は、外交をやっていたからと言って偉そうな顔をするな、言葉などできても前線ではクソの役にも立たない、お前のようにしゃべるだけが取り柄で他は何もできないような奴を人は語学バカと呼ぶのだなどと言う。これまでの経歴についてとやかく言われてもどうしようもない。俺だって好きでこんな所に来た訳ではないのだから、役に立たないと思うなら、大隊長の人事権を発動して俺をクビにしてくれれば良い。まあ、こんな風に愚痴っていても仕方ないし、とにかく被害が下の連中にまで及ばないように、俺たち将校クラスが防波堤になってやることかな」

吉永はそう言って苦笑いをした。吉永の話を聞きながら、杉井は、宮方の変化について分析してみた。宮方は、最初の三ヶ月は野戦生活というものが皆目分からず、周囲に頼り切っていたが、徐々に慣れてその概要をつかめたと自覚した途端に、自分の大隊内の地位を確立するために、出る杭を打ち始めたのではないだろうか。村川にしても吉永にしても、大隊の中の者たちが頼りにし、一目置いている存在である。宮方は、まずこのような実力者から例の陰湿極まりないやり方でたたきだしたのだろう。宮方の態度の変化の理由は何かと思ったが、それは変化でも何でもなく、単に本性を現しただけなのだ。内地での生活からこの荒廃した野戦の生活に移行すればストレスはたまる。宮方のような三十代の男であれば例外なく生理的欲求不満も募る。おまけに作戦に出てからは連日のこの猛暑だ。宮方は皮膚も弱いのか、ブヨにさされた両腕が化膿して毎日包帯でぐるぐる巻きにしている。こんな悪条件が重なって、その屈折した性格がより先鋭な形で外に出てきたのであろう。最初から宮方の性格が分かっていればそれなりの対応もあり得たかも知れないが、今更方針の転換は不可能だ。これからが思いやられる。敵と戦いながら、隊内では大隊長と戦う毎日になってしまうのではないだろうか。

吉永は将校クラスが防波堤にならなくてはならないと言ったが、宮方のいじめの被害は下士官や兵にも及んでいった。ある日、宿営地での夕食後、自衛隊長の片野伍長がからになった飯盒を蹴り上げている。杉井が寄っていって、

「片野、何事だ」

と言うと、片野は情けなさそうな顔をしながら、直立不動の姿勢をとった。

「副官殿、申し訳ありません。大変失礼を致しました」

「大隊長か」

「……」

「大体察しはつく。言いたいことを言え」

「はい。自衛隊長としての私が至らないせいだと思いますが、大隊長は私に不満をお持ちです。毎日のように私を呼んで、大隊長が攻撃を受けた時に私がどのような対応を取るべきと考えているのかを質問をされます。ただ、なかなか想定しにくい状況を前提に質問されるので、つい答えに窮するのですが、そのたびに、そんなことでお前は俺が守れると思うのか、自衛隊長と

して失格だと言いながら制裁を加えられます。何度も何度も同じことの繰り返しになるので、自分で自分が情けなくなり、あのようなことをしてしまいました。私のような能力のない者には自衛隊長は務まらないように思います」

「そんなことはない。お前は立派な自衛隊長だ。大隊長に言わせれば俺も副官としては落第だ。大隊長に合格点をもらっている者などいないから気にすることはない」

下士官を相手に弱い者いじめなどして何の意味があるのかと、杉井はつくづくあきれた。

その後も宮方の意地悪さは行動の随所に表れた。作戦中の気分転換のために煙草は喫煙者にとって必需品だったが、この頃は後方からの物資補給は途絶えて大隊全員煙草が切れ、皆民家から煙草の葉を入手しては古雑誌の紙などに巻いて喫煙していた。一方、大隊長である宮方には私物用の駄馬があるため、煙草も豊富に持参しており、一人だけ純白な皺のない煙草を得意気にくゆらせていた。行軍中小休止になると、兵たちは吸う煙草もなく、路上に横になって、宮方の煙草の煙をうらやましくながめながら、宮方がそれを捨てるのを待っていた。拾って、吸い残しにありつくためである。ところが、宮方はそれを知っていて、吸い終わった煙草をわざと水たまりに捨てた。兵たちは皆内心「あっ」と叫びながら、水に浮いた煙草をうらめしげにながめた。周辺に水たまりがない時も、宮方は捨てた煙草をこれ以上強く踏めないと思うばかりにぎゅっと踏みつぶした。それでも兵たちはそれを拾い上げて一所懸命皺をのばして五、六人で回しのみした。宮方はそれを横目で見ながらも、「お前たちも吸え」と言って兵に煙草を与えるようなことは一度もしなかった。

この頃、歩兵第十連隊が砲兵配属となり、歩兵隊の山川中隊長が宮方のところに申告に来た。用を終えた山川は帰り際に杉井に声をかけた。

「杉井中尉、君のところの大隊長はしっかりしているな。俺が雑誌で巻いて喫煙しているのに、自分は素新な煙草をくゆらせ、一本どうだとも言わなかったよ」

「それは失礼しました。大隊長殿は、その辺が気がつく人ではないので」

「宮仕えに当たりはずれはつきものだからな。まあ、頑張ってくれ」

後日、歩兵第十連隊から大きな煙草の梱包が届けられ、中に一通の手紙が入っていた。

「杉井副官殿。この度、煙草公司を占領致しました。一梱包送ります。大隊長の煙草が切れた時、貴官等将校全員で大隊長の前で心行くまで紫煙を上げて下さい。山川」

山川は、一度宮方に会っただけで、宮方がどんな人間で、杉井たちがどのように苦労しているかを察したようだった。戦地という厳しい環境の下でも、このような形でお互いを気遣いながら形成されていく人間関係の中で、宮方は完全にその埒外にいた。

奥地

衡州陥落後も杉井たちの部隊は茶陵付近の警備態勢に入ったが、中国軍は衡州奪還を企図して何度も日本側陣地に攻撃を仕掛けてきた。部隊はあたり一面に壕を掘りめぐらして防戦に努めたが、空からの攻撃には手のほどこしようもなく、ただ逃げ回るだけだった。空襲によって日本側の編成を乱した後に陸からの砲射撃を加えてくるのが敵の戦法であり、部隊は大いに苦戦したが、最後まで陣地を守り抜いた。この攻防戦は八月いっぱいまで続き、熾烈を極め、多くの戦死者を出した。この時点で、歩兵の戦力は湘桂作戦開始時と比べて六十パーセントに、砲兵も七十五パーセントまで低下した。

このように減退した戦力での作戦続行は困難と判断されたのか、九月一日、多数の将兵が戦力補充のために内地からやってきた。これらの将兵は、全員一緒に耒陽まで来て、ここから各隊に分散配備されたのだった。杉井の砲兵隊に配属されてきた将兵の中に、二年前に帰還した予備士官学校同期の中崎の姿があった。

「中崎、久しぶりだな。またこんな所に戻ってきたのか」

「いやいや、杉井、懐かしいな。お前の方こそまだこんな所にいたのか」

「まあ、そう言うな。連隊本部への転勤を断ったためかどうか分からないが、あれからずっと大隊副官で塩漬けだ。もっとも今度の補充人事で俺の後任の副官が来ると思うので、大隊の中での異動はあるだろうが」

「しかし、それにしても長期の赴任ご苦労だな。もう同期で残り続けているのは杉井だけではないのか」

「他の部隊にはもちろんいるだろうが、野砲兵第三連隊の配属では俺だけだと思う。ところで内地の方はどうだった」

「内地の様子より何よりまず一つ報告だが、実は俺は結婚した。妻の名前は秀子という。婚約中に召集令状を受けたので、急ぎ挙式をした次第だ。おかげで出発前はとんでもないあわただしさだった」

中崎は嬉しそうだった。杉井が何を訊いても、妻というものは良いものだ、新婚生活とは理屈抜きに楽しいものだとそれしか話題にしない。あげくの果てには、新妻との夜のことまで話しだした。相手が嬉しがってする話を関心を持っている風情で聞いてあげるのが聞き上手というものであり、常に聞き上手となる努力をしなくてはいけないと杉井は思っていたが、それでもこの種の話は杉井にとって面白いものでも何でもなかった。むしろ、長く戦地にいて生理的欲求不満に陥る上官や部下を何人も見てきた杉井にしてみれば、中崎の新妻の自慢話など、内地を離れて四年以上経つ自分のような者を相手に話すような話題ではないと思われた。ただ、一つの救いは、杉井がこの種の話を比較的淡泊に受け止められることだった。杉井は二十五歳になりながらまだ経験がなかった。性的な関心も人並みにはあると思っている。それでも、その面で満たされないことが精神面の安定に影響を及ぼすようなことはなかった。スミ子がいるトイに通っていた頃も、そして現在も、自分の中にはあまり一般的でない奇妙な自制心があるのを杉井は感じていた。中崎の話を聞きながら、悩ましいと思うことも、またうらやましいと思うこともないのは、そんな自分の特異性に起因してのことかも知れないと杉井は思った。

中崎と同時に、秋野中尉、江原中尉、横川中尉など杉井と同年配の将校が補充されてきた。秋野は浜松の出身で、杉井の後任として大隊副官となり、杉井は同じ大隊の中で指揮班長に横すべった。江原は静岡市の映画配給会社の社長の娘婿で、商売柄かどこか超然とした雰囲気の芸能人タイプの男だった。横川は愛知県海部郡の日蓮宗の格式の高い寺の方丈で、何事にも達観した風情で、軍務はすべて適当に流す感じだった。中崎にしてもこの三人にしても、共通しているのは皆結婚もし、杉井よりもずっと長く社会人を経験していることであり、そのせいか、杉井よりも大人っぽく、また世帯ずれしているように感じられた。また、独身の杉井と異なって自らの家庭を構えているためか、軍務に没頭する雰囲気はなかった。そんな彼らを見ながら、夫婦愛というものは、よく理解できないが、もしかしたら親兄弟の絆などよりももっと深く強いものかも知れないと杉井は思った。それと同時に、杉井は佐知子のことを思い出した。母親と妹以外で、杉井が何でも話せる女性は佐知子だけであり、結婚の相手として想定することが可能なのも唯一佐知子だった。今内地への帰還命令が出て、静岡に帰って佐知子と結婚できたらどんなに良いだろう。佐知子の爽やかな笑顔は、母たえの優しさとはまた別次元の何か素晴らしいものを杉井に与えてくれるのではないだろうか。常に杉井を励まし、支えてくれる佐知子に報いようと思えば、どんなことにも意欲的に取り組んでいけるに違いない。そこまで考えた時、杉井は、こんな何の成算もない無意味な空想をするのはやめようと思った。内地に帰れる日などどんどん遠のいているように感じる。それに内地に帰って佐知子を妻にしようと思っても、仲良しと結婚相手は違うと佐知子に断られるかも知れない。それに佐知子と結婚したら、二度とこんな戦地には来ないと召集を拒否したくなるのではないか。今の自分にしても、佐知子が未だ自分のものになっていないからこそ、その意義に得心のいかない戦争というものに没頭できているのだろう。妻を得ている連中は、杉井のような独身者より幸福であるのは間違いない。しかし、明日の命の保証もないこの前線に存在しているという前提のもとでは、独身であることは、妻を残して戦死してしまう恐怖を感じる必要がない分、むしろ幸福なことなのかも知れないと杉井は思った。

兵、弾薬、糧秣を補充した師団は、九月二日再び行動を起こし、零陵《れいりょう》に向かって前進を開始した。そして六日には零陵を占領し、敗走する敵を追って、袁十万《えんじゅうまん》、寥湾舗《りょうわんほ》、青口来《せいこうらい》、道県《どうけん》へと南進した。この間、着任したばかりの補充兵も直ちに戦闘に参加したが、歴戦の戦塵に塗れ、ぼろぼろになった衣服をまとって目ばかりぎょろぎょろしている仲間に混じって、新しい服を着て色白の顔をし、柔和で平和なまなざしをした補充兵は一見して識別ができた。この補充兵たちの行動から、杉井は内地の状況を垣間見ることがあった。茶陵での戦闘の時だった。砂糖公司を占領し、倉庫に山積みになっていた砂糖の入った南京袋を土嚢代わりに積み重ねて弾除けにした際に、この土嚢に弾丸が当たって砂糖が飛び散った。杉井が見ると、まだ弾丸が飛ぶ中を、補充兵たちはもったいないと言って砂糖をかき集めている。杉井は、内地の物資不足はここまで進んでいるのかと、長期化する戦争の影響の深刻さを思い知らされるようだった。

十三日、部隊は道県城を占領した。ここから更に南進をしていくための準備をしていると、連絡係の園部伍長が杉井に報告に来た。

「徴発した中国人がここから先には行きたくない、故郷に帰して欲しいと言っています」

この頃、部隊は兵力の不足を補うために中国人を徴発して労務に服させており、杉井の大隊でも三十人ほど徴発していた。

「突然そんなことを言いだした理由は何だ」

「よく分かりませんが、ここから先は鬼が住んでいるとか言っています」

「何を馬鹿なことを」

杉井は、連絡係将校の吉永のところに行った。

「同じ中国なのに、鬼が住んでいるもくそもないだろう」

「それは俺からも直接言っているさ。杉井は同じ中国だと言うが、奴らは、広西省、貴州省は言葉も違うし、中国語が通じないから外国だと言っている。確かに広西省や貴州省は民族も苗《びょう》族で顔形も服装も違うし、言語も違う。おまけに広西自治省、貴州自治省という言わば一つの国を作っているし、奴らがあそこは外国と言う気持ちも分からないではない。さすがに鬼は住んでいないがな」

「そんなのん気なことを言ってもらっては困る。大隊の人手不足も深刻だ。折角ここまで同行させてそれなりの労働力になっているのだから、ここから先もついて来るように説得してくれ」

「分かった。分かった。中国語もできて奴らと仲の良くなった兵たちを使って再考させよう」

結局、大隊の中国人はしぶしぶ同行に同意した。外交官として在外勤務の経験もある吉永はこれから行く所がどんなところかも想像がつくのだろうが、浙河を拠点としたピストン作戦しか経験したことのない杉井は、これからまたとんでもない所に進軍させられるのではないかと不安になった。

この時期、太平洋方面では米軍の反攻が猛烈であり、既にサイパン、ペリリユウ、モロタイの諸島は米軍の掌中に帰し、フィリピン、台湾、更には日本本土方面への米軍の進攻が予想され、またインパール作戦の大失敗を機に北部ビルマも危急を告げていた。中国内でも桂林、柳州、西安などの飛行場からの米軍の活動が活発化しており、この絶望的な状況の中で、これらの米空軍基地の覆滅が中国中部に展開する各師団の緊急の任務とされていたのだった。

既に湘桂作戦第一期を完遂していた部隊は道県で態勢を整え、他の師団が桂林、柳州の攻略に向かうのに呼応して、これらの部隊の左翼師団となるべく、十月二十二日、道県を出発して広西省に進攻した。広西省に入ると、杉井は、中国人がこれを外国と言う理由が多少理解できたように思えた。長年月にわたる浸食によって平地に仰ぐばかりに切り立った岩山が見渡す限り林立し、その下を畝々と小道が続き、その小道を行軍すると佇立した岩山が今にも頭上から落ちてくるのではないかと思われた。月夜の晩は、この幾重にも重なった岩山が月光に青白く反射し、入道雲が立ち並んでいるような異観を形成していた。また払暁に霧が立ち込めた時などは、その霧の間から岩山が頭を出し、幽玄な世界を展開していた。杉井は、かつて見た南画は中国人特有の誇張した構図であると思っていたが、広西省の風景は、南画以上に神秘的な幻とも思えるものだった。仮に物見遊山の旅の過程でこの光景に巡り合ったとすれば、日本ではお目にかかれないそのエキゾチシズムに陶酔できたかも知れなかったが、行き着く先は死かも知れない行軍の途中に展開するその風景は、杉井にとって不気味としか言いようがなかった。
広西省がこれまでの作戦展開地域と異なるのは風景だけではなかった。広西省の現地民はもともと性質が激しいところに抗日精神も旺盛であり、各部落ごとに自衛団を組織し、小銃や槍刀で、また大きな部落では機関銃や迫撃砲まで装備して日本軍に果敢に抵抗してきた。杉井たちは、中国正規軍はもとより、このような土着の自衛団とも戦闘しなくてはならなくなったのである。このような状況の下での進軍の過程で、部隊の将兵の精神的肉体的疲労は極致に達していった。既に浙河を出て五ヶ月余が経っており、秋も深まってきているにもかかわらず、将兵は皆夏服で、それも数々の戦闘のために汗や泥に塗れ、色あせすり切れていた。加えて、何の目標もなく、一歩一歩と日本から遠のいていく毎日である。景観も今までと全く異なる広西の天地をどこまでも南へ進んでいく、まさに地の果ての行軍である。終焉があるとすれば弾丸に当たって生命を絶たれる時ではないかと多くの者が思うようになった。杉井自身も、今の自分にはこの年齢にして青春という要素はかけらもなく、これからも何の安住もなく、闇に向かってただ黙々と手探りで進んでいくだけの人生ではないかと思い始めた。行く手の岩山の上に低く輝くサザンクロスの光さえ、杉井にはむなしいものに感じられた。

十一月十日、部隊は柳州を攻略し、ここの飛行場を占領した。更に余勢をかって追撃戦に移り、柳城《りゅうじょう》、慶遠《けいえん》、思恩《しおん》、黎明《りょうめい》関、都江《とこう》、三合《さんごう》、都匀《ときん》を経て、長駆、貴州省奥地まで進撃し、十二月四日には貴州省庁のある貴陽にまで達した。この追撃戦はあらゆる意味で苛酷な進軍だった。広西、貴州の山岳地帯を行く道は、峨々たる岩山を縫うように作られた石段道で、片側は天にそびえる岩の壁、片側はまさに千尋の谷だった。この蜀の桟道を進むにあたって、杉井たちの馬部隊は駄載不能となり、大砲弾薬を担ぎながら歩兵部隊に追随せざるを得なかった。当然のことながら、砲兵部隊は頻繁に遅延を起こす。ある時は、

「砲兵隊は何をしているのか」

と師団からの無線を何度も受信し、頭にきた連隊長の中野が、

「われ義経にあらず、ひよどりごえは登れない」

との応答を命じる場面もあった。加えて、この地帯は標高が二千メートルあり、そこかしこに白雪が積もっていた。兵は出発以来夏服のままであり、ここでの北風は肌身にこたえた。皆寒さのため手足も凍ったような状態となり、ほとんど睡眠もできない状態となった。

ぼろぼろになった夏服は、穴が開いていると更に寒さが身にしみるため、兵たちは住民の家から徴発した布切れで服を繕ったが、赤や青やいろいろな布でパッチを当てるため、それぞれの服が色とりどりになり、およそ軍服の体をなさなくなった。途中、どこで空襲を受けるか分からないため、目立つ赤の布での繕いは禁止された。一方で、編上靴も長期の遠征で破れたり、穴が開いたりして使い物にならなくなり、各自自分で編んだ草鞋を履いて戦った。この草鞋の作り方にも上手下手があり、上手に編んだものは一日もつが、下手に作ると半日で駄目になった。兵たちは、皆出発の際には新しい草鞋に履き替え、腰に予備の草鞋を一足下げるのが常となった。このため、宿泊地では翌日のために二足の草鞋を作るのが日課だった。

この地域では、徴発にも著しく苦労した。それぞれの部落に、住民による自衛隊組織が完備されていたためである。日本兵が部落に近づくと、見張りの者がほら貝を吹き、鐘をたたいて合図をし、この合図を受けて、住民たちが非常配備について勇猛果敢に抵抗した。人口二千人くらいの町になると、住民は機関銃、更には迫撃砲まで所有し、中には兵器工場を有する町もあった。またこの地域の原住民である苗族は岩山の上部にある洞窟の中で起居し、その洞窟の中で食料や水を蓄え、鶏を飼って生活していた。この洞窟に登る道はつづら折れの石段で、食料を徴発しようと近づくと、苗族は上から石や丸太を落とし、更には入り口に作った石の垣根を家族全員で押し倒して日本兵の接近を妨害した。食料の徴発のためにこんな楠木正成の千早城の攻防のようなことを繰り返していては消耗するだけだと考えた杉井たちの砲兵部隊は、砲弾を洞窟の中に撃ち込むことを計画した。しかし、照準を合わせることには熟練した砲兵部隊だったが、斜面が急すぎるため、砲弾は洞窟をかすめてしまって命中せず、洞窟の中はいつまでたっても無傷である。結局、これらの洞窟と正対する向かい側の岩山に大砲を上げ、正面から洞窟の中に砲弾を撃ち込むことにした。これは極めて効果があり、砲弾が直接命中しなくても爆風で苗族は皆気を失い、その間に食料を徴発することに成功した。

このようにして、困難を克服しながら最低限の食料は確保したが、調味料と野菜は不足した。調達できる塩は岩塩、砂糖は灰汁抜きのしていない煉瓦のような黒砂糖であり、味噌醤油も二ヶ月以上前に切れて、その結果、汁は毎日塩味のおすまし、鶏肉や豚肉も塩焼きしかできなくなった。しかし、不足したのは食料だけではなかった。作戦が長期化するに従って兵力はどんどん不足していくため、広西省に入る際に無理やり連れてきた三十名ほどの中国人に加えて、広西、貴州の現地民も徴発して強制労働をさせた。また馬も不足してきたため、民家が農耕のために使っていた中国馬を徴発した。それでも兵器物資の輸送力としては十分でないため、最後は水牛まで使ったが、動作が遅く、駄載物を積んだまま平気で水の中に入っていってしまうため、兵たちはその誘導に苦しんだ。

このような物資の不足は、各部隊のモラルも低下させた。湘桂作戦では、多くの師団が戦場で交錯したが、こうした他部隊との接触の時には特別の注意が必要となった。十分な監視を怠ると、小銃、帯剣、軍服、靴、電話機、観測器具などあらゆるものが盗まれてしまうのである。輸送のために何より大事な馬も、当然盗難の対象となった。この種のことはお互い様とでも思ったのか、杉井の部隊の中にも他の部隊からの盗みを働く者が多数出たが、指揮官は皆黙認した。部隊相互の関係もこのようになってきたため、厩舎当番や不寝番は敵の警戒だけでなく、友軍も警戒しなくてはならなくなった。この実態を見て、杉井は、この戦争に参加している者たちの意識も末期的なものになってきているのを感じた。

弱兵

十二月五日、部隊は約一ヶ月にわたる追撃戦を中止し、反転して遷江《せんこう》、賓陽《ひんよう》地区に集結、ここで警備態勢に入った。二週間後、杉井は、この地に設置された野戦病院を見舞った。病院といっても、病室は土間に藁を敷いただけのものであり、ここにおびただしい数の傷病兵が横になっていた。これだけ作戦が長期化すれば戦力外になる将兵の数も多くなるのはやむを得ないと思いながら歩いていると、見覚えのある兵が横になっているのが目にとまった。山名という名の一等兵で、十月の末に補充兵としてやってきて、杉井が第一中隊指揮小隊に配属した男だった。京都帝国大学を卒業し、三菱重工業に勤務していたが、三月に召集を受け、名古屋での訓練、中国に渡って後の応城での野戦教育を経て、道県で杉井の部隊に合流したのだった。小柄で痩せていて、見るからに青白きインテリという風貌であり、杉井は一見した時、こんな弱々しそうな人間でも五体満足なら戦地に送らなくてはいけないのかという印象を持った。今藁の上に寝ている山名を見た時、やはり二ヶ月ももたないし、このような弱兵を送ることの是非は内地でちゃんと判断すべきではないかと杉井は思った。

「山名一等兵」

杉井が声をかけると、山名は顔を上げ、驚いた表情で、

「杉井中尉殿」

と言うと、起き上がろうとしたが、またぐたっと藁の中に沈んだ。

「無理をするな。横になったままで良い。病気は何だ」

「下痢であります。お恥ずかしい限りですが」

見ると、山名は血便を垂れ流している。

「衛生兵」

杉井は衛生兵を呼ぶと、山名の便の処理を命じた。衛生兵は、藁に染みついた血便を除き、山名の尻を簡単に拭くと、山名のズボンや藁の交換もしないまま、他の患者のところへ行ってしまった。

「中尉殿、本当に面目ありません」

「謝る必要などない。これだけの強行軍ともなれば、負傷したり、病気になったりする者が続出するのは当然だ」

杉井は、折角見舞いに来たのだから少しは傷病兵の話し相手でもつとめようと、山名の脇に腰を下ろした。

「この野戦病院は来週には閉鎖されるとかで、皆桂林の兵站病院に移されることになっています。もっとも私はそれまでもつかどうか分かりません。日に日に体が弱っていくのが自分でも分かります。私のような弱兵は部隊の役には全く立たず、ただ足を引っ張るだけですから、むしろ早く召された方が良いかも知れません」

これにはさすがの杉井も山名を叱咤した。

「馬鹿なことを言うな。部隊の役に立ちたい、迷惑をかけたくないと思う気持ちが少しでもあるのであれば、一日でも早く病気を治すことに努めるべきだ。軍医は何と言っている」

「私はここに来て三週間ちょっとになりますが、五日前に一度軍医さんに診てもらいました。衛生兵の方が来て、軍医がお呼びだと言うので這うようにして病室を出ました。軍医さんは少し小高い所に立っておられて、私の脚力ではゆるやかな勾配を上るのも難儀でした。軍医さんのところまで行って挨拶をすると、軍医さんは『ここは中華民国湖南省課茘浦県茘浦というところだ。このとおり復唱せよ』と言われました。私がおうむ返しに申し上げると、『この兵隊の頭はしっかりしている。一所懸命回復に努めるように』とのことでした」

これだけの傷病兵をかかえては、軍医もろくな治療は施せないし、個々の兵についてのまともな診断もできないのだろうと、杉井は暗い気持ちになった。山名のように、戦闘経験もない補充兵、しかも一等兵の身分で周囲に知り合いもいない、まして病に倒れてということではさぞかし心細いだろうと思った杉井は、しばらく山名の話を聞くことにした。

「軍医が回復に努めろと言うのだから、努力すれば十分回復するということだ。それに桂林の病院は薬なども充実していると聞く。とにかく気持ちを強く持つことだ。ところで、山名は三月召集だったな。これまでの経験について話してみろ」

「はい。私は、中尉殿のおっしゃるとおり、三月に教育召集で中部第八部隊に召集されまして、あと一週間で満期になるという時に、その前に中支に輸送された補充部隊が揚子江で撃沈されたため、その穴埋めとして送られることになりました。五月に名古屋を出発して朝鮮半島に渡り、満州、北支を通って南京に到着しました。南京に一ヶ月待機しましたが、その後は揚子江を遡上して漢口、北上して広水へ行き、ここからいきなり炎天下の行軍をして応城まで行きました。この応城に駐屯する九州の工兵隊に預けられて一ヶ月の野戦教育を受けた後、武昌で被服や糧秣の支給を受けて、この部隊に追及することになったのですが、岳州までの貨車輸送を除けば、すべて慣れない灼熱の太陽のもとでの行軍であり、本当に地獄の思いでありました。中尉殿、お忙しいのに、私がこんなお話をしても良いのでしょうか」

案の定、山名には話し相手が必要だった。病気の身で、このまま死にゆくだけではないかという不安に脅かされている人間にとって、孤独ほど心身の状態を悪化させていくものはないと杉井は思った。

「構わない。話を続けろ」

「はい。行軍中は、どこまでも果てしなく広がる平地で何の日陰もなく、そうかと思えば、山地では降り続く雨のためにずぶずぶと沈む脚に難儀しながら行軍についてまいりました。私は学生時代山岳部に属しておりましたので、苦労して歩くことには多少の自信は持っておりましたが、そんな自信はいっぺんに吹き飛んでしまいました。しかし、この厳しい行軍も本隊に合流してからの行軍に比較すれば、まだ序の口でありました。本隊に追及するまでの行軍は、初年兵だけの行軍であったため、必ず適当に小休止があり、また夜になれば宿営があってそれなりに休養が取れましたが、本隊に合流した後の友軍相互に入り乱れて先を急ぐ強行軍では、そんな余裕のないのは当然のことでありました」

「そうか。古参兵と混じっての行軍では、自分で自分のペースを測ることさえできなかっただろうな」

「おっしゃるとおりです。中尉殿のご下命をいただいて配属された第一中隊指揮小隊では、下士官も古参兵も内地の部隊で見ていた人々とは全然違って、歴戦の軍人らしくいずれも精悍な容貌で、震え上がるほど恐ろしく感じられました。長沙から何百キロかの苦しい行軍を続けて、やっと本隊にたどり着き、所属の小隊も決まったと思ったら、暫しの休憩もなく、翌日から前線に向けて出発でありました。ろくろく古参兵の名前も知らない私にとってはすべて戸惑うことばかりでありました。行軍も狭い田んぼの畦道のような道を歩兵、砲兵、輜重兵が入り混じって先を争って進むため、さんざんに踏み荒らされて、どこが道かどこが田んぼかも分からない状態でした。私は、泥濘に脚を取られながら、とにかく部隊の古参兵について歩くのが精一杯でした」

山名の話は、杉井には分かりきったことばかりだった。しかし、山名のように内地の生活しか経験のない人間は、前線でのこんな経験は夢想だにしなかったのだろう、そしてその異様な経験を誰かに語らずにはいられない心理状態なのであろう、事実、山名はよくしゃべっている、声をかけた時のあのぐったりした状態に比べれば、今は話をしている分、いくらか生気が戻っている、ここは山名のために十分話を聞いてやろう、杉井はそう考えた。山名は続けた。

「夜間の行軍でゴツゴツした石畳の細い旧道を、目の前の馬の尻尾を頼りに、高い道路から落ちないように気をつけながら、必死の思いでついていった時でした。むやみと喉が渇いたのですが、水筒の水はとっくに空でした。渇きというものはこんなにも辛いものかと思っていると、間もなく平坦地になり、両側が水田になりました。絶対に飲んではダメだと言われていた田んぼの水でしたが、用を足しにいくふりをして隊列から離れ、こっそりと手ですくって飲みました。夜間だったので、水が澄んでいるのか濁っているのかも分かりませんでしたが、その水を飲んだ時、水とはこれほど美味しいものだったのかと思いました。その後も、脇に生水があると思うと、隠れて飲みました。間もなく、下腹部に激しい痛みを感じ、下痢が始まりました」

行軍中に生水を飲むことなど自殺行為に近いことは常識であったが、渇きに耐えながらの行軍の苦しさも熟知している杉井は、山名を責める気持ちには全くなれなかった。

「しばらく行軍が続くと、大きな河のほとりに出ました。工兵隊が架橋するので、しばらく大休止ということになり、下痢で苦しんでいた私はやれやれこれで休めるとほっとしました。ところが間もなく『渡河』という命令が出て急遽出発になりました。水深から考えて架橋の必要なしとの判断がなされたようでした。しかし、実際河に入っていくと、深いところは胸のあたりまでつかり、しかも重い装具を背負っての渡河は難行苦行でした。十月の末とはいえ、水の冷たさもこたえました。後ろに続く戦友には申し訳ないと思いましたが、耐えきれずに水の中で垂れ流しました。水の流れはゆるやかでしたが、下半身に力が入らず、流されそうにもなりました。ようやく河を渡ると、小休止となり、焚き火がたかれて被服をよく乾かせという指示がありました。しかし、焚き火の周りはすべて将校や古参兵で占められ、昨日今日やっと部隊に配属された弱兵が大きな顔で焚き火のそばに出られるような雰囲気では全くありませんでした。私はやむなく火から程遠い暗闇で、寒さに震えながら休止の時間が過ぎるのを待っておりました。やがて出発の号令がかかり、長い行軍が始まったのですが、私の下痢はどんどんひどくなり、遂には行軍中も洩らすようになりました。そのことが、分隊、小隊と次第にバレてしまいまして、ある宿営地に着いた時に村川中隊長に呼び出されました。そこで、『お前は何故下痢を隠していたのか。けしからん』と叱責され、げんこつの制裁をいただいて直ちに野戦病院に収容ということになりました」

清廉潔癖な村川は、するべきことを怠ったり、報告すべきことを言わなかったりする者には厳しい対応をとるのが常だったが、山名のような弱兵には、この叱責も辛かっただろうと杉井は思った。

「ここに来てからは、先ほど申し上げたように、しばらく軍医の方にお目にかかることはありませんでした。時々衛生兵の方が巡回しては様子を聞き、下痢がひどいと言うと薬として竹を焼いた炭をくれました。やがて便は血便となり、ある晩などは激しい腹痛で夜も眠れない状態になりました。明け方に痛みがやわらぎましたが、私は、もうしばらくすればこの苦しみから解放されて魂となって懐かしい故郷に帰れる、早く楽になりたいと思いました」

「そんな風に気弱になることが一番体には悪い。俺も下痢には何度も悩まされているが、とにかく休養を取ることと、栄養をつけることだ。食事はちゃんとしているか」

「ここでの食事は朝夕二回で、それも飯盒の蓋に入ったおかゆです。栄養の補給には不十分な食事ですが、私にはいつも多すぎて、それでも無理して食べるのですが、これもすぐに排泄してしまいます。外傷で入院した患者や多少元気な患者にはとても満足できる食事ではないので、度々の病院告示に反して、徴発に出ては食料品を漁り、食べているようです。ところが、このあたりはコレラが蔓延しているようで、この病原に感染する患者が続出しています」

山名は急に表情が暗くなり、小さく身震いをした。

「このコレラという病気は本当に恐ろしい病気です。十日ほど前ですが、私の隣に寝ていた立派な体格の古参兵の方が、徴発から帰って二日ほどするといきなり発熱してうわ言を言いだし、一晩中苦しんでうめいていました。私は何度も『大丈夫ですか』と訊きましたが、返事はありませんでした。朝になってようやく静かになったと思ったら、口からあわを吐いて死んでいました。衛生兵の方が来て皮膚をつまんでみましたが、全く元に戻りませんでした。衛生兵の方は、同じ症状で死ぬ者が増えている、病院の規則を守り、外で食べ物を徴発したりすることは慎まなくてはいけないと私に言いながら、死体をかついでいきました。起き上がることもままならない私には、あまり意味のない注意だと思いました。それよりも、すぐ近くであっという間に人が死んでいくのを見て、私はただただ恐ろしく、しばらく震えておりました。でも今は、一晩の苦しみで楽になれるのであれば、それはそれで良いのかも知れないと思うようになりました」

「山名、俺に何度も同じことを言わせるな。死んで楽になろうなどと絶対に考えてはいけない。戦地に来て一番大切なことは、生きようと思うことだ。俺たちは国のために、軍隊という組織のために戦わなくてはいけないが、個人というものがなければ組織は成り立たない。有能な人材を失っていったら国も成り立たない。苦しいかも知れないが、今お前が目指さなくてはいけないのは、養生して病気を治し、部隊に復帰して自分の使命を果たし、元気に内地に帰っていくことだ」

他人を励ましながら実は自分自身を励ますという行動を人間はとることがあるが、今の杉井はそれだった。杉井自身も内地に帰れる目途は全く立っていない。内地に帰るのはどうせ自分の魂だけだろうと投げやりな気分になることも始終である。しかし、杉井は、山名が経験した行軍などよりずっと辛い行軍を数多く経験していたし、周りで人が死ぬことについてももう完全に感覚が麻痺していてそれに強い衝撃を受けることなどなくなっていた。一般常識からすれば異常と思われる経験を積み重ねた結果、杉井には山名とは比較にならないほどの強い精神力が培われており、その限りにおいて、杉井は山名を励ます資格もあれば、またそれをしなくてはならない立場にもあった。

「中尉殿。ありがとうございます。中尉殿に話を聞いていただいて気持ちがとても楽になりました。中尉殿のおっしゃることもよく分かりました。死んで楽になろうなどと二度と考えないことにします。それよりも、お忙しいのに、私のような者の情けない話にお付き合いいただいて、本当に申し訳ありませんでした」

山名は涙ぐんでいた。

「そんなことを気にする必要はない。この野戦病院は、面倒を見る人間の数も少ないし、ろくな施設も薬もないようだが、桂林の方に移れば、ちゃんとした治療も受けられるだろう。気持ちを強く持って早く治すことだ」

杉井はそう言ってもう一度山名を励ますと、立ち上がって野戦病院を出た。

駐留

十二月末、杉井たちの野砲兵第三連隊及び歩兵第六連隊は、当分の間、広西省遷江、賓陽地区の警備を命じられた。長期にわたった湘桂作戦によって、中国奥地の米軍飛行場を覆滅し、更に南寧において中国南部派遣軍との連絡を達成して、仏印―華南―華中―華北―朝鮮のルートを通って日本に通じる大東亜公路の打通を完遂したため、以後は、この公路確保のため、当該地区の警備が必要であるというのが任務の理由だった。野砲兵第三連隊のうち、連隊本部及び主力は賓陽に、第一中隊は歩兵第六連隊第二大隊に配属となって上林《じょうりん》に駐留した。歩兵部隊は警備の万全を期するため、時折小さな討伐戦に出動したが、砲兵部隊は任所にあって要所に大砲を据え、もっぱら警備に当たった。

放浪の旅のような湘桂作戦であったが、大陸縦断道路打通という所期の目的は達成した。あれほどの多大なる犠牲者を出してまで行うべきであったかはともかくとして、この大作戦が成果を収めたことについては満足しなくてはいけないのだろうと杉井は思った。杉井たちの部隊は皆、やがてこの開通した公路を南方物資を満載したトラックが北上するのを見てあらためて作戦の成果をかみしめたいと思っていた。しかしながら、予想に反して北上トラックの姿は一台も見えなかった。この時期には、既に物資を輸送するトラックも、トラック用の燃料も底をついていたのである。その意味では、湘桂作戦の目的は、それを達成した時点では、もはやほとんど無意味となっていたのである。しかし、皇国不滅を説かれていた将兵はそんなことは夢にも思っていなかった。トラックが来ないのは別の短絡ルートができて、この地区を通る必要がなくなったからではないかと勝手な想像をしていた。太平洋方面を含む戦況や内地の状況に若干の疑問を感じていた杉井も、状況がそこまで悪化しているとは思わなかった。それよりも、杉井には気になることが一つあった。占領地区における軍票の価値がどんどん下がっていくことである。現地において物資を調達する際に、物によっては従来の倍の軍票を要求されることもあった。中国中部の戦線では勝利を続けている日本ではあるが、国内の経済は確実に衰退してきている証左をつきつけられている気がした。電話もラジオも新聞もなく、慰問文や慰問袋も一切届かなくなって、内地とは全く音信不通の山間僻地にあって、軍票の価値だけが国の盛衰の判断材料であり、しかもそれが低下していっているという事実は、杉井の不安をかきたてた。

連日警備の任に当たっていた杉井は、ある日、乙書記の保崎軍曹と木原上等兵を伴って、遷江の連隊本部に命令受領に行った。その帰路、三人は冬の小春日和の中を、馬に乗って岩山の間を縫う軍用公路を進んでいた。

「副官殿、いつもこんな天気でいてくれると有難いですねえ」

保崎が上空をあおぎながら言った。前の年の九月に杉井が大隊の指揮班長となったにもかかわらず、保崎は相変わらず杉井のことを副官と呼んでいた。

「保崎、もう俺を副官と呼ぶのはやめろ。副官は秋野だ」

「すみません。つい呼び慣れてしまっているものですから」

少し後方から二人に従っていた木原が口を開いた。

「でも仕方がないですよ。秋野副官は必要最小限のことしかしませんし、実際の副官業務は指揮班長殿がやってしまっているではないですか」

「そのとおりです。今回の命令受領にしても、本来なら秋野副官が行くべきところを指揮班長殿が俺が行こうと仕事を買って出たのですからね」

保崎もうなずいた。保崎や木原の言うことはもっともだった。補充将校は妻帯者が多いためか、着任早々から一刻も早く内地に戻りたいという気持ちが強く、部隊の任務も適当に流す傾向にあった。杉井と予備士官学校で同期の中崎にしても、一度帰還して内地の生活を経験し、おまけに新婚でもあるため、杉井と一緒に中国に着任して来た当初のような気概は感じられなかった。

「しかし、湘桂作戦のような長期の大作戦の途中で補充されてきて、いきなり大隊の全体のきりもりをやれと言われてもそれは酷なことだろう。だからしばらくは副官業務も手伝おうと思ってやってきたが、もう三ヶ月になるし、幸い今は任務も警備だから、そろそろ全面的に秋野に仕事を移していくさ」

後任が来たのにいつまでも前職の仕事を手伝ってしまったり、部下がいるにもかかわらず、いろいろ指示をしているより自分でやった方が早いと言って何でも一人でやってしまったりすることは、人材を育てにくくするという点で組織にとってかえってマイナスであることは杉井も分かっていた。副官業務についても自分は一切手を引いてすべて秋野に任せた方が自分にとっても大隊にとっても好ましいとは思ったが、湘桂作戦の最中にあの頼りない秋野にすべてを任せてしまったら、必ず弊害も生じたはずだと、杉井はその点は自分で自分の行動を正当化していた。

「そうですね。私は個人的には指揮班長殿に副官の仕事もやってもらった方が良いと思いますが、それでは指揮班長殿の負担が重くなりすぎます。それに、あの大隊長の防波堤を指揮班長殿が一人で引き受けていては、体も心ももちません。それはそうと、今回の湘桂作戦はひどい目にあいましたね。五月に浙河を出て、ここに来たのが十二月ですから、七ヶ月の間、二千五百キロも行軍させられ、しかも難行の連続でした。もう二度とこんな作戦は経験したくないものです」

保崎は遠い過去を懐かしむような面持ちで言った。

「確かにそのとおりだな。今回の作戦では、中国正規軍と戦い、中共ゲリラと戦い、凶暴な現地民とまで戦い、おまけに作戦当初は酷暑との戦いだと思ったら、終盤は酷寒との戦いだった。相変わらず雨や泥濘とも戦わなくてはならなかったし、被服食料調達の目的だけで戦わなくてはならないこともあった。最近は友軍まで警戒しないと携行品まで盗まれてしまう。体力の限界はもとより、気力も限界に近くなってしまうのは必然だ」

杉井が言うのを聞いて、深くうなずきながら、木原が口を開いた。

「私は、七ヶ月の間腹の調子がまともだったことは一日もありませんでした。暑い時には体全体が消耗してそのつけが胃腸にくるし、寒ければ寒いで体が冷えて下痢をするといった調子で、毎日毎日体が弱っていくのを感じながら、一体自分はどうなるのだろうと思いました」

「それは何も木原だけではない。俺はこの間野戦病院を見舞ったが、そこにはもっとひどい状態の連中が……」

杉井がそう言いかけた時、足もとに「シュッ、シュッ、シュッ」と弾丸が走った。馬は驚いて大きく脚を上げ、杉井たち三人は馬から転げ落ちた。見上げると、カーチス・ホークP27が杉井たちを狙って機銃掃射を浴びせてきていた。低空で岩山の間を飛行してきたせいか、爆音も全く聞こえず、三人にとっては突然の襲撃だった。

「保崎、木原、左だ」

杉井の指示で、三人は左手の溝に転がり込んだ。溝の中で伏せていると、旋回してきたP27は、執拗に機銃で攻撃してきた。窪地に伏せていれば立っているよりも被弾の確率は著しく低まるが、それでも遮蔽物がない以上、機銃掃射が背中を横断すれば一巻の終わりである。まな板の鯉とはこのような状態を言うのだろうと、杉井は空襲を受けるたびに思った。十分ほどすると、機銃の音は止んだ。杉井がゆっくりと頭を上げて見回すと、十五メートルほど先で、保崎と木原がカタツムリのように怖々溝から頭を出している。

「大丈夫か」

「大丈夫であります」

保崎と木原は溝から這い出て、服の泥をはらいながら、杉井のところへ来た。

「こんな所で空襲を食らうとは思わなかった。弾丸の音がするまで全く気がつかなかったし、敵は正確に狙って撃ってきたし、よく三人とも無事で済んだ。命拾いとはこのことだな」

「全くそのとおりです。それにしても空を握られているというのは厄介ですね。しかも三人しかいない敵に向かって、あんなにしつこく撃ってくるし、本当にたまりません。それはそうと地悦も谷風も天海も姿が見えません」

保崎が周りを見回しながら言った。たしかに三人の馬がいなくなってしまっている。機銃掃射の音と杉井たちの狼狽に驚いて、一散に逃げていってしまったらしい。杉井は大声で、

「ちー、ちー」

と愛馬地悦を呼んだが、あたりにいる気配はない。

「困りましたね。歩いて原隊に帰るのではいつになるか分かりません」

木原が途方にくれた表情で言った。

「落馬した時のことを正確に覚えている訳ではないが、地悦たちは遷江の方へ逃げていったような気がする。取り敢えず、探しにいこう」

杉井は、そう言って保崎と木原を連れ、もと来た道を引き返し始めた。

地悦は、杉井が大隊副官になってから四頭目の馬だった。最初の咲花が戦死したあとに、杉井は、代々指揮班長の乗馬だった宮海という馬を与えられた。栗毛で顔に流れ星があり、いつ

もぴっと首筋を立てていて、大隊きってのスマートな馬だった。背丈も高く、乗馬をすると周りを見下ろす形となったが、連隊に命令受領に行く際など、連隊長まで見下ろすことになり、副官職としてふさわしくないとの考慮から一年で交代させた。次の小社という馬は、昭和十七年に補充馬として内地から三十頭送られてきた中の一頭で、補充馬の中では群を抜いて品も良く温和で、杉井も大いに愛用したが、観測班将校の黒木中尉の乗馬が病気となり、代替馬として小社を熱望されたため、心残りではあったが、やむなく譲り渡したのだった。新たな馬が必要となった杉井は、大隊本部の中から地悦を選んだ。一見平凡な小柄な馬で、兵隊の風聞では馬仲が悪くて他の馬を蹴って困るとのことだった。馬の教育についてもベテランとなっていた杉井は、そのような癖馬はむしろ面白い、自分で調教してみようと敢えて地悦を選んだ。癖のある人間は、概して個性的であるが、これは馬も同じだった。一般的に馬は群生意識が強く、仲間と離れることを嫌ったが、地悦だけはどこでも単独で行動するのが平気であり、また水も嫌わず、大きな河も恐れることなく入っていくなど、副官向きの乗馬だった。噂どおり、他の馬を蹴る癖はあったが、蹴る時は必ず左後足を使うことが分かったため、杉井が地悦を他の馬の左側につけることを心がけた結果、蹴ることもなくなった。地悦は勘も鋭く、頭も良く、自分の名前を覚えていて、杉井が「ちー」と呼べば杉井の方を向き、「ちー」と手招きすれば、杉井のところに来て頭を振っておねだりをした。弾丸の音がすれば小さな耳をそばだてて首を左右に振り、不安そうなまなざしで杉井を見ていた。この地悦にとって幸運だったのは、馬当番が堅田上等兵だったことだった。小柄でありながら体力のある堅田は、地悦の鞍には杉井の弁当以外は一切入れず、地悦の馬糧も自分の背負い袋に入れていた。疲労困憊その極に達した極限状態でなかなかできることではなかったが、堅田は常にこれを実行した。その結果、地悦は常に身が軽く、いつも軽快に行動した。この堅田の助けもあり、二千キロを超える湘桂作戦の踏破も、地悦は何の苦もなくこなした。

これまで典勇、咲花と二頭の愛馬を失った杉井だったが、こんな形で地悦を失いたくはなかった。しかし、必ず発見できるというあてもなく、途方にくれながら、三人は軍用公路をとぼとぼと歩いた。八キロほど歩くと、遷江の川に突き当たった。

「馬がこの川を渡ってまで逃げたとは思えない。このあたりを中心に探してみよう」

杉井が言うと、保崎が同調した。

「それが良いと思います。この周辺は他の師団が駐屯しています。谷風たちがここまで来たとすれば、川に沿って歩くはずですし、そのへんの部隊が保護している可能性は高いと思います」

三人は、祈るような気持ちで付近の部隊、特に馬部隊を逐次探していくことにした。保崎の言うとおり、川の沿岸には日本の部隊が点在していた。二つ目の馬部隊の輜重隊の厩舎を探そうとした時である。木原が杉井の袖を引いた。

「指揮班長殿、天海があそこにいます」

見ると、木原が乗ってきた天海が厩舎係からえさをもらっている。その横に、小柄で美しい栗毛の地悦がいた。

「木原、でかしたぞ」

杉井は、早速、厩舎担当の准尉のところに行った。

「そこに繋がれている三頭の馬は、先ほどこちらの方に来たのではないかと思うのですが」

准尉は一瞬怪訝そうな表情を浮かべた。

「確かにこの周辺を放浪しているところを、私どもで保護したものですが」

「実は、敵襲を受け、避難した際に逃げていってしまったのです。間違いなく私たちの乗馬ですので、返していただきたい」

「しかし、あなた方の馬だという証拠がありません。明確な証拠があれば、お渡し致します」

准尉の言うことももっともだと杉井は思った。

「分かりました。それでは繋馬索を解いて下さい」

杉井はそう言って、十メートルほど離れたところに立つと、

「おーら、おーら、ちー」

と大きな声で地悦を呼んだ。地悦は杉井を認めると足早にやってきて杉井の体に身を寄せ、子供が親に甘えるように、杉井のポケットのところに鼻をこすりつけてきた。地悦の行動は、杉井の乗馬であることを他人に納得させるには十分なものだったが、部隊間では繋いでいる馬まで盗んでいってしまうようなことが起こっている昨今、これでも何か屁理屈をこねられて引き渡しを拒否されるかも知れないと杉井は危惧した。しかし、杉井と地悦の様子をじっと見ていた准尉は、やや間をおいてから、

「分かりました。お連れ下さい」

と言って、他の二頭と一緒に、杉井たちに渡してくれた。地悦の鞍につけておいた将校用の外套、防水マント、飯盒などはすべてなくなっていたが、折角素直に引き渡しに応じてくれたのに、これ以上何か言って相手の気が変わったりしたらかえって面倒と思った杉井は、

「本当にありがとうございました。私たちの馬を保護いただいたこと、心から感謝します」

と礼を述べ、保崎と木原を連れて帰路についた。

謀殺計画

駐屯地賓陽に戻ると、杉井は直ちに大隊長の宮方に命令の報告に行った。宮方は片足を机の上に投げ出して椅子にふんぞり返っていたが、杉井が入ってくると、その色黒の顔を杉井に向けた。

「大隊長殿、命令の報告にあがりました」

「命令受領に行ってきたわりには随分時間がかかったな。どこで油を売っていた」

この宮方の言葉を聞いた瞬間、杉井は激しい怒りを覚えた。帰還が遅れたのにはそれなりの理由があるに決まっているのに、人がさぼってきたと一方的に決めつける言い方は絶対にすべきではない、この男の性格はどこまでひん曲がっているのかと杉井は思ったが、ここはぐっとこらえた。

「遅延については申し訳ありません。途中、空襲を受けたものですから」

「空襲だと」

宮方は机の上の足を下ろして、ぐっと身を乗り出した。

「ここから遷江の間で空襲を受けたと言うのか」

「命令受領の後、帰還途上の軍用公路で、米軍機の機銃掃射を受けました」

宮方は鼻でふんと笑いながら、質問を続けた。

「機銃掃射はどのくらい続いたのだ」

「約十分であります」

「貴官は如何なる質問にもしっかりと答えないという特異な才能を持っているようだな。六時間以上も遅延して、その理由は十分の空襲だと言う。そのように常にちぐはぐな答えができるという特異な才能を生かし続けるとすれば、士官としてはもとより、人間として生きていくのも大変だろうな」

杉井は、完全に宮方のパターンにはまってしまったことを自覚した。この調子でいくと、説明すればするほど、宮方はねちねちとからんでくる。分かってはいるものの、こうなってしまった以上、最低限の説明はせざるを得なかった。

「言葉が足りませんでした。空襲の際、驚いた馬が逃走してしまい、これを捜索するのに時間を要しました」

宮方は皮肉たっぷりの薄笑いを浮かべた。

「六時間以上もさぼって帰ってくるのであれば、もう少しまともな口実を考えることだな。分かった。貴官の作り話に付き合ってやろう。馬はどこで見つけたのだ」

空襲にあいながら命拾いをし、苦労して愛馬を探し出してようやく帰ってきたのに、この何の生産性もない、いじめだけが目的の尋問に答えなくてはならない、そう思うと杉井は馬鹿馬鹿しくなってきた。

「信じていただけないのであれば、お話をしても意味がないものと思います」

宮方は、椅子から立ち上がると、不動の姿勢を取っている杉井の前に立ち、思い切り杉井の頬を張った。

「何だ、その反抗的な態度は。答えろ。どこで見つけた」

「遷江の川の手前に駐屯している部隊で発見しました」

「部隊とはどこの連隊だ」

「知りません」

ここでまた宮方のビンタがとんだ。

「俺が嘘を承知で話を聞いてやっているのに、堂々と私は嘘をついていますというような言い方をするな」

「嘘ではありません。どの部隊か確認しなかっただけであります。概ね場所は特定できますから、作戦地図を見れば、どの連隊かは分かると思います」

その後も宮方の追及は留まるところを知らなかった。名前を呼んだだけで馬がそんな反応をする訳がない、部隊の准尉がそんな簡単に馬の引き渡しに応ずるはずがない、外套やマントは嘘をごまかすためにわざと遺棄してきたのだろう、今から取りに行って来いなど、杉井の発言の一つ一つに文句をつけた。追及は二時間に及んだが、杉井は終始不動の姿勢を取らされ、ビンタも何発も張られた。

ようやく解放されて宮方の部屋を出た杉井は考えた。あの粘着質の性格は、どのような人生を歩めば形成されるのだろう。それに、あんなに長時間杉井を追及したからといって宮方にとって何の利もない。あれを喜びとしているとすれば、それこそ性格異常だ。今までその存在が無意味だと思う人間は何人もいた。能力もなく、やる気もなく、いてもいなくても同じだと思う人間は珍しくない。しかし、宮方の場合は、存在が害悪だ。いない方が組織にとっても、社会にとっても望ましいのは間違いない。更に深刻なのは、そんな人間が大隊長をやっていることだ。幹部の人事を行っている人間は何を考えているのだろう。陸士を出たという理由だけで、あんな人間を大組織の長に据えるようなことだけは絶対にやってはいけない。

将校が集まっている部屋に杉井が戻ると、皆心配そうな顔で杉井を迎えた。

「杉井、随分時間がかかったな。また大隊長に相当やられたのか」

中崎が同情に耐えないという表情で訊いた。補充将校として九月に着任し、まだ宮方とは四ヶ月の付き合いしかない中崎だったが、既に何回か被害も受け、宮方の性格については十分理解していた。

「また散々な目にあった。空襲を受け、逃げた馬を探し出し、苦労しながら帰ってきた話をしても一切信じようとしない。それどころか、人を痛めつける格好のネタを見つけたとでも思ったのか、嬉々として無意味な追及を二時間もする。およそ人間の理解を超えた異常な性格だ。あんな奴、殺してやりたい」

「やりましょうか」

杉井が大隊副官になった時に後任として第一中隊第一小隊長になった小柳少尉が真顔で杉井に言った。

「おい、小柳。何を言いだすのだ。あいつを殺したいというのは、俺にもお前にも共通した気持ちだが、本当にやるかどうかは別問題だ」

「いいえ。私は本気です。それが杉井中尉殿のためでもあり、ここにいる皆のためだと思います。それに、大隊長のおかげで一番苦労しているのは杉井中尉殿ではないですか。私も、大隊長には、全く納得のいかない理由で何度も叱責され、ビンタを張られ、辛い思いをしてきましたが、杉井中尉殿の受けてきた精神的苦痛とは比べものにならないと思います」

小柳の目には涙が浮かんでいた。

「小柳の言うとおりだ」

「早くやっちまった方がいいな」

皆、宮方殺害に同調し、反対者は一人もいない。外交官あがりのエリートであるが故に宮方の執拗な攻撃を受け続けてきた連絡係将校の吉永が、煙草をくわえながら言った。

「上官殺しなんて本当は考えてもいけないことなのだろうが、あの大隊長だけは俺もやった方が良いと思うな。人間生きていく上で、マイナス要因というものは除去していくことが重要だが、あの大隊長は部隊にマイナスしかもたらさないのだから、抹殺した方が良いだろう。俺の部下の野島上等兵が去年自殺したが、あれだって大隊長のいじめが原因だと俺は思っている。部下を殺した奴が部下に殺されても、それは因果応報というものだ。大隊長が死んだら、また陸士出のろくでもない大隊長が来る可能性もあるが、あいつよりひどいということはないだろう」

以前、連絡係として吉永に仕えていた野島が、小銃の銃口を喉に当て、引き金を足の親指で引いて自殺したことがあった。吉永から戦死という扱いにして欲しいと頼まれ、大隊副官の杉井は虚偽の報告書を作って宮方のところへ持っていった。杉井も野島の死の原因は宮方であろうと思っていたが、報告書を見た宮方は、「ふん」と言って何の関心もない風情で署名をし、杉井に報告書をつき返したのだった。

杉井は葛藤した。今自分たちが行おうとしているのは、如何に対象が宮方とはいえ、殺人である。どれほどの憎しみを感じていたにしても、その人間を手にかけることほど人間として恥ずべき行為はなく、もしそれを行えばそれは自分を最低の人間として位置づけることになるのは間違いない。しかしながら、一方で、宮方の殺害は今や仲間の将校たちの総意となっている。吉永の言うとおり、宮方の存在はマイナス以外の何物でもないし、これだけの人間がいて誰も反対者がいないのは、それを裏づけていることに他ならない。世に有為な人を殺すのならともかく、宮方のように周囲に害悪しか及ぼさないような男を殺したとしても、道義的な責任ははるかに軽いのかも知れない。

「いつやりましょうか。やはり、戦闘のどさくさにまぎれてやった方が良いでしょうね」

「戦闘中はこちらも必死だし、大隊長殺しなんか考えていられないだろう。戦闘の片手間にやるような話ではない」

「そのとおりだ。やりそこなったら大変なことになるし、この手のことは周到にやらなくてはならない」

「行軍中に流れ弾に当たったというのが一番良いかも知れませんね」

杉井が沈黙している間に、将校連中は相談を進めていた。杉井の隣にいた吉永がまた口を開いた。

「殺す場所なんかどこでも良い。別に作戦に出かけるまで待たなくてもここでやれば良い。大隊長が変死して、誰かに殺されたということが明確でも、俺たちはもとより、兵たちも何も言いはしない。軍医が死亡診断書さえしっかり書いてくれれば、闇に葬れるはずだ。何なら俺がやろうか」

「いや、手を下すのはやはり俺だろう」

吉永の言葉を聞いた瞬間、無意識の発言が杉井の口をついて出た。杉井は、戦闘以外の場での殺人を行うことには依然として抵抗を感じていた。しかし、宮方殺害が将校たちの総意となった今、手を下すのは、副官として宮方に仕え、今も指揮班長として宮方の直下にいる自分の役目だと思った。大隊長の最大の責務が大隊の将兵を守ることにあり、その大隊長が責務遂行の不適格者であることが判明した以上、その存在を抹殺する行為は、まさに必要悪そのものであると思われた。

「しかし、これは私たち全員の意向です。皆で共同で実行しましょう。これまで最も辛い思いをしてきた杉井中尉殿が一人で負われるべき事柄ではありません」

小柳が神妙な顔で言った。

「共同でと言うが、大勢で分担してやるようなことでもないだろう。実行行為そのものはそんなに困難なことではない。軍刀、拳銃、手榴弾、道具はいくらでも手近にある。それに大隊長の一番身近にいる人間がやるのが一番簡単というものだ。それよりも吉永の言うように、問題は死亡診断書だろう。まずは諸川軍医に相談してみよう」

将校たちの集まりが散会になると、杉井は、諸川のもとに向かった。その途上、杉井は考えた。諸川のことだから、頼めば協力してくれるかも知れない。しかし、今自分がやろうとしていることは、自分の行為の隠蔽の依頼という極めて姑息なことではないだろうか。宮方に対しては個人的な恨みもある。しかし、宮方を殺そうと決断した最大の理由は、そんな怨念ではなく、組織のためにそれが望ましいという客観的判断ではなかったのか。自分が正しいと思うことをするのに、それを隠すための工作など必要ないだろう。ただ上官殺害となれば、俺を逮捕し、監禁し、内地へ強制送還するなど周囲に手間をかけることになる。ここは宮方と差し違えて自分も死ぬのが最善かも知れない。生きて内地に帰れる保証などどこにもない。敵弾に倒れるよりも、この劣悪な環境で病死するよりも、長年所属した部隊のために良かれと思うことをして死んだ方が、死としての値打ちは高いかも知れない。

揺れる気持ちを抱きながら、杉井は諸川の部屋に入ると、殊更にゆっくりとドアを閉めた。

「軍医。ちょっとご相談があるのですが」

杉井の厳しい表情を見て、諸川も顔をこわばらせた。

「あまり良い話ではなさそうですね」

「そのとおりです。宮方大隊長のことですが、今将校連中で相談して殺害すべきではないかということになりました。これは決して衝動的な感情だけで出した結論ではありません。大隊長には失礼ですが、あの性格は異常と言うほかないのです。部下の気持ちを理解しないどころか、単なるうさ晴らしとしか思えない無意味ないじめを繰り返しています。ただでさえ辛い毎日なのに、これでは皆の精神が一層疲弊していくだけです。まさに大隊の要である地位にいながら、その大隊長のことを快く思う人間が一人もいないという事態は深刻です。このままでは大隊全体が機能不全に陥っていくことは避けられませんし、もっと心配なのは、この修羅場を何とか持ちこたえようという精神力を個々の人間が失っていくことです。人事当局がこの実態を把握して大隊長の交代を決定してくれれば最善ですが、それが直ちに期待できない以上、大隊長の存在を抹殺するしかないと思われます」

諸川はうなずきながら黙って聞いている。諸川は宮方の健康管理をしている関係上いじめの対象外であり、いくら諸川に説明してもあの宮方の性格異常は理解できないかも知れないという危機感を感じたが、杉井はとにかく話を続けた。

「軍医には大変迷惑な話ですが、死亡診断書をお願いしようということになりました。ただ、正直言って私は迷っています。人を殺すこと、いや、それ以上に、協力して敵と戦う立場にある人を手にかけることが如何に蔑まれるべきことかは、私も分かっています。しかし、これまでの経緯、この現状、それらを考え合わせればその行為も十分正当化されるのではないかと思いました。つまり、私は自分で正しいと思うことをしようとしているのです。そうだとすれば、戦死あるいは事故死というような虚偽の診断書などお願いしないで、正々堂々と自分の行為を公にすれば良いのではないかとも思うのです。皆の意見なので死亡診断書をお願いしたいと言い、一方でやはり不要かも知れないと言ったりして、本当に申し訳ありません。ただ、大隊長を殺害した後、私の処分のために周囲に迷惑をかけないために、自分は差し違えようかと思っています」

諸川は、あごを軽くなでながら、おもむろに口を開いた。

「皆の総意ということであれば、死亡診断書は書きましょう。しかし、駐屯地でそれを実行するのは非常に難しいことだと思います。駐屯地で大隊長が戦死したとなれば、他の軍医も必ず戦死確認に来るし、他の軍医の確認なしに荼毘に付す訳にもいかない。それに駐屯地でやられたとなれば、警備態勢の不備が追及され、不寝番などの当番兵も責任を問われることになる。やはり、激戦の状況下でやるしかない。しかし、これも周囲の兵の目にとまらないようにやるとなれば、至難のわざだと思います」

何事にも柔軟に対応してくれる諸川だったが、ここまで正面から相談に乗ってくれるとは杉井も思っていなかった。杉井の意外そうな表情をじっと見ながら、諸川は冷静な口調で諭すように続けた。

「それとあなたは重要な点を忘れている。上官殺害の罪は広くあなたの親族にまで及んでいく。あなたは差し違える覚悟までしているようだが、それですべて解決すると思ったら大間違いです。もし真実が知れるところとなったら、あなたの両親はもとより、あなたの親戚も皆十字架を背負って生きていくことになるでしょう。あなたが差し違えようがそうしまいが、私は大隊長の戦死の診断書を書くことは約束します。しかし、それだけで真実を隠しおおせる保証はどこにもない。そのことを十分考えて判断した方が良いでしょう」

杉井は、もう一度よく考えてみると述べて、丁寧に礼を言い、諸川のもとを辞した。

その夜、杉井は寝床でなかなか寝つけなかった。眠ろうと目を閉じたが、優しい母たえの笑顔がまぶたに浮かんだ。かつて有村が楠本少尉を射殺した時もそのもみ消し工作は冷や汗ものだった。報告書を上申して一件落着した際には、これで有村もその親族も救われたと杉井自身胸をなでおろしたことも思い出された。今回は死亡者が大隊長となれば調査もより詳細なものになるだろう。事実が明らかになる可能性は極めて高いかも知れない。その場合に、父母や親戚に対する糾弾はどのようなものになるか測り知れない。宮方の性格や行状を万人が理解しているのであればともかく、内地には杉井が上官射殺というとんでもないことをしたという事実だけが伝えられるだろう。直接の累は及ばないにしても、自分を応援し続けてくれている佐知子はそれをどう受け止めるだろうか。それに、諸川の言うとおり、杉井が差し違えたからと言ってそれでことはおさまらない。連隊長は監督責任を問われ、間違いなく昇進には影響が出るだろう。諸川も虚偽の診断書を作成したとなれば、厳罰は免れない。諸川はそれを承知の上で診断書を書いてくれると言っているが、世話になった軍医にそこまで危険を冒させて良いものだろうか。あれこれと思いを巡らせた結果、杉井は、遂に宮方の殺害を断念した。同僚の将校たちは杉井の優柔不断を責めるかも知れないが、宮方を殺すことに伴う犠牲の大きさを説明すれば、皆の納得は得られるように思われた。杉井は、人質を取られて苦しむ人間の心境が初めてよく理解できたように思った。

早く眠ってしまうに限ると決めた杉井のまぶたに、今度はあごの張った色黒の宮方のニヒルな笑い顔が浮かんだ。一度殺すことをあきらめると、宮方に対する憎悪が一層腹の中で燃え上がってきた。悪運の強い男とは宮方のような者を言うのだろう。大隊長というような地位にさえいなければ、その命も間もなくなくなったはずだ。天は何故こんな男を守ろうとするのか。宮方のような人間のおかげで、殺人というこれ以上恥ずべきものはないという行為まで検討する羽目に陥った自分が本当に情けなく感じられた。憤懣やるかたない杉井が薄目を開けると、夜は既に白んでいた。

中隊長

二月になると、連隊副官の犬飼から呼び出しがあり、直ちに出向くと、犬飼はいつものとおり、笑顔で杉井を迎えた。

「杉井、第一中隊長の寺岡大尉が南京に転出となった。後任としてお前がどうかという打診がきている」

既に一月の異動で中隊長の村川が連隊指揮班長に栄転し、連隊本部から後任として老練な特進将校の寺岡が赴任してきていた。寺岡は連隊長との折りあいが悪く左遷されてきたという風評だったが、一ヶ月足らずで中隊長も解任とは相当問題のある人物かも知れないと杉井は思った。犬飼は続けた。

「もっとも、お前と宮方大隊長との仲は俺もよく知っている。宮方さんの膝元を離れたいというのであれば、大隊の異なる第五中隊長でも良い。第一中隊にするか、第五中隊にするかはお前の選択に任せる」

気心の知れた犬飼の温かい申し出だった。あの最低の人間である宮方から離れても良い、こんな温情があるだろうかと気持ちが明るくなった杉井だったが、また例によっていろいろな思いが頭の中をめぐった。第五に移れば自分は助かるが、どうせ代わりの者が宮方の犠牲になる。

それに第一中隊は自分が小隊長を務めた古巣だ。宮方を殺すことはできなかったが、せめて第一中隊の自分の部下の防波堤になることが自分の役目ではないか。それに同じ宮方の部下であっても、今の大隊付きとは違って四六時中大隊長と顔を合わせることもなくなる。それだけでも大いなる救いだ。

「副官殿。ありがとうございます。第一中隊に行きたいと思います」

犬飼は一瞬意外そうな顔をしたが、すぐに笑顔に戻り、

「そうか。お前が希望するならそれで良い。宮方さんとはうまくやれよ」

と言って激励してくれた。

二月五日、杉井は第一大隊第一中隊長として着任することになった。この当時、第一中隊は歩兵第六連隊に配属となっており、上林の警備についていた。上林は賓陽の北西二十キロにある小部落で、遷江、賓陽地区警備の第一線であった。杉井の上林への着任を援護するために三十名の小部隊が編成されたが、その中には書記の神林、保崎、大行李の北川などの顔もあった。下士官クラスを中心としていて、護衛隊としてはレベルの高い編成であったが、皆杉井の栄転ということで志願してくれていたのだった。

「もう大隊副官でもないのだから、お前たちまで来てもらう必要はないのに」

「何をおっしゃいますか。これだけお世話になった杉井中尉殿のお見送りにも参加できないということでは悔いが残ってしまいます」

神林が言った。

「そのとおりです。それにここから上林の間には苗族の部落がたくさんあって、日本兵だと思えば襲ってきますから、しっかりとお守りさせていただきます」

保崎も同調した。

杉井たちは夜陰に賓陽を出発した。保崎の予想したとおり、途中、苗族の部落の住民が杉井たちを発見し、射撃を仕掛けてきた。これを合図に経路上の各部落が皆非常配備につき、その結果、杉井たちは上林までの間、終始断続的に攻撃を受けることになった。中国正規軍と異なり、苗族の場合はこれを殲滅する意味は乏しいため、杉井たちは攻撃されても応戦はせず、ひたすら道路わきの溝の中を匍匐して進んだ。夜が明けて間もなく、杉井たちは上林に到着した。

早速第一中隊に行くと、見知った顔が並んでいた。同じ大隊の中であり、浙河にいる間は顔を合わせることも多かったが、湘桂作戦が始まって以降は、大隊本部と第一中隊は別行動となることが頻繁であり、古巣の中隊に復帰して、その面々と一緒になってみると、やはり懐かしい思いがした。

「杉井中尉殿、ようこそ第一中隊へ」

背後で声がするので、振り向くと早田がいた。早田は杉井が務めていた第一中隊第一小隊で、今も第二分隊長をしていた。早田以外でも、柏田、川内、桜木、松浦など杉井の直下で働いていた連中も相変わらず第一小隊にいた。彼らの後ろに苦力の三郎がいて、

「杉井大人」

と言いながら手を振っていた。杉井は、宮方の傘下とはいえ、全く知らない連中ばかりの第

五中隊でなく、気心の知れた第一中隊を選んだことはやはり正解であったと思った。翌日以降、上林警備の任務に就くと、杉井は一層この思いを強くした。上林は防衛線の最先端であり、敵に対する警戒は非常な緊張感を伴ったが、砲兵隊に関して言えば、第一中隊の独立勤務であるため、杉井の上官は一人もなく、周囲への気遣いの全くいらない気楽な日々となった。かつて静商を出て静岡市内の会社に勤めた同級生が、仕事をしていて楽しいかどうかは、仕事の中身でなく、上司や部下にどんな人間がいるかで決まると言っていたことがあったが、これはまさに真理をついていると杉井は思った。

三月になると、連隊本部から、「このたび連隊において演芸大会を実施する。士気高揚のため各中隊は奮って参加すべし」との通達があった。杉井がもともとこの種のイベント好きであることは周知の事実となっていたため、部下の下士官、兵たちは、中隊としての参加の有無を打診するのでなく、いきなり、

「第一中隊の沽券《こけん》にかけても立派な演芸を出したいのですが、何をやりましょうか」

と言って、出し物の相談にきた。浙河にいた頃よりも更に辛い思いをしている将兵のことを考えれば、連隊の趣旨説明を待つまでもなく、士気高揚に資するものが良い、それも鐘太鼓を使った景気の良いものが望ましい、そう考えた杉井は、

「それでは、我が中隊はオーケストラを組織することにしよう」

と提案した。もちろん持参している楽器など何もない。しかし、必要は発明の母である。ま

ず大砲の薬莢を杭に差し、太い杭から細い杭へと並べて調節をし、これをたたくと見事な音階を形成した。次に大きさや厚さの異なる馬の蹄鉄を紐でつるしてたたくと、これも美しいドレミファソラシドを奏でた。民家から調達した壺を小太鼓にし、洗面器をドラムとし、更に口笛の上手な者十名で口笛隊を組織した。当日の指揮とそれまでの演奏指導は、音楽学校出身の安川兵長に命じた。何の潤いもないすさんだ生活に明け暮れていた兵たちは熱心に練習をした。

当日になると、杉井の中隊は、全員武装し、道具を抱えて賓陽の連隊本部に乗り込んだ。本部の前には立派な舞台ができていた。第一中隊の順番が来ると、オーケストラ隊は堂々と演奏に入った。一曲目は「湖畔の宿」、二曲目は「誰か故郷を想わざる」、そして最後は、杉井が作詞した第一中隊の歌を「予科練の歌」のメロディーで演奏し、全員で斉唱した。

一、若い元気な一中隊　肥馬の背中に砲車を乗せて
　今日も行く行く岩山越えて　重慶　成都も一またぎ

二、熱い血潮の一中隊　胸は黒がね爆薬抱いて
　M1M4束になってこい　肉薄攻撃お手のもの

三、命惜しまぬ一中隊　竹槍片手に草鞋を履いて
　挺身奇襲の攻撃精神　行くぞ敵陣殴り込み

杉井の中隊の演芸、特に最後の替え歌は予想以上の拍手喝采を浴びた。雛壇にいた連隊長始め各中隊長にはあらかじめ歌詞を配っていたため、連隊長の中野もそれを見ながら口ずさんでいた。演芸大会が終了したあとも、中野はわざわざ杉井のところに来て、

「杉井は上林の山の中で暇と見えて、こんなことをして歌ばかり歌っているのと違うか」

と機嫌よくからかった。

杉井は、兵たちが一所懸命練習した成果が一定の評価を得たことに安堵した。また自分が適当に作った替え歌の歌詞が演芸大会の盛り上がりに貢献したことも嬉しく思った。しかし、一方で、この歌詞は如何にも部隊の中での自分の位置づけを象徴しているようにも感じていた。杉井は、豊橋の予備士官学校に入った時も、出征して浙河に着任した時も、これから軍隊という大組織で自分はどれだけのことができるだろうという一種のときめきを感じていた。それは杉井謙造商店では成し得ない何か大きなことが自分なりにできるのではないかという期待に基づくものだった。ところが、今の杉井にはそんなときめきのかけらもなく、胸の奥で常に思っているのは、この戦争はいつまで続くのだろう、いつになったら内地に帰れるのだろうということだった。しかし、小隊長として着任し、大隊副官、指揮班長を経て中隊長に至る今日まで、そんな思いを外に出すことは、少なくとも自分よりも肉体的には辛い思いをしている部下の前では許されることではなかった。部隊の中では「作戦好きの杉井」という評価が定着しており、部下の兵たちの中には「本当に杉井中尉は作戦が好きだなあ」と半ばあきれ気味に言う者もいたが、実際にはその兵たちも、杉井があれだけやっているのだから自分も頑張らなくてはいけ

ないと、杉井の姿勢を励みにしている面があることは否めなかった。従って、士気高揚のための演芸大会であり、中隊を活気づけるための出し物であるとすれば、替え歌の歌詞も必然的に勢いの良いものにならざるを得なかった。これからも気持ちが萎えることは度々あるかも知れない、しかし部下の前では、自分は死ぬまでこの姿勢を貫かざるを得ないだろうと、歌詞の記された紙片を握り締めながら杉井は思った。

四月になると、数名の補充兵が第一中隊にも送られてきた。その中にきゃしゃで青白い顔をした、見るからに弱兵という感じの一等兵がいた。杉井が年末に野戦病院で見舞った山名だった。

「山名一等兵」

杉井が声をかけると、山名は杉井の顔を見て、驚きと喜びの交錯した表情を浮かべながら、

「杉井中尉殿」

と言って敬礼した。

「その様子では、体の方も回復したようだな」

もともと小柄で細身であることに加え、まだ頬もこけていて如何にも病み上がりという感があったが、顔色は数段良くなっていた。

「はい。あの後、野戦病院の閉鎖で桂林の兵站病院に移されました。その時は体の方もまだ中尉殿と会った時と同じ状態でありまして、桂林行きのトラックの荷台にも自力では乗れず、戦

友に押し上げられ、引っ張られて何とか乗りました。桂林に着いた後は、中尉殿のご助言に従って、治療に専心した結果、一ヶ月ほどで歩けるようになり、三ヶ月でほぼ元の状態に戻ることができました」

「桂林の病院は内容としてはどうだった」

「これも桂林に行けばしっかりとした治療が受けられるという中尉殿のお話のとおりでした。それと、軍医も衛生下士官も配属されていましたし、定期的な診察や薬剤の投与もありました。それと、私がお世話になった軍医は、加瀬さんという見習士官でしたが、九州大学医学部から応召したと聞きましたので、私の大学の友人の児島という男の父君が九大医学部の教授をしていたという話をしたところ、その軍医さんはこの教授の助手をしていたとのことで、そんなこともあったせいかいろいろと気を使ってくれました。しかし、それよりも何よりも、生きようと思えという中尉殿のお言葉が治療をする上での大きな励みになりました。本当にありがとうございました」

山名は深々と頭を下げた。杉井は、

「とにかく元気になって良かった。中隊のためにせいぜい働いてくれ」

と言って山名の肩をたたいたが、内心、山名のここでの勤務は無理だと思った。もともと戦地に送られてくること自体疑問視されるような弱兵である、まして病み上がりでこの最前線の勤務などあり得ない、人事担当官もこんな一等兵の一人一人の状況の把握などしていられないのは分かるが、あてはめ人事も限度問題だ、こんな所にいたら山名もいつまた下痢や疫病に苛まれるか分からないし、そんなことになったら折角の治療も水の泡ではないか、そう考えた杉井は、第二小隊長の長富を呼んで、山名をどこか負担の軽いところに異動させることを大隊本部に上申するように指示した。二週間後、山名は師団の功績事務室に異動となり、武昌へと移って行った。

反転

五月十日、第一中隊に対して、連隊本部からの命令が電話で下達された。内容は、

「沖縄が危ない。第三師団は本土防衛のため、急遽反転すべし」

というものだった。既に二月にはヤルタ会談が開催されて連合国の間で戦後処理の枠組みが決定され、五月七日にはドイツが無条件降伏するなど、戦局は決定的だった。本土防衛のための反転の命令についても、高原でもいればその意味するところの分析でもしてくれたであろうが、上林にポツンといる杉井は、その命令を受けても特に危機感を抱くことはなかった。補給物資の不足などからして、前線が伸びきっているという印象は持っていたが、第二次長沙作戦などを除いてほとんど勝ち戦しか経験のない杉井は、沖縄が危ないから戻れと言われても、中国中部に投入し過ぎた戦力を本土防衛や南方に振り向けてバランスを取るのだろうという程度の印象しか受けなかった。それよりもとにかく内地に向かうというそのことだけが他の思考を

すべて停止させた。これは、杉井から命令を伝えられた第一小隊長小柳や第二小隊長長富も同様だった。小柳は、

「本土防衛のための反転というからには、状況はなかなか厳しそうですね」

と口では言っていたが、その表情から喜びは隠しようもなかった。上林出発のための準備を命じられた杉井の当番兵の三橋兵長などは、

「このような準備はいつも以上に気合いが入ります」

と、素直に感情を吐露した。

警備地撤去の作業を完了した第一中隊は、歩兵第六連隊第二大隊と共に、五月十六日に上林を出発し、賓陽に戻って野砲兵第一大隊本部などと合流すると、直ちに反転を開始した。制空権が敵の手中にあるため、行軍は相変わらずすべて夜間であり、日没とともに出発、夜明けとともに宿泊の毎日だった。本来ならストレスのたまる連夜の夜行軍だが、今度ばかりは今までの行軍とは全く異なるものであった。馬上で杉井は常につぶやいた。今俺は、一歩一歩日本に近づいている。今度の行軍は、果てしない、目的地のない行軍ではない。日本は何千里の彼方だ。万里の波濤の彼方だ。その日本も平和な日本ではない。そこに待っているのは本土防衛の熾烈な戦場かも知れない。しかし、それは無名の異郷の地ではない。死ぬとしても、俺は日本で死ねるのだ。そのためにも、この反転作戦の過程で部下共々あたら命を落としてはならない。共に日本本土の土をこの足で踏まなくてはいけない。その後、仮に日本で散華してもそれは本望だ。とにかく、この百八十人の隊員を一人も欠くことなく内地まで送り届けること、これこ

そが着任してから今日に至るまでに自分に与えられた任務の中で最重要のものだ。口では、自分を待っているのは熾烈な戦場の日本かも知れないとつぶやいていた杉井だったが、他方で、常にまぶたに浮かぶのは、戦前の平和な日本、温かな人たちの待っている日本だった。浙河を出てから一年、本土との通信手段も途絶え、親戚知人とも全く音信不通になっていたが、間もなく、両親とも、そして佐知子とも直接顔を合わせ、会話ができる日が来る、そう思うとすべての疲労は自覚の範囲から消えた。

賓陽を出発した部隊に対して、反転を察知した中国軍は執拗に追尾攻撃を仕掛けてきた。歩兵第六連隊はこの追尾を阻止するべく、各所で反撃を行い、杉井たちの野砲兵部隊も、内地へ帰る反転作戦の途上であれば、明らかにその後の弾薬補給の必要もないため、積極的に協力射撃をした。こうして敵の妨害を排除しながら、部隊は、大賢村《だいけんそん》、来賓《らいひん》、修仁《しゅうじん》道を北上し、柳州東側を通過し、荔浦《ちょうなん》、長灘、恭城《きょうじょう》道へと進んでいった。このあたりの沿道は兵站線のため、敵の反抗も少なく、旅次行軍のような比較的気楽な行軍だった。恭城にさしかかろうとした頃に、早田が杉井に話しかけてきた。

「中隊長殿、こういう行軍は良いですね。多少の接敵はありますが、とにかく内地に向かっているというのが何よりです。中隊長殿と第一小隊でご一緒した頃、浙河から出かけていく行軍より、浙河に戻っていく行軍の方がはるかに楽しいと思いましたが、今回は浙河に戻っていく時の比ではありません」

「それは俺も同感だ。しかし、早田、先はまだまだ長い。過ちは安きところにあると言う。こういう時ほど気持ちは引き締めなくてはいけない」

「分かっています。でも、いつの間にか背後から南十字星が消えて、目の前には北斗七星が輝いている。これだけでもすごく嬉しい気分になってしまいます」

「なるほど。それはそのとおりだな」

杉井は素直に同意した。

部隊は、恭城から更に北上し、永明《えいめい》を経て道県に着いた。この道県では糧秣被服の支給があり、将兵たちは草鞋を捨てて軍靴に履き替え、継ぎ接ぎの軍服も真新しい夏服に着替えて、敗残兵さながらのみすぼらしい姿は一新された。将兵ともに皆心なしか明るく、かつ引き締まった表情になったように思え、杉井は、衣食足りて礼節を知るというのはまさに名言であると思った。道県では幹部の人事異動もあり、連隊長の中野の転勤も決まった。後任の連隊長には、河村大佐が赴任してきた。中野の在任期間は一年半足らずであったが、杉井は、その最初の一年の間大隊本部付きだったため、歴代の連隊長の中では中野との付き合いが一番深かった。杉井は早速挨拶に行った。

「連隊長殿、大変お世話になりました。ありがとうございました」

「杉井にはこちらこそ本当に世話になった。特に田辺がおかしくなってしまった時は実にまいったが、貴官のおかげで、何とか事態を処理することができた。あらためて礼を言う。それにしても、連隊長にしても、大隊長にしても、こんなにころころ替わられたら杉井のような立場の人間はやっていられないだろうな。もっとも、俺の人事は俺が決める訳ではないから、文句を言われても困るが」

中野の言っていることは杉井の本音だった。少し慣れてきたと思えばすぐに上官が替わってしまうのでは、部下の負担も重くなるし、また組織がうまく機能していくためにも問題であった。一方で宮方などは、中野と同時期に赴任しながらまだ留任であり、どうせなら幹部は短期間で一斉に替わるというのをルール化して変な奴もすぐにいなくなるようにして欲しいと言いたい気持ちだったが、もちろん中野に向かってそんなことを言える訳もなかった。

「いいえ。連隊長殿のような方は枢要な地位をいくつも経験されて偉くなられる訳ですから当然だと思います。ただ、折角そのお人柄と接することができたのに、もうお別れしなくてはいけないというのは甚だ残念であります」

「杉井らしい優等生の答弁だな。まあ、またいずれ内地なり、他の戦線なりで顔を合わせることもあるだろう。それまでに、杉井、もう少し麻雀強くなっておけよ」

中野はそう言って豪快に笑った。

反転中、従来の作戦と比べて接敵は少なかったが、それでも宿泊地では、いつでも周囲に向かって砲撃が可能なように、必ず大砲を据えて万全を期していた。安仁で宿泊休憩をしている際、白昼、前方で激しい小銃の音がした。杉井が急いで砲側に駆けつけ、双眼鏡を取ると、前方の稜線で日本兵五、六名が稜線上の数十名の敵に応戦していた。数に勝る敵は日本兵を逐次

圧迫していたが、日本兵は手も足も出ず、退却も容易でなく、立ち往生の状態だった。杉井は直ちに小柳に向かって、

「前方の敵に三、四発ぶち込め」

と指示し、これを受けて小柳の小隊の砲列は照準を定めて、三発射撃した。敵の中国兵はこの砲弾にあわてて逃げ出し、難を逃れた日本兵は無事に歩兵部隊に戻ってきた。ところが、この砲声と同時に手元の電話機が鳴った。出ると、宮方からの直接の電話だった。

「第一中隊、何を射撃したのだ」

「友軍が敵に包囲されていたため、援護射撃しました」

「誰の許可を得て射撃した」

「状況急を要しましたので」

「電話があるではないか。何故電話しない」

何を言っても始まらないと思った杉井は沈黙した。何の応答もしない杉井に、宮方は激怒した。

「黙っていては分からぬ。お前は重謹慎だ」

そう怒鳴ると宮方は電話を切った。

射撃をするにあたって大隊長の許可が必要なことは杉井も十分承知していた。しかし、通常の上官であれば直ちに許可してくれるような事態であったが、宮方の場合にはどんな文句をつけてくるか分からない。宮方の相手などしていたら、犠牲者を出すことになってしまう。そう

思って杉井は独断実行したのだった。事実、三発の砲弾で、間もなく故国の土を踏もうとしている兵の命を救うことができたのであり、それで自分が宮方から処罰されても本望だと杉井は思った。誰かに怒られた時、相手の言い分が不当と感じても、多かれ少なかれ自分にも非があるのではないかと常に自分を振り返ることにしていた杉井だったが、宮方に関しては、もはやそのような考慮をすることを放棄していた。

その夜出発前に、歩兵第六十八連隊の土方中隊長が杉井の中隊を訪ねてきた。土方は下士官三名を同行し、

「本日はうちの兵が敵に包囲された際、貴隊の射撃の援護で助けていただき、九死に一生を得ました。本当にありがとうございました」

と言って、部下共々深々と頭を下げた。杉井は、その笑顔を見た時、友軍の兵を救ったという実感が湧き、宮方の下らない叱責など意識の外に消えた。

しかし、一方で、杉井がいくら無視したいと思っても、宮方から通告された重謹慎は上官からの処分であり、従わざるを得なかった。通常であれば部屋に蟄居するのであるが、戦場ではそうする場所もないため、結局、軍人勅諭を毛筆で全文書き、宮方に提出することが課された。夜間は連日行軍であるため、朝に宿営地に着くと午前中の時間を使って少しずつ書くことにした。書き写しという単調な作業の中で、杉井は軍人勅諭の内容についてあらためて考えた。「軍人は忠節を尽くすを本分とし、礼儀を正しくし、武勇を尚び、信義を重んじ、質素を旨とすべし」という多分に儒教的思想に立脚したこの規律は、軍隊という管理集団を維持していくため

には必要不可欠なものだった。その内容は人生の真理をついている部分も多かったが、問題は一度それが規則として絶対視されるようになると、その文言が形式解釈され、ともすれば乱用されることだった。「下級の者は上官の命を承ること、実は直に朕が命を承る義なりと心得よ」という言葉が形式的に適用され、軍隊内のそこかしこでリンチが横行しているのもその一つの例だった。杉井は、軍人勅諭の軍人とは何かを自問した。自分のように徴兵によって自分の意思とは関係なく軍隊に入った人間は、果たして軍人勅諭を遵守しなくてはいけない軍人なのであろうか。更に、自分のように二年間の教育を受けて士官となった者はともかく、民間から入営して数ヶ月で戦地に送られるような者たちにこの軍人勅諭を強要する合理性があるだろうか。かつて、片腕を失った高原が、第二次長沙作戦のあとで、師団長や参謀長など自分たちの顔なんか知りはしない、知りもしない奴なんかは命も含めてどうなっても構わないはずだと語ったことがあった。もし、そうだとすれば、これほどまでに厳しく上下関係を律する軍人勅諭をトップから末端に至るまで厳格に遵守させることには必ず矛盾が生ずるのではないだろうか。杉井が浙河に来た時の中隊長だった多和野は、杉井たちに向かって、「お前たちは俺たちと違って好きでここに来た訳ではない」と言いながら、下級将校や下士官、兵たちには極めて優しい態度で接していたが、多和野に意見を求めれば、軍人勅諭は陸士を卒業し、軍人を職業とする者のみが遵守すべきものと言うのではないか。

部隊は、安仁、攸県、新市を経て萍郷へと進んだ。萍郷の宿営地では糧秣支給を受けるべしとの命令があり、その際、敵機の襲来を警戒するため馬は使用せず、臂力で受領するようにとの指示があった。しかし杉井の中隊の宿営地は郊外にあり、糧秣配給所まで八キロもあって往復四時間を費やさなくてはならなかった。加えて、臂力の場合は勤務兵を除いて中隊全員で参加しなくてはならないため、兵を休ませることもできなくなってしまう。杉井は、自分の判断で、馬八頭を使って受領にいくように部下に命じた。出発に際して、杉井は引率の下士官に対空には十分な警戒をするように指示したが、杉井自身、最も恐ろしい地上の敵に対する留意が不足していた。杉井の部下が糧秣の受領を終えて無事に帰ってくると、直ちに宮方から呼び出しがあった。

「大隊命令で糧秣受領に馬を使うことは不可とされているのに、第一中隊は何故馬を使ったのだ」

「人力を温存するために必要と判断しました。使用したのは中国馬のみです」

「中国馬でも馬は馬だ。何故、大隊長の命令に従えない」

「……」

上官の命令に反しているのは明確であり、そのこと自体望ましくないことは杉井も十分認識していた。まずはきちんと謝罪をし、その上で、状況からしてやむを得ない判断であったことを弁明するところであるが、相手が宮方である以上、そのようなプロセスを踏むことは、不要かつ無意味だった。

「黙っていては分からん。お前のやったことは重大な命令違反だ。重謹慎、将来とも昇級停止とする」

　これによって、杉井は、また昼間軍人勅諭を書く毎日となった。

　一個師団が通過する際に膨大な糧秣を支給すると、占領地兵站線の食料に支障をきたすため、萍郷《じょうごう》から先は、食料を敵地に求めながら、夜間も炎暑が厳しい中を部隊は行軍を続け、袁州《えんしゅう》、上高《じょうこう》、瑞州《ずいしゅう》を経て、八月十日、南昌に到着した。この日、日本がソ連と交戦状態に入ったという情報が入ってきた。杉井の気持ちは俄かに暗くなった。それは、日本が更に窮状に陥ったからではなく、米英に加えてソ連まで敵に加わった以上、あれだけ楽しみにしてきた内地がまた遠のいたように思われたからだった。宿営の準備の指示を受けにきた早田が、不安そうな顔で杉井に言った。

「中隊長殿、戦争の相手にソ連が加わったのですね」

「そのようだな。ソ連との間には不可侵条約があったはずだが、ソ連がそれを破棄したということだろう」

　杉井は早田の前では努めて動揺を隠し、平静を装った。

「私たちもこれからソ連と戦わされるのでしょうか。そうだとすれば、北上して南京あたりで人馬の補充を受け、編成も今のような山砲ではなく、本来の挽馬砲兵となって、満蒙の地でソ連と決戦ということになるのでしょうね」

「ソ連軍は中国軍とは違って近代装備と聞く。ソ連とやるとなったら相当な覚悟が必要だろうな」

「相当な覚悟どころか、生きて内地に帰ることなど考えない方が良いのではないでしょうか。折角内地に帰れると思って元気に行軍を続けてきたのに、皆しょんぼりとしています」

「早田、何も満蒙に行くと決まった訳ではない。今俺たちが受けている命令は、あくまでも内地防衛のために帰還することだ。兵たちには、元気を出すように言っておけ」

早田にはそう言いながら、杉井は内心意気消沈していた。対ソ戦には相当な兵力を投入しなくてはならない。内地から新たに部隊を派遣するよりは、既に中国にいる部隊を満蒙に回す可能性の方がはるかに高いように思えた。早田の言うとおりであり、自分も満蒙の荒野に骨を埋めることになるかも知れない。ソ連との決戦を覚悟した今、杉井がこれまで描いてきた内地帰還の夢は、国の運命に翻弄され、無残に消え去っていった。

第五章　帰還

終戦

南昌を出発した部隊は、八月十六日、揚子江の九江に到着した。夜になり、出発の準備をしていると、連隊本部から将校全員に召集がかかった。杉井は、遂に対ソ戦の準備、更には具体的な作戦についての命令が下されると直感した。内地に帰れるという万に一つの可能性を祈っている部下たちにどう説明すれば良いだろうかと考えながら、杉井は連隊長のもとに向かった。

連隊長始め連隊幹部は、裸電球が一つともった薄暗い中国民家の一室にいた。幹部は一様に今までになく沈痛な面持ちをしており、部屋の雰囲気は異様だった。幹部なら幹部らしく、行軍の目的地が満蒙に変わったことなど、むしろ淡々とかつ堂々と告げれば良いだけの話ではないかと、杉井は首をかしげた。

「これで全員か」

連隊長の河村が訊くと、連隊副官の犬飼は、

「全員揃いました」

と小さな声で答えた。

「今日は、貴官らに重大なことを告げなくてはならない。日本はポツダム宣言を受諾し、無条件降伏をした。また日本国内には想像を絶する強力な爆弾が投下され、壊滅的打撃を受けた」

河村の言葉に、杉井は頭の中が真っ白になった。日本が負けた。どういうことだ。無条件降伏ということは全面的敗北ではないか。おかしい。この中国中部では、苦労はしたが、連戦連勝だった。それなのに全体としては、とにかく日本は負けた。ここでの局地的な戦争は、戦争全体の中では何の意味も持たなかったということなのだろうか。

「爾後の行動は追って指示する」

そう言って河村は話を結んだ。河村自身、突然の状況急変に咄嗟の判断も思い浮かばなかったものと思われた。集まった将校も皆思考がまとまらず、声もなかった。

中隊に戻った杉井は、全員を集めた。

「今連隊長から話があったが、日本は無条件降伏をした。日本国内も強力な爆弾などにより相当な被害を受けている模様であるが、詳細は不明である。今後の行動については連隊長の指示を待つこととする」

中隊内は一瞬騒然となったが、しばらくして暗い沈痛な雰囲気となった。杉井にはそれ以上言うべき言葉もなかった。もともと情報には限りがあり、更に、自分自身考えがまとまらないまま何か述べても混乱を惹起するだけのように思われた。

「これからの対応が決定するまで十分に休養を取るように」

杉井はそれだけ言うと、中隊を解散し、部屋に帰って寝床にもぐりこんだ。暑く、寝苦しい夜だった。しかし、寝苦しいと感じる以前に、目は冴え、また眠りにつきたいという気持ちにもならなかった。日本が戦争に負けたという事実を実感するには、まだまだ時間が必要だった。

これまで、制空権を握られて空襲を受けるようになった時も、国内の物資不足が認識された時も、また軍票の値打ちが下落していった時も、杉井は戦況が相当悪化しているのではないかとの不安を感じた。しかし、それらはいずれも、将来日本が敗れるという瞬間を迎えるという予想にまで結びつくものではなかった。従って、日本の全面的敗北という突然の通告は、今まで杉井が考えてきたあらゆることを逆転させるものであった。

杉井は眠ることを放棄し、目を開けて真っ暗な中で天井を見つめながら考えた。徴兵されてから予備士官学校を出るまでの二年間、そして浙河に来てからの五年間とは一体何だったのだろうか。あれだけ辛い思いをし、何度も疑問を感じながらも、こうしてやってきたのは、無意識のうちに、日本が勝利を収めるためということですべてを正当化できていたからではなかっただろうか。もっとも、こんなことを考えるのは贅沢というものかも知れない。自分はまだ何とか生き長らえている。佐藤を始めとしてこの地で死んでいった者たちはどうなる。名誉の戦死と言われているが、日本が負けてしまった今、彼らの戦死は犬死にに近いものになってしまったのではないか。トイの女たちに強いた慰安行為も、各地で繰り返された徴発という名の略奪もすべて必要悪と片づけていたが、今やそれらも単なる日本軍の悪行となってしまったのではないか。大義名分というものは人間を楽にする。大義名分さえあれば、一つ一つの行動にいちいち疑問を感じなくて済むからである。しかし、その大義名分がこんな形で一瞬のうちに消えてなくなってしまうというような事態は他にあるのだろうか。中国との戦争の歴史は長い。この中国との戦争に勝利を収め、日本国の繁栄、更には大東亜の繁栄を実現することは、正義であると教えられ続けてきた。しかし、正義は勝つというのが普遍的真理であるとするならば、これは正義のための戦いではなかったということになる。国家には意思というものがあり、その国家の意思は時代の流れによって変化し、国家を形成する一員である個人は時代の流れに流されていく。しかし、日中戦争を始めてからこの無条件降伏に至るまでの間ほど、日本国民の個人個人が時代の流れに強力に流されていった時期はないのではないだろうか。いろいろな思いが杉井の頭の中をめぐったが、その過程で、杉井は自分が変に冷静になっていくのを感じた。

八月十七日早朝、杉井は、自分の宿舎となっていた民家の外に出た。宿営地の西にそびえる廬山の山腹に無数の滝が白糸のように落ちており、それが朝日を浴びてきらきらと輝いていた。鄱陽湖に浮かぶ白い帆舟が静かにゆっくりと動き、何か平和を象徴しているかのようだった。揚子江は、昨日と変わることなく、人の世の葛藤など全く関知しないかのように、悠々と流れていた。しかし、杉井の心境は明らかに昨日までとは異なっていた。連隊長から敗戦を知らされて以降、悔しさやむなしさが心の中から消えた訳ではなかったが、もはや戦うことはない、弾丸も飛んでこない、満州へ行くこともない、そうした安堵感が、悔しさ、むなしさを凌駕していた。一方で、日本は今どうなっているのだろう、郷里静岡は無事だろうか、父母は、そして佐知子はどうしているだろう、また自分たちはこれからどうなるのだろうという不安もひしひしと胸に湧いてきた。

昼過ぎになると、連隊から命令が下された。

「部隊はより安全な上海に向けて明朝出発する。爾後の行動については状況の変化に応じ、その都度指示する。行軍序列次のごとし……」

という内容のものだった。杉井は中隊全員を招集し、

「降伏の状況は未だ詳《つまび》らかではないが、我々は内地帰還のできる上海に向けて明朝出発する。ここまで生命長らえてきた同志である。今後もこれまでと同様、中隊一糸乱れず団結を強固にして、皆で揃って内地の土を踏もう」

と話し、翌朝の出発のための準備を指示した。

十八日早朝、部隊は九江を出発した。敵機の襲来もないため、杉井たちにとっては久しぶりの昼間行軍だった。毎日四十キロのペースで上海へと進んだが、この行軍はこの数年間で最も楽な行軍ではないかと杉井は思った。兵の六割以上は兵長以上の階級で皆ベテランであるため細かい指示をする必要は全くなく、またひたすら揚子江の南岸に沿って行くだけの単純な行軍であるため、地図も不要であり、道路の選定に迷うこともなかった。

二十日夜、揚子江河畔の部落に宿営となり、杉井が眠る準備をしていると、秋野、中崎、横川、吉永など仲間の将校が集まってきた。

「長いことやらなかった昼間の行軍だが、暑いのを除けば本当に楽だな。晩飯を食ってしばらくしてから寝るということができるだけでも、この間までと比べれば、少し人間の生活らしくなってきたように感じる」

横川がそう言うと、隣にいた秋野も同調した。

「もともと人間というのはある程度太陽を浴びて初めてまともな体調を維持できるのに、これまでみたいにお天道様が照っている時は昼寝をして、真っ暗闇の中でだけ活動するというのでは体がおかしくなってしまう。もっとももうとっくに体もガタガタになっているから、昼夜逆転による体調の変化など気づかない奴がほとんどかも知れないが」

敵と交わることがなくなった気楽さから、皆明るく、数日前までの生活との劇的な変化についての話を続けた。しばらくすると、黙って話を聞いていた中崎が、

「ところで俺たちはこれからどうなるのだろう」

といつになく曇った表情で言った。一同の間に一瞬の沈黙が流れた。兵たちの前では今後のことなどを敢えて話題とするのを避けていたが、皆同じ不安を抱いているのだろうと杉井は思った。秋野が言った。

「広島と長崎に落とされた爆弾は超強力なもので、被爆地では生物はすべて死んで、将来百年は草木も育たないらしい。そんなことまでするアメリカのことだから、俺たちも相当ひどい目にあうのではないか」

それを聞いた横川が視線を落としながら言った。

「少なくともアメリカは天皇陛下と東条英機は絞首刑にするだろうな。これで天皇制も崩壊だ」

中崎は、苛立ちながら横川に言った。

「偉い人たちのことはともかく、問題は俺たちのことだ。言われるままに戦地に来ただけなの

に、それでひどい目にあうのではたまらないじゃないか」

「そんなに怒らないでくれよ。俺たちがどうなるかなんて誰も分からないだろう」

外国の事情にも詳しい吉永が、今度は口を開いた。

「今、中国に派遣されている日本の将兵は百二十万人くらいだろうと思うが、海外にこれだけ健在の軍隊を擁しながら降伏した例など世界史にもない。だからこの軍隊の扱いがどうなるかなど、横川の言うとおり、誰にも分からない。今俺は世界に例を見ないと言ったが、厳密に言えば一つだけ似たケースがある。カルタゴだ。ハンニバルの率いた遠征軍、確か五十万人くらいだったと思うが、これがローマの城壁まで迫ったところで本国のカルタゴが降伏した。この時ハンニバルの遠征軍はすべて奴隷となり、終身ローマ人に酷使された。そうだとすれば、俺たちも強制労働は避けられないかも知れない。これだけ長い年月中国を荒らし回ったのだから当然の使役だと覚悟すべきかな」

それを聞いた横川が吉永に訊いた。

「その場合には、どの程度服役しなくてはならないのだろう。どのくらい長く中国にいたかで服役年月も変わってくるのかな。もしかしたら、将校クラスはカルタゴ人と同じように終身強制労働をさせられるのかも知れない」

「皆の不安を募らせるような話をして悪かったな。同じような例があると言っても古代ローマ時代のことであるし、実際のところ、アメリカがどう考え、中国がどう考えるかは予想できない。これだけの戦争をやらかしたのだから、全くおとがめなしという訳にはいかないと思うが、心配しても仕方がないし、なるべく穏便な取り扱いをしてもらえるという希望を持つほかないだろう」

今度は秋野が口を挟んだ。

「穏便な取り扱いなど望めないのではないか。ポツダム宣言の中には日本民族を滅亡させるという一項があるらしい。吉永の言うとおり、アメリカは古代ローマとは違って文明国だ。滅亡させると言っても俺たちを皆殺しにするようなことはしないだろう。しかし、俺たちを皆中国に留めて死ぬまで内地に帰さないくらいのことはするかも知れない。あるいは、日本に帰すとしても、俺たちに優生手術をして去勢するのではないか。そうすれば、日本民族も自然に滅亡していく」

人間というものは、事態が悪化してくると、実際以上に悲観的な予想ばかりする傾向があるが、これはその典型だと杉井は思った。憶測が憶測を呼び、この生産性のない会話は留まるところがないと思った杉井は、皆に向かって言った。

「殺されるかも知れないとか、去勢されるかも知れないとか、そんな話をしていても仕方がない。俺もこれからのことについては、ものすごく不安だ。しかし、こんな時こそ、吉永の言うとおり、希望的な観測を持つように努力すべきではないかと思う。俺たちは今まで命令に従って動いてきた。作戦に行けと言われれば、出かけていって自分の持ち場をこなすことだけを考えてきた。次の作戦では死ぬかも知れないなどと考えても仕方がないから、いちいちそんなことを心配することもしなかった。今、俺たちは上海に行けと命令されている。上海に行けということは、そこから内地に帰れと言うことだ。とにかくその命令に従って上海から日本に帰ることだけを考えれば良い。今までも本土防衛のために内地に帰れという命令に基づいて行軍してきたが、今度は戦争のない内地に帰れという命令だ。その分、ずっと恵まれているくらいの気持ちを持つべきだろう」

杉井の半ば自分自身を鼓舞するような発言に、皆うなずいた。腕組みをしながら聞いていた吉永が、腕を解いて、身を乗り出しながら言った。

「俺も下らん話をしたが、今の杉井の意見には全く同感だ。将校連中が情けない心配をしていたら、兵たちはもっと不安になるだろう。それに日本が降伏したことは、俺たちにとっては幸運と考えた方が良い。このまま、戦争が続いていたら、おそらく満蒙行きだった。殺される可能性はその方がもっと高かった。長沙作戦、湘桂作戦、今までだって死んでこいと言わんばかりの命令はいくらでもあった。アメリカや中国が俺たちに何をするか分からんが、日本の参謀本部よりはもう少しましな扱いをしてくれると考えようじゃないか。明日も行軍だ。さっさと寝ることにしよう」

吉永の言葉で、将校たちの井戸端会議は散会となった。

部隊は、九江から安慶《あんけい》対岸、蕪湖《ぶこ》を通過し、南京に着いた。南京では、不要となった弾薬をトラックに載せ、トラックごと揚子江に沈めた。その後、東進を続けて九月二十二日に鎮江《ちんこう》に着くと、中国軍将校が重慶から飛来し、部隊は行動の停止を命じられた。杉井たちの野砲兵第三連隊は、鎮江郊外の華中蚕糸の工場に収容され、ここで抑留生活に入ることになった。その夜、杉井は寝床で考えた。五月十六日に上林を出発してから四ヶ月、三千キロの行程を夜となく昼となく歩き続けて、遂にこの鎮江で中国軍任せの身となった。他人が見れば苛酷な運命と映るかも知れないが、この過程は自分にとっては幸運ではなかっただろうか。もしも、八月十五日を上林で迎えていたとすれば、あの獰猛な苗族住民のゲリラ戦にあい、今頃は兵力も半減していたはずだ。八月十五日を揚子江岸で迎え、しかも既に上海への移動態勢に入っていたことは、ほとんど無傷で部隊がここまで来ることを可能にした。また、以前吉永が言ったとおり、八月十五日の終戦が一月でも遅れていれば、自分たちは既にソ連軍と戦い、生命のほども分からなかった。今、生きたままこの地にいることはそれだけで幸福と思わなくてはいけない。杉井は、そう考えると、かすかに頭をよぎった抑留生活に対する不安を頭からかき消して、眠りについた。

抑留

杉井たちが抑留された華中蚕糸の工場は、鎮江郊外にあって、敷地は五千坪ほどだった。周辺は鉄条網で囲まれ、中国人は皆疎開しており、将兵たちは、それぞれ中隊ごとに、敷地内に散在する工場に入ることになった。連隊はその組織を解かれることなく、当座は兵器も接収されず、出入り口には日本兵の衛兵が歩哨に立つなど、今までの環境とほとんど異なることはなかった。華中蚕糸に常駐する中国軍は一個中隊程度であり、これも周辺を徘徊する共産軍に対する警戒に忙しいせいか、杉井たちの部隊の管理は基本的に自主管理だった。抑留されるからには、連隊の組織を解かれ、個々人が強制労働に従事するものと覚悟していた杉井たちにとって、これは大変有難い事態であった。食料についても、華中蚕糸はもともと日本軍の糧秣倉庫であったため、連隊の将兵の分をまかなうのに困ることはなかった。中国軍は、この食料に目をつけ、没収のために時々検査員を派遣してきたが、その都度袖の下を握らせると、検査員はろくに調査もしないで帰って行った。ただ、野菜だけは入手が困難であったため、部隊は、工場内を耕して野菜を作り、長期抑留に備えた。

ここでの抑留生活は、誰も予想しなかったほどにのどかなものだった。月に一度、数日間道路補修の使役をさせられ、たまに共産軍ゲリラ掃討作戦の援助に参加させられたが、通常は、今までで最も時間にゆとりのある日々となった。集中営の中では、訓練を行うこと、号令をかけることは禁止されており、将兵は毎朝起きると各自体操をし、若干の畑仕事をし、あとは囲碁、将棋、麻雀で時間をつぶした。

道路補修についての中国軍の命令は、「野砲兵第三連隊は、今週末までに〇〇―〇〇の区間の道路を補修整備せよ」という内容で、部隊の編成を崩さずに実施できるものだった。この命令がくると、連隊長は、イ―ロ間は第一中隊、ロ―ハ間は第二中隊と、割り当てを指示した。雨天の時の労働は厳しかったが、中国兵の監視もないため、自分たちのペースで作業ができることは大いに救いだった。指定された期日がやってくると、中国軍の将校が馬に乗って視察に来た。道路の整備に完璧ということなどなく、検閲官は、石ころ一つころがっていても、必ず文句を言って合格を出さなかった。しかし、この種のクレームが賄賂の要求であることは明らかであり、杉井たちが将校所有の双眼鏡、拳銃、懐中時計、万年筆などを渡すと、

「短期間でよく整備を行った。ご苦労」

と言って、機嫌良く帰って行った。ところが、同じ検閲官が二度、三度と来ると、

「私は、双眼鏡も拳銃もすべて持っている。ウイスキーが欲しい」

と言って、杉井たちが提供するものでは満足しない。ウイスキーなど調達しようと思っても金はないし、持参してきた軍票など値打ちが下がってしまって山のように積んでも煙草一箱くらいしか買えないことは分かっていた。はたと困っていると、一緒に現場に来ていた吉永が、

「集中営の周りに物々交換をしたがっている連中がうようよいるだろう。これを持っていってウイスキーと換えてもらってこい」

と言って、兵たちに拳銃と時計を渡した。確かに、工場地のあたりには、共産軍と思われる便衣隊や周辺の住民のブローカーがいて、いつも日本兵と鉄条網越しに物交をしていた。ウイスキーなどそんなに都合良く入手できるものだろうかと心配していると、使いに出た兵たちがまもなくウイスキーをぶら下げて戻ってきた。早速それをうやうやしく渡すと、中国将校の検閲官はにこにこしながら受け取って、早々に帰って行った。

「何も持っていない俺たちに自分の欲しい物を要求するとは、本当に傲慢な奴らだな」

杉井が苦々しく言うと、吉永は笑いながら答えた。

「贈呈する側が頭を悩ましたりしないように、自分の希望を明確に言う、あれが中国人のエチケットというものさ」

「そんなものかな。それにしても、糧秣の検査官、道路の検閲官、皆贈賄がつきまとう。中国軍も内部は相当堕落しているように思える」

「それはそのとおりかも知れない。あの調子では共産軍の討伐もままならないだろう。俺たちの知ったことではないが」

吉永はそう言い、集中営に帰ろうと杉井を促した。

この道路整備には、将校クラスが数名指揮官として選ばれたが、杉井はいつも必ず指名された。これが大隊長の宮方の私怨私情によるものであることは明らかだった。たまに杉井以外の将校たちが指名されても、そのうちの何人かが頭痛腹痛を訴えるため、結局杉井は毎回参加することになった。人間というものは一度怠惰な生活をすると、働くことが苦痛になる。あれだけ辛い行軍に耐えてきた将校たちの多くが、月に一度の使役さえ嫌悪するようになっていた。杉井自身は、それが宮方の嫌がらせと分かっていても、使役に出ることは歓迎だった。長い間共に死線を彷徨いながら何とか生き永らえてきた兵たちが、抑留されてもなお存続している軍隊の階級組織の中で、命令に従って額に汗しながら使役されている時に、ぬくぬくと兵舎で麻雀に興じ、惰眠をむさぼることはかえって苦痛だと思えたからである。

中国軍からの命令は、この道路整備と共産軍討伐への参加だった。部隊が出かける際、杉井は兵たちに向かって、こんな討伐戦などで絶対に弾丸に当たるようなことになってはいけないと強く言い渡し、決して相手を刺激するような攻撃はしないこと、相手から攻撃を受けた場合には努めて逃げ回ることを徹底した。更に、兵たちには日章旗を携帯させ、目立つようにそれを背負い袋にかけて行軍させた。共産軍は、日本軍の参加を察知すると、無用な被害を避けようと考えるのか、ほとんど攻撃を仕掛けてくることはなかった。

十月に入ると、重慶から一個中隊の中国兵が到着した。彼らの装備を見て杉井は驚いた。空路による到着であったため、火砲その他の兵器は携行していなかったが、中国兵の持っている銃はすべて二十連発の自動小銃だった。中国の一軍閥蔣介石軍の装備がこのように近代化されているというのに、日本軍の携帯している小銃は依然五発単発の三八式歩兵銃であった。三八式歩兵銃は名称のとおり明治三十八年に日露戦争で使われた銃であり、日本軍はその後四十年の間急速に進歩する兵器の近代化に目を向けることもせず、ひたすら大和魂、攻撃精神の鼓舞を兵に強要し、最後は竹槍同然の武器で敵に立ち向かわせていたのである。この限度を超えた無知頑迷さも、日本軍の本質の一端として記録に留められなくてはいけないと杉井は考えた。

杉井があらためて暗い気持ちになる中、その時代遅れの武器や馬匹の引き渡しが始まった。中国兵は、受け取りにあたって逐一兵器名簿、馬匹名簿を参照するのであるが、長年の作戦で兵器の不足があるために、どこかに隠匿しているのではないかと探求され、また馬匹も他の部隊から盗んできたり、他の部隊に盗まれたりしたものがあるために、毛色が合致せず、馬の特定にも混乱が生じ、結局受け渡しには一週間を要した。「火砲と死生栄辱を共にする」との教育を受けてきた杉井たちは、中国兵が大砲を曳いていく姿を見た時、五年余の間の数々の戦闘や、坂から落ちた大砲を引き上げる際に被弾して戦死した兵たちのことなどが思い出され、万感胸に迫るものがあった。日本刀もすべて接収された。中には家宝の名刀もあったが、薪のように無造作に束ねられて運ばれていった。杉井が謙造に頼んで取り寄せてもらった指揮刀もその中にあった。あらゆる物が接収される中で、中国兵は、護身のための小銃、拳銃や将校の私物の双眼鏡などは取り上げることをしなかった。このあたりは大国国民の寛容さかと、杉井は敬服する思いだった。

大砲などもさることながら、馬が一頭一頭中国兵に曳かれていくのを見るのは最も辛かった。とぼとぼと歩いていく姿は、皆心なしか元気がなかった。馬番の兵たちは、愛馬に歩み寄って「元気でな」と一言声をかけて別れを惜しんだ。大隊本部の馬が通過した時、その中に杉井が副官時代数多くの作戦をともに戦った地悦がいた。杉井が、

「ちー」

と一言声をかけると、地悦は杉井を認めた様子で大きく首を振り、その後はうなだれて寂しげな姿で杉井のもとを去っていった。中国軍は馬を引き取っても十分な飼育管理ができるとは思えず、そのうち住民の食料となってしまうことが予想された。腹に被弾し、部隊についていけなくなって地平線の彼方に消えていった典勇、脚を負傷し、杉井が自らの手でその命を絶った咲花、そして今、地悦も失うことになった。思えば、皆、よく言うことを聞く気の優しい力持ちだった。お茶目で、だだっ子のようで、本当に可愛い仲間だった。彼らもこの戦争によっ

て翻弄された物言えぬ犠牲者だった。杉井はただ悲しく、あふれる涙もぬぐわずに馬列を見送った。

大砲を引き渡して数日後、中国軍から射撃及び操作を教授するようにとの要請が来た。杉井はこの時もまた派遣の指名を受け、早田と第一小隊の兵七名を連れて鎮江市内の中国軍駐屯地に出かけ、約百名の中国兵を相手に大砲の基本的操作について実地訓練を行った。弾込めから発射に至るまで流れるように迅速に行わなくてはならないのであるが、一つ一つの号令にも通訳が入るため、訓練には極めて困難が伴った。しかし中国兵は皆熱心に学んだ。抑留中の日本軍将兵ではあるが、この場では教官であるため、節度を重んじる中国兵は杉井たちをそれなりに厚遇した。特に将校である杉井には、宿泊のために一室が与えられた。朝晩の食事も十分なものが出たが、昼食だけは毎日油で揚げた饅頭で、これは臭みが鼻についてなかなか食べられなかった。一週間の教育を終えて帰る時には、中国軍は皆熱烈感謝し、一人一人杉井たちに握手をして見送った。昨日の敵は今日の友ではないが、これも日本人とは異なる大陸国民のおおらかな民族性の表れではないかと杉井は思った。

集中営に戻ると、今度は中国人の中佐がやってきて、連隊の将校を全員集め、訓話をした。日本の陸軍士官学校で学んだ経験があるとのことで、非常に流ちょうな日本語だった。

「君たちは敗けた。私たちは勝った。私たちは勝ったけれども、これから先ソ連と米国の二大大国の間にあって、これらの大国と必ず何らかの形で、武器は執らなくても、戦わなくてはならない。また国内にあっては共産軍とも戦わなくてはならない。私たちは皮膚の色も文字も同じ日本とは戦いたくなかった。なのに何故戦わなければならなかったか。それは我が国がこの二つの大国の攻勢を受ける前に日本の食い物になってしまったからである。それゆえ、私たちは当面の敵である日本と戦った。日本の唱えるアジアは一つ、大東亜共栄圏の建設の理想は分かる。しかし、それはあくまでも日中合作であって、中日合作ではなかった。我々は東亜の盟主であり、お前たちはついて来いという理想だった。何故対等の立場に立って手を差し伸べてくれなかったのかと私たちは思う。日本には君たちのような精鋭百二十万人が未だ健在である。なのに敗けた。何故か。それは頭が悪かったからである。頭、即ち指導者が悪かったからである。その点、私たちには立派な指導者蔣委員長がいた。（ここで将校たちは不動の姿勢を取らされた）どうぞこれからはこの立派な頭で、君たちのような立派な手足と、互いに手を取り合って大東亜を建設しよう」

杉井たちは反論のしようもなく、ただ黙ってこの訓話を聞いていた。

中国人の中佐が訓話をして帰って間もなく、杉井たちの部隊に、蔣介石が全世界に向かって行った演説の中で、日本に対して報復を行うべきでないと述べたとの情報が入ってきた。この演説は、八月十五日、天皇の玉音放送の一時間前にラジオで放送されたものだった。演説の中で、蔣介石は、まず「正義は必ず独裁に勝つとの真理は遂に現実となった」と勝利宣言し、正義と平和のために戦った友邦に感謝すると共に、「今回の戦争が人類史上最後の戦争となるのであれば、たとえ形容不能の残虐と屈辱を受けたとはいえ、決してその賠償や戦具は問うまい」

とした。更に、この戦争において実現した連合国との間の相互尊重の精神に基づく団結の意義を高く評価し、またこの戦争によって人類の相互理解、相互尊敬の精神が高められ、相互信頼の関係が樹立されたことは、将来における戦争の勃発を一層不可能にしたと述べた後に、次のように語った。

「ここまで述べてきた余は、おのれに対するがごとく人にもせよ、汝の敵を愛せよと命じられたキリストの教訓を思い出し、まことに感無量である。我が中国の同胞よ、既往をとがめず、徳をもって怨みに報いることこそ、中国文化の最も貴重な伝統精神であると、肝に銘じて欲しい。われらは終日一貫、ただ侵略をこととする日本軍閥のみを敵とし、日本人は敵としない旨を声明してきた。今日、敵軍は既に連合国に打倒されたので、一切の降伏条項を忠実に遂行するよう、もちろん厳重に監督すべきである。しかし、決して報復したり、更に敵国の罪のない人民に対して、侮辱を加えてはならない。われらはただ日本人民が、軍閥に駆使されてきたことに同情を寄せ、錯誤と罪悪から抜け出ることを望むのである。もし暴行をもって敵の過去に暴行で応え、奴隷的侮辱をもって誤れる優越感に報いるなら、怨みは更に怨みを呼び、永遠に留まるところがない。これは決して我が正義の師の目的ではなく、我が中国の一人一人が、今日特に留意するべきところである」

これから先、自分たちはどうなるのであろうかという不安を覚えていた将兵たちは、この演説の趣旨を伝えられて一様に安堵した。これで殺されることはない、奴隷のように働かされることもないと、皆が嬉々としている中で、杉井は深い感動と同時に激しい恥辱を覚えた。自分がこれまで敵と考えてきた中国は、本当は敵とすべき相手ではなかった。敵とは憎むべきものと確信し、その意識を戦う力の源泉としてきたが、それは如何に浅くかつ単純な発想だっただろうか。蔣介石は、軍閥に駆使されてきた日本人民に同情を寄せているが、軍隊に生き、ただ命令のままに行動してきた自分もこの同情の対象になっているのであろう。蔣介石は日本人民が錯誤と罪悪から抜け出ることを望んでいるが、自分などはこの五年間、まさに錯誤と罪悪の中で生きてきたのではないか。日本の降伏が告げられた時、正義は勝つというのが真理であるとすれば、この戦いは正義のための戦いではなかったことになると漠然と感じたが、今明らかになったことは、この戦争を行ったことに関する限り、日本軍には正義のかけらもなかったということである。それにしても、徳をもって怨みに報いる、これは通常の人間にできることだろうか。もしも日本がどこかの国に攻撃され、我が郷里静岡にも敵軍が来て、食料のみならず家宝まで略奪され、抵抗すれば暴行を受け、町も占領されて住民も疎開を余儀なくされるようなことがあって、その後にその侵略国が降伏した場合に、何の報復もしないようなことが自分たちにできるだろうか。暴行をもって敵の過去の暴行に応えるようなことは正義の師の目的ではないことを中国の一人一人が留意すべきと蔣介石は述べているが、如何なる理由があるにせよ、このような国を侵略したことは明確に誤りであったことを、今や日本軍一人一人が肝に銘ずるべきであろう。部隊の人間が皆帰国できることは杉井にとって大きな喜びであったが、同時に、この戦争を行ったことが、被侵略国の中国にとって有害であるのはもとより、日本にとっても無意味を通り越して極めて有害なものであったという認識は全員が共有すべきものであると、杉井は強く思った。

その後も集中営での生活に大きな変化はなかった。将兵は、ひたすら日本に帰れる日だけを夢見ながら、時間をつぶす毎日だった。そんな中で、無聊を癒やそうと誰からともなく野球大会が提案された。大隊ごとにチームを作り、連隊でリーグ戦を行ったが、杉井たちの第一大隊は常に上位にいた。岐阜商業、明治大学と野球部の主将を務め、甲子園、神宮でも活躍した武藤という少尉が、第三中隊の小隊長として第一大隊にいたからである。武藤は相撲も強く、連隊相撲大会でも個人優勝した。杉井は、今まで部隊の中に、あらゆる才能に恵まれた人間、特定の分野で職人としての優れた技能を持った人間を数多く見てきたが、今また武藤のようなプロ並みのスポーツマンを目の前にすると、本当に立派な才能や技量を持った人間が、それをこんな軍隊生活の中に埋もれさせてしまっていることに強い憂いを感じた。

連隊の中では演芸大会も開催されたが、将兵は皆暇を持て余していたため、従来以上に粋をこらし、その結果、皆見事な演芸を披露した。特に静岡出身で中崎などと一緒に補充将校として来た江原は大学時代に築地小劇場にも関係しており、この道の玄人だった。江原が自ら脚本を書き、主役も演じた「一本刀土俵入り」の駒形茂兵衛は出色で、観衆の喝采を博した。

杉井は、深谷兵長に振りつけを命じ、例によって映画主題歌をベースにしたバラエティー方式の出し物を企画した。最後は綏芬河《すいふんが》小唄の節で替え歌を作り、兵たち十人に軍服姿で歌わせた。

一、　矛を収めて鎮江の　　町へ来たのは四月前
　　国の悲運に男泣き　　街の灯目に潤む

二、　愛し黒馬とも別れたし　　生命の大砲も引き渡し
　　一人しょんぼり丘に立つ　　男子の胸を誰が知る

三、　空を仰げば今日もまた　　無心の雁は鳴き渡る
　　故郷の父母我が妻よ　　廃墟となれるか我が町よ

四、　泣くな嘆くな男じゃないか　　興亡流転は世の習い
　　暗い冬のその後にゃ　　明るい春が来るものを

　この戦争を始めたこと自体誤りであったと思いだした杉井には、国の悲運を憂うる気持ちは薄れていたが、作詞をするにあたっては、抑留生活を続ける周囲の者たちの心境を忠実に表現することを心がけた。歌い終わると一同粛然となり、その後一斉に拍手が起こった。連隊長の河村も杉井のところに寄ってきて、

「杉井、良かった。題は春待草とせい」

と神妙な顔で言った。

解放

抑留生活に入ってからちょうど四ヶ月が経った昭和二十一年一月二十二日、内地帰還のため上海に向けて移動せよとの指示がきた。将兵ともに心待ちにしていた朗報だった。日本が戦争に負けたという悔しさなどは、内地に帰れるという喜びによって完全に凌駕されており、皆嬉々として私物の整理に取り掛かった。各部隊はそれぞれ工場内に穴を掘り、各自が不要な書類などをこの穴の近くに運んでいき、二人の兵がこれを焼却した後穴の中に投げ込んでいった。しばらくすると、早田が杉井のところに駆け寄ってきた。

「中隊長殿、坂口と達川が中国将校に殴られています」

坂口上等兵と達川上等兵は、書類の焼却を任されていた兵だった。

「一体何をしたというのだ」

「分かりません。とにかくこっぴどくやられているようです」

「とにかく行ってみよう」

杉井が焼却現場に行くと、坂口と達川は中国将校に鞭でたたかれていた。杉井はその中で最も上位ではないかと思われる将校に向かって言った。

「何故この者たちに制裁を加えているのですか」

将校は神経質そうな男で、細い目を一層細くして怪訝そうに杉井を見た。日本語は全く通じている様子がない。将校も中国語で何事か言ったが、もちろん杉井には理解できない。ただ将校たちの様子から、物を燃やしたことをとがめているのではないかと推測された。ここはとにかく坂口と達川を解放してやらなくてはならないと思った杉井は、自分を指さして、

「私が責任者である」

と言い、坂口と達川を指さして、

「この二人は私の命令を聞いただけで、罪はない」

と言った。中国将校は何となく趣旨は分かったらしく、手招きで杉井に同道を促した。杉井は、将校たちに囲まれて中国の部隊に連行されることになった。

中国部隊に着くと、杉井は正門横の衛兵所の一室に入れられ、椅子に掛けるように指示された。杉井が腰を下ろすと、小柄で丸顔の中国兵が自動小銃の筒先を杉井の腹部に当て、そのまま向かいの椅子に座った。杉井は、内地帰還の指示が出たその日に、全く予期しなかった軟禁状態に置かれることになった。言葉が通じる訳もなく、杉井はただ沈黙しながら次の展開を待った。三時間ほどすると衛兵が交代し、前の兵よりやや柔和な顔立ちの兵となったが、依然として銃を当てられたまま同じ姿勢で沈黙することに変わりはなかった。杉井はさすがに不安になってきた。部隊はそろそろ出発する頃だが、自分の中隊は順調に準備を進めているだろうか、それより何より自分は一体どうなるのだろう、この軟禁状態をいつまでも続けられていたのでは内地への帰還もいつになるか分からないではないか。杉井は不安を少しでもまぎらわすため

に、手帳を出し、

「将来我怎么样（私はこれからどうなる）」

と書いて、衛兵に示した。衛兵は、自動小銃の引き金を左手に持ち替えると、右手で手帳に、

「你是放火犯的（お前は放火犯だ）」

と殴り書きした。杉井がもう一度、

「放火犯什摩（放火犯はどうなる）」

と書くと、衛兵は面倒だという顔つきをして、口頭で、

「你被把你的鼻子和耳朶都削除了」

と答えた。中国語の分からない杉井も、鼻や耳を削がれることになると言っていることは理解できた。杉井はこれを聞いて情けない気持ちになった。いよいよ帰還の乗船の日が来るというのに、自分は鼻を削がれ、耳を削がれて内地へ帰るのか。いや、刑罰を受けた後も内地に帰れるとは限らない。蔣介石は戦争を行った日本の将兵に報復してはいけないと言ったが、刑事犯罪人となれば扱いは別だ。戦友が皆帰った後も自分だけこの中国の地に留まらせられるのではないだろうか。杉井は、極度に意気消沈していくのを自覚した。人間は何か事を終えて安堵した後に、まだそれが終わっていないと分かるとかなりの精神的打撃を被るものであるが、これで帰れると一旦思った後で帰れないかも知れない事態に陥ったことが杉井に与えたショックは並のものではなかった。

夜になると、明かりのない衛兵所は真っ暗で、暗がりの中で向かいに座っている衛兵の姿が

ぼんやりと見えるだけだった。杉井が途中座ったままうとうととし、目を覚ますと、衛兵は替わっていたが、依然として腹に銃を突きつけられた状態に変化はなかった。夜が明け、ちょうど一昼夜たっても、杉井はやはり同じ姿勢で椅子に掛けたままだった。この頃になると、杉井は開き直った気持ちになってきた。自分がついていないのは事実かも知れないが、よく考えてみれば、時計の針を少し前に戻せば良いだけのことだ、いつ死ぬか分からない状況で行軍を続けていたではないか、作戦中に捕虜になったと思えば良い、捕虜になったら殺されるくらいの覚悟はしていたのだし、今の自分はまさに捕虜になったのと同じ境遇だ、命まで取られることもなさそうだし、先のことはゆっくり考えれば良い、それにしてもこの中国兵の見張りは何とかならないものか、腹を突っつくように銃口を当てているし、便所に行けば用を足している間も背中にぴたりと銃を当てているし、そこまでしなくても逃げたりはしない、如何にも銃の扱いになれていない感じの若い中国兵であるし、暴発でもされたらかなわん、とにかく状況に変化がないのは困る、誰か早く来て何か沙汰して欲しいものだ、そんなことを考える杉井の希望に反して、何の変化もないまま二日目の夜となった。

座ったまま眠り込んでいると、衛兵所の窓から朝日が差し込んできた。三日目の朝だった。衛兵が持ってきてくれた粥をすすっていると、ドアが開いて中国将校が入ってきた。何の変化もない軟禁状態から解放されるかも知れないという喜びと、もしかしたらとんでもない沙汰が下るのではないかという不安が、杉井の中で交錯した。中国将校は、手で部屋の外に出るように杉井に指示した。言われるままに部屋を出ると、何とそこに連隊副官の犬飼が立っていた。

「杉井、早く部隊に帰り、支度をして連隊本部に来い」

杉井はあっけにとられた。

「しかし……、私は放火犯とされていますが」

「そんなことはどうでも良い。とにかく釈放だ。急げ。早くしないと皆に遅れてしまうぞ」

地獄に仏とはこのことだと杉井は思った。犬飼にせかされて、走って中隊に帰ると、中隊の兵は皆出発して一人もおらず、部屋の隅に杉井の荷物が整理されて置かれていた。杉井はそれを担ぎ上げると、また走って連隊本部に駆けつけた。連隊長の河村は杉井の姿を見ると、ほっと軽く息をつき、安堵の表情を浮かべた。

「連隊長殿、ただ今戻りました」

「杉井、本当にご苦労だったな」

「この二日間の状況を報告致します」

「状況は概ね承知している。報告は不要だ。急ぎ、我々と同行して中隊に追及せよ」

杉井は何故自分が釈放されたのか分からないまま、河村の命令に従って、鎮江車站に行き、ここから上海への汽車に乗り込んだ。車中には、最後まで撤収作業の指揮をしていた吉永がいた。

「杉井、何とか間に合ったようだな。皆心配していたぞ」

「申し訳ない。しかし、俺は放火犯扱いされて、鼻を削ぐだの耳を削ぐだの、とにかく処罰を受けることになっていたのだが、どうして突然釈放となったのか分からん」

「釈放の理由なんか決まっているじゃないか。例によってこれさ」

吉永はそう言って、上着の袖の中に指を入れた。

「連隊長から、将校連中に、中国人が喜びそうなものはすべて拠出するようにとの命令が出た。連隊長自ら万年筆や煙草入れ、それに替えのベルトまで提供していた。皆が何かしら出したので、全体ではそれなりの量のものが集まった。それをまとめて中国人のところに持っていってお願いしたら、即釈放ということさ」

杉井は、皆の厚意に頭が下がる思いだった。

「連隊長にも皆にもいくらお礼を言っても言い足りないな。それにしても、皆には大変な迷惑をかけてしまった」

「何が迷惑なものか。皆、杉井が部下をかばって拉致されたことくらい知っている。杉井が釈放されるためと思えば皆喜んで協力するさ。それに俺たちの持ち物なんか大したものもない。俺は、こんなものでも足しになるかと思って筆記用具と磁石を提供したが、もう連絡将校でも何でもない俺には無用の長物だ。中には何か記念に持って帰りたいなどと酔狂なことを考える奴もいるかも知れないが、俺にしてみれば辛い思いがしみ込んだ持ち物なんか全部中国人にくれてやって、きれいさっぱり体一つで内地に帰った方が良い。とにかくこんな賄賂が横行しているような所からは一刻も早くずらかることさ」

吉永はそう言って目くばせをした。

乗船

上海に到着した翌日の一月二十五日早朝、宿舎前の広場に中隊全員が集合した。将兵ともに肩章を取り外し、ここに皆平等な立場の日本兵となった。あらかじめ指示されたとおり、一人一人が自分の前に私物を並べ、上衣のボタンを外し、ポケットの袋をすべて外に出して待機していると、五、六名の中国将校がやってきて全員の身体をなでて検査し、私物も開けて簡単に中をあらためた。ここまで来て何か違反をとがめられて残されるようなことがあってはならないと、違反物を隠し持つような者は一人もいなかった。杉井の荷物をチェックしていた将校が、中から三つの封筒を取り出し、これは一体何だという表情で、何事か中国語で杉井に問いかけた。杉井がずっと大切に持ってきた愛馬典勇、咲花、地悦のたてがみがそれぞれ入った封筒だった。杉井は没収されることを覚悟したが、駄目もとで陳情をしてみた。

「これは、戦死したり、連行されたりして、別れてしまった私の愛馬のたてがみです。かたみとして日本に持ち帰りたいと思ったものです。決してやましい理由で持参しているものではありません」

中国兵の中に日本語が分かる者がいて、軽くうなずきながら杉井をチェックした将校に何事か言うと、将校は納得した表情で、杉井に封筒を返してくれた。杉井はそれを受け取ると自分の荷物に大事にしまった。

検査が終了すると、全員隊伍を組んで上海埠頭に行進した。埠頭には米軍のLST（戦車揚陸艦）五隻が接岸していた。黄浦江《こうほこう》の茶褐色の水がひたひたと波立ち、川面を渡ってくる風が緊張と興奮にほてる両頬に異様に冷たかった。その時、背後で、

「杉井大人」

と呼ぶ声がした。振り向くと、そこに三郎がいた。

「三郎か。いよいよお別れだが、本当に世話になったな」

三郎は、杉井の袖をつかむと、必死の表情で言った。

「私を日本に連れていって下さい」

杉井は一瞬驚いた。

「日本に連れていくって……。日本に行ってどうするつもりだ」

「私日本に行けばまた皆さんの手伝いできる。ここにいても仕事ない。行くところない」

杉井は三郎の主張を直ちに理解した。三郎は帰る家もなければ帰る故郷も分からない。ずっと行動を共にしてきた自分たちと一緒に行きたいというのは無理からぬことだった。杉井は、

「三郎、ちょっと待て」

と言うと、数メートル先を歩いている連隊副官の犬飼のところへ行った。

「副官、苦力の三郎という者が自分たちと一緒に日本に行きたいと言っているのですが」

犬飼は、何をとんでもないことを言いだすのだという顔をした。

「苦力だと。そんなもの日本に連れていける訳がないではないか」

「三郎は私が着任する前から部隊のために働いてきた男です。各所で通訳の役目も果たしてくれました。それに何より本人が日本に行くことを希望しているのですから」

「杉井、気持ちは分かるがそれは到底無理なことだ。俺たちは捕虜の身だぞ。中国の命令どおりに動く立場だ。今は、日本に帰還しろという有難い命令のもとに、こうして日本への船に乗ろうとしている。そんな俺たちが現地で調達した中国人を日本に連れていくことに許可などおりる訳がない」

犬飼の言い分はすべて正しかった。三郎のことなど何も考えてあげていなかったという反省から、何とかしたいという焦りが先行して犬飼に相談したが、今の立場で杉井たちのやれることには大きな限界があった。杉井は三郎のところに行き、肩を抱くようにしながら言った。

「三郎、俺たちもお前を連れていきたい。しかし、戦争に負けてしまった俺たちはしたいと思うことも自由にはできない。日本兵を運ぶためのこの船にお前を乗せていくことはできないのだ」

「分かりました」

三郎は涙声だった。杉井は、荷物の中から命令受領用の紙片を取り出すと、自分の静岡の住所を書いて三郎に渡した。

「いいか、三郎。ここに手紙を書いて消息を知らせろ。戦争は終わった。これからどうなるか俺にも良くは分からないが、時がたてば、お前が日本に来る手立ても見つけられるようになるはずだ」

三郎は小さくうなずいた。杉井は、ふとスミ子のことを思い出した。別れ際に必ず浙河に手紙を書くように言ったが、あれからスミ子の手紙が浙河に届くことはなかった。三郎が便りをよこすことを期待するのは難しいかも知れない。しかし、これ以外に、杉井はなすべきことを思いつかなかった。

「体は大事にするんだぞ」

杉井はそう言い残して隊列に戻った。船に向かいながら振り返ると、三郎は岸壁で悄然と立ち尽くしていた。苦力は日本軍が現地で徴発した労働者である。三郎の場合は、まだあどけない少年の頃に日本軍に拾われ、以来ずっと部隊のために下働きをさせられてきた。食事は与えられ、また仲の良い日本兵もできただろうが、それでも幸福というにはほど遠い境遇だった。戦争さえなければ、三郎もこんな運命をたどることもなかっただろう。この戦争は今またこんな形で犠牲者を生んでいる。杉井は、この戦争の傷跡の大きさ、深さをあらためて思い知る気持ちだった。

四隻目のＬＳＴの前に来たところで、杉井たちの部隊は立ち止まった。左を見上げると、灰色の空にそびえる上海時計台は十時を指していた。杉井たちはハッチの前で一列になり、マストの上で冬の川風を受けてはためく星条旗に挙手の礼をすると、六年間歩んだ大陸の茶褐色の大地に最後の軍靴の跡を残して乗船を開始した。船上には腕に入れ墨をした米国兵が箒を持って立っていた。杉井たちが乗船すると、その箒で塵芥でも掃くような格好をし、口笛を吹きながら、杉井たちを船倉に流し込むように誘導した。船倉は戦車なども積載できるように作られてあるため、柱も仕切りも一切なかった。この広大な閉鎖空間に将兵約千人が収容された。皆背負い袋を置いてこれにもたれるように座ったが、人数が人数だけに、通路を作ることもできなければ、それぞれが横になるようなスペースを確保することもできなかった。

間もなく大きなドラの音が船内に響き、船はゆっくりと出帆した。良い思い出は少なかったものの、それでも青春の六年間をおくった中国の大地に別れを告げたいと杉井は思ったが、窓一つない船倉ではそれもかなわないことだった。沖合に出た船のエンジンの音と振動はまるで時を刻んでいるかのようだった。杉井は、それを聞きながら一刻一刻内地に近づいていることを実感した。

小さなＬＳＴは、昼夜休まず、日本への航海を続けた。冬の海は波が荒く、船は木の葉のように激しく揺れた。狭い所にぎゅうぎゅう詰めにされたことがこの時だけはプラスに作用し、杉井たちは両脇の者と腕を組むようにして密着し、揺れに対処した。食事は、毎食米軍から支給されるビスケットだった。極めて粗末な食事ではあったが、食事の内容などどうでも良いと感じているのか、不満を持つ者は誰もいなかった。用便をするには甲板まで出る必要があった。甲板に出るためには一人一人の将兵をまたぐようにして船の舳先まで行き、ここから階段を上って甲板に到達するのであるが、舳先は上下動が更に激しく、這うようにして階段を上る必要があった。甲板に出てもそこにトイレというものはなく、デッキから桶が海に突き出してあり、この桶をまたいで用を足さなくてはならなかった。揺れる船上でのこの作業は何とも不安定であり、杉井は、海中に落ちないように必死にデッキの手すりを握り締めながら用を足した。杉井が人生において経験した最も落ち着かない用便であった。

夜になると、米軍は甲板で映画を見せてくれた。マストにスクリーンを張り、その下に皆座って見上げるようにして鑑賞するのであるが、満天の星がスクリーンの周りを上下左右に動くため、五分もしないうちに船酔いしそうになった杉井は早々に船倉に帰った。そこで杉井は周囲を見回しながら思った。六年前に中国に向かう船では、季節が夏だったため揺れも穏やかであったにもかかわらず、船酔いする者が続出していた。今回はこの激しい揺れの中で船酔いしている者などほとんどいない。あの劣悪な甲板映画館で平気で映画を見ている者さえいる。故郷に帰れるという気持ちは、船の揺れ程度の物理的障害などいとも簡単に克服してしまうものであることを、杉井は発見した。

復員

一月三十日早朝、甲板から大きな歓声が聞こえてきた。船倉にいた将兵は皆こぞって甲板に向かい、杉井もこれに加わった。甲板に出ると、はるか海原の彼方に島影が見えた。

「日本だ。これが日本だ。ついに帰ってきた」

杉井は、思わずつぶやいた。同時に熱いものがこみ上げ、訳もなく目頭が熱くなってきた。

島影はどんどん大きくなり、やがて船は入り江の中に入って行った。佐世保港だった。久々に見る日本の海は水があくまでも青く澄み、入江の岸の松の緑が冬の陽射しに鮮やかだった。白砂青松、まさに緑の日本列島がここにあった。国破れて山河あり。山も野も茶褐色、川も茶褐色、空も常にどんよりとした世界に六年間生活した杉井にはまばゆいばかりの日本の姿であり、祖国とはかくも美しいものであったかと、感無量だった。

朝のうちにLSTは佐世保港の桟橋に接岸した。タラップを渡り終えた杉井は、霜柱の立つ日本の土を長靴でことさら力強く踏みしめた。しばらくすると、MP（米軍の憲兵隊）がやってきて、杉井たちを検疫所に誘導すると、いきなり襟口にポンプを突っ込み、DDTを噴霧した。突然大量のDDTを浴びせられて杉井はむせかえった。隣にいた吉永も、体中真っ白になりながら、

「この家畜並みの扱いはたまらんな」

と苦笑した。

その日、杉井たちは復員本部の部屋で一昼夜を過ごした。翌々日には静岡に帰れそうだと思った杉井は、二年近く音信の途絶えた実家に帰国を報告しようと考え、

「二ガツ一ヒカエル　ケンイチ」

との文を携えて、打電の依頼に行った。復員本部の担当は、坊主頭の小柄な職員だった。

「電報をお願いします」

「承知しました。送信先は静岡ですね」

「ところで、静岡はどんな状況かご存知ですか」

「私は静岡は通過しただけで降りてはいませんが、空襲の被害は相当なものですよ。車窓から山の手の赤い鳥居が見えます」

赤い鳥居は間違いなく浅間神社のものだが、東海道線の線路から浅間神社が見通せるとなると、市街地は相当やられていることになるなと杉井は不安に襲われた。しかし一方で、お茶屋ばかりが集まった安西周辺の商業地区など攻撃しても仕方ないし、自分の実家は残っているだろうと、杉井は勝手に希望的観測を抱いた。

復員本部は、次々に帰還する引揚者に対する対応に慣れているせいか、事務処理は極めて迅速適確だった。自分の手続きをしてもらいながら、杉井は感銘を受けたことが一つあった。それは、本部で働く日本女性だった。終戦から半年という状況の下で、女性は化粧っ気もなく、皆色黒でもんぺ姿だった。しかし、その物腰の柔らかさ、雰囲気の優しさは六年間目の当たりにすることのないものだった。更に、「兵隊さん、ご苦労様でした」とねぎらうその日本語の歯切れの良さは、日本人なのだから当たり前だと分かっていても、思わず聞き入ってしまう素晴らしさを感じさせた。

杉井たちの郷里への帰還のための諸手続きは順調に完了し、一月三十一日早朝、中隊全員は臨時客車に乗り込んだ。吉永たちは東京に向かう列車であるため、同じ日の夕刻出発となった。

「杉井、ここでお別れだが元気でな」

「吉永にはいつも貴重な助言をもらった。感謝する」

「杉井は郷里に帰ったら家業に就くのか」

「もともと父親のあとを継ぐ前提で働きだしたところで召集されたので、帰ったら元のさやに収まるつもりではいるが、何分郷里の静岡もどうなっているのかさっぱり分からないので、まずはその確認が先決だ」

「それはそのとおりだな。どこの町もこっぴどくやられているようだし、まともな仕事ができる状況にある保証はない」

「吉永は外務省に戻るのか」

「役所の方もまともに機能しているかどうか疑問だが、取り敢えず本省に顔を出して指示を受けることにする」

「とにかく折角生きて帰ってきたのだから、残りの人生お互い大切にしよう」

「そうだな。杉井、頑張れよ」

間もなく、汽車はゆっくりと東に向かって走りだした。吉永たちは、その姿が見えなくなるまでずっと手を振って見送ってくれた。

汽車は昼過ぎに広島にさしかかった。車窓から見える広島の町は完全な廃墟であり、悲惨という二文字以外に杉井の頭に浮かぶ言葉はなかった。広島の空襲は他の町の空襲と異なり、一発の特殊爆弾で町全体が一瞬のうちに破壊されたと聞いたが、その特殊爆弾とは一体どんな代物だったのだろう。戦争はすべての人間に狂気の沙汰を可能にしてしまうところがあるが、この広島の爆撃も、人類の狂気の沙汰の極致として永遠に語り継がれることになるのではないかと杉井は思った。広島を抜けて、夕刻には汽車は阪神地区に入って行った。ここも未だに荒廃しきった焼け跡であり、その惨状は広島と同様だった。特殊爆弾は使わなかったにせよ、ここまで焼き尽くすのに、米軍はどれほどの焼夷弾の雨を降らせたのだろうか。それにしても本土がこれほどに破壊されるまで戦争を継続した日本という国は一体何という国であろうか。勝ち目のない戦争をいたずらに長引かせて犠牲を拡大させた日本軍の愚行もまた後世にずっと語り継がれなくてはならないと杉井は思った。

夜九時、汽車は岐阜県に入り、ここから各駅停車となった。杉井たちの部隊は岐阜、愛知、静岡の三県の出身であり、それぞれの駅に停車するごとに、二人、三人と下車し、故郷に帰って行った。杉井が大隊副官の際に腹心だった神林は安城で、保崎は豊川で下車した。神林は、眼鏡の奥にうっすらと涙を浮かべながら、

「中隊長殿、おかげさまで無事に帰還ができました。お礼の申し上げようもありません」

と言って直立不動の姿勢を取り、丁寧な敬礼をして去っていった。保崎は、

「中隊長殿、本当にお世話になりました。中隊長殿のことは一生忘れません」

と言い、最後に、にきびの跡が目立つ顔にいつもの人なつこい笑みを浮かべながら、大きなズダ袋を担いで汽車を降りた。この二人は杉井が数多く使った中でも、本当に優秀な部下だった。事務処理能力が抜群なのは言うまでもなく、加えて勘も良いため、慣れてくると、杉井が言う前から杉井がやって欲しいと思っている仕事を処理していた。そこまでやらなくてもと思

うほどに上官を立て、上官に迷惑がかかるようなミスも皆無だった。また二人とも体が頑健なせいか情緒も安定しており、体調不良などに起因していつもどおりに機能しなくなってしまう人間も多い中で、仕事の面で常に安定感があった。軍隊であれ何であれ、組織を支える人間というのはまさにこのタイプの人間だと杉井は思っていたし、杉井が大隊副官として高い評価を受けたのも、両腕とも言うべき甲書記神林、乙書記保崎の働きに負うところ大だった。神林と保崎は杉井に感謝していたが、少なくともこの二人に関しては、死なせることなく、大けがをさせることもなく、郷里に帰すことができたのは本当に良かったと杉井はしみじみ思った。

二月一日午前三時、汽車は静岡駅に着いた。杉井が将校行李一つを抱えてホームに降りると、静岡以東に向かうためにまだ汽車の中にいた兵たちもホームに降りてきた。中には、韮山まで行く早田、蒲原まで行く柏田など、杉井が小隊長であった時から一緒だった部下もいた。杉井は一人一人と手を握り合い、

「中隊長殿、お世話になりました。お元気で」

「お世話さま。皆帰れて良かった。体に気をつけて頑張ろう」

と別れの言葉を交わした。妻子が待っている早田は、

「中隊長殿、早く良い人を探して身を固めて下さい」

と言い置いて汽車に乗り込んで行った。

やがて汽車はゆっくりと動きだした。杉井の中隊の部下は皆窓から身を乗り出し、手を振り

ながら別れを惜しんだ。杉井も汽車の姿が暗闇に消えていくまで見送っていた。

仲間の姿が見えなくなると、杉井は行李を肩に担ぎ、ホームから駅舎を抜けて、静岡の駅頭に立った。そこに見た郷里静岡の姿は、杉井が予想したよりもはるかに変わり果てたものだった。あたりはどこを見ても焼け野原であり、ただ駅前の松坂屋の建物だけが闇の中に立っていた。松坂屋の入口付近で、五、六人の男たちが焚き火をしており、杉井は取り敢えずこの人の輪に加わることにした。

「兵隊さん、今お帰りですか。ご苦労様でした。お宅はどちらですか」

焚き火に手をかざしていた三十歳くらいの青年が話しかけてきた。

「北番町です」

「あの辺も焼け野原で何もありませんよ」

「しかし、帰る所も他にありませんし、何か手がかりがあるかも知れませんから、一応家の近所まで行ってみます」

「そうですか。私は八千代町ですからお送りしましょう」

「それは助かります。すみませんが、お願いします」

青年は、杉井の荷物を持って誘導してくれた。杉井は青年のあとについていったが、二十年生まれ育った町であるにもかかわらず、暗闇の焼け跡の中ではどこをどう歩いているのか全く見当がつかなかった。三十分ほど歩くと、そろそろ目的地に近づいてきたのか、青年が杉井に訊いた。

「北番町のどのあたりですか」

「安西の電車の停留所のすぐ近くです」

更に五分ほど歩くと、足もとに路面電車の線路が見えた。

「停留所の跡形もありませんが、ここが安西の停留所です」

「ありがとうございます。ここまで来ればもう分かります。本当に助かりました」

杉井が礼を述べると、青年は行李を杉井の脇に置き、軽く会釈をして、もと来た方向に戻って行った。杉井の家は市電の安西の停留所からは百メートルほどの所だったが、ほとんど焼け野原になっていて見覚えのある建物も皆無の状況では、俄かに実家の位置を特定するのは難しかった。それでも安西の大通りと停留所の位置から推測して、我が家はここではないかと思われる位置に到達した。そこには焼トタンで囲った小さなバラックの小屋があったが、人の住んでいる気配はなかった。杉井は仕方なく、そのバラックの前に腰を下ろして夜が明けるのを待つことにした。

一時間ほどすると、四軒先のバラックに灯が点った。とにかくきっかけをつかまなくてはと思った杉井は、そのバラックの戸をたたいて、中をのぞいた。小柄な年配の女性が出てきたので、杉井が、

「突然申し訳ありません。この先の杉井の家の長男の謙一です。中国での抑留を解かれて今帰還したのですが」

と言うと、女性はすぐに杉井のことが分かったらしく、

「杉井さんの謙一さん、よくまあ、お帰りなさい。政之、すぐに杉井さんの家に案内してあげなさい。お母さんが喜ぶよ」

と、息子に杉井の案内を指示した。杉井もその声の調子を聞いて、その女性が近所にいて母たえと仲の良かった伊藤のお婆さんだと分かった。

杉井は今度は伊藤政之の先導で、杉井の家族の疎開先である浅間町に向かった。神社の脇を抜け、路地を右に入ると小さな家があった。

「ここですよ」

伊藤に言われて中に入り、大きな声で、

「ただ今」

と言うと、

「どなた」

というたえの懐かしい声がした。奥から出てきたたえは、杉井の顔を見るなり、

「謙一？」

と言って絶句してしまった。伊藤が、

「おばさん、謙一さんですよ」

と言っても、たえはただまじまじと杉井の顔を見据えるだけで言葉もなく、そのうち前掛けを目にあてて涙にくれてしまった。玄関の様子を察したのか、今度は謙造が寝間着姿で出てきた。謙造は杉井を見ると、破顔して、

「おお謙一、帰ってきたか。上がれ」

と杉井を座敷に上げた。八畳の部屋で謙造と一緒に寝ていた弟妹たちも、

「お兄さんだ、お兄さんだ」

と言いながら、起きてきた。杉井が佐世保で打った電報は住所不明で未着だったため、杉井の帰宅は、杉井の家族にとって本当に突然の出来事であった。

座敷に上がると、杉井は両親に威儀を正し、

「謙一、ただ今戻りました」

と両手をついて挨拶をした。年長の弟二人は、杉井のことを兄と認めたが、若い弟二人と妹は杉井の顔が分からず、特にまだ十歳の妹は、襖の奥から恥ずかしそうに珍しそうに杉井のことを覗いていた。考えてみれば、中国での生活は五年半でも、徴兵後入営して家を留守にしてからは七年が経過しており、弟や妹が自分のことを覚えていなくても無理はないと杉井はつくづく思った。

謙造や弟たちから戦地での様子を訊かれるままに話をするうち、たえは早速杉井のために風呂を炊いてくれた。杉井には何年ぶりかで味わう木の感触の風呂桶だった。杉井はその中でゆったりと足を伸ばした。風呂場には小窓から朝の光が差し込んでいた。平和の光とはまさにこのようなものではないかと杉井は思った。風呂から上がると、たえが真新しい下着を揃えておいてくれていた。朝食の支度ができたと言われて食卓に行くと、このような日のために用意しておいた闇米と思われる純白のほかほかの米が膳の上にあった。物資不足からおかずは漬物と味

噌汁だけだったが、杉井にはこれで十分だった。日本米の持つ素晴らしい香りと柔らかさ、これは杉井がほとんど忘れかけていたものだった。

食事が終わると、たえは、

「謙一、疲れているでしょう。話はあとにして少し横になったら」

と言って、隣の六畳間に布団を敷いてくれた。言われるままに床につくと、ここにもまた感動があった。七年ぶりに触れる布団の柔らかい感触、ぬくもり、これにまさる快感はないと杉井は思った。もうここには敵はいない。弾丸が飛んでくることもない。明日の出発もない。そして周囲の監視の眼差しもない。遂に俺にも平和の瞬間が訪れたと、杉井は思い切り足を伸ばした。珍客の帰還にはしゃぐ弟たちに向かって、

「お兄さんは疲れているのだから、静かにしなさい」

とたしなめるたえの声がかすかに聞こえたかと思うと、杉井は静かな眠りの世界におちていった。

四時間ほど経つと、自然と目が覚めた。久しぶりの平和な眠りをもう少し満喫していたいという気持ちがある一方で、早くたえと積もる話がしたいという気持ちも募った。起き上がって襖を開けると、たえは隣の部屋にいて、杉井の軍服の繕いをしていた。

「あら、もう少しゆっくり休めば良いのに」

杉井が起きてきたのを見て、たえは針を進める手を止めて言った。

「大分疲れも取れました。それに昼間に睡眠を取りすぎて夜眠れなくなってもいけませんし」

「そうですか。それでは、お茶を入れてきましょう」

たえは台所に立つと、白い湯飲みに六分ほど緑茶を入れて持ってきた。久々に味わう日本茶の味も格別だった。

「やはりお茶は日本のものに限りますね。それにしてもまだ家に来て十時間も経っていないのに、お風呂の木の感触、香りの良いご飯、柔らかな布団、すべて感動ずくめです」

「物が不足していて、どれも満足のいくものではないけれど、謙一がそんなに喜んでくれているなら、本当に嬉しいことです。それはそうと」

たえは急に思いついたように言った。

「二ヶ月ほど前に、高原さんという人が謙一を訪ねて来ましたよ」

杉井は胸が高鳴るのを覚えた。

「それは浙河の歩兵部隊の将校で私の親友です。作戦中に負傷して片腕を失い、内地に送還されたのですが」

「その方に間違いありません。杉井君を残して帰って来てしまいましたが、終戦になったので、そろそろ帰還されているのではないかと思って訪ねて来たとおっしゃっていました。まだ帰っていないとお伝えしたら、杉井君ならきっと無事に帰ってきますと私たちを励ましてくれました」

「それで、高原はどんな様子でしたか。とても立派な男ですが、右腕切断という逆境を乗り越えて元気にやっているか気になっていたのです」

「謙一の言うとおり、とてもしっかりした素晴らしい方ですね。とてもお元気そうで明るくお話をして帰られましたよ。今は名古屋の地方新聞社に勤めているそうです。杉井君も同じだと思いますが、自分も戦争ではいろいろなことを学びました、戦争のことに限りませんが、自分が学んだことを文筆を通して人に伝えていくことはとても大切なことだと思います、物を書くだけであれば、左腕一本でもそれほどの障害ではありませんし、と笑いながらおっしゃっていました」

高原は元気だった。たえの話を聞いて杉井は高原の笑顔が目に浮かぶようだった。

「高原さんは、東京への出張の帰りに静岡で下車して、謙一に教えられた住所とお父さんの名前を頼りに、わざわざ訪ねて下さったのです。謙一が帰ったら是非会いたいので連絡を取るようにお伝え下さいと言って、名古屋の住所を置いていかれましたよ」

また以前と同様前向きに生きている高原と会うことができる、内地に帰って来るとやはり良いことばかりだ、杉井は明るい気持ちになった。

「ところで、お母様」

気になっていた高原の消息を期せずしてたえから聞くことのできた杉井は、今度は、帰国したらたえに訊いてみたいと思っていたことを尋ねることにした。

「ちょうど二年くらい前になりますが、お父様からの手紙の中で、私が希望するのであれば、軍人の道を歩んでも良いとありました。あれほど家を継がせたいと思っていたお父様だったのにと、正直言って驚いたのですが」

たえはいつもの優しい眼差しで杉井を見ながら言った。

「そうですか。お茶の仕事も統制が厳しくなって思うようにできなくなったし、将来のことを考えれば謙一は軍人として出世を目指した方が幸せかも知れないと言っていましたが、謙一にも直接訊いてみたのですね。お父さんにしてみれば、謙一には大学にも行かさずに家を継がせたことについて、悪いことをしたという気持ちがあったのですよ。それに軍隊に入ってからの謙一の生き生きとした姿を見て、やはり自分の息子の将来のためにはその適性というものを考えなくてはいけないと思ったのでしょう」

たえの答えは、概ね杉井の予想したとおりのものだった。杉井は、愛する母に、軍隊組織に入って以降考えてきたことを話したくなった。

「お母様。私が軍隊に入ってからの様子を見て、私の将来のことを考えていただいたことはとても嬉しく思います。確かに、徴兵された時の私は胸の中にかすかな期待を持っていました。杉井謙造商店で毎年同じ仕事を繰り返すのではなく、軍隊のような大組織では、努力次第で昇進もできる、大きな仕事もできる、そして自分なりに目標を設定して生きていける、そう思いました。しかし、実際の軍隊組織はそんな私の個人の期待に応えてくれるようなものとは程遠いものでした。軍隊というのは、国のためにという大義名分のもとで、その目的達成のためには手段を選ばない人殺し集団、そして目的を完遂していくために規則などによって人為的に個人をぎりぎり縛り上げる気違いじみた管理集団だったのです」

たえは、驚いたように目を見張りながら、杉井の話に聞き入った。

「もちろん私も軍隊組織の本質がすぐに理解できた訳ではありません。戦争に負けてしばらくたった今だから冷静に事実の分析ができるのかも知れません。しかし今思い起こせば、徴兵されて最初の軍隊との接点である軍隊教育からして多大な無理のかたまりだったように思えます。まず集められた初年兵の地位も能力も千差万別です。小学校卒もいれば大学院卒もいる。大会社の社長もいれば一介の職人もいる。学校の先生もいればやくざもいる。教育というものは、個々人の人格、知識、能力などを勘案しながら行ってこそその実があがるというものなのに、軍隊教育にはそんな要素はかけらもない。加えて、軍隊に入ってくる時の意識もばらばらで、私の印象では、軍隊の仕事に多少でも興味を持った者が一割、郷土に錦を飾るべく頑張ろうとする者が二割、単に負けず嫌いで頑張る者がまた二割、残りの五割は一日でも早くお役ご免になって帰りたい者です。こんな風に、能力も意識もばらばらな人間たちをごちゃ混ぜにして、しかも三ヶ月で戦争のできる兵にしなくてはいけないのですから、尋常なことではありません。必然的に、暴力横行の、人間性を完全に無視した、本当に馬鹿げた生活が始まるのです」

「入営して早々から大変な苦労だったのですね」

「入営当初は、命を賭けた戦闘に出かけるための訓練なのだからこんなものかも知れないと、自分を納得させることは、それでも可能でした。軍隊というものに致命的な矛盾を感じ始めたのはむしろ戦地に赴いた後、それも戦友が次々と戦死を遂げるようになってからでした。軍人勅諭は、軍人にとって憲法よりも大切なものです。しかし、この勅諭には、根本的に誤った教えがあります。それは、天皇のため、国家のために人の死を鴻毛の軽きにおくべしとする点です。私の上官も、同期も、部下もたくさんの人間が戦死しました。その多くは、無駄な死、避けようと思えば避けられる死でした。それもこれも大きな原因は、軍人勅諭のそんな馬鹿な教えを、皆が金科玉条の如くあがめていたからだと思うのです」

杉井は、中国にいた六年の間に如何に多くの者が犠牲になったかを話し始めた。話せば話すほど悔しさ、むなしさが募ってきた。折角、平和な日本に帰ってきたのに、いきなり暗い話をたえにするのはどう考えても適切でないと思った杉井は、話題を変えて、留守中の日本での出来事をたえから聞くことにした。たえは、杉井の気持ちをすぐに察知し、杉井がいない間の弟妹たちの学校での様子、親戚の商売の模様などを話しだした。杉井はしばらくたえの話を懐かしく聞くうちに、早く聞きたいのになかなかたえが話してくれない話題を切り出すことにした。

佐知子

「お母様、佐っちは元気にしていますか」

一瞬、たえの顔が曇った。

「どうしたのですか。大病でも患っているのですか」

たえは、少しためらった後に、静かな声で言った。

「佐っちゃんはね、亡くなったのよ」

「えっ」

「六月十九日の空襲の日に。佐っちゃんも」

「そんな」

「谷川のおばあさんが足を悪くしていて歩けなかったのです。空襲警報が出て、皆で避難しようとした時に、佐っちゃんはおばあさんを抱えて逃げようとして結局逃げ遅れてしまったらしくてね。安倍町の交差点の近くで二人が重なって倒れているのが見つかったのです。知らせを聞いて、私も浅間山の安置所に駆けつけたけれど、佐っちゃんはいつものとおり、とってもきれいなお顔でしたよ。頬に少しすすがついていたけれど、火傷らしい火傷もなくて……。多分煙にまかれてしまったのでしょうね。私が話しかければにっこり笑って答えそうな感じで、とても亡くなっているとは思えませんでした。本当に可哀相なことを……」

たえは声を詰まらせた。

「しかし……、とても……、信じられ……」

「謙一の気持ちはよく分かります。あんなに仲の良いお友だちでしたものね。ちょっと待っていなさい」

たえはそう言って隣の部屋に行くと、二つの封筒を持って戻ってきた。

「焼け残った佐っちゃんの机の中にこれがあったそうです。みつさんがわざわざ持ってきてくれて、佐知子が謙一さんに宛てた手紙だと思うので謙一さんが帰ってきたら渡して欲しいと言っていました。みつさんは、仲良しの謙一さんに参ってもらったら佐知子も喜ぶだろうと言っていましたから、一段落したら、佐っちゃんのお墓まいりをしてあげなさい」

謙一がたえから手渡された二通の封筒は、焼け残ったものでありながら黄ばみもなく真っ白なものだった。表には杉井謙一様と名前だけが書かれており、裏には日付だけが記されていた。一通は三月二十三日付け、もう一通は五月二十六日付けだった。杉井は、すぐに日付の古い方の封を切った。中からは、いつもの佐知子の筆跡の手紙が出てきた。

前略

謙ちゃん、元気ですか。謙ちゃんが浙河を出てから四回目のお便りになります。謙ちゃんの行った所に転送してもらえるのではないかと思って、浙河に宛てて出しているのですが、多分届いていないのでしょうね。おば様も出しても届かないので最近は手紙を書くのをやめたと言っていました。私もどうしようかなと思いましたが、書いたものをとっておいて、新しい宛先が分かったらあとでそこにまとめて出せば良いと思って、お便り書くことにしました。

今日はまた悲しいお知らせです。謙ちゃんの静商の同級生の高崎さんが亡くなりました。確か、高崎さんとは徴兵検査を一緒に受けに行ったと言っていましたよね。検査の後、静岡の連隊で訓練を受けたのですが、それからずっと内勤でした。高崎さんのご両親がたった一人の息子を戦地に出したくないと思って、連隊の方にたくさん届け物もして、内勤をお願いしていたそうです。でも周りの人たちは皆戦地に出かけていくし、何故高崎さんだけが行かないのかとかげ口を言われたりするうちに、ついに我慢しきれなくなって、自分から出征を志願したようです。行き先は南の島、確か硫黄島だったと思うのですが、出征して間もなく、高崎さんの乗った輸送船が米軍の潜水艦の攻撃で沈没したというお知らせが入り、ご両親はじっとしていられずに毎日のように連隊に安否の確認に行きました。そのうち分かるからと言われていつも門前払いされていたらしいのですが、一週間前に名誉の戦死の報が来ました。高崎さんのお母様はそれ以来一歩も家の外に出ないので、皆大丈夫だろうかと心配しています。

どうしてこんなにたくさんの人が亡くなるのでしょう。日本は勝つのではないのですか。勝つのであればそんなに多くの人が死ななくても済むのではないでしょうか。高崎さんのことですが、親が連隊につけ届けなんかして内地に留めておくからこんなことになるのだと言う人もいます。でも私はそうは思いません。一人息子を戦地に送りたくないのは当たり前のことですし、内地で働く人も必要なのですから、高崎さんが偶々内地でのお仕事を続けていると思えばそれで良いように思います。それより、高崎さんを南方に送った連隊の方がいけないように思うのです。日本は絶対に勝つと言うのであれば、輸送中に攻撃を受けたりしないで済むようにきちんと準備をした上で兵隊さんを送るべきです。謙ちゃん、そう思いませんか。

謙ちゃんは今どこにいるのでしょう。最後のお手紙に浙河を撤収して南の方へ向かうとだけ書いてありましたが、日本からみて浙河よりもっとずっと遠くにいるのでしょうか。必ず生きていますよね。こんなこと書くと佐っちは本当に馬鹿だときっと言うと思いますが、やはり心配になってしまいます。おば様は、戦死すれば必ずお知らせが来るし、便りがないのは良い便りと思うことよって言っていましたが、そんな風に思うことってなかなか大変なことです。謙ちゃんもお手紙が届くところに落ち着いたら必ず教えて下さいね。どんどんお便りしちゃいます。

静岡ももうすぐ桜です。謙ちゃんのお便りにこの次の桜は佐っちと静岡で見ようなんて何度も書いてあったのに、いつも約束破ってばっかり。ひどいなあ。来年はどうですか。きっと大丈夫ですか。それなら指切りです。

書いたのに投函しない手紙って何となく変な感じです。でも連絡先が分かって、あとでそこに送って、まとめて読んでもらえたらうれしいなって思うので、大切にとっておくことにします。

最後はお元気でって書きたいところだけれど、今お便りが届かないのだったら書いても仕方がないかな。でもお手紙の中にそう書いておけば、私が謙ちゃんの夢の中に出てきてそう言うのが聞こえるかも知れませんね。だからやっぱり書くことにします。謙ちゃん、本当にお体大切に。

草々

昭和二十年三月二十三日

谷川佐知子

杉井謙一様

杉井は、すぐに二通目の封を切った。これも全くいつもと変わらない様式の手紙だったが、目に入る佐知子の流麗な文字はたまらなくいとおしく感じられた。

前略

謙ちゃん、頑張っていますか。まだ南の方へ進軍を続けているのでしょうか。日本の方は段々大変になってきています。いろいろな物が足りなくなって、配給でも手に入らないものがまた増えました。たくさんの町が空襲を受けて被害も出ています。日本は大丈夫かなって思ってしまいます。そんなこと言ったらすごく叱られるので、絶対に口に出したりしませんけれど。それから、もうすぐ本土でも戦争になるのではないかって皆が言っています。もしそうなったら、謙ちゃんも日本を守るために帰って来るかも知れませんね。もちろん戦争が終わって帰ってきてくれたらもっとずっと良いけれど。

今日は、すごいこと書いちゃいます。謙ちゃん、私を謙ちゃんのお嫁さんにして下さい。佐っちなんて嫌だなんてすぐに言わないで下さい。嫌かも知れないけれど、私にも探せば良いところもあると思って、少しだけでも考えて下さい。

小さい頃から謙ちゃんのことは大好きだったけれど、謙ちゃんのお嫁さんになろうと考えたことはありませんでした。謙ちゃんは、私にとってはとても立派で尊敬できる人で、いつも見上げていられるからそれで良いと思っていました。それ以上に身近になることはいけないことのように感じていました。でも謙ちゃんが戦地に行ってからは感じ方が変わってきました。謙ちゃんからお手紙が来るとものすごくうれしいし、今みたいに音信不通になるととても悲しく感じます。もしかしたら謙ちゃんのいない自分なんて考えられないのではないか、もし謙ちゃんが佐っちでも良いよと言ってお嫁さんにしてくれたら、ものすごく幸福なのではないか、そんな風に思うようになりました。

謙ちゃんが出征してから、四回お見合いしました。皆良い方でしたが、何となくお断りしました。その度に、母に謙ちゃんのこと待っているのかと聞かれましたが、その時はそんなことはないと答えました。本当にそんなこと考えていませんでしたし、母には正直に言ったつもりでした。でも今考えてみると、心の奥底では、謙ちゃんのこと待っていたいという気持ちがあったのかも知れません。今、もし自分で自分に正直なことを言いなさいと問いかければ、謙ちゃんが帰ってくるのを待ちたい、他の人のお嫁さんにはなりたくないと素直に答えられると思います。

今日のお手紙でこのことを書こうと思った時は、どうせ届かない手紙だからそんなことを書こうと思い立ったのではないかと、自分でも思いました。でも実際に書いてみると、とても素敵な気分になれるし、やはり自分の気持ちを抑えつけないで話したり、書いたりすることはとても大切なことだと思いました。ですから、謙ちゃんの連絡先が分かったら、もちろんこのお便りも送りますし、謙ちゃんが帰ってきたら、ちょっぴり恥ずかしいけれど、お嫁さんにして下さいって直接謙ちゃんにお願いするつもりです。

こんなこと、女の人の方から言うことでないこと、私にも分かっています。謙ちゃんにとって私は単なる幼なじみでお嫁さんにする気なんかないって言われるかも知れないとも思っています。でもその時も、私からお嫁さんにして欲しいと言われたことはうれしいと言って下さいね。それだけで、私はとても幸せな気持ちになれると思うのです。

謙ちゃん、絶対に死なないで下さい。謙ちゃんの無事をお祈りする気持ち、おば様には負けるかも知れないけれど、私は絶対に世の中で二番目以内に入ると思っています。

この次はまた普通のお便り書くことにします。

それより、早く謙ちゃんのお手紙がこちらに届くようにならないかなあ。

草々

昭和二十年五月二十六日

谷川佐知子

杉井謙一様

読み終えて、一瞬目を閉じると、瞼にいつもの優しい笑顔の佐知子の姿が浮かんだ。しかし、その姿は、多くの戦友たち、そして愛馬が去っていったあの茫漠たる中国の地平線にはかなく消えていってしまった。杉井は震えた。この戦争の犠牲は一体どこまで広がれば気が済むのだろうか。今までに経験したことのない憤りが杉井の中に去来するとともに、目からは涙があふれ、いつまでたっても止まることがなかった。

翌日、杉井は佐知子の墓前に立った。谷川家之墓と書かれた墓標の脇に、

佐知子　昭和二十年六月十九日　二十六歳

と彫られてあった。

杉井は佐知子に話しかけた。佐っち、もうひと月半もすれば桜だ。いつも約束を破って悪かったが、最後に約束を破ったのは佐っちの方だったな。佐っちに何度も生きて帰って来いと言われ、遅くはなったが、俺はこうしてちゃんと帰ってきた。それなのに、俺が帰ってくる前に死んでしまうなんてひどいじゃないか。生きてさえいれば、俺は今すぐにでも佐っちを俺の嫁さんにしたのに。

前夜一睡もできずに床の中にいた間も、朝起きて墓地に向かう途中も、杉井の頭の中には、結論の出ない思考があった。それはこの戦争とは一体何だったのだろうかという問題だった。およそ物事というものには、無意味と思えるものの中にも見出し得る意味というものがある。しかし、この戦争だけは、いくら探してもその中に何らの意味を見出すことも不可能だった。それにしても……、それにしても……、軍とは……、そして国家とは……。佐知子の死を知って以来の限りない怒りと悲しみをぶつける場も得られないまま、杉井はひたすら目を閉じて佐知子の墓前で手を合わせ続けた。

あとがき

五年前、長兄が亡くなった。五十四歳、肝ガンだった。弟思いの優しい兄であり、テレビ局勤務という職業柄、各分野に明るく、常に刺激を与えてくれていた。酒も煙草もやらない兄だったが、若い頃にC型肝炎に感染し、病院通いをして、医師の言うことも忠実に守っていたにもかかわらず、通常よりもガンへの移行が早かった。逝ってしまった時には大変悲しい思いをしたが、私以上に落胆したのは父だった。当時もう八十四歳になっていた父は、「長生きするのも善し悪しだ」とこぼしながら、兄のことを思い出しているようであった。

そんな父を何か慰める手立てはないものかと考えながら、ふと思いついたのがこの『地平線に』の執筆だった。若い頃中支の戦線に行かされていた父は、兄が亡くなる五年前にその経験をつづって『砲音《つつおと》』（前田修一著）という本にまとめていた。時系列など極めて正確な記憶に基づいて書かれた叙事的な本であったが、これを小説という形で仕立てあげたら喜ぶのではないかと思ったのである。書き始めると、当然のことながら、軍隊の内部事情、中国の戦線の様子など分からない部分が多く、随時静岡にいる父に電話で問い合わせると、案の定喜々として解説をしてくれたり、また必要な資料を追加で郵送してくれたりした。

実際に八年にわたる父の青春を描こうとすると、それは予想以上に長いものとなり、週末の時間しか費やせないこともあって、書き始めてから書き終わるまでには三年半を要した。それでも何とか書き上げてワープロで打ち出したものを父に送ると、大いに喜んでくれて、「私の『砲音』をもとにして、これだけまとめあげ、私の言いたいこと、思っていたことをこれだけ表現してくれて冥利につきます」と感想を送ってきた。これで、この小説による私の親孝行も概ね完了と思ったが、父の感想の末尾に、「しかしこの大作を皆がどれだけ読んでどれだけ理解してくれるか心配です」とあり、やはり父の経験をより多くの人に紹介できるとすれば、それは更なる親孝行になるのではと考えたのが、本書を出版するに至った経緯である。

執筆にあたっては、父の実体験をなるべく忠実に表すことを心がけ、またところどころには、私自身の反戦の思いも込めさせていただいた。戦争の悲惨さをできる限り克明に描くことができればと思ったが、実際に戦争を体験した訳ではない私が、しかもそのつたない表現力を駆使してということでは、自ずと限界があったのではないかと不安になる。しかし、戦後六十年以上が経ち、戦争の語り部も少なくなっていく中で、その青春を戦争によって犠牲にさせられた者のメッセージが後世に伝えられていくことになるとすれば、私の拙著も、父への恩返しという個人的なものを超えたより大きな意味を持つものになっていくような気がする。

日中戦争というはるか昔の歴史の中の一個人の生き様を描いただけではあるが、その中に現代にも通ずるテーマもいくつかあるのではと思っている。若い人たちも含め、本書を手に取った方に、もしもそれぞれのテーマについて問題意識を持っていただけるとすれば、私の父にとって、またもちろん私自身にとって、これ以上の幸福はないと思う。

平成十九年七月

前田隆平

〈著者紹介〉
前田隆平（まえだ りゅうへい）
東武鉄道株式会社執行役員経営企画本部長
一般財団法人日本航空協会理事
1954 年静岡県静岡市生まれ。1977 年東京大学法学部卒、
同年運輸省入省。国土交通省航空局長、国際統括官、
駐スイス特命全権大使を歴任。2023 年 6 月より現職。
国土交通省では航空分野での経験が長く、オープンス
カイ政策の推進、羽田空港の再国際化などを手掛けた。

地平線《ちへいせん》に―日中戦争《にっちゅうせんそう》の現実《げんじつ》―

2019年 1 月18日　第1刷発行
2024年10月22日　第2刷発行

著　者　　前田隆平
発行人　　久保田貴幸

発行元　　株式会社 幻冬舎メディアコンサルティング
〒151-0051　東京都渋谷区千駄ヶ谷 4-9-7
電話　03-5411-6440(編集)

発売元　　株式会社 幻冬舎
〒151-0051　東京都渋谷区千駄ヶ谷 4-9-7
電話　03-5411-6222(営業)

印刷・製本　中央精版印刷株式会社

装　丁　　タカハシデザイン室

検印廃止

Printed in Japan
ISBN 978-4-344-92063-7　C0095
幻冬舎メディアコンサルティング HP
http://www.gentosha-mc.com/